ALONG THE VALLEY OF GEMS

—— 2018 上海新剧作（上）

上海市剧本创作中心 编
Shanghai Creative Center of Arts & Culture

上海人民出版社

编委会

主　　　编：罗怀臻

副　主　编：陈健莹

特 约 编 审：徐正清

编委会委员：（按姓氏笔画）

杜竹敏　陈健莹　罗怀臻　钟冀昱

徐正清　高　源　海　博

目录 (按剧名笔画排序)
CONTENTS

杜邨简介

　　国家一级编剧，著名剧作家。毕业于上海戏剧学院戏剧文学系，曾先后任职于上海艺术研究所、上海话剧艺术中心，现任职于中国福利会儿童艺术剧院。创作戏剧、电影、电视剧作品达几百万字，2008年曾出版话剧作品选《上海小开》，其中选入了《爱情泡泡》《中国航班》《清明上河图》等12个剧本。创作儿童剧《灿烂的阳光》《泰坦尼克号》《男生贾里》《孙子兵法》《巴黎圣母院》《孩子剧团》《一只想飞的猫》等剧，作品获得各类奖项。

儿童剧

大禹治水

编剧 杜 邨

人 物（按出场序）

鲧（gǔn）　有大神鲧之称，有崇氏部落首领，大禹
　　　　　的父亲。中国神话中的普罗米修斯。

鸱（chī）鸟　一只巨大的神鸟。

神　龟　先后帮助鲧、禹两代人治水。

导　演　该剧导演，还演了戏里的一条狗。

祝　融　火神。

大　禹　治水英雄。

女　娇　涂山氏女。大禹之妻。

九尾白狐　一种吉祥的生物。

伯　益　大禹的助手。

皋（gāo）陶（yáo）　大禹的助手。

应　龙　舜帝派来帮助大禹治水的天神。

启　　大禹和女娇之子。

伏　羲　华胥氏的儿子，人面蛇身的神。

天兵天将、百姓若干。

第一幕　伯鲧献身

开幕歌谣或歌队吟诵。舞者们翩翩起舞。

自从盘古开天地

三皇五帝到今朝

要数洪水滔天罪

还得说到尧舜时

那时候啊

华夏大地水滔滔

五谷不收房屋倒

可怜天下老百姓

流离失所四处逃

有的上山找洞窟

有的树梢建窠巢

飞禽走兽狂肆虐

要和人类争地盘

急得尧帝心如焚

为解水患求四岳

众人推举有崇氏

据传他是白马身

天生神力不可挡

人皆称之大神鲧

大神鲧矗立山崖，眺望水势。

大神鲧："你们看，洪水冲击着岩壁，又退了回去。再看那边，一股洪水涌入了滩地，很快在泥泞中化为无形。所以，我们就用埋（yīn）和障的办法来治水。"

随从甲："埋和障?"

随从乙："大神鲧的意思就是拿泥土和石块来堵住洪水?"

大神鲧："对,用泥土和石块筑坝造堤,把洪水挡在我们的家园之外。"

随从甲表示疑惑："这样能行吗?"

大神鲧："能把水挡在外面就是胜利。"

随从乙有点儿担忧："可是有那么多土石吗?"

大神鲧："如果平地的土石用完了,就开山采石。"

随从甲："洪水漫延的速度很快,我担心时间来不及……"

大神鲧："所以更要抓紧时间,现在容不得我们多想了,立即召集大家,说干就干。"

随从乙："可是……"

大神鲧武断地："服从吧。"

"是!"随从甲、乙虽然心存顾虑,但还是依令而行。

大神鲧正欲随两人而下,一只鸥鸟扑扇着翅膀,从天上掉了下来,正落在大神鲧面前。

鸥鸟表情痛苦,它的一扇翅膀上扎着一根类似箭的木棍,一看就知是被人射下来的。

大神鲧："原来是中了箭,是谁有如此神力,把你射了下来?"

这时,鸥鸟的巨翅下传出一个声音："那还用说吗? 肯定是那射日的后羿,他一定是把我们当成第十一个太阳了。"

大神鲧诧异间,却见一只乌龟慢悠悠地从鸥鸟的巨翅下爬了出来。

大神鲧："刚才是你在回答我?"

神龟："不是我还有谁? 它都疼得说不出话来了。"

大神鲧有些惊讶："你们是一起掉下来的?"

神龟："是啊,就像坐云霄飞车,好刺激。"

大神鲧有些好奇："乌龟怎么会和鸥鸟在一起?"

神龟："这有什么稀奇,这只鸥鸟是我的座驾。"

"你的座驾可比你威武。"大神鲧笑了,他为鸥鸟拔去箭,又开始替它疗伤。

神龟："那是,哪匹马不比人威武?"

大神鲧："有道理。"

神龟："请问我怎么称呼你?"

大神鲧："人们都叫我大神鲧。"

神龟："啊?! 原来你就是大神鲧? 我对你可是早有耳闻。说你长得高大威猛,不仅是狩猎的高手,还精通除草、筑城等活儿,还说你是通灵的白马,伟大的畜牧神。"

大神鲧轻描淡写地："没有传说中的那么厉害,我现在正为治理洪水焦头烂额呢。"

神龟："你在治理洪水?"

大神鲧："是啊,洪水已经快吞没我们的家园了。"

神龟："要不要我们帮你?"

大神鲧："谢谢你,现在可能你也帮不上我什么。好了,它的伤不重,过一会儿又能展翅高飞了。"

神龟有些不乐意："你看不起我?"

大神鲧："不是,只是我们修堤的速度根本赶不上水势的漫延,我要抓紧一切时间。"他说完就欲离去。

神龟脱口而出："其实洪水并不像你想象的那么难对付……"

大神鲧止步："你说什么?"

神龟："我说治理洪水并不难,只要有息壤,一切问题就解决了。"

大神鲧："息壤? 息壤是什么?"

神龟："息壤是个神奇的东西,对你治理洪水可是有大用处。只要一小块息壤,就能堆成堤,长成山。"

大神鲧："真的? 有那么神奇的东西?"

鸥鸟："神龟,你怎么把这个都跟他说了。"

神龟："说说有什么要紧,人家可是救了我们。"

鸥鸟："可是你跟他说了又有什么用?"

神龟："这倒也是。"

大神鲧有些迫不及待："你们在说什么? 这东西在哪儿? 快带我去找!"

鸥鸟有点责怪神龟："你看,惹麻烦了吧?"

神龟有些尴尬,但他还是回答道："息壤是天帝的宝贝,藏在一个很隐秘的地方,那里还有无数天兵天将把守着。"

大神鲧："你知道藏在哪儿吗?"

神龟："我知道。在昆仑山巅,有一个孔穴天枢,那是进入天界的唯一通道。"

大神："太好了,麻烦带我去找。"

神龟面露难色,鸥鸟却抢先说道："不行,我们不能带你去,带你去就是害了你。"

大神鲧："为什么?"

鸥鸟："你要知道,那些天兵天将可不是好惹的,你会被他们打死。"

大神鲧："我要搏一下。"

鸥鸟："就算拿到了息壤,迟早会被天帝知道,你抢了他的宝贝,那时候你还是死路一条。"

大神鲧："如果能救下天下苍生,我个人死不足惜。"

鸥鸟一时语塞,一旁的神龟已激动地叫了起来:"好汉子,就冲你舍己为人的勇气,我们帮你!"

大神鲧突然单膝下跪,两手抱拳:"我大神鲧代天下百姓,谢谢你们。"

这时,导演走上舞台。

导演："好,这段戏排得很好,神龟,以后别乱加台词,什么云霄飞车,还迪士尼呢。"

神龟吐了吐舌头。

导演："好,这段戏就过了,接下来就是盗取息壤的戏。怎么盗取? 你们想过没有?"

鸥鸟："剧本上说了,用智取的办法,把那些天兵天将引开。"

导演："对,关键是怎么引开?"

几位演员面面相觑。

少顷,鸥鸟道："我先下去和他们打,然后我假装打不过逃跑,引他们来追我……"

导演："他们不来追你呢?"

鸥鸟哑然。

神龟："他们不来追那鸥鸟就继续回去打。"

导演频频摇头："这不是好办法,要是他们一直不追,鸥鸟就一直打下去吗? 我们要想一想,这些天兵天将是在干什么?"

大神鲧："这还用说吗? 他们是在保护息壤。"

导演："没错,所以他们最担心的是什么?"

"当然是息壤被盗,"鸥鸟恍悟,"我明白了,我们开始吧。"

导演："好,天兵天将上。"

与此同时,舞台装置人员上台置景。舞台很快变成了昆仑山巅。

扮演天兵天将的演员上来把守着洞口。

导演给几位天兵天将安排了一下位置,然后在一位天兵天将耳边轻声说了几句。

导演:"好,开始盗取息壤这段戏。"说完退下。

舞台开始渐渐变成云烟缭绕的仙境。

鸥鸟扑扇着大翅膀奔上。

鸥鸟:"不好啦,息壤被盗啦! 息壤被盗啦!"

众天兵有些恍神:"怎么回事? 息壤被盗了?"

天兵甲:"不可能,我们一直守在洞口。"

鸥鸟:"息壤被盗了,息壤从后山被盗了! 息壤从后山被盗了!"

天兵乙:"从后山被盗了? 这么说是真的? 快去追!"

天兵们追下。可是那位和导演耳语过的天兵依然守在洞口。

神龟带着大神鲧大摇大摆地出现在洞口。

神龟:"咦,你怎么没被引开?"

天兵甲:"导演让我在这儿等你们。"

神龟叫了起来:"导演,您这不是玩我们吗?"

导演在侧台道:"我只是给你们设置了一个障碍。别出戏,继续演下去。"

神龟反应极快,伸手往天兵甲后方一指:"瞧,他们逮住盗贼了。"

天兵甲下意识地往后一回头,神龟就在这一间隙溜进了洞中。

天兵甲回过头来,已不见了神龟。

天兵甲:"那只小乌龟呢?"

大神鲧:"小乌龟? 哦,他,他去方便了。"

天兵甲闻言,忍不住哈哈大笑:"哈哈哈哈,这个时候他居然有空去上厕所⋯⋯"

大神鲧也笑着向他走去:"好笑吧?"

天兵甲:"好笑,太好笑了⋯⋯"

"倒下吧!"大神鲧突然出手往他脖子上斩了一下。

天兵甲晕了过去。

神龟手里拿了一包东西出来了:"咦,他怎么啦?"

大神鲧:"我让他暂时晕过去一会儿。"

神龟连连摇头:"动粗不好,动粗不好。你看,这是什么?"

大神鲧:"息壤? 你拿到了?"

神龟:"当然。"

大神鲧拿过息壤,捧在手心:"息壤啊息壤,这下天下百姓有救了⋯⋯"

歌谣或吟诵,舞者们翩翩起舞。

　　息壤真是个神奇的东西

　　难怪天帝会把它当成宝贝

　　只要一小块儿

　　平地就变成了土坡

　　只要一小块儿

　　就能把缝隙都填满

　　大水被挡在了堤坝之外

　　城郭渐渐成型

　　百姓们从四面八方回来了

　　大地上重新升起了炊烟

　　人们脸上绽开了笑容

　　苦难的大地开始重建新的基业

　　可是在一个月黑风高的夜晚

　　汹涌的洪水

　　如万马奔腾

　　冲毁了堤坝

　　吞没了城郭

　　更大的灭顶之灾

　　降临到人们的头上

　　刚愎自用的大神鲧

　　吞下了治水失败的苦果

　　天帝被偷了宝贝息壤

　　下令火神祝融追杀他

　　祝融用他的降仙绳

　　把大神鲧绑在了羽山的石柱上

羽山。

大神鲧被结结实实地绑在石柱上,滔滔的洪水声时隐时现。

祝融:"大神鲧,你胆敢盗取天帝的息壤,你认罪吗?"

大神鲧:"息壤的用处,就是止水,偷盗之名,我不敢领受。"

祝融:"不管你认不认罪,你都是死罪难逃。"

大神鲧:"对于生死我早已置之度外,我愿意以死谢罪,不过那是没有治理好洪水之罪,是让天下百姓再次受苦受难之罪。"

祝融:"既如此,我成全你。你还有什么要说的?"

大神鲧叹道:"我有遗憾,我遗憾没能完成治水的大业,寒冷和饥饿的人民还浸在水潦里,希望能让我在受苦受难的三年时间里,用我的精魂孕育一个生命,来继承我的遗愿。"

祝融想了想,道:"好吧,既然你是为天下百姓所思所想,那我答应你,反正你已被我的降仙绳绑住,降仙绳能随你人体自由伸缩,没人能打开,包括我本人也不行。这三年你将被结结实实地绑在石柱上,至于能不能熬到三年,熬到完成你的心愿,就要看你的造化了。"

大神鲧:"多谢火神成全。"

火神祝融离去。

春夏秋冬不断交替,转眼三年过去了。

大神鲧竟然真的用他的精魂孕育了他的儿子大禹。

大神鲧:"儿子,能听见我说话吗?"

大禹的幕外音:"父亲,儿子听着呢。"

大神鲧:"太好了,我知道,你在一天天长大,三年之中你已经具备了种种神力,甚至已经超过了我,我已竭尽我之所能,我死之日就是你诞生之日,现在,你该来到这个世界上了,去完成我未了的心愿吧。"

随着光影和音乐的变化,大神鲧一下子蜕变成了一个年轻的后生,威武而俊朗。

大禹踌躇满志地来到了这个世界。

第二幕　大禹出山

喜庆的婚礼场面。

众人围着大禹和女娇,边唱边跳,那是一种原始的舞蹈,欢快奔放又热烈。

> 一年一年又一年,
> 洪水依然在肆虐。
> 一天一天又一天,
> 大禹长成男子汉。

> 一日路经涂山下，
> 九尾白狐来做媒。
> 涂山有女名女娇，
> 仪容娴雅又秀美。
> 一见倾心结良缘，
> 今日便是大喜日。
> 众乡亲们齐欢庆，
> 一对新人甜蜜蜜。

媒人九尾白狐甚是活跃，她摇摆着一大把像扫帚般的毛蓬蓬的尾巴，细细一数，还真是长着九条尾巴。

九尾白狐："大兄弟，你知道我是谁吗？我就是传说中的九尾白狐，我们这里流传着一首民间歌谣，你听过没有？"

大禹笑答："没有。"

九尾白狐："大家唱给这位外乡人听好不好？"

"好！"众人齐声应道，随即唱了起来。

> 谁见了九条尾巴的白狐狸，
> 谁就可以做国王。
> 谁娶了涂山的女儿，
> 谁就可以家道兴旺。

九尾白狐："哈哈哈，听见没有？这可是我们这儿大家都知道、大家都会唱的一首歌谣。大兄弟，你好福气啊！"

大禹满脸洋溢着幸福，女娇则羞态可掬。

这时，边上多出了几个人，他们是伯益、皋陶等人，他们个个长相异禀，还带着一条巨龙。

众人都有些惊讶地看着他们。

九尾白狐："你们几位是何方神圣？"

伯益："我们来找大禹。"

九尾白狐："你们是来给他贺喜的吗？"

伯益："贺喜？"

九尾白狐："今天是他大喜的日子啊。"

皋陶："是吗？那可是赶巧了。"

大禹趋身向前："我和几位并不相识，请问找我有什么事？"

伯益："你就是大禹？"

大禹："是的。"

九尾白狐："他还是我们涂山的女婿。"

伯益："恭喜恭喜。我们从帝都阳城而来,奉舜帝之命赐你星月长锸(chā)。"他将手中拿着的一把似叉不是叉,似铲不是铲的物件递到大禹手上。

大禹仔细端详着这个物件,有些惊讶地问道:"这就是传说中的星月长锸?"

伯益："你听说过这个东西? 那你应该知道它的意义。"

大禹："这么说舜帝是要派我去治水?"

伯益："是的。舜帝派我们来做你助手,并让天神应龙协助你。"

大禹紧握星月长锸,不发一言。

皋陶见状说道："你父亲因为治水而死,你有没有这个勇气继续带领大家治水?"

大禹长吁一口气："我一直在等待这一天! 只是没想到来得这么突然……"

伯益："这么说你答应了?"

大禹神情庄重地点了点头,继而将手中的星月长锸高高举起:"大禹领命!"

伯益等人脸上露出了笑容,天神应龙也煞是欢腾。

众人高呼："大禹治水! 大禹治水!"

大禹家。

大禹和伯益、皋陶在商量着治水的事。

大禹："这几年我在山河大地游历,最让我感到震撼的是从岐山走到荆山的时候。本来自西向东的连绵山势,猛然遇到了自北向南仿佛从天而降的大河,大河在此受两岸岩石阻挡,从数百米骤减为数十米,本就急,又突然被山脉拦腰所阻,掀起了滔天巨浪,然后,它在无可奈何之下回流,向着四处漫溢。"

伯益："洪水就是这样造成的?"

大禹："可以这么说。我一路所见之大水,主要就是这条河在入海途中不断受阻泛滥所至。后来,我沿着太行山脉一路向东,来到了渤海之滨的碣石山,在那里,我终于见到了海。"

皋陶："啊! 海,你见过海? 海是怎么样的?"

大禹："海不同于我们一直所见的浑黄浑黄的大水,它一片碧蓝,无限宽广,它有足够的胸怀和肚量,可以容纳百川。"

伯益和皋陶听得一脸神往。

女娇提着个水壶进来了。

女娇："你们几个一天到晚水啊水的,我看你们倒是该喝点儿水了,都说得口干舌燥了,我给你们倒水去。"

皋陶："不用,嫂子,我们不渴,都是首领在说。"

伯益："对了,嫂子,我们都忘了你们是新婚啊,来来来,你们小两口说说悄悄话。"他起身甩了一个眼色给皋陶,示意赶紧走。

皋陶："对对对,我们要去做治水的准备工作了。"

两人逃也似的出了门。

这么一来,让女娇一时不知干什么好了,只是俏脸羞得通红。

女娇："我,我去给你倒水去。"

女娇提着水壶闪进屋内。等她拿着个陶碗出来时,发现大禹含情脉脉地看着他。

女娇更是羞涩,她轻轻地把陶碗放在桌上,然后朝碗里倒水。一不留神水已溢出陶碗,在地上流淌成一小摊"汪洋"。

女娇发现已晚,"啊呀!"她惊呼一声,赶紧去找来擦水的布。

大禹怔怔地望着这摊水发呆:"且慢!"

女娇:"怎么啦?"

大禹:"你看,这陶碗像什么?"

女娇:"像什么? 不就是像陶碗么。"

大禹:"这陶碗的碗沿像不像堤坝? 如果一味在高处筑堤壅堵,反而淹没了低处的大地。来,再加水。"

女娇:"还加啊? 已经溢出来了。"

大禹:"对,再加,就是要让它溢出来。"

女娇只能往陶碗里继续加水,水彻底溢出碗面。

大禹静静地观察着。

女娇:"那摊水顺着地上的小沟流走了。水往低处流,这很正常啊。"

大禹:"对,你继续看,它遇到沟里的小石子就打个旋儿,又向前淌去。水依石转,这不正像山岭和江湖的关系吗?"

女娇恍悟:"被你这么一说,还真像。"

大禹伸手捡起了那块小石子,水一下流得畅了。

大禹似乎恍然顿悟,他有些激动,他像个孩子似的又蹦又跳:"我找到办法了! 我找到办法了!"

女娇:"你找到治水的办法了?"

大禹："对,治水必须山水并治,因势利导! 我突然明白了,水势和人生其实是一样的,水从内陆一路流淌而来,去找寻大海。遇到了高山峻岭的阻挡,它过不去了,所以它才会咆哮,才会狂暴,那是一种失去出路的无望。在中途,它又不停地狼奔豕突,磕磕绊绊地找寻方向,而越到下游,河水就越平静,越宽阔,因为它已经看到了希望。我们人需要看到希望,水同样也需要看到希望……"他越说越激动。

女娇也为他高兴,可是神情却有些复杂。

大禹也发现了："女娇,你怎么啦? 你不为我高兴吗?"

女娇："我当然为你高兴,我还为天下百姓高兴,要是你治水成功,华夏大地将不再是一片沼泽,所有人也都能居有定所……"

大禹："可是你脸上露着笑意,眼里却流出了忧伤。"

女娇幽幽地道："因为我知道,你找到了治水的办法,就要走了。"

闻言,大禹也沉默了。

少顷,女娇道："你去吧,我不拦你,你是在为天下百姓做事呢。"

大禹："我们结婚才四天就要分别,我也不忍,接下来的日子苦了你了。"

女娇："你会比我更辛苦,你一定要把水治好,要不然我们就白受这些苦了。"

大禹："嗯。我要是治不好水,我就不进家门。"

女娇："我会等着你,等到你治水成功的那一天,等你回家。"

大禹："谢谢你,女娇,你是个深明大义的女人,我真幸运,娶了天下最好的女人。"

两人相拥。

大禹面朝羽山方向叩拜。

大禹："父亲,我要去治水了,我要握着您曾经握着的星月长锸,去走您没有走完的路,我要让九州大地水归于水,土归于土,我要让天下百姓不再流离失所,我要了却您当年的心愿。"

一只鸥鸟从天而降。

在大禹不远处的伯益和皋陶怕有不测,欲上前保护大禹。

神龟从鸥鸟的巨翅下钻了出来。

神龟："别怕别怕,我不会伤害他,我只是想仔细看看他。"

伯益和皋陶有些发怔,大禹也有些惊讶。

神龟已走到大禹面前,仔细地端详着他："嗯,头顶房宿(xiù)四星,天上的房宿四星与地上的马对应，没错，你一定是白马神鲧的儿子了。"

大禹："你认识我父亲？"

神龟："岂止认识，我和大神鲧可是一起治水的朋友。没我，他治不了水。当然，没我他也不会死。"说到这里，他神情有些黯然。

大禹："你就是帮我父亲盗取息壤的神龟？"

神龟："没错，当年帮你父亲盗取息壤的事，我至今都不知道是对是错。不过，我现在来帮你，肯定是对的。"

大禹："你要来帮我？"

神龟："不是我要来帮你，是你父亲要我来帮你。他说在你开始治水的那一天，一定要让我找到你。"

大禹："他有什么要告诉我？"

神龟："他只是让你看看我的龟背。"

大禹："你的龟背？上面有什么？"

神龟："我不知道，他说只有你看得懂，因为你们父子灵犀相通。"说完，他乖乖地趴在地上。

大禹赶紧上前端详龟背。

伯益和皋陶也趋身向前，想去看个究竟。

边上的鸥鸟冷不丁地冒了一句："你们两人又看不懂，凑什么热闹。"

两人白了鸥鸟一眼。不过，他们还真是看不懂。

皋陶："这像什么？反正不像普通的龟背。"

伯益："还真是看不明白。"

这时，大禹发话了："这是河图，这是九州大地的河图！"

伯益、皋陶："河图？"

大禹："对。山脉，水脉，皆为地脉。大体而言，从横向来讲，是自西向东；从纵向来说，是先北而南。你们看，九州大地，北方有一条大河，南方有一条大江。除此之外，北方还有渭水和洛水，途中汇入大河，中间有济水和淮水，自行入海。南方有汉水，途中汇入大江。这七条大水，如果依次循序治理，这大地上的洪水便可休矣。"

皋陶："啊?! 那么神奇的图！"

大禹："这是父亲的心血，也是他当年的足迹，虽然他治水失败了，可是他给我们留下了一笔财富……"

伯益："我已经看到了治水成功的曙光。"

大禹："我们出发！"

第三幕　开山治水

演员们围在一块儿,导演在给大伙儿说戏。

导演:"现在我们来排三过家门而不入。这是体现大禹精神的一个重要场面,大禹为了治理洪水,为了天下百姓的安康,他舍小家为大家,三次经过家门都没有进去,我们现在就来把它表现出来。对了,谁来演狗?"

大禹:"狗?"

女娇:"导演,剧本里没有狗啊。"

导演:"我知道。我想加一条狗。大禹离家整整十三年,这是个什么时间概念? 这几乎就是一条狗的一生。所以,我想用一条狗来充当时间轴,让我们的小观众更直观地感受到时间的变化。"

演员甲:"太棒了! 可是我们都有角色在身啊。"

导演想了想,道:"那我来演这条狗吧。服化老师,赶紧帮我造型一下。"

剧组服装师和化妆师上台,当场换装和快速化妆。

很快,导演变成了"狗"。

导演学狗叫了两声:"汪,汪。"

众演员齐声叫好。

导演:"好了,我们开始。"

众人各就各位。

变光。

与涂山相邻的一座山上。

大禹站在山巅,眺望着远处山脚下。

伯益走了过来:"那边就是涂山吧?"

大禹点点头。

伯益:"要不要回家看看?"

大禹:"哪儿有时间啊,能站在这儿,看看对面山脚下家家户户的炊烟,就很满足了。"

伯益:"但愿嫂子一切安好。咦,那是什么?"

大禹定睛看去，突然，他兴奋起来，叫道："那是九尾白狐！"

伯益也看清了："对，九条尾巴。"

九尾白狐正顺着山壁飞快地攀爬，转眼间，已来到他们面前。

九尾白狐："大兄弟，涂山的女婿，你好啊。"

大禹："白狐好，女娇她……"

九尾白狐："我是来给你报喜的，你做父亲了，你的老婆给你生了一个大胖儿子！"

大禹："真的？！"

九尾白狐："当然是真的，碰巧你们路过这边，快回去抱抱吧。"

伯益："首领，恭喜啊，那么大的喜事，要不还是回去一次吧？"

大禹凝望着对面山脚下，说道："算了，能知道他们母子安好我已经心满意足了。"

九尾白狐："啊？涂山的女婿好狠心啊，你就不想你的老婆孩子吗？"

大禹："我当然想，可是我不能为了一己私利，让那么多人等着我。"

九尾白狐："嗯，干大事的人。"

这时，幕外突然传来叫喊："生了，生了。"

三人的注意力被吸引了过去。

皋陶抱着一条小狗奔上。

皋陶："首领，大黄生了小狗了。您瞧，多可爱。"

大禹把小狗抱在怀里，轻轻地抚摸着："你爹叫大黄，你就叫小黄吧。"

九尾白狐突然想起什么："对了，你也给自己的儿子起个名吧。"

"好，"大禹想了想，道，"就叫启吧，启发的启，开启的启。要是把水治好了，就开启了一个新时代。"

九尾白狐："好，我记住了。"

大禹："白狐，我还想拜托你一件事。"

九尾白狐："什么事？"

大禹把怀里的小狗递给她："麻烦你把小黄带回去吧，让他陪着我儿子一起长大。"

九尾白狐接过小狗，突然问道："还记得我们涂山的那首歌谣吗？"

大禹："记得。"

九尾白狐："只要你一心为公，它会灵验的。"她拖着九条尾巴，带着小狗，飘然而去。

大禹沉吟道："一心为公，说得好啊。走，通知大家，我们继续前进。"

导演："好,接下来第二次过家门。装置老师布置一下大禹家的场景。这时大禹离家差不多要五年了,孩子已经四岁了,托九尾白狐带回来的那条狗也四岁了,就是说我也四岁了……"

众人笑了。

大禹家的场景布置好了,这是大禹家内外的一个截面。

导演："好,我们开始。"

变光。那是一个月夜。

小黄长得很威猛,他趴在门前,俨然一条看门狗。

屋内,女娇在做女红,启已经躺在床上睡了。

女娇起身去给儿子掖被子,惊讶地发现启居然眼睛睁得大大的。

女娇："啊呀,你怎么还没睡着?"

启："我做了个梦。"

女娇："做了个什么梦?"

启："我梦见爸爸回来了。"

女娇一时无语。

此时,大禹真的出现在门外。

小黄警觉地刚欲起身吼叫,大禹叫了声:"小黄?"

小黄愣了一下,在大禹身上到处嗅着,继而温顺地躺在他脚边。

大禹："你都长这么大啦? 也是,四年了……"

女娇："你爸爸在治水呢,没治好水他是不会回来的。"

启："妈妈,治水很重要吗?"

女娇："是的。"

启："有多重要?"

女娇："如果你爸爸治不好水,九州大地就有可能都会被水淹没,那我们住的地方就会变成一片沼泽。"

启："那这样我们不是都变成鱼和虾了?"

女娇笑了:"是的,所以说爸爸在做一件很伟大的事情,而且是为天下百姓在做事,我们这个小家就只有牺牲一下了。"

启："那爸爸什么时候能回来?"

女娇："你爸爸说过,不治好水就不进这个家门,他是个顶天立地的男子汉,他会信守承诺的,所以我们只有等。等治好了水,我们一家就能团聚了。"

启："最好能快点治好水,我就可以跟爸爸玩了。"

女娇："嗯,会有那么一天的,时间不早了,你快睡吧。"

屋内的对话大禹都听见了,他百感交集,踌躇半天,他还是选择了离去。

小黄一声低吼,窜到他前面拦住了他。

大禹赶紧做了一个嘘的手势:"小黄,听话。你要知道,进去了有可能我就舍不得走了,眼下治水要紧,不在于一朝一夕,等我治好了水,我就会回来的。到那时候我们一家一起过日子,再也不分开了。"大禹拍拍小黄,大步流星地离开了。

小黄终于忍不住了:"汪汪汪!"狂吠了起来。

女娇推门出来:"怎么啦,小黄?"

小黄:"汪汪! 汪汪!"

女娇四处张望了一下,没发现什么异常。

女娇:"好了好了,别叫了,那么晚了,你会把大家都吵醒的。"

小黄心有不甘,又低吠了两声。

女娇回了屋内,关上了门。

光渐收。最后只有一轮月亮悬挂天空。

起光。

导演上。

导演:"好,接下来第三次过家门。"

大禹:"导演,我情绪还在戏里,出不来,能不能等会儿?"

导演:"好吧,那我就趁这点儿时间跟大伙儿说说戏吧。大禹之所以三过家门而不入,就是为了治水。要知道,治水这件事就是放在当代,也是一件很困难的事,更不用说在上古时候了。来,场记,放点儿资料给大家看看。"

场记:"好。"

导演:"大禹治水的整个过程是万分艰难的,他们平地上乘坐皇帝发明的车,走水路驾伏羲以来创造的舟,翻山越岭的时候又换上一种鞋底有钉子的'搞鞋'。一座座沉睡的高山被唤醒,他们砍伐了成千上万巨大的树木,在山上立起了一个又一个标识,这些标识遥相呼应,蔚为壮观。以山为治水的坐标,先导山,后导水。他们一边治水,一边还要组织生产,否则整个治水大军吃什么呢……"

在导演介绍的同时,天幕上同步出现场记放的幻灯。

导演:"现在大家情绪平复了吧?"

大禹起身准备:"开始吧。"

导演:"好,第三次过家门。确切地说,这第三次是离家门不远的地方。"

涂山附近一土坡上。

皋陶："你们看,一条狗落水了!"

伯益："狗应该会游泳。"

神龟："嗨,两位,这可是在浪里啊,哎哟,又是一个大浪,就算会游泳也会被呛死的,你们不去我去救。"他说完真的去救了。

伯益："被他这么一说倒有些不好意思了,要不要一起去?"

皋陶又发现了新情况："有人去了。"

伯益："哦?"

皋陶："那人在救狗,啊,他游得真好! 神龟也赶到了。他们把狗救起来了……"

伯益这才发现："救狗的是个孩子?"

皋陶："啊,真的是个孩子!"

这时,神龟领着少年和狗过来了。

那少年十岁模样,器宇不凡。

少年："多谢施以援手,我和小黄特来感谢。"

伯益："惭愧惭愧。"

皋陶赞扬他："你游得很好。"

少年："谢谢。"

伯益突然想起什么,赶紧问道："小黄? 你的狗叫小黄?"

少年："是的,正是家父所起。"

伯益："快,快去叫首领。"

皋陶也反应过来了,赶紧奔下。

神龟："哈哈哈,巧,巧,真是无巧不成书。"

少年则不知道发生了什么事。

很快,皋陶引着大禹来了。

小黄一见大禹,就叫了起来。

少年："小黄,小黄,你不得无礼。"

小黄已窜到大禹身前,反复嗅着。

少年："小黄,你回来。"

大禹："没关系,它认识我。你,你是启?"

启一愣："您知道我名字?"

神龟插道："他就是你父亲。"

大禹："孩子,你,你都长这么大了? 也是,已经十年过去了……"

大禹向启走去,启却避开了。

启："你真的是我爸爸?"

神龟:"这个啊,我神龟作证,如假包换。"

大禹:"对你们母子来说,我不是一个称职的丈夫和父亲。我离家十年,儿子都不认啊!"他向苍天发问。

少顷,启怯生生地叫了一声:"爸爸……"

大禹过去一把抱住他:"孩子!"

启:"我们一起回家吧……"

大禹:"回家? 我想都不敢想,但是又每天都在想……孩子,我不能耽搁治水的大事,能够见到你,已经是老天给我的恩惠了……我相信终有一天我们一家子会团聚的……"

父子相拥。

收光。

这段暗场时间可以稍长些,光再起时,场景已是龙门山崖。

导演:"下面我们要呈现的是大禹治水过程中一次很大的战役,鲤鱼跳龙门这个典故就是从这里来的。"

龙门山崖。

大禹站立岩崖上,眺望着不远处奔腾的河水。

神龟过来了:"嘿,年轻人,我跟你父亲就是在这里认识的。当时,他跟你一样,就这么站着,看着奔腾不息的滚滚河水,听着悬瀑跌落的隆隆声响,遗憾的是他做出了错误的决定。你打算怎么做?"

大禹:"我要把这座山一劈为二,让河水从山涧穿过。"

神龟:"山水并治,工程巨大,可是我不得不承认你比你父亲聪明。"

大禹:"是父亲走过的弯路点醒了我。来人!"

伯益、皋陶、应龙等都过来了。

大禹:"大家过来看,壶口以上河面宽阔,流到壶口却巨石倾危,河面陡然收缩,于是激流挤入崖间,形成悬瀑,又挤挤挨挨沿两岸石壁南流,遇阻后倒行逆流,从而形成洪水。"

伯益:"嗯,有道理。"

皋陶:"可是怎么办呢?"

大禹:"把山劈开,让大河的水从山中穿过。"

应龙兴奋起来:"太好了,这下俺的坚鳞巨翼有用武之地了! 俺现在就去把山撞开。"

大禹:"先别着急。现在还有一个很重要的问题,就是出口开在何处才能正好接上东面的河床。"

伯益："对,这是个大问题。"

大禹："这样,我先去洞底复核勘察,你们在这里等我。"他说完就往山涧下跳去。

皋陶叫道:"哎,你要小心啊!"

伯益："要不要我们陪你一块儿去?"

没见大禹回应,众人有些焦急。

神龟却一副胸有成竹的模样:"没事,吉人自有天相,你们不要担心,安心等着吧。"

收光。

大禹落到了洞底,发现了一个山洞,里面一片漆黑。

他定了定神,发现前面有一点光亮,原来是一只口衔夜明珠的猫。

猫也不搭理他,只在前面引路。

大禹情不自禁地跟了上去。

拐过一个弯,突然金光闪耀,让他一下子睁不开眼睛。

那猫已化为人形,伺立一边,正中安坐一神,龙身人面,眉发皆白,长长的胡须飘在胸前。

大禹猛然想起什么:"您莫非是华胥氏的儿子伏羲?"

伏羲："是的,我就是九河神女华胥氏的儿子伏羲。"

大禹赶紧行大礼:"叩见始祖。"

伏羲："哈哈,神仙之间不用客套,你在治水?"

大禹："是的。"

伏羲："好,太好了。我小时候也吃过洪水的亏。你做的事令人敬佩,尽我的力量帮你一点忙吧。"他说着从怀里掏出一片玉简递给大禹。

大禹敬畏地双手举过头跪领。这是一种形状像竹片的玉器。

伏羲解释道:"这片东西叫玉简,有一尺二寸长,你拿了这东西去,就可以度量时辰天地。"

大禹兴奋地:"多谢始祖。"

伏羲："不用谢,就算我也为天下苍生做点儿事吧。"

大禹也不多言,叩拜离去。

收光。

光起。

大禹手持玉简回到了众人身边。

伯益:"首领,你没事吧?"

皋陶:"首领,情况怎么样?"

神龟则对玉简充满了好奇:"咦,这是什么?"

众人这才发现他手里拿着的玉简。

大禹扬了扬玉简:"这个东西可以丈量大地,我们有了它就能确定位置,拿开山斧来!"

有人拿来了开山斧。

大禹用玉简丈量,在石头上刻下记号,然后奋力挥斧,山崖上留下了深深的斧痕。

大禹:"应龙。"

应龙:"在。"

大禹:"看见那斧痕了吗?"

应龙:"看见了。"

大禹:"我们就从那里打开缺口。"

应龙跃跃欲试:"好,让大家看看我的神威吧。"

大禹令旗一挥:"去!"

应龙腾空飞起,一头撞向斧痕处。它张开千万片钢铁般的巨鳞,唰唰地刮落两边的崖身;龙首猛拱,龙翼猛扇,犹如巨大的铁铲;龙尾则左右摇曳,像巨大的铁帚,清扫凿通的河道。

随着隆隆巨响,龙门打通了! 长峡中湍急的河水,一泻而下。

忽见千百条鲤鱼逆流而上,争赴龙门。鱼儿高高跃起,因水流湍急,大部分又重新跌入水中,却也有数十条,一跃而上龙门。

治水的人们见此胜景惊叹不已。

神龟大叫:"哇噻! 那么多鲤鱼啊! 这就叫鲤鱼跳龙门啊! 为我们祝捷呈祥的。好兆头啊!"

众人唱了起来。

> 好兆头啊好兆头,
> 唐人李白有诗曰,
> 黄河三尺鲤,
> 本在孟津居,
> 点额不成龙,
> 归来伴凡鱼。
> 今日鲤鱼跳龙门,
> 祝捷呈祥好兆头。

尾　声

导演问大禹："最后一场，大禹归来，你打算怎么演？"

大禹比画着在台上走："我在大家的簇拥下，就这么上。然后，我看见了母子俩……"

导演打断他："等等，等等，意气风发，志得意满，凯旋而归，是吗？"

大禹点点头："差不多是这样。"

导演："错了。你听我说，大禹治水十三年，处处冲在前，他走起路来后腿迈不过前腿，他已经落下了很严重的关节毛病，甚至可能导致半身不遂，他的手上脚上生出了厚厚的老茧，指甲磨得光光的，小腿肚上连毛都不生一根……"

大禹："这样会不会有损大禹的形象？"

导演："不会，他在人们心中的形象依然高大，因为他做的是造福千秋万代的事。"

大禹："好吧。"

导演："开始。"

场面恢宏。

众人载歌载舞，歌颂大禹。

没有比脚更长的路，
没有比人更高的山。
大禹足迹遍九州，
大禹英名广流传。
开山治水成伟业，
天下百姓齐声赞。
三过家门而不入，
离家整整十三年。
跋山涉水闯险关，
如今终于把家还。

　　　　撼山容易治水难，
　　　　当年后生变老汉。
　　女娇："儿子,我们终于等来了这一天,你爸爸要回家了……"
　　启："妈妈,我记得爸爸长得高大威武。"
　　女娇："是的,是的。"
　　大禹在众人的簇拥下上。这群人衣衫褴褛,长期的艰苦劳作使他们变得黝黑瘦削。
　　众人高呼："大禹! 大禹! 大禹! 大禹! 大禹! 大禹!"
　　母子俩见到大禹的一瞬间都愣住了。
　　启："妈妈,走在前面的那个是爸爸吗?"
　　女娇："……是的,他是你爸爸……"
　　启："爸爸不像我见到的时候了,他走路怎么一跳一跳的? 他是故意这样的吗?"
　　女娇瞬间泪崩："不,他是不得已这样的。他让天下百姓过上了安稳的日子,却让自己遭了罪。"
　　启有些害怕地往后退,女娇把他搂在怀里。
　　小黄已成了老黄,此刻,它步履蹒跚地走向大禹,轻轻嗅着他的裤腿。
　　大禹俯下身,抚摸着它："整整十三年啊! 几乎是你的一生了!"
　　母子俩也走向他。
　　大禹抬起头："你们都还好吗……"
　　女娇一边抹泪,一边点头。"你在外面受苦了……"
　　大禹："治好了水,受再大的苦也值得。从今往后,我就在家享福喽。"
　　女娇："快回家吧。"
　　大禹："嗯。走,儿子,我们回家!"
　　女娇："儿子,去牵着爸爸的手。"
　　大禹的大手已伸了过来,启怯怯地将小手放在爸爸的掌心。
　　大禹一家手牵着手相携而下。
　　众人目送他们离去。然后继续载歌载舞,歌颂大禹。
　　　　没有比脚更长的路,
　　　　没有比人更高的山。
　　　　大禹足迹遍九州,
　　　　大禹英名广流传。
　　　　……
　　谢幕。服化老师上场。装置老师上场。全体演员上场。
　　全剧终。

徐雯怡简介

　　1994年生，浙江宁波人，祖籍嵊州。上海戏剧学院2016级戏剧影视编剧方向艺术硕士（MFA），上海戏剧学院2012级戏剧影视文学专业本科。作品有戏曲小剧场甬剧《小城之春》、淮剧《精卫》，论文《论浙东非遗濒危剧种生态中的"一树两花"现象》，获上海戏剧学院优秀毕业论文，另有多篇剧评在《上海戏剧》杂志发表。

戏　曲

小城之春

（改编自费穆电影《小城之春》）

编剧　徐雯怡

帘外雨潺潺，春意阑珊。

罗衾不耐五更寒。

梦里不知身是客，一晌贪欢。

独自莫凭栏，无限江山，别时容易见时难。

流水落花春去也，天上人间。

序

[民国。战后的小城。

[庭院深深，小城的春。

[玉纹在绣花，戴礼言在捯饬枯死的盆栽，两人不妨碍，在伴唱时候，玉纹有时抬眼看戴礼言，却始终得不到眼神的交会。

独　唱　一个多病言语少，

一个绣花把旧事抛。

小城破败春已老，

闲情闲绪解无聊。

[房内传来了水开的声音，药煎好了。

[玉纹放下针线走进房间，端药出来，递给戴礼言。

玉　纹　该吃药了。

戴礼言　（推开）不吃了，这药没用。

玉　纹　（递药）医生配的，怎么会没用呢？好坏也吃一点吧。

戴礼言　（推开却又有些诉苦的味道）我吃了晚上也睡不好，还要靠安眠药强撑睡下，第二日醒来和没睡过一样难受。

玉　纹　（递药）能睡就好。

　　　　〔戴礼言端过碗,心却凉了,把端药的手伸直了,了无生趣地放手,任由碗摔下去。

　　　　〔远处有一声火车鸣叫。

玉　纹　你这又是何必呢?

　　　　〔玉纹欲去捡破了的药碗,被戴礼言阻止。

戴礼言　玉纹,我们谈一谈吧。

玉　纹　我再给你去端一碗。

　　　　〔戴礼言蹲下捡碎碗,捡到一半又觉得无趣,扔掉了碎片。

　　　　〔庭院外传来嬉闹声。

　　　　〔戴秀蹦跳,提着戴礼言的药上场,后面跟着章志忱。

戴　秀　章大哥! 快来呀!

章志忱　(唱)　满面风尘回故园,

　　　　　　　　重访旧友得清闲。

　　　　　　　　在外是脚跟无线如蓬转,

　　　　　　　　回此地童言乡音客前喧。

戴　秀　(敲门)章大哥,阿哥阿嫂又装听不见,不来开门!

章志忱　我们往后墙去!

　　　　(唱)　荒废意旧日情景全不见,

　　　　　　　　绕后墙故梦重温还少年。

戴　秀　章大哥,我和你讲,阿哥他生病之后,人就变得怪怪的。

章志忱　他怎么了?

戴　秀　战争时候落下的毛病! 药吃吃都没用场,现在他一日要换一帖药,我和阿嫂是真正辛苦死了,你到了可要帮他好好看一看。

章志忱　好,包在章大哥的身上!

　　　　〔戴秀说着便爬上了矮墙。

戴　秀　哥哥! 我把你的药取回来了!

戴礼言　谁让你翻墙的? 还有点戴家小姐的样子吗? 下来!

章志忱　交代不过,礼言,是我让她翻的。(跨大步跳下墙)你可千万不要骂她!

戴礼言　章志忱啊! (欣喜,端详)真的是你啊!

章志忱　戴礼言,是我!

戴礼言　啊呀,我们有十多年没见了,你还好啊?

　　　　〔玉纹听到章志忱停住了脚步,回转身,走过来。

章志忱　好啊,我这几年在武汉、长沙、成都、昆明到处跑! 讲实在话,八年的仗终于打完了,哪有人会不想回来看看呢?

戴礼言　你回家里去过了？爹娘都看过了？（见章志忱不回答，又盯着走来的玉纹看）哦，这是内人玉纹。这是志忱兄，从小就是同学。

章志忱　玉纹，原来是你。

　　　　［玉纹和章志忱四目相对。

戴　秀　章大哥，你和阿嫂认得啊？

　　　　［玉纹拘谨地拉了拉袖口。

章志忱　我们是同乡，是隔壁邻居。

戴　秀　那真是好极了，阿哥，章大哥和我们多有缘分呀！

戴礼言　是说啊。老同学，不要立着了，赶快到屋里厢去喝杯热茶！（边走边说）你恐怕也看到了，仗打过后，戴家大不如从前了……

戴　秀　章大哥，我帮你拿行李。

章志忱　好，谢谢阿妹！

玉　纹　（陷入回忆）时间过得真快，一转眼，十多年过去了。

　　　　［章志忱和戴礼言二人有说有笑地下了场，玉纹留在场上。

　　　　［伴唱：碧海青天忘干净，

　　　　　　　　花开花落又逢君。

　　　　　　　　流光何曾抛旧人，

　　　　　　　　一分一寸难问心。

第一场

　　　　［夜。

　　　　［玉纹携被子上。

玉　纹　（唱）　鬓发扶齐整，

　　　　　　　　晚装换时兴。

　　　　　　　　热被塞进怀抱里，

　　　　　　　　一路行来汗湿襟。

　　　　　　　　讲不出心头滋味悲与喜，

　　　　　　　　管不住进退行动先于心。

　　　　［玉纹敲门。

章志忱　这么晚了，是谁在敲门啊……（拉开了门与玉纹对视后又条件反射式地把门合上了）是她来了？

玉　纹　为啥关门？

章志忱　（唱）　突然有客来驾临，

玉　纹　（唱）　眼前房门开又闭，

章、玉　（唱）　咯噔一响心不定。

章志忱　（唱）　灯下忙照影，

玉　纹　（唱）　怕他会错情，

章志忱　（唱）　整顿衣和巾。

玉　纹　（唱）　收起钗和锭。

章、玉　（唱）　我这里忙忙乱乱不同心，
　　　　　　　　　空寄望坦坦荡荡讲曾经。

　　　　　［玉纹正欲敲门，章志忱就开了门。

章志忱　是你来了。

玉　纹　是我来了。

　　　　　［戴礼言的咳嗽声。

章志忱　天色已经这么晚了。

玉　纹　我来给你送床被头。

章志忱　嗯。

玉　纹　春天夜里还是要冷的，我去给你铺上。

章志忱　嗯。

　　　　　［玉纹要进房，章志忱还挡在门口，玉纹看了他一眼，章志忱局促地把手放下，玉纹见此觉得好笑，径直去铺床。

章志忱　这不会太麻烦你了吧？（想要缓解些方才的尴尬）我来铺吧，我来好了。

　　　　　［推搡间，章志忱碰到了玉纹的手。

章、玉　还是……

玉　纹　还是我来吧。

章志忱　（走到门边）嗯。

　　　　　［良久的沉默。

玉　纹　（唱）　手上翻弄棉花絮，

章志忱　（唱）　不知手脚要放哪里，

玉　纹　（唱）　脸上还有红晕余。

章志忱　（唱）　心里五味将凑齐。

玉　纹　（唱）　怎么无动静？

章志忱　（唱）　何时该叫伊？

玉　纹　（唱）　怎么没言语？

章志忱　（唱）　要远还是近？

玉　纹　（唱）　我把眠床铺得整整齐，

章志忱　（唱）　我看她把眠床铺得整整齐，

　　　　　　［两人皆转过去看对方，四目相对，又转回去。

章、玉　（唱）　庆幸我声声心跳无人听。

玉　纹　眠床铺好了。

章志忱　坐一下吗？

　　　　　　［玉纹在桌边的凳子上坐下，章志忱原想搬凳子就近坐下，想了想又把凳子搬得好远。

玉　纹　你坐得……有点远吧？

章志忱　我有点不舒服，怕传染给你。

玉　纹　（关心，站起来）你没生毛病吧？

章志忱　（也跟着站起来）没生，没生。你坐，你坐呀！

玉　纹　（又缓缓坐下）我是来问问你，有没有缺啥漏啥，我是这里的主人，照顾你是应该的。

章志忱　这里蛮好的，没缺啥。

玉　纹　（假意）你讲啥？我有点听不见。

章志忱　（放大音量）我讲，没缺啥。

玉　纹　（摇头）还是听不大清爽……是不是你坐得太远了？

章志忱　太远了？那……我坐近一点？（把凳子移近了些）现在呢？

玉　纹　听明……一点点了。

章志忱　听明就好，（又搬近了些）听明就好。

玉　纹　你家里去过了？

章志忱　去过了。

玉　纹　可还好？

章志忱　爹娘都不在了，就剩我们小时候玩的那几间了……想不到，我们再见面会是在这里。

玉　纹　嗯，我也不晓得你会来。

章志忱　（又搬近了些）玉纹啊……

　　　　　　［远远的戴礼言的咳嗽。

玉　纹　（变得大声）仗打完他就成这副样子了。

章志忱　（也随之大声起来）我刚刚给他看过病了。

玉　纹　怎么样？

章志忱　没啥大毛病。

玉　纹　你要跟我讲实话。

章志忱　主要还是心病。一整个下午我就看他把几块砖头垒来垒去,这样子那大病小病怎么会不来呢？其实心打开了,啥事体会过不去呢！

玉　纹　（又小声）也不是小事体,是心结解不开才会去想的。

章志忱　什么？

玉　纹　要是当下的日子好过了,啥人会愿意生病呢？

章志忱　那这也要向前看呀。

玉　纹　难道你心里就没啥事体过不去么？

章志忱　……我是医生。

玉　纹　那要是我有病呢？

章志忱　你……

　　　　〔章志忱与玉纹对视。

　　　　〔戴礼言隐隐咳嗽。

章志忱　你会有啥病呢？

玉　纹　天色也不早了,我想我还是走了。

章志忱　（似有未尽）诶！

玉　纹　啊？

章志忱　……哦！你让他多去晒晒太阳。

玉　纹　哦。

章志忱　明天天气应该是好的。

玉　纹　嗯……

章志忱　那只好……明天见了。

玉　纹　明天见。对了……

章志忱　啊？

玉　纹　我想起来还有件事体没跟你讲。

章志忱　那你快讲。

玉　纹　这里十点钟就要没电了。

章志忱　（失落）哦,就这么一回事体啊？

玉　纹　还有……

章志忱　还有啥？

玉　纹　还有……抽斗里有洋蜡烛备着。

章志忱　哦,还有吗?

玉　纹　还有……(顺势从抽屉里拿出了蜡烛)我先给你点上哦?(蜡烛老是点不上,突然有些委屈)可能是太久没人了,火柴都有点潮了。

　　　　〔灯突然暗了,黑暗中,钟敲了三下。玉纹的手垂落下来。

　　　　〔室内唯一的烛火幽暗。

　　　　〔戴礼言的咳嗽声又响起。

章志忱　(讪讪收回手)玉纹,这次回来,我总觉着你有什么心事闷闷不乐的,我一直想抽空问问你,这十年你到底过得好吗?

　　　　〔玉纹低下头,哭了。

章志忱　(唱)　明知不能再相亲,

　　　　　　　还是伸手与她近。

　　　　　　　体谅她的女儿情,

　　　　　　　安慰我的凄凉心。

玉　纹　(避开章志忱凑过来的手)我一直以为时间还早,没想到过得这么快,我要回去看看礼言了。

章志忱　玉纹……

　　　　〔玉纹走了几步又回头看章志忱。

章志忱　(握了握拳)谢谢你此番来看我。

　　　　〔玉纹彻底走出门外。

玉　纹　(唱)　指尖还有暖,

　　　　　　　对月泪擦干。

　　　　　　　来时风微乱,

　　　　　　　回程更觉寒。

　　　　　　　如今我这般身份情难堪,

　　　　　　　何必要引他相思剪不断。

第二场

　　　　〔房内。章志忱正在为戴礼言看病。

戴礼言　你说我的病会好吗?

章志忱　我们年纪还轻，什么病都不怕。

戴礼言　年轻？我怎么觉得自己已经老了呢……

章志忱　礼言，你不要唉声叹气的，也不要老发脾气。

戴礼言　你是讲对她？

章志忱　也不一定是对什么人。

戴礼言　我脾气是变坏了。我太太人是再好也没有了，可因着这病，把夫妻间的关系弄得这样不正常。如今，她还是在照顾我，但她照顾得越好，我就越搁着她冷；她越冷，我就越觉得失面子，因此，就越容易发脾气。

章志忱　可她从前并不冷呀！

戴礼言　(看了章志忱一眼，叹了口气，闭上了眼睛)……谁叫打这八年仗呢！志忱，你不晓得我有多羡慕你，你就好比春天刮的东南风，来到这里什么都变灿烂了。可我呢，我是冬天刮的西北风，做什么事都是雪上加霜，越做越坏。我如今三十六岁，还生了毛病，戴家的家业我是重振不起了；另起炉灶呢，我又怕把戴家的门楣败坏掉。我每夜困不着就想，我是从什么时候开始变成一个废人了呢？

章志忱　你不要这样想，你毕竟是一家之主，为你的家人也要振作点。

戴礼言　唉，你是不会懂的……

章志忱　我……

　　　　　〔另一边，一扇映照着玉纹和戴秀的身影，玉纹正在帮戴秀梳妆。

戴　秀　阿嫂，你与章大哥从小认得，我想你一定晓得他的许多事体，对不对？

玉　纹　(手上的梳子停顿了一下)是啊，你想知道什么？

戴　秀　章大哥这么好，以前一定有许多女孩子暗恋他吧？

玉　纹　他以前爱哭鼻子，哪有人会暗恋他？

戴　秀　章大哥骗人。他骗我讲小时候一大把人暗恋他，尤其是一个大辫子姑娘顶欢喜他。

玉　纹　乱讲三千……他还讲了什么？

戴　秀　他还讲后来大辫子姑娘和他分开了……阿嫂你看这个夹子夹在头顶好看吗？

玉　纹　还有呢？

戴　秀　啊？

玉　纹　你刚刚讲的，章大哥和大辫子姑娘的事情。

戴　秀　哦！章大哥讲他没办法带大辫子姑娘走,所以故事就只能结束了。

玉　纹　(渐渐落寞)这样啊……

戴　秀　(也渐渐落寞了起来)这句话讲好他还叹气了……阿嫂你晓得他讲了啥吗?

玉　纹　讲啥?

戴　秀　他说,如果我可以带她走就好了……这么看……阿嫂!章大哥还是蛮痴心的,对吧?

玉　纹　他是这么说的?

戴　秀　(点头)阿嫂!你今天也给我梳一个大辫子好吗?我让章大哥晓得,戴秀梳大辫子是顶好看的!

玉　纹　(勉强笑)我当你今天讲这许多话是为啥,原来啊,是少女思春……

戴　秀　啊呀,阿嫂,你乱讲!我不要你梳了,我要自己梳!

〔戴秀羞涩地小跑着离开,玉纹追出来,在走廊上看着戴秀的背影发呆。章志忱从玉纹后面的走廊上,端详了玉纹的背影好一会儿。

章志忱　你……饭吃过了?

玉　纹　(被突如其来的声音吓了一跳)还没。

章志忱　哦,我刚刚从礼言那里出来。

玉　纹　阿妹也刚刚离开。

章志忱　那,再见了。

玉　纹　再见。

〔章志忱往前走又回头,见玉纹正偷偷趴在门后看他,章志忱便立即转回了头,玉纹也马上躲了起来,章志忱和玉纹都笑了。

章志忱　这棵树上怎么挂了只帕子,恐怕是阿妹……

玉　纹　是我,是我在阿妹闺房里发呆,手里帕子掉落也没发现。

章志忱　就这样?

玉　纹　你觉着无聊?是这样子的,我每天都是这样子的。

章志忱　……我去把它拿下来!

〔章志忱爬上了树,奋力拿到了手帕,似是胜利一样向玉纹挥手,玉纹笑了。

第三场

伴　唱　酒酿圆子豆酥糖，

　　　　年糕烤菜喷喷香。

　　　　生日宴，会客场，

　　　　马头墙上露春光。

　　　〔戴秀搀扶着戴礼言上场，章志忱怀有心事上场，各自在宴客厅坐定。

戴礼言　阿妹，今朝是你的生日，你来主持。

戴　秀　（向门外喊）阿嫂不要烧了，快来呀！

　　　　（唱）　邱隘咸菜黄鱼汤，

　　　　　　　冰糖甲鱼芋芳羹。

　　　〔戴秀伴着拿着菜进门的玉纹，玉纹手上还拿着一方帕子。

　　　　　阿嫂，

　　　　　辛苦阿嫂把灶上，

　　　　　化作了阵阵饭菜香。

　　　　还有什么呀？酒糟带鱼？阿嫂，这菜阿哥他……

玉　纹　是我想吃。

戴礼言　偶尔吃吃，没关系。

章志忱　（唱）　偷眼看，把她望，

　　　　　　　谁能解酒糟带鱼藏文章。

戴礼言　（才想起来）我倒是忘记了，这酒糟带鱼，志忱也欢喜的嘛。

章志忱　（应和）是啊，是啊。

戴　秀　章大哥喜欢啊！（夹菜给章志忱）那章大哥多吃点。

章志忱　谢谢阿妹，诶，阿妹今天穿得倒特别嘛，都讲女大十八变……（抓戴秀的辫子）这辫子就扎得蛮好看，都有点大人的样子了！

戴　秀　章大哥！

　　　〔玉纹把帕子不小心掉在了地上。

戴　秀　阿嫂，你帕子掉落了！

章志忱　（忙着接食物，见此，放下碗筷）哦，我来捡吧。

（唱）　前几日她低眉哀怨我难忘，

　　　　　今日里她一展愁眉显开朗。

　　　　　我一块石头落地上，

　　　　　拾方帕，对她关照不声张。

　〔玉纹接过帕子，章志忱拉着玉纹的帕子不肯放，其他二人并未发现。

玉　纹　（唱）　吃醋间猛然一阵迷乱慌，

　　　　　猜不透旁边人儿心中想。

戴礼言　（唱）　我暗自观瞧妹妹样，

　　　　　一桩婚事起主张。

　　　　玉纹。

　〔玉纹没有防备，慌张地站了起来，章志忱随后收了手，帕子又掉
　　在了地上。

戴　秀　（帮嫂嫂捡手帕）这一尺的帕子会掉落两次啦！阿嫂啊最近毛毛
　　　　糙糙的，章大哥，你说是吧？

章志忱　是啊，是啊。

戴礼言　玉纹，你来。

玉　纹　啊？

　〔戴礼言把玉纹拉到一旁，指了指正在说话的戴秀和章志忱。

玉　纹　（手开始卷动帕子）你的意思……（见戴礼言点头）不合适吧？

戴礼言　男未婚女未嫁的，怎么会不合适呢？

　〔玉纹见那边章志忱望向她便对他笑了笑。

戴礼言　你笑什么？

玉　纹　我是想，志忱恐怕不愿意吧。

戴礼言　诶，你不懂男人，我有办法。（转身对章志忱）老同学，多吃点，千
　　　　万不要客气，阿妹，你要多多照顾章大哥。

戴　秀　好呀，那我再夹一块鳗鲞给章大哥吃。

章志忱　诶，阿妹，今天是你十六岁生日，这酒，是一定要喝的。

玉　纹　照我看，阿妹还那么小，以茶代酒最好。

戴　秀　哼，喝酒多少没意思，我们来划拳。

章志忱　你还会划拳？

戴　秀　阿哥教我过，不过，我只会一点点。

玉　纹　你还是小姑娘，划拳是学不来的。

戴礼言　（阻止玉纹）阿妹，划拳输掉是要喝酒的！

戴　秀　那我不来了……

戴礼言　阿妹,有阿哥帮你看着,你怕什么? 尽管来!

戴　秀　阿哥,大话让你讲去了,等下输了么,酒还是要我来喝,不划算的,我不赌。

戴礼言　不会让你输的,阿哥读书的时候,是全校闻名的赌王。

章志忱　你是赌王,我还是拳王呢。

戴　秀　阿哥,我去跟章大哥比比看,阿妹不让你丢脸的。

戴礼言　好,有志气。

章志忱　爽气! 阿妹,那我们来。

戴　秀　合家好……(对戴礼言)是这样吗?

戴礼言　是的。

戴　秀　五魁首啊,八匹马! 章大哥,你输了!

戴礼言　哈哈,这下你总没办法了,喝酒喝酒!

章志忱　可以啊,小妹妹,厉害,好,我喝。

　　　　〔章志忱太投入游戏中,以至于玉纹站在他身边他都未能察觉。
　　　　玉纹左右走动,他没察觉;玉纹拉扯他衣服,他也并没有察觉。

玉　纹　(唱)　他倒是一碗黄汤心滚烫,

　　　　　　　　局外人受了冷落生彷徨。

　　　　　　　　他那里有说有笑有欣赏,

　　　　　　　　她那里比赛热闹多繁忙。

　　　　　　　　他那里媒人眼目正打量,

　　　　　　　　莫非是旧日恩情早散场?

章志忱　(对戴秀)这下你总没办法了吧? 喝,喝下去。

戴　秀　(求救)阿哥。

戴礼言　我来替她喝。

　　　　〔玉纹不由分说接过杯盏。

戴　秀　(抱住玉纹)大嫂你真好!

戴礼言　(责怪戴秀)诶,你嫂嫂是不会喝酒的。

　　　　〔玉纹将杯中酒一口喝完。

戴礼言　你会喝酒啊?

章志忱　(正在兴头上)诶! 她本来就会喝的嘛。

　　　　〔玉纹又倒了一杯喝下。

戴礼言　你……

章志忱　再来再来。

玉　纹　(乘着酒意推开戴礼言)你怎么不和我来呀?

戴礼言　玉纹……

章志忱　好，好，好，我和你来。

玉　纹　（搭上章志忱）我不和你划拳，我和你来这个，这个……这个。

章志忱　这个我知道，我们以前常玩的嘛，来来来。

戴礼言　（渐渐往桌外退走）

（唱）　只见她眉眼留情多明亮，

只见他熟悉姿态对成双。

竟忘了她还存有少女样，

竟忘了她还有副好心肠。

细张望，又彷徨，

多思量，越心凉。

她何曾对我笑一眼？

她何曾与我温柔乡？

其实何必费思量，

睁眼却作双目盲。

［戴礼言退到里间的躺椅里坐下，咳嗽，若有所思。

戴　秀　诶，阿哥怎么会到里间去了呀？

玉　纹　又咳嗽了，怎么又咳嗽了……

戴　秀　嘘，阿嫂你轻点呀，阿哥累了。

章志忱　阿妹，你阿嫂啊，是醉了。

玉　纹　乱讲三千，我会醉呀？再来再来。

戴　秀　阿嫂，我还是扶你回去吧？

玉　纹　哎呀，我不回去。

戴　秀　那我给你端碗醒酒汤……

章志忱　阿妹，你不要管她了，划拳还划吗？你是不是认输了？

戴　秀　章大哥，你不要捣浆糊了，这都什么时辰了……

玉　纹　戴秀……我的好阿妹，阿嫂跟你讲，你好事近了！你阿哥要把你
　　　　许配给……章大哥。

戴　秀　章大哥？（看了一眼章志忱）啊呀阿嫂，你真的醉了！

玉　纹　阿嫂没醉，阿嫂还要帮阿妹操办婚事呢！你看，阿嫂把帕子都给
　　　　你备好了。

章志忱　（唱）　求醉人醉眼见她把媒做，

又见她一身酒气话许多。

劝自己酒话不能当真话，

禁不住自己也想把酒话说。

［玉纹抽出衣服上的红帕子,盖在了戴秀的头上。

戴　秀　阿嫂!

玉　纹　听话!(止住戴秀的动作)盖上去,就要等新郎官来掀开了! 阿嫂这就去帮你叫新郎官来!

章志忱　我不去。

玉　纹　你不来,我就请你来。

戴　秀　(观察章志忱的状态,心生气恼,扔掉红帕站起来)阿嫂,你不要逼我了! 我……我去给你端碗醒酒汤!

　　　　［戴秀下场。

玉　纹　(仿佛没听见)新郎官,来呀,那你来呀。

章志忱　(唱)　若是我十年不做他乡客,

　　　　　　　　是不是也能与她结丝萝。

　　　　　　　　一时间千般滋味心头过,

　　　　　　　　分不清假语真言有几多。

玉　纹　啊呀,你又被我抓着了! 这许多年了,你一点也没长进。

章志忱　玉纹……

玉　纹　你啊! 从来也不会真的逃,抓你放你其实全是凭我的欢喜……你晓得我每回在心里想什么? 我想……(低低地自言自语)就一回呢? 哪怕你就主动一回呢?

章志忱　玉纹,你要我怎么办?

玉　纹　(对着已空无一人的凳子)阿妹,成亲的时候,新娘子啊盖个红盖头,朋友亲眷都来看,糖一把,桂圆一把,莲子一把,炮仗放起来,是多少热闹,多少风光啦……

　　　　［章志忱抱住了玉纹。

章志忱　玉纹,你不要讲了,也不要笑了,我懂的,我都懂的,以前的事情都怪我,可现在你已经是礼言的妻子了……(将手渐渐放开)

玉　纹　(抓住了章志忱放开的手)可我心里想的是你!(四目相对,觉得失言)哎呀,我醉了醉了。

　　　　(唱)　醉酒言吐露情思让他晓,

　　　　　　　　心狂跳不敢回味欲要逃。

　　　　［玉纹走出门外,又靠在门窗上。

玉　纹　(唱)　刚抬腿却后悔,

　　　　　　　　他可会动情来寻找?

章志忱　（唱）　四目相对心如捣，

　　　　　　　　一团糊涂回年少。

　　　　　　　　欲想不顾追出去，

　　　　［戴礼言咳嗽响。

　　　　　　　　这一阵咳嗽热情消。

　　　　［戴秀端着醒酒汤跑着上。

戴　秀　醒酒汤来了，阿嫂你好坏也吃点呀！哎呀，阿嫂，你怎么会立在
　　　　门口呀？阿嫂，你眼睛怎会红红的？诶，阿嫂，阿嫂！

　　　　［玉纹离开。

戴　秀　章大哥，阿嫂走了，你都不照看着，那这碗醒酒汤就只好你来喝了。

章志忱　我有点不舒服，我也先回房了。

戴　秀　诶，章大哥，章大哥！

　　　　［章志忱离开。

　　　　［戴礼言站起来。

戴　秀　阿哥，你醒啦？诶，阿哥，阿哥！

　　　　［戴礼言不顾戴秀的呼喊，拿起帕子下场。

戴　秀　一个个的都这样，到底是怎么回事啊？

第四场

　　　　［夜晚，万籁无声。

　　　　［玉纹上，她扎上了原来没嫁人时候扎的辫子，换了身没嫁人前
　　　　最爱穿的衣裳。

玉　纹　（唱）　寒风过酒劲没过正新鲜，

　　　　　　　　琢磨着志忱席上体贴言。

　　　　　　　　月亮路青石板上铺光明，

　　　　　　　　不死人手拿蜡烛要去寻。

　　　　［章志忱原本在整理衣物，见玉纹来了，想关门，在锁门的时候犹
　　　　豫了，最终还是没锁，他继续整自己的行李。

　　　　［玉纹敲门，章志忱不理会，几次三番，她直接推开章志忱的房门。

玉　纹　你要走？

章志忱　我等下就去车站。

玉　纹　都快十一点了，哪来的火车呢？你……

章志忱　玉纹！你回去吧！

玉　纹　志忱，我今天扎了原来的辫子，这么久了，我都以为自己不会扎
　　　　了……好看吗？还有这衣裳……(见章志忱撇过头去，她就坐到
　　　　章志忱的旁边，靠在他的肩上)这些年，他不想活，我不敢死。你
　　　　来了，我觉得有希望了，仿佛以前的快乐日子还能再回来。我
　　　　想！你……也是想我的，对吗？

章志忱　(唱)　　眼面前旧日素净少女样，
　　　　　　　　　可怜她一番话儿透悲凉。
　　　　　　　　　想起了青梅竹马话不藏，
　　　　　　　　　想起了八年战争离乱丧。
　　　　　　　　　说话间她将志忱当希望，
　　　　　　　　　志忱我何尝不把曾经想。
　　　　　　　　　生日宴懦弱已经把她伤，
　　　　　　　　　今夜里怎能将她轻拿放？

玉　纹　(听不到想要的回复有些失望)也许是我想多了。
　　　　［原来坐着的章志忱搂住了要走的玉纹，玉纹回过身去，忍不住
　　　　像母亲一样地抚摸他的头发。

章志忱　我读了一年的学就开始跟着军队跑，一开始我满怀豪情，立志要
　　　　"救国医人"，后来人太多了，我来不及想了，我只是做而已，我每天
　　　　要像切牲口一样切他们的器官，缝衣服一样缝他们的身体……八
　　　　年的仗打完，我家没了，亲人没了，我成了一个孤儿了，我来找礼
　　　　言，没想到会碰着你。看你过得这样我心里难受。我想我要是当年
　　　　不走，爹娘也不会死，你也不会……如果我没走，我现在又会怎么样？

玉　纹　你走是对的，你不能像我一样，闷死在这里。

章志忱　不，我再不能一个人走了，我要带你走，对，带你走一切就会好起
　　　　来的。

玉　纹　你要带我走？

章志忱　嗯，我去见礼言，我去跟他讲清楚，虽然是我对不住他，但我顾不
　　　　得这许多了……

玉　纹　我和你一起去。

章志忱　好，来。

[章志忱拉着玉纹走在前头，仿佛走去戴礼言房间的路就是他们的一次出走。

章志忱　（唱）　同并肩天涯闯荡共去往，

玉　纹　（唱）　这句话多少年来梦中想。

章志忱　（唱）　章志忱牵着玉纹走回廊，

玉　纹　（唱）　玉纹我把手给你去承当。

章志忱　（唱）　江南春色烟蒙蒙，

玉　纹　（唱）　乌篷船头把雨挡。

章志忱　（唱）　巴山蜀地吃不惯，

玉　纹　（唱）　兜里备着鳗鱼鲞。

章志忱　（唱）　再到北方走一趟，

玉　纹　（唱）　为你缝补做冬装。

章志忱　（唱）　华南是个……

戴　秀　（走过回廊）阿哥！你坐着！我去烧一帖药，马上回来！
　　[章志忱立刻拉着玉纹躲在角落。

章志忱　（唱）　一声哥哥热情降，
　　　　　　　　心中不免生紧张。

玉　纹　（唱）　他一见戴秀神色慌，
　　　　　　　　牵起的手儿马上放。
　　　　　　　　刚刚还把未来想，
　　　　　　　　可见说忘就会忘。
　　　　　　　　怕是不愿带我走，
　　　　　　　　心刚放落又悬上。

章志忱　（唱）　前面行来礼言房，
　　　　　　　　玉纹神色不一样。
　　　　　　　　难道无情是表象，
　　　　　　　　心中还把礼言想？
　　　　　　　　玉纹，我要敲门了。

玉　纹　好。

章志忱　我真的敲了？

玉　纹　难道这敲门还有假的？

章志忱　玉纹我……

玉　纹　（欲上前敲门）
　　　　（唱）　我欲抬手敲门窗，

心头突然滋味上。

与他夫妻也一场，

真的无药无良方？

章志忱　怎么？你也不敲了？

玉　纹　志忱，你不觉得今天晚上怪怪的吗？

章志忱　怪怪的？

玉　纹　这夜里也太安静了吧？

章志忱　这都是你的心理作用。

玉　纹　怎么就没了咳嗽的声音呢？

章志忱　没咳嗽声也正常啊，玉纹，你是不是又不想走了？

玉　纹　不，我要走，我不能再这样下去了，我一定要走出这个院子！

　　　　〔玉纹正欲敲门，一阵风吹开了戴礼言的房门，戴礼言的咳嗽声
　　　　终于传来。

玉、章　（唱）　海口张！行动莽！

　　　　　　　　一记开门后悔生。

　　　　〔章志忱、玉纹都僵在了门口。

戴　秀　阿哥你怎么会自己出来了，外头冷的。

玉　纹　（过了好一会儿）原来，是风啊……

章志忱　这声音原来是在花厅啊……

玉　纹　既然他不在，我们明天再说吧。

章志忱　（迟疑了许久）玉纹。我们是真的回不去了。

玉　纹　明天见。

章志忱　明天见。

　　　　〔两人分别走开。在相遇时略有停顿，却再没有回头。

第五场

　　　　〔风吹起。
　　　　〔戴礼言拿着玉纹席上掉落的帕子，走到了玉纹的房间。

戴礼言　（敲门）玉纹？

　　　　　[戴礼言敲门无人应,叹气欲走,想了想还是推门进到玉纹的房
　　　　　间。四处端详物件。

戴礼言　（唱）　废体残躯两年多,
　　　　　　　　夫妻之情显凉薄。
　　　　　　　　宅子一座隔冬夏,
　　　　　　　　妻子房间没进过。
　　　　　　　　没想过此地精致生气多,
　　　　　　　　没想过房中脂粉香气糯。
　　　　　　　　只当她回味荣华苦良多,
　　　　　　　　却原来消极不动只有我。
　　　　　　　　经不住回味席上眼如波,
　　　　　　　　猜测她多少热情被蹉跎。
　　　　　　　　样样牵心窝,
　　　　　　　　事事细琢磨。
　　　　　　　　桩桩滋味多,
　　　　　　　　件件激励我。
　　　　　　　　礼言我今年不过三十多,
　　　　　　　　扣心问是否可能再来过?

　　　　　[戴礼言刚端详到玉纹床上的绣花枕头,突然有了咳意,赶忙放
　　　　　下枕头,待避得很远,才猛咳起来。

戴礼言　（唱）　礼言我今年也有三十多,
　　　　　　　　怕只怕从此不能再来过。

　　　　　[玉纹走进自己房间。

戴礼言　玉纹,你帕子掉下了,我给你送过来。

玉　纹　你原来在这里啊?

戴礼言　是啊……你有事出去?

玉　纹　嗯。

戴礼言　春天虽到了,夜里还是会冷的,你出门……要多穿点。

玉　纹　嗯。

戴礼言　算来,我们分居也有两年多了,虽然就隔着一点点路,在我看来
　　　　就像隔着银河一样远。如今我看你的房间,我想不着,是这般有
　　　　生机,角角落落都是你的绣品,好看,你今天的衣服,也好看,可
　　　　我以前怎么没觉出来呢? 玉纹,你讲我还有机会吗?

［戴礼言又咳嗽了起来。

玉　纹　（去给戴礼言顺气）你还病着呢……

戴礼言　（抓住玉纹的手）我想，今晚我可不可以住下？（觉得冒犯了妻子）或是一道去我那里？

玉　纹　……你还病着呢。

［戴礼言叹了口气，给玉纹点上蜡烛。

戴礼言　没寻到你的烛台，我把我自己的留下吧，这蜡烛有点短了，我给你换支新的。

玉　纹　你弄蜡烛做什么？

戴礼言　这是你多年的习惯了，没这支蜡烛你是困不安稳的。

玉　纹　礼言……

戴礼言　你讲。

玉　纹　没事。

［戴礼言咳嗽着走回自己的房间。

［十二点钟声响彻戴家，三间房，三个人各怀心事。

［章志忱走进自己的房间，开始疯狂整理自己的行李，无意间又看到了玉纹带来的还在亮的蜡烛，他陷入沉思。

［玉纹把自己的衣服整理出来，又看着摇曳烛火发呆，想了想又都放回去了。

［戴礼言坐在桌前，桌上摆着一瓶药，他手指点着桌子若有所思。十二点钟声还没结束，他就像下了某种重大决定似的，把桌子上的药抓了一把，吞了下去，去躺椅上睡好，闭上了眼睛。

［钟声结束，戴秀端着药上场。

戴　秀　阿哥，（敲门无人应，推门进去）阿哥你怎么睡着了？（摇了摇没反应，又看了看桌子上的药瓶）阿哥？阿哥？救命啊！阿嫂！章大哥！阿哥吞药了！阿嫂！章大哥！

章、玉　礼言？

［玉纹先跑到戴礼言的房间里，章志忱随后。

玉　纹　礼言！（扑到床头）阿妹，你阿哥怎么了？

戴　秀　（哭）阿嫂你到哪里去了？

章志忱　礼言！（看到倒在桌子上的安眠药）安眠药！

玉　纹　救救我的丈夫。

章志忱　你放心，谁都该死，就他不应该死。

［抢救后，戴礼言渐渐平缓，戴秀和章志忱还守在戴礼言旁边，玉

　　　　　　纹渐渐推门走出去。

伴　唱　喧闹过二更，
　　　　　危急渐扫尽。
　　　　　众人陪夜勤，
　　　　　只她推门轻。

玉　纹　（唱）一扇门，
　　　　　　　一个人。
　　　　　　　一条路，
　　　　　　　一片影。
　　　　　　　灯火重重摧梦醒，
　　　　　　　夜寒森森倒安心。
　　　　　　　这条路，多次行，
　　　　　　　次次行来都归心。
　　　　　　　一次忐忑紧，
　　　　　　　一次笑盈盈。
　　　　　　　一次抛顾虑，
　　　　　　　一次寒了情。
　　　　　　　这一次再把房门进，
　　　　　　　来到此地别曾经。
　　　　　　　铺眠床，
　　　　　　　铺开十年离乱情，
　　　　　　　他几分慌张几分惊？
　　　　　　　搬凳子，
　　　　　　　搬得两人又贴近，
　　　　　　　他几分同情几分真？
　　　　　　　吹蜡烛，
　　　　　　　吹得两人冷了情，
　　　　　　　明白同心难同进。
　　　　　　　镜花水月都是梦，
　　　　　　　一晌贪欢难留情。
　　　　　　　才明白过去到底是过去，
　　　　　　　谁让我错把往事当前程。
　　　　　　　门关紧众人各自守围城，
　　　　　　　从此后不托盼望不托情。

[戴秀上。

戴　秀　阿嫂,你在这里呀! 阿哥醒转了,你去看看吧。(见玉纹不动,继续劝)阿哥他刚刚还在和我讲,讲他一定要好起来,要给你更好的日子,不能再那样死气沉沉,病气恹恹的,让你难过。他要好好做一个丈夫,最好也要能做一个好爹爹。到这时候,戴秀我也能做阿姑了。阿嫂,日子会好起来的,日子会好起来的。

玉　纹　你为什么要和我讲这许多话?

戴　秀　(犹豫)阿嫂……你是不是和章大哥好? 会过去的,阿嫂,现在的一切都会过去的!

[戴礼言的房间里。

[戴礼言转醒过来。

章志忱　你再睡一会吧? 你身体还很虚弱,需要多休息……阿妹去给你煎药了,她也马上会来,你放心,一切是不会变的……礼言,我对不起你,我把你的生活弄得一塌糊涂,你们都讲我是春天,于是我就真觉得自己是春天了,真觉得自己可以改变已经存在的东西,我错估了自己,也伤害了别人,我是没面孔再继续住下去了……

戴礼言　(搜紧了章志忱的手)志忱……

章志忱　礼言,你听我讲……

戴礼言　我想跟你争争看。

尾　声

[玉纹在做针线,这次,她绣起了棉衣。

[戴礼言在一旁捯饬起了有些新绿的盆栽。

戴礼言　这么早就开始绣棉衣了,现在不还是在春天么?

玉　纹　春天过得快,我绣一绣就到秋天了。

戴礼言　其实你原来绣花就很好,你绣的东西比原来绣坊里绣得还要漂亮!

玉　纹　我想卖掉一些,补贴家里的用度,阿妹大了,花费也多了,坐吃山空不是办法。

戴礼言　你这么辛苦绣出来,我欢喜的,不能卖掉。

玉　纹　欢喜能当饭吃?

戴礼言　那就把我修的这棵罗汉松卖掉吧?还有那边那棵菩提树也一并
　　　　卖掉好了!

玉　纹　你弄这些就不辛苦了?

戴礼言　看看时间,志忱也到火车站了吧?你真是,他说不让我们送你
　　　　就当真不去送了,他要是在城里迷路了,赶不上车,你说他……

玉　纹　不是有戴秀跟着吗?

戴礼言　她一个小姑娘有多少记性啊!

玉　纹　那他自己会回来的。

戴礼言　万一他寻不回来呢……

玉　纹　那他自己会寻一个旅馆住下的。

戴礼言　我其实是说,你们也是从小的邻居……

玉　纹　(终于停下了针线)你不就是想让我跟他去。

戴礼言　(反倒有些怕她说出什么)啊?(不小心剪坏了盆栽,对自己懊
　　　　恼)哎呀!这下卖不出去了。

玉　纹　(看了他一眼)再顺带把菜买回来吗?

戴礼言　(长吁一口气,终于有了笑意)诶对,我就是这个意思。

玉　纹　我给你煎的药你吃了吗?

戴礼言　(大声)吃过了!

　　　　[玉纹笑着摇头,又继续做针线。这时,一阵火车的鸣叫又响彻
　　　　了戴家的老宅。玉纹脸上的笑似乎被这声鸣叫带走了,她向远
　　　　处停顿了好久,又低头做起了针线。

　　　　[观众席的另一头是章志忱风尘仆仆地拿着行李箱看向玉纹,然
　　　　后戴上帽子离开。两人的目光再也没有交会。

伴　唱　只当痴情还年少,
　　　　笛鸣一声残梦消。
　　　　忽忆故人今总老,
　　　　贪梦好,茫然忘了邯郸道。

　　　　[剧终。

游昉之简介

  上海歌剧院艺术创作室主任,《歌剧》杂志主编,剧作家,艺术评论家。中国歌剧研究会会员,中国音乐剧协会理事,上海戏剧家协会会员,中国音乐家协会音乐评论学会会员,曾担任《中国艺术年鉴歌剧·音乐剧卷》《中国文艺评论》《上海艺术评论》等外审专家,在文化部主办的中国歌剧节、民族歌剧展演周等担任特约评论员等。创作校园情景舞台剧《梦醒时分》、歌剧《天地神农》《红流澎湃》《骄杨》《西泠之约》《空巢》《共产党宣言》《拉贝日记》(合作),音乐舞台短剧《回家》以及多部交响合唱作品等。

歌 剧

天地神农

编 剧 游昕之

时　间　上古时期

地　点　一处依山傍水，自然资源丰饶的地域

人　物

神　　农　即炎帝，昊天大帝的人间之子，因为寻找到火种
成为部落首领，并被昊天赐予神力，后为尝百草
救民众去掉神力变回凡人，外形从 30 多岁—60
多岁，智慧、坚毅、无私、果敢、勇于创新、勇于牺
牲。（男中音）

听　　訞　神农妻子，原为昊天大帝随从，后与神农结为夫
妻，外形 20—30 岁左右，美丽、善良、贤惠、通达。
（女高音）

伯　　强　昊天大帝人间之子，与神农是一母同胞的兄弟，
因为没能找到火种成为部落首领获得神力，对神
农产生了嫉妒和怨怼。（男高音）

昊天大帝　神界的领袖，神农和伯强之父，外形稳重，有主宰
天下的威严，但是对子女也充满人性的柔情。
（男低音）

凤凰天女　昊天大帝派来为天下苍生送谷种的使者，美丽飘
逸。（女高音）

赤　　姜　有一定法术的巫女，与玄姜是姐妹，两人都爱慕
伯强，跟随在伯强身边，立誓为伯强夺取部落首
领的地位。（花腔女高音）

玄　　姜　有一定法术的巫女，与赤姜是姐妹，两人都爱慕
伯强，跟随在伯强身边，立誓为伯强夺取首领的
地位。（女中音）

阿　　婆　部落中德高望重的老人，对部落的每个人都关怀
备至，对于神农的锐意进取一直鼎力支持。（低
女中音）

安　　儿　阿婆抚养的小女孩。十几岁，娇小灵巧。（童声
音色的小花腔女高音）

男女民众、昊天随从等群演若干。

序　曲

第一幕

第1场

[上古时期，人类处于蒙昧的状态，衣食住行都依靠着匀然的赐予。这一年的冬天，天气格外寒冷，几场暴风雪过后，大地被厚厚的积雪覆盖，人们已经很难寻觅到食物。很多人饿得奄奄一息。在纷纷落下的大雪中，老人、妇女和孩子围坐在棚屋里，点起篝火，互相取暖，等待外出的男人们今天的狩猎能有所收获。

[音乐中，人们用低沉的声音唱出:《雪啊，停止不住的雪!》

众人合唱　雪啊，雪啊，
　　　　　停止不住的雪!
　　　　　从黑夜下到白天，
　　　　　又从白天下到黑夜!
　　　　　树林中没有了生命，
　　　　　大地也被寒冷冻结。
　　　　　哪里还能捕到猎物?
　　　　　哪里还能摘到果实?
　　　　　严寒夺走了一切，
　　　　　难道我们的生命，
　　　　　也将在冰雪里终结?
　　　　　雪啊，雪啊，
　　　　　停止不住的雪!

[在人们无力、绝望的吟唱中，音乐继续，神农带着听訞等一行七八个人走上来，神农在巡视着部落，看到被饥饿折磨得

奄奄一息的族人，心里很不好受。对唱、重唱：《每一个冬天，
都像是一次浩劫》

神　农　每一个冬天，
　　　　都像是一次浩劫。

听　訞　有多少生命，
　　　　因饥饿与人世告别。

神　农　眼看着他们就这样离去，
　　　　我却那么无能为力！

听　訞　每一个冬天，
　　　　都像是一次浩劫，

神　农　有多少生命，
　　　　因饥饿与人世告别。

听　訞　这就是上天对人的考验，　神　　农　虽然这是上天对人的考验，
　　　　你又怎能去改变？　　　　　　　　　我依然要想办法去改变！

众人合唱　雪啊，雪啊，
　　　　停止不住的雪！
　　　　雪啊，雪啊，
　　　　停止不住的雪！……
　　　　〔阿婆搂着安儿，安儿已经饿得昏了过去，阿婆心疼地呼唤。

阿　婆　安儿！安儿！
　　　　醒醒啊，快醒醒！
　　　　你还这么小，
　　　　不能就这么离去！
　　　　〔神农和听訞赶忙走过来，和阿婆一起呼唤着安儿，听訞转身
　　　　走到火旁边，从火上悬挂的泥壶里，倒了一碗水，给安儿喂下，
　　　　安儿慢慢苏醒。

安　儿　阿婆，我做了一个梦，
　　　　梦到了，
　　　　梦到了甜蜜蜜的果浆，
　　　　还有香喷喷的肉汤。
　　　　〔听訞蹲下身子心疼地搂住安儿。突然，门外传来争吵声。七
　　　　八个青壮年争抢着一头死去的野猪上来。边争抢边唱着。男
　　　　声合唱重唱：《你死我活的决斗》

甲队人	放手,放手,放手!	乙队人	放手,放手,放手,
	这猎物是我们所有。		这猎物死于我们之手。
	冰天雪地之中,		冰天雪地之中,
	发现这猎物,		受伤的猎物,
	刺中它咽喉。		被我们制服!
	放手,放手,放手!		放手,放手,放手!
	你们必须放手!		你们必须放手!
	这猎物属于我们所有!		这猎物死于我们之手!

你们若不放手!

就来场你死我活的决斗!

[玄姜、赤姜、伯强上。看着两拨人就要打起来,幸灾乐祸地唱:
《一场好戏就要开场》

玄　姜　快来看,快来看,

赤　姜　这两拨人就要打起来!

玄　姜　他们这是饿昏了头,

赤　姜　最好打个头破血流。

[伯强看着、听着,然后冷冷地摇摇头。

伯　强　饥饿早已让人心涣散,

　　　　我倒想看看,

　　　　万能的神农如何解决,

　　　　这一头猪引起的混乱!

赤　姜　啊哈哈,啊哈哈!

赤　姜　雪花飞,飞在天上,

玄　姜　雪花落,落在地上,

三人合　到处都是白茫茫

　　　　一场好戏就要开场。

[此刻,两队人还在争抢,剑拔弩张。

甲队人	放手,放手,放手!	乙队人	放手,放手,放手,
	你们必须放手!		你们必须放手!
	这猎物属于我们所有!		这猎物死于我们之手!
	不放手就决斗!		不放手就决斗!
	决斗! 决斗! 决斗!		决斗! 决斗! 决斗!
	来一场你死我活的决斗!		来一场你死我活的决斗!

〔两队人争抢不休，一场殴斗一触即发，神农走上前制止！唱：

《松开你们争夺的手》

神　农　（威严地）松开你们争夺的手，

　　　　　　　　　放下你们举起的拳头。

　　　　　　　　　饥饿和寒冷让你们忘记，

　　　　　　　　　你们是亲如兄弟的同胞一族！

　　　　　　　　　一头猎物就让你们反目成仇，

　　　　　　　　　今后遇到更大的困难，

　　　　　　　　　你们又怎能共济同舟？！

〔神农的话，让两队人惭愧地松开了手，村民们上前。合唱：

《盼望寒冷的冬天早日结束》

合　唱　不该啊，不该啊！

　　　　为一头猎物反目成仇，

　　　　可（我们）他们也是为饥寒的妻儿父母，

　　　　才陷入一时糊涂！

　　　　盼望寒冷的冬天早日结束，

　　　　盼望阳光的温暖让冰雪消融，

　　　　盼望春日的到来让生命复苏！

〔神农心疼地看着族人，唱出：《怎会不知你们的苦》

神　农　怎会不知你们的难，

　　　　怎会不知你们的苦！

　　　　再苦再难也不能兄弟相残反目成仇！

　　　　怎会不知你们的难，

　　　　怎会不知你们的苦，

　　　　再苦再难都要相扶相携共济同舟！

　　　　寒冷的冬天总会过去，

　　　　明媚的春天一定会让生命复苏！

〔神农走上前查看猎物，是一头硕大的野猪，神农与几位捕猎者商议猎物如何处置。

神　农　冰天雪地捕获野猪，

　　　　你们都是威猛的英雄，

　　　　这猎物属于部族每一个人，

　　　　它将让我们度过饥饿的严冬。

听訞领唱　终于可以有一点食物果腹，

众人合唱　盼望寒冷的冬天早日结束，

盼望阳光的温暖让冰雪消融。

盼望春日的到来让生命复苏!

〔野猪分割后发给部族每人一份,听訞拿着自己和神农的一份送给阿婆。阿婆不肯要,神农劝慰阿婆收下。安儿眼巴巴看着肉,充满渴望。重唱、对唱:《接受我们的孝敬》

阿 婆	安 儿
我和安儿有一份已经足够,	一小块肉怎么能够,
不能再把你们的口粮留。	阿婆却不会把别人的口粮留。

听　訞　我和神农拥有神力,

　　　　饥饿无法夺去我们的生命,

　　　　您总是关爱照料部落每一个人,

　　　　年迈的您应该接受我们的孝敬!

神　农 ⎫

听　訞 ⎬　您总是关爱照料部落每一个人,

　　　　年迈的您应该接受我们的孝敬!

〔听訞扶阿婆坐下,架起了篝火,锥形泥吊锅里是热气腾腾的水,听訞把一小块肉放进去,安儿渴望地看着锅里的肉,炉火映红了人们的脸庞。部落沉浸在宁静祥和之中。

〔伯强和玄姜、赤姜手里拿着分到的肉,看着享受食物归于平静的族人,非常失望,也愤愤不平。伯强唱:《我要夺取至高的权力》

伯　强　本以为饥饿和混乱会动摇神农的根基,

　　　　没想到他三言两语就将风波平息!

赤　姜　你与神农同为昊天的人间之子,

　　　　命运却将你们引向两极。

玄　姜　你是肉身凡胎的普通人,

　　　　他却是高高在上永生的神明。

赤　姜　一切的改变都因为那次寻找火种,

　　　　一束火焰,

玄　姜　照亮他的前程,

赤　姜　却将你的愿望化为灰烬。

玄　姜　他得到永恒的生命,

赤　姜　你却随时要与死神博弈!

二　合　这世上哪里有公平?

　　　　你难道就这样服输认命?

伯　强　我从来就没有认命！
　　　　即使这是万乘之尊昊天的安排，
　　　　我还是要想尽一切办法，
　　　　去夺取人间至高的权力，
　　　　去拥有那永恒不灭的生命！
　　　[三人说完，恨恨地下。
　　　[收光，转场。音乐继续。

第2场

　　　[部落在严冬遇到的困境让神农感到不能一直靠天吃饭。他与
　　　妻子听訞商量着。神农、听訞唱：《上天给了人们智慧的头脑》

神　农　在杳无生气的冰雪天地，
　　　　一头野猪给饥饿的人们带来生机。
　　　　但不可能总发生这样的奇迹。
　　　　上天给了人们智慧的头脑，
　　　　绝不能在饥饿到来时坐以待毙。

听　訞　自从盘古开天地，
　　　　人们一直靠天吃饭循规蹈矩。
　　　　难道还能想出别的方法，
　　　　让人们度过饥馑，
　　　　远离危机？

神　农　世间万物繁衍生息，
　　　　可否将食物种子收集，
　　　　春播夏种，秋收冬藏，
　　　　集中种植，开垦土地。
　　　　捉来野猪、野兔、野鸡，
　　　　繁殖饲养，
　　　　即使暴雪严冬，狂风大雨，
　　　　人们也不必再为果腹担心。

听　訞　人的命运由天神主宰，
　　　　自然的赐予是上天的安排。
　　　　如今自己种植饲养，
　　　　若激怒天神，
　　　　部族将陷入危境！

神　农　何为天命？何为天意？

太昊伏羲辨八风、明四时，

女娲大帝补天穹，立地维，

才是顺天应时！

高天厚土，

覆载万物，

让万千物类生生不息，

才是天地之本心！

我意已决，

望听訞我妻与我同心意！

[音乐中，天慢慢亮了。神农和听訞将耕种的想法说与阿婆听。
阿婆非常赞同，很兴奋地讲给部落的人们听。独唱、对唱、合唱：
《多么令人憧憬的时光》

阿　婆　自己种植，自己饲养，

那是多么令人憧憬的时光。

勤勤恳恳地劳作，

就能将食物收获。

安　儿　不再怕冰雪的寒冬，

不再担忧辘辘饥肠。

想吃肉就有肉，

想喝汤就有汤。

二　合　那是多么令人憧憬的时光。

众人合　自己种植，自己饲养，

勤勤恳恳地劳作，

就能将食物收获，

不再怕冰雪的寒冬，

不再担忧辘辘饥肠。

想吃肉就有肉，

想喝汤就有汤，

那是多么令人憧憬的时光。

[在人们的憧憬与欢快的讨论中，伯强却惴惴不安。唱：《我怎样
得到不灭的神力》

伯　强　这个想法一旦实现，

神农的威望更难摇撼！

哪里还有我的机会？

我还怎样得到不灭的神力？

〔赤姜、玄姜二巫女看出伯强的心思，上前去安慰。

二　合　你的智慧无人能及，

　　　　你的力量让我们心仪，

　　　　你才是我们希望的首领，

　　　　你才是我们心中的真神，

玄　姜　为了你，

　　　　我可以不择手段。

赤　姜　为了你，

　　　　我愿意不惜一切。

二　合　只为助你实现愿望，

　　　　只为助你获得永恒生命！

〔两个巫女和伯强冲到人群面前，极力反对神农的建议。对唱、
　重唱：《天命不可违》

伯　强　不必欣喜不必喧闹，

　　　　这其中的危机你们可知道？

赤　姜　神农炎帝一心为民情可嘉，

玄　姜　可想要自己种植饲养，

伯　强　就是违抗天命大逆不道！

三　　 ｜人之生死天命主宰，

(合或重)｜逆天而行，

　　　　必遭祸殃！

　　　　打消这触怒天神之念，

　　　　顺天应命度过你们的每一天。

〔这番话，让支持神农的一部分人犹豫起来，悄悄走到伯强身边。
　合唱：《天命不可违》

伯　强 ｜不必欣喜不必喧闹，

巫　女 ｜这其中的危机(你们)我们怎知道？

众　人 ｜想要自己种植饲养，

　　　　是违抗天命大逆不道！

　　　　人之生死天命主宰，

　　　　逆天而行，

　　　　必遭祸殃！

快快打消这触怒天神之念，
顺天应命度过我们的每一天。

神　农　何为天命？何为天意？
　　　　太昊伏羲辨八风、明四时，
　　　　女娲大帝补天穹，立地维，
　　　　才是顺天应时！
　　　　高天厚土，
　　　　覆载万物，
　　　　让万千物类生生不息，
　　　　才是天地之本心！
　　　　　〔又有一部分人被神农的话打动，正欲走向神农，巫女的一番
　　　　话却让这些人停住了脚步。

赤　姜　神农的话入情入理，
　　　　却难以说服众人心，

玄　姜　你与昊天是亲父子，
　　　　逆天而行也不会要你性命。

伯　强　我等众人不过肉身凡胎并无神力，
　　　　怎能不顾安危随你如此妄为任性！

部分众人　你与昊天是亲父子，
　　　　逆天而行也不会要你性命。
　　　　我等众人不过肉身凡胎并无神力，
　　　　怎能不顾安危随你如此妄为任性！

神　农　人为智慧的万物之灵，
　　　　正可以天地为师，
　　　　自强不息！
　　　　我为部族首领，
　　　　自愿承担一切后果，
　　　　找到谷种当分发族人耕种，
　　　　若触怒天神愿自行请罪绝不连累族人！
　　　　　〔阿婆看到伯强一伙人与神农争执不下，站出来为神农鸣不
　　　　平。独唱、合唱:《暴雪中的饥寒你我亲历》

阿　婆　暴雪中的饥寒你我亲历，
　　　　是神农正言威举救你我性命。
　　　　生而为人不可忘恩负义，

神农一心为民，

饲养种植获益族人。

[阿婆的话，让一部分人从伯强的队伍里走到神农一边，表示
愿意跟着神农一起干。神农、听訞继续表明寻找谷种的决心
和不连累族人的心意。

合　唱　暴雪中的饥寒你我亲历，

是神农正言威举救你我性命。

生而为人不可忘恩负义，

神农一心为民，

饲养种植获益族人。

神　农⎤
听　訞⎦　上天赐予我们生命，

必要世代繁衍生息，

找到谷种当分发族人耕种，

若触怒天神愿自行请罪绝不连累族人！

[伯强看到越来越多的人支持神农，开始气急败坏，想尽办法
继续阻拦。伯强、巫女与部分众人唱：《快快清醒》

伯　强⎤
巫　女⎬
部分众人⎦　愚蠢的人们啊，

你们被贪婪蒙蔽了心境，

饲养种植不过是妖言惑众，

若轻易相信，

更大的灾祸就要来临，

还不快快清醒！

[支持神农的人们指责伯强为首的少数人的消极反对。合唱：
《跟随神农走下去》

合　唱　谁是妖言？谁在惑众？

我们靠双手自救，

怎能与贪婪相缠纠？

暴雪中的饥寒你我亲历，

是神农正言威举救你我性命。

生而为人不可忘恩负义，

神农一心为民，

饲养种植获益族人。

我们要跟随神农一起走下去。

[切光，转场。音乐继续……

第3场

［人们跟随神农寻找谷种。一行人浩浩荡荡出发，风餐露宿，一路寻找谷种。听訞独唱，神农、众人合唱：《寻找，寻找》

听　訞　寻找，寻找，　　　　　　　　　众　人　啊……寻找

翻山越岭地寻找。　　　　　　　　　　　　啊……寻找

寻找，寻找，　　　　　　　　　　　　　　……

风餐露宿地寻找。　　　　　　　　　　　　……

寻找，寻找，　　　　　　　　　　　　　　……

为生命的谷种寻找，　　　　　　　　　　　……

寻找，寻找，　　　　　　　　　　　　　　……

为世代的希望寻找！　　　　　　　为世代的希望寻找

［这天，神农等人来到一座高山之上，听訞和众人都疲惫不堪，陷入了迷茫。神农鼓励大家坚持下去，唱：《坚持下去必有所愿》

合　唱　从南到北，

从西到东，

深山里跋涉，

密林中搜寻，

双腿已不再矫健，

双手也无力攀岩，

却找不到心仪的谷种！

神　农　从南到北，

从西到东，

深山里跋涉，

密林中搜寻，

坚持找下去，

必有我所愿！

［大家都疲惫不堪地或坐或躺地开始休息，神农依然在地上的植物中仔细地搜寻，忽然，天边映出了灿烂的霞光，一只金彩的凤凰从天边翩翩飞舞着来到了神农的身边，变成一位美丽的少女，双手捧着一束九穗禾，献给神农。唱：《一束九穗禾》

凤凰天女　一束九穗禾，

带着昊天的嘱托，

赐予智慧的神农，

开辟播种的先河。

一束九穗禾，
完成神农的寄托，
播撒在人间土地，
孕育出生命之果。
〔神农及众人惊喜无比。神农、凤凰天女、听訞重唱、合唱。

神　农	凤凰天女	听　訞
一束九穗禾，	一束九穗禾，	一束九穗禾，
带来父亲的嘱托，	带着昊天的嘱托，	带来昊天的嘱托，
接受上天的赐予，	赐予智慧的神农，	感恩昊天的赐予，
开辟播种的先河。	开辟播种的先河。	开辟播种的先河。
一束九穗禾，	一束九穗禾，	一束九穗禾，
实现我的寄托，	完成神农的寄托，	实现族人的寄托。
播撒在辽阔土地，	播撒在人间土地，	播撒在辽阔土地，

孕育出生命之果。
孕育出生命之果。

众人合唱　一束九穗禾，
　　　　　实现神农的寄托，
　　　　　智慧的神农带领族人，
　　　　　开辟播种的先河。
〔光暗，转场。秋天丰收的景象，沉甸甸、黄灿灿的谷子漫山遍野，人们沉浸在丰衣足食的喜悦中。当时跟随伯强反对寻找谷种的族人，万分后悔，满面惭愧地希望得到谷种耕种，神农热切地欢迎大家的回归。众人与神农唱:《加入进来》

部分族人　神农啊神农，
　　　　　请接受我们的参拜！
　　　　　神农啊神农，
　　　　　请让我们加入进来！
　　　　　我们想要金灿灿的谷，
　　　　　我们想要香喷喷的饭，
　　　　　当初是我们心胸狭隘，
　　　　　悔不该自私无情把你猜！

神　农　请加入进来，请加入进来，
　　　　我们有同样的血脉，

我们是同一个祖先，

让我们一起辛勤耕种，

为了世代的繁衍，

为了安乐的明天。

　　〔看着沉浸在丰收喜悦中的人们，人群中的伯强妒火中烧，他与玄姜、赤姜二人诉着苦。唱：《为什么输的总是我？》玄姜、赤姜看到伯强闷闷不乐，上前安慰。

伯　　强　黄黄的谷穗多么刺目，

　　　　　欢愉的笑声让我心堵，

　　　　　没能阻止播种饲养，

　　　　　谁能知道我心里的苦楚！

　　　　　为什么？为什么输的总是我？

　　　　　为什么？为什么上天总是把他眷顾？

　　　　　我到底该怎么做，

　　　　　才能登上首领的宝座?!

玄　　姜　不必急来，不必忧，

赤　　姜　总有机会让你显身手。

玄　　姜　到时就让他们看一看，

赤　　姜　伯强你才是部族真正的领头！

　　　　　〔伯强叹气摇摇头，看着欢呼雀跃的人们，愤然下。玄姜、赤姜紧随。

　　　　　〔丰收的喜悦弥漫着整个部落，夜幕降临了，人们围着篝火跳起了丰收的舞蹈，神农、听訞和大家共同庆祝丰收。神农牵着听訞的手，来到一个小山坡，遥望着熊熊篝火，火光映红了他们的脸庞，二人沉浸在爱的幸福中。唱起《永恒的爱》

听　　訞　还记得你举着火把来到我面前，

　　　　　火光映红你英姿勃发的脸。

神　　农　还记得我举着火把来到你面前，

　　　　　火光照亮你娇美动人的容颜。

二　　合　虽然你(我)生在天上我(你)生在人间，

　　　　　我们依旧幸运相逢结缘。

神　　农　你从无忧的天庭来到荒昧的人间，

听　　訞　我愿意命运与你紧紧牵连。

二　　合　从那时起，你我朝夕相伴，

从那时起,你我携手同肩。

神　农　你做了妻子能做的一切,
　　　　我却常常不能将你好好陪伴。

听　訞　我们的爱本就不简单,
　　　　因为你挑起的是首领的重担。

神　农　不能只属于你是否心有怨言,

听　訞　你能胸怀天下我才会心安。

二　合　还好我们有永恒的生命,
　　　　还好我们有永恒的时间。
　　　　就让情牵我们的火种
　　　　带着光明和温暖,
　　　　照耀你我永恒的爱,
　　　　照耀部落美好的明天。
　　　　〔收光。
　　　　〔间奏曲。

第4场

　　　　〔同样的村庄,和第一幕丰收欢愉不同,充满灰暗、阴郁,音乐也非
　　　　常沉闷,是死亡的预言。空旷的广场上,几个濒死的人躺在草席
　　　　上,亲人们围着他们呼唤、抽噎。村民合唱:《归来吧,最亲的人》

村民合唱　归来吧,最亲的人,
　　　　归来吧,最亲的人,
　　　　这里是你的家,
　　　　这里有你最爱的人!
　　　　归来吧,那远去的灵魂,
　　　　归来吧,我最爱的亲人!
　　　　〔神农看着从兴旺转向肃杀的村落,充满担忧,他查看着每个
　　　　病人,阿婆、安儿和听訞在照顾生病的人们,阿婆和村民围住
　　　　神农诉说着。唱:《怎样赶走这瘟疫》

阿　婆　神农啊,神农!
　　　　这场瘟疫来势汹汹,
　　　　饲养种植让我们不愁吃食,
　　　　可一场瘟疫就能让部落绝迹,
　　　　到底该怎样赶走这瘟疫?

村民合唱　可怕的瘟疫，
　　　　　将亲人的生命夺去。
　　　　　死亡在向我们步步逼近。
　　　　　曾经充满活力的村庄，
　　　　　眼看就要变成一座坟场。
　　　　　怎样才能躲过这场劫难，
　　　　　活着的人该去向何方？
　　　　　［神农劝慰着村民，同时陷入深深的思索，看着眼前的景象，神
　　　　　农决定进山采草药，为村民治病。神农离开后，听訞充满牵挂
　　　　　和期盼地唱出：《生命就像崖边的小花》

听　　訞　人的生命就像崖边的小花，
　　　　　怎能经得起狂风暴雨的击打，
　　　　　曾经充满欢乐的家园，
　　　　　却因夺命瘟疫到处哀嚎一片。
　　　　　繁荣的部落，
　　　　　已走到绝迹的边缘，
　　　　　绝望的人们，
　　　　　不再有对未来的期盼。
　　　　　啊！神农啊！
　　　　　你再次扛起，
　　　　　拯救的重担！
　　　　　不登高，
　　　　　看不到那旖旎风光，
　　　　　不亲尝，
　　　　　怎会明了百草药性？
　　　　　你寻找在高山险岭，
　　　　　你攀缘在峭壁悬崖，
　　　　　你的每一次出发，
　　　　　都有我无限的牵挂；
　　　　　你的每一次出发，
　　　　　都让部落生出希望的火花！
　　　　　生命之火将被你再次点燃，
　　　　　我已经看到部落更美好的明天。
　　　　　啊！……

［转场

［神农等一行人在深山密林寻找草药。重唱、小合唱：《再次启程》

神　农　等　再次启程去寻找，

　　　　　　不寻谷种寻草药，

　　　　　　寻百草，尝百草，

　　　　　　只为族人摆脱病痛煎熬。

［伯强看到神农进山采药，认为神农又是故弄玄虚。伯强告诉村民，这瘟疫是因为瘟神看中了部落这块土地，想要占据，所以村民才会生病，巫女做法就能驱走瘟神。

伯　　　强　东南方的瘟神想要占据这块土地，

　　　　　　才制造了这场夺命的瘟疫。

　　　　　　用草药驱逐瘟疫，

　　　　　　不过是神农故弄玄虚，

　　　　　　还是让玄姜、赤姜做法，

　　　　　　将瘟神赶回他的老家去！

［伯强向玄姜、赤姜招手。玄姜、赤姜开始行法，她们穿着红衣、黑裙，背上斜挎桃木弓，腰间悬挂棘汁的箭，左手执盾，右手执斧，一边挥舞，一边念念有词地驱逐瘟神。二人吟唱：《可恶的瘟神》

赤　　　姜　瘟神，瘟神，

　　　　　　可恶的瘟神！

玄　　　姜　瘟神，瘟神，

　　　　　　狡猾的瘟神！

赤　　　姜　快快离开这里，

玄　　　姜　快快现出身形！

赤　　　姜　瘟神，瘟神，

　　　　　　可恶的瘟神，

玄　　　姜　瘟神，瘟神，

　　　　　　狡猾的瘟神，

二　　　合　这里不是你的领地，

　　　　　　快快滚回你的老家去！

［虽然二人竭尽全力做法，还是不断有人死去。村民的哭声此起彼伏。玄姜、赤姜手足无措，筋疲力尽，还是舞不停。村民们绝望地哭喊！

村民合唱　不能走啊，我的亲人！

不能走啊,我的亲人!

这里是你的家,

这里有你最爱的人!

不要走啊,不要走啊,

我最爱的亲人!

赤　　姜　可恶的瘟神,

狡猾的瘟神,

玄　　姜　可恶的瘟神,

狡猾的瘟神,

赤　　姜　快快滚,快快滚,

玄　　姜　滚滚滚,滚滚滚,

二　　合　快快滚回你的老家去!

[终于,玄姜、赤姜累得体力不支扑倒在地上,村民们绝望的哭声此起彼伏。

[神农等急匆匆上,每人背上的背篓里装满了草,村民们围过来充满期待地看着神农。阿婆走上来拉住神农,唱:《神农是上天赐给我们的福星》

阿　　婆　巫师的法术也赶不走瘟疫,

你去采药的这些天又有更多的人死去。

安　　儿　草药在哪里?

草药真的能治好瘟疫?

[神农听着大家的诉说,他扶着阿婆坐下,把自己的想法说了出来。

神　　农　人食五谷难免生病,

连日高温阴雨,

才导致滞下的毒疫。

这是我进山采来的黄芩,

能驱邪通肠,清血疏淤,

赶快沸水煎汤,

按时服下,

或可破此瘟疫。

[听訫把采来的黄芩煎好,神农先品尝。然后在神农指导下,人们纷纷架起火,将黄芩煮出汤汁,给病人和村民服下,病人开始逐渐好转,村落渐渐恢复生机。

众人合唱　井中水必要煮沸食，

　　　　　去世人必要深埋入土地。

　　　　　焚烧艾草秸秆祛除瘟气，

　　　　　喝一碗黄芩汤，

　　　　　让我们远离瘟疫。

　　　　　神农教我们农耕，

　　　　　神农教我们对抗疾病。

　　　　　神农是上天赐给我们的福星！

　　　　〔瘟疫治愈，神农很是欣慰。他将采来的各种草一一品尝，并和听訞记下药性。就在二人全神贯注尝草的时候，安儿突然扶着阿婆走来，哭着请求神农救救阿婆。

听　　訞　草药医病真是神奇，

　　　　　寻尝百草还要继续。

神　　农　这些我都一一品尝，

　　　　　记下药性以备不时之需。

安　　儿　神农，神农，

　　　　　快快救救阿婆，

　　　　　神农，神农，

　　　　　快快救救阿婆！

　　　　　阿婆头痛，头好痛！

　　　　　神农，神农，

　　　　　快快救救阿婆！

　　　　〔神农和听訞忙扶着阿婆坐下，阿婆非常痛苦，神农仔细查看阿婆的病情。然后选出一种草，交给听訞去煎药。神农一边帮阿婆按摩头部一边安慰着阿婆和安儿。

神　　农　阿婆的症状并非瘟疫，

　　　　　是照顾病人操劳过度，

　　　　　导致风邪侵袭。

　　　　　喝几副祛风除邪的汤药必定痊愈！

　　　　〔听訞煎好药端来，神农先尝了，然后轻轻吹着，确定不烫了，便给阿婆喝下，然后扶着阿婆躺下。突然，阿婆猛地坐起，手捂着腹部大叫一声，口吐鲜血，摔倒在地。神农和听訞、安儿惊诧不已，神农疯了似地抱起阿婆，但是阿婆已经气绝身亡，安儿、听訞放声大哭。

二 合 阿婆,阿婆,

你怎么啦? 你怎么啦?

你醒醒,醒醒啊!

你不能就这样走了啊!

[伯强和玄姜、赤姜及众人听到哭喊,冲了进来,伯强看到倒地的阿婆,愤怒地挥拳要打神农,神农呆呆地抱着阿婆,不还手。伯强唱:《你到底做了什么事情》

伯 强 你到底做了什么事情?

好好的阿婆怎会突然死去?

你我自幼没有母亲,

是阿婆将你我抚养成人,

你不感念她的养育之恩,

反而将她置于死地?

[伯强扑过去抱住阿婆,呼喊着。

伯 强 阿婆,阿婆,

你不能就这么走了啊!

你醒醒啊! 你醒醒啊!

[安儿无助地哭着问神农,为什么阿婆会死。听訞心疼地搂住安儿。玄姜、赤姜趁机诽谤神农,听訞为神农辩解。

安 儿 这到底是怎么回事?

阿婆明明只是头痛,

为什么喝了那碗药就死去?

赤 姜 莫非那药有毒?

玄 姜 莫非神农故意对阿婆下毒手?

听 訞 你们不能这样猜忌,

神农对阿婆就像对自己的母亲,

这药明明是神农先品尝,

若是有毒为何神农无恙?

[神农手足无措,悲伤无助,痛悔自责,他看着死去的阿婆,痛苦而绝望,他不断地问自己,为什么会发生这样的事情? 最后,神农意识到,是自己身上的神力,让他无法准确验证百草的毒性! 唱出《怎能原谅自己》

神 农 我到底做了什么事情,

阿婆就这样在我面前死去?

她是像母亲一样的人，

我却没能报答她的抚育恩情！

今天这碗汤药明明有毒，

为什么我没有试出它的毒性？

我和阿婆最大的不同，

是否就是我具有的神力？

啊！啊！若是这样，

我怎能原谅自己！

啊！啊！若是这样，

我只有去除神力，

才能真正验出百草的秉性！

[随后，神农给阿婆的遗体磕了几个头，擦擦眼泪，在人们疑惑的
目光中，转身离去。

[切光，转场。

[间奏曲

第二幕

第1场

[夜深了，神农没有休息，悲伤的他跟跟跄跄在山路上走着。远
远地，不放心神农的听訞跟在后面，尾随神农一路走来。神农走
到半山腰，突然驻足，仰望苍穹，犹豫而痛苦。独唱：《再前进就
意味着生命的消逝》

神　农　不远处就是山顶，

　　　　脚步却再难前行，

　　　　从没想过离开这个世界，

　　　　从没想过和自己爱的人分离，

　　　　拥有的时候一切都理所当然，

　　　　失去的时候才发现往日不够珍惜！

　　　　我坚如磐石的心，

居然会有此刻的脆弱！

我一往无前的意志，

竟然无法克制怯懦和犹疑！

再前进就意味着生命的消逝，

但后退也让我无法原谅自己！

神农啊神农！

你是一族之长，

神农啊神农，

尝百草的重任你怎能放弃？

去吧，继续前行，

去吧，继续前行！

让你的生命拯救更多的生命！

〔神农经过一番激烈的思想斗争，继续向山顶前行。山顶上空旷
无比，繁星闪烁的天空像一口锅盖罩住了大地，神农仰望苍天，
跪地展臂，祈请上天去除自己的神力。神农唱：《请消除我体内
的神力》

神　农　尊敬的昊天大帝，

为了天下万民，

请消除我体内的神力，

让我以凡人的血肉之躯，

尝尽百草寻求良药，

为万民摆脱疾病折磨竭尽全力，

请答应我的祈求吧！

〔尾随而至的听訞听到神农的祈祷既惊异又悲伤，听訞再也忍不
住了，冲上前恳求神农不要一意孤行。听訞、神农对唱《我早已
反复思量孰重孰轻》

听　訞　神农啊，神农！

难道为了验证百草毒性，

你便要消除自己的神力？

做变回凡人的傻事？

你是天之骄子，

肩负着不寻常的使命，

若变回凡人，

你将经历所有凡人的痛苦，

更会一天天迅速地老去，
最终肉身毁灭永远消逝。

神　农　拥有神力百毒不侵，
　　　　却只有我一人获益，
　　　　变回凡人明了百草毒性，
　　　　可以拯救天下人性命。
　　　　我早已反复思量孰重孰轻。

听　訞　你寻百草，尝百草，
　　　　一心想要治天下疾病，
　　　　但并非只有靠你一人，
　　　　才可达到这个目的！

神　农　尝百草治疗疾病，
　　　　是为着天下苍生安居生息，
　　　　正因为其中险恶丛生，
　　　　我才不能让他人担险情。
　　　　〔看到神农一意孤行，听訞痛苦不已，内心挣扎无比。

听　訞　自从你我结为夫妻，
　　　　我便离开安逸的天庭，
　　　　来到这荒衰的尘世。
　　　　白天你带族人外出狩猎觅食，
　　　　我在家中收拾果实哺育儿女。
　　　　夜晚当星光照耀大地，
　　　　你我相拥仰望天穹有说不完的知心话语。
　　　　一直以为我们可以长长久久地恩爱下去，
　　　　可如今你却执意要去除神力，
　　　　你身为族长做一切决定我都依你，
　　　　可去除神力就意味着你我终将分离，
　　　　难道为了使命便要将夫妻深情人伦之爱抛弃？

神　农　我不是没有不舍，
　　　　我不是没有犹豫，
　　　　怎能忘记你我携手走过的日子，
　　　　怎能忘记每个夜晚的喁喁私语。
　　　　可我是天之骄子，
　　　　要做凡人做不到的事情，

我是部落的首领,
必须完成应当完成的使命!
你我夫妻一场意笃情深,
我的心意你该明晰!

［神农、听訞争执不下。重唱:《这是我应当完成的使命》

神　农　我是天之骄子,　　　　　　　听　訞　你是天之骄子,
要做凡人做不到的事!　　　　　　　　　　肩负着不寻常的使命,
我是部落的首领,　　　　　　　　　　　　若变回凡人,
要完成应当完成的使命!　　　　　　　　　将经历所有凡人的痛苦,
你我夫妻一场意笃情深,　　　　　　　　　更会一天天迅速地老去,
我的心意你该明晰,　　　　　　　　　　　最终肉身毁灭永远消逝。
还望听訞助我妻助我同祈　　　　　　　　　你我夫妻再无见面之时!
　感天地!

［听訞恳求地看着一意孤行的神农,再一次询问神农的心意,神
农表示自己已经下定决心,去除神力尝百草试毒性。

听　訞　神农啊神农,
你当真执意去除神力?
变回凡人你我终将分离!

神　农　你我夫妻一场,
我的心意你该明晰,
我决心已定不可更改,
还望听訞我妻助我同祈感天地!

［看到神农心意已决,万般痛苦之下,听訞决定支持神农,与神农
一道跪地向天祈祷。

神　农　尊敬的昊天大神啊,　　　　　　听　訞　尊敬的昊天大神啊,
为了天下万民,　　　　　　　　　　　　　神农一心为民,
请消除我体内的神力,　　　　　　　　　　自愿消除神力,
让我以凡人的血肉之躯,　　　　　　　　　以凡人血肉之躯,
尝尽百草寻求良药,　　　　　　　　　　　尝尽百草寻求良药,
为万民摆脱疾病折磨竭　　　　　　　　　　为万民摆脱疾病折磨竭
　尽全力,　　　　　　　　　　　　　　　　尽全力,
请答应我的祈求!　　　　　　　　　　　　请答应他的祈求!

［神农、听訞跪地虔诚祈祷着,而苍天无声,天穹依然蔚蓝深不可
测,神农、听訞便坚持长跪不起,跪地反复祝祷。

［慢慢地，黑暗中的天穹裂开一隙孔穴，五彩的金光伴着天籁般的音乐传了出来，缝隙越来越大，不一会儿，整个天空都布满了五彩祥云。慢慢地，昊天乘着华罗伞盖、飞马驾驶的御车，身边跟随着凤凰天女等随从、仪仗队，从天而至。御驾被祥云托着在神农和听訞的上方停下，凤凰天女等随从脚踩祥云站在昊天左右。昊天大帝爱怜地看着跪在眼前的神农。昊天、神农、听訞对唱：《你可知道其中的危险》

昊天大神　神农，我的孩子，

　　　　　你可知道其中的危险，

　　　　　一旦神力消除，

　　　　　你就会如凡人一般，

　　　　　受尽各种折磨，最终死去！

神　　农　尊敬的父亲，

　　　　　以我一人的险痛，

　　　　　减除天下苍生的疾病折磨，

　　　　　让他们享受更多的幸福欢乐，

　　　　　我便没有辜负您的厚望，

　　　　　对得起天赋的使命！

昊天大神　你和伯强是我的人间之子，

　　　　　生来都只有凡胎肉身。

　　　　　你们的生母早早死去，

　　　　　你与伯强喝着鹿的乳汁，

　　　　　靠鹰的守护长大成人！

　　　　　我虽然贵为天尊，

　　　　　也不能随心所欲。

　　　　　你找到火种获得神力，

　　　　　你用实力获得永恒的生命，

　　　　　你是我的骄傲，

　　　　　我支持你做的一切决定。

　　　　　寻谷种我暗中帮忙，

　　　　　尝百草我也并未阻拦你。

　　　　　现在的一切对你是多么不容易，

　　　　　你怎能说不要就不要如此任性？

凤凰天女	你找到火种获得神力，
众　　神	你用实力获得永恒的生命，
	现在的一切对你是多么不容易，
	你怎能说不要就不要如此任性？

神　农　是昊天给予我生命，
　　　　是昊天赋予我使命，
　　　　我不能辜负昊天，
　　　　更不能对不起天下万民。

昊　天　你身为天之骄子，
　　　　如今却要去除神力，
　　　　这个请求我万难答应！
　　　　我虽被尊为上天之主，
　　　　却也有一颗疼爱儿女的慈父之心，
　　　　我期望你在人世有所作为，
　　　　却并没有要你牺牲自己！
　　　　若你一意孤行，
　　　　我现在就带你回天庭！

神　农　我不能辜负您，
　　　　更不能对不起天下万民。
　　　　若我此刻随您回天庭，
　　　　我在这人世一遭与那飞尘有何异！
　　　　尝百草明毒性必要去神力，
　　　　恳请父亲成全我的真心！

凤凰天女	你找到火种获得神力，
众　　神	你用实力获得永恒的生命，
	现在的一切对你是多么不容易，
	你怎能说不要就不要如此任性？

　　　　〔昊天看说服不了神农，转而询问听訞。

昊天大帝　听訞，神农是你的丈夫，
　　　　　你忍心看他变回凡人，
　　　　　受尽折磨离你而去？

听　訞　尊敬的昊天大帝，
　　　　神农是我的丈夫，
　　　　更是部族的首领，

我纵使心不甘情不愿，

却也无法将他阻拦！

我只能跪请昊天成全！

［昊天大帝听后惋惜而无奈地摇摇头，他告诉神农，一旦神力解除，将再也得不到神的佑护。昊天唱：《再也得不到神的佑护》

昊天大神　神农啊，我的孩子，

你明知道其中的危险，

为了使命，

依然一意孤行毅然决然！

我纵有千般不舍，

也只能将你成全！

失去神力你将变回凡人，

再也得不到我的佑护，

请自保自重免我心忧！

你我父子缘分也将到尽头！

凤凰天女
众　　神　你找到火种获得神力，

你用实力获得永恒的生命，

现在的一切对你是多么不容易，

你怎能说不要就不要如此任性？

失去神力你将变回凡人，

再也得不到神的佑护，

你与神界的缘分从此到了头！

［昊天说完，伸出手颤抖地在神农头顶的上方画了一个圈，一道光从神农的身体中离去，昊天定定地看了神农一眼，御驾慢慢上升，仪仗队奏出了宏大的音乐，乐声中却透出悲壮和凄婉。重唱、合唱：《天钟敲响》

昊　　天　天钟敲响，神界泱泱，失我佑护，自保安康！

凤　　凰　天钟敲响，神界泱泱，失去神佑，怎保安康！

神　　农　天钟敲响，人间沧桑，尝尽百草，舍我谁当！

听　　訞　天钟敲响，痛在心上，永别在即，前路迷茫！

［音乐中，五彩祥云托着御驾翩然离去，天空逐渐变暗，裂开的缝隙渐渐合拢。黑蓝幽深的苍穹仿佛从没有出现过裂隙。

［切光，二幕结束。间奏曲。

第 2 场

[得知神农为尝百草去除了神力,伯强不敢相信这一切是真
的,他嘲笑神农太傻,同时也为自己愿望就要实现而窃喜。

伯　　强　这一切来得太突然,
　　　　　让我无法相信,
　　　　　机会已来到我面前。
　　　　　失去神力的佑护,
　　　　　你将不再有永恒的生命,
　　　　　百毒侵蚀的身躯,
　　　　　只剩下衰弱的苟延残喘。
　　　　　你为何做出如此愚蠢的抉择?
　　　　　难道,
　　　　　你的智慧也被那毒素吞噬?
　　　　　难道,
　　　　　你的天真把一切想得太简单!
　　　　　没有了生命,
　　　　　没有了时间,
　　　　　你所有的努力和付出都是枉然!
　　　　　你我一母同胞本该对你怜悯,
　　　　　可我却难以压制内心喜悦的狂澜,
　　　　　上天终于把我眷顾,
　　　　　我梦寐以求的成功就在眼前!

[玄姜、赤姜也极力劝说着伯强,目前正是夺取首领位置的大
好时机。伯强、玄姜、赤姜重唱:《机会就在眼前》

伯　强	玄　姜	赤　姜
神农已命悬一线!	命悬一线!	命悬一线!
大好机会就在眼前。	机会就在眼前,	机会就在眼前,
我已稳操胜券,	美梦就要实现,	美梦就要实现,
只需冷眼旁观,	我需要推波助澜,	我需要推波助澜,
耐心等待,	让成功步伐加快,	让成功步伐加快,
耐心等待!	加快加快!	加快加快!

[三人下,灯暗。
[转场。
[成为凡人之后,神农深知自己所剩的时间不多,便加倍地拼

命工作,有时一天就尝几十种带毒的植物。这里面,有的令人头晕眼花,有的令人腹痛如绞,有的令人浑身颤抖……每次都是死去活来。幸好,神农之前发现了一种木本植物,可以缓解植物的毒性,神农给它取名"茶",每次品尝植物中毒后,听訞和随从就会拿几叶茶让神农吃下解毒。《承受百毒侵蚀的无边痛苦》

众人合唱　神农啊神农,
　　　　　你总是那样匆匆!
　　　　　从初升的太阳到满天的星光,
　　　　　你把自己捆在分分秒秒上,
　　　　　就为了多采一把草,
　　　　　多试出一种毒!
　　　　　你承受着百毒侵蚀的无边痛苦,
　　　　　却始终没有停下探寻的脚步。
　　　　　看着你日渐衰竭的身体和面容,
　　　　　我们却无力将你拦阻!
　　　　　[这天,神农又因为中毒昏倒了,听訞等人赶忙扶着神农躺在草垫子上,焦急地呼唤,但是神农双目紧闭不省人事。众人赶忙将煎好的茶水,慢慢地给神农灌服下去。

众　　人　神农啊神农,
　　　　　你可听到我们的呼唤,
　　　　　你睁开眼睛看一看,
　　　　　这是你找到的茶,
　　　　　它可以为你解毒,
　　　　　快快张嘴把茶水吞服!
　　　　　[过了一会儿,神农慢慢睁开了眼睛,听訞及众人欣喜异常,听訞心疼地劝解神农,不要再尝试下去了。听訞、众人:《寻百草、尝百草已经足矣!》

众　　人　谢天谢地神农终于苏醒,
　　　　　谢天谢地神农终于苏醒!

听　　訞　今日是极端危险的情形,
　　　　　稍有不慎就会危及生命。

众　　人　你已经找到无数药材,
　　　　　用于治病疗效明显,

听　訞　寻百草、尝百草已经足矣，

为了你的身体，

请不要再继续！

众　人　寻百草、尝百草已经足矣，

为了您的身体，

请不要再继续！

［神农听着听訞和众人的劝解，无力地摇摇头。对众人说出了自己的想法。神农唱:《完成应当完成的使命》

神　农　天下百草成百上千，

我能尝的实在有限，

必须在有生之年尽力而为，

多给后人留下可用的药材。

生命于我固然可贵，

身为首领却不能只顾自身，

完成应当完成的使命，

我的生命才会更有价值！

［神农喝了茶之后，休息了一会，感到自己精力恢复了一些，就坐起来，召集大家围坐一起，铭记当天的收获。神农、众人:《药之本源是百草》

神　农　这是今日所尝草药，

每种品性不同要记牢，

麻黄性温、味辛、微苦，

能发汗，止咳逆上气。

连翘性凉、味苦，

清热解毒、消肿散淤，

脾胃虚弱者忌服……

……

药之本源是百草，

酸、咸、甘、辛、苦，

药性五味为基本，

疾病寒热湿燥，

本草对症下药。

［安儿专注地听着，然后兴奋地站起来带头咏诵。众人也反复记诵着，直到非常熟练。

安　儿　药之本源是百草，
　　　　酸、咸、甘、辛、苦，
　　　　药性五味为基本，
　　　　疾病寒热湿燥，
　　　　本草对症下药。
　　　　每天的讲解要记牢，
　　　　一代一代传下去，
　　　　一代一代都记牢！
安　儿｝药之本源是百草，
众　人｝酸、咸、甘、辛、苦，
　　　　药性五味为基本，
　　　　疾病寒热湿燥，
　　　　本草对症下药。
　　　　每天的讲解要记牢，
　　　　一代一代传下去，
　　　　一代一代都记牢！
　　〔就在人们专心致志地听神农讲解草药药性的时候，一直守护神
　　农的鹿和鹰跑来围着神农嘶鸣呼唤。神农正在诧异间，突然远
　　处传来轰隆隆的声响，接着大地开始剧烈地晃动，山上的树木巨
　　石从高处滚落，人们惊惶地躲避，但是很多人都被震得或摔倒或
　　滚到山下或落到悬崖，还有的人被山上滚下来的巨石压住。山
　　里的动物也惊惶地四处逃窜，不远处的山村也传来人们的哭喊。
众　人　啊！啊！
　　　　山石崩大树倒！
　　　　飞禽惊走兽啸！
　　　　大地在动高山在摇！
　　　　我们该往哪里躲？
　　　　我们该往哪里逃？
　　〔一个妇女哭喊着跑来，请神农帮助救救自己的丈夫。
妇　女　神农啊神农，
　　　　请快快把我丈夫搭救，
　　　　他被压在石头下面，
　　　　浑身是血话已难说出口。
　　　　求求你，神农，

请快快把我丈夫搭救。

[失去神力的神农身体因为尝百草已经非常虚弱,但是他依然挣扎地从仍在剧烈晃动的地面上站起来,拄着拐杖,在听訞的搀扶下跟跟跄跄跟着妇女前去搭救她的丈夫。男子被一块巨大无比的石头压住了下半身,完全动弹不得。神农见状扔掉拐杖冲过去,使出浑身的力气想要移开石头,有几个年轻力壮的小伙子一起帮着推,但是巨石纹丝不动。男子在巨石下痛苦地呻吟,神农焦急而懊恼地捶着石头。妇女在一旁继续请求神农。

妇　女　神农啊神农,

你是天下闻名的勇夫,

你是我们部族的首领,

你救过的人无数,

求你救救我的丈夫,

求求你,

你一定能救我的丈夫!

神　农　从未感到如此无能,

从未感到如此无力,

一块巨石,

让我知道,

曾经的神勇已离我远去!

面对族人祈求的声音,

我竟然不知该如何化解眼前的危机!

天哪! 天哪!

我该如何化解眼前的危机!

[大地又开始剧烈地晃动,被巨石压着的男子反复被碾压,痛得忍不住哭喊,就在这时,伯强从远处跑来,看到神农正在努力推开压在男子身上的巨石,伯强冲上来用肩膀抵住巨石的一个角,突然,旁边的一棵大树朝神农和伯强的方向倒下来,神农急中生智,用力将伯强推到一边,结果大树重重砸在神农身上,神农扑倒在地。被推开的伯强和众人大惊。

伯　强}　啊,神农被大树砸伤,

众　人}　啊,神农被大树砸伤!

[伯强冲到神农身边,先把压在神农身上的大树推走,听訞等过来扶住神农,伯强再次用力将巨石顶起来,只见伯强大喝一声,

将巨石从男子身上推开，人群中一阵欢呼！

[听訞要为神农包扎伤口，神农摆摆手，忍着痛站起身，来到受伤男子身边，跪下来为男子查看伤情。

神　农　我不要紧，
　　　　只是擦伤一点皮。
　　　　快快拿来"血见愁"，
　　　　为他把血止住，
　　　　否则他难保性命。

[神农的手下跑去拿来止血草"血见愁"，神农仔细地为男子止血敷药，全然不顾自己的伤情。

[在一旁的听訞看着受伤了的神农，还要想方设法营救受伤的族人，心痛不已，倾诉着内心的矛盾和痛苦。

听　訞　从那个幽深的夜晚开始，
　　　　眼看着你一天天离我而去。
　　　　你失去了英武的面庞，
　　　　也失去了魁伟的身躯！
　　　　你没日没夜地把百草尝，
　　　　那草里的毒，
　　　　浸在你的身体，
　　　　疼在我的心里！
　　　　可就在此刻，
　　　　你依然把生的希望给了别人，
　　　　却枉顾自己流血的生命！
　　　　你总是想要解救天下万民，
　　　　你可知道我最想救的却是你！
　　　　眼看着你总有一天离我而去，
　　　　我却那么无能为力！
　　　　我可以理解你的选择，
　　　　我可以支持你的决定，
　　　　可是我，
　　　　却无法说服不舍你的这颗心！

[神农为男子敷好药，男子慢慢清醒过来，神农却体力不支昏倒了，听訞及众人赶忙为神农疗伤救治。

[伯强默默地看着为了救自己受伤的神农，依然一心救族人，心

有所动，就在这时，玄姜、赤姜鬼鬼祟祟地走到伯强身后，得意地
把一包茶给伯强看。

玄　姜　神农没日没夜将百草尝，

　　　　毒素早已深入膏肓，

赤　姜　今日这场地动也是天神相助，

　　　　让他和死神更近一步。

玄　姜　一场地动山崩地裂，

　　　　漫山遍野再难寻到茶。

赤　姜　我俩趁乱偷出这救命的茶，

玄　姜　现在就投入崖底，

赤　姜　他若再中毒也回天无术。

二　合　神农没有了救命草，

　　　　首领的荣耀终将属于伯强！

　　　　啊哈哈！啊哈哈！

　　　　〔伯强看到二人这样做非常震惊，欲制止二人的诡计。

伯　强　神农是我一母同胞的亲兄长，

　　　　虽然他曾经夺去了我的梦想，

　　　　可如今他毒入膏肓又流血受伤，

　　　　生命已经没有多少时光，

　　　　他现在是残喘的困兽，

　　　　就让他自取最终的灭亡。

　　　　我可以耐心等待他离开，

　　　　不需要你们推波助澜雪上加霜！

玄　姜　既然性命难保何不让他早了断，

赤　姜　到让他少些痛苦无望的熬煎！

玄　姜　这时候你要有男人的胆量，

赤　姜　不要再缩手缩脚一副女人心肠。

玄　姜　一切都由我们操办，

赤　姜　你就等着头顶那荣耀的光环！

伯　强　我已说得很明白，

　　　　你们不要再自作聪明，

　　　　立刻把这茶归还。

　　　　〔伯强边说边用手去拿那包茶，结果被赤姜拦住，玄姜趁机抱着
茶跑到悬崖边将茶投入到崖底。伯强愤怒地指责二人。

伯　强　你二人竟敢把我违抗!

玄　姜　我们都是为你着想!

赤　姜　你要有男人的胆量!

玄姜、赤姜　不要再缩手缩脚一副女人心肠。

伯　强　滚,你们给我滚,

　　　　去找回那包茶,

　　　　否则永远不要再见我!

　　　　〔切光,转场。

第3场

　　　　〔夜深了,大地恢复了平静。人们去休息了,听訞点起篝火,搂着
　　　　受伤的神农,火光映红了二人的面庞,二人感慨万千。唱起:《来
　　　　世与你再续前缘》

听　訞　还记得你举着火把来到我面前。

　　　　火光映红你英姿勃发的脸,

神　农　还记得我举着火把来到你面前,

　　　　火光照亮你娇美动人的容颜。

二人合　虽然你(我)生在天上我(你)生在人间,

　　　　我们依旧幸运相逢结缘。

神　农　你从无忧的天庭来到荒昧的人间,

听　訞　我愿意命运与你紧紧牵连,

二人合　从那时起,你我朝夕相伴,

　　　　从那时起,你我携手同肩。

神　农　你做了妻子能做的一切,

　　　　我却常常不能将你好好陪伴。

听　訞　我们的爱本就不简单,

　　　　因为你挑起的是首领的重担。

神　农　去除神力你是否心有怨言,

听　訞　你能胸怀天下我才会心安。

二人合　失去了永恒的生命,

　　　　失去了永恒的时间。

　　　　那情牵我们的火种。

　　　　终有熄灭的一天。

　　　　今生不能永远相伴,

只愿来世与你再续前缘!

[灯暗。音乐继续……

[音乐中……新的一天开始了,受伤的神农又拄着手杖,上山采药。神农边走边仔细查看周遭的植物,凡是没有见过的,便顺手摘下几株坐下来品尝,就这样一路走一路尝,不觉到了傍晚,火红的日头开始偏西。

[突然,神农双腿颤抖,站立不稳,摔倒在地上,听訞和众人赶忙将神农扶住。听訞让随从赶快把茶拿出来为神农解毒,随从突然发现装有茶的包袱不见了。人群中的伯强一脸的歉疚,焦急地在一旁观望着。

听　訞　赶快取出茶,
　　　　为神农解毒!

众　人　为什么不见了装有茶的包袱?
　　　　没有了茶如何为神农解毒?!
　　　　茶,茶,哪里有茶?
　　　　赶快找到茶,
　　　　为神农解毒!

[正在这时,安儿跑来,说是发现了前面有大片的茶。

安　儿　快呀,快呀,
　　　　我在前面看到了茶。

众　人　哪里有茶?
　　　　快快前面带路,
　　　　快快找到茶,
　　　　为神农解毒!

[在众人的催促下,安儿走在前面带路,神农被听訞和众人搀扶着慢慢向前走。在紧张又有着危机感的音乐中,一行人翻过小山坡,来到了一处看似长满茶的地带,众人看到茶都欣喜若狂。

众　人　看哪,看哪,
　　　　这么多的茶!
　　　　快快多多摘一点,
　　　　为我们的神农解毒!

[伯强看到茶,兴奋地冲上去就要摘茶的叶子,没想到手刚一触碰叶子,草叶却瑟瑟地蠕动起来,已经很虚弱的神农挣扎着制止伯强。

神　农　（白）住手！

　　　　〔听訞扶着神农走上前仔细端详，看植物的形状和花朵确实与茶非常像，但是却有一种危险潜藏其中，神农伸出手摘下一片叶子，准备品尝，听訞抓住他的手恳求地制止。听訞、神农对唱：《它是茶还是毒》

听　訞　这草虽然像茶，
　　　　却充满了谲蛊，
　　　　这种感觉令人不安，
　　　　你万不可再冒风险！

神　农　像茶又不是茶
　　　　它到底是药还是毒？
　　　　我必须亲自尝试，
　　　　避免人们误食中毒。

　　　　〔神农说完就要把叶子往嘴里放，听訞抓住神农的手恳求地看着神农，一旁的伯强再也看不下去了，冲上来，按住了神农的手。

伯　强　停止吧，不要再继续，
　　　　你的生命已危在旦夕，
　　　　难道你从不留恋人生，
　　　　难道你从不在乎自己的性命？

神　农　哪有人不留恋人生？
　　　　哪有人不在乎性命？
　　　　我深知自己不久于人世，
　　　　更要把握每一刻做新的尝试！

伯　强　既然你现在选择失去，
　　　　当初何必赢取首领获得神力，
　　　　那是多少人梦寐以求的机遇，
　　　　你说放弃就放弃令人不可思议！

神　农　那时我只是普通的儿郎，
　　　　有着普通人对于成功的渴望！
　　　　而当我真的挑起首领的重担，
　　　　才发现它不是一个理想那么简单！

伯　强　找到火种，教会农耕，
　　　　草药医病，午市父易，
　　　　这生活比起前人不知好了多少倍，

你又何必再苛求自己!

神　农　自从盘古开天地,
　　　　祖祖辈辈就没有停止前行,
　　　　我看不到部落将来的样子,
　　　　只能在有生之时竭尽全力。

伯　强　我曾经嫉妒过你,
　　　　如今我终于开始懂你!

神　农　地动时你我齐心协力,
　　　　我就知你还是我的亲兄弟!

伯　强　玄姜、赤姜把救命的茶扔弃,
　　　　我的自私害了你,
　　　　还请兄长为了部落,
　　　　放弃尝草千万不要再继续!

神　农　我不怪玄姜、赤姜更不怪你,
　　　　但这草我必定要尝,
　　　　不试出它的毒性,
　　　　留下后患难以原谅自己!

伯　强　你虚弱不堪受伤的身体,
　　　　哪还经得起一点毒性?
　　　　万一发生意外,
　　　　没有你的部落如何走下去?

神　农　人生来都有要完成的使命,
　　　　部落没有我一样会繁衍生息。
　　　　这草是茶是毒我必须亲自尝试,
　　　　因为这就是我现在的使命!
　　　　﹝神农说完,用力推开伯强的手。伯强打了个趔趄,就在大家紧
　　　　张的注视和惊呼下,神农吞下了那棵草。神农将草嚼服之后,脸
　　　　色突然大变,口鼻中汩汩地冒出鲜血,神农双手抱在胸前痛苦地
　　　　倒在地上,听訞赶忙抱起已经奄奄一息的神农,只见神农拼尽最
　　　　后一丝气力,告诫大家一定要记住这是断肠草,决不可与茶混
　　　　淆。神农唱:《我的肝肠已寸寸断裂》

神　农　我的肝肠已寸寸断裂!
　　　　记住,记住这草的样貌!
　　　　这是剧毒的草,

一叶毙命的草，

是，是那断肠草！

万不可啊，

万不可与茶混淆！

〔神农断断续续说完，便永远地闭上了眼睛！

〔切光。悼歌般的音乐响起……

〔听訞悲痛欲绝，抱着神农痛苦不已。

〔伯强被神农的自我牺牲精神所感动，痛悔自己曾经的所为。

听　訞　我的肝肠也寸寸断裂，　　　　伯　强　我的肝肠也寸寸断裂，

　　　　是可恶的断肠草造的孽！　　　　　　　那是欲望和贪婪造的孽，

　　　　我要记住它的样子，　　　　　　　　　要记住贪欲的面貌，

　　　　有毒啊，有毒啊，　　　　　　　　　　有毒啊，有毒啊！

　　　　夺走神农我心流血！　　　　　　　　　万不可与理想混淆！

尾　声

〔神农为尝百草制药而牺牲自己，让天下人民感念不已，为神农送葬的人从四面八方赶来，绵延不绝，人们用五谷之穗编成冠冕，戴在神农的头上，又把百千种带着花蕾的药草覆盖在他的身上，人们对于神农的怀念和感激撼天动地。音乐中人们齐声念诵着神农的丰功伟绩，哺育过神农的鹿、守护过神农的鹰悲伤地围着神农盘旋，神农成为人们永远的精神领袖。听訞领唱，众人合唱：《永远的神农炎帝》。

领唱合唱　你静静地躺在这里，

　　　　　是安详如婴儿的表情。

　　　　　天上的飞鸟懂你，

　　　　　盘旋驻足凝望着你，

　　　　　河里的鱼儿懂你，

　　　　　迂回游弋等待着你的倒影。

　　　　　世上的人们怀念着你，

你踩过的土地，
你驻足的树荫，
镌刻着你的音容，
渲染着你的气息。
你的肉身虽然远离，
你的魂魄却永驻我们心里！
你是与日月同辉的不朽神话，
你就是永远的神农炎帝！
〔切光，全剧终。

王安忆简介

　　小说家。1977年开始发表作品，迄今出版长篇小说《长恨歌》《天香》《匿名》《考工记》等十四部、《王安忆中篇小说集》八卷、《王安忆短篇小说系列》八卷、散文集、剧作及论述等多部，逾六百万字。曾获全国优秀儿童文艺作品奖、全国短篇小说奖、全国中篇小说奖、茅盾文学奖、鲁迅文学奖、马来西亚"花踪"世界华文文学奖、台湾"中国时报开卷好书奖"、韩国李炳注国际文学大奖、香港世界华文长篇小说"红楼梦奖"，2011年获曼布克国际文学奖(Man Booker International Prize)提名，2013年获颁法兰西共和国艺术与文学骑士勋章，2017年获俄克拉荷马大学第五届纽曼华语文学奖(Newman Prize For Chinese Literature)。部分作品有英、德、荷、法、西、俄、意、塞、日、以、韩、越、柬、泰、波兰等译本。

话　剧

风萧萧

（改编自徐訏同名长篇小说）

编剧　王安忆

序　幕

时间：1941 年 9 月。

地点：上海。

[外滩江边，铁链围栏，西洋塑像立在花岗石底座，路灯下一张长椅，面向江水，于是我们看到的是一对男女的背影，史蒂芬和梅瀛子。

史蒂芬　日本近卫文吕首相周三早餐会，陆军大臣东条英机和外相松冈洋右打起来了！

梅瀛子　让我猜一猜，东条英机主张南进，松冈洋右则是反对派！

史蒂芬　哦？为什么？

梅瀛子　东条英机是个野心家！荷兰、法国向希特勒投降，他就按捺不住，要和希特勒镖着干，必须另开一路。

史蒂芬　继续猜——

梅瀛子　松冈洋右是个奇异的亲美派，这和他早年留学美国的遭际有关，他喜欢美国，同时，外乡人的身份难免受排斥，所以又恨又爱。他认为南进计划会侵犯美国在太平洋上的利益，日美发生冲突，可是，又不能背弃德意日三国条约，就主张用外交策略处理日美矛盾。但是，以东条英机的强硬，松冈洋右可能处于下风。

史蒂芬　女人的直觉。

梅瀛子　不要低估女人的直觉，我们有第六感。

史蒂芬　我同意。

梅瀛子　东条英机对太平洋情有独钟。

史蒂芬　热带的空气洋溢着生长激素荷尔蒙，从某种程度说，战争其实是荷尔蒙过度分泌的结果。

梅瀛子 这是男性的直觉吗？

史蒂芬 是医生的直觉。

梅瀛子 直觉这东西可是违背科学的实证观念。

史蒂芬 科学，有时候是直觉在先，实证在后。

梅瀛子 实证什么时候降临呢？

史蒂芬 怎么说，没有一个特定的指向，而是在空气中弥散。

梅瀛子 有什么迹象？

史蒂芬 江湾地方，日本陆军第五师团，每天进行自行车训练，公路上，自行车队滚滚而来，黑压压一片，又如乌云压顶。

梅瀛子 还有什么？

史蒂芬 （沉吟）有一个人物将来到上海。

梅瀛子 谁？

史蒂芬 不知道。

梅瀛子 有使命吗？

史蒂芬 不知道。

梅瀛子 消息来自哪里？

史蒂芬 （抬头向空中嗅着）空气，空气里有火药的气味。

梅瀛子 这城市每时每刻发生暗杀。

史蒂芬 交错的枪口，准星对齐一个目标！

梅瀛子 去向早餐客卜一卦。

史蒂芬 早餐客未必真有其人。

梅瀛子 听起来，早餐客又是直觉一种。

史蒂芬 是幽灵，一个幽灵，在欧洲游荡！

梅瀛子 是一名共产主义者？

史蒂芬 不知道。

梅瀛子 （偏过头，看史蒂芬身后）你身后好像有一个幽灵！

史蒂芬 （回头，笑）是一条尾巴！

小徐迟疑着上场。

小　徐 我看见路边停一辆美国海军特别牌照的汽车，也许你在这里。

史蒂芬 （叹气）介绍一下，这是小徐，从南洋来，报考艺术专科学校，没等他下船，学校已经迁移，于是，就在街上游荡。

梅瀛子 于是，你就被他黏上了！

史蒂芬 发发慈悲，握一下他的小手吧！

梅瀛子 （叹气）好吧，你的命令，我只有服从！

小　徐　（笑，握住梅瀛子伸出的手）我妈妈总是说，好人一定能遇上好人！

第一幕

时间：数日之后。

地点：上海静安寺路百乐门舞厅一隅。

［舞池里，一群士兵在跳水兵舞。史蒂芬、梅瀛子、小徐三人上场，小徐挽着梅瀛子的手臂。

史蒂芬　现在，他已经变成你的尾巴了。

梅瀛子　你总是把你的麻烦交给我。

小　徐　我是麻烦吗？史蒂芬是这么说我的吗？

史蒂芬　我说你是一个可爱的麻烦！

小　徐　史蒂芬经常提到我吗？

梅瀛子　经常。

小　徐　真的吗？可是史蒂芬一次也没有提起你。

梅瀛子　因为他不常想起我。

小　徐　不对，因为他将你雪藏起来，你一定是他的宝贝。

梅瀛子　是吗？史蒂芬。

史蒂芬　不敢当，英国人掠夺中国的宝贝已经太多了，哪一天就要清账了。

三人围桌坐下，望着歌台——在侧幕的方向。

史蒂芬　上海的女子很漂亮。

梅瀛子　在这里，至少有一半不是上海女子。

史蒂芬　可是，那一位，确定无疑的，是上海女子。

梅瀛子　（顺着目光）你指的是那一个，穿月白缎旗袍的——

史蒂芬　恍如月色。

梅瀛子　（微含讥诮）这就是你们西方人想象的东方。

小　徐　（一直注视着舞池，忽然爆发）我恨她！

梅瀛子　（吃一惊）谁？

小　徐　她！

梅瀛子　史蒂芬的月光女神?

史蒂芬　暂且就算我的吧。可是为什么要恨一个女子呢?

小　徐　别个女孩子都讨厌同日本人跳舞,唯有她,和日本人跳个不停。

梅瀛子　伴舞是她的职业,她赚他们的钱。

史蒂芬　娱乐业自愿征收捐税,用于犹太难民救济,也可视作对欧战的
　　　　支持。

小　徐　她可以和中国人跳呀! 就因为她总是和日本人跳,中国人都躲
　　　　着她呢。

史蒂芬　你可以把她夺过来!

小　徐　你们知道在马来亚,人们是怎么对待这些叛国者的?

梅瀛子　不知道。

小　徐　用开启的马口铁罐,套在他的耳朵上,一旋,耳朵没了!

梅瀛子　真恐怖! 你也参加行动了?

小　徐　(惭愧地)我还不够勇敢,我正在使自己勇敢起来。

史蒂芬　(一跃而起)我把她抢回来,还给中国!

小　徐　史蒂芬爱上她了!

梅瀛子　(沉浸在自己的心事里)史蒂芬不谈爱的,他抱定独身主义。

小　徐　这一点,我倒是同情的,因为我也是独身主义信仰者。

梅瀛子　(笑)你还小,世事难料。

小　徐　我并不像你以为的幼稚——
　　　　史蒂芬携一位银色旗袍女郎上场,打断他俩的对话。

史蒂芬　(将女郎的手交到小徐手里)交给你,别丢了,请履行保护的职
　　　　责,尤其是,保护好她的耳朵。

梅瀛子　权当作一个成年礼的仪式。

小　徐　(窘迫地牵着女郎的手)我已经成年——

白　苹　(落落大方,即是欢场的职业态度,同时不乏真诚)幸会,我的名
　　　　字叫白苹,请问这位小弟弟——

小　徐　敝姓徐——

白　苹　徐先生——

史蒂芬　我们都叫他小徐。

白　苹　请!
　　　　挽小徐跳舞,史蒂芬则与梅瀛子跳舞。

梅瀛子　你又移交了你的麻烦!

史蒂芬　他把你霸占得太久,我要向他索还了。

梅瀛子　可我倒有点舍不得他了。

史蒂芬　刚才你还说他是个麻烦。

梅瀛子　麻烦有麻烦的好。

史蒂芬　好在哪里？

梅瀛子　我喜欢它的缠绵。

史蒂芬　我愿意也成为你的麻烦！

梅瀛子　你永远不会变成麻烦，你太清醒了！

史蒂芬　清醒有什么不好吗？

梅瀛子　中国人有一句话，"水至清而无鱼"！

　　　　歌台上出场一个和服装束的歌女，唱起一支日本民谣。

小　徐　（向着歌台）唱中国歌！

白　苹　（将小徐身体转过来，背向歌台，又带远去）我们上海人有一句俗
　　　　谚，到哪座山，唱哪支曲。

小　徐　你说这是哪座山？

白　苹　（大人安抚孩子的口气）中国人还有一句古话，眼看着起高楼，眼
　　　　看着宴宾客，眼看着楼塌了！

小　徐　（疑惑地看着舞伴）你的意思是——

白　苹　（竖起指头按在对方唇上）嘘——

小　徐　（和缓下来）你和日本人跳舞，也就是到哪座山，唱哪支曲？

白　苹　我会说几句日语，日本人就喜欢找我跳。有一个很爱我的中国
　　　　青年，和你一样，说我不该同日本人跳舞，我说这是我的职业，我
　　　　为生活，又不同他们好，假如你喜欢我，可以带我出来，也可以同
　　　　我跳舞，可是，从此以后他就不再与我往来了。所以还是中国男
　　　　人胆小，怕日本人。

小　徐　你的意思是要中国男子同日本人抢你吗？

白　苹　也可能，他并不真的爱我。

　　　　一曲终了，回到原位，这一回，白苹也参加进他们的三人组，变成
　　　　四人组。

小　徐　（气昂昂地）我要点歌，中国的土地，中国的夜阑，唱一支中国歌
　　　　吧，《黄浦江头的落日》，如何？

史蒂芬　我怕她都不知道这是支什么歌。

白　苹　就让他乘兴一回！（示意服务生上来，接过点歌条）
　　　　音乐响起，却是一支美国英语歌曲。

梅瀛子　这仿佛是一个象征！

史蒂芬	象征什么?
梅瀛子	象征世界对美国的邀请。
白　苹	丘吉尔在说服罗斯福参战;罗斯福要说服国会,改变一战以后, 美国"孤立主义"政策。
梅瀛子	(惊讶地看一眼白苹)你的耳目很灵。
白　苹	坊间传闻。
史蒂芬	这就是孤岛,什么样的国际大事最后都变成流言。
白　苹	上海弄堂的小孩子有一种游戏,叫做"官兵捉强盗",双方先要挑 人加盟,身体强壮,头脑机灵的小孩子总是争抢的对象! 国际大 事其实和小孩子游戏差不多,人们自然可以议论议论。
史蒂芬	还有什么议论吗? 说来听听。
白　苹	那个机灵的小孩子,是不是参加游戏,又参加哪一方,有时是抽 签的结果;有时候呢? 事先通了款曲,做了手脚;还有时候,是一 个激励,比如谁和他好,谁又和他掰!
史蒂芬	你的意思,一个导火索?
白　苹	然后拉响!(做一个拉导火索的动作)
小　徐	(笑)
史蒂芬	这可不像淑女的动作!
白　苹	战时嘛,男女都一样。
梅瀛子	史蒂芬,我看见谁了!
史蒂芬	谁?
梅瀛子	又一个美丽的女子!
史蒂芬	上海的女子啊!
梅瀛子	可是,这一个,确定无疑,不是上海女子。 众人一并望向梅瀛子所示方向。
小　徐	我看见了,是史蒂芬你们那一族的女孩,美国人!
史蒂芬	美国人里有许多差别。
小　徐	在我们看起来,都是西洋人。
史蒂芬	恰恰我以为她有着东方血统。
小　徐	看不出来。
史蒂芬	好比我们看亚洲人,彼此相像,事实上,却分别为中国人、日本 人、韩国人。
梅瀛子	对美丽的女孩,应该另有一种分类,比如,月亮——(指着白苹) 太阳——(指向美国女孩的方向)

史蒂芬　不,不!

　　　　梅瀛子看向史蒂芬。

史蒂芬　我不反对你的分类法,只是不同意那女孩是太阳。

梅瀛子　你将太阳封给谁?

史蒂芬　这是个秘密!

梅瀛子　哦?

史蒂芬　她是灯。

梅瀛子　怎么解释?

史蒂芬　(出于某种回避而偷换概念)这就是美国人,他们是一种特别的
　　　　人类,不是出自上帝的手,而是出自——

梅瀛子　哥伦布的手?

史蒂芬　梅瀛子你真是太聪明了。

小　徐　(激动地)我喜欢灯! 太阳的光太强烈,把影子都熔化了;月亮的
　　　　光又太含蓄,影子变得暧昧;我喜欢我在灯光下的影子。史蒂
　　　　芬,带我去认识她吧!

史蒂芬　为什么不能自己去,勇敢起来。

小　徐　求你了!(硬将史蒂芬推起来,下场去)

白　苹　真是个孩子!

梅瀛子　天真的轻浮的孩子。

白　苹　难免经历残酷的遭际。

梅瀛子　你是指时局吗?

白　苹　我说的是成长,长大成人。

梅瀛子　成长需要克服许多困难,犯许多错误,付出许多代价。

白　苹　尤其在某一种天性。

梅瀛子　怎样的天性?

白　苹　天真的,轻浮的——

梅瀛子　"官兵捉强盗"的弄堂游戏中,这是被选择还是被放弃的一个?

白　苹　(想了想,商量的口气)还是要了他吧,说不定,会有用,因为他有
　　　　足够的善心,还有忠诚。

梅瀛子　他也许会坏事呢!

白　苹　游戏总是要冒险的!
　　　　一支舞曲结束,史蒂芬,小徐,带了海伦——美国姑娘,二十
　　　　岁,梅瀛子也认识海伦,站起身,拉着她手,就在此时,小徐点
　　　　的歌《黄浦江头的落日》唱起来了。于是,在场人有一时的静

谧。歌声中,——就座,小徐挤在海伦身边坐下。灯光聚焦于台上歌女,她的名字叫米可,年龄在二十岁。歌曲结束,灯光亮起。

梅瀛子　（戏谑地）小徐,你是见一个,爱一个。

小　徐　（害羞地）我喜欢你们所有的人。在我看来,女性是艺术,我是艺术的教徒。

白　苹　（指着歌台上的歌女）她呢?

小　徐　（犹豫着）倘若她不是那一国的人——

白　苹　"美丽"是没有国界的。

小　徐　（避而不谈,转换话题）海伦小姐在哪里高就呢?

海　伦　谈不上高就,海邻广播电台,播报英语新闻。

小　徐　那不是日本人的电台?

海　伦　有点关系,可是,生活,不是吗? 生活不容易,我已经成年,应该赡养母亲,像我这样的外国人,在上海又能找到什么工作?

白　苹　大家都是为生活。

史蒂芬　包括台上的歌唱小姐,我们为什么不请她来坐一坐? 她相当友善,唱了我们点的歌。中国人有句古话,礼尚往来。（招来服务生,令他传话）

小　徐　可是,她是日本人。

史蒂芬　这里到处是日本人。

小　徐　也许我不应该来!

史蒂芬　要是不来又怎么认识白苹和海伦,你不是艺术的教徒吗?

小　徐　我只好服从了。

梅瀛子　这就是战争时期里艺术的处境。

　　　　说话间,歌女米可上场,后面随着两位日本先生,一位是海军军官有田大佐,三十岁;一位是本佐次郎,三十二岁。

史蒂芬　（拍手）欢迎,欢迎。

米　可　（一口流利的汉语,只是语速慢一些）这位是海军军官有田大佐,这位本佐次郎,一位生意人——请多关照!

史蒂芬　这又是什么样的美呢? 太阳,月亮,灯——

小　徐　灯下黑!

　　　　众人笑。

米　可　大佐先生要求归还他的舞伴——白苹小姐。

小　徐　（一下子红了脸）为什么? 为什么是他的——舞伴?

有田大佐	（显然看出他的意思，这是一个儒雅的军人，甚至气质有点柔弱，说出几个中国字）友好，和平！
小　　徐	（负气地）我不还！
白　　苹	（安抚地）大佐先生买了我的舞票，我们做生意要讲信誉。
小　　徐	原来你就是这样让日本人和中国人起争夺的吗？
有田大佐	（鞠躬）请多关照！
小　　徐	（站起身，对白苹）我可不是胆小的中国人，我不怕他们！
本佐次郎	万事和为贵！
小　　徐	（冷笑）我今天才知道，你们来中国是为了"和"！
白　　苹	你不是有海伦了吗？
海　　伦	我不是做你们一行的！
白　　苹	我们一行是什么一行？我们不都在跳舞！
海　　伦	我们是跳舞，你，是陪舞！
白　　苹	（笑）我们在跳同一支舞曲，就好比在一条船上。
史蒂芬	（解围地）难得有这么多美丽的女孩子聚在一起，还有来自各国的先生，我们可以玩一种大家都可以参加的游戏。
梅瀛子	什么游戏？"官兵捉强盗"？
史蒂芬	那火药味太浓了。
梅瀛子	世界不已经是个火药桶了！
史蒂芬	可我们是在世界的芯子——孤岛。
梅瀛子	芯子？说不定是个导火索！（做个引爆的动作）砰的一下，全面开花！
米　　可	我们熄火吧！
小　　徐	都是你们引来的火！
本佐次郎	（对米可）这就叫做"引火烧身"。
	大家这才发现本佐次郎会说中国话。
小　　徐	你是谁？
本佐次郎	（鞠躬）我是个生意人。
小　　徐	那些蹩脚的东洋货就是经你手销过来的？
史蒂芬	（继续解围）就眼下说，我们都是一条船上的渡客，做游戏吧！
梅瀛子	（讽刺地）说得也对，我们是一支舞曲里的舞客。
史蒂芬	我们进行一场小小的选举，选出今晚的皇后。
小　　徐	（平息下来）这太叫人为难了，每一个都自有性格，很难采用同一个标准来评判高下。

有田大佐	是的!
史 蒂 芬	那么就把评判权交给上帝。
	众人都看着他。
史 蒂 芬	我们英国小孩有一个游戏(示范着,拉着小徐,双手搭成一座桥)大家排成一列,从桥下穿行,一起唱:

Falling down, Falling down,

London Bridge falling down,

My fare lady——(唱到此句,架成桥梁的手臂放下来,圈住正走到底下的人)

四个女孩,间插本佐次郎、有田大佐,从"桥"下鱼贯而过,第一次圈住的竟然是本佐次郎,众人大笑不已,本人则露出尴尬的笑容,换下小徐,和史蒂芬搭桥,小徐则参加队伍,再来第二轮,圈住的却是有田大佐,换下史蒂芬,第三轮。这一回的"窈窕淑女"是白苹。众人簇拥着白苹,将香槟酒杯递到她手里,乱嚷着要她致辞。正在此时,舞场深处响起爆炸声,硝烟弥漫,远近处又接连响起一串爆炸声,渐止,烟雾沉淀,惶恐的人声起来,忽地,顶上飘落传单,小徐,跳起接住一张,展开——

小　　徐	(念传单)舞友们,你们有人跳狐步舞,有人跳华尔兹,却为何不上前线去杀敌? 你们有人畅饮白兰地、威士忌,却为何不给军队捐点钱,以便购买更多军火去杀敌? 舞友们,当你们身上散发出被奴役者的腐气时,为何还把金钱花在化妆品上? 清除这种腐气的唯一办法,就是将你们的热血献给整个民族。你们寻欢作乐,我们在今宵的薄礼炸弹,将为你们增添欢娱。假如你们喜欢这礼物,我们舞厅见!
	众人无语,一时静默。
史 蒂 芬	是谁拉开的导火索?
小　　徐	谁?
米　　可	朝鲜人!
梅 瀛 子	重庆来客?
白　　苹	铁血除奸团!
有田大佐	共产党!
小　　徐	(兴奋的)共产党!
	众人眼睛都看向他。

第二幕

时间:若干天之后。

地点:赌场。

〔绿色绒面的赌台,一具轮盘,庄家是个中国男人。桌边围着赌
客,其中有白苹和小徐,白苹下注,输;再下注,再输。

小　徐　走吧,宵禁了!

白　苹　索性等到天亮!(再下注,赢回少许)

小　徐　你不是带我找共产党吗?

白　苹　(回头竖起手指头压在唇上)嘘!

小　徐　(站起身)你不走,我走!

白　苹　(拉住小徐)再玩一会嘛!

小　徐　像你这样纯洁美丽的女孩,为什么会迷恋赌呢,那是堕落的
　　　　游戏。

白　苹　它吸引我的,正是堕落,我喜欢堕落,那自由落体的一刹那,有着
　　　　危险的快乐!

小　徐　这是什么样的爱好呢,真是颓废。

白　苹　在这个颓废的城市和颓废的时代,颓废就像一种菌,快速繁殖,
　　　　蓬勃生长。(从手袋里摸出一枚白金钻戒)借我五千块钱,戒指
　　　　作抵押。

小　徐　难道你真以为可能翻本? 你只会越陷越深,这是每一个赌徒的
　　　　命运!

白　苹　从概率上说,输,就是向赢接近,我不能半途而废!

小　徐　这是理论,事实上,输的人永远在输,赢的人,只需要一次机会。

白　苹　那么我来输,让赢的人赢!

小　徐　(讽刺地)你的意思是,我不下地狱,谁下地狱!

白　苹　(撒娇耍赖地)借我钱嘛!

小　徐　(窘)我没有那么多钱。

白　苹　你有多少?

小　　徐	大约五百吧。(老实的)家里的汇款还没寄到,邮路不太通畅。
白　　苹	哦,太平洋上很不安宁。
小　　徐	我已经欠下两个月的房租了。上海这地方,钱很不经用的。
白　　苹	借我五百块!
	不知什么时候,本佐次郎入座,放下五千块钱在白苹跟前。
本佐次郎	倘若翻本,五五开!
白　　苹	为什么你自己不下注呢?
本佐次郎	我相信女性的直觉。
	小徐将本佐次郎的钱推开,摸出钱包,掏空最后一张纸币,白苹选择了小徐的钱。
白　　苹	本佐次郎先生,您的五千块只是您的财富里的千分之一,甚至万分之一;这位小朋友的五百块却是他的全部,我要他的全部!
本佐次郎	好! 有一句话我要提醒小姐。
白　　苹	请指教。
本佐次郎	"情场得意,赌场失意"!
白　　苹	还有一句话,"商场得意,赌场失意"!
本佐次郎	那么,白苹小姐就更要谨慎出手,因为,小姐在商场也很得意,据说,最近在棉纱上又赚了一笔!
白　　苹	假如先生需要,我可以提供一些生意上的线索,生意道上,朋友很要紧,彼此互通有无,有钱大家赚!
本佐次郎	小姐是个爽快人!
白　　苹	那么,一笔买断,还是抽成?
本佐次郎	女士优先,请出价!
白　　苹	在这瞬息万变的世道,货币是靠不住的,所以,我的建议是,以货易货,实物换实物,线索换线索,信息换信息。
本佐次郎	有道理!
白　　苹	我有一笔货要往外出去,先生知道,四处都是贵国军队的哨卡,能不能给个方便?
本佐次郎	通行证?
白　　苹	是的。
本佐次郎	这就有点为难我了,我只是个生意人,和军方没关系!
白　　苹	这年头,吃一碗饭怎么够饱? 我本是个舞女,可不得已,还要做些买卖。

本佐次郎		小姐开出的价有点高了，以质论价，还要看看小姐的货，价值如何！
白	苹	保证先生不吃亏！（将小徐的五百块钱换成筹码，脱下手上的钻戒，递给小徐）
小	徐	不要，不要抵押，我不要你还，真的！
白	苹	（拉过小徐的手，一个手指一个手指试着）中国人怎么说？有借有还，再借不难！
小	徐	不要！
白	苹	（钻戒套上中指）要的！
小	徐	（挣着捋下来，还给白苹）不要！
白	苹	怕什么呀，这只是抵押物，并不是婚约，知道小徐你是独身主义。
小	徐	不是——
白	苹	不是什么，不是独身主义？
小	徐	不——
白	苹	那么就还是独身主义，这不免引起我的好奇，生活还没有开始，就已经抱定某一种"主义"了。
小	徐	（窘，而又认真）婚姻违反爱的本性。
白	苹	不对，不老实，很不老实，你，一定经历过某种挫折，使爱不到结果的时候便枯萎了。
小	徐	那不是主要的理由。
白	苹	说实话，她辜负你，还是你辜负她？
小	徐	是各自辜负了自己。
白	苹	怎么说？（好玩地看着对面的年轻人，有点怜惜的戏弄）
小	徐	有一天，忽然发现自己没有爱过人，爱的只是自己的想象；也没有人爱过我，她们爱的也是自己的想象。都是自恋，爱的是对方灯下的自己的影子。
白	苹	不是所有的灯都能投出自己的影子的。
小	徐	是的。
白	苹	可是，一定会有一盏。
小	徐	可谁能知道，哪一盏正是那一盏。
白	苹	命运总有一天会让这一盏照耀你的。
小	徐	就像你热衷的赌博，从概率中胜出？
白	苹	你这么说不够厚道。
小	徐	我并没有恶意，我的意思是，与其将命运押在胜出的一刹那，

不如投向概率的无数次循环里,倒可获得自由。

白　苹　我明白了,你的独身主义其实是只爱自己。

小　徐　相反,我爱所有的你们,犹如敬爱神一样的爱!

白　苹　是我们女性集体的光荣吗? 真是不敢当。

小　徐　(褪下钻戒)还你!

白　苹　我说过了,这只是个抵押物,抵押欠你的债务。

小　徐　你没欠我什么,那点钱算不了什么。这世上,没有比钱更没有价值的了。

白　苹　你的房东一定不能同意你的观点。

小　徐　(窘)家里的汇款很快就会寄到。

　　　　白苹押上筹码,赢了,面前扫进更多的筹码,本佐次郎则输了,一竿子扫去筹码。

本佐次郎　我断定小姐你没有坠入情网!

白　苹　而我断定先生您一定有大赚头!(又押上,又赢)

本佐次郎　我断定小姐身边那个孩子是你的幸运星。

白　苹　他的名字叫"麻烦"。

小　徐　你已经扳回本了,我们可以走了!

白　苹　那是你的赌资,是你赢! 给你,五千块!

小　徐　我只要五百。(摘下戒指)

白　苹　(推回戒指,再将钱拦回来)现在,你借我五千元,请你做我永远的债主!

小　徐　你才是我的债主!

白　苹　你并没有欠我什么。

小　徐　是我们男性,向全世界的女性欠下的,那就是战争。

本佐次郎　是个多情的"麻烦"。

白　苹　(略有感动)你扯到哪里去了! 等我终于还清债务的时候,戒指自然就回到我手上,你的信仰,无论称作独身主义,自恋,还是泛爱论,或者女性崇拜,都不会有一点折损。

小　徐　(拗不过白苹)那么就由我暂时代为保管。

　　　　本佐次郎和白苹各下一笔大注,此时,有一人悄然而上,押下一个筹码,这个人是米可。

米　可　我下一注。

　　　　三人都看她,颇觉意外。

米　可　我只有一个筹码!

白　　苹	以你的年龄和财力,不该来这种地方。
米　　可	我要赌一次,赌我的运气!
小　　徐	(疑惑地)为什么年轻女孩都成了赌徒!
本佐次郎	女性比男性有冒险心。
	小徐站开一步,不愿与他搭话。
本佐次郎	我建议你还是收回你的那五百元!
小　　徐	这和你有关系吗?
本佐次郎	不是我有意干预你的私事,我只是担心你的生活费。
小　　徐	我的生活费怎么了?
本佐次郎	我怀疑你的生活费能不能汇到,最近太平洋上可不太平! 就在轮盘即将推动的一瞬,灯暗。
本佐次郎	停电。
白　　苹	分片停电,是搜捕重庆分子,有重庆分子来到上海。
本佐次郎	是小姐的出价吗? 不过是坊间流言。
白　　苹	坊间流言往往成真,孤岛就是一个大流言!
本佐次郎	这个货色价值不大,重庆来人于你我的生意没有大碍!
白　　苹	那么,先生以为,谁的到来有大碍呢?
本佐次郎	(机敏而精明的)这就是第二笔买卖了,第一笔还没成交呢!
白　　苹	你是个老狐狸!
本佐次郎	生意道上嘛!
白　　苹	好,换一批货。四大百货公司竞价争一个订单,一只非洲鹦鹉,十五担大米的出价!
本佐次郎	(一拍台子)成交!
白　　苹	通行证?
本佐次郎	生意人,诚心为本!
本佐次郎	(撸走台上的筹码,欲走,又留步)买一送一,附加一条流言"有朋自远方来"!
白　　苹	不亦乐乎?
本佐次郎	改一个字,"不亦忧乎"。(转身,下场)米可拈起自己那一枚筹码,庄家点起一盏蜡烛。
米　　可	(对着手上的筹码)你怎么样? 赢还是输? 有推茶水咖啡的小车过来,挽留赌客,白苹转过椅子,与小徐并排面向观众。
	窗外传来警车鸣笛声。
	这两人任自己在黑暗中,有一时静悄。

白　苹　真安静啊!

小　徐　万籁俱寂。

　　　　米可站在那里,手里举一枚筹码。

白　苹　(向空中伸出手)这静夜有一层薄膜——(忽然收回手)听!

小　徐　(侧耳聆听)我听见蛙鸣。

白　苹　你不觉得寂静里有一种物质在活动吗?它使得夜晚黑不到底。

小　徐　是城市之光,自从爱迪生发明电灯,人的睡眠时间一定减少许
　　　　多,漫长的黑夜,人们做什么呢?

白　苹　就像爱斯基摩人,雕刻他们的神!

小　徐　围着火堆讲故事!

米　可　跳舞,跳那种驱魔的舞蹈。

白　苹　做游戏!

米　可　唱歌!(唱起一首歌)两只老虎,两只老虎,跑得快,跑得快!一
　　　　只没有耳朵,一只没有尾巴,真奇怪,真奇怪!

白　苹　(和上)两只老虎,两只老虎,跑得快,跑得快!一只没有耳朵,一
　　　　只没有尾巴,真奇怪,真奇怪!

第三幕

　　　　时间:次日。

　　　　地点:虹口社区。

　　　　[嘉道理犹太青年学校,工部局合唱队演出,舞台上观众席,面对
　　　　台口,海伦钢琴伴奏,观众中有白苹、小徐、梅瀛子、史蒂芬,小徐
　　　　膝上放一束鲜花,合唱是一首犹太灵歌。

合　唱　大山可以挪开,小山可以迁移,但我的慈爱必不离开你……

　　　　小徐上场,静听着,一曲唱完,众人鼓掌,小徐起身向海伦献花。

海　伦　(起身鞠躬)谢谢。

　　　　人们与她握手道贺。

小　徐　很美的音乐,可是太忧伤了。

海　伦　忧伤是我们这个民族的历史。

小　徐　我不知道你原来是犹太人，难怪史蒂芬说你有东方血统，以为你是他的国人，美国人。

　　　　说话间，白苹环顾周围，教堂虽小，但装饰富丽。

白　苹　犹太人，真是富可敌国。单是上海一城一地，财团就有沙逊、哈同、海亦姆、埃兹拉、安诺德、嘉道理——只拿嘉道理说，生意就涉及建筑、公用、地产、金融！

海　伦　因为我们是一个漂泊的民族，厄运随时降临，财富就在一夜间归零，然后从零开始，所以，必须不停地积累、积累，再在一夜间告罄，再积累，积累，周而复始，没有个头！

白　苹　可是，单有财富是不够的——

海　伦　（激烈的，讽刺的）除了财富，还有什么？ 正义吗？

白　苹　算是其中一项吧！

海　伦　（冷笑）你觉得，对一个犹太人谈"正义"，是不是很可笑！ 面对犹太人，说"走开"，这就是全世界的"正义"。

梅瀛子　海伦，这么说不够公平，上海不是说：来，来吧！ 并且，不是冲着你们的钱！

史蒂芬　还有我们，从不把你们当外人，你的国籍就是证明，你是美国人！

海　伦　是的，我出生美国，一直，一直是美国人，可是，只到现在为止。当犹太族裔遭受放逐、清洗、集中营、煤气室、焚尸炉、殴打、凌辱，此时此刻，千真万确，我就是个犹太姑娘，不能因为有幸逃脱，就背离注定的命运。

小　徐　你那么年轻，应该获得赦免。

海　伦　（忧伤的笑）我是年轻，同时呢，又上了岁数，仿佛有两千岁的年纪。

小　徐　从哪里算起的？

海　伦　两千多年前，罗马人捣毁我们的圣殿，从此我们四处流散，一部分人往北方；一部分人往西去了希腊、摩洛哥、西班牙；还有一部分人则向东方迁移，形成以巴格达为中心的庞大社区，到近代，它的子孙们又跋山涉水去了印度、中国、欧洲和美洲，我应该属于去往美洲这一支的子民。

小　徐　这种计算年龄的方法很奇特，似乎你是从终结的地方算起。

海　伦　这不是我们决定的，而是他们，他们告诉我们：你们是犹太人、犹太人，犹大、犹大，出卖耶稣，将圣子吊上十字架！

小　徐　那是圣经故事，是抽象的人类史。

海　伦　落实到我们，却是具体的罪愆，为此，我们一代人接一代人偿还，偿还不尽!

小　徐　这是人类欠下的债务,终有一日要归还的。

白　苹　(笑)你又欠下一笔债务!我从现在就要为你数着了。

史蒂芬　(也笑)你是代我们全体表态吗?

小　徐　我自知没有资格,可是,中国人有一句话,"天下兴亡,匹夫有责",我从南洋回来,就是期望担起我的一份!我们以为中国大陆遍地烽火,抗日救亡轰轰烈烈,事实上呢,看来看去,只看见霓虹灯闪烁,莺歌燕舞,葡萄美酒夜光杯,蔷薇蔷薇处处开,一派繁花似锦,怎么回事?一定在哪里出了错!

史蒂芬　答案很简单,大米。

小　徐　大米?

史蒂芬　是的,大米,日本人把印度支那的大米输往上海,供给市民。

小　徐　于是,集体投降,就有了个汪伪政府。

白　苹　中央政府不是在重庆遥控局势吗?

小　徐　听说,苏北有抗日的苏维埃政权,主张抗日!

白　苹　(竖起手指)嘘!

梅瀛子　安静点,小弟弟,你要给我们大家带来麻烦了。

小　徐　我知道,你们都当我麻烦!

白　苹　(安慰地)没有啊!你帮我大忙了,借给我钱!

小　徐　(苦笑)它只是帮助一个女孩子更快地堕落。

白　苹　你让我感到惭愧,这不就是帮助吗?

史蒂芬　你的道德感使我们全体都惭愧了。

小　徐　你们看不起我!其实,我并不像你们想象的无用和幼稚,我正在学习!

梅瀛子　真的吗?能不能让我们分享你的心得?

小　徐　(热切的)历史已经来到一个节骨眼——

海　伦　什么节骨眼?

小　徐　平衡债务的节骨眼,日本占领我国东三省,德国吞并奥地利、捷克斯洛伐克,意大利入侵埃塞俄比亚、阿尔巴尼亚,德军再向波兰进军——接下来是什么?

众人注意聆听。

小　徐　英法对德宣战,中国抗日民族统一战线形成,全面抗战——这是第一轮欠债与索账;然后,第二轮开始,法国投降,英国撤出西欧,德国继续侵略东南欧,意大利则夺取地中海和北非的英法殖民地,德国撕毁《苏德互不侵犯条约》,进攻苏联,接下来是什么?

海　伦　斯大林反击战,英美和苏联结成反法西斯同盟,现在,应该开始
　　　　第三轮——

　　　　两人对视。

小　徐　会有大事情发生!

海　伦　你的预测让我胆寒!

白　苹　为什么? 将要发生的说不定是一件好事情。

海　伦　(抵触地)对我们犹太人,事情总是一径坏下去,我们能做的,就
　　　　是躲藏,逃亡,忍耐!

梅瀛子　用中国人"否极泰来"的观念看,事情坏到底,就会好起来。要
　　　　耐心!

海　伦　可是,你以为事情坏到底了,不料想,还在坏下去;你又以为这一
　　　　回是到底了,结果,继续往下滑!

白　苹　就在这时候,希望萌生了。

海　伦　(鄙夷地)那是对某些特定的事物而言。

白　苹　特定的事物是哪些事物?

海　伦　(尖刻地)比如说,黑市,囤积居奇,待价而沽,战事越激烈,封锁
　　　　越严密,赚得就越好!

白　苹　天可怜见的,从战争的牙缝里讨饭吃,哪里比得上美金这样的硬
　　　　通货,战争越激烈,美金升值越快!

小　徐　白苹,不要这样说,海伦是犹太人。

海　伦　不,只要美国宣布参战,我就是美国人,立刻上前线!

白　苹　梅瀛子说的没错,要耐心! 耐心等丘吉尔说服罗斯福,罗斯福说
　　　　服国会,国会里的鹰派说服鸽派。

梅瀛子　事实上,陈纳德的飞虎队已经在帮助中国抗日了。

白　苹　好,我认输! (转身走,小徐追上去)

小　徐　和好吧,别扫大家的兴!

白　苹　(回头对海伦)这个麻烦现在移交给你了! (下场)

　　　　小徐追上去,无果而归。

史蒂芬　别担心,小弟弟,我保证不出三天,女孩子们又欢欢喜喜在一起了。

梅瀛子　听起来,你好像很懂得女孩子!

史蒂芬　我没有这样的奢望,我只期望懂得其中的一个!

梅瀛子　(不接茬)我们也该散了,再下去,不知道谁和谁又吵起来!

小　徐　(走到海伦身边)你生气了? 白苹她,也是为了生存。

海　伦　生存是没有错的,其实我自己,不也是在日本人的海邻电台谋衣食?

小　徐　听起来,你就像个大人!

海　伦　我确实是大人!

小　徐　可是你比我年幼。

海　伦　我有两千岁的年龄!

小　徐　要这么算,我有五千岁的年龄!

海　伦　你正在迅速地长大。

小　徐　我也想长大,长成史蒂芬那样的男人!

海　伦　工作!

小　徐　到哪里工作,我能做什么工作,去苏北吗?

海　伦　你又来了!

小　徐　我真的想工作,亲手杀日本侵略者,可我又不够勇敢。

海　伦　那么就做一点不需要太多勇敢的事。

小　徐　有这样的事吗?

海　伦　眼下正有一件事,有一批俄国犹太人,从哈尔滨转到天津,日内就可到达,我们也在招募志愿者服务侨民——

小　徐　(兴奋地)一言为定,算我一个!

两人击掌。

第四幕

时间:数日之后。

地点:上海火车站候车室贵宾厅,有吧台和咖啡座,门正对着站台,时不时有蒸汽车头驶过,就有白烟涌进。

〔一节车头驶过,浓烟散去,白苹与有田大佐走入。白苹一身贵妇装束,手提一具鸟笼。有田大佐替白苹拉开椅子,让她坐下,这是一个受过西方教育的日本人。侍者从吧台后走出,递上酒单,有田大佐揭开鸟笼的罩布,揭开一层,再揭开一层,揭到最里一层,本能地起身向后一跃,里面却响起一声暴躁的鸟叫。

有田大佐	混蛋！（自觉失态，复又坐定）
	白苹再将罩布一层层放下。信号灯闪烁，远处传来汽笛声，猝然间，雪亮的灯光扫过，一列车进站，有田大佐起身出门，上站台。此时，又进来一人，本佐次郎，入座。
白　　苹	路远迢迢，称得上珍奇，四大百货公司都在争呢！
本佐次郎	恐怕我们交易的约定不得不解除！
白　　苹	为什么？区区几张通行证就能难倒本佐先生。
本佐次郎	通行证是到手了，可是失效了！
白　　苹	这又是哪一出？
本佐次郎	上海与苏北的物流太频密，长江段要另设关卡。
白　　苹	改在哪里？
本佐次郎	往宝山方向，由陆军移交海军执行。
白　　苹	那么，另起炉灶？
本佐次郎	可是，白苹小姐有我们日本人做护花神，路路通，没有过不去的火焰山。
白　　苹	（慷慨地，将鸟笼一推）给你，买卖不成交情在，来日方长。
本佐次郎	梅武少将来到，石榴裙下又多一名护花人。
白　　苹	不知道好不好打交道。
本佐次郎	一回生，二回熟，白苹小姐曾经沧海，还不是手到擒来。
白　　苹	交际场上的人和事，此一时，彼一时。
本佐次郎	事在人为。
白　　苹	世事难料，如履薄冰，如临深渊！
本佐次郎	彼此彼此。
白　　苹	请多关照。
	海伦和小徐上场，两人戴着红十字的臂章，看见白苹和本佐次郎，趋向前来。
小　　徐	咦？白苹！
白　　苹	你们俩——
小　　徐	我们来接站，从哈尔滨出发的俄国犹太难民，今天也许会到。你呢？接哪一位客人！
白　　苹	（提起鸟笼）这就是我的客人。
海　　伦	通往火车站的各条街道都封锁了，遍地日本兵，要不是有红十字的通行证，就过不来了。
白　　苹	战争时期的常态。

海　伦		好像有什么大人物到来！
小　徐		（揭开鸟笼罩布）它叫什么名字？
白　苹		学名叫扶郎鸟，科类属非洲鹦鹉，具体到这一个，还没有名字，你给起一个！
海　伦		（忧心忡忡）一定有特别的缘故，会不会针对这批俄国犹太难民？
白　苹		简直是杯弓蛇影！
小　徐		（注意力还在小鸟）你把署名权交给我吗？我需要了解一点它的历史，它从哪里来？
白　苹		它来自赤道，栖息在热带雨林，气候温暖湿润，有无穷尽的物种，终年花开，草木葱茏。
小　徐		听起来和我很像，我就叫它"小朋友"！
海　伦		（情绪非常焦虑，转身拉住白苹）站台上新设了岗哨，步步为营，白苹你知道吗？你和日本人很熟。
白　苹		你可不能这样说，我要是被当作汉奸，我的耳朵就没有了。
小　徐		（不好意思地）我决不会割你的耳朵，我会教育你。
白　苹		谢谢你！
海　伦		（放开白苹的臂膀）你们看，一队宪兵过来了，拉起警卫线！
本佐次郎		（起身戴帽，提起鸟笼）有一位日本海军梅武少将来到。不多打搅，后会有期！（下场）
小　徐		梅武少将！
海　伦		这是个什么人！会向犹太人下手吗？
白　苹		（若无其事的样子，从手袋取出粉盒补妆）难说，似乎信奉天主教，政治上是亲德派。
海　伦		你真是个没心肝的！
白　苹		我的耳朵又要危险了。
小　徐		发发慈悲吧！
白　苹		乱世当头，菩萨也自顾不暇，哪里管得上世人！
小　徐		（不由激愤起来）这才叫做"商女不知亡国恨"。
白　苹		（将粉盒放进手袋）梅武少将来上海，也许太平洋上会有什么动静。
		有田大佐从站台回到候车室，向诸位鞠躬，四人围桌而坐。
有田大佐		（侧首向白苹低语，然后转向众人鞠躬，说几个中国字）我爱中国。
白　苹		（翻译）大佐先生说，中国原是一条大鱼，名叫"鲲"，身长数千

里，从水中腾起到天上，化作一只大鸟，叫做"鹏"，翅膀垂下，仿佛漫天的云彩，就在海天之间飞翔。

有田大佐　（再与白苹耳语，这举止使他看起来既诚恳又温和，每一段话都是由一个鞠躬和几个中国字结束）我爱中国。

白　　苹　（翻译）大鹏飞到东海，下了一个蛋，蛋落在海面，碎了，蛋壳和蛋液四溅开来，那就是日本。

有田大佐　（和白苹耳语）我也爱日本！

白　　苹　（翻译）所以，日本什么都是碎的，地形是一串岛屿；文字是零落的汉字；地震和海啸将海水激荡成水珠子，变成日本人的眼泪；盛开的樱花一夕间落英满地，化为千红。

有田大佐　（继续与白苹耳语）日本，要合起来！

白　　苹　（翻译）日本是谦虚的民族，向所有国家取经，学习，交朋友——

有田大佐　（补充一句）一家人！（再与白苹耳语）

白　　苹　（翻译）太平洋上的国家，都要携起手，成为一个国家！

小　　徐　（腾地站起来，这个动作很容易理解为赞同）什么意思？

有田大佐　（笑）可爱的年轻人，我爱！（侧身向白苹耳语，最后用汉语说）我爱上海。

白　　苹　大佐先生说，上海让他想起他的家乡大阪。两地有许多共同的地方，都有海港，都有河流穿城而过，筑城的时期也接近——上海筑城墙在明代嘉靖年间，大阪是 1583 年，相当万历年间，距离一个皇帝的朝代。

有田大佐　（等白苹说完，再与白苹耳语）我爱明代。

白　　苹　中国的明代是个好时代，日本正是丰臣秀吉的朝廷，统一了日本，为三百年以后的明治维新铺平道路。

有田大佐　（继续与白苹耳语）我爱我家。

白　　苹　这三百年，日本赶超中国，赶超全世界，我们日本人将成为世界公民。

小　　徐　（对着白苹）请你问他，什么时候回去大阪？

白　　苹　（对有田大佐耳语一阵）

有田大佐　（鞠躬）谢谢！

小　　徐　你是怎么和他说的？

白　　苹　（又对有田大佐耳语）

有田大佐　（再鞠躬）谢谢！

小　　徐　该死！

就在这时,军乐响起,有田大佐起身上站台。

小　徐　你到底对他说了什么?

白　苹　(笑个不住)我说,你祝他身体健康!

小　徐　然后呢?

白　苹　你祝他阖家团圆!

小　徐　我现在相信,我们许多丧权辱国的条约,都是通事犯下的错误!

海　伦　什么叫"通事"?

小　徐　古老的说法,就是翻译,传声筒。

海　伦　懂了,翻译很重要,不同的翻译会得出不同的解读,不同的解读
　　　　又得出不同的结论,比如,白苹小姐!
　　　　忽然,响起枪声,紧接着,一片乱枪,脚步杂沓,三人起身张望,却
　　　　有一人闪进门内,坐在桌边椅上,地上落了一把枪。有田大佐从
　　　　站台进来,白苹伸脚将手枪扫到桌下,正好被下垂的桌布挡住。
　　　　有田大佐四下查看,看到桌边多一个人,这个人不是别人,是米
　　　　可,穿了洋装,神色紧张。

白　苹　(摸出粉盒递给米可)补一下妆吧,粉都脱落了。

米　可　(接过粉盒扑脸,镇定下来)本佐次郎先生呢? 他要我来车站
　　　　取货。

白　苹　你来晚了,本佐先生已经取到货,现在大约已经交到了货主
　　　　手中。

米　可　是一件什么样的货呢? 本佐先生一直保密着。

白　苹　(推小徐一下)告诉米可!

小　徐　(方才从惊悚中清醒过来)小朋友!

米　可　你叫我吗?

海　伦　货的名字叫"小朋友"。
　　　　很显然,在座的三个女孩都比小徐老练镇静。

米　可　这是一个什么样的"朋友"?

白　苹　非洲鹦鹉的一种,学名叫"扶郎鸟",会说话。

海　伦　说什么语言呢? 中文,英文,日文,希伯来语……

白　苹　说母语!
　　　　大家都静默一下。

米　可　哦,我想,它在这里会感到孤独了。

白　苹　是的,我想,它的主人会教它,它必须学习。

米　可　(凄楚地)学习它的主人的语言。

　　　　　　　　这期间,有田大佐一直在查看各位表情,然后退出门,上站台。

白　苹　（弯腰从桌下摸到枪,米可伸手接,白苹收回手）你是谁?

米　可　我,我是"小朋友"!

白　苹　朋友道上自有规矩,小朋友,请报家门,你是谁? 来自哪里?

米　可　我——

白　苹　从属哪里? 目的何在?（与先前戏谑轻佻完全不同的严肃）说!

米　可　朝鲜人民海外复国执行团。

海　伦　你是朝鲜人?

米　可　（凄楚地一笑）我是大韩民国公民,我的母语是韩国语。

　　　　休息

第五幕

　　　　时间:次日。

　　　　地点:外滩江边。

　　　　[与序幕同景,长椅上坐一对男女,史蒂芬和梅瀛子。

史蒂芬　在我看,他是一名典型的小布尔乔亚知识分子,有热情,却对现
　　　　实缺乏认识,于是,陷入盲目性。

梅瀛子　倘在平常的日子,也许是这样,可非常时期,事情就不那么简单。
　　　　他,行为诡秘。

史蒂芬　何以见得?

梅瀛子　他的生活与他的态度不一致。

史蒂芬　哦?

梅瀛子　一方面,他有强烈的民族意识,另一方面,他似乎对战事漠不关
　　　　心;一方面,他厌憎繁华的都市,另一方面,又沉溺于感官的享
　　　　受;他自许独身主义,同时,和女孩子打得火热。

史蒂芬　年轻人总是轻浮的,青春嘛!

梅瀛子　原来青春可以原谅一切!

史蒂芬　青春不需要原谅,它自有生命的正当性,无论平安还是动荡,丰
　　　　饶还是贫瘠,它兀自盛开,开出花来。

梅瀛子　那么说，青春就是自私的代名词。

史蒂芬　恰恰相反，它本身就是一种道德，那么娇嫩，那么脆弱，几乎一瞬间，便被大量成年的人生吞没，就让它闪亮一时吧！

梅瀛子　你说的"闪亮"就是"荒唐"的代名词！

史蒂芬　你生气了？

梅瀛子　他是你的麻烦。

史蒂芬　我喜欢你生气的样子！

梅瀛子　我是严肃的！

史蒂芬　严肃，这正是青春的"闪亮"，唯有年轻才会如此庄严。

梅瀛子　你好像很老似的。

史蒂芬　时间在不同的地方有不同的速度，因人而异，它在我的身上疾驰而去，却在你那里，舒缓地伸展花瓣！

梅瀛子　这话偏离我们的主题了。

史蒂芬　让我们偏离一会儿吧，在战争中呼吸一下和平的空气。

梅瀛子　你是为战争而生的人——

史蒂芬　没有一个人为战争而生，战争只是一个偶然。

梅瀛子　倘若恰巧生逢偶然，那就是必然的命运了。

史蒂芬　在这必然的命运中，也会有偶然性的局部——（握住梅瀛子的手）

梅瀛子　现在我知道了，我是你的偶然。

史蒂芬　（不松手，挨近去欲亲吻，又止住，停在耳边）昨天火车站发生枪战。

梅瀛子　杀死一名日军上尉。

史蒂芬　是谁干的？

梅瀛子　不知道，显然冲着梅武少将去的，失手了。

史蒂芬　（松开梅瀛子的手）这孤岛，一边海上生明月，另一边枪声不断，自从跨入一九四一年，几乎人人自危。

梅瀛子　一月六日，公益纱厂的英籍雇员被刺杀；三月三日，中央储备银行总办助理被刺未遂；三月二十一日，江苏农民银行五名职员被刺；五月和六月之间，沪西特警总署华籍探目被杀，法国律师达商男爵被杀，工部局警务处副处长日本人赤木亲之被杀；六月二十日，两名中国伪警察在虹桥路被杀；七月一日，日本宪兵队翻译官在海茂路家门口被杀；五天以后，一个枪手向日本使馆海军武官的厨师射击；七月七日，卢沟桥事变周年纪念日……昨天的事情也许只是其中一件，属于偶然！

史蒂芬	梅武来上海却不是偶然，而是必然。据早餐客推测，他带有使命。
梅瀛子	怎么样的使命？
史蒂芬	可能与东条英机的南进计划有关，梅武是著名的鹰派人物，以日本海上力量自傲。
梅瀛子	早餐客的消息有几分准？
史蒂芬	近卫首相是个软弱多疑的人，每周三的早餐会，事实是他的私人智囊团的辅佐会议，早餐客的消息我们必须重视。
梅瀛子	南进计划会使孤岛沦陷，断绝苏北根据地的输送通道，火车站事件会不会是共产党的行动？
史蒂芬	日本海军插足孤岛，汪伪政权会坐稳一时，重庆也不愿意看见！
梅瀛子	那么犹太人呢？各种抵抗组织暗中集结，还有——
史蒂芬	什么？
梅瀛子	你的小弟弟！南进计划中，南洋马来亚命运，就不好说了——
史蒂芬	你说他会开枪？
梅瀛子	开枪可是比马口铁罐头割耳朵方便，快捷，只要轻轻一扣扳机！而且，他昨天也去了火车站。
史蒂芬	这么说起来，倒有三分像，嘘——
	雕塑的暗影里，徘徊着一个人。
梅瀛子	（将手伸进手袋，摸出一柄手枪）谁？
	那人从暗影走出，是小徐。
小　徐	史蒂芬！我找你。
史蒂芬	你怎么找过来的？这一回，我可没有开车。
小　徐	是的，哪里都没有你的美军特别牌照的吉普，我去所有你去过的地方，最后来到这里！
梅瀛子	（收起枪，对史蒂芬）你真是被粘上了！
史蒂芬	什么事那么要紧？
小　徐	房东要赶我走，我欠了两个月的房租，家里汇款还没到。
史蒂芬	哦——
	梅瀛子走开去，到路灯的暗影里。
小　徐	真不好意思。（双手捂住脸）
史蒂芬	什么事那么难为情？
小　徐	借我一点钱。
史蒂芬	你不是有月亮女神保护吗？白苹难道见死不救！
小　徐	我找不到她。

史蒂芬　她去哪里了？

小　徐　不知道！

史蒂芬　真是无情无义。

小　徐　拜托，不要这么说她，她总归有要紧不得已的事。

史蒂芬　(看见他手指上的钻戒)你这叫做"捧着金饭碗讨饭"。

小　徐　(从手掌中抬起脸，茫然地)金饭碗在哪里？

史蒂芬　(指着钻戒)在这里，卖了它！

小　徐　(捂住戒指)这不行。

史蒂芬　难道它是一个信物，你有婚约了？

小　徐　(摇头)不，不，只是寄存，暂时存放在这里，不定什么时候，就物
　　　　归原主。

史蒂芬　那么，就是抵押品，收回债务，去交房租。

小　徐　这也不算抵押，只要她愿意，随时可以取回去！

史蒂芬　这个人是谁？对你有着特权。

小　徐　白苹。

史蒂芬　又是白苹！

小　徐　她会回来的。我不能任意处置她的东西。

史蒂芬　如果是她，我就可以向你保证，短时间内，她不会来赎回抵押品。

小　徐　我说过，这不是抵押品！

史蒂芬　好的，好的，随你叫它什么，总之，短时间内，她不会来取她的寄
　　　　存物。据我知道，她债台高筑。

小　徐　她会扳回局面的！

史蒂芬　你很信任她。

小　徐　我觉得，她有一种特殊的天赋。

史蒂芬　什么天赋？

小　徐　化险为夷！

史蒂芬　你真的爱上她了？

小　徐　其实我不配爱她！

史蒂芬　你没救了！

小　徐　你呢？你不也爱着一个人！
　　　　有探照灯的光柱扫过来，扫到梅瀛子。

小　徐　我的生活费，一旦收到，立刻还你！

史蒂芬　你大概要放弃你的生活费了。听说吗？太平洋已经成一座火药
　　　　库，英国军队驻守马来亚十五艘潜水艇、十三艘驱逐舰、一艘航

空母舰;四万澳大利亚机械化部队人员到达新加坡、菲律宾、香港;荷属东印度都在备战。

小　徐　我怎么办呢? 我应该去哪里?

史蒂芬　(冷静地)把钻戒卖掉。

小　徐　(丧气地叹息一声)能借我一点钱吗?

史蒂芬　卖掉那个钻戒,足够了。

小　徐　那是白苹的戒指,我不能私自处理,家里汇款到了,我就还你。

史蒂芬　(从钱包里取出几张纸币)够不够?

小　徐　再多点吧!

史蒂芬　(又抽出几张)我本是不愿意让你欠我的钱,可是,为了一个少年人的爱美之心,到底不能袖手旁观。

史蒂芬　(看小徐手上戒指)你确定这不是媒聘之物?

小　徐　不,不是的,你知道我是独身主义。

史蒂芬　在你的年龄,下结论太早。

小　徐　其实你并不比我年长多少。

史蒂芬　在某一种阶段里,时间是不以自然状态计算的。

小　徐　你的意思是——

史蒂芬　时间是一种缩胀性很强的物质,它按常规的分秒走着,可是,同时,许多事情的成因以另一种速度飞快地聚集,聚集,最后,爆炸!

小　徐　什么样的事情?

史蒂芬　密度超大的事情。

小　徐　怎样衡量密度的大和小?

史蒂芬　不知道,只是感觉,感觉到时间在膨胀,在膨胀的时间里,你飞跃过年龄的界限。

小　徐　你又说到年龄,这是一种关于年龄的狭隘观念。

史蒂芬　有时候,我真能听得见时间的流淌,流淌,流淌,忽然间,暗流汇合,形成漩涡——

小　徐　于是,摆脱地心引力,飞跃过年龄的界限,就像米可——

史蒂芬　米可怎么了?

小　徐　昨天我和海伦,去火车站,接俄国犹太难民。

史蒂芬　接到了吗?

小　徐　没有接到,音信杳然。

史蒂芬　战时的通讯总是不可靠。

小　徐　（忽兴奋起来）可是有意外的收获！

史蒂芬　什么收获？

小　徐　一个新发现！米可是朝鲜人，朝鲜人民海外复国执行团团员，蒋介石洛阳军校，专有一个朝鲜青年军训班，她就是从那里受训然后毕业的。

史蒂芬　小弟弟，这话可不能随便说！

小　徐　不信，你问白苹，白苹也在场，还替米可藏枪呢！

史蒂芬　这话更不能随便说！

小　徐　白苹是个神秘的女性，和日本人跳舞，玩耍，做生意，又替朝鲜刺客藏枪！

史蒂芬　战争时期，为了生存，也许，每个人都是两面人！

小　徐　你也是个两面人！

史蒂芬　什么意思？

小　徐　你说你是独身主义，事实上，心有所属！
　　　　探照灯光从梅瀛子身上扫过。

小　徐　在百乐门，大家同意白苹是月亮，海伦是太阳，你不同意，为什么？

史蒂芬　住嘴！

小　徐　因为你私下将"太阳"的桂冠送给一个人，只有这个人，才有资格是太阳，这个人就是——远在天边，近在眼前！

史蒂芬　你这个坏男孩！

小　徐　你也是个坏男孩！

史蒂芬　有一种人是不配有爱的。

小　徐　什么样的人？

史蒂芬　危险的人。尤其是两个危险的人，就更不可能有爱了。

小　徐　多么不幸啊，我是爱也爱不够的人！要知道，世界上有那么多可爱的女孩，像花一样！

史蒂芬　那就尽情地爱吧，趁着花没有凋谢！

小　徐　（沉思地）我的独身主义和你的，确实不同！

史蒂芬　哦？这也算得上意外的收获！

小　徐　我的独身主义是爱每一个女性，你的，只爱一个人。

史蒂芬　（认真地）有一天，你会发现，全世界的美丽的女性，其实只是一个！
　　　　警车凄厉地鸣笛而过，三个人的视线都转向声音的方向。

第六幕

时间:次日。

地点:赛马场。

[看台,史蒂芬和本佐次郎扶栏眺望跑道——即观众席。

史 蒂 芬　本佐先生押哪一匹马?

本佐次郎　贝多芬! 史蒂芬医生你呢?

史 蒂 芬　九龙星! 我喜欢这个名字。

本佐次郎　(笑)这话听起来,像个诗人,而不是个赌家。

史 蒂 芬　怎么才是赌家呢?

本佐次郎　看,沙圈那边,围着的人,他们在观察马的腿脚。

史 蒂 芬　这倒像我们医生,外科医生,从骨骼肌肉判断善跑还是不善跑。

本佐次郎　这只是从器质上看问题,更重要的是,神经类型,容易兴奋起
　　　　　来的类型——

史 蒂 芬　肾上腺分泌的程度!

本佐次郎　然后下注。

史 蒂 芬　那么本佐先生您呢? 贝多芬,听起来,您像是个音乐爱好者,
　　　　　并且是德奥系统的爱乐者。

本佐次郎　也许吧,但我不以为贝多芬单属于德奥系统,更是属于全世
　　　　　界,听过他的"欢乐颂"吗? (哼起来)

史 蒂 芬　看,沙圈边上的人散开了。

本佐次郎　他们下注去了!
　　　　　铃声响起,两人引颈向右方,移向左方,人声渐渐高涨,达到鼎
　　　　　沸,两人情绪松弛下来,显然都没有收获。

史 蒂 芬　我们是不是也要去沙圈看看马?

本佐次郎　我是一个服从执念的人,我坚持最初的选择。

史 蒂 芬　是一种信守吗? 从一而终。

本佐次郎　还有概率的原因,我相信概率。

史 蒂 芬　那么我呢? 我们是一条船上的人。

本佐次郎　你也下不去了！

史　蒂　芬　可我还是想变一变。

本佐次郎　或者，我们俩换一换。

史　蒂　芬　我押贝多芬，你押九龙星。

本佐次郎　总量不变里的小小的变，说不定，会有胜数。

史　蒂　芬　可以试一试。

　　　　　马场职员过来兜售马票，两人各自买一张，填上压注的马号，
　　　　　由职员盖章。

史　蒂　芬　我和你，就像一个悖论，你是不变，我是变。

本佐次郎　我的不变是相对的，你的变却是绝对的。所以，其实是反过
　　　　　来，我是变，你是不变。

史　蒂　芬　（想一想）可以这么说。

本佐次郎　这就是东方和西方的不同，你们西方人是二选一，我们是合二
　　　　　为一。

史　蒂　芬　两面人？

本佐次郎　我们是两面人！

史　蒂　芬　上海弄堂里有个童谣这么唱：我们都是木头人，不许说话不许
　　　　　动。我们是木头人！

本佐次郎　听说没有，梅武刚下上海站，就发生枪击。

史　蒂　芬　枪手是米可，米可是韩国人，朝鲜海外复国执行团成员。

本佐次郎　谁说的？

史　蒂　芬　南洋小弟弟！

本佐次郎　哦，口口声声要找共产党！

史　蒂　芬　年轻人！哪一位大人物说过，年轻时不信仰共产主义，是心灵
　　　　　问题；老年时信仰共产主义，是头脑问题。

本佐次郎　是个麻烦的弟弟。

史　蒂　芬　中国有句俗话，会叫的狗不咬人。

本佐次郎　我们都是沉默的狗。

史　蒂　芬　梅武少将来到，会带给孤岛什么样的影响？

本佐次郎　不知道，日本陆军第五师团在江湾消失，仿佛幽灵一般，和他
　　　　　的到来有没有关系？

　　　　　铃响，人声鼎沸，两人停止谈话，望向跑道，高度紧张，然后跌
　　　　　入低谷，又没有中标，却有一个声音响起来。

白　　苹　我赢了！

两人回头。

白　　苹　我的马跑第一！

史 蒂 芬　(懵懂地)哪一匹？

白　　苹　闪电！它的名字叫"闪电"，真是名副其实。

史 蒂 芬　这个名字也符合你的行踪,倏忽即去,倏忽即来。

本佐次郎　我发现白苹小姐凡赌必胜,出手不凡！

白　　苹　想知道秘诀吗？

本佐次郎　请指教。

白　　苹　两个字,"舍得",舍得输！

史 蒂 芬　你指的是不计后果？

白苹笑。

本佐次郎　我以为白苹小姐的意思还是闻风即动！

白苹笑。

史 蒂 芬　我想起小弟弟的一个评价,他认为你有一种天赋。

白　　苹　你是说那个"麻烦"啊,仿佛是很久远的事情了。

史 蒂 芬　他可天天想着你,四处找你,他缴不出房租,又不愿意卖掉你的戒指。

白　　苹　这是一个抵押物,他有权力处置！

史 蒂 芬　他显然不以为这只是一个抵押物,而是,一个信物！

白　　苹　那么说来,我要辜负他了。

本佐次郎　女人的心,天上的云。

史 蒂 芬　一颗心将要破碎了。

本佐次郎　而且是,一颗共产主义的心！

白　　苹　事实上:我已经把他交给海伦了。

史 蒂 芬　听说,第二天,在火车站,海伦又把他还给你了。

白　　苹　火车站的事情,您也听说了？那么说明,他又回到您的手上,那不就是他出发的地方吗？

史 蒂 芬　是啊！可是他出去一遭,再回来,可是增长了见识！

白　　苹　战争时期,每个人都在长见识。

史 蒂 芬　他的见识可不浅,他看见你替米可藏枪呢！

白　　苹　那是女人和女人之间的事！对了,后来,小弟弟的房租怎么解决的？

史 蒂 芬　那就是男人和男人之间的事了！

白　　苹　太好了,看起来你没有放弃他,总得有个人管他呀！

卖马票的职员又来到看台上。

史 蒂 芬　（向着本佐次郎）这一回，我们再换回来？

本佐次郎　这一回，我建议扩大总量，我们三人之间互换，输赢共担，把
　　　　　"闪电"给我！

白　　苹　一句话，我要"贝多芬"！

史 蒂 芬　"九龙星"又回到我手上！

　　　　　人群中忽起骚动，一阵乱枪响起。

史 蒂 芬　我去看一眼。（下场）

白　　苹　本佐先生，最近生意怎么样？

本佐次郎　时局动荡，几批货都断了音讯。山海关那边铁路炸了；苏州河
　　　　　沿岸时不时遭抢劫；太平洋呢，成了个火药库……可是，有一
　　　　　个商机悄然出现——

白　　苹　什么商机？

本佐次郎　这可是一笔交易！

白　　苹　明白！

本佐次郎　两个字，"面粉"。沪上只有两家面粉厂开工，西洋人又逐年增
　　　　　多，面包销量随之上升，价格见涨！徐州方面的麦子却丰收
　　　　　了，运不出来，贱得厉害。

白　　苹　我也有个信息，还是来自坊间传言，不知道够不够交易。

本佐次郎　买卖吗？完全等价也难说，只不过是各取所需。

白　　苹　传说，贵国陆军从江湾出发，乘军用船到东海，说来可怜，前方
　　　　　出现眼熟的日本山脉，士兵们以为回家，个个欣喜万分，热泪
　　　　　盈眶，事实上，船舰是在九州唐津湾登录演习。

本佐次郎　姑妄听之。

白　　苹　还有下文呢，要不要？

本佐次郎　要！

白　　苹　这就是第二笔交易了！

本佐次郎　白苹小姐太精明了，一笔拆两笔。

白　　苹　姜太公钓鱼，愿者上钩。

本佐次郎　日本海军部将在江湾举办万圣节前夜化装舞会，这里有几张
　　　　　请柬，能不能当抵价券用？再多我也拿不出了。

白　　苹　好吧，聊胜于无。听着，演习结束，军用船掉头返回上海湾，休
　　　　　整数日，又出发，登录宁波，这回是真的了，军队遭到抵抗，这
　　　　　就是一场热身赛了！

史蒂芬上场。

史 蒂 芬　各国守兵争抢停车位和女孩子，意大利兵先开了枪，于是，一发不可收拾，巡捕房已经赶到。

白　　苹　本佐先生以为，这一场热身赛意味什么？

本佐次郎　好日子恐怕要到头了！

白　　苹　您的意思是——

本佐次郎　你我的生意都将泡汤。

白　　苹　有那么悲观吗？

本佐次郎　无论九州还是宁波，登陆地点都是宽广的泥沼地，是亚热带特有的地形和地质，也许，意味着进军亚洲太平洋地区，将亚太卷入欧战，那么，上海，这个桃花源就将一去不返。

白　　苹　本佐先生好像一个战争分析家！

本佐次郎　战时的生意人，不懂战局怎么行？

史 蒂 芬　就我那一笔小小的借贷而言，也将血本无归——

白　　苹　怎么说？

史 蒂 芬　小弟弟的家乡马来亚，要是沦陷了，借给他的钱也算泡汤了！
　　　　　　铃声响，人声鼎沸，跑马开始，接近终点，三人倾身眺望。

第七幕

时间：数日之后，万圣节前夜。

地点：江湾日本俱乐部礼堂。

〔大幕起来，一盏枝型吊灯高悬，灿烂辉煌，满台宾客，均化妆成各种鬼怪，古今中外。有一身黑的僵尸，一身红的钟馗，黑天鹅，狐精，山鬼，蜘蛛精，等等，不一而足。他们跳着一种拉丁舞，是不断更换舞伴和队形的社交舞。这一时，是钟馗和黑天鹅搭档，一束追光从头顶下来，其他全隐在暗影里。

钟馗(史蒂芬)　日本内阁正积极筹备南进计划。

黑天鹅(梅瀛子)　有什么迹象？

钟　　馗　海军少将梅武来到上海，算得上迹象之一。

黑天鹅　将上海当作战略要地，汪伪政府更嚣张。

钟　馗　这至多是暂时的利用，可说进退失据。南洋大多地区属英联邦，
　　　　一旦进军，欧战便蔓延全球！

黑天鹅　孤岛沦陷，所有通道都阻塞，命运不可测。

钟　馗　也许，也许是最后的博弈，终于打破僵局，法西斯的大船就要沉没。

黑天鹅　早餐客的消息吗？他是谁？

钟　馗　不知道！

黑天鹅　要不要送梅武上西天？

钟　馗　梅武不过是船上的一颗钉子。

黑天鹅　拔掉一颗钉子，船就下沉得快一点！
　　　　两人分开，各自调换舞伴。这一回是钟馗（史蒂芬）和蜘蛛精（海
　　　　伦），黑天鹅（梅瀛子）和僵尸（本佐次郎）。

黑天鹅（梅瀛子）　（感慨地）僵尸先生，你的前身是什么？

僵尸（本佐次郎）　奈何桥上喝过孟婆汤，想不起来了。

黑天鹅　哦？听先生的说话，大有禅机。

僵　尸　禅家有一句话，天鹅小姐知道吗？

黑天鹅　什么话？

僵　尸　不能说，不能说，一说就是错。

黑天鹅　可我宁愿"错"一万，也不愿放过"对"的一次。

僵　尸　悉听尊便。

黑天鹅　我说，先生您，命中一定还有劫数，所以无法修成正果，我猜，先
　　　　生的前身大约是一名武士，冤孽未解。

僵　尸　哦？

黑天鹅　后世将在另一名武士身上还魂！

僵　尸　希望那时候，我们还能邂逅。
　　　　这一对退出追光，进来小丑（小徐）和玉兔（白苹）。

小丑（小徐）　我觉得我认识你。

玉兔（白苹）　凭什么？

小　丑　凭感觉。

玉　兔　感觉未必可靠，还是要让事实说话！

小　丑　那么就让事实说话。中国传说里，嫦娥住在月宫，身边有两个护
　　　　卫，蟾蜍和玉兔。

玉　兔　这倒是一个别致的事实。

小　丑　就是说，你和月亮有关？

玉　兔　关于兔子,中国人还有一句话,动若脱兔,静若处子。

小　丑　那么,我就得抓住你,不让你逃脱!

玉　兔　试试看!

小　丑　也许,这是一盘赌局!

玉　兔　愿赌就要服输,这是赌局的原则!

小　丑　我记得有一个朋友说过,关于赌局里的概率问题!

玉　兔　是吗? 说来听听。

小　丑　她说,从概率说,输,就是向赢接近;还有,让我来输,让赢的
　　　　人赢!

玉　兔　你的朋友可真是个名副其实的赌徒!

　　　　舞伴又交换,蜘蛛精(海伦)和小丑(小徐)。

小丑(小徐)　小姐,你能告诉我,这是什么,刀子一样刺痛我的眼。

蜘蛛精(海伦)　是光呀! 无数光丝,交互穿行,穿透黑暗的膜。

小　丑　于是,就有了这不夜的城,仿佛一座戏台!

蜘蛛精　小丑不就是为戏台而生,将人间悲剧演绎成喜剧和闹剧。

小　丑　可是小丑自己,却是最悲伤的。

蜘蛛精　怎么会呢?

小　丑　我们透支了自己的快乐,或者说,我们回收了人们的悲哀。

蜘蛛精　听你这么说,小丑简直就是耶稣,为世人受难和顶罪。(讽刺的)

小　丑　哪里敢这么想,小丑是天底下最卑微的一个,一个胆小鬼! 他至
　　　　多是为世人取笑,可能这时候,你就在面具后面偷笑我呢!

蜘蛛精　正好相反,眼泪长流,就像我们吐出的丝。

小　丑　你是一只悲伤的蜘蛛。

蜘蛛精　别来惹我们,我们的丝,会织成网,布到海角天涯。

小　丑　你把我吓住了。

蜘蛛精　你是一个胆小的小丑!

　　　　又一对舞伴转进追光,是僵尸(本佐次郎)和无常(米可)——一
　　　　身雪白,面具是白面红唇。

僵尸(本佐次郎)　什么鬼?

白无常(米可)　无常!

僵　尸　哪里来?

白无常　往生。

僵　尸　哪里去?

白无常　来世。

僵　尸　今身何所为？

白无常　报仇。

僵　尸　何为仇怨？

白无常　负心人。（咯咯笑起来，要逃脱，被拉拽回来）

僵　尸　爱得太深，很危险！

白无常　已经是冥界的鬼了，一条命不能两回死！

僵　尸　好好修炼，总得道升天的一日。

白无常　我不想升天，我喜欢现在的自己。（欲逃出，再被拉回）

僵　尸　你是一个调皮的无常！

白无常　你呢？你是一个老奸巨猾的幽灵！（终于脱出僵尸的臂膀）
　　　　钟馗与黑天鹅匆一交臂。

钟馗(史蒂芬)　场上有杀手！

黑天鹅(梅瀛子)　哪里？

钟　馗　看戒指！就在那里。

黑天鹅　肯定吗？

钟　馗　我听见他的话。

黑天鹅　什么话？

钟　馗　输，就是向赢接近；还有让我来输，让赢的人赢！
　　　　舞者中，有谁的手指上，一枚戒指反射出锐利的光，格外耀眼，但
　　　　衣袂飘兮，若隐若现。玉兔(白苹)和北海道渔夫(有田大佐)作
　　　　舞伴，两人静默地舞一时。同时钟馗与白无常结对子，与黑天鹅
　　　　和小丑擦肩而过——

钟馗(史蒂芬)　（转头向小丑)把口袋里的东西给我！

小丑(小徐)　什么东西？

钟　馗　马口铁罐头！

小　丑　我不明白你的话！

钟　馗　不是你的活！

小　丑　先生，你忒小看人！（转回头向舞伴黑天鹅)那穿大红袍的是什
　　　　么鬼？

黑天鹅(梅瀛子)　大水冲了龙王庙，自家人不识自家人！

小　丑　好凶恶的自家人！

黑天鹅　（单刀直入)口袋里硬邦邦的，形状是一把枪！

小　丑　这只是一个玩具！

黑天鹅　（冷笑)这个玩具不适合你！

小　　丑　这又是为什么？

黑天鹅　这是正剧的道具，而小丑，是喜剧的角色。

小　　丑　恰恰相反，小丑往往是为了遮蔽世人的眼睛，让悲剧上演。

黑天鹅　你又说反了，即将上演的并不是悲剧，而是一场序幕，序幕之后剧情方才开始。

小　　丑　小丑总是在幕间出现，他调剂紧张的气氛，正当人们放松警惕、轻松下来，决定性的事情发生了！

黑天鹅　在这个大时代里，没有一个人是决定性的。

小　　丑　不要看不起人！

黑天鹅　不要性急，有些事是急不来的。

小　　丑　在某一种阶段里，时间是不以自然状态计算的——

黑天鹅　这话提起来似曾相识，交出来！

小　　丑　我听不懂你的话！

黑天鹅　你是个闯祸精！（抬手摸小丑服里的内袋，被挣脱离开）
　　　　调换舞伴，僵尸(本佐次郎)和玉兔(白苹)

僵尸(本佐次郎)　听说你是飞毛腿兔子。

玉兔(白苹)　先生知道为什么吗？

僵　　尸　请指教！

玉　　兔　我们有超常的警觉心。

僵　　尸　中国人有一句话，叫做狡猾的狐狸斗不过好猎手！

玉　　兔　我们不是狐狸，是兔子！

僵　　尸　难怪，我已经嗅到狼的气味。

玉　　兔　可是，先生知道不知道，还有"猎枪"这一种物件？

僵　　尸　不知道，冥界是一个和平世界。

玉　　兔　那么，有一句格言，先生听没听说过，"道高一尺，魔高一丈"！

僵　　尸　你是魔法师帽子里的兔子！

玉　　兔　（笑）眼睛一眨，老母鸡变鸭！

僵　　尸　孙悟空七十二变，变不出如来佛的手掌心！

玉　　兔　最后，师徒四人不还是去到西天，取到真经？
　　　　又一轮调换舞伴，这一对拆开，小丑(小徐)又一次与蜘蛛精(海伦)伴舞。

蜘蛛精(海伦)　（调皮地）您好，胆小鬼先生。

小　　丑　您好，悲伤的蜘蛛。

蜘蛛精　听声音，您似乎忧心忡忡。

小　丑　是你的悲伤传染了我。

蜘蛛精　我们的悲伤是常态，你呢？似乎有什么事要发生！

小　丑　看，那里有一个无常呢，你们正是一对。

蜘蛛精　山不转水转，到某个时间和空间的点上，也许能遇见！

小　丑　不是也许，而是必定，我已经嗅到一股不安的气息。

蜘蛛精　化解它，小丑们通常能够将严重的事情变成笑话。

小　丑　这只是对小丑片面的理解，有时候正相反，玩笑背后是严肃的命运！也许，现在，就藏在我和你的化妆舞服里面。

蜘蛛精　真的吗？那是什么？

小　丑　比如说，一把枪。

蜘蛛精　就算是一把真枪，到了小丑的口袋，也会变成一件玩具。

小　丑　那么你呢？你那小爪子，掂得起一把真枪？

　　　　又一次转换舞伴，蜘蛛精（海伦）和钟馗（史蒂芬）搭伴。

钟馗（史蒂芬）　中国人称蜘蛛"喜蜘蛛"，是个欢喜佛。

蜘蛛精　可是小丑先生称我"悲伤的蜘蛛"。

钟　馗　"大喜若悲"！

蜘蛛精　以能量守恒原理，喜和悲其实也是能量转换。

钟　馗　今晚是化妆舞会，还是哲学课堂？

蜘蛛精　以当下的战局为例，对峙的力量移动、撞击、聚离、增减，经历大破坏和大建设，终于达到平衡，然后就能安静下来。

钟　馗　哲学课转化成时事分析课！

蜘蛛精　其实哲学是在生物学之后发生，先生知道，有一种动静，叫做超声波，只有特殊的物种才能察觉。

钟　馗　生物课又来了，你是老师吗？

蜘蛛精　我是不是老师不重要，重要的是人类太欠教训，要受报应的。

钟　馗　原来你是预言家！

　　　　这一回，钟馗（史蒂芬）换来的是白无常（米可），一红一白，格外显眼。两人舞了一时，都不说话，忽听见白无常的笑声。

白无常（米可）　嘻嘻。（女孩子的笑声）

钟馗（史蒂芬）　有这样多的女鬼，令人始料不及！

白无常　骇怕了？

钟　馗　是有些担心，女孩子晚上最好不要出门。

白无常　有保护神。

钟　馗　谁？

白无常　　月亮神!

钟　馗　　你们一个在天界,一个在冥界,如何互通曲款?

白无常　　在未来,未来有一个契约。

钟　馗　　听起来玄妙得很,未来是个虚空啊!

白无常　　相反,很现实,爱因斯坦的相对论,听说过吗? 超过光的速度,摆
　　　　　脱地心引力,过去和未来就能相遇!

钟　馗　　理论上是这样!

白无常　　理论终有一天变成现实!

　　　　　换舞伴,小丑(小徐)和玉兔(白苹)结伴。

小丑(小徐)　　月宫里的使者,你好!

玉兔(白苹)　　为什么是月宫,更可能是一只野兔子!

小　丑　　你身上披着月光呢!

玉　兔　　可能是剑的闪光。

小　丑　　我想送你一件礼物,给我们的邂逅留一个纪念!

玉　兔　　好呀!

小　丑　　(给她看手上的戒指)喜欢吗?

玉　兔　　确实是一件美丽的礼物,如果我没有看错,上面镶着钻石呢!

小　丑　　准确说,它是水晶球,照亮过去和未来。

玉　兔　　过去是什么?

小　丑　　过去,怎么说,过去是渺茫,一叶孤舟在水上漂泊,看不见此岸,
　　　　　看不见彼岸。

玉　兔　　未来又是什么?

小　丑　　漫流的水渐渐汇入河床,向着某一个方向,河岸夹道,孤舟看见
　　　　　了帆影。

玉　兔　　帆影底下有人吗?

小　丑　　有一个少年,还有一个少女。

玉　兔　　听起来不是水晶球,而是小丑手里的魔术棍!(退出追光)

　　　　　进来钟馗(史蒂芬)与黑天鹅(梅瀛子)。

钟馗(史蒂芬)　　场上又出现一把枪,第二把枪!

黑天鹅(梅瀛子)　　哪里?

钟　馗　　蜘蛛精!

黑天鹅　　如何见得!

钟　馗　　她说到人类欠教训,要给一个报应!

黑天鹅　　那么,就是三支枪了,目前为止。

钟　　馗　这又是谁?

黑　天　鹅　玉兔,我听见她和僵尸说到,"道高一尺,魔高一丈"。

钟　　馗　我仿佛已经嗅到火药的气味!

　　　　　黑天鹅(梅瀛子)和僵尸(本佐次郎)结伴。

黑天鹅(梅瀛子)　让我猜猜你是谁?

僵　　尸　不要猜!

黑　天　鹅　为什么,这不是很有趣吗?

僵　　尸　很危险。

黑　天　鹅　僵尸先生你不知道,女人的天性就是冒险!

僵　　尸　任性!

黑　天　鹅　偶尔地,满足一下女人的小性子,也是一种风度!

僵　　尸　唯女子和小人难养!

黑　天　鹅　给个谜面,只一句话——

僵　　尸　我们都是木头人,不许说话不许动!

　　　　　舞曲骤停,宾客站定,分向两边,有田大佐卸下北海道渔夫的
　　　　　面具。

有田大佐　尊贵客人,梅武少将,屈驾来临——(鞠躬)

　　　　　梅武少将全副海军军装上场,侍者端上香槟,分发宾客。

梅武少将　(举杯)大东亚共荣圈,干杯!

　　　　　众饮酒。

梅武少将　万圣节之夜,干杯!

　　　　　众饮酒。

梅武少将　和平之神,干杯!

　　　　　这一回,众人有些犹豫,因不知道谁是和平之神。

　　　　　侍者端上一顶鲜花皇冠,梅武少将举起来。

梅武少将　和平之神,永久的光明。

小丑(小徐)　这场景似曾相识。

黑天鹅(梅瀛子)　一个人不会两次踏入同一条河流。

钟馗(史蒂芬)　当今世界,谁当得起和平之神!

有田大佐　请先生们退后,小姐上前。

　　　　　场上女性走上前,手拉手连成一个圈,梅武少将把花冠交给其
　　　　　中一个,示意乐手击鼓,女孩子依次传花冠,传两周,梅武少将
　　　　　一挥手,鼓声停,花冠正在玉兔(白苹)手上。有田大佐上前,
　　　　　将花冠戴在玉兔头上。

第八幕

时间:紧接上一幕。

地点:江湾日本俱乐部礼堂。

[枝型吊灯抽上去,露台门敞开,夜空之下,灯光转换,舞客们的服装全变色,成黑白二色。

[玉兔戴着花冠和有田大佐结伴,格外地安静,一言不发。舞一时,玉兔换给小丑(小徐)。

小丑(小徐)　山不转水转,我们又相逢了!

玉兔(白苹)　以概率的原则计算,离散的人总有相逢的一日。

小　丑　世界那么大,时间那么长,人在里面,渺小极了,也许一生不够轮到一回。

玉　兔　不是有三生石的说法,人有三生三世,前生,今生,往生。

小　丑　这实在太渺茫了,你要让我流泪了,小丑的心都是脆弱的。

玉　兔　向你透露一个天机。

小　丑　可是,天机不可泄露,嫦娥姑娘偷吃王母娘娘的长生不老药,被罚入月宫,永世不得返回人间。我宁可不知道你的天机!

玉　兔　难道你不想再一次相逢?

小　丑　我又要流泪了!

玉　兔　别当真,小弟弟,其实只是一个游戏,三生石就在今生今世的某个地点!

小　丑　到那时候,你我不是今天的你我,如何证明呢?

玉　兔　有证明!

小　丑　什么证明?

玉　兔　(举起小丑的手,戒指闪闪发光)水晶球!

　　　　小丑换给黑天鹅。

小丑(小徐)　真开心!

黑天鹅(梅瀛子)　我怎么觉得你在流泪!

小　丑　我想到,这样美丽的夜晚,终有阑珊的时候,热情的歌舞,也会曲终人散,于是,乐极生悲。

黑天鹅　你太伤感了,就像一个堕入情网的人。

小　丑　谁不是呢? 爱情真就是一张天网,谁也逃不脱!

黑天鹅　再严密的网,都有漏网的鱼!

小　丑　谁啊,竟然能够逃离命运。

黑天鹅　比如,你爱的人不爱你,单方面的爱不能叫做爱情。

小　丑　谁能那么无情呢!

黑天鹅　大千世界什么人没有呢?

小　丑　但是,也许,就在这个舞场上,有一个人,就是他的太阳。

黑天鹅　他是一个昼伏夜出的人,不需要太阳。

小　丑　他要的,但觉得自己不配!

黑天鹅　(抑制住悸动)你在说什么呀,乱七八糟的!

小　丑　人生就像化妆舞会,每一个人后面还有一个人。

　　　　　黑天鹅和钟馗。

钟馗(史蒂芬)　你确定那三把枪握在谁的手里?

黑天鹅(梅瀛子)　越来越确定。

钟　馗　动机如何?

黑天鹅　各有动机。

钟　馗　比如说——

黑天鹅　一,犹太人的生存危机;二,单纯的仇恨,民族主义;三,上海的通
　　　　道将受阻;也许还有四,伪政府将取代中央政府——

钟　馗　我数了数,就有第四把枪了!

黑天鹅　第四支枪,也许就在你或者我身上!

　　　　　钟馗和蜘蛛精结对。

钟馗(史蒂芬)　夜已阑珊,你的蛛网织得怎么样了?

蜘蛛精(海伦)　你看,那夜色里一闪一闪,亮晶晶的,就是我们的游丝。

钟　馗　哦,我以为是星光呢!

蜘蛛精　仔细看,所有的光都是丝织成的,通常叫做"光丝"。

钟　馗　对了,中国有一句话叫做"光芒万丈","光芒"就是"光丝"。

蜘蛛精　您说的也对,柔软的丝,在特定条件下,会变得坚硬、锐利、锋芒
　　　　毕露,就像一颗子弹!

钟　馗　我倒有一个规劝,子弹这样危险的玩具,不适合女性的精灵。

蜘蛛精　精灵的世界里,是不分性别的。

钟　馗　这一点我不同意,性别的差异到哪里都有!

蜘蛛精　先生以为何为差异？

钟　馗　女性精灵更加美丽，那是采天地之精华，钟灵毓秀，听说过我的故事吗？

蜘蛛精　什么故事？

钟　馗　钟馗嫁妹呀！

蜘蛛精　啊，天下皆知。

钟　馗　有一点不知道，只告诉你——

蜘蛛精　洗耳恭听——

钟　馗　我是流着眼泪送她出阁的。
　　　　蜘蛛精和僵尸。

蜘蛛精(海伦)　僵尸先生，别来无恙？

僵尸(本佐次郎)　但愿人长久，千里共婵娟。

蜘蛛精　是呀，一轮满月，仿佛玉盘子。

僵　尸　你不觉得，边缘已经模糊，已经缺了一牙！

蜘蛛精　时间在流淌啊，它还将继续缺下去！

僵　尸　时间真神奇！

蜘蛛精　缺到只剩一牙了，它又会渐渐满起来！

僵　尸　我这具躯壳在时间里滞留得太久了，总是注意不常见的事物，那些常见的事物，反而看不见了。

蜘蛛精　我们只是看见，而老爷爷您呢，是洞察！

僵　尸　"洞察"，这个词汇好，就仿佛目光穿越隧道，到达深处。

蜘蛛精　谢谢我吧，送您一个好词！
　　　　僵尸和白无常。音乐越来越激越，舞伴轮换也越来越加速。

僵尸(本佐次郎)　小女鬼！

白无常(米可)　老幽灵！

僵　尸　白天即将来临，幽冥的世界在日光里化为乌有。

白无常　所以要赶在天明以前行动起来！

僵　尸　一个筹码只能赌一次。

白无常　先生的话我听不明白。

僵　尸　一个筹码只能下一次注，你已经没有筹码了。

白无常　您这么说，我简直就要哭了！

僵　尸　不要哭，你还有机会还魂呢！不像我，太老了。

白无常　可是您修炼得更久，道行更深。

僵　尸　也许，我的命门暴露，要破功了。

僵尸和玉兔。

玉兔(白苹)　僵尸先生,您的劫数度过了吗? 天边已有晓色。

僵尸(本佐次郎)　有些生命,就是万劫不复。

玉　兔　为什么这样说? 惹得我伤心。

僵　尸　听我一句话,站在深渊边上说的话称得上肺腑之言。

玉　兔　请——

僵　尸　你这个野兔子,撒开腿跑吧!

玉兔和小丑。

小　丑(小徐)　夜色将尽,一切就像童话,凌晨钟声敲响,马车变回南瓜,华服变回布裙,金冠变回草帽,公主变回可怜的没人娶的烧火丫头!

玉兔(白苹)　可是,留下一只水晶鞋!

小　丑　水晶鞋?

玉　兔　王子捧着水晶鞋,走遍天涯海角——

小　丑　王子,王子已经变回青蛙!

玉　兔　青蛙和烧火丫头,正是一对!

小　丑　我怕是最胆小、最无用的青蛙——

玉　兔　怎么会,每一个生命,生来就有用,至少对青蛙妈妈和青蛙爸爸!

换舞伴,小丑和白无常,话题却还延续上一个

小丑(小徐)　(沉浸在思绪中)说真的,我极少想到他们,此时此刻,他们却仿佛就在眼前。临走的前夜,母亲她多么颓唐,说不出一个字。父亲,我从来不和他亲近,可是,听说我走的那天,他一个人悄悄去了码头,为他的儿子,我,送行。

白无常(米可)　你看,你也是勇敢的。

小　丑　那不叫勇敢,叫无情。我的妈呀,我想念你,我想念马来亚,什么时候再能看见你们!

白无常　我们正在向那一天接近呢!

小　丑　还要等多久?

白无常　怎么说呢? 世上千年,洞中一日。

换舞伴,白无常和钟馗。

钟馗(史蒂芬)　赶紧回家去吧,天就要亮了。

白无常(米可)　快了,快了!

钟　馗　天啊,又有一把枪!(他按住白无常拔枪的手)

此时的舞阵是:有田大佐和黑天鹅;梅武少将和玉兔,梅武独独穿一套军服,与周围格格不入,携一股杀气;小丑和蜘蛛精;有田大佐忽然伸手到黑天鹅腰间,一拔手,却是一把黑羽毛扇;蜘蛛精和小丑在梅武玉兔身边盘旋,梅武揽住玉兔的肩膀,温柔地从领口里抽出来一束鲜花,几乎同时,蜘蛛精和小丑松开彼此,各自拔枪,就在此一刻,玉兔后退,站上露台围栏,向梅武开枪,音乐骤停,梅武慢慢倒下,有一时冷场,有田大佐走上去,摘下玉兔面罩,是白苹。

有田大佐　共产党小姐,下手真快!

　　　　　始料未及,白苹向后一步,跳下围栏。众人相继摘下面具。

海　伦　(忽唱起歌来)两只老虎,两只老虎,跑得快,跑得快,

米　可　(揽住海伦的手,合上歌声)一只没有耳朵,一只没有尾巴,真奇怪,真奇怪!

尾　声

[广播声响:1941 年 12 月 7 日,美国夏威夷时间凌晨,日本未经宣战,以海空军突然袭击美国在太平洋地区的主要海军基地珍珠港,击毁击伤美主要舰只十余艘,飞机一百八十架,美军伤亡三千四百余人,美太平洋舰队遭到惨重损失。次日,美对日宣战,太平洋战争爆发。

[纱幕垂下,幕后的人影仿佛在很远的地方。

[小徐提着箱子,走进百乐门舞厅,红绿灯旋转,光影绰约,他在红男绿女中穿梭。

[小徐走进赌场,赌客们聚赌。

[小徐走进嘉道理犹太青年学校,头上一架飞机掠过。

[小徐走在街上,警车鸣笛而过,一声警哨,道路封锁,两名日军将小徐推回去。

[小徐走到火车站,吧台后的酒保招手让他近前,两人交谈。

[小徐等在咖啡座上,一个身着短打的男人引他上一辆人力车。

[江边，一艘船，船上有一村姑模样女子，小徐上船，村姑回眸，分明是白苹。

小　徐　（惊喜）白苹！

绿　苹　我叫绿苹。

小　徐　可是你们多么像呀，就像一个人！

绿　苹　大家都这么说，我们是姐妹！
　　　　船滑行。

小　徐　他们都去哪里了，绿苹你知道吗？

绿　苹　我知道的也不多，大概，史蒂芬所在的美国海军舰队被炸沉，官兵统统进了浦东集中营。

小　徐　海伦呢，你知道吗？

绿　苹　海伦去了北平，跟随美国侨民回国。

小　徐　她到底是美国人！

绿　苹　事实上，她的父亲和哥哥，早就在美国空军帮助我们抗日。

小　徐　梅瀛子又在哪里？

绿　苹　那就不知道了，可能是个秘密！

小　徐　（失望地）哦！

绿　苹　有一个人，也许你不会想到——

小　徐　谁？

绿　苹　本佐次郎在日本被捕，罪名是共产国际佐尔格小组成员，专门负责远东情报，代号"早餐客"！
　　　　船滑行，小徐取下手上的钻戒，递给绿苹。

小　徐　姐姐的东西交给妹妹，也可算物归原主了！
　　　　绿苹笑着，接过去，戴在手指。

绿　苹　姐姐，我们一起回家！
　　　　船继续滑行，渐成一幅剪影。
　　　　[剧终。

初稿 2015 年 11 月 12 日

二稿 2016 年 12 月 9 日

三稿 2017 年 3 月 27 日

四稿 2017 年 5 月 31 日

陆军简介

陆军,二级教授,博士生导师,博士生后合作导师,上海戏剧学院编剧学学科带头人,国家社科基金艺术学重大项目首席专家,国家级教学成果奖、国家文华奖获得者。现任上海戏剧学院编剧学研究中心主任,上海校园戏剧文本孵化中心主任。著述逾500万字,自1981年《解放日报》连载剧作《定心丸》至今,已公演编剧的话剧、京剧、越剧、婺剧、粤剧、黄梅戏、沪剧、姚剧、南词戏、滑稽戏、蒲剧等大型剧作35部。出版专著《编剧理论与技法》《编剧学论稿》《陆军文集·8卷》等13种,创办《编剧学刊》(集刊),主编《中国现当代编剧学史料长编》(10卷)、《上海戏剧学院编剧学教材丛书》(10卷)、《上戏新剧本丛编》(全50卷)等20余种(100余册)。

顾月云简介

上海市人,本科毕业于上海交通大学,研究生毕业于复旦大学中文系。曾任出版社编辑、对外汉语教师,现为上海向明中学教师。于2017年夏参加上海市教委组织的"百·千·万字剧"编剧工作坊。《生命驿站》是她与陆军教授合作的第一部戏剧作品。另出版过对外汉语著作、小说以及翻译作品若干。

话　剧

生命行歌

编剧　陆　军　顾月云

人　物

嘟　嘟　小护士

洪　姐　护士长

苏院长　舒缓医院院长

陈阿公　病人

吴老伯　病人

许老伯　病人

高　总　病人

小　东　洪姐之子

老　张　护工

群众演员若干

活着时,也许不曾体面,
离去前,渴望守住尊严。
——作者题记

序

[时钟滴答声,低缓的乐声起。

[LED屏上,芳草碧连天。镜头拉近,出现舒缓医院。再拉近,出现医院窗户。窗前,嘟嘟在桌上低头写着什么,影影绰绰。

[嘟嘟旁白:外婆走的那个晚上,我和几个同学在广西的一家民宿过夜。那一晚,太阳好像没有下过山,薄薄的窗帘上全是光,有一只蝴蝶,伴着我一夜未眠。我叫嘟嘟,是一名护士。本以为在这里工作两年,完成对外婆的心愿后,我就会离开,然而一晃,三年过去了,我却还在这里。那些经过的病人,最终都化成了我日记中一页页的书笺。每当想起他们,我就会把日记打开,在字里行间中,寻找他们的身影,寻找那只蝴蝶⋯⋯

[舒缓医院活动区,病人们慢慢上,坐下。

[一辆尸车经过。众神色黯然。

[LED屏上,季节交替,时光流逝。镜头再次回到舒缓病院窗前的嘟嘟,她站起来。

第一场

1

[护士站。苏院长在查看病房记录。嘟嘟手持一大束红气球上。

苏院长　哟,嘟嘟,哪来这么多气球?

嘟　嘟	院长早。我跑遍了金山所有的公园,好不容易才买到的。好看吧?
苏院长	(微笑)好看。买气球做什么?
嘟　嘟	给黄阿婆啊。
苏院长	哦。
嘟　嘟	阿婆最近状态一直不太好,昨天总算醒了过来。问她想吃什么,她说什么都不要,只想要一个红气球。
苏院长	哦。
嘟　嘟	我答应了她,今天一定给她带过来。看,这么多红气球,阿婆肯定开心。我昨天跟她说好,今天学丝巾的新系法。我已经学了二十几种啦。
苏院长	是啊,阿婆是个大美人,老了也是。
嘟　嘟	阿婆最爱我们病房的一点就是可以不用穿病服。她来我们这里没多久,疼痛控制住了以后,精神就好了很多。精神一好,阿婆就讲究起打扮来了。她教过我好多种丝巾的系法,从她年轻时的,到现在最新风格的,她都会。
苏院长	(微笑)跟阿婆在一起,让人觉得生活真美好。
嘟　嘟	但阿婆的童年却并不美好。这几天,她神志有些迷糊,好不容易昨天清醒了些,我问她有没有什么特别想吃或者想要的东西。她犹豫了半天,终于对我讲,想要气球,想要一个红色的气球。
苏院长	(若有所思)哦,是这样。
嘟　嘟	我笑阿婆还挺少女心的,结果阿婆没牙的嘴瘪着瘪着,眼泪就掉下来了。原来阿婆从小没有妈妈,继母待她不好。小时候,她最羡慕的就是别人家的小孩可以一手牵个气球,一手牵着妈妈的手在路上走。听她讲,公私合营那年,也就是 1954 年的时候,他们家的粮铺卖给公家,得了一大笔钱。继母给她几个弟弟添了好多衣服和玩具,唯独她,什么也没有。到了晚上,她鼓起勇气,找到继母说,想要一个红色的气球,结果不仅没要到,还被继母添油加醋地在她父亲面前告了一状,说她不懂事。她阿爸当时心情不好,就不问青红皂白打了她一顿,还不让她吃晚饭。
苏院长	阿婆身世真可怜。
嘟　嘟	是啊。我听了也很生气。就跟她说没事,我给她买。我会给她买好多、好多气球,会挂满她房间。她想给谁就给谁——
苏院长	所以你就买这么多气球。
嘟　嘟	我想告诉阿婆,我们都爱她,趁她现在还能听到。当年我外婆还

在时,我都没来得及对她讲这句话。(提起气球欲走)

[苏院长赶上一步,抓过了嘟嘟的气球和丝巾。

苏院长　嘟嘟,(停顿)阿婆走了。

嘟　嘟　(停在原地,泪涌)她说过等我的!

苏院长　就是昨天夜里的事。

嘟　嘟　我昨天走时她还好好的。我叫她等我把气球带来,她答应了的。

苏院长　阿婆走的时候很安详,很好看。她在天上,会看见你给她的气球的。

嘟　嘟　我去看看她。

苏院长　她已经被送走了。

[女病房。一张空空的病床,床架上系着阿婆的丝巾。嘟嘟站在床前。

嘟　嘟　阿婆早,我来了。

[沉默。响起《教我如何不想她》的提琴音,余音袅袅。

嘟　嘟　你说过等我的啊。你跟外婆一样,说走就走。我有许多话,还没来得及跟你们说。气球买来了,也没来得及给你。我,我……

[站在空床前,嘟嘟默默地用手抹泪。她解下黄阿婆系在床头的丝巾,拿在手里。走到病房窗前,朝窗外望去。

[LED屏亮,蓝天白云。一个红色的气球,飘飘荡荡飞向空中。嘟嘟抬头注视。

[苏院长上。缓缓走向嘟嘟,伸手搂住了女孩。

苏院长　阿婆会收到你的气球的。

嘟　嘟　(无力)阿婆是个很好的人啊。我只是想让她知道,她想要多少气球都可以。最后却连这点时间都没办法帮她延长,我觉得自己很没用啊。(转过头)老大,我不想再在这里待了,你调我去别的科室吧。

苏院长　早就听说你男朋友希望你离开这里。

嘟　嘟　不是男朋友,我们是兄弟。

苏院长　(没接这个话题)嘟嘟,或许,我们改变不了他们生命的长度,但还是可以让他们在人生的最后一程得到一丝温暖与爱。阿婆感受到你对她的爱了,所以昨天晚上走得很安详,嘴角还带着微笑。对这里的老人来说,你就是他们的天使,嘟嘟。还有许多病人,在等着我们的照顾与陪伴。马上黄阿婆的病床就要进来一

个新病人陈阿公了。准备工作吧,嘟嘟。(再次用力搂了搂嘟嘟的肩膀,下)

[嘟嘟依旧对着阿婆的病床发呆。

[护工老张推着形销骨立的陈阿公上。洪护士长拿着病员记录跟在后面。老张没注意到台阶,将轮椅推撞了一下。陈阿公嘴里嘟嘟囔囔,骂骂咧咧起来。抬眼见到嘟嘟,一下愣住,停止了咒骂,只呆呆盯着她。

嘟　嘟　(迎上去,带着一脸灿烂的笑容)阿公好!

陈阿公　(忙低下头,催老张)快走快走!

嘟　嘟　(诧异)怎么了? 阿公您好像不想见到我?

[老张暗指自己脑袋,意思是陈阿公脑子不正常。推轮椅下。

嘟　嘟　洪姐,你怎么还没下班?

洪　姐　刚进来的孤寡老人,脾气有些大。

嘟　嘟　(笑)说明阿公精神还不错啊。

洪　姐　医生说,还有三个月的时间。家里没人照顾,之前又进不来,被送去了一家不正规的养老院,吃足了苦头,所以一肚皮的怨气。

嘟　嘟　哦。我来处理,你赶紧下班吧。昨天中班连晚班,看把你累的,脸色这么差。

洪　姐　我没事。一会儿我去帮陈阿公买点鱼石脂和黄金散来,让他伤口长快点。

[突然,一阵眩晕袭来,洪护士趔趄了一下,被嘟嘟一把扶住。

嘟　嘟　要不我去买,你赶紧回家休息吧。

洪　姐　(站稳)我去。我一会儿去艺校,经过药房的。

嘟　嘟　什么? 你还在艺校打工,你不要命了? 怪不得你脸色这么差。赶紧把那边的活辞了。

洪　姐　嘘——你给我轻点!(四下里看了看)这事领导都不知道的。我算不上打工,我是喜欢小孩子,也喜欢唱歌,所以带小东参加了儿童合唱班。人家没收我们学费,我当然也要帮他们做些什么吧。

嘟　嘟　不行不行,赶紧辞了。你会累死的。中班连晚班,现在还去连日班!

洪　姐　好了好了,明年小东上学,我得管他功课,那里就不去了。哎呀,要迟到了,走了啊。(把病员记录递给嘟嘟)

嘟　嘟　(对着洪护士背影)那你明天休息一下。我帮你顶班。

洪　姐　不用啦。明天志愿者日，我要带小东他们来唱歌的。（旋即不见踪影）

　　　　［嘟嘟目送洪护士离去的背影，摇头。

2

　　　　［病房一侧，传来"啪!"的一声，是杯子摔在地上的声响。接着是吴老伯的斥子声：

　　　　"我不要你管！一个大男人，整天弄得跟个老太婆似的，班也不上，能有什么出息？你这样下去，为了我，不仅房子房子没了，老婆老婆也要跟人跑了!"

　　　　"阿爸，等你身体好些，我就回去上班。"

　　　　"你马上就走，给我上班去。去挣钱去!"

　　　　"那明天人家志愿者来，我陪你去理个发，啊?"

　　　　"滚!"

　　　　［嘟嘟旁白：黄阿婆走了，陈阿公来了。在舒缓医院，不管是安静的病人，还是烦躁的病人，他们的平均生存期仅有27天，每两天半就有一个生命离去。在这里工作的每个人都来不及悲痛，我们能做的，只能是将悲痛化为爱，留给每一个需要陪伴的人。

　　　　［活动区。高总戴着墨镜坐在一角，神色阴郁。许老伯在一旁试着小跑步。嘟嘟推着护理车过来，与高总、许老伯打招呼。

　　　　［病房里，陈阿公躺着，吴老伯蓬着一头乱发闷闷地坐在床前。

嘟　嘟　吴老伯早！

　　　　［吴老伯勉强抬头，看了嘟嘟一眼。

嘟　嘟　吴老伯，您前面干吗又骂您儿子呀？

　　　　［吴老伯依旧不响。

嘟　嘟　阿公好！

阿　公　你走开，我不想见你。

嘟　嘟　（一愣，依旧展出灿烂的笑容）我给您换好药就走。阿公现在觉得怎么样啦？

　　　　［陈阿公没有回音。嘟嘟上前帮陈阿公调整了一下床背的高度，又调整了一下枕头的位置。

嘟　嘟　您看这样是不是舒服一点？您有什么需求，请随时告诉我。

陈阿公　哼。我有什么需求？我的需求就是早点进舒缓病房。为什么不
　　　让我进？害我被弄成现在这副鬼样子！

嘟　嘟　对不起阿公，让您久等了。想进舒缓病房的病人多，我们是按照
　　　舒缓生存期进行评分再安排入院的。

陈阿公　什么意思？嫌我还没马上要死吗？

嘟　嘟　不是的不是的。其实严格意义上说，您就是现在也还没有到我
　　　们的入院标准，但考虑到您一个人，家里没人照顾，所以优先安
　　　排您入的院。

陈阿公　哦哟，说得头头是道！还给我"优先"了！那我是不是还得感谢
　　　你，送你个红包啊？

嘟　嘟　我没这个意思！

陈阿公　说到底，还不就因为我是个老右派？你们就把话挑明了说嘛。

嘟　嘟　哪有啊。这都什么年代了！您是重要的，我们每一个人都是。

陈阿公　(学嘟嘟)"您是重要的"，哼，全是嘴上功夫。巧言令色，鲜矣仁。
　　　有本事就用做的来证明！

嘟　嘟　(开始生气)那你要我们做什么？

陈阿公　我时间不多了。我要去见一个人。我不能这种样子去见他！

　　　〔嘟嘟面无表情快速扫视了一下陈阿公的病员资料，又查看了阿
　　　公的伤口。

嘟　嘟　(语速变快，带着专业但冷漠的口吻)现在除了头部，你背上和臀
　　　部还有三个伤口，左脚大面积烫伤。此外，严重营养不良。我会
　　　处理这些伤口，之后会请护工每天给你擦两次身。但有些事情
　　　需要你配合，比如，尽可能变动一下睡觉的姿势。

陈阿公　真是站着说话不腰疼。我这个样子，是想动就可以动的吗？

嘟　嘟　如果你想去见你的朋友，你就要跟我们配合。我现在给你处理
　　　伤口。

　　　〔嘟嘟麻利地打开床头柜上的护士包，取出纱布、剪刀、消毒水等
　　　用具。

嘟　嘟　左脚烫伤的那个大水泡，我会先用针筒吸水出来，这个不会很
　　　疼。但三个伤口，在消毒处理时会很疼，你忍一下。

　　　〔嘟嘟开始处理伤口，处理左脚烫伤时，陈阿公没有吭声，但处理
　　　背部伤口时，阿公先是不由自主地发出"咝"、"咝"声，接着开始
　　　高声咒骂。

陈阿公　你这是报复！你跟那家破养老院一样！给你们提点意见了，就

不开心，就找一切机会报复我老头子。（再一次疼得全身发抖）
哟——你给我轻点！真是人笨万事难，笨手笨脚到家了。

嘟　嘟　还剩最后一个伤口了。你再忍一下！

陈阿公　你这是谋杀。你比养老院的人还狠！

　　　〔嘟嘟像是什么都没听见。陈阿公继续在那里时不时地发出
　　　"哟"、"哟"声。

嘟　嘟　好了，伤口处理完了。你先躺一会儿。但不能平躺。我同事去给
　　　你买药了，用的是她自己的钱。（讥讽）人家没收你什么红包吧？

　　　〔嘟嘟把陈阿公的身体翻个身。瘦骨嶙峋的老人已耗尽了力气，
　　　任由嘟嘟摆布。

嘟　嘟　（对陈阿公）你最好先趴着睡。（想了想）我书念得少，但也知道，
　　　夫子之道，忠恕而已矣的道理。

　　　〔陈阿公一听这话，诧异地抬头，看了嘟嘟一眼。

嘟　嘟　你就这样先躺一会儿。我大概半小时后来扶你下地走走。（下）

陈阿公　（稍顷，咕哝了一句）小姑娘你就瞎搞吧。

　　　〔护士站。苏院长在里面工作，嘟嘟上。

嘟　嘟　（气鼓鼓地）真是气死我了！什么鬼嘛，那个老头，根本就是吃了
　　　一肚子火药来的。

苏院长　哦，这老先生人并不坏。

嘟　嘟　啊？这样的老头都不算坏，那其他好人就都要气死了。估计他
　　　以前干过土匪什么的吧？

苏院长　哈哈！想到哪里去了。陈阿公一生都在甘肃支教，教了一辈子书。

嘟　嘟　天哪！这种人还是老师？

苏院长　听说陈阿公是老大学生，还是高才生的那种，后来，在大学里被
　　　打成右派，还差点被处决。

嘟　嘟　倒是没想到他会在甘肃那种地方教一辈子书。

苏院长　我们都不知道他经历了什么。以后找机会跟他聊聊？说不定他
　　　会很喜欢我们嘟嘟跟他聊天呢？

嘟　嘟　呵呵！谢谢你，老大。他喜欢，我还不喜欢呢。来舒缓病房这么
　　　些年，我就从没见过这么凶巴巴的老头。我们的阿公阿婆，如果
　　　每一个都像他这样，我早就受不了了。哎，你到底同不同意调我
　　　去别的科室啊？

苏院长　（笑）嘟嘟，等你把陈阿公负责完再说吧，如果到那时你还是想

走,我一定同意,怎么样?

嘟　嘟　唉,好吧。你要说话算话啊。那我就再坚持一下。(走到窗口,望着窗外的稻田)诶,这几天没注意,地里都插上秧苗了。(若有所思)等这些秧苗都抽穗、结实,我就可以不用再在这里干了吧?

苏院长　对了,吴老伯是当兵出身,上过朝鲜战场的,脾气也很火爆。不知这俩老头凑一块会折腾出些啥事情来。你多关注一下,如果实在不行,就想办法把他们换开。

嘟　嘟　算了,就陈阿公那样的,不管换到哪间病房,人家都受不了他。(突然想到了什么,诡异地一笑)就让这俩老头在病房火拼一下呗?

苏院长　(嗔怪)看你这孩子,说的什么话!

　　　　[突然,随着一声猛烈的撞击声,警铃大作。传来陈阿公的呼喊"来人啊,快来人啊"。苏院长、嘟嘟条件反射般冲了出去。

　　　　[病房。

　　　　[嘟嘟、苏院长赶到。吴老伯跪在地上。

苏院长　吴老伯,您这是干什么呀?

陈阿公　(扶着车子)我没拦住,我没拦住。他举着拐杖当冲锋枪往玻璃上冲啊!

　　　　[苏院长与嘟嘟扶吴老伯。

吴老伯　你们不要管我!你们不要拉着我!让我死!

　　　　[苏院长扶起吴老伯,嘟嘟推来护理车。

苏院长　吴老伯您这是干什么呀!(对嘟嘟)快,镇静剂!

嘟　嘟　知道了。

吴老伯　(同时)你们救我做什么?救我做什么啊?我不配活着,让我死!让我死!

　　　　[嘟嘟迅速给吴老伯打镇静剂。

吴老伯　哎哟!哎哟……

苏院长　吴老伯啊,以后千万不能再这样做了……

吴老伯　(渐渐平息)哎哟!嗯,嗯……

苏院长　今天晚上?

嘟　嘟　我值班。

苏院长　密切注意吴老伯,不要再有反复。

嘟　嘟　放心,老大,你去吧。

　　　　[苏院长拉拉吴老伯的手,下。

〔静场片刻。

嘟　嘟　（拉过一张椅子，坐下来）吴老伯，你闭上眼睛，安心睡吧。我来
　　　　给你读首诗，好吗？

〔吴老伯哼哼，似应非应。

〔响起嘟嘟优美柔和的朗读声：

当我注视着一朵稻花出神的时候

我还是个孩子

当我顺着花萼小心地攀援的时候

我正年轻

当我和这朵稻花一起绽放的时候

我正在路上

作为一粒稻种

我已经老去

因为我长成了秧苗

作为一株秧苗

我已经老去

因为我开出了稻花

作为一朵稻花

我已经老去

因为我结成了稻谷

作为一粒稻谷

我已经老去

因为我重新变成了一粒稻种

作为一粒稻种

我将再一次诞生

〔LED屏上，展示一粒稻谷生命过程的动人画卷。

〔渐渐地，响起吴老伯轻微的鼾声。老人们仿佛都在嘟嘟的吟诵
　声中安定下来，一一睡去。

〔嘟嘟轻轻站起身来。

陈阿公　这首诗是你写的吧？

嘟　嘟　嘘！（欲下，又转身）今天多亏陈阿公您及时叫我们。能再帮个忙吗？

陈阿公　什么事？

嘟　嘟　吴老伯醒来后再劝劝他？

陈阿公　我为什么要听你的？

嘟 嘟	因为你和吴老伯有缘呀！
陈阿公	哼！我——
嘟 嘟	嘘——（一笑，下）

3

[晚上。病房里死一般的沉寂。陈阿公依旧趴着躺在那里，脸朝着窗户的方向，一动不动。忽然，响起吴老伯咳嗽声。

陈阿公　醒了？

[吴老伯没反应。

陈阿公　那个小护士，叫什么名字？

[吴老伯置若罔闻。

陈阿公　哎，我问你呢，老头？

[吴老伯依旧置若罔闻。

陈阿公　软蛋！

[吴老伯愣了一下。但陈阿公说话声音不大，吴老伯以为自己听错了，双眼茫然盯向天花板。

陈阿公　（提高了音量）你个软蛋！

[吴老伯一下子从病床上坐了起来。

吴老伯　（忿忿地）你个僵尸在说谁？

陈阿公　（慢慢翻了个身）我才不是僵尸呢。要当僵尸，也是你先当。你下午要是跳下去，现在还就真是僵尸了。你个软蛋！

吴老伯　（坐起来，正对陈阿公病床）你有种就坐起来，给老子把话说清楚。如果不是看你只剩一把骨头，像个骷髅鬼一样，老子就一拳把你捣个稀巴烂。把你两个老蛋都给砸碎！

陈阿公　啧啧啧，你老家伙还真本事啊。怎么前面没见你拿这些本事出来呢？白天是谁，闹着要跳楼的？

[陈阿公把手伸到头下枕着，平躺着，颤颤巍巍终于跷成了二郎腿，晃了几下，露出无比受用的样子。

[嘟嘟悄悄捧着插了秋苗的花瓶上，见两位老人在聊天，隐于一旁。

陈阿公　嗳，还是平躺着舒服啊。那小丫头真是把我给搞惨了。

吴老伯　你老家伙懂个屁！你知道生不如死的滋味吗？想当年老子抗美援朝，打上甘岭的时候，你老小子还在穿开裆裤吧？

陈阿公　原来是战斗英雄，失敬失敬。住在这里来的，得的都不是啥好病。要说生不如死，实在也生不了多久了。

[一阵沉默。

[陈阿公慢慢撑着，坐了起来。

吴老伯　你以前干什么的？

陈阿公　教书的。在甘肃教了一辈子，退休后回的上海。

吴老伯　哦，读书人。(停顿)都没听你哼过一声，倒是硬骨头。我就佩服有骨气的人！我认识的那些个骨头硬的战友，基本都不在了。(沉默)

[响起小提琴独奏《我爱你，中国》。LED显示屏出现了吴老伯的脸，脸庞上叠现中国东北和朝鲜半岛冰天雪地的景色，中国人民志愿军奔赴朝鲜行军的画面。战火、硝烟。音乐声渐弱，画面渐隐。

陈阿公　都死在朝鲜了？

吴老伯　好些都死在了战场上。命大活下来的，这几年七七八八也走得差不多了。一想到在那边有那么多好战友等着我，就真想跟他们一块儿去。

陈阿公　……

吴老伯　这段时间，夜里睡不着，老想起他们。唉，你说，我在朝鲜战场上也就打了三年，但这辈子临了，愿意想起的，能够想起的，竟然也就是那些战友们。

陈阿公　是啊。人间事，大多都能忘，但总有些人，一生一世也忘不了。

吴老伯　你忘不了谁？

陈阿公　哈哈。三年自然灾害时，若不是想着要回来见那人，大概也早死了。这些没啥好说的。还是说说你战场上的事吧，老英雄。

吴老伯　我那时小，大家都照顾我。每次冲锋，都让我留在最后。冲在前面的，后来都没了。

陈阿公　所以你的命，是你战友用命换来的啊。

吴老伯　可不。

陈阿公　可不？那你现在还这样！要是那些战友看见你今天要跳楼，该有多难过！你到了那里，怎么有脸见他们？

吴老伯　唉，你不知道，为了治我这个病，我儿子去年瞒着我把房子都卖了，他老婆最近闹着要与他离婚！我对不起他啊！

陈阿公　你要这样死，让儿子一辈子良心过不去，那才是真正对不起他。再说，舒缓病房享受医保，收费又不高，你何必让儿子再为你提心吊胆呢？

［吴老伯不响。

陈阿公　还有那个小姑娘，她念的那首诗，真好。

吴老伯　我不懂诗，就觉得嘟嘟的声音好听，听着听着就睡着了。奇怪，现在怎么不大疼了？

陈阿公　我今天也觉得疼好些了。

［嘟嘟捧着秧苗上。

嘟　嘟　看我带什么来了？（把小花瓶递给吴老伯）

吴老伯　呦，这是什么？（欣喜）不会是秧苗吧？现在怎么会有秧苗？

嘟　嘟　完全正确！我前面悄悄到马路对面农科所暖棚里拔的。今晚没有月亮。月黑风高，最适合偷个鸡摸个狗了！

吴老伯　哈哈，真是难为护士妹妹了！我老头子喜欢，谢谢护士妹妹，谢谢。

嘟　嘟　您喜欢就好。那过些天再给您摘些来。

陈阿公　（酸溜溜）呦呦呦，"护士妹妹"长、"护士妹妹"短的，叫得还挺自然的啊！

吴老伯　你这是吃不到葡萄说葡萄酸。人家怎么就送我，不送你呀？你得自己好好找找原因。（沾沾自喜）

陈阿公　切，我又不娘娘腔，要人家送我这些干什么？哪像你呀？

［吴老伯懒得理睬，只是欣喜看着手中的秧苗。

吴老伯　护士妹妹插得真好看！真是心灵手巧！

陈阿公　（越发酸溜溜，对嘟嘟）关灯关灯！这么晚不睡觉想干嘛？

［嘟嘟白了陈阿公一眼，讪讪地转身把灯给关上，走到病房外，坐下看书，看着看着就靠在椅子上睡着了。一束暖光打在她俊俏的脸上，如天使般宁静美丽。

［LED屏上，玉垒浮云，水天一色。

第二场　.

1

［嘟嘟旁白：美国医生特鲁多说过一句话，"有时是治愈；常常是帮助；总是去安慰"，讲的是，许多病其实是治不了的，但大多数

的痛苦可以减轻。而对所有病人来说,应该一直都能从我们这里得到安慰。许多病人从我们苏院长、从洪姐那里得到过安慰。只是,她们也是凡人,她们也会生病,她们,也需要安慰。

　　[病房。陈阿公、吴老伯、许老伯和高总分散在四周轮椅上。高总依旧戴着墨镜坐在黑暗的一角,一脸阴郁。

　　[嘟嘟上。

嘟　嘟　各位好! 今天是志愿者日,小天使合唱团会来表演,希望大家喜欢。

　　[众病友回应,慢慢围坐一起。

高　总　怎么没见洪护士长?

洪　姐　我来了!

　　[洪姐上,与众人打招呼。并将自制的椭圆形"小巴掌"一一分送给众老人。

洪　姐　这是我为大家做的"小巴掌",一会儿小朋友们表演时,我们挥动扇子,为他们加加油哦。

高　总　上面还有字哪! "过新年,长一岁!"

洪　姐　对,再过两个月,就要过新年了,大家加把油,我们一起过新年!

　　[众回应:谢谢护士长!

洪　姐　我先去接小朋友们。(下)

嘟　嘟　演唱会还没有开始,我给大家念儿首诗吧。

吴老伯　好好好! 我不懂诗,但嘟嘟的声音好听,我们都爱听!

嘟　嘟　谢谢吴老伯!

　　(念)　不要驯顺地走进那个良夜,

　　　　　　老年应该在日暮时燃烧、咆哮;

　　　　　　愤怒,愤怒地抗拒阳光的泯灭。

　　　　　　而你,我的父亲,在那悲伤的高处,

　　　　　　用你那灼热的泪水诅咒我,祝福我,我祈求你

　　　　　　不要驯顺地走进那个良夜。

　　　　　　愤怒,愤怒地抗拒阳光的泯灭。

陈阿公　(迟疑了一下,突然莫名发火)小姑娘,你懂这个良夜是什么意思吗? 走进死亡,还称良夜!

嘟　嘟　(没想到陈阿公会发火,有些尴尬)书上就是这么写的呀!

陈阿公　尽信书,不如无书。你可以把你这破书给扔了。告诉你,这是英国诗人狄伦·托马斯写给他病危中的父亲的一首诗,"良夜"准

确的翻译应该是"长夜"。

嘟　嘟　哦。

陈阿公　不用脑子。说你笨就是笨！

许老伯　我也不懂诗，但是，愤怒、抗拒我懂。你这个疯老头，干吗要欺负嘟嘟，你以为你这样就懂诗了？告诉你，下次再这样，我就对你不客气！

陈阿公　这是我和她的事，跟你何关？

许老伯　我就要管！

　　　　［众一起谴责陈阿公。

吴老伯　好了好了，嘟嘟读这首诗是鼓励我们与死神抗争。陈老师肚里墨水多，脑子有点不正常，大家就原谅他吧！

陈阿公　（见吴老伯帮倒忙，生气）谁脑子不正常？你也胡说八道！

吴老伯　我的意思是，陈老师又当右派，又是下放，你吃的苦比我们多！

陈阿公　这都过去了！

许老伯　谁没有吃过苦！1992年，我跟老婆前后脚下岗，堂堂男子汉，跑富人区去当保安，结果被有钱人不当人看。一气之下，跑去摆摊，结果又被城管到处追赶。直到最后在自家天井开了个粉丝汤店，这才安生下来。照这样说，我也可以随便乱发脾气，随便欺负人家小姑娘？

高　总　好啦好啦，大家都少说两句。家家有本难念的经。（手机响，不耐烦地）别问了！我的油早都被你们榨干了！我不会告诉你的！我在荒山野岭，我要死在你们找不到的地方！（挂断）

许老伯　真是有钱人也有有钱人的苦恼。你两个老婆又要来烦你了！

高　总　我就是为了躲避才到这里来的。我一生病，两边就急不死地分起了财产，好像我明天就要断气了一样。

许老伯　谁让你是大老板呢？

高　总　你就别挖苦我了。我是弄堂里卖香烟出身，早年要不是和隔壁兄弟一起买股票认购证，估计现在也就是个摆摊的。所以啊，人家当面叫你高总，背后还不叫你暴发户。

嘟　嘟　也不是所有人都这样。

高　总　大概也只有你嘟嘟不这样了，再就是洪护士长了，她人真好。

许老伯　那是！

高　总　在别人看来，暴发户是什么？暴发户就是野地里的一块肉，哪条狼经过都想咬上一口的。

吴老伯　我倒是希望自己是块肉，能让子孙咬上两口。可我什么也给不了他们，还拖累了他们！我就是个倒霉鬼。

嘟　嘟　吴老伯您儿子那么好，您哪里倒霉了啊？

吴老伯　哎，就是因为他好，太老实，跟别人不一样，我才不放心啊。

许老伯　唉，当年我要是像高总一样去买认购证，也不用受后来那些罪了。

高　总　这不一定。当初弄堂里和我一起买认购证的那人，后来做生意就亏得厉害，还去借了高利贷。所以，这呀，得要看你有没有富贵的命了。

陈阿公　什么命不命的，这钱来得干不干净还不知道呢！

高　总　哎，你个老头，今天吃火药了？见一个咬一个，找死！

陈阿公　你要找死的话，就去找这小姑娘。(指嘟嘟)她负责让你走进"良夜"，负责送你上西天，啊？

　　　　［嘟嘟又一次受委屈，差点哭出来。

　　　　［众怒向陈阿公，弩张剑拔。

高　总　(忽然兴奋地)护士长来了！

　　　　［洪姐带着一群"衣冠楚楚"的男童女童上。

　　　　［童声合唱《赋得古原草送别》起

　　　　　　　离离原上草，
　　　　　　　一岁一枯荣。
　　　　　　　野火烧不尽，
　　　　　　　春风吹又生。
　　　　　　　远芳侵古道，
　　　　　　　晴翠接荒城。
　　　　　　　又送王孙去，
　　　　　　　萋萋满别情。

　　　　［孩子们纯净的歌声有如天籁，所有人都静了下来，专注地听孩子们歌唱。

　　　　［歌声渐弱。突然，毫无征兆地，洪姐身子倾斜，慢慢倒了下去。

嘟　嘟　(惊呼)洪姐！

　　　　［众呼唤："洪护士长！"

嘟　嘟　送急救室！

2

［嘟嘟旁白：洪姐的突然倒下，对每个人来说，都是晴天霹雳，猝不及防。生命原来如此脆弱，而我们曾经拥有的每一天，不管是幸福还是苦难，欢乐还是屈辱，都显得那么的珍贵，那么的不可替代。正因为如此，我想，活着的人们，无论是生命刚刚开始，还是接近终点，与生活讲和，放下，释然，是每天都要做的功课。因为，生命就是一支不可重唱的歌。

［病房。洪姐穿着病服，坐在轮椅上，被护工老张推上来，轮椅上，拴着一个红气球。

洪　姐　张师傅，麻烦你帮我把气球解下来，系这边。

老　张　好，好。（把气球从轮椅上解下，系床头）

洪　姐　（望着气球，无限深情）这是前面晚饭时小东给我的。这孩子，也知道她妈妈最喜欢红色了。

老　张　护士长，你儿子小东长得真可爱。

洪　姐　（欣慰）哪里。这孩子挺淘气的。

老　张　嗨，孩子嘛，就该淘一点。不然都没个孩子样。

［嘟嘟上。

老　张　呦，嘟嘟来了。你们聊会儿，我先走。

洪　姐　好，你忙去吧。

［老张推轮椅下。

嘟　嘟　洪姐，你气色还不错哎。

洪　姐　我也是学医的。（伸手拉过床头系着的红气球，轻轻抱在怀里）我们对病人说过些什么话，我都还记得的。

嘟　嘟　你是很好的护士长，洪姐。这里的老人很感激你。

洪　姐　我很感激他们，包括感激在病房里工作的每一天。而之前不是这样的。

嘟　嘟　之前——

洪　姐　来这里第一次上夜班，就碰到病人去世。整个病区，只有我一个人值班。病人家属哭得惊天动地，在地上打滚，什么都做不了。就把这刚去世阿婆的假牙往我手里一塞，要我去给病人装假牙。

嘟　嘟　唉，其实我也怕一个人值夜班的，尤其是刚来这里的时候。半夜在走廊上走着，总觉得身后跟着个人。

洪　姐　我硬着头皮去装假牙。但我根本就不知道怎么弄。那次手抖得厉害，塞了半天，只塞了一半进去，还剩一半假牙，全都露在嘴唇外面的。家属一看我把病人弄成这样,就一边哭,一边骂,说我没医德,要我重新戴。而他们自己就是不肯动手,只顾着在一边哭嚎。

嘟　嘟　遇到这样的家属,也没办法。那洪姐你家里人支持你吗?

洪　姐　唉。那天出夜班,魂不守舍地到家。尽管在医院里一遍又一遍地洗了手,但当小东冲过来要我抱时,我还是本能地把手往后一缩,不敢去碰他。

嘟　嘟　那他一定不懂,为什么妈妈突然不肯抱他了。

洪　姐　但我那精明的婆婆在边上一看,就猜到了。她过来一把抱起小东,说了句,"作孽,医院里整天摸死人,回来还想要抱小囡,啧啧啧,吓死人",我当时一听,眼泪就掉下来了。

嘟　嘟　洪姐!

洪　姐　下次能帮我带些毛线来吗? 我想给小东再织条围巾。去年就答应了的,一直到现在都没织成。我这个妈妈,太不称职了。

嘟　嘟　别这么说啊。你是很好的妈妈。

洪　姐　我还记得生小东的那天,是个飘雪的冬日。都说上海是不常下雪的,不像我老家,但那两天窗外雪花纷飞。我是上午剖腹产生的他,中午的时候,雪停了,太阳从窗户中照进来,室内温暖明亮。我躺着,侧脸看着他。看他那么小的一个人儿,被包在医院统一的蓝底小花襁褓里,躺在我身边。他闭上眼沉沉地睡着,像来到人间的天使,那么可爱。

〔舞台上的 LED 屏亮,呈现出雪后温暖明亮的产房。一架小小的婴儿床,床上是一个安睡的小婴儿,以及一个年轻母亲慈爱地看着婴儿床的背影。阳光、温暖。

洪　姐　那一天,我跟躺在边上的宝宝说,今生今世,我们再也不会分开。妈妈一定不会离开你的。

嘟　嘟　洪姐,别说了。

洪　姐　小东一岁多时,他爸爸远走高飞了。那时候我想,一定要挺住,好好照顾我的宝宝长大。后来,生活一天天好起来了。我就想,这所有的日子,都是老天爷赐给我们的礼物。

嘟　嘟　所以,你就拼尽全力,让每一天、每一秒都不虚度?

洪　姐　我想天天陪在小东身边,我想看他长大。我想每天牵着他的手,送他去学校;我想像其他妈妈那样,等在学校门口,接他放学。我想送他去中考,我想送他去高考。我想神经兮兮地等在考场门口,哪怕他考得很糟糕!(笑)我想看他娶妻生子。我想抱着我自己的孙子,跟许许多多的奶奶一样,累死累活但心甘情愿地为我的小孙儿当牛做马。

嘟 嘟　洪姐,你会好起来的。

洪 姐　不会再有这一天了。(虚弱)所以嘟嘟,能活着的每一天,其实就是最美好的,就没有什么是过不去的。你要珍惜,嘟嘟。

嘟 嘟　我记住了,洪姐!

〔两人相拥而泣。

3

〔护士站。嘟嘟拿起墙上的吉他,轻轻弹唱起了《向死而生》。

嘟 嘟　(唱) 你说过的话我至今没有遗忘,

你走遍千山万水是为了让我不再彷徨。

谢谢你牵我的手陪着我慢慢长大,

让我静静陪着你陪着你渐渐变老。

向死而生,向死而生,

是你让我的世界不再寒冷。

向死而生,向死而生,

我们一起将每一天活成永恒。

〔苏院长上,靠在门边。

嘟 嘟　老大。你来了,我正好有事要与你说。

苏院长　你刚才唱的,是我妈妈最爱的一首歌。每次一听到,都会想到她。

嘟 嘟　哦,你妈妈——

苏院长　几年前去世了。我妈妈以前是医生,她得病后,就关照了我一件事,说,等她到了最后关头,不要给她电除颤、不要送 ICU,不要在她身上插满管子。她叫我答应她,要做到任其自然,让她有尊严地回归自然。

嘟 嘟　你答应了吗?

苏院长　我说,妈妈,别胡思乱想。你长命百岁着呢,会好起来的。

嘟 嘟　换我大概也这么说。

苏院长　但她坚持要我答应她。她是一名医生。我没办法,就说好。

嘟 嘟　那后来呢?

苏院长　后来,后来到了最后的时间,我不想她离开我们,就还是把她送进了 ICU。她在那里多活了两个星期,最后走的时候,身上插了 14 根管子。

嘟　嘟　这是为人儿女觉得尽孝的方式啊。

苏院长　她刚进 ICU 时,神智是清醒的。第一天,我去看她,她拼尽全部力气,跟我说了三个字:你骗我。

嘟　嘟　接受过度治疗对病人来说确实是很痛苦的事。

苏院长　可我当时却还对她说,妈妈你要好好治疗,要好起来。她就把眼睛闭上了。然后,然后,我就看到她的眼泪滑落了下来。可我还是没有勇气把她挪出 ICU。

嘟　嘟　其实许多病是治不了的,每天,每个国家,许多家庭,都把大量医药费花在了临终病人的所谓急救上,这基本没有意义。这笔钱要是花在疾病预防或是早期治疗上该有多好。

苏院长　我当时还不明白这个道理。但我母亲最后的眼泪深深刺痛了我。她后来在急救病房的每一天,对她来说是身体的折磨;对我来说,更是心灵的煎熬。

嘟　嘟　所以老大你后来就开始创办舒缓病房了?

苏院长　算是为了我母亲吧。

嘟　嘟　但这条路很难走。

苏院长　需要许多人的努力。这几个月,走了两个护士了。不过好在还有你,还有阿洪等人在。

嘟　嘟　说起洪姐,唉。

苏院长　(停顿)你知道一分钟蝴蝶的故事吗?

　　　　[嘟嘟摇头。

苏院长　有一只小蝴蝶,知道自己只能活一分钟。于是它列出了自己人生要做的所有事情:叮一口长鼻浣熊,1 秒;大醉,1 秒;开一场派对,1 秒;飞上一棵最高的树,1 秒;恋爱,1 秒;冲破蜘蛛网,1 秒……

嘟　嘟　所以,你觉得洪姐的生命和这只小蝴蝶一样,因为她知道自己的生命随时可能逝去,所以她把每一秒钟都过得精彩而有意义?

苏院长　事实上我们所谓的健康的人,都觉得自己拥有无限的生命,对眼下的每一天都毫不珍惜,把时间都花在了计较、抱怨、生气等等等等的上面。这样的人生,就算漫长,恐怕还远比不上阿洪那种短暂的人生呢。阿洪带给周围人的,永远都是美好。

嘟　嘟　但洪姐太年轻了。总觉得她的生命没有完成啊。

苏院长　你知道前面那只小蝴蝶最后的故事吗?

　　　　　[嘟嘟摇头。

苏院长　最后十秒钟,正值中午,小蝴蝶却还有两个根本无法完成的任
　　　　务:看星星和变得有名。在它彻底绝望时,却意外被一滴树脂滴
　　　　中,变成了琥珀。在观赏过无数次夜空的星星后,被世人发现收
　　　　藏,这一次,它终于变得有名了。

嘟　嘟　所以,一分钟的生命也可以永恒,对不对?

苏院长　对。我们去帮阿洪走完最后一程吧。她需要你,嘟嘟。

嘟　嘟　明白了,老大。

苏院长　对了,你前面说,有事情要跟我说?

嘟　嘟　哦,暂时没事了。

苏院长　是不是陈阿公的事?

嘟　嘟　这……也是,也不是!

苏院长　给你看样东西!

嘟　嘟　什么?

苏院长　一封"人民来信"。

嘟　嘟　人民来信?

苏院长　与你有关。

嘟　嘟　(读信)"建议苏院长将嘟嘟小护士尽早调离舒缓病房!"

苏院长　想想看,这是谁写的。

嘟　嘟　不用想,那个疯老头。他的字我认识!

苏院长　他为什么要这样做?

嘟　嘟　我也不知道。他来病房没几天,老是找我的茬。

苏院长　我知道。嘟嘟,难道你真没有看出来?

嘟　嘟　什么?

苏院长　他在帮你!

嘟　嘟　帮我? 帮我什么?

苏院长　你不是想调离舒缓病房吗?

嘟　嘟　那与他有什么关系? (忽然悟彻)噢,你是说……

苏院长　这个老人有爱心,有大智慧。

嘟　嘟　(感动)真没想到,我……

苏院长　你用你的爱唤起这个倔强老人的爱,嘟嘟。

嘟　嘟　我懂了! 谢谢你,老大!

第三场

1

[嘟嘟旁白:舒缓疗护的一项重要内容是帮病人控制疼痛。那种万蚁噬骨之痛,不借助医疗手段的话,一般人都无法承受。然而,也有一位老人,始终拒绝接受药物的舒缓。每当疼痛上来时,他便会挣扎着拿起自己的地书笔,在地上练字。那些写在地上的字,就像他人一样,冷峻奇倔,壁立千仞。阿公,你现在还痛吗? 还在练你的地书吗?

[陈阿公在用拖把书写地书,看得出,他在坚强地与疼痛抗争,每一笔都在挣扎,登攀,咆哮……

[嘟嘟上。她默默地在一边注视着陈阿公。见陈阿公欲倒,忙上前搀扶,被推开。陈阿公继续地书,一个趔趄,嘟嘟急扶,又被挡住。陈阿公继续,但终于疼痛难忍,嘟嘟上前搀扶时陈阿公没有推开。

[稍顷,陈阿公在嘟嘟搀扶下继续地书,人随笔走,笔走龙蛇,两人如在跳一段配合默契、舞姿奇美的双人舞。

[美妙的旋律仿佛从地心飘来,LED 屏上是飞泻千里的瀑布,峰奇峡险的山谷,咆哮奔腾的犀牛……

[陈阿公停下来,嘟嘟搀扶他坐到椅子上。

陈阿公　你为什么要帮我?

嘟　嘟　您为什么要赶我?

陈阿公　你不走了吗?

嘟　嘟　谁说我要走?

陈阿公　你跟阿公一样倔!

嘟　嘟　谢谢阿公为我所做的一切!

陈阿公　是我要谢谢你。(稍顷)嘟嘟,阿公快挺不住了!

嘟　嘟　阿公,您一定要挺住! 来这里的第一天,您就告诉我,想去见一个人。那人是女的吧? 你以前的女朋友?

陈阿公　嘿嘿，你倒是什么都懂。（慈爱）好吧，是我以前的女朋友。

嘟　嘟　她叫什么名字？长什么样？是不是很漂亮？

陈阿公　她叫兰心，是我以前的同学。她穿蓝裙，扎着蓝色丝巾的样子真的很好看。（不由自主地看了一眼嘟嘟）你会唱《教我如何不想她》吗？

嘟　嘟　（摇头）不会。

陈阿公　（苍老的男声低唱起来）

　　　　　　天上飘着些微云，

　　　　　　地上吹着些微风。

　　　　　　啊——

　　　　　　微风吹动了我头发，

　　　　　　教我如何不想她？

嘟　嘟　很好听啊。是她唱过的吗？她一定很漂亮吧。

陈阿公　非常漂亮。那年，我们都19岁。她穿蓝裙，系蓝丝巾，在学校大礼堂里唱歌，就像仙子一样。我远远地，坐在台下看她唱。那一瞬间，全世界，只有春风吹过。她就这样在台上，远远地，冲我笑着。我永远也忘不了。

嘟　嘟　那后来呢？你们后来为什么没有在一起？

陈阿公　（笑）你怎么知道我们后来没有在一起？

嘟　嘟　如果在一起，就会有个阿婆天天来陪你，你们就该有自己的孩子，而不是现在这样。（发现失言，赶紧打住）

陈阿公　是啊，我们要是在一起，一定会有自己的孩子。说不定还会有很多孩子。说不定，还会有一个像你这样的傻女儿。

嘟　嘟　那后来为什么没有在一起？

陈阿公　缘分吧。命中注定差了一点缘分。罗带同心结未成，江头潮已平。

嘟　嘟　没事。君心似我心，就已不负相思意了。

陈阿公　诶，嘟嘟，你蛮爱看书的？小孩子家，这些都知道。

嘟　嘟　我一个小护士，胡乱翻翻罢了。

陈阿公　那你以后有空多来给阿公念念书？这对我来说，比什么都强。对了，上次狄伦·托马斯的诗你没有读错，是阿公不好，故意在找你的茬。

嘟　嘟　我知道。我还知道，阿公为什么不肯用吗啡。

陈阿公　是的，我不要吊那孟婆汤。我不想见到我朋友时，什么都不记得。

嘟　嘟	嗯！
陈阿公	今天说了这么多话,感觉一口气喘过来了。谢谢嘟嘟！
嘟　嘟	那我就每天陪您说好多好多话。

〔高总、许老伯、吴老伯每人手里拿着那把洪护士自制的椭圆形小纸扇边在争执着什么边上。

嘟　嘟	高总,许老伯,吴老伯,你们是——
高　总	我们想一起去看看洪护士长,陈老师让我们每个人在洪护士长送给我们的扇子上写一段话。
许老伯	哼！你知道这个老吴头要写什么？"老天太不公,我要把老天爷捅个洞"！
吴老伯	哼什么哼！有什么不好？老天爷就是不公,小洪妹妹这么好的人,年轻轻就得了这个病。
许老伯	别忘了,我们是要去劝洪护士长,你这样,不是让她心里更不舒服吗？
吴老伯	我后面还有一句话,你怎么不说？"小洪妹妹别担心,即使真去了那边,有我吴老伯在,没人敢欺负你！"
高　总	老吴,不是我说你,去了那边,我看你也自顾不暇。

〔吴老伯似乎被捅到痛处,一脸沮丧,差点落泪。

吴老伯	你说得对。我这辈子的确窝囊。老婆老婆跟着我受了一辈子穷,儿子儿子也没沾到我什么光,还要去给人家当司机！我复员回来后的单位,那些老小子,要资历没资历,要人品没人品的,一个个都还混得比我好。儿孙也都跟着沾光。去年单位给老同志搞团拜,饭桌上,有个老小子得意洋洋地说,他离休后带儿子搞的公司,一年光利润就五千万。"哎,老吴,你儿子怎么样啦",他当着一桌人问我,"还在给人开车吗？要帮啥忙你说话啊。"当时恨不得找个地洞钻进去。我儿子一个月累死累活才挣五千。
嘟　嘟	那你问问他,他生病时,他那个赚五千万的儿子陪了他多少天吗？
吴老伯	所以我更觉得对不起儿子啊。为了给我看病,害他把房子都卖了。
高　总	老吴头,让你难过了,其实我不是这个意思。
陈阿公	生活中的磨难,生老病死,各种求不得,我们避免不了。这些都是生活中注定会发生的,我们不跟生活死磕这些。
许老伯	陈老师的话我要听。过去吧,我一直觉得贫贱夫妻百事哀,但现

在回过头看,心中也都只有欢喜。还记得我与老婆的粉丝汤店开出来的第一天,晚上收摊后,我老婆"哗啦"一声把钱倒在桌上,叫我过去一起数。我才不数呢。我说我要抽烟,没空,让她自己数。我那傻老婆,就在那里美滋滋地数着,一块、一块、一毛、一毛地数着。数了一遍又一遍。我们的粉丝汤那时卖两块钱一碗。第一天,我们卖出去了16碗。

嘟　嘟　一共有32块钱? 还不错。

许老伯　那时,家里只有一个15支光的灯泡,我蹲在门口抽烟,我老婆反反复复数了之后,抬头问我,猜挣了多少钱? 她忙了一天,脸上都是油,灯光照在她额头,亮亮的。我知道一共卖出去了16碗,每一碗我都数着的,但我还是跟她说不知道。

嘟　嘟　哈哈。

许老伯　她甜甜地对我说,"有32块钱嗳,阿宝",完全像个小姑娘一样。那时候,我们就是这样地过日子。

陈阿公　真好。

许老伯　是啊! 我昨晚又做了个梦。梦见回家了,梦见了我家的天井,用来开粉丝汤店的天井。

　　　　〔LED屏上,出现许老伯家天井,天井里一个大灶台,里面烧着红红的火。天还乌黑乌黑的,天上闪着无数的星星。许老伯坐在灶头前生火。

许老伯　哎,老太婆,火点着了。你过来烤烤火,我来洗菜。

　　　　〔许妻画外音:你洗不干净,不要你洗。

许老伯　你手上都是冻疮。

　　　　〔许妻画外音:马上就好了。

许老伯　那你快过来啊。

　　　　〔许妻画外音:嗳。

　　　　〔许老伯抬头,看到了满天的繁星。

许老伯　今天估计是个好天气,天上的星星又多又亮。你快来看。一会儿天亮就看不见了。

　　　　〔没有任何回音。

许老伯　老太婆?

　　　　〔继续没有任何回音。

许老伯　老太婆? 老太婆?!(转回现实)我要回家。我要回家给她打打下手。我要回家! 所以,我给洪护士留的话是:你要好好活着。

等你好了，我带你去我家吃粉丝汤。

陈阿公　是啊！谁也避免不了生老病死，但你可以保留你最在乎的。比如真情，比如尊严。那样，就算到了死亡的这一天，也要让生活为我们脱帽行礼。

嘟　嘟　就是说，我们要学会和生活讲和？

陈阿公　对。跟生活讲和！

嘟　嘟　高总，你给洪护士长写了什么？

吴老伯　他不肯告诉我们，他说他要亲口跟洪护士长说。

高　总　我说的你们听不懂！

许老伯　听不懂，那一定是鬼话！你一个有钱人，能说出什么好话来。

高　总　你——（欲发火，又克制住）我过去是很脏，但到了这里，我被洪护士长慢慢洗干净了。我的确有许多话要与她说。这两天，夜里睡不着，老是梦见小时候的弄堂，和我弄堂里的那个兄弟。我们一起爬上晒台看轮船、一起在弄堂口摆烟摊。我们弄堂对面有家澡堂，每天都从澡堂的老虎窗里冒出蒸汽来。一边是澡堂里的蒸汽，一边是远处黄浦江上轮船吐出的烟。那些烟，那些蒸汽，现在都在我眼前晃动着。

〔LED屏亮，上面呈现出了一片昏黄的黄浦江面的江景。远处传来汽笛的悲鸣。

高　总　他家境比我家还不如。从小没少吃我家的饭。那时候，难得吃肉，每次家里一做红烧肉，我妈就一定要我把他也叫来。我心里其实不大愿意的。肉本来就不多，自己吃都不够。我怕我妈，所以每次还是去叫了。不过上桌子后总是抢先把一大半倒在自己碗里，剩下的再给他。他还特别感谢我。现在想想，要是回得去，我真愿意都给他。他后来生意做得不好，他去重复质押，借高利贷，借了很多钱，只能把香港的房子卖了还债！

〔轮船汽笛声再次悲鸣。一阵云烟飘过。

嘟　嘟　高总你也别太难过了，这个跟你也无关啊。

高　总　无关？哈哈！1997年亚洲金融风暴前，我的期货眼看要爆仓，而我所有的股票和房产都被套。但我知道不用多久，国内的房市和股市一定会起来，我不愿割肉，就悄悄找到第三方，把我的楼吹得天花乱坠，高价卖给我兄弟。我兄弟，他还跑来问我意见。我就跟他说，从这房子里能看到维港，灵的。他从小到大，一直都听我的。他二话不说，两千万，一分钱都没还价，就买了下来。

我用这笔钱悄悄躲过了一劫。后来,他急着还债时,这楼只卖了五百万。对,我是没让他后来去借高利贷。他自己做不好生意,这不能怪我!商场,本来就是你死我活!但是,他去世前,我最后一次去见他时,他断断续续地告诉我说,这一生,受我照顾良多,说其实从一开始就知道,香港那楼的上家是我。他还说,"我很高兴买下那楼,阿哥"。(停顿)我他妈算什么男人啊!(大哭)我带着一身的病,来到舒缓病房。我那样臭不可闻的一个男人,是被护士长洗干净的。她从没嫌弃过我。她治好了我。现在我只想做一个干干净净的人!

〔汽笛声悲鸣。响起《叫我如何不想她》的那句旋律。

高　总　我马上就找我律师,会把当年的事了结的。我要让我的兄弟原谅我!

嘟　嘟　(感动)高总,谢谢你跟我们说了这些!我发现你们一个个都很会安慰别人,比我们护士做得还好。只是,洪姐在静养,现在还不太方便,过两天好吗?

陈阿公　知道。所以,我们把要说的话都写在扇子上了,麻烦你把扇子带给小洪,告诉她,我们都惦记着她!

嘟　嘟　(使劲点头)嗯!

高　总　嘟嘟护士,你带我们一起去,我们就等在门口,哪怕在门缝里看一眼也可以,好吗?你看看,为了看洪护士,老吴和老许,还有我,都请志愿者小鱼儿帮忙新理了发。

嘟　嘟　(又一次感动)真的!吴老伯、许老伯,还有高总,理了发,看上去好精神。

〔吴老伯、许老伯腼腆地笑了。

〔嘟嘟转身抹泪。

高　总　嘟嘟护士,你怎么哭了?

嘟　嘟　我代洪姐先谢谢你们!(深深一躬)

2

〔洪姐病房内外。

〔洪姐半躺半坐在床上,睡着了。

〔老人们上,止步于门外。嘟嘟上,手里拿着一花瓶绿色抽穗的稻谷,和老人们写好字的扇子,进门。

〔洪姐醒来,见嘟嘟,想坐起来。

嘟　嘟　（忙扶洪姐半躺下）洪姐，对面的秧苗长成了稻穗，我又去偷偷摘了些来。

洪　姐　活着，哪怕是一棵秧苗，也是这么好。谢谢你，嘟嘟，你总是想给我希望。

嘟　嘟　洪姐，你看看，我给你带来了什么。（取出一把小纸扇）洪姐，这是许老伯给你的！

洪　姐　（兴奋地）是我给他们做的扇子。

嘟　嘟　上面还有许老伯给你写的字！

［注：以下场面是现实时空与心理时空的交织。

［门外，许老伯站到定位光下。

许老伯　洪护士长，我是个粗人，不会写东西。今天我也写几个字给你。你别难过！我还是那句话，医生的话你要是都信，那就别活了！

［洪姐：谢谢许老伯。

许老伯　记得入院第一天，你来给我喂饭，我胃难过，一个禁不住，竟将饭菜喷了你一头一脸。我狠狠地给了自己一巴掌。没想到，你不仅不怨我，还抱着我的肩哭了。你说，对不起，许老伯，是我没喂好，下次我一定会注意。洪护士，你的好是真正的好，比亲生女儿还好啊！

［洪姐：许老伯！是您说得好啊！

许老伯　所以，洪护士长，你要好好活着，过两天，我带你去我家看看天井。

［许老伯隐去。

嘟　嘟　（又取出一把小纸扇）洪姐，这是吴老伯给你的！

［门外，吴老伯站到定位光下。

吴老伯　小洪姑娘，我曾经是一个军人，但在死神面前，我差点成了逃兵。是你们给了我力量，使我有了抗争下去的勇气。你对我们所有人的好，我们都记着。不说别的，我脚上长了几个恶疮，你特地帮我在网上买了一双舒适的拖鞋。每天穿着，我就有了活下去的力量！今天，我要把这种力量传递给你！

［洪姐：谢谢吴老伯。

［吴老伯隐去。

嘟　嘟　（又取出一把小纸扇）洪姐，这是高总给你的！

［门外，高总站到定位光下。

高　总　洪护士长，你要挺住！需要什么你尽管说！对了，小东从小到大的学费我包了。我会让嘟嘟护士来帮我办手续。

[洪姐:谢谢你高总！真的不用,我有钱的。只是我病倒了,确实对不起小东,也对不起大家,让你们为我操心了。

[高总隐去。

嘟　嘟　（又取出一把小纸扇）洪姐,这是陈阿公给你的!

[门外,陈阿公站到定位光下。

陈阿公　小洪,我是你陈阿公!阿公没有什么东西带给你,把一首年轻人写的诗转送给你,请你收下。

（念）　当我注视着一朵稻花出神的时候

我还是个孩子

当我顺着花萼小心地攀援的时候

我正年轻

当我和这朵稻花一起绽放的时候

我正在路上

……

[洪姐:谢谢你,陈阿公!

[陈阿公隐去。

洪　姐　这首诗写得真好,今天我才懂得它的意义!

嘟　嘟　洪姐。

洪　姐　嘟嘟,我还有些东西要给你。

嘟　嘟　什么?

洪　姐　（掏出一本笔记本、一包糖果与一双红袜子）这本笔记本上记的,是我这几年在舒缓病房工作的心得,嘟嘟有空时可以看看。这包花生糖,是给许老伯的,他喜欢吃糖,但不能多吃,每天给他一颗,以后就拜托你了。这双红袜子是给吴老伯的,再过十天是他的生日,过了生日,就是本命年了!你代我给他穿上。

嘟　嘟　你放心吧。都什么时候了,还是只想到别人。

洪　姐　（拿出织好的围巾）好看吗?

嘟　嘟　织好了啊,真好看!小东围上一定超萌。

洪　姐　我生了孩子,却没法养他;我为人女儿,却无法给我妈送终。我——

嘟　嘟　（打断）这不是你的错。还有我。

洪　姐　（递围巾）一会儿小东来,我想你给他围上这条围巾。

嘟　嘟　洪姐!

洪　姐	小东很喜欢嘟嘟阿姨——
嘟　嘟	（含泪）不是，是嘟嘟妈妈，洪姐。
洪　姐	嘟嘟！
嘟　嘟	你放心。我会照顾好小东，照顾好妈妈的。

　　〔小东上。

嘟　嘟	东东，看，妈妈把围巾织好了，我们围上看看？

　　〔小东欣然配合。

洪　姐	东东，妈妈跟你说件事。
小　东	什么事，妈妈？
洪　姐	妈妈生病了，要去一个很远的地方，我们，我们要过很久再见。妈妈，妈妈托了嘟嘟阿姨以后来照顾你。
小　东	（哭）妈妈！
洪　姐	好孩子，不哭。叫嘟嘟妈妈。
嘟　嘟	洪姐！
洪　姐	小东快叫啊。
小　东	（对嘟嘟）嘟嘟妈妈。
嘟　嘟	（抱过小东）嗳。（含泪）洪姐放心。你安心养病，会好起来的！
洪　姐	嘟嘟，谢谢你！……小东，你去外面玩吧，妈妈与嘟嘟妈妈还有话要说。
小　东	（懂事地）妈妈再见！嘟嘟妈妈再见！（下）
洪　姐	嘟嘟，再过十九天，就是小东的生日，我等不到那一天了，我录了一段视频，到时候请你帮我放给他看。

　　〔LED屏上，洪护士披着美丽的红色披肩，一头乌发如瀑布般披散了下来，看上去虚弱，但快乐。

　　〔LED屏上的洪护士：嗨，小东，生日快乐！今天是你6岁生日，祝贺我最最亲爱的儿子长大！我猜，你一定会想妈妈，有时还是会想哭。妈妈都知道。其实，妈妈没有走远，妈妈一直在天上看着你。妈妈会化成一阵清风，在你需要的时候围着你；妈妈会化作一片树叶，在你想我的时候飞到你的脚边；妈妈还会化作天上最亮的那颗星星，在每一个小东想妈妈的夜晚，为你赶走所有的黑暗。

　　〔突然，小东撕心裂肺地哭喊一声："妈妈！"

　　〔苏院长、陈阿公、吴老伯、许老伯、高总、老张等上。

　　〔一片悲泣声中，小东深情地唱起"离离原上草，一岁一枯荣"，所有人跟着哼唱起来。

〔响起洪护士温柔的声音：我好想回家，好想陪在小东身边。我其实没有你想的那么坚强……活着，真是太美好了。嘟嘟，小东，你们都要好好的啊！

〔响起洪姐的另一个声音：欢迎来到舒缓病房。我是你的护士，我姓洪。我是来帮你的，你有什么需求，都可以告诉我。

陈阿公　（老泪纵横）洪儿，好孩子！你放心走吧。

〔LED屏上玫瑰花中出现了一页信笺，信笺上是陈阿公洒脱俊逸的书法。

〔陈阿公旁白：洪儿卿卿，见字如晤。老夫一生坎坷，身世飘零。外无期功强近之亲，内无嘘寒问暖之人。此生如鱼饮水，冷暖人情尝尽。不意入舒缓病房，得遇洪儿、嘟嘟二姝。朽木之身，承洪儿之手得以萌蘖；已死之心，蒙嘟嘟之意倍感慰藉。怎奈上天不仁，令洪儿先老夫而去。哀之恸之，歌之挽之。洪儿一生虽短，然与日月同曜。吾儿在天幻为星辰，在地化为河岳，他日亦当再复为人。碧海青天，终将与洪儿再度相见……

〔舞台所有LED屏都打开，漫天的红玫瑰飞舞。响起《向死而生》的管弦乐。

第四场

1

〔嘟嘟旁白：洪姐的离去，很长时间，都让人无法接受。她还那样年轻，走得又是那样匆忙。我总觉得一回头，还能在哪里撞见她。有时想着想着，就会掉下泪来。那些日子，天黑得好快。除了许老伯，病房里的老人们，身体都一天不如一天，陈阿公也卧床好些天了。

〔病房灯亮。陈阿公躺坐在病床上。嘟嘟在一边念书。

嘟　嘟　（念）　马车经过学校，恰逢课间休息
　　　　　　　　孩子们在操场上绕着圈疯跑

马车经过稻田,田里的稻子都睁眼凝望着我们

马车经过傍晚的夕阳

或者说,是夕阳打从我们身边经过

(哽咽)

陈阿公　怎么了,孩子?

嘟　嘟　没什么,阿公。我想到了洪姐。

陈阿公　(若有所思)据说在南美那里,有个叫迪萨那的部落,他们相信一个生命的诞生就是因为另一个生命终结了的缘故。

嘟　嘟　有生就有死,有死方有生,我懂。但洪姐太年轻了,小东还那么小。

陈阿公　天行有常,我们改变不了生老病死。我们不去跟生活死磕这些。护士长比谁都清楚这一点。

嘟　嘟　跟生活讲和?可小东怎么办?

陈阿公　去爱他,嘟嘟。我们只有把自己看成所有生命的一部分,生命才能永生。只有这样,才不会畏惧死亡。(停顿)你的诗还没念完呢。

〔嘟嘟擦干眼泪,低头接着念。

嘟　嘟　(念)　从那时起,纵然是千百年的时光

也都比不上这一天漫长

我终于明白

马车,在驶向永恒

陈阿公　所以,死亡不是毁灭,在狄金森这里,是另一种永恒。兰心很喜欢这位诗人的诗。

嘟　嘟　阿公,我陪您去见兰心婆婆好不好?

陈阿公　不急,会见到的。

嘟　嘟　可你现在已经——是这样想她。

陈阿公　哈哈!

嘟　嘟　你们为什么没在一起?上次你没有说。

陈阿公　嘟嘟,你那个兄弟是你的男朋友吗?

嘟　嘟　兰心婆婆后来有了自己的家庭,对不对?

陈阿公　你爱他吗?

嘟　嘟　兰心婆婆是阿公这一生最爱的人,是不是?

陈阿公　你跟你兰心婆婆长得真像。

嘟　嘟　(恍然大悟)所以你刚进来时,就因为这个不想见我?

陈阿公	我不想兰心见到那样的我。不过现在可以了。谢谢嘟嘟的护理。
嘟 嘟	哈哈。(停顿)阿公真的很爱兰心婆婆。
陈阿公	说说你那个兄弟,你的男朋友吧!
嘟 嘟	我是个小护士。人家看不上眼。
陈阿公	谁看不上你?
嘟 嘟	(扭捏)也不是啦,人家不知道我喜欢他。
陈阿公	(微笑)我就知道嘟嘟眼光很好。那男孩一定很出色。
嘟 嘟	他是我初中同学,是学霸。我考个大专都是勉强考上的,但人家念的是最好的大学。人家不会喜欢我的。
陈阿公	你没试过怎么知道?
嘟 嘟	我又不是什么白富美。
陈阿公	他要是真喜欢白富美,那嘟嘟早点不要他也罢。这次我们嘟嘟就主动点?俗话说,男追女,隔座山;女追男,隔层纱。
嘟 嘟	为什么要我主动?我不干。
陈阿公	哈哈。傻孩子,阿公想看到我们嘟嘟幸福。你要替我有更幸福的人生。答应我?
嘟 嘟	阿公,你还没有回答我,你当时为什么会和兰心婆婆分手?
陈阿公	我从没想过跟兰心分手。那时,在我被关了两个月后,终于有一天可以见亲友了。是兰心。她瘦了好多。我见到她,强作笑颜,问她怎么来了。她什么也不说,在长桌那头,冲我笑。谁知刚一笑,眼泪就下来了。
嘟 嘟	她很担心你吧。
陈阿公	不管我问她什么,她都不回答,就坐在长桌那头,不住地掉眼泪。我说,兰心你不哭。不哭。她就在那头,那样看着我。探视结束时,兰心突然冲过来,紧紧抱住我,吻我。脸上都是泪。我的手被铐着,她就那样紧紧抱住我。她那样瘦的一个人,不知哪里来的力气。他们后来上来好几个人,才掰开她的手,把她拖出去。她拼命回头,没有发出任何声音,满脸是泪地回头,无助地看着我。她眼中的哀伤,我一生都忘不了。(停顿)无数次午夜梦回,我都看见兰心的眼睛。
嘟 嘟	她很爱你。
陈阿公	直到我出狱后,才知道她为了搭救我,把自己交易了出去。她躲了起来,不想再见我。我就这样去了甘肃。

嘟　嘟	那后来呢？你们再一次相逢是什么时候？
陈阿公	十四年后。兰心已经是三个孩子的妈妈了。

[嘟嘟沉默。想转移话题。

嘟　嘟	阿公，您前天晚上到现在就没有起来过，我扶您起来走两步可好？
陈阿公	不了，嘟嘟。阿公好困，想睡一会儿。

[病房区灯光渐暗，复明时，一个年轻的女孩穿着蓝裙，系着浅蓝色丝巾飘然而上。忽然，LED屏上出现四个、六个、八个一样穿着蓝裙、系着浅蓝色丝巾的女孩，翩翩起舞，轻盈如风。陈阿公想撑着坐起身来，但最终还是没坐起来。

陈阿公	（低沉）兰心！

[女孩没有说任何话，只是轻轻地走到陈阿公床边。

陈阿公	（眼睛看着女孩）兰心！

[女孩依旧没有说话，

[《教我如何不想她》旋律响起。

陈阿公	兰心、兰心在两年前已经去世了。（停顿）谢谢你，嘟嘟！
嘟　嘟	阿公！

2

[梧桐树下，嘟嘟蜷腿赤脚靠坐在树下的长椅上。

嘟　嘟	阿公，我好想你，好想病房里的阿公阿婆们，也想我外婆。有一件事情，我一直都没有告诉你。我的那个兄弟，他不会再来找我了。那天，我听您的话，跟他很认真地表白了。他说他也喜欢我。但他要我辞职。他说，他的公司马上就要上市，我不需要再工作了。或者就算想工作，也可以去他公司里做事。他还说，他不喜欢我整天"摸死人"。他不知道自己这样说让我有多伤心。我就跟他说，有一天，他也会成死人的，那他希望别人怎么来对他？他很生气。我也很生气。我要他道歉，他没有理我。我最后看了他一会儿，什么也没说，拎上包就走了。他没有追上来，也没有再给我打电话……阿公，我好想你啊！

[黄阿婆画外音：嘟嘟，阿婆还有一种丝巾的系法没来得及教你。丝巾还可以系在手腕上，没事的时候用来赏心悦目，而一旦累了，我们就用它来擦汗；一旦伤心了，我们还可以用它来擦眼泪。

[吴老伯画外音：谢谢你，护士妹妹。让我在人生的最后一站度

过了一段美好的时光。希望小妹妹嘟嘟你能开心,这比什么都重要。

［高总画外音:嘟嘟,这笔基金,是留给小东的。我的律师会来找你谈。又回到在弄堂口卖香烟的日子了,真好。从老虎窗里,看得见澡堂冒出来的蒸汽,你也还在我身边。我们又可以见面了。

［洪姐画外音:嘟嘟,谢谢你为我、为小东所做的一切。你要照顾好自己。

［陈阿公画外音:嘟嘟,作为一粒稻谷,我已经老去,因为我重新变成了一粒稻种。作为一粒稻种,我将再一次诞生……

［从舞台各个角落,陆续上来许多老人,间杂有若干青壮年。大家都走向嘟嘟的长椅,或站、或坐地分散在长椅四周的草地上。

［LED屏上出现滚动字幕。

［字幕:黄阿婆,入院日期,2016 年 9 月 3 日;2016 年 12 月 2 日去世。

［一个红色的气球升起。

［字幕:高总,入院日期,2016 年 11 月 19 日,2017 年 1 月 8 日去世。

［一个黄色的气球升起。

［字幕:吴老伯,入院日期,2016 年 11 月 24 日,2017 年 2 月 9 日去世。

［一个紫色的气球升起。

［字幕:许老伯,入院日期,2016 年 11 月 27 日,2017 年 6 月 30 日出院。

［一个蓝色的气球升起。

［字幕:陈阿公,入院日期,2016 年 12 月 3 日,2017 年 2 月 4 日去世。

［一个青色的气球升起。

［字幕:洪护士,入院日期,2016 年 12 月 29 日,2017 年 1 月 20 日去世。

［一个橙色的气球升起。

……

嘟　嘟　如果你心中也想起了某个你深爱着的,在天堂里的亲友的话,请在心中为他放飞一个气球,让气球替我们说:我很想你。你还好吗?

〔LED屏上，越来越多的红气球升起，漫天飞舞。

〔LED屏上，重新出现舒缓医院，出现医院窗户。窗前，嘟嘟在桌上低头写着什么，影影绰绰。

〔嘟嘟旁白：如果时间可以停留，你最希望它停在哪一天？我想，每个人心中都有自己最爱的日子。不过，我还知道，时间终将停留在我们生命的最后一天。（钟摆声渐强，突然戛然而止）洪姐和病房里老人们的故事，就讲到这里了。不管怎样，老人们用生命教会了我们向死而生的道理，那么，就让我们把每一个原本普普通通的日子，都过得闪闪发光吧。

〔LED屏上，美丽的花海，翻腾的雪浪，绚丽的云雨，壮观的雁群……

〔响起《向死而生》的歌声。

〔光渐渐收。

〔幕落。

〔剧终。

徐俊简介

　　国家一级导演、文旅部优秀专家，中国戏剧家协会会员、中国戏剧家协会民间职业剧团工作委员会委员、上海市文学艺术界联合会委员、上海市演出行业协会副会长、上海市戏剧家协会会员。上海徐俊戏剧艺术中心、上海徐俊文化艺术有限公司艺术总监。

　　导演代表作品：原创音乐剧《白蛇惊变》、《犹太人在上海》；话剧《漫长的告白》《永远的尹雪艳》《大商海》《他和他的一儿一女》；越剧《玉卿嫂》、越剧电影《玉卿嫂》（获第29届金鸡奖最佳戏曲片提名奖）、《第一次的亲密接触》。

　　著有《说绍兴话的玉卿嫂》（上海音乐出版社）、《说上海话的尹雪艳》（文汇出版社）。

梁芒简介

　　诗人、著名词作家，音乐剧台词总监，知名音乐制作人。

　　音乐剧代表作品：《犹太人在上海》《酒干倘卖无》《妈妈再爱我一次》《啊！鼓岭》《天龙八部》《森林魔咒》等。

　　流行音乐代表作：《一眼千年》《春暖花开》《拯救》等；电影《集结号》《唐山大地震》主题曲等。

音乐剧
The Original Musical

白蛇惊变
THE LOVE OF THE WHITE SNAKE

编剧　徐　俊
Playwright　Xu Jun

作词　梁　芒
Lyrist　Liang Mang

人　物
CHARACTERS

白素贞
BAI SUZHEN(Lady White Snake)

许　仙
XU XIAN

法　海
FA HAI

小　青
XIAO QING

小沙弥
LITTLE BUDDHIST NOVICE

船　夫
BOATMAN

众神将
NUMEROUS HEVEANLY KINGS

众水族
NUMEROUS AQUATIC ANIMALS

第一场
ACT ONE

〔端阳。

(*Dragon Boat Festival.*)

〔金山寺。

(*Jin Shan Temple.*)

〔乌云密布,时而喷射烈日,群山环绕,闷热潮湿,黑鹰盘旋,环境阴郁。

(*Dark clouds, sometimes strong sunshine. Surrounded by hills, it is sultry and damp. Black hawks are wheeling and it is gloomy.*)

〔十个廊柱移动,许仙穿梭其中。

(*Ten pillars are moving, Xu Xian is seeking for the path among them.*)

〔平台转动,廊柱造型变化,象征不同空间转化。

(*The Platform turns and the pillars change. It symbolizes the changing of different spaces.*)

〔陡峭阶梯。

(*Steep steps.*)

〔许仙向着高处无尽的台阶走去。

(*Xu Xian is moving restlessly toward the endless steps to the height.*)

〔许仙走到金山寺山门前。

(*Xu Xian walks to the gate of Jin Shan Temple.*)

〔三重殿门依次徐徐开启,发出重重地声响,回荡在山谷间。

(*Three gates of the Temple are slowly opened in proper order. The sound of the opening gate reverberates in the valleys.*)

［许仙战战兢兢地走进山门殿，穿过天王殿，来到大雄宝殿。

(*Xu Xian walks with fear and trepidation into the Hall of Mountain Gate, through the Heavenly King Hall, then comes to the Grand Hall.*)

［大雄宝殿内。

(*Inside the Grand Hall.*)

［法海在平台上，平台推移。

(*Fa Hai is sitting on the moving platform.*)

法　海　许仙。

FA HAI　Xu Xian.

许　仙　法海老禅师。

XU XIAN　Zen master FA HAI.

［小沙弥上。

(*Little Buddhist novice enters.*)

［小沙弥端一坛酒，放在许仙面前。

(*Little Buddhist novice carries a jar of wine and then puts it in front of Xu Xian.*)

小沙弥　许官人，请。

LITTLE BUDDHIST NOVICE　Sir, Please.

［日光洒在酒坛上。

(*The sun shines on the jar of wine.*)

［许仙凝视酒坛。

(*Xu Xian stares at the jar of wine.*)

［黑鹰掠过，嘶叫声。

(*The black hawk flies by and yells.*)

［许仙惊恐。

(*Xu Xian is frightened.*)

法　海　江南佛地威灵显，岂容妖魔混其间。

FA HAI　The south of the Yangtze River lies in the holy Buddha's land. How could demons sneak into that place?

［许仙吃惊。

(*Xu Xian is astonished.*)

［法海下。

(*Fa Hai exits.*)

［许仙弯下身子,捧起酒坛,神情凝重。

(*Xu Xian bends down and carries the jar of wine*, *in a heavy mood.*)

［转场。

(*Transition.*)

第二场
ACT TWO

［西湖。

(*West lake.*)

［日光刺射湖面,雾气升腾。

(*The sun shines on the lake. The mist rises.*)

［赛龙舟的鼓声、吆喝声、欢呼声由远而近。

(*The sound of beating drums and shouting in the Dragon Boat racing can be heard from the distance.*)

［声音越来越响,越来越激烈。

(*The sound becomes louder and louder.*)

［湖面渐渐显现出紧张有力的划桨舞蹈场面。

(*The scene of the tense and forceful paddling and dancing appears on the lake.*)

［划桨队形交叉、穿梭、分合,斗志昂扬,充满力量。

(*The formation is paddling across*, *apart*, *but full of strength.*)

合　唱
CHORUS

《龙舟》
Dragon boat

天上翻滚的龙破云水中的龙压浪

The dragons in the air break the clouds while the dragons

in the water still the waves.

鼓急如箭雨龙气荡人声沸爆竹响

The piercing sound of beating drums is like the spirit of dragons.

People are shouting; firecrackers exploding loudly.

前舟急驰后舟追

The front boat is speeding; the rear one chasing.

桨变双翅似鸟飞

The oars seem like two wings, flying like birds.

熊腰虎背划头位

Those rowers in the front are tough and sturdy.

高诵祭文催人振奋旗开得胜

The sound of prayers inspires excitement about victory.

太平盛世祈求风调雨顺

A prayer for peace, prosperity and good weather.

大摆宴席共庆欢乐时辰

Spread a feast to celebrate the happy moment.

达官贵人村民百姓书生

High officials and noble lords as well as common people

一醉方休　敬伟人

All are intoxicated, toasting to the great one

铿锵不绝的鼓声

The sound of beating drums is rhythmic and forceful.

［鼓手击鼓。

(Drums solo.)

龙头高昂猛力前闯龙尾劈开波浪

The head of dragon boat is racing forward while the rear breaks the waves.

烈日暴晒着黑肩膀节奏急促高唱

The burning sun shines on their black shoulders and their

shouting is rhythmic and pressing.

锣鼓威武震天响

The sound of beating drums is deafening.

咚锵锵咚锵咚锵

Rat-a-rat. Rat-a-rat.

龙身耀眼水中亮

The body of the dragon boat is shining in the water.

一道闪光锋芒毕露势在必得

Like a flash, it makes a display of its abilities and advances victoriously.

百龙斗艳水中打仗赛满力量胆量

Those boats that compete in the water need strength and guts.

抢在最前头才最强

Who races to very front is the strongest.

[舞蹈造型。

(*Dance ending pose.*)

[转场。

(*Transition.*)

[纵深处，一艘小船缓缓驶出，许仙站在船头，船夫随后。

(*From behind, a small boat appears slowly. Xu Xian stands on the stem. The boatman stands behind him.*)

[小船驶入龙舟场面。

(*The small boat sails into the scene of the dragon boat racing.*)

[龙舟气氛热闹，许仙则忧心忡忡，对比强烈。

(*The atmosphere of the dragon boat racing is heated, and Xu Xian is worried.*)

许仙唱

XU XIAN

《怒潮》

Surging waves

船与浪争

The boats compete with waves.

心被波浪吞

Hearts are swallowed by the waves,

淹没在激烈的鼓阵

Submerged in the fierce sound of beating drums.

头顶雷声滚滚

The long roll of thunder is above our heads.

胸口暴雨纷纷

The heavy rain falls down upon our chest

好似千万颗钢针

Like thousands of iron needles,

扎进灵魂

Pricking into the soul.

[龙舟渐渐退下。

(*Dragon boats are exiting gradually.*)

血在澎湃

My blood boils.

烧得我难耐

I can't bear the burning.

酒坛里不见妖和怪

The demons cannot be seen in the jar of wine.

我却有些等待

But I have to wait.

隐隐中的期待

My faint expectation,

那个不息的冲动

And my ceaseless impulse,

一往无前　海枯石烂

Go ahead bloody, even if the seas go dry and rocks crumble.

想一次就痛

As I think of the solemn pledge of love, I am pained.

越痛越想碰

The more pain I feel, the more I want to touch.

头破也撞钟

Even if my head is broken, I will still strike the bell with my head.

许　仙　船家，拿酒来，我要喝酒。

XU XIAN　Bring me the wine, boatman. I want to drink.

　　　　　［船夫茫然，端起酒坛。

　　　　　(*The boatman is at a loss and lifts up the jar.*)

　　　　　［许仙抓起酒坛，好像要在里面发现兽的原形。

　　　　　(*Xu Xian takes the jar as if he has found the demon in it.*)

　　　　　［画外音。

　　　　　(*Off-screen voice.*)

法　海　江南佛地威灵显，岂容妖魔混其间。

FA HAI　The south of the Yangtze River lies in the holy Buddha's land.
　　　　　How could demons sneak into this place?

　　　　　［许仙犹如失魂。

　　　　　(*Xu Xian seems to lose his mind.*)

许仙唱

XU XIAN

就任它熊熊　熊熊燃烧　燃烧

Let it burn fiercely and violently.

就让它变成穿心的毒药

Let it become an acute poison.

撕心裂肺心痛如刀绞

Torn with grief and anger, my heart feels like being cut by a knife.

让那受伤野兽去咆哮

Let that injured beast roar

把一切摧毁撕咬

Eat away at everything.

　　　　　［许仙狂饮。

　　　　　(*Xu Xian drinks wildly.*)

　　　　　［激烈的鼓声。

　　　　　(*The fierce sound of beating drums.*)

　　　　　［许仙突然像一头兽，一头忧伤愤怒的兽，发泄身体里最底层的
　　　　　呐喊。

(Suddenly Xu Xian shouts from the bottom of his heart like a sad and angry beast.)

〔许仙冲撞、翻滚。

(Xu Xian rushes, twists.)

〔船猛烈摇晃,船夫慌急。

(The boat sways violently and the boatman is worried.)

船　夫　许官人,你怎么了?

BOATMAN　Sir,what's the matter with you?

　　　　　〔许仙像蛇一般蠕动,气喘不停。

　　　　　(Xu Xian moves like a snake, gasping for breath.)

许　仙　我一直觉得自己生命中有一条时隐时现的蛇。

XU XIAN　I am always thinking that there is a hidden snake slithering in my life.

船　夫　许官人,你在说些什么? 什么蛇?

BOATMAN　Sir, what are you talking about? What snake?

许仙唱

XU XIAN

我要吞下那把刀

I will swallow that knife.

我要掀起狂怒潮

I will set off waves of rage.

我要砍断那座桥

I will chop off that bridge.

是人还是妖

Is it a human being or demon?

　　　　　〔隐隐雷声,细雨。

　　　　　(Faint thunder and the drizzle of rain.)

　　　　　〔许仙筋疲力尽,喃喃自语,进入回忆。

　　　　　(Xu Xian is exhausted and murmurs to himself. He is driven back to memories.)

许　仙　十世修来同船渡,百世修得共枕眠。

XU XIAN   They say it takes a hundred years to be faithful friends and a
　　　　　thousand years to be Darby and Joan.

〔转场。

（*Transition.*）

〔闪回。

（*Flashback.*）

第三场
ACT THREE

〔三年前的二月西湖。

（*The West Lake in Feb. three years ago.*）

〔蒙蒙细雨。

（*Drizzle.*）

〔平台转动。

（*The Platform turns.*）

白素贞　十世修来同船渡，百世修得共枕眠。

BAI SUZHEN   They say it takes a hundred years to be faithful friends and a
　　　　　thousand years to be Darby and Joan.

〔白素贞与小青由纵深处转至舞台中央，三人形成造型。

（*Bai Suzhen and Xiao Qing stand on the platform. With the
platform turning, they stop by the middle of the stage from
the back area. The three characters form a pose.*）

许　仙　娘子，娘子。

XU XIAN   My darling, my darling.

〔岸上柳树下。

（*Under the weeping willow trees on the banks.*）

小　青　姐姐，雨。

XIAO QING   Sister，the rain.

〔白素贞与小青赏雨。

(Bai Suzhen and Xiao Qing enjoy the rain.)

白素贞　真好!

BAI SUZHEN　Wonderful feelings!

〔雨声,许仙执伞。

(The rumble of the rain. Xu Xian holds an umbrella.)

许　仙　二位娘子,如此大雨,柳下焉能避得?

XU XIAN　Two Ladies, How can you avoid such heavy rain under the weeping willows?

小　青　我们主婢二人在湖边游逛,不想遇此大雨。

XIAO QING　My young lady and I are strolling along the lake, but unexpectedly we met with the heavy rain.

许　仙　使我这把雨伞吧。

XU XIAN　You can use my umbrella.

小　青　那官人您呢?

XIAO QING　But what about you, sir?

许　仙　我么……我是无妨的呀。

XU XIAN　Me? It doesn't matter to me.

小　青　这如何使得?

XIAO QING　It's not appropriate, I think.

许　仙　雨越下越大来,二位娘子不要推辞,待我送上伞来。

XU XIAN　It's raining more and more heavily. You two please don't refuse me. Let me offer you the umbrella.

〔小青接伞。

(Xiao Qing takes the umbrella.)

小　青　谢谢官人。

XIAO QING　Thank you sir.

〔白素贞转身。

(Bai Suzhen turns back.)

〔白素贞、许仙对视。

(Bai Suzhen and Xu Xian look at each other.)

白素贞、许仙重唱

BAI SUZHEN, XU XIAN Duet

《断缘相连》
Broken fate linked together

（白）（BAI）

梦里隐约那双眼

In my faint dreams, his eyes

它清晰可见

Are clearly discernible.

雨点敲击油纸伞

Raindrops fall on the paper umbrella,

把我心敲乱

Driving me to distraction.

湖面薄烟如相思恋

The faint mist on the lake like lovesickness

似断又非断

Seems broken and not broken.

有种缘想要触犯

There is a fate which I want to violate.

不想再由天

I don't want to put myself in the hands of God.

（许）（XU）

梦里常见那张脸

In my dream, that face is often seen.

她楚楚可怜

She is delicate and charming.

在耳畔整夜呼唤

In my ears she calls all night

一遍又一遍

Again and again.

无数瞬间我的指尖

In the twinkling of an eye, with my finger

忍不住试探

I can't bear to touch.

那颗泪那么温暖

That drop of a tear. So warm.

手心捏一瓣

Hold it in my palm.

（白）（BAI）

无数次美梦数次落空

Countless fond dreams haven't come true.

（许）（XU）

无数次美梦醒来无终

Countless fond dreams have come to nothing.

（白）（BAI）

总像迎着刀锋欢喜带惊恐

I am facing the blade with joy and terror.

（许）（XU）

总有一道刀锋兴奋中惊恐

I feel terrified in excitement.

（白）（BAI）

脸一红这颗心早已扑通

My heart is beating as my face turns red.

（许）（XU）

装耳聋但这心早不可控

I pretend to be deaf but I am out of control.

（合）（Together）

刚敞开一道缝

As I open my heart,

（白）（BAI）

那等待了千年的狂风

The wind which has waited for thousands of years

那么的来势汹汹

Is blowing strongly

（合）（Together）

冲动

Impulse.

小　青　姐姐，我们可来着了。

XIAO QING　Sister, this is the right place; we've arrived at last.

白素贞　是啊，叫人好生欢喜。

BAI SUZHEN　Yes, he is so handsome.

许　仙　请问，二位娘子要往哪里去呀？

XU XIAN　Where are you headed?

小　青　我们要回钱塘门去。

XIAO QING　We are going to Qian Tang Gate.

许　仙　船家。

XU XIAN　Boatman.

　　　　〔船夫上。

　　　　（Boatman enters.）

许　仙　先送钱塘门。

XU XIAN　Please send these two ladies to Qian Tang Gate first.

船　夫　这……

BOATMAN　How...

许　仙　多予你船钿就是。

XU XIAN　I will pay you more.

船　夫　好好，请上船吧。

BOATMAN　Okay, please come aboard.

许　仙　二位娘子请。

XU XIAN　Ladies, please.

许　仙　船板甚滑，二位娘子要小心呐。

XU XIAN　It's very slippery here. Please be careful.

　　　　〔白素贞趔趄。

　　　　（Bai Suzhen loses her balance.）

　　　　〔许仙搀扶。

　　　　（Xu Xian holds her in his arms.）

白素贞　青儿搀我来。

BAI SUZHEN　Give me a hand, Xiao Qing.

　　　　〔小青扶白素贞上船。

　　　　（Xiao Qing helps Bai Suzhen to get on the boat.）

　　　　〔许仙随后上船。

　　　　（Xu Xian follows them.）

许　仙　开船。

XU XIAN　Set sail.

船　夫　开船喽！湖面风大，你们要靠紧一些呀。

BOATMAN　Oh, the wind is strong on the lake. You must stay closer.

　　　　〔白素贞向小青示意。

　　　　（Bai Suzhen gives Xiao Qing a sign.）

小　青　是啊，雨下大了，咱们三个人共用一把伞吧。

XIAO QING　Yes, the rain is getting heavier. Let's share the umbrella.

许　仙　我是无妨的呀。

XU XIAN　It doesn't matter to me.

白素贞　这如何使得。

BAI SUZHEN　How can we handle this.

许　仙　且喜，雨已住了。

XU XIAN　What luck! The rain has stopped.

　　　　〔小青收伞，发现伞柄上刻有"许"字。

　　　　（Xiao Qing shuts the umbrella and finds that there is a character XU carved on it.）

小　青　姐姐，你看，雨过天晴，人世间竟有这美丽的湖山啊，您看……

XIAO QING　Young lady, you see the sun shines again after the rain. And there are such beautiful lakes and mountains in this world.

白素贞　青儿。

BAI SUZHEN　Qing.

许仙、白素贞重唱

XUXIAN BAI SUZHEN Duet

《遇西湖》

Run across at the West Lake

（白）（BAI）

青空白日雨过天晴

The sun shines again after the rain. A blue sky.

快看这人间美景

Look! How fantastic the view is!

（许）(XU)

两心胜过孤单人影

Two hearts are better than a single soul.

蝶成双飞扑花阴

Two butterflies fly to the flowers.

（白）(BAI)

请问君住何处

May I kindly ask where you abide?

改日登门谢情再细诉

Drop by your home someday to show our gratitude to you.

（许）(XU)

清波门不远处

My home is at Qing bo Gate, not far from here.

盼早日再见同游步

I look forward to meeting you again and going sight-seeing together.

（白）(BAI)

雨中红伞下那双目我已深深地都全记住

I am deeply impressed by the eyes under the umbrella in the rain.

（许）(XU)

云开日出亮丽了这西湖

The clouds disperse and the sun shines forth, lighting the West Lake.

相逢在雨雾　不说胜倾吐

We meet in the misty rain. At this moment, silence is better than speaking.

碧波荡漾好似花开肺腑

There are ripples on the lake like flowers in full bloom.

心跳如鼓好似琵琶乐舞

My heart beats as fast as the beating drums and lute.

前生来世瞬间交错恍惚

Previous incarnations and this life are interlocked instantly.

梦醒总是把梦里事羡慕

Everything in the dream is admired as I awake.

（合）(Duet)

十世修来同船渡

It takes a hundred years to be faithful friends.

百世修得共枕眠

And a thousand years to be Darby and Joan.

我交换沧海桑田

I'd rather exchange boundless lands

西湖二月天

With the West Lake on a February day.

（白）（BAI）

只要湖水不被风吹干

As long as the West Lake is not blown dry，

（许）（XU）

人不变成仙也可以等待千年

People will not turn into immortals. I will wait thousands of years.

船　夫　钱塘门到了。

BOATMAN　Here we are at Qian Tang Gate.

小　青　小姐，到了。

XIAO QING　Young Lady，we are arriving.

小　青　官人，明日一定要来的呀。

XIAO QING　Sir，you must come tomorrow.

许　仙　明日一定拜访。

XU XIAN　I will.

　　　　〔白素贞下，小青随下。

　　　　（*Bai Suzhen exits，Xiao Qing follows.*）

许　仙　请慢走。

XU XIAN　Please wait.

　　　　〔小青回身。

　　　　（*Xiao Qing turns back to him.*）

许　仙　请问小姐贵姓啊？

By the way，what's your young lady's name，Miss？

小　青　我们小姐姓白。

XIAO QING　My Lady，her family name is Bai.

许　仙　哦，白小姐。我……

XU XIAN　Oh，Miss Bai. My name is...

小　青　你嘛，姓许。

XIAO QING　You are called Xu.

许　仙　正是，你是怎么得知的？

XU XIAN　Exactly. How do you know my name?

小　青　雨伞上不是有个大大的"许"字儿吗？

XIAO QING　The big character Xu is carved on the umbrella.

许　仙　正是，好一个伶俐的小娘子。

XU XIAN　Yes. What a clever young lady!

小青唱

XIAO QING

《春暖秋》
Warm spring

湖光景色好许公心好

The view is fantastic while Mr. Xu is a good man.

船在湖中摇小姐心跳

The boat is sailing in the lake while my Young Lady's heart is beating fast.

雨来得真巧这伞更巧

The rain has come just at the right time. And the unexpected umbrella.

听岸边的鸟欢唱戏调

The birds on the banks are singing and playing happily.

风来雨来人也来

People are coming. So are the wind and rain.

缘分花儿悄悄开

The fate of flowers is to blossom.

避雨却游得尽兴

We have a wonderful time even if we avoid the rain.

天怎么可以不放晴怎不开心

How can it not be sunny? How can we not be happy?

许　仙　卑人许仙。

XU XIAN　I am Xu Xian.

小　青　许仙。

XIAO QING　Xu Xian.

许　仙　正是。

XU XIAN   Exactly.

　　　　　［雨声。

　　　　　(*Sound of the rain.*)

许　仙　哎呀，又下雨了。

XU XIAN   It is raining again.

小　青　这伞?

XIAO QING   This umbrella?

许　仙　请拿去，明日我去取便是。

XU XIAN   Please keep it. I will fetch it tomorrow.

小　青　谢谢官人。

XIAO QING   Many thanks，sir.

小青唱

XIAO QING

青儿不聪明谢君殷勤

Xiao Qing is not smart. She is too solicitous.

虽借一把伞却含真情

Though she borrows an umbrella，she shows her true feelings.

小姐多邀请明日光临

Now I'd like to invite you to visit us tomorrow.

家住在红楼别忘地名

We live at the red-chambered house. Please remember the address.

山清水秀蝶儿压枝头

The butterflies are on a branch in the picturesque scenery.

翅膀趣味相投春暖秋

They share the same interest. Spring is warm.

小　青　官人明日一定要早点儿来，免得我们小姐久候啊!

XIAO QING   Please arrive early tomorrow so that she won't have to wait
　　　　　long to see you again.

许　仙　明日一定拜访。

XU XIAN   I shall come tomorrow.

小　青　早点来，早点来。

XIAO QING   Come early, come early!

[小青欲下，又回头。

(*Xiao Qing tends to leave, but turns.*)

小　青　早点来！

XIAO QING   Do come early!

[小青下。

(*Xiao Qing exits.*)

[雨声。

(*Sound of the rain.*)

[许仙缓缓走向舞台中央。

(*Xu Xian Walks slowly back to the center of the stage.*)

[转回端午。

(*Back to Dragon Boat Festival.*)

[许仙还原造型。

(*Xu Xian changes back to his original pose.*)

许　仙　十世修来同船渡，百世修得共枕眠。

XU XIAN   It takes a hundred years to be faithful friends and a thousand
years to be Darby and Joan.

[转场。

(*Transition.*)

[保和堂外。

(*Outside of the Hall of Bao He Tang Pharmacy.*)

船　夫　许官人，许官人。

BOATMAN   Sir, sir.

船　夫　许官人，保和堂到了。

BOATMAN   Sir, here we are at Bao He Tang Pharmacy.

[许仙回过神来。

(*Xu Xian brings him down to earth.*)

许　仙　保和堂，哦，到家了，多谢船家。

XU XIAN   Bao He Tang Pharmacy. Oh, I am home. Many thanks.

[许仙付钱。

(*Xu Xian pays the boatman.*)

船　夫　多谢许官人。

BOATMAN   Many thanks.

［船夫把酒坛交给许仙。

(*Boatman handles the wine jar to Xu Xian.*)

［许仙上岸，向保和堂走去。

(*Xu Xian gets off the boat and walks towards Bao He Tang Pharmacy.*)

［小沙弥从船夫身后跳出来。

(*Little Buddhist novice jumps out behind the boatman.*)

船　夫　吓死我了，你从哪里冒出来的？

BOATMAN　You frightened me. Where did you come from?

［小沙弥对船夫作一鬼脸，紧随许仙而去。

(*Little Buddhist novice makes a funny face to boatman and follows Xu Xian.*)

［船夫思忖。

(*The boatman wonders.*)

［转场。

(*Transition.*)

第四场
ACT FOUR

［保和堂厅堂。

(*Inside of Bao He Tang Pharmacy*)

［许仙走进厅堂。

(*Xu Xian goes into the hall.*)

［内侧。

(*Inside.*)

白素贞　官人回来了。

BAI SUZHEN　You are back, my dear.

［许仙转身。

(*Xu Xian turns back.*)

［白素贞上。

(Bai Suzhen enters.)

白素贞　官人。

BAI SUZHEN　My dear.

　　　　［许仙驻步，背身而立，不语。

　　　　(Xu Xian stops there and stands silently with his back to Bai Suzhen.)

　　　　［许仙将酒坛放到台口中央。

　　　　(Xu Xian puts the jar back on the middle of the Proscenium Arch.)

　　　　［白素贞凝视酒坛，不由震颤。

　　　　(Staring at the jar, Bai Suzhen couldn't help trembling.)

　　　　［一阵雷声。

　　　　(A roll of thunder.)

　　　　［白素退却一步。

　　　　(Bai Suzhen steps back.)

许　仙　娘子。

XU XIAN　My darling.

白素贞　官人……官人……请用膳。

BAI SUZHEN　My dear...My dear, please have dinner.

许　仙　卑人用过了，适才……

XU XIAN　I have just had it.

　　　　［白素贞直视许仙。

　　　　(Bai Suzhen keeps looking at Xu Xian straightly.)

许　仙　适才……与伙友们共贺佳节，饮得十分爽快。他们，他们……

XU XIAN　I, I am celebrating the festival with my friends, drinking merrily. They, they...

白素贞　他们定要你代敬娘子几杯雄黄酒。

BAI SUZHEN　They must let you drink several cups of realgar wine with you.

　　　　［许仙顿时惊恐，周身发软跪地。

　　　　(Xu Xian is seized with terror. He knees down powerlessly.)

许　仙　雄黄酒。

XU XIAN　Realgar wine.

　　　　［雷声滚动。

　　　　(A roll of thunder.)

　　　　［后区，出现小沙弥身影。

(From the rare stage, shows the shadow of the little Buddhist novice.)

〔小沙弥隐去。

(Little Buddhist novice goes away.)

白素贞 为妻有孕在身。

BAI SUZHEN　I am pregnant now.

〔许仙起身走向白素贞。

(Xu Xian stands up and walks towards Bai Suzhen.)

许　仙 娘子!

XU XIAN　My darling.

白素贞 今日端阳佳节……

BAI SUZHEN　As today is the Dragon Boat Festival…

〔许仙绕到白素贞身后。

(Xu Xian walks behind Bai Suzhen.)

许　仙 今日端阳佳节……

BAI SUZHEN　As today is the Dragon Boat Festival…

白素贞 你我夫妻……

BAI SUZHEN　As husband and wife…

许　仙 愿你我夫妻,偕老百年!

XU XIAN　As husband and wife…Let's wish for our marriage to last forever!

白素贞 你我夫妻,偕老百年。

BAI SUZHEN　Wish for our marriage to last forever.

许　仙 正是。十世修来同船渡。

XU XIAN　Right. It takes a hundred years to be faithful friends.

白素贞 百世修得共枕眠。

BAI SUZHEN　And a thousand years to be Darby and Joan.

白素贞、许仙重唱

BAI SUZHEN and XU XIAN Deut

《两难》

Dilemma

（白）（BAI）

你我心相惜恩爱夫妻

You and I are kindred spirits, loving each other.

曾经爱意像西湖水涟漪

Once our love was like the ripples in the West Lake.

（许）(XU)

我与娘子相识雨中

We ran across each other in the rain.

伞下的眼神终生铭记

I will always remember the expression in your eyes under the umbrella.

（合）(Duet)

雨后天空照出太阳

The rain stopped and the sun came out.

湖中多对鸳鸯

There were several pairs of mandarin ducks in the lake.

天亮云亮胸怀也亮

The sky and clouds were bright. We were so broad-minded.

共赴双双游向江

We both sailed towards the river.

（许）(XU)

在红楼拜高堂

We performed the marriage ceremony at the red-chambered

house by the lake.

红盖头红衣裳

You wore the red wedding dress, your head covered by a red veil.

有片天你我就有张被

As long as there is a vast sky, we will have a quilt.

有块地我们俩就有张床

As long as there is a piece of land, we will have a bed.

（白）(BAI)

药房开得兴旺

Business in our pharmacy was booming.

尽心救死扶伤

We did our utmost to heal wounds and rescue the dying.

无论多少酬谢和银两

No matter how much they paid us.

穷人和富商全都一样

Whoever you were, rich or poor, we treated them equally.

（许）（XU）

世事无常天空一声巨响

It's always unexpected. It's thundering.

风太强刮破我温暖梦乡

The wind was so strong that my dream was broken.

（白）（BAI）

欢庆端阳年年人心惶惶

Celebrating Dragon Boat Festival will make me worried every year.

（许）（XU）

僧叫我劝妻喝三杯雄黄

The Buddhist monk asked me to let you drink three cups of realgar wine.

（白）（BAI）

许郎从来对我好

My husband is always kind to me.

为何对我出毒招

Why does he now treat me so cruelly?

（许）（XU）

娘子待我情深似海

My wife loves me deeply.

怎可以狠心把她对待

How can I treat her so cruelly?

（白）（BAI）

十世修来同船渡

It takes a hundred years to be faithful friends.

（许）（XU）

百世修得共枕眠

A thousand years to be Darby and Joan.

〔后区另一空间出现法海，法海在平台上，平台推移，无形地向白
素贞和许仙逼近。

(Fa Hai shows on the moving platform at the back area, signifying another space, and moves towards Bai Suzhen and Xu Xian.)

法海、白素贞、许仙唱

FA HAI, BAI SUZHEN and XU XIAN Deut

《惩罚》
Punishment

（法海）（FA）

你逃不过我的眼睛

You can't escape from my eyes.

妖魔看你怎么隐身

How can you，the demon hide yourself?

苦海回头是岸

The sea of bitterness has no bounds；repent and the shore is at hand.

在红尘作乱

You have made troubles in the world of mortals.

搅得天昏地暗

It has been plunged into chaos and darkness.

没有救你命的姻缘

There is no fate that saves your life.

只有一刀两断

Only can you make a clean break.

人与你无关

He is nothing to do with you

别以为借把红伞

Don't think you can run away

你就能躲远

By borrowing a red umbrella.

情没把你变善

Love doesn't turn you into a kind person.

你学不会思念

You can't learn how to long for.

你更等不到明天

Tomorrow will not come.

你听不懂语言

You can't understand the language.

最多化作一阵烟

You will turn into a streak of smoke at most.

（白）（BAI）

问法海为何要将我与许仙

Fahai，why will you separate me from Xu Xian?

活生生的拆散不应该

You shouldn't have separated us.

（许）（XU）

我与娘子真爱

My love for her is true.

天地为证死也不改

Heaven and earth is our witness.

这姻缘千年才修来

It takes thousands of years for us to fall in love.

你有何不快

Why are you so unhappy?

（法海）（FA）

你无法力不可责怪

You will not be blamed for lacking magical power.

这可不是男欢女爱

This is not a love between a man and woman.

念你还有善根

I still regard you as a kind-hearted man.

别再犯愚蠢

Don't make any silly mistakes.

快找慧眼明灯

Go to find the lamp of insight.

天可以对你开恩

Heaven can be benevolent to you

因为你是人

Because you are a human being.

还有一丝情分

You still have mutual affection.

［法海隐下。

(Fa Hai exits.)

（白）（BAI）

饮下这一杯雄黄酒又有何怕

I don't feel terrified to drink a cup of realgar wine.

（许）（XU）

饮下这一杯雄黄酒他才会作罢

He will give up now that I have finished drinking the cup of realgar wine.

（白）（BAI）

喝下天也不会塌

Heaven will not fall down if I do

（许）（XU）

娘子你不要喝下

You can't drink, my lady.

（合）（Duet）

为何受这惩罚

Why should we receive such a punishment?

许　仙　娘子,这雄黄酒……

XU XIAN　My darling, the realgar wine...

［画外音

(Off-screen Voice.)

法　海　三杯下腹,必显原形,必显原形,必显原形。

FA HAI　Three cups and you will show your true colors.

许　仙　娘子,莫要。

XU XIAN　My darling, please don't drink.

白素贞　许郎,为了你,为妻做什么都愿意。

BAI SUZHEN　My dear, for you I am willing to do anything.

许　仙　不!

XU XIAN　No!

白素贞唱

BAI SUZHEN

《心被痛牵》

My heart is painfully entangled

坛中的酒许郎的愁

The wine in the jar, and Xu Xian's anxiety.

千万泪水滴满万丈心头

Tears from my heart fall like rain.

对你的亏欠是最痛的遗憾

I am heart-broken with regret over your agony.

今生有幸心相连却将散

It is fate for our hearts to be linked to each other this life,

but they will be separated soon.

情断爱难一刀斩

Love is broken and difficult; exterminated.

我命如草如青烟

My life is like a grass and a wisp of smoke,

不想让你受挂牵

I don't want you worry too much.

痛给我我来熬煎

Leaving pains me; let me suffer.

无悔无怨再思念千年

No regrets, no grudge, longing for another thousand years once more.

天空的闪电来把我劈断

Even if I am struck by lightning in the sky,

我不躲闪

I won't hide.

来吧

Come to me!

〔转场。

（*Transition.*）

第五场
ACT FIVE

［金山寺。

(*Jin Shan Temple.*)

［十个廊柱移动，小沙弥穿梭其中。

(*Ten pillars are moving, Little Buddhist novice is seeking for the path among them.*)

［陡峭阶梯。

(*Steep steps.*)

［小沙弥向着高处无尽的台阶走去。

(*Little Buddhist novice is moving toward the endless steps.*)

［小沙弥走到金山寺山门前。

(*Little Buddhist novice walks to the gate of Jin Shan Temple.*)

［三重殿门依次徐徐开启，发出重重的声响，回荡在山谷间。

(*Three gates of the Temple are slowly opened in proper order. The sound of the opening gate reverberates in the valleys.*)

［小沙弥走进山门殿，穿过天王殿，来到大雄宝殿。

(*Little Buddhist novice walks into the Hall of Mountain Gate, through the Heavenly King Hall, then comes to the Grand Hall.*)

［大雄宝殿内。

(*Inside the Grand Hall.*)

［小沙弥跪拜

(*Little Buddhist novice knees down.*)

小沙弥 师父，许仙……许仙他义无反顾，无所畏惧，白素贞和许仙是真心相恋。

LITTLE BUDDHIST NOVICE Master. Xu Xian is fearless. Bai Suzhen and Xu Xian are truly in love.

［法海上场。

(Fa Hai enters.)

法　海　派你去暗访，你却动了六根，乱了清心。

FA HAI　I sent you to inspect him but your peaceful mind is disturbed by your own senses.

小沙弥　弟子不敢。

LITTLE BUDDHIST NOVICE　I dare not.

法海唱

FA HAI

《斩尽杀绝》
Extermination

许仙执迷不清醒

Xu Xian was perverse.

心头盘踞着那妖精

The demon has made him lose his consciousness.

他耳朵被灌满了蛇毒液

His ears have been filled with venom.

命都难保住还说真快乐

He is on the verge of death. But he still believes he is truly happy.

那快乐会要了他死活

That happiness will make him kill him.

众生太可悲

All living creatures are too sad.

难鉴真与伪

It's so hard for them to tell truth from falsehood.

不畏因果

Not being afraid of karma,

昏睡中轮回

They will transmigrate during their lethargic sleep.

小沙弥　师父，师父法力无边，可这是要拆散许仙和白素贞一对好夫妻啊。

LITTLE BUDDHIST NOVICE   Master，you have magic powers. But what
    you are doing is to break up a good couple.

法　海　老僧是在救许仙，是在消白素贞的罪孽。你可知晓。

FA HAI   On the contrary，what I am doing is to save Xu Xian's life and also
    to remove Bai Suzhen's sin.

法海、小沙弥唱
FA HAI, LITTLE BUDDHIST NOVICE

（法海）（FA）

我纵有千钧的法力

Even I have divine dharma power.

我纵有渡人于苦难的勇气

Even I have the courage to save all beings in difficulty.

但要救一个凡夫恶习的人谈何容易

But it's not easy to save a common herd.

从来都是在自找地狱

People have always been looking for Naraka.

妖就是妖孽它何以来的善

A demon is an evil spirit. Where does kindness come from?

再修几千年也是白炼

It's in vain to cultivate themselves in the right practices

for thousands of years.

说一尘不染心不乱

I hope to remain uncontaminated and undisturbed.

身体已变柔软

But the body has turned into soft.

妄图骗过我的法眼

No demons can vainly attempt to cheat my dharma-seeing-eyes.

一时成妖孽千万年不可改变

Once a demon，it's unchangeable even in a thousand years.

就算我袖手旁观成全这一段孽缘

Even if I stand by with folded arms and let them marry，

许仙下场一定尸骨不全

Xu Xian is doomed to die in great pain.

（小沙弥）(Little Buddhist novice)

你问江南百姓

You may ask the people from South of the Yangtze River.

她治病千百人

She has cured thousands of patients.

难道这善良和福报抵不过孽障

Can't kindness and blessed reward be equal to karmavarana?

（法海）(FA)

看来你已和他分不清入戏太深

It seems that Xu Xian and you are enchanted by her.

（小沙弥）(Little Buddhist novice)

你也许不想承认妖也有善良的化身

You may not admit that even a demon has the incarnation of kindness.

（小沙弥）(Little Buddhist novice)

僧人慈悲为怀

Buddhist monks should be merciful and generous.

念她腹中有婴孩

Considering she is now nine months pregnant

一条生命已九月胎

With a baby boy.

不可以伤害

We can't hurt her and her baby.

求师傅把人放

I beg you，master to release her.

她将要成儿的娘

She will become the baby's mother.

为何非要让母子双亡

Why will you kill both of them?

（法海）(FA)

手软才是在制造罪孽

Being softheaded is the cause of evils.

看我一剑斩尽杀绝

Look！I will chop off all the evil spirits

法　海　众神将。

FA HAI　Every heavenly king.

　　　　［画外音

　　　　(*Off-screen Voice.*)

众神将　有。

ALL HEAVENLY KINGS　Here.

法　海　先收那白素贞,再渡许仙。

FA HAI　First catch Bai Suzhen and then redeem Xu Xian.

　　　　［画外音

　　　　(*Off-screen Voice.*)

众神将　领法旨。

ALL HEAVENLY KINGS　That is our mission.

法　海　小沙弥,小沙弥! 回头拿你是问。

FA HAI　Little Buddhist novice,you will be punished later.

　　　　［法海下。

　　　　(*Fa Hai exits.*)

小沙弥　啊呀,师父派遣众神将,捉拿白素贞与许仙,这如何是好? 如何是好啊? 罢罢罢,师父不仁,小沙弥岂能不义。

LITTLE BUDDHIST NOVICE　Oh! Master has sent the heavenly kings to catch Bai Suzhen and Xu Xian. What can I do? What Can I do? My master is not benevolent but I should be loyal.

　　　　［小沙弥急下。

　　　　(*Little Buddhist exits in a rush.*)

　　　　［转场。

　　　　(*Transition.*)

第六场
ACT SIX

　　　　［保和堂外。

　　　　(*Outside of Bao He Tang Pharmacy.*)

〔老鹰振翅俯冲，嘶叫声。

(*A hawk dives，yelling.*)

〔右区光束下白素贞、小青。

(*Bai Suzhen and Xiao Qing are in the spotlight on the right of the stage.*)

〔左区光束下法海。

(*On the left of the stage stands Fa Hai in the spotlight.*)

〔双方对峙。

(*Each side is going to fight.*)

〔后区高台上光束下许仙、小沙弥。

(*Xu Xian and Little Buddhist Novice are in the spotlights on the high platform at the back area of the stage.*)

法　海　孽畜。

FA HAI　You the evil spirits.

小　青　秃驴。

XIAO QING　You，the baldhead.

白素贞　青儿。

BAI SUZHEN　Xiao Qing.

小沙弥　许官人。

LITTLE BUDDHIST NOVICE　Xu Xian.

许　仙　小沙弥。

XU XIAN　Little Buddhist novice.

法　海　白素贞。

FA HAI　Bai Suzhen.

法海、白素贞、许仙、小沙弥、小青唱

FA HAI，　BAI SUZHEN，　XU XIAN，　LITTLE BUDDHIST NOVICE，
　　XIAO QING

《因果难言》

Karma is difficult to talk with

（法）（FA）

快收场别幻想

Cast away your illusions right now.

人间的男欢女爱

The passionate love in the human world

那真是异想天开

For you is the wildest fantasy.

还迫不及待

You are too impatient

你将他心迷乱

To fascinate him.

你纵有千姿百态

Even if you are so charming,

可恶果不会被更改

The evil consequences cannot be changed.

这因已种下苦果你自己采

You have to reap what you have sown.

小　青　秃驴。

XIAO QING　You，the baldhead.

（青）（QING）

你口出狂言善恶不辨

You talk wildly; you can't distinguish right and wrong.

你说遭天谴禅杖翻转

You said we would be punished by heaven. Your Zen stick overturned.

想要拆散谁你就拆散

You can separate any couples as you wish.

是你没有爱就用阴险

It's you who cannot love.

让敢爱的人们绝断

So you separate the people who dare to love sinisterly.

你心一目了然

Your motives are clear from a glance.

充满了自私偏见黑火焰

You are selfish and prejudiced like a black flame.

外表威风凛然其实懦弱不堪

Though you have a commanding presence, you are actually cowardly.

看我掀浪滔天

Look！ I am stirring the waves.

白素贞　法海老禅师。
BAI SUZHEN　Old Zen master.

（白）（BAI）

我和许郎曾经海誓山盟

Xu Xian and I once vowed to love each other until death.

生死永不分开从一而终

I will never be separated from him and love him forever.

为何要真爱变成这剧痛

Why will you turn our true love into such pain?

让两颗恩爱的心像被

Let two loving hearts，

刀捅火烧猛雷劈

Be stabbed，burned and struck by lightning.

得千疮百孔

Riddled with gaping wounds.

小沙弥　许官人。
LITTLE BUDDHIST NOVICE　Xu Xian.

（沙）（Little Buddhist novice）

师父说娘子是妖孽祸害

My master said your wife is a demon.

先捉拿她再渡你出苦海

He ordered me to catch her first and then redeem you.

眼见保和堂要大开杀戒

Now I see they are planning slaughter in Bao He Tang Pharmacy.

快快逃命不要这场灾难

Run away from this disaster

夺去爱妻和那胎中婴孩

In which your wife and your unborn baby's lives will be snuffed out.

（许）(XU)

我绝不会让娘子受罪

I will never let my wife suffer.

她就是妖我也愿变成鬼

Even if she is a demon，I would like to be a ghost.

不做人也罢我不后悔

I wouldn't regret not being a human being.

恩爱鸳鸯自然成双对

Like a pair of affectionate mandarin ducks

比翼飞

Swimming side by side.

（法）(FA)

人间有难怎能不管我怎能视而不见

How can turn a blind eye to human suffering?

（合）(Chorus)

心中有一句誓言

There is an oath in our hearts

它永恒不变

Never change.

（沙、青、许）(Little Buddhist novice，QING and XU)

我靠它才能活得不可怜

It is not pitiful to live with the oath.

（法）(FA)

执迷不悟自寻烦恼

You are perverse and perplexed.

（白）(BAI)

我无怨无悔

I will never be regretful.

（沙、青、许）(Little Buddhist novice，QING and XU)

兵将刀冷剑寒

Ferocious enemies and sharp swords.

（法）(FA)

妖孽你休要再捣乱

Stop making trouble，you the demon.

（白）(BAI)

我无怨无悔

I will never be regretful.

（沙、青、许）(Little Buddhist novice，QING and XU)

神也胡搅蛮缠

Even god plagues us with unreasonable demands.

（白）(BAI)

心若太软怎么敌过

If you are too kind，how can you beat your enemies?

（法）(FA)

你最好一刀两断誓要除掉

You'd better make a clear break. I vow to remove

（合）(Chorus)

宇宙的黑暗

The darkness of the universe.

法　海　孽畜,休得多言。众神将。

FA HAI　You evilspirits. Stop talking. Heavenly kings.

〔众神将上。

（*Heavenly kings enters.*）

众神将　有。

ALL HEAVENLY KINGS　We are here.

法　海　快与我擒妖孽。

FA HAI　Catch the evil spirits now.

众神将　领法旨。

ALL HEAVENLY KINGS　That is our mission.

白素贞　这,这,这,这冤仇似海怎能消。众兄弟姐妹。

BAI SUZHEN　How can we dispel such enmity? My brothers and sisters,
　　　　we must fight.

〔众水族上。

（*All Aquatic Animals enter.*）

众水族　有。

ALL AQUATIC ANIMALS　We are here.

白素贞　杀却那法海者。

BAI SUZHEN　Kill Fa Hai.

众水族　得令。

ALL AQUATIC ANIMALS　Our mission is clear.

〔江水滔滔。

（*River water is surging*.）

〔众神将纷涌而至于江面，与白素贞、小青对峙。

（*All the Heavenly kings rush to the river and fight with Bai Suzhen and Xiao Qing*）

小沙弥　啊呀，众神将将你娘子团团围住了。

LITTLE BUDDHIST NOVICE　Oh，all the Heavenly Gods surrounded your wife Bai Suzhen.

许　仙　啊呀，我娘子已有九月身孕，怎能经得起这一场恶战，我要前去帮我娘子。

XU XIAN　Oh，my wife is with nine months pregnant. How can she endure such fierce fighting?

〔许仙急下。

（*Xu Xian exits in a hurry*.）

小沙弥　许官人。好一个许官人。喏喏喏，我小沙弥也不是吃素的。

LITTLE BUDDHIST NOVICE　Xu Xian is a good man. But I am also a brave man.

〔小沙弥紧随而下。

（*Little Buddhist novice exits*.）

〔江水滔天。

（*River water is surging*.）

〔众水族瞬间跳出水面。

（*All Aquatic Animals jump out of the water*.）

众水族唱

All Aquatic animals Chorus

《斗》

Fight

翻起千丈高白浪

White waves are rolling a thousand meters high.

天将谁能把浪挡

Who can defend against the waves?

你有利剑和钢枪

Even if you have sharp swords and iron spears,

铜身铁骨难以伤

And can't be stabbed in brass suit of armor.

水中我是王

I am the king in the water.

鱼虾蟹鳖龟聚齐

All aquatic animals are gathering together.

千种万种兵器

They are holding all kinds of weapons.

火攻我将它扑灭

I will put out the fire attacks.

听我呼风唤雨

I am exercising great magic powers.

杀声震天鼓声急

Shouts of killing and the sounds of beating drums are deafening.

众兵扑向前摇旗

The enemies are rushing at our flag.

蛟龙翻滚直呼啸

The flood dragon is rolling forward.

神招谁也破不掉

No one can defend our magic powers.

浪猛似铁壁铜墙

The high waves are just like an impregnable fortress.

山都被浪撞摇晃

Even the mountain is shaken by the waves.

千条道理不用讲

They are impervious to reason.

神鬼人妖斗一场

Let us fight between celestial beings and human beings.

看谁死谁亡

Who will be dead in the end?

水火不容盾与矛

Fire and water is incompatible. So is the shield and spear.

天条江中无效

Heaven's commandments are ineffective.

法眼看穿凡尘事

Buddha's insight can see through the trifles this world.

湖水波涛浩渺

Great waves are surging turbulently.

来回就那么几招

There are only few movements of fighting back and forth

斗来斗去好无聊

The fighting is no fun.

总有站的总有倒

There is always someone who stands up and someone must fall down.

群起而攻不要逃

Let's turn against them. Never run away.

〔造型。

(*Pose.*)

〔转场。

(*Transition.*)

〔武术武打场面。

(*The scene of martial arts fighting.*)

〔十八般兵器——刀、枪、剑、戟、斧、钺、钩、叉、鞭、锏、锤、抓、镋、棍、槊、棒、拐、流星。不同组合，展开场面。

(*Eighteen types of weapons such as swords, axes, whips and clubs and so on.*)

〔鼓声激烈。

(*The sound of drums is fierce.*)

〔音乐激昂。

(*Exciting music.*)

〔音效激荡。

(*Sound effects are stirring.*)

〔多组交战。

(*Fighting each other.*)

〔白素贞被触动胎气。小青、众水族同掩护,众神将与水族打成一团。

(*Bai Suzhen is hurt. Xiao Qing and all the Aquatic animals protect her. Everyone is in fierce fight.*)

〔造型。

(*Pose.*)

〔转场。

(*Transition.*)

〔白素贞倒退,跌倒。

(*Bai Suzhen steps backward and falls down.*)

〔画外音。

(*Off-screen voice.*)

小　青　姐姐。

XIAO QING　Sister!

　　　　〔小青上。

　　　　(*Xiao Qing enters.*)

小　青　姐姐怎么样了?

XIAO QING　What's the matter, sister?

白素贞　腹中疼痛,寸步难行。

BAI SUZHEN　I have abdominal pain. I am unable to move even a single step.

小　青　想是就要分娩了。

XIAO QING　You are expecting soon.

　　　　〔画外音。

　　　　(*Off-screen voice.*)

众神将　杀!

ALL HEAVENLY KINGS　Kill.

　　　　〔众神将追上。

　　　　(*All the Heavenly kings chase them.*)

　　　　〔众神将压来。

　　　　(*All the Heavenly kings come close.*)

[小青奋力抵挡。

(*Xiao Qing fight bravely.*)

[小青下。

(*Xiao Qing exits.*)

白素贞 青妹。

BAI SUZHEN   Sister Qing.

[许仙上。

(*Xu Xian enters.*)

许　仙 娘子,娘子,娘子。

XU XIAN   My darling.

白素贞 官人。

BAI SUZHEN   My dear.

[画外音。

(*Off-screen voice.*)

众神将 杀!

ALL HEAVENLY KINGS   Kill.

[众神将扑向白素贞与许仙,将两人分开。

(*The heavenly kings separate Xu Xian and Bai Suzhen.*)

许　仙 娘子。

XU XIAN   My darling.

白素贞 官人。

BAI SUZHEN   My dear.

[众水族上。

(*All Aquatic Animals.*)

众水族唱

All Aquatic Animals.

CHORUS

翻起千丈高白浪

White waves are rolling a thousand meters high.

天将谁能把浪挡

Who can defend against the waves?

你有利剑和钢枪

Even if you have sharp swords and iron spears,

铜身铁骨难以伤

And can't be stabbed in brass suit of armor,

水中我是王

I am the king in the water.

〔水族打散众神将，下。

(*The Aquatic animals drive the enemies away, exit.*)

〔白素贞与许仙相拥。

(*Bai Suzhen and Xu Xian hug.*)

白素贞 官人，小沙弥带你离开险境，你怎么又回来了？

BAI SUZHEN My dear, Little Buddhist novice had taken you away. How did you come here again?

许　仙 娘子，我……

XU XIAN My darling, I...

〔画外音。

(*Off-screen voice.*)

众神将 杀！

ALL HEAVENLY KINGS Kill.

〔众神将扑向许仙。

(*All Heavenly kings rush to Xu Xian.*)

〔白素贞用尽全力保护许仙。

(*Bai Suzhen spares no efforts to protect Xu Xian.*)

〔小青上。

(*Xiao Qing enters.*)

小　青 姐姐！

XIAO QIONG Sister!

〔小青打退神将，下。

(*Xiao Qing enters and defeats the heavenly kings, exits.*)

〔白素贞晕倒在地。

(*Bai Suzhen faints on the floor.*)

许　仙 娘子。

XU XIAN My darling.

〔许仙抱起白素贞。

(*Xu Xian holds Bai Suzhen in his arms.*)

许仙唱

XU XIAN

《爱永不放》

Never release the love

金戈铁枪围着我儿娘

Golden spears and iron swords

我愿以血肉胸膛

I would like to defend

再脆弱也抵挡

Even with my weak chest.

绝不袖手观望

I will never stand by with folded arms.

大不了以死收场浑身伤

If worst comes to worst，let me die.

有难同当守在她身旁

In sickness and in health，I will watch over her.

不让她一丝惊慌

Not making her feel in the least scared.

就像初遇一样

Just as when we met that first time，

共把那美景赏

We enjoyed the enchanting scenery together，

变成湖中两波浪紧追不放

Transforming ourselves into two waves which chase each other.

妻伤如我伤

My wife is wounded as if I am wounded.

妻亡如我亡

My wife is dead as if I am dead.

恩爱如山岗

Our love is like a mountain.

[许仙搀起白素贞，揽在怀中。

(Xu helps Bai to get on her feet and holds her in his arms.)

喊杀声响目露凶光

The sound of killing and eyes blazing with anger，

［后区，众神将与水族交战缓出，缓下。

(At back area，All heavenly kings sand the aquatic animals enter，
fighting slowly and exit.)

死不怕还怕天兵天将

I am not afraid of death. How can I fear the enemy?

人有凶恶妖有善良

Sometimes human beings are ferocious while demons are kind.

现形何须雄黄

What's the need for realgar wine to reveal their true features?

金戈铁枪来刺我胸膛

Golden spears and iron swords，come to my chest.

只保她毫发无伤

Only do not harm her.

就像初遇一样

Just as when we met the first time，

照着春色日光

Under the sunshine of the spring time，

变成这西湖中央的波浪

Let's turn ourselves into the waves in the middle of the West Lake.

紧靠肩膀

Shoulder to shoulder，

直奔远方

Run into the distance.

永生不放

Never apart.

白素贞唱
BAI SUZHEN

《谁该杀》
Who should be killed

与你一同死去我都愿意

I am willing to die with you，together.

管它咒语和兵器

I don't care about the incantation and weapons

切割开我身体

That cut off my body.

终于在一起

We are together at last.

生死做夫妻

To be a husband and a wife alive or dead.

甜甜蜜蜜

Sweetly，

心生欢喜

Happily，

同船同枕同睡一个墓里

We will sleep in the same tomb.

冬天不会冻

No more cold in winter.

夏天迎着微风

In summer，we face the breeze.

春去秋来幸福满美梦

Autumn comes after spring；we are happy and having sweet dreams.

美梦

Sweet dreams.

［画外音。

（*Off-screen voice.*）

众神将　杀！

ALL HEAVENLY KINGS　Kill.

白素贞唱

Bai Suzhen

如今你我深陷这凶险

Now you and I land ourselves in a predicament.

这缘分激怒了天

Our fate irritates the heavens.

恩爱逃不过法眼

Our deep love can't escape from the eye of dharma.

分离结果肝肠寸断

The separation makes me heart-broken.

我没想在人间造反

I never desired to rebel in the human world.

只求段好姻缘

I only desired to have a good marriage.

法海与我不共戴天

Fa Hai and I are absolutely irreconcilable.

将我打还原

He beats me into my natural form.

我是妖是否就没有权

As a demon, don't I have the right

去表达我的爱恋

To express my love?

我心有毒吗

Is my heart poisonous?

给我回答

Give me an answer.

法眼看吧

Look, dharma-eye

怀中胎儿

The baby in my womb

也是妖吗

Is a demon?

通通该杀吗

Should he be killed?

〔众水族上。

236

(*The Aquatic animals enter.*)

[水族们纷纷败退，倒地阵亡。

(*The Aquatic animals lose the battle. They fall and die.*)

[白素贞与许仙悲痛万分。

(*Bai Suzhen and Xu Xian feel unbearable sorrow.*)

[小青上。

(*Xiao Qing enters.*)

[小青见阵亡的水族，震惊，手里的剑掉地。

(*Xiao Qing saw the dead Aquatic animals, shocked. The sward falls down from her hand.*)

小　青　姐姐……

XIAO QING　Sister.

白素贞　青妹……

BAI SUZHEN　Qing.

[法海上，众神将随上。

(*FA HAI enters; then the heavenly kings.*)

法　海　往哪里走？

FA HAI　Where will you run?

小　青　秃驴，我跟你拼了！

XIAO QING　You Baldhead, I will fight against you till the end!

[小青拾剑，冲向法海，被众神将押下。

(*Xiao Qing picks up her sward, then rushes to Fa Hai. But she is taken away by the heavenly kings.*)

[小沙弥上。

(*Little Buddhist novice enters.*)

[小沙弥见阵亡的水族，痛心不已。见白素贞与许仙，心生怜悯。

(*Little Buddhist novice saw the dead Aquatic animals and feels heart-broken. He turns his eyes to Bai Suzhen and Xu Xian, full of mercy in his heart.*)

小沙弥　师父，发发慈悲，放了他们吧。

LITTLE BUDDHIST NOVICE　Master, show your mercy. Let them go.

[法海的目光从阵亡水族转向白素贞。

(*Fa Hai's sight turns from the dead Aquatic animals to Bai Suzhen.*)

法　海　孽畜,天网恢恢,无路可逃。白蛇成精,危害人间,触犯天条,将永世压在雷峰塔下受苦。许仙,孽由心起,还不断念。老僧再予你最后一个时辰。

FA HAI　The evil spirits, your guilt can never escape Heaven's justice. The white snake has turned into a demon who destroys the human world. You will suffer all your life under Laifeng Pagoda. Xu Xian, you haven't given up all hope yet. I can give you one last chance to surrender.

〔法海拉起小沙弥下。

(*Fa Hai pulls Little Buddhist novice and exit.*)

〔转场。

(*Transition.*)

第七场
ACT SEVEN

〔接上场。

(*Following the previous act.*)

〔保和堂厅堂。

(*Inside of Bao He Tang Pharmacy.*)

〔后区呈现巨大水圆。

(*In the rear of the stage appears the huge circle with the brightness of water.*)

〔白素贞与许仙在水圆两端对立。

(*Bai Suzhen and Xu Xian stand on each side of the circle.*)

〔台前中央一坛雄黄酒。

(*In the middle of the stage is there a jar of realgar wine.*)

〔三更。

(*Midnight.*)

〔静场。

(*Silent.*)

白素贞　许郎。

BAI SUZHEN　My dear.

许　仙　娘子。

XU XIAN　My darling.

白素贞　为妻害苦了你。

BAI SUZHEN　It's me who made you suffer a lot.

许　仙　是卑人不称，卑人害苦了你。

XU XIAN　No, it's me who made you suffer a lot.

白素贞　许郎，是为妻辜负了你，为妻有罪，为妻有三罪。

BAI SUZHEN　My dear, forgive me. I am guilty. I am guilty of three crimes.

许　仙　娘子恩重如山，罪何而来？

XU XIAN　You are so kind to me. What are you guilty of?

白素贞　为妻不该隐瞒你，我扯了谎，我悔恨莫及。许郎，你不要害怕，妻，妻，妻本不是凡间女，妻是那峨眉山上的蛇。

BAI SUZHEN　Let me tell you the truth. I lied to you and I am so regretful. My dear don't be scared. I am not a human being and actually I am a snake of Ermei Mountain.

〔许仙格外镇静。

(*Xu Xian is extremely calm.*)

〔许仙握住白素贞的手。

(*Xu Xian holds the hands of Bai Suzhen.*)

许　仙　这蛇，如月光之白，如冬天之雪，如初春细雨里之梨花。

XU XIAN　But this snake is as white as moonlight. Like winter snow and peal flowers in early spring.

白素贞　思凡而下，是那一张年轻男子的脸，是那深深的眼神，是那注定来世还要彼此相认的眼神。

BAI SUZHEN　I long for the human world. I saw a young man's face.

许　仙　那眼神，似看透了卑人的一生。霎那间，恍恍惚惚，卑人看到了自己的来世。蛇是卑人的前生，娘子纵然是蛇妖所变，又有何罪？卑人绝不惧怕，卑人愿与娘子同生共死，直到天荒地老，永不离弃。

XU XIAN　The expression in your eyes seems to see through my whole life. Suddenly, I saw my next life. The snake is my previous incarnation. Though you are transformed snake spirit，what are you guilty of? I am not afraid. We shared a common destiny and I will love you until the end of the world.

白素贞　许郎。

BAI SUZHEN　My dear.

许　仙　娘子。

XU XIAN　My darling.

　　　　［白素贞与许仙紧紧相拥。

　　　　(*Bai Suzhen and Xu Xian hug tightly.*)

白素贞　这二罪，妻让大水冲垮了房屋，百姓田园庄稼付诸流水，无数牛羊遭殃，老弱妇孺被大水冲走，不知下落。生灵涂炭。乃白素贞之二罪。

Bai Suzhen　I am guilty. It's me who made the houses and crops flood. Countless animals died. The old and the young were washed away. Even the little boy's and girls' lives were taken away. So this is my second crime.

许　仙　卑人愿与娘子同赎此罪，以此告慰无辜。

XU XIAN　I am willing to atone for this crime with you，so to honor those innocent lives.

白素贞　许郎。

BAI SUZHEN　My dear.

许　仙　娘子。

XU XIAN　My darling.

白素贞　这三罪么。

BAI SUZHEN　My third crime is...

许　仙　这三罪么。

XU XIAN　The third crime is...?

白素贞　腹中的孩儿。

BAI SUZHEN　The baby in my womb.

许　仙　腹中的孩儿。

XU XIAN　The baby in your womb.

白素贞　他，他，他。

BAI SUZHEN　He, he, he.

许　仙　他，他，他。

XU XIAN　He，he，he.

白素贞　他他他他他，不可出世。

BAI SUZHEN　He will not come into the world.

许　仙　啊呀，娘子！想我许仙，自小无双亲，孤苦伶仃。这世上，娘子与
　　　　孩儿是卑人唯有的亲人，唯有的骨肉。娘子，亲人，为何我的后
　　　　代，我的骨肉，他他他他他，不可出世啊？

XU XIAN　Oh，my darling. Just think of me. When I was young，my par-
　　　　ents died. I am friendless and wretched. You and the unborn baby
　　　　are my only family. Oh，my darling，why won't my baby boy come
　　　　to the world?

白素贞　那法海，要将为妻与未出世的孩儿永世压在雷峰塔下，生不如死。

BAI SUZHEN　Fa Hai is going to bury us under Laifeng Pagoda.

许　仙　卑人要与那法海拼死一命。

XU XIAN　I will fight desperately against that Fa Hai.

白素贞　许郎……为妻心中已定，唯有一条路。

BAI SUZHEN　My dear. I have made a decision. The only way is…

许　仙　娘子，你要怎样？

XU XIAN　My darling，what are you going to do?

　　　　〔白素贞将目光投向台口的酒坛，从容走去。

　　　　(*Bai Suzhen turns her eyes to the jar on the stage，and walks to-
　　　　ward it in calm.*)

白素贞　现回原形，再修五百年。

BAI SUZHEN　Show my own colors. I will redeem my life of five hundred
　　　　years.

许　仙　现回原形，再修五百年。

XU XIAN　Show my own colors. I will redeem my life of five hundred years.

白素贞　五百年。许郎，你，你好苦啊。妻有罪。

BAI SUZHEN　Five hundred years. My dear，I feel so guilty!

　　　　〔白素贞跪下，许仙随即跪下。

　　　　(*Bai Suzhen knees down，Xu Xian knees down as well.*)

许　仙　五百年，漫长的岁月啊。

XU XIAN　My darling，five hundred years. The long long time!

白素贞唱

BAI SUZHEN

《等爱》
Waiting for love

天崩地裂

Heaven is falling and the earth rending.

将我赶尽杀绝

So ruthlessly.

瞬间将永别

Parting forever in the twinkling of an eye.

等一千年也要等待

I will wait even if I have to wait one thousand times.

死一万次我也要爱

I will love even if I die for ten thousand years.

无数春去秋来

Countless springs fade into autumns.

〔阵亡水族复生,舞蹈。

(*The dead Aquatic animals relive and dance.*)

轮回滚滚缘不断

Reincarnation rolls on and our fate is everlasting.

土里相拥变尘埃

We turn into dust as we hug in the earth.

天空相拥两云彩

We turn into clouds as we hug in the sky.

枝头相拥花朵盛开

Flowers fully blossom when twigs are entwined.

来世相逢依然温暖满怀

It's still warm enough to meet in the afterlife.

何惧怕那桑田沧海

Why should be afraid of the time which brings great changes to the world?

肉体毁灭又能把我怎样

What can I do to me even if my body is destroyed?

漆黑洞里把我热血冻僵

My warm blood is frozen in the dark cave.

一个五百年若还不够长

If five hundred years are not enough，

那就再来十次五百年

Then ten sets of five hundred years are needed.

对我们俩像石头一样

For both of us are，like stones，

把外表通通都磨光

The surfaces of the stones are polished.

也不敢喊一声疼痛受伤

We won't cry out for in pain.

等一千年也要等待

I will wait even if I have to wait for one thousand years.

死一万次我也要爱

I will love even if I die for ten thousand years.

无论酷暑严寒

No matter if it's sweltering hot or freezing cold.

两颗心永远纠缠

Two hearts will always go on and on.

雨点点装满双眼西湖起波澜

My eyes are filled with tears；the waves in the West Lake cresting high.

今生忍痛断思念等我返人间

I only reluctantly part from you，until I return to the human world.

［白素贞净身仪式。

（*Bai Suzhen tides herself up.*）

［众水族高举酒坛。

（*The Aquatic animals hold up the jar high.*）

［白素贞跪地，昂首。

（*Bai Suzhen knees down，head up.*）

［众水族微倾酒坛，酒水洒向白素贞。

（*The Aquatic animals lean the jar slightly. Wine pours to Bai Suzhen.*）

［众水族簇拥白素贞至舞台深处。

(*The Aquatic animals follow Bai Suzhen to the back area of the stage.*)

〔水圆下，白素贞剪影，造型。

(*In the shadow of the circle are the shadows of Bai Suzhen.*)

〔许仙在台口中央而坐。

(*Xu Xian sits at the middle of edge.*)

〔光渐收。

(*Lights fade out.*)

〔隐隐清脆的黄莺鸣叫声。

(*The orioles' clear and melodious singing can be heard faintly.*)

剧终

The End

2018 年 4 月 19 日首演于上海虹桥艺术中心

Premiere at Shanghai Hongqiao Arts Center，2018/04/19

梁定东简介

  海派喜剧作家,上海电视台高级编导。上海戏剧家协会会员、上海曲艺家协会会员、中国曲艺家协会会员、上海电视艺术家协会会员、中国电视艺术家协会会员。从事喜剧曲艺创作40余年,多次荣获《牡丹奖》《星光奖》等各类全国奖项。其担纲制片人、总编导的情景喜剧《红茶坊》获全国情景剧优秀栏目银奖。

  海派喜剧代表作有滑稽戏《哎哟妈妈》《哎哟爸爸》《独养女儿》《今夜困不着》等。其中滑稽戏《73家房客》获上海戏剧节优秀成果奖,滑稽戏《幸福指数》《流浪狗漂幻奇遇》分别获2008年度、2014年度上海市新剧目展演优秀作品奖。滑稽戏《老来得子》获浙江省第十三届戏剧节新剧目大奖。滑稽戏《好人佬佬》获杭州新剧目优秀剧目奖,滑稽戏《皇帝不急急太监》获2017年上海市舞台艺术作品"优秀作品奖",滑稽戏《舌尖上的诱惑》获国家艺术基金2018年度资助项目。

  其个人被评为全国突出贡献曲艺家、上海文艺家荣誉奖。

滑稽戏

舌尖上的诱惑

编剧　梁定东

人　物

单国宝　（某商报记者，陈光明的挚友）30 多岁，为人正直、可爱活泼、大智若愚、小名宝宝。故大家戏称为"单宝宝"。

陈光明　（食药监局执法大队队长）30 多岁，正气凛然、工作敬业、细致认真、讲究策略。

赵九仁　（喷喷香酒业有限公司董事长）58 岁，道貌岸然、能言善辩、处世老到、阴险狡猾。

王翠花　（赵九仁的母亲）78 岁，性格开朗、天性善良、轻信他人、难辨黑白。

宋伯伯　（王翠花的邻居）75 岁，女儿支边、单身老人，追求翠花、始终不渝。

马　精　（销售经理兼地下工厂主管），40 岁，阴险狡猾、溜须拍马、见风使舵、谨言慎行。

赵美玉　（赵九仁的独生女、单国宝的女朋友）29 岁，职场精英，独立自信、忠于爱情、是非分清。

朱　莉　（赵九仁的女秘书）30 多岁，风韵犹存、爱慕虚荣、多次结婚、始终"单身"。

老工头　（地下黑工厂的老员工）50 多岁，出身贫苦、误入歧途、良心发现、反戈一击。

歹　徒　20 多岁，不务正业，好赌成性，偷鸡摸狗，拦路抢劫。

乐队指挥　（中年）见貌变色，见钱眼开。

应聘者　帖七星，詹美丽、花丹

执法队员　老张，小王。

礼仪小姐、工友、群众角色若干。

第一场

时　间　当代

地　点　香喷喷酒厂大门广场

[在《今天是个好日子》乐曲声中,香喷喷酒厂的新品推广会在广场举行。

[广场上气球高悬、彩旗飘扬,平台广告牌上《寿星牌龟鳖酒新品推广会》、十分醒目。

[幕一侧为乐队,舞台上仅一乐队手舞足蹈在指挥,表示乐队在幕后。

[另一侧为嘉宾席,舞台上仅有二排座位,同样表示后面还有好多排座位。座位上都是中老年人。

[两位礼仪小姐在向前来参加推广会的老人每位赠送一盒鸡蛋。

礼仪小姐甲、乙　欢迎光临! 签到领鸡蛋,每个人都有。

礼仪小姐甲　凭请柬领取土鸡蛋一盒。

礼仪小姐乙　(发现有位小青年)哎,请你出去! 我们这个活动的对象是中老年人,你不要想浑水摸鱼领鸡蛋。

[小青年被赶出。

单宝宝　(化妆成老人、苍老的语言):小姐,我没有请柬,可以参加吗?

礼仪小姐甲　可以,只要是老人我们都欢迎参加。

礼仪小姐乙　还好领盒鸡蛋。而且不是洋鸡蛋,是土鸡蛋,营养丰富,含有维生素 ABCDEFG……

单宝宝　你在背英文? 小姐,我知道了今天是鸡蛋推销会,这鸡蛋是什么价位?

礼仪小姐甲　老先生,不是推销鸡蛋。台上广告牌上面写了这么大的字,寿星牌龟鳖酒新品推广会。

单宝宝　哦,是推销龟鳖酒!

礼仪小姐乙　不是推销,是推广。

礼仪小姐甲　老先生请坐,就第一排。我们推广会马上开始了! 请大家往前面坐!

礼仪小姐乙　大家向前看:我们的营销主管马精先生上台了,大家鼓掌! (指挥着众人有节奏地)欢迎,欢迎,热烈欢迎!

马　精　(上)谢谢! 谢谢! 我不是外宾,我是为大家服务的普通一兵。鄙人姓马,单名一个精,精华的精。我是香喷喷酒厂的营销主管,众所周知,我们厂的寿星牌龟鳖酒是王牌产品,为了让不会喝酒的中老年人也能享受到龟鳖酒带来的福祉,我们推出了新品龟鳖丸、龟鳖粉。龟鳖是一种爬行动物,它出现在石炭纪,与恐龙是同时代的动物。我国民间有"千年乌龟,万年王八"一说。有首歌叫《再活五百年》,我想没人会拒绝吧! 只要你服用了我们龟鳖产品,你就能长寿,我老爸今年就103岁了! 因为我们用生物高科技提取了龟鳖的精华。我的名字叫马俊,原来是英俊的"俊",现在我改名为精华的"精"。本当我想连姓也改了,马是动物,鳖也是动物,干脆就叫"鳖精"。派出所不同意,再说百家姓中没有姓"鳖"的,这是表明我对我事业的忠心而已。最后我说一下由我精心编纂的广告词:长寿龟鳖酒,喝了精神抖,长寿龟鳖酒,是你好朋友。我们台上台下来个互动:长寿龟鳖酒。

众　人　喝了精神抖!

马　精　长寿龟鳖酒。

众　人　是你好朋友。

马　精　现在有请我们香喷喷酒厂总裁赵九仁先生致词。

　　　　[乐曲声中,秘书朱莉挽着赵总从一侧上。

赵九仁　(甩开朱莉)怎么不看场合? 这是推广会,不是夜总会。

朱　莉　赵总,我,我习惯了。

马　精　(马上圆场)赵总,你日理万机,非常辛苦。积劳成疾,腿脚不便,朱秘书是尽她的工作职责。

朱　莉　(马上附和)对! 我就是你的第三条腿。

马　精　(咕白)这叫有一腿! (对朱莉说)朱秘书,虽然赵总腿脚不便,但他也坚持喝龟鳖酒,病情大有好转,所以他现在已经不需要你

250

扶了。

赵九仁 （咕白）小鬼真会说话。

朱　莉 对，我们赵总就是个活广告。

赵九仁 （对众人）我也是龟鳖酒受益者，事实胜于广告，我就不多说了，谢谢大家！

马　精 赵总言简意赅！下面请顾客代表发言。

　　　[马精使眼色由工人假扮群众拿着锦旗上。

员工甲（女）　我日思夜想就要见你赵总。

马　精 别激动，别激动，

赵九仁 妈妈，你好！

员工甲 赵总，我年纪比你小，怎么叫我妈？辈分不对了！

赵九仁 常言道：顾客就是上帝，顾客就是我们衣食父母，所以男顾客就是我的老爸，女顾客就是我的老妈。

员工甲 不敢当！赵总你好，你真的是我的恩人啊！赵总，我对你的感激之情不知道怎么表达！（欲跪）

赵九仁 （忙扶起员工甲）有话好好说！

员工甲 赵总，我真的要好好感谢你。我结婚了十几年，一直没有生孩子，家里急得不得了！你知道的呀，我们农村里是老观念，没有孩子是多么可怕的一件事，我被夫家的人瞧不起，背后一直被人戳着脊梁骨说是一只不会生鸡的蛋。

马　精 （纠正）是不会生蛋的鸡。

员工甲 对！自从有了你，我就生孩子了！

朱　莉 （对赵九仁）你和她也有一腿？

赵九仁 （对甲）别乱说，你有小孩和我有什么关系？

员工甲 我太激动了！是我家老公，他自从喝了你们生产的龟鳖长寿酒，我们居然生孩子了！还是一对龙凤双胞胎。所以我真的很感激你，我也不知道送你什么，酒你有很多了，烟呢对身体也不利，所以我和我老公想来想去，想去想来，作了一首诗送给你。

马　精 这个礼物很特殊，念念！

员工甲 啊！（指赵总和马精）一边是乌龟，一边是甲鱼，加在一起是龟鳖酒，女人喝了有苗头，男人喝了神兜兜。

马　精 （指赵总）你是乌龟，我是甲鱼了？不过后二句还是很给力的，就是文学性差了点。我略作修改：龟鳖酒是个宝，女人永不老，男人最需要，他好我也好！

赵九仁 最后一句是肾宝的广告词,有版权的!

马　精 改一改嘛,我好她也好! 社会上到处都是这样,一字之差,"六神"改为"大神","蓝月亮"改成"蓝月壳"。大姐,这锦旗我们收下了! 谢谢!

　　　　　[员工甲下,员工乙上。

员工乙 赵总啊……我来迟了!(哭泣)

赵九仁 这是推广会不是追悼会。

员工乙 我的情况是这样的,我老妈半身不遂、瘫痪在床上三年多了,自从喝了龟鳖酒之后,奇迹发生了! 我老妈爬起来了,生活能自理了,居然把用了三年多的拐棍也扔掉了! 所以我今天特地来感谢赵总的。

赵九仁 我们的龟鳖酒能造福民众就是我最大的愿望。你也作诗一首?

员工乙 作诗我不会的。

马　精 送锦旗?

员工乙 锦旗我实在来不及定做。

马　精 那你——

员工乙 我为赵总献上一首歌。

马　精 你成本低的!

赵九仁 不管什么形式,都是大家的一片心意嘛!

员工乙 (唱)　龟鳖酒是好酒,好酒出自赵总的手……

众附和 好酒!

员工乙 (唱)　喝了龟鳖酒呀,上下通气不咳嗽,喝了龟鳖酒啊,滋阴壮阳嘴不臭……

朱　莉 (打断)哎,这是电影"红高粱"里的插曲,原词!

员工乙 后面不同了。(唱)　喝了龟鳖酒呀,风瘫老妈把路走,喝了龟鳖酒呀,我见了赵总要磕头! 一四七,三六九,九九归一,我再磕一个头!

赵九仁 好好,你们的心意我领了。我作为一个实业家,盈利不是目的,健康长寿才是追求。俗话讲:钱,生不带来,死也不带去。人来世上,一根脐带;走的时候,一根裤带。世界首富比尔·盖茨财富天下第一,他把身后的财产580亿美金全部捐献。多么明智! 我的财富同样来之于民,要用之于民。现在养老事业是国家的重中之重,我把盈利部分投入养老机构,我的口号是:"积善行德,快乐每一天"。阿弥陀佛,上帝保佑,圣母玛利亚,阿门!

单宝宝	（站起）赵总，我想请问你，你信的什么教？这么多的教挤在一起要打架的。
赵九仁	我信菩萨的。不管中国菩萨，还是外国菩萨，与人为善都是一样的。
单宝宝	看来你不仅是个企业家，还是个慈善家。好，Very good. очень хорошо！
赵九仁	老伯伯，你讲的是什么文？
单宝宝	中文、英文还有俄文。
赵九仁	看不出你还懂三国文字。
单宝宝	一共就会这三句。我还想请问赵总，比尔·盖茨捐了580亿美金，赵总，那你捐了多少？
马　精	你这是什么意思？
单宝宝	我意思赵总当然比不了比尔·盖茨，世界首富是吃"软饭"的。
马　精	老伯伯，这比尔·盖茨怎么是吃软饭的？
单宝宝	他掌管微软公司，不是吃"软饭"的嘛！
赵九仁	这位老伯伯蛮风趣的。我赵某当然比不了比尔·盖茨，但是我准备捐三个"意"。
众　人	（惊呼）三个亿！
单宝宝	三个亿能兑现吗？
赵九仁	当然兑现，我做慈善是一心一意、全心全意、决不是三心二意。具体数字这里就不公开了！
单宝宝	那你这些慈善款都捐赠给那些养老机构？
马　精	你是慈善基金会来查账的？
单宝宝	你误会了，我想到赵总捐助的养老机构去养老终身、欢度晚年啊。
赵九仁	老伯伯，我正在和好几家养老机构在洽谈之中——
单宝宝	赵总，那你实际看来有名无实。
马　精	（发怒）你！礼仪小姐请他出去！
赵九仁	（忙制止）何必呢！老伯伯，我的人品，我的义举你不用怀疑，我一定会兑现的。朱秘书，再送他一份鸡蛋。
朱　莉	他揭你短，还要送鸡蛋？
单宝宝	要堵牢我的嘴。再说赵总送鸡蛋也是为了促销。
赵九仁	纠正一下，是推介营销。
单宝宝	那你这个龟鳖产品保证货真价实吗？

赵九仁	那当然,我们是采用生物高科技提取的龟鳖的精华。你不信,进厂门你就可以看到那只硕大的龟鳖池,里面都是乌龟王八。
单宝宝	真是庙小妖风大,池浅王八多!
马　精	老家伙,你是来砸场子的吗? 喊保安来赶他出去!

〔正在此时。陈光明带着执法队员老张、小王上。

陈光明	赵总,你好!
赵九仁	你好! 你好!
陈光明	自我介绍一下。我是食药监局的队长陈光明,我们接到12331群众的举报电话,说你们香喷喷酒业有限公司有制假贩假嫌疑。
朱　莉	这肯定是造谣、诽谤!
陈光明	你是?
朱　莉	我是厂办秘书朱莉。
陈光明	我们食药监局执法大队是有明文规定的:一有举报就要行动。我们不管是匿名举报还是实名举报,不管是电话举报还是来信举报,只要一有线索就要调查核实。
赵九仁	一看陈光明同志年轻有为,你百忙之中到我们厂来检查工作,我表示热烈欢迎。(示意朱莉)
朱　莉	(马上转换脸色)欢迎、欢迎,热烈欢迎!
赵九仁	我们公司接受上级有关部门的监督检查。不过我们是有资质的合法企业,质量保证,请你们放心!
陈光明	赵总,你是酒业当中的元老,这家厂开了几十年,在行业中颇有知名度。
赵九仁	不敢不敢。陈队长多了解我们厂!
陈光明	但是,自从你厂推出了一款长寿龟鳖酒后,就有了举报。
马　精	那是我们的龟鳖酒,大受欢迎,销售节节攀高,同行嫉妒暗中使坏!
赵九仁	真的不怕假,假的真不了,我们全方位配合检查。
陈光明	小王、老张马上进厂随机抽取样品酒。
马　精	我带路,先参观一下龟鳖池,都是乌龟王八。
赵九仁	由我亲自陪同。
马　精	赵总,我来陪!
赵九仁	(对马精)现在我留在现场很尴尬,你在这里处理一下残局。(对张、王)两位请!

〔老张、小王随赵九仁、朱莉下。

陈光明　广大的老年朋友,最近社会上出现了较多的"保健品坑老"的问题——他们的目标就是"银发族"。

马　精　(马上抢讲)各位老客户、老朋友,你们放心,我厂生产的龟鳖酒、龟鳖丸、龟鳖粉都是三无产品。

陈光明　三无产品?

马　精　无毒无害无污染的保健产品、放心产品、安全产品,不容置疑!现在我带领大家去参观本厂龟鳖池,我们的龟鳖池,池浅王八多。

单宝宝　庙小妖风大。

马　精　哎,是厂小实力大。奏乐!

　　　　〔乐队指挥将指挥棒一甩,一曲《请把你的微笑留下》响起!

马　精　现在笑不出!

　　　　〔马精率众老人下。

　　　　〔陈光明欲跟随,被单宝宝把路拦住。

陈光明　老同志,请让一让。(单宝宝就是不让)请让一让,我要去执行公务。

单宝宝　(变回原声)怎么连老同学也不认识了?(拉陈光明至一旁)

陈光明　你是?

单宝宝　(脱去帽子,拉去胡子)我是单国宝。

陈光明　大块头单宝宝!

单宝宝　活狲精陈光明!

陈光明　我们同学时候的"外号"。好久不见,哎,宝宝,你不是在商报当记者,怎么成这个模样?

单宝宝　我是化装侦察。

陈光明　你调到公安局了?

单宝宝　不,还在报社。

　　　　〔此时,里面传出嘈杂人声:走好! 这里走!

陈光明　他们来了,我们晚上街心公园见面详谈。

单宝宝　好!(下)

　　　　〔老张、小王提着样品酒出来,赵九仁、朱莉、马精随后。

小　王　刚才我们现场已经取样品酒,根据规定请填表签字,我们进行现场封样。带回鉴定。

赵九仁　还要签字啊?(示意马精签字)

马　精　老板在,老板签。

赵九仁　你来签,又不是签拘留证,没制假怕什么!(马精签字)

老　张　请问这个酒多少钱一瓶?

朱　莉　是这样的,外面买呢是 300,内部打个折 150,你们就看着给吧。

陈光明　这可不能看着给,按市场价付。(付钱给马精)我们马上送去检验。赵总,等到检验结果出来我会通知你们的。那就告辞了!

赵九仁　小朱、小马送送客人!

陈光明　不用了!

　　　　〔陈光明、老张、小王下。

马　精　赵总,我今天一场精心策划的产品推介会被一个莫名其妙的老头子和突然来食药监局检查给搅黄了,影响了不少业务,少讲讲,100 万。

赵九仁　这说明我们工作有漏洞,要堵漏。像这种老头子他要讲,就给他发鸡蛋。

马　精　堵住他的嘴,发到他不讲为止。

赵九仁　来者不善! 对食药监局就要严防死守!

马　精　对了,赵总,产品品种扩大了,车间人手不够——

赵九仁　那就招工! 切记,外来民工为主。

马　精　身体好的、力气大的、年纪轻的、听指挥的、不说话的——

赵九仁　哑子啊? 少说话的。

　　　　〔乐队指挥上。

指　挥　老板,活动结束了,乐队不要太卖力,吹小号的小肠气也吹出来了,劳务费——

　　　　〔赵九仁手机响了。

马　精　别着急,没看见老板在忙。

赵九仁　(接手机)喂,是我! 啥? 老妈不行了! 好,我马上过来。

马　精　赵总老娘不行了。

指　挥　奏乐!

　　　　〔乐队奏起哀乐,赵九仁、马精随哀乐沉痛三鞠躬。

赵九仁　(醒悟)我妈还没死呢!(匆匆下。)

　　　　〔乐队马上又变奏《好人一生平安》。

马　精　调头调得快的。

指　挥　哎,一场庆典,一场丧事,要算二笔费用的。

马　精　死要铜钱!

　　　　〔切光。

第二场

时　间　紧接前场

地　点　赵母家：普通老工房

　　　　〔王翠花在打电话。

王翠花　美玉啊，听奶奶讲，你今天一定要来，我把你爸爸也叫来了，他工作忙么我总归有办法的，讲我生毛病要快死了，看他来不来。有人敲门了，来了来了，先挂了。

　　　　〔门铃响：宋伯伯上。

王翠花　有人敲门，一定是我儿子来了（开门见宋伯伯）

宋伯伯　你好，我是老宋！

王翠花　哦哟，我还以为是我儿子。你来了？请坐呀！

宋伯伯　谢谢！

王翠花　我去倒杯大麦茶给你喝。

宋伯伯　谢谢！

王翠花　哦哟，这个大麦茶是昨天泡的，隔夜茶喝了要生癌的。

宋伯伯　我心领了。

王翠花　那我给你叫个外卖，"一点点"奶茶！

宋伯伯　只有一点点啊？

王翠花　这是网红奶茶。

宋伯伯　就不用麻烦了。

王翠花　老宋，你来有什么事？

宋伯伯　我今天一早就到菜场去了，买了很多菜。

王翠花　你少吃点，一身病还要吃。记牢两句话"管住嘴、迈开腿"，这样可以多活几年。

宋伯伯　我是帮你买了菜。

王翠花　帮我买菜不敢当的。

宋伯伯　邻居之间帮忙是应该的。

王翠花	不过我吃东西蛮挑食的。
宋伯伯	我见两只鸡很壮，我帮你买了一只老母鸡。
王翠花	我鸡肉不吃的。
宋伯伯	为什么？
王翠花	我属鸡的。
宋伯伯	哦，我又帮你买了时鲜货——竹笋。
王翠花	我竹笋不吃的。
宋伯伯	为什么？
王翠花	我肠胃不好，竹笋吃了不消化。
宋伯伯	那我还帮你买了新鲜的蚕豆。刚刚上市赞了不得了！
王翠花	我和你有什么过节？你要谋财害命是吗？
宋伯伯	（吓得语无伦次）怎么回事？
王翠花	我对蚕豆过敏，吃了蚕豆要生蚕豆病。
宋伯伯	蚕豆病倒没听见过。
王翠花	对蚕豆过敏的人概率不大，但我就是其中之一，发起毛病来挺吓人的。
宋伯伯	对不起，我不知道你对蚕豆过敏。（一时无话可说）
王翠花	你怎么不讲了？
宋伯伯	我，我——
王翠花	你不讲，我来讲几句心里话。

（唱）　只怪我王翠花老来俏，
　　　　害得你没事就朝我家跑。
　　　　你的心思我明了，
　　　　"黄昏恋"要想和我在一道。
　　　　老年人婚事要想周到，
　　　　搞得不好就像那老房子天火烧。

老宋，我家你以后少来，因为你没有老婆，我老头子过世了。你待我好，我心里吃萤火虫明明白白，你三日二头来，难免外面有风言风语。

宋伯伯	我们两个人坐得正、立得稳，怕什么？再说现在社会也关心老年人再婚。
王翠花	我也曾经有过嫁人的想法，但是我老头子太优秀，我眼界比较高，记得有个名人说过，大概意思是这样的：（普通话朗诵似的）"我见过黄河长江，怎么会看得上小河浜？"

宋伯伯　我是"小河浜"？

王翠花　你不要生气。关键我老头子生前对我太好了，我再嫁人感觉对不住他，因此我劝你还是死了心吧。

宋伯伯　不，我也老实说，我追求幸福生活的心是不死的。

王翠花　那么这样，你和我老头子去打个招呼，做做他思想工作。

宋伯伯　好的，他在什么地方？

王翠花　滨海公墓 A 区 13 号。

宋伯伯　这个我不敢去，去了回不来的。

王翠花　我说就别让我为难了！我们不做老相好，做老相邻不是蛮好的。互相走动走动，这样我们大家不寂寞了。再说，我已经有人照顾我了！

宋伯伯　已经有人啦？年纪肯定比我小。

王翠花　不过只有三四十岁。

宋伯伯　还是"小狼狗"（年轻人）？

王翠花　瞎讲啥，此人是做保健品的，好心教我养生的。

宋伯伯　哦，是市面上推销保健品的，这种人千万不要相信他！要上当的。

王翠花　我活了这把年纪还会上当？我是阎罗王的娘——老鬼。我看人不要太准，他是真心实意的，还认我当他的干妈。

　　　　［门铃响：马精拿着一箱龟鳖粉和一盒土鸡蛋上。

王翠花　儿子来了！我去开门！（开门）说到曹操，曹操就到。

马　精　妈妈！

王翠花　乖乖！

马　精　妈妈！

王翠花　儿子！

马　精　妈咪！

王翠花　Baby！

宋伯伯　什么地方夜猫叫啊？

马　精　这位是？

王翠花　这是我邻居宋伯伯，这是我干儿子。

马　精　你好！坐！坐！老妈！你今天开会没有来，我礼品给你带来了。土鸡蛋，含有维生素 ABCDJQK。

王翠花　怎么有 JQK？

马　精　JQK 是扑克牌，你一个人在家里无聊，扑克牌通通关，一通百通。

　　　　　老妈,这几天腰怎么样?

王翠花　马马虎虎。

马　精　您坐好,我来帮你敲敲背。(给王翠花敲背)

王翠花　你这个敲背真的舒服,可以与专业媲美……

马　精　老年人总有腰酸背痛。我举手之劳,敲背能舒通筋脉、解除疲劳、促进血液循环、安神醒脑。

宋伯伯　你对她很是关心哦!

马　精　王妈妈,一个人没人照顾——

宋伯伯　她有儿子、有孙女。他们叫她搬过去住,共享天伦之乐,她就是不肯。

马　精　老人想得周全,儿子家房子不大,搬过去住不方便。

宋伯伯　他儿子住的是"别野",三上三下。

马　精　(咕白)没想到这个老太是个大客户,他儿子老板,住别墅的。(对王翠花)老妈,这个你没跟我说过。

王翠花　我儿子、孙女都上班,我去住在那里也是我一个人,等于帮他们看房子。这里虽然是老房子,周围都是老邻居,相处很融洽,谈得来。

马　精　金相邻、银亲眷。老妈,你感觉舒服吗?

王翠花　舒服,舒服。

马　精　接下来我帮你洗个脚。

宋伯伯　还洗脚?

马　精　我们公司对老年服务是有规划的。周一洗脚,周三洗头,周五洗澡。

宋伯伯　啊,还洗澡?

王翠花　对呀,他帮我放好洗澡水,放好中药艾草粉,洒上玫瑰花花瓣。然后他待在卫生间外,我去浴缸里泡澡,好舒服啊,一会儿就想睡觉了。

宋伯伯　你成杨贵妃了。

马　精　今天周一,给妈洗脚! 要知道脚是人体的第二心脏,脚上有 6 条经络,30 个穴位,经常按脚能打通经络,驱寒排毒,根除风湿,改善睡眠。

宋伯伯　讲起来头头是道。

马　精　我们都到足浴店培训过的。

宋伯伯　推销保健品还要培训足浴?

马　精	关心老人,感情投资。

[马精欲给王翠花脱鞋,宋伯伯上前看。

王翠花	不许看,你不知道男女避嫌啊! 看了我要嫁给你了。
宋伯伯	回归古代了,好,我不看。那他怎么能看?
王翠花	他是我儿子! 好了好了,老宋在今天就不洗了。
马　精	宋伯伯,对我们公司来说:一切老年人都是我们的服务对象,改天我叫个小姑娘也给你洗脚。宋伯伯,您身体怎么样啊?
宋伯伯	我身体很好,腰背硬朗!
王翠花	好什么! 一只青光眼,一只白内障,高血压,高血脂,高血糖,一样都不少。
宋伯伯	被你这么一说我快"走"(死)了!
马　精	身体不好不要紧,服用我厂的保健品就能恢复健康。问题你退休工资怎么样? 积蓄有多少?
宋伯伯	我没钱。
王翠花	别瞎说,一个月退休工资他也有好几千的;最主要她女儿,她女儿在那个上市公司是什么 WC——
马　精	CEO! 公司高层管理。
王翠花	对! 老宋啊,我劝你啊,钱乃身外之物,拿点出来买健康。吃保健品是必需的! 我吃你不吃,你就输在健康起跑线。我身体好了,你走了,我又要再守寡一次了。
宋伯伯	那你愿意嫁给我,你这么一说,我倒要考虑考虑了。
马　精	最近我们一个新品上市,叫长寿龟鳖粉,滋阴壮阳,驱除风湿,大补气血,降低三高。
王翠花	老宋,对你正适合。
马　精	得按疗程服用,三个月一个疗程,一万二。
宋伯伯	一万二? 太贵了!
王翠花	一万二你又不是拿不出! 小马,他不要,我要! 你认我妈妈为我全身心服务,我也要为干儿子完成业绩。
马　精	(假意)不用不用! 你是我姆妈,那我给你打个八折,九千六。(对宋伯伯)你是老妈的朋友,你要我也打个八折。
宋伯伯	我要和我女儿商量商量。
马　精	你生了病,不舒服的是你自己的,子女不可能替你承受。现在你是花自己的钱买健康,子女没有理由干涉;如果你女儿反对,就是不孝顺。

王翠花　此话在理。

马　精　妈妈,今天我已经把新药给你带过来了。

王翠花　你进门我就看到了。小马,帮我抽屉里一只信封拿来,里面正好
　　　　有我儿子给我一万元。

马　精　(取钱)找你四十,谢谢妈!

王翠花　这箱药帮我放在——

马　精　里面床底下。

宋伯伯　放床底下给老鼠吃?!

　　　　〔马精搬药至内室,门铃响;赵九仁匆匆上。

王翠花　这次该是亲儿子来了!

宋伯伯　我去开门。赵总,你怎么那么晚来?

赵九仁　路上堵车啊。老妈,老妈,你怎么啦? 我医院里床位已经联系好
　　　　了,我用车子送你去!

王翠花　我没什么! 老妈身体呱呱叫。

赵九仁　啊,我厂里忙得不得了,你装病骗我过来干什么?

王翠花　我不来这一招,你会过来吗?

赵九仁　我不是每天给你打电话的呀!

王翠花　电话一共三句话,我都背得出! 第一句:妈妈,你身体好吗? 不
　　　　好我老早死了! 第二句:妈妈你钱够用吗? 我又不吃山珍海味
　　　　怎么不够用? 第三句,妈妈要不要找个老头伴伴老?

赵九仁　妈妈,这句我没讲过哦。

宋伯伯　现在讲也不晚。

王翠花　你话不要多!

赵九仁　妈妈,那你叫我来到底为什么?

王翠花　今天叫你来有重要事情,给你介绍个人。我要给你介绍我的干
　　　　儿子!

赵九仁　干儿子? 你怎么不事先和我打个招呼?

王翠花　干嘛,这事我还要上电视台去公布一下吗? 小马!

　　　　〔马精走出见是赵九仁,两人都大吃一惊。

赵、马　怎么是你?

马　精　(咕白)要命啊,想不到住在老工房里老太太竟会是赵总的老娘。

赵九仁　(咕白)想不到这位干儿子竟是我的销售主管马精。

王翠花　你们俩认识的?

赵、马　(使眼色)不,不认识的。

王翠花　那我一介绍你们就认识了，这小伙子对我真好啊，生活上无微不至，还实行"三陪"。

赵、宋　哪三陪？

王翠花　陪我聊天、陪我吃饭、陪我睡觉。

赵、宋　陪你睡觉？

王翠花　你们想到什么地方去了？天冷时他送来电热毯，让电热毯陪我睡觉，给我送温暖！

赵九仁　道地的，你这张"亲情牌"打得厉害的。妈，关于干儿子的事我们改日再谈，公务在身，我要回厂了！（示意马精一起开溜）

马　精　老妈，时光不早。我也要走了！

王翠花　两个儿子，你们都不准跑，我还有件重要事情要向你们摊牌。

赵、马　什么事？

　　　　〔赵美玉匆匆上。

赵美玉　奶奶，奶奶，（见父）爸爸，你也在！

赵九仁　她老人家生病，我做儿子怎能不来？可是我上当了，妈没病！

赵美玉　奶奶啊，你没病装什么病？

王翠花　我这是一箭双雕。我一讲生病，你和你老爸都急着来看我了。

赵父女　你叫我们回来到底有什么事啊？

王翠花　美玉，你也不小了，我像你这个年龄已经四个小孩生好了。那时候是光荣妈妈，生孩子有奖励两尺红布，所以我每个孩子都有一个红字，第一个叫红中华，第二个叫红双喜，第三个叫红塔山，第四个叫红牡丹。

赵美玉　奶奶啊，你好摆香烟摊了。生那么多子女呢？

王翠花　当时穷呀，都没养活，生了9个，最后剩你爸爸了，所以叫赵九仁。今天把你和你爸都叫来，就是要三对六面把这件事定下来！美玉的终身大事！

赵、马　（关注）妈，你什么意思？

王翠花　美玉，你早已到了谈婚论嫁的年龄了，我一直想帮她找个白马王子，现在我看中一个人。

赵、马　是谁？

王翠花　小马，就是你！你待我不是亲人胜似家人！最最关键是忠厚老实人品好，尊敬长辈、孝顺老人。我今天装病特意叫我儿子、孙女都过来，玉成这桩好事，我想让你这假儿子成为真女婿。

马　精　（欣喜）我求之不得。

赵九仁　（对马精）你做梦吧。（对王翠花）老妈，美玉的终身大事岂能儿戏，这件事要从长计议。药监局的同志还在厂里，我得马上赶回去！走了！

赵美玉　奶奶，我的事你操什么心啊？

马　精　（对美玉）请允许我自我介绍一下，鄙人姓马，千里马之马，单名一个精，千里马当中的精品。今日有缘相识美玉小姐，真是三生有幸。美玉小姐真是美艳动人、美不胜收、美轮美奂、美味佳肴⋯⋯

赵九仁　你准备吃掉她啊？

马　精　此乃叫秀色可餐，美玉小姐真像块洁白无瑕美玉，璀璨夺目。

赵九仁　癞蛤蟆想吃天鹅肉。

赵美玉　你讲得累吗？我想在你名字中间加个字。

马　精　什么字？

赵美玉　加个不许放屁的"屁"。

马　精　马屁精！太难听了，还是去掉一个字吧。

赵美玉　好呀，那就把"马"字去了吧。

马　精　屁精（基友），那走路、看人都要改样了。

赵美玉　这位马屁精，不，马精，不好意思，我早有男朋友了！今晚我还要和他约会。

王翠花　真的假的？

赵美玉　绝对真的。

王翠花　你有男朋友了怎么不带过来让奶奶看看？

赵九仁　我老爸也想看看这个未来女婿。

宋伯伯　对对，我也要看看。

王翠花　这是我们的家事！

宋伯伯　知趣点，那我走了！

王翠花　给我回来！

宋伯伯　又怎么啦？

王翠花　不要忘记，明天下午二点，中福饭店，带好身份证碰头。

宋伯伯　（不解）开房间啊？

王翠花　隔壁银行拿钱买我干儿子的保健品呀！

　　　　〔收光。

第三场

时　间　当晚
地　点　公园

　　　　　　　〔陈光明身着便装，等着单宝宝。
陈光明　我这个老同学迟到的毛病改不掉的。
　　　　　　　〔单宝宝手捧鲜花出现在陈光明的身后。
单宝宝　谁说的？
陈光明　哟，吓我一跳。你现在很浪漫嘛，老同学见面还要送鲜花？
单宝宝　你不要自作多情，这个花我是给女朋友的。
陈光明　你女朋友？
单宝宝　对，我在这里先与你碰头，再和女朋友约会。
陈光明　搞得像看专家门诊一样。好，我抓紧时间，今天你为什么要化装
　　　　　侦察？
单宝宝　是这样的。前段时间，我们商报收到匿名的举报信，举报他们厂
　　　　　生产的"龟鳖酒"有问题。我对制假贩假最敏感，于是我前往网
　　　　　点的推销场所一探究竟。谁知刚进入现场，就被他们保安以这
　　　　　项活动是专为老年人打造的，年轻人不能参加为由"请"了出来。
陈光明　他们是有提防的。
单宝宝　幸好我有业余戏剧表演基础，当年我还梦想过当个明星。可惜
　　　　　没成功，演员没当成当了记者。凭着我这点艺术细胞，我今天化
　　　　　装成"老人"前去摸底。想不到和你偶然相遇了！
陈光明　这不是偶然。这是必然。是狐狸它就必然隐藏不了自己的尾巴。
单宝宝　对，白天推广会有二个顾客代表上台肉麻地吹捧龟鳖酒，似乎我
　　　　　在其他网点现场我也见过他俩。
陈光明　赵九仁此人老谋深算，早有防范，虽然现场提取了样品酒，化验
　　　　　的结果也不会有所收获。
单宝宝　老同学，我们都学过法律的。你是食药监局执法人员，现在身份

又不能去当卧底。我是商报记者,我俩正好又同时在调查这个制假疑案,俗话说:不入虎穴,焉得虎子!

陈光明　你的意思?

单宝宝　我来当《潜伏》中的余则成,《风筝》中的郑耀先。

陈光明　当卧底! 深入他们的内部,去摸清情况。

单宝宝　(点头)对!

陈光明　好! 我向你透露个讯息:这两天,赵九仁公司要公开招聘新员工,听说有个老工头得了帕金森症,急需个身强体壮的加料工,这倒是好机会。

单宝宝　我去应聘,打入他们的心脏。

陈光明　你有把握吧?

单宝宝　你放心!

　　　　(唱)　有把握　能胜任　具备三点,
　　　　　　　我出身　在农村　吃苦在先,
　　　　　　　体质强　会表演　擅长演戏,
　　　　　　　我立誓　揭真相　心明志坚。

陈光明　好!

　　　　(唱)　你此去　要查清　三大问题,
　　　　　　　这举报　匿名信　是谁写的?
　　　　　　　造假酒　黑工场　又在哪里?
　　　　　　　查账目　察明细　收集证据。

单宝宝　(唱)　我冲锋陷阵当卧底,

陈光明　(唱)　我默契配合支持你;

两人合　(唱)　我们俩合力同心,查清底细,揭露骗局,揪出这只老狐狸。

　　　　〔单宝宝和陈光明击掌。赵美玉上。

赵美玉　你们在玩什么游戏啊?

单宝宝　哟,美玉,我来介绍一下……

陈光明　我叫陈光明,是他的老同学,跟他一个宿舍睡上下铺,他样样都好,就是有个毛病,欢喜迟到……

赵美玉　啊? 怪不得每次和我约会都要迟到。

陈光明　啊? 和你约会也迟到啊?

单宝宝　抱歉,我工作的特殊性。所以是习惯性迟到。

赵美玉　特殊性? 不就是个记者嘛。

陈光明　就是嘛。

单宝宝　别看我一个小记者忙啊,起得比鸡还早,睡得比蟑螂还晚,写个不停比驴子还累,事体干得比蚂蚁多。当你看到新闻的时候,我和新闻在纸上;当你看不到我的时候,我和新闻在路上!

陈光明　我知道时间你自己把控不住。

单宝宝　希望你能谅解,好多答应你的事都放了"鸽子"。本来约好和你去看电影,临时有采访,你只能孤单单一个人去。本来答应陪你去海南岛旅游,临时有任务,你只好去崇明岛兜一圈……(发现陈光明还在)你什么意思? 你可以走了!

陈光明　哈哈,我当电灯泡了。好,我走了。喝喜酒别忘记我。(下)

赵美玉　你这个同学有点意思。

单宝宝　是的。美玉!(拿出鲜花)

赵美玉　搞得这么隆重,你要干什么?

单宝宝　我想问你一句话。我……我……我说不出口。

赵美玉　什么话?

单宝宝　怕你不答应。

赵美玉　你说呀! 不讲我怎么知道呢。

单宝宝　我说不出口。

赵美玉　我肚肠根痒了,你再不说,我可走了!

单宝宝　我说我说,我要问你,你愿不愿意嫁给我?

赵美玉　(一怔)你再说一遍。

单宝宝　你愿不愿意嫁给我?

赵美玉　你这算是向我求婚? 这么简单?

单宝宝　不,我考虑过许多方式:电影院求婚,漆黑一团什么都看不见。我想地铁里求婚,人太多我怕难为情。我想去锦江摩天轮中向你求婚,我有恐高症。我又想去东海边迎着朝霞向你求婚——

赵美玉　又怕没太阳对吗?

单宝宝　你真是我肚里的蛔虫,我的想法你全知道。

赵美玉　可女人的心思你一点不知道,求婚要郑重。

单宝宝　对,所以我先献花,还要……(取出首饰盒)这是我在网上定制的乐维斯求婚钻戒,寓意一生一世不离不弃!(单膝跪地)美玉,我爱你,希望能够和你一辈子不离不弃。

赵美玉　(感动)宝宝,我也爱你。你就是我的唯一!

单宝宝　嫁给我吧,你将成为世界上第二幸福的人。

赵美玉　(惊讶地问)那谁是世界上最幸福的人呢?

单宝宝　那当然是我啦!(作无限陶醉状)。

赵美玉　你真坏!(偎依在单宝宝怀里)

单宝宝　美玉,没想到,你这么快就答应了。

赵美玉　为什么不答应?因为我爱你。

单宝宝　你爱我什么?

赵美玉　你最大的优点就是为人正直,有正义感。还记得我俩是怎样相识的吗?

单宝宝　当然记得,也是在一个夜晚,也就在这个僻静的街心花园。

赵美玉　我看望我奶奶后回家,看见一个男青年从那里走过来——

　　　　〔闪回:随着赵美玉的描述,小强走出。

小　强　俗话说:时来运来推不开,倒起霉来一起来。今朝霉豆腐干开瓮,手气臭,臭透臭透。搓麻将有四桩最倒霉的事体,"抢扛"、"横胡"、"相公"、"一炮三响",今朝都出现在我的身上。输得赤脚地皮光,手表项链全押上。(摸出一把水果刀)我恨不能把自己手节头一节一节斩下来,想想自残不值得。(刀又放进去,忽见单身的赵美玉)天无绝人之路,来了个单身小姑娘!(环顾四周)这里花园静悄悄,来往行人特别少,我只好狗急跳墙,在她身上捞一票。

　　　　〔上前拦住赵美玉,赵美玉左躲右闪,小强左档右拦。

赵美玉　你干吗?

小　强　你哪里去?

赵美玉　我回家。

小　强　哈哈,一个小姑娘单身回家不安全,不如我送你回去。

赵美玉　请你让开。

小　强　遇上不容易。

赵美玉　你要干吗?

小　强　我不是你干妈,是你干爹。打开天窗说亮话,包,包拿过来!

赵美玉　你!我,我要喊人了。

小　强　你喊,这里黑夜静悄悄,你喊破嗓子没有用。(拿出刀子)乖乖把包拿过来!

赵美玉　(无奈把坤包递给小强)给!

小　强　识相!

赵美玉　包也给你了,快让我走。

小　强　嘿嘿嘿!天上掉下个林妹妹,我不但要抢包,还要抢人呐!(上

前非礼)

赵美玉　　(挣扎)快放开我!救命啊!

小　强　　不许叫!这四周也没人,就是有人看到多一事不如少一事,也不会有人来救你。

〔此时,单宝宝途经出现。

单宝宝　　(大声唱歌)路见不平一声吼哇,该出手时就出手哇!

小　强　　夜半歌声啊,搞出了个刘欢来了!朋友,要有个先来后到。

单宝宝　　(大喝一声)放手!

小　强　　来了个不怕死的。朋友,这事和你没关系。

单宝宝　　现在就有关系了!(步步进逼)

小　强　　(灵机一动)朋友,你误会了!她是我女朋友,我们为了一点小事争执起来了,好了,没有事了,(拉住赵美玉)来,来,不要生气,我们走!

赵美玉　　你放手!

小　强　　(轻声)刀子不生眼睛的,(大声)跟我走!

赵美玉　　他有刀!

〔单宝宝一个箭步窜上前交手,夺下小强的刀。

小　强　　朋友,我们素不相识,井水不犯河水,有本事,刀子扔掉,单挑!

单宝宝　　(扔掉刀子)单挑就单挑。

小　强　　你,你练过功夫的?

单宝宝　　我学过的。

小　强　　(咕白)我这个身体和他相比,不是一个级别,我与你打我在作死。(对单宝宝)18年后华山见,我要去练一练。包给你!(扔下包,逃窜而去)

单宝宝　　(欲追)往哪里逃!

赵美玉　　先生!

单宝宝　　(转身)姑娘,你没事吧?

赵美玉　　没事!

单宝宝　　(拿起包交还给美玉)检查一下,没少东西吧。

赵美玉　　他还来不及打开呢。哎,我想问你一个问题。

单宝宝　　你尽管问。

赵美玉　　你救人为什么要高声唱歌?

单宝宝　　不瞒你说,一、吓唬吓唬坏人,二、自己壮壮胆子,三、希望歌声能引起路人注意,一起来抓坏人。

赵美玉	你真聪明! 见义勇为,你是个好人!
单宝宝	我不是。
赵美玉	你是个好人!
单宝宝	我不是。
赵美玉	你就是个好人。
单宝宝	我真不是个好人。这话别扭!
赵美玉	真心地谢谢你。(与单宝宝握手)
单宝宝	(发现美玉手上有血)手上有血,你受伤了!
赵美玉	(发晕)啊!
单宝宝	你怎么啦?
赵美玉	我晕血!
单宝宝	我送你去医院。(背起美玉就走)

　　[回到现实。

赵美玉	你将我送到了医院,先行垫付了医药费。我手上口子还缝了四针,当我父亲来医院时,你已悄然离去。我连你姓甚名谁都不知道。
单宝宝	(唱)　路见不平一声吼,出手之后马上走。
赵美玉	又唱上了。事情过后,我一直设法找你,可是杳无音讯,似乎你在人间蒸发了。
单宝宝	我叫单宝宝,不是洋泡泡,蒸发不了!
赵美玉	于是我来到报社登寻人启事,没想到接待的人竟然就是你。这真是:踏破铁鞋无觅处,得来毫不费功夫。
单宝宝	看来这就是缘!(唱)"这就是爱,说也说不清楚"
赵美玉	(又靠在单宝宝身上,唱)"这就是爱,糊里又糊涂"。对了,今天我奶奶要给我介绍男朋友,此人戴副眼镜假斯文,阿谀奉承假惺惺,连我爸也看不上,给我K了。
单宝宝	看来我什么时候该上门去拜访你老爸了。
赵美玉	我来安排。我老爸一定会喜欢你这个女婿的。
单宝宝	你爸爸是干啥工作的? 记得你曾经提起过他是开酒的。
赵美玉	我少说了一个字。开酒厂的!
单宝宝	哟,是个老板。
赵美玉	私营企业家。
单宝宝	那你为啥要讲他是开酒的,我还以为他是个酒吧里专为客人开酒的服务员呢?

赵美玉　不是你讲的希望我俩的爱情是纯正的,不要沾上铜臭。

单宝宝　你老爸开的是哪家酒家?

赵美玉　香喷喷酒厂。

单宝宝　(一惊,推开美玉)哪家酒家?

赵美玉　香喷喷酒厂。

单宝宝　香喷喷(愣住)

赵美玉　你怎么了?

单宝宝　你吃准是香喷喷酒厂?

赵美玉　吃准的。

单宝宝　真的是喷喷香酒厂?

赵美玉　真的是喷喷香……你在绕口令啊?

单宝宝　美玉,那你爸爸这个香喷喷酒厂生产的酒……

赵美玉　货真价实——香喷喷。而且我爸爸不像其他老板唯利是图,铜
　　　　臭十足。他做事光明磊落,脚踏实地。虽然他有点钱,但是他生
　　　　活很低调的,有宝马车不怎么开,经常骑辆小黄车,他说这样
　　　　环保。

单宝宝　骑出去像功夫熊猫。

赵美玉　生活中也很简朴,从来不穿名牌衣服、背名牌包包,他不但是个
　　　　企业家,还是慈善家,经常捐款慈善事业,帮助困难的人。

单宝宝　你对你老爸的评价还是很高的。

赵美玉　(自豪地)当然啰!

单宝宝　但是美玉,人是会变的。

赵美玉　对,他现在是变了。

单宝宝　你看出来了?

赵美玉　看出来了,他变老了! 所以我想,等我们结婚后,我希望他和我
　　　　们住一起,我俩好照顾他,你看好吗?

单宝宝　我……好的。

赵美玉　宝宝。

　　　　(唱)　今夜月儿分外明,繁星闪烁亮晶晶,
　　　　　　　面对自己心上人,我要倾诉衷肠表真心。
　　　　　　　我爱你　无私无畏有品行,我爱你　憨厚老实有诚信,
　　　　　　　我爱你　才华横溢有本领,我爱你　满腔热忱有爱心。

单宝宝　(唱)　今夜月儿分外明,繁星闪烁亮晶晶,
　　　　　　　美玉对我是真情,心潮起伏难平静。

美玉是我要追求的人。她父亲是我要调查的人。

一个心上人，一个老丈人，

面对抉择难调停，真正叫我急煞人。

我是新闻传媒人，立场必需要坚定，

百姓利益需捍卫，个人私情何足论，

正义不在爱何在，人民利益重千斤，

我要快刀斩乱麻，割断这段儿女情。

赵美玉　宝宝，为何一言不发？

单宝宝　(迟疑)啊?!

赵美玉　刚才我俩还卿卿我我、互诉衷情。突然你就心事重重、一反常态。

单宝宝　我现在想冷静冷静。

赵美玉　冷静冷静？

单宝宝　刚刚我太冲动了。我，我是个记者，可能不太适宜结婚。

赵美玉　记者怎么了？记者就不好结婚了。记者又不是和尚，现在和尚结婚的——

单宝宝　我是讲当名记者的工作性质。

赵美玉　工作性质不就是采访、写稿嘛。

单宝宝　记者要以最深入的采访，以最快的速度，传播最真实的报道。不但要经常加班加点，而且还要经常出差，这次我就有一个比较长时间的出差。

赵美玉　出差会回来的，就是去支边二年、三年，也要回来的。

单宝宝　这次出差有一定危险性。

赵美玉　你要去叙利亚还是伊拉克？战地记者啊？

单宝宝　不是。美玉，我这次出差时间会很久，而且有一定的危险性。我不能让你为我提心吊胆，万一我有什么三长两短——

赵美玉　(用手捂住单宝宝的嘴)不许瞎讲！我会保佑你的，我爸爸也会保佑你的，还有我奶奶，我们一家门都会保佑你的！

单宝宝　(下意识)我谢谢你一家门。

赵美玉　啊？

单宝宝　我希望你慎重考虑，我们现在暂时分手。

赵美玉　分手，何谓暂时分手？你什么意思，你讲呀！

单宝宝　我，我讲不出口。

赵美玉　讲不出口？哦，大概你以前结过婚？

单宝宝　没有。

赵美玉　跟其他女人有过小人?

单宝宝　不,不是的。

赵美玉　那是什么,你讲呀!

单宝宝　美玉,我不好讲。非常抱歉,我请求你把求婚钻戒还给我。

赵美玉　刚才信誓旦旦向我求婚,现在瞬间变脸讨还钻戒,怪人,变态,不正常。神经病!(将钻戒盒扔下,哭泣奔下)

单宝宝　(将钻戒盒拾起,呆呆望着。)美玉!

　　　　〔收光。

第四场

时　间　紧接前场

地　点　楼面明车间和地下黑车间

　　　　〔楼面正常车间,马精、老工头在布置招聘现场,朱莉、赵九仁上。

马　精　老工头,今天要麻烦你了。

老工头　应该的。

赵九仁　小马,招聘的情况怎么样?

马　精　排队人数长又长,里三层外三层。

赵九仁　(得意)都是来应聘的?

马　精　隔壁卖网红肉松小贝的。

朱　莉　你倒不讲是卖网红青团的。

赵九仁　人到底招到没有?

马　精　普通工招好了,经过筛选我现已选了几个特殊人才,我叫他们等在门口,等候赵总面试。

赵九仁　你是销售经理,兼(指指地下)车间的主任,这事由你把关,还有你老工头。

　　　　〔赵九仁欲与老工头握手,老工头手抖握不上。

老工头　一定,一定。

赵九仁　你帕金森病越来越厉害了嘛?

老工头　是的。所以要找人接班。

赵九仁　对! 加料工岗位重要,千万不要出纰漏。

马　精　当然,赵总,那你在一旁压阵。

　　　　〔赵总、朱莉坐过一旁。

马　精　(对外)1001 号。

朱　莉　应聘的人还不少,也有一千多个了。

马　精　这个是1号,一千是我加上去的,要让来应聘的人有压力,感觉
　　　　报名人多,要进我们厂不容易,让他们没有讨价还价的余地。

赵九仁　绝顶聪明。

马　精　1001 号。

　　　　〔帖七星上。

帖七星　大家好。

马　精　请自我介绍一下。

帖七星　我姓帖,叫七星。

三　人　天吃星? 怎么有这种名字的?

帖七星　五星级、七星级的"七星"。帖子帖的帖,帖七星!

马　精　你的特长?

帖七星　到你酒厂来应聘,首先要对酒有深刻的理解:酒是商品、酒是资
　　　　源、酒是效益、酒是金钱、酒是财富。喝酒问度数是穷人,喝酒看
　　　　牌子是富人。

马　精　有点道理。我问你有啥特长?

帖七星　当然是品酒。

马　精　哦,你是个品酒师。

帖七星　别人品酒用嘴巴品尝,我品酒用鼻子闻,凭嗅觉就知道酒的年份
　　　　和产地。

赵九仁　是吗,拿酒来!

　　　　〔朱莉拿上多瓶酒。

帖七星　(用鼻闻)这是五粮液 1975;这是茅台 1980 年;这是拉菲 1994
　　　　年,这是……假酒。

马　精　嗬,真假也能闻得出。

帖七星　我还能辨别每个人身上的味道!(指马精)你昨天吃过麻辣火
　　　　锅!(指赵九仁)你刚才和女人亲过嘴! 不要抵赖!

赵九仁　(尴尬地)和我老婆。

帖七星　不对，是雪奈儿香水味道。这个女人就站在你身边！这就叫闻香识女人。

朱　莉　准足的，奇才！

帖七星　老板，不要紧张！现在家里红旗不倒，外面彩旗飘飘，有二奶、小三的人属于成功人士。

马　精　好！你先回去，等候通知。

帖七星　我等候佳音。再见！（下）

赵九仁　小马，这个人是可以考虑的。

马　精　后面人才有的是。1002 号。

　　　　〔浓妆艳抹，穿得较为暴露詹美丽踩着节奏上。上来一个 POSE。

三　人　哇！

马　精　请自我介绍一下。

詹美丽　我姓詹，叫詹美丽，人如其名，身高：168，体重 168，腰围 168——

三　人　啊？

詹美丽　腰围一尺六寸八。

马　精　学历？

詹美丽　学历又不能当饭吃。我论颜值有颜值，论身材有身材，我这种花瓶至少是个青花瓷花瓶，当你酒厂形象代言人最适合了。

赵九仁　形象长得不错。

朱　莉　不行，狐狸精！

马　精　别争！詹美丽小姐，你先回去，等候通知。

詹美丽　那我等候佳音。拜拜！（给赵九仁一个飞眼，下）

马　精　下一个 1003 号。

　　　　〔花旦内喊"来了"，随着音乐走台步上。

马　精　你叫什么？

花　旦　我姓花，一朵花的花，单名一个旦。

朱　莉　叫花旦？唱京戏啊？

赵九仁　我们是酒厂招聘，不是文化馆考演员。

花　旦　我到你们酒厂来，可以提高你们的企业文化。我会京剧的各个流派……

朱　莉　（好奇）你唱唱看。

花　旦　我先唱一段梅派。

　　　　〔花旦随音乐唱《贵妃醉酒》，众人喝彩。

花　旦　谢谢，谢谢！

〔结果花旦忘关放音机,穿帮。

朱　莉　是假唱!

赵九仁　你在弄虚作假?太卑鄙了!

花　旦　假唱怎么了,如今社会上假货横行,谁知道你们的酒是真是假?

赵九仁　下去。马精,你怎么搞的,来个揭东窗疤的!

马　精　下面还有,1004 号。

　　　　〔身着土气、打扮很不得体的单宝宝上。

单宝宝　(环顾四周)这个厂好大好大!

马　精　哎,自我介绍一下(见没有反应)你叫什么名字?

单宝宝　我叫单宝宝。

马　精　你倒不叫"屎克郎"。

单宝宝　我姓单,我妈就生了我一个儿子,开口宝宝、闭口宝宝,大名我也记不住,所以就叫单宝宝。

马　精　你今年几岁?

单宝宝　我今年 35 周年。

马　精　什么叫 35 周年?

单宝宝　我生出来时候是一周年,活了 35 年,现在不是 35 周年。

赵九仁　这个人脑子被枪打过的。

朱　莉　就算枪没打过,至少被水浸过的。

马　精　你什么地方人?

单宝宝　河东。河南山东交界地方。

马　精　你有什么特长,就是能耐?

单宝宝　我的能耐:天生人高马大,我们那边穷,交通全靠走。

马　精　环保。

单宝宝　家家都养狗。

马　精　农村。

单宝宝　通讯全靠吼。

马　精　落后。

单宝宝　睡觉全靠搂。

马　精　暖和。哎,你搂谁?

单宝宝　我搂着狗睡觉。我凭力气吃饭! 一二百斤我搂了就跑(欲搂朱莉)

朱　莉　脏,不要碰我!

马　精　你要知道,我厂生意兴隆,要经常加班。

单宝宝　加班好,加班有利身体健康,我不加班就会头昏脑涨;加班有利于减肥,加班有利于生二胎。

马　精　这和生二胎有什么关系?

单宝宝　床上不加班怎能生二胎?

　　　　〔众大笑。

马　精　这个你倒知道的。

单宝宝　你当我傻子,谁当我傻子,他自己就是傻子!

　　　　〔众又大笑。

赵九仁　这个人怎么好用呢?

老工头　好用的!赵总,这单宝宝身强力壮,四肢发达,头脑简单,有点傻呼呼。我患了帕金森症,我们急需要个加料工,单宝宝他是最佳人选。

赵九仁　有道理。老工头,你的接班人来了!

　　　　〔暗转。二道幕启黑车间,一道流水线。

　　　　〔老工头带领单宝宝进入。

单宝宝　嗬,师傅,想不到地下面还有这么大的一个车间。

老工头　这是从前的防空洞改建的。把胸牌挂好!

单宝宝　还要挂牌子?

老工头　没有胸牌的工人这里是不准进来的。

单宝宝　酒厂还有保密车间?

老工头　不要多问。能到这里来干活的都是老板、小马他们信得过的。

单宝宝　那他们也信得过你了?

老工头　说你傻你也真是傻,我是这里老工头,当然完全信得过。不过到这里干活,工资比楼上打工仔要高,还有奖金。

单宝宝　这是为什么?

老工头　不要多问。干活!把这一包包东西倒在反应锅里去。

单宝宝　这一包包是啥东西?

二人合　不要多问。

老工头　对,你的工作就是加料工。我会按比例算好,我负责算,你负责倒!

单宝宝　(提起一包)师傅,我这个动作对吗?

老工头　这又不是掼摔跤,这是掼大包,只要有力气。

单宝宝　我力气大、大力气,气力大,气力大、大力气、力气大——

老工头　说绕口令啊!

单宝宝　我用不完的就是力气。

〔切光。字幕：二个月后。幕后声：休息了！休息了！

〔光启：单宝宝、老工头和工人甲。乙、丙、丁准备休息。

工人甲　啊呀，累死了！宝宝，帮我敲敲背。

单宝宝　哦，来了！

工人甲　哎，你们看他傻吗？叫他干什么他就干什么。

工人乙　人家宝宝人好，平时自己的货搬完还一直帮我们搬东西，一搬就是几百斤。

工人丙　宝宝不但人好，厨艺也好，这里的盒饭我吃不惯，昨天下班给我烧了一个川香回锅肉，那个味道真的是，太棒了。

工人丁　这些都不算什么，前两天我生病，宝宝还替我洗衣，洗上衣，洗裤子，洗袜子，还给我洗内裤……

单宝宝　（不好意思）好了好了，别说了别说了！

〔下班铃声响，工人纷纷离去。单宝宝欲走，被老工头叫住。

老工头　你口袋里什么东西？

单宝宝　哦，师傅你对我这么好，我想买瓶酒孝敬你。

老工头　可这是我们厂的龟鳖酒？

单宝宝　我没时间出去买，就随手拿了一瓶。

老工头　这个酒我不喝。

单宝宝　干啥不喝？

老工头　不要多问。

单宝宝　师傅，我们到底生产是什么产品？

老工头　龟鳖酒、龟鳖丸、龟鳖粉啊！

单宝宝　怎么我从未看到杀一只老鳖，宰一只王八？

老工头　厂里规矩你不知道吗？

单宝宝　知道，不该看的不看，不该听的不听，不该问的不问，不该讲的不讲。

老工头　干活！

〔老工头下。单宝宝观察四周没人，开始拿出手机拍照片，尝味道，偷样品。马精突然出现在单宝宝面前。

马　精　单宝宝，你在干吗？

单宝宝　我，我没干吗。

马　精　把手伸出来！

单宝宝　（伸出左手，把手机藏在右手）

马　精　是那只手！

单宝宝　（将手机调换到左手,伸出右手）

马　精　你与我变魔术啊,两只手一起伸出来。

单宝宝　（无奈拿出）一只手机呀!

马　精　我看到你在拍照。

单宝宝　我,我在自拍!

马　精　自拍为啥要带背景,机器、设备、原料?

单宝宝　我,我——

马　精　来人! 把单宝宝拿下!

　　　　〔工人们将单宝宝推下。

老工头　（上）发生什么事情?

马　精　出事了! 新招来单宝宝看来是卧底,在地下车间里又是拍照,又是偷产品。

老工头　（惊）你准备把他怎么办?

马　精　扭送派出所?

老工头　那制假的事情要露馅的。

马　精　做掉他——

老工头　杀人灭口,触犯刑法的。

马　精　严加审问,受谁指使,查明真相,再行处置。

老工头　好,他和我关系好,由我来审问,来"讨"出真相。

马　精　对,姜还是老的辣。

老工头　等我搞清楚了,再向老板汇报。

马　精　好,你马上审问,审完立即告诉我,刻不容缓。（下）

老工头　把单宝宝带上来!

　　　　〔工人们将戴上头套单宝宝押上。

老工头　你看得见我吗?

单宝宝　我套着麻袋,怎么看得见呢?

老工头　把头套摘了。

老工头　宝宝:我问你,（拿出手机）这手机是谁的?

单宝宝　我的。

老工头　你为什么在车间里自拍?

单宝宝　（已胸有成竹）我又不想自拍的。

老工头　那谁让你拍的? 这很关键!

单宝宝　是我妈让我拍的。

老工头　你妈,为什么让你拍?

单宝宝　我妈妈想我了,所以让我每天拍张照片给她,让她好放心。

老工头　哦,你妈妈想你了! 那我再问你,拍照什么地方都可以拍,你为什么在生产的流水线上拍照?

单宝宝　我老妈不相信我在上海有个好工作,所以我要把我在工厂里工作场景、工作照拍给她看,让他安心。

老工头　哦,是那么回事! 那我再问你,你为什么要偷厂里的龟鳖产品?

单宝宝　师傅,我知道这个酒好啊,他们说喝了这个酒可以生儿子,我就偷偷拿了两瓶回家试了,我喝了好几瓶结果一点用都没有。

老工头　那为什么?

单宝宝　我没有老婆啊。

　　　　〔众人大笑。

老工头　好了好了,你们在边上我受干扰,都下去。他这个人是不见棺材不掉泪,让我单独来审问他。

　　　　〔众人下。

老工头　宝宝啊,现在没有人了。你要老老实实和我说,我可以保护你啊。你要是更遮遮盖盖,我可保不住你啊! 你最近在这地下车间究竟干了什么?

单宝宝　我没干什么。

老工头　你拍什么?

单宝宝　我没拍什么。

老工头　拍过几次?

单宝宝　就这一次!

老工头　真的就一次啊? 我告诉你,(指着监控)地下车间里好几十个探头,你干什么都拍得清清楚楚了。你到底是什么人?

单宝宝　我……河南人。

老工头　河南什么地方?

单宝宝　河南洛阳,牡丹花,还有少林寺,我最喜欢唱河南豫剧,(唱)刘大哥……

老工头　唱得不错!(突然用上海话发问)地上张 100 元啥人的?

单宝宝　(上海话)勿是我的!

老工头　你这个河南人上海话倒接得蛮快的!

单宝宝　(上海话)就会这一句……(忙改河南话)就会这一句!

老工头　好了,姓单的,你不要再演戏了,我早就注意到你了,我一转身你就鬼鬼祟祟拍照,我一不在你就偷偷摸摸偷酒偷原料! 露馅了吧！你看上去有点傻，其实你是装傻，你根本就不是来打工的，你讲，你到底来干啥？

单宝宝　我，我——

老工头　讲不出来吧！

单宝宝　好，事到如今，我也不装了。说河南话也很累！我敢做就敢当！你们这里就是个黑工厂窝点，我就是来卧底取证的。

老工头　你的身份？

单宝宝　我的真实身份是《商报》的记者。

老工头　你来这里做卧底是有生命危险的。你怕不怕？

单宝宝　怕死我就不来了。

老工头　真的？（双手颤抖更厉害）

单宝宝　你手抖得怎么这么厉害，你帕金森症毛病发作了？

老工头　我没帕金森症，你是装傻，我是装病。现在手抖是因为激动。

单宝宝　什么意思？

老工头　你们《商报》是不是收到过一封举报信？

单宝宝　是的。

老工头　这封举报信就是我写的。

单宝宝　是你写的啊？怎么回事？

老工头　我年轻的时候也是个共青团员，后来从农村出来打工，竟然上了"制假造假"这条贼船，我越干我的良心越受到谴责。老板给我奖金，别人放在冰箱里，我不知道放在哪里，又不敢花，我就寄到乡下，叫我老婆放在那个咸菜缸里。我夜里一直做噩梦，每每惊出一身冷汗，所以我假装帕金森病，想要离开这个魔窟。现在，我终于盼到你来了，这个是黑心工厂啊，不能再这样害人了。你们要一查到底，我当污点证人。

单宝宝　好，反戈一击，站出来揭露黑幕。

老工头　以前他们在假酒中兑入工业酒精，有专门的配方，规定的剂量！喝下去不会马上一命呜呼，但会慢性中毒，风险较大！现在他们更换了手法，转向生产吃不好、又吃不死的保健品，所谓龟鳖酒既没有龟，也没有鳖，厂门口龟鳖池仅仅是个广告，所谓龟鳖丸、龟鳖粉都是黄豆粉、蚕豆粉加淀粉。

单宝宝　我已经取了样品，会送交食药监部门检定。师傅！

老工头　宝宝！

　　　　［两人相拥。

老工头　现在你已经暴露了,你得赶紧离开,否则后果——

单宝宝　不,我离开了,就会牵连到你,后果也很严重,再说我还没完成
　　　　任务。

老工头　那怎么办?

单宝宝　(思索)有了! 他们会做手脚,我们也来个移花接木。我说拍这
　　　　些照片录像真的就是为了给我老妈看的。

老工头　马精是人精,他不会相信。

单宝宝　现在我的手机不是在你手中嘛,我只要再加上一段录音,就解决
　　　　问题。

老工头　是吗?!
　　　　〔单宝宝和老工头一侧录音。
　　　　〔马精上。

马　精　老工头,情况怎么了,这个单宝宝到底是何须样人? 老工头!
　　　　〔单宝宝和老工头连忙恢复成审问的模样。

老工头　我已经审明白了。

马　精　他是不是卧底?

老工头　他不是卧底,他是思念。

马　精　思念什么?

老工头　思念他妈妈,他所拍的照都是为了给他妈妈看的。

马　精　这真会相信的,你不仅有帕金森,你还有低能症。

老工头　不相信,你可以听他拍照时录的音。

马　精　还有录音,放音。
　　　　〔手机里传出单宝宝唱《不老的爸爸》改词:

妈妈妈妈妈妈妈　　亲爱的妈妈

妈妈妈妈妈妈妈　　慈祥的妈妈

他满口没有一个牙　　满头是白头发

整天哭哭又啼啼　　把儿来牵挂

妈妈妈妈妈妈妈　　亲爱的妈妈

妈妈妈妈妈妈妈　　慈祥的妈妈

我今天拍照嚓嚓嚓　　车间大不大

整天忙忙又碌碌　　赚钱寄回家

　　　　〔马精、老工头、单宝宝都随着音乐的节奏扭动起来。

单宝宝　我被绑着跳很累啊!

老工头　这个是在你抓住他前面录的,不会是假的吧。

马　精　看来是我出错了，单宝宝，你不但是个傻子，还是个孝子。好！
　　　　明天起——

单宝宝　开除我！

马　精　到我业务培训班来学习，白天我让你车间里去背袋子，晚上去认
　　　　干妈当孝子，打双份工赚大钱！
　　　　〔切光。

第五场

时　间　几天后
地　点　厂长办公室

　　　　〔赵九仁在电脑前忙着，朱莉倚在他身边。

朱　莉　你好了吗？

赵九仁　不要急，时间来得及，让我把厂里的事处理好。

朱　莉　厂里、厂里，天天厂里。我们到外面去潇洒潇洒。

赵九仁　不是已经订好今朝去澳门飞机票了嘛，那边又开了几家新的赌场。

朱　莉　澳门我不欢喜去，一直输，去去就澳门痛。（顺势坐在赵腿上）

赵九仁　哎，你胆子太大了，当心被人看见，不管怎样我是有妻室的男人。

朱　莉　你老婆远在乡下照顾她的爹妈，八竿子打不着。办公室只有我
　　　　和你，还有谁看见……
　　　　〔马精上。

马　精　赵总好！

赵九仁　（猛然站起，朱莉跌落在地）你怎么不敲门？

马　精　门开着？

朱　莉　开着也要敲。

马　精　好，我再去敲。

赵九仁　已经进来了还敲什么？

朱　莉　你看见吗？

马　精　（装傻）看见什么？

赵九仁　（对朱莉）他没有看见。

朱　莉　怎么会没有看见,我跌在地上他肯定看见的。（对马精）是吗?

马　精　哦,看见的,你爬在下面么帮赵总拾东西。

朱　莉　不要假惺惺了,我和老板的情人关系你最清楚了。

赵九仁　好了,不谈了！小马,我正要问你,你为啥要让单宝宝来参加推销培训?

马　精　老板,我要充分利用他,让他白天在车间里扛大包、做生活,晚上到老人家里送温暖、当孝子。付一份工钿,做两份差使。反正他有的是力气,做不死的。

赵九仁　好！哎,对了,最近我妈这里——

马　精　自从知道她是你老妈,我不去了！推销假货推到自己人头上去了,不像话了。

朱　莉　（嘲笑）儿子厂里生产的假保健品推销给老娘吃,天大的笑话。

马　精　不知者不罪,我怎么晓得这个老妈妈是赵总的妈。赵总,不过上次我去时留了一箱龟鳖粉,收了九千六。（拿出只信封）这钱?

朱　莉　（一把抢过）给我当赌资。

马　精　咦,她?

赵九仁　你给我,我还是要给她的。那陈光明这里有什么动静吗?

马　精　上回取证都是合格产品,后续也没见什么动静。

赵九仁　反正要小心,小心驶得万年船。对了,我女儿美玉对我说:奶奶最近精神不太好,我让她来厂里拿两个老鳖补一补,你去办一下。

马　精　好,我马上去办。（下）

　　　　〔朱莉又顺势坐在赵九仁腿上。

赵九仁　怎么又上来了！

朱　莉　你不是答应我和你那个黄脸婆离婚娶我的,什么时候办?

　　　　〔赵美玉无精打采上。赵九仁见女儿猛然站起,朱莉又一次被甩在地上。

朱　莉　（莫名其妙）你有毛病?！

赵九仁　美玉,你来了！

朱　莉　（见状,马上搪塞掩盖）我在地上帮赵总拾东西。

赵九仁　不用拾了,你快去准备一下。

朱　莉　哦（下）

赵九仁　美玉,你说你奶奶精神不太好,我看你精神也不太好嘛。

赵美玉　有啥好不好,就这个样子。

赵九仁　哎,你这个男朋友呢?讲好要让我看看的,怎么没有声音了?

赵美玉　我碰到了一个怪人,一会儿向我求婚,一会儿和我分手。

赵九仁　分手就分手。凭你的卖相,凭你爸爸的实力,你还怕找不到好的
　　　　男朋友?实在没有,爸爸给你厂里介绍。

赵美玉　你给我厂里介绍……对了,讲到厂里,爸爸,厂里生产的产品
　　　　质量有问题吗?

赵九仁　有什么问题?你爸爸厂里的产品是信得过产品。

赵美玉　那……你会变吗?

赵九仁　(感慨的)哎,人都要变的,从小变大,从大变老,这是自然规律。

赵美玉　我讲的是人会不会变坏?

赵九仁　(一愣)什么意思?

　　　　〔朱莉拖着行李箱上。

朱　莉　赵总,你出去考察要去机场,时间差不多了。

赵九仁　好的。美玉啊,你不要胡思乱想!我要出去考察几天,你自己照
　　　　顾好,把奶奶照顾好,老鳖我让人去办了,你稍微等一下。宝贝
　　　　女儿,拜拜。

赵美玉　爸爸,走好!一路顺风。

　　　　〔赵九仁和朱莉两人下。赵美玉坐在厂长座位上,无聊翻阅着
　　　　报纸。

　　　　〔马精上。

马　精　赵总!

赵美玉　(闻声拿开报纸见马精)是你?

马　精　唷,美玉小姐,你什么时候来的?

赵美玉　刚到一会儿。哦,我爸爸已经走了!

马　精　你爸爸去澳门了,他让我代为管理几天业务。临走前你爸爸已
　　　　经关照过了,说你奶奶最近身体欠佳,他让你来厂里拿两只老鳖
　　　　给奶奶补补身体,美玉小姐,你真是孝女。辈分不对,你真是孝
　　　　孙女!

赵美玉　孝敬老人是我们做小辈的应尽责任。

马　精　是呀,常言道:百善孝为先。你对奶奶一片孝心,我对你奶奶孝
　　　　心一片,我们为了共同的目标走到一起来了,我的心和你的心,
　　　　心心相印,永结同心。

赵美玉　这连不上的。请你死了这条心!

马　精　我是不会死心的,我深信我这颗热腾腾的心一定会点燃你那颗冰冰凉的心。

赵美玉　我听了就恶心!

〔单宝宝提了两只老鳖上。

单宝宝　马主任,这两只老鳖你肯定称心!

〔单宝宝和赵美玉不期而遇,四目对视。

赵、单　你!

单宝宝　马主任,老鳖捉来了,我走了!(将老鳖放在地上,赶紧回身就走)

赵美玉　慢,请留步!(对单宝宝上下观察)

单宝宝　这位小姐,我和你素不相识,我是个农民工,你上面看到下面,左面看到右面,看得我汗毛全体肃立,浑身不自在。

马　精　美玉小姐,这个农民工有点傻呼呼地,你不要去惹他,朋友,你可以走了!

赵美玉　不是他可以走了,是你可以走了!

马　精　(不解)咦,怎么回事?

赵美玉　现在我请你出去。

马　精　烧香赶出和尚。(无奈而下)什么路道? 让我偷听两人讲些什么?

赵美玉　(追寻而去)出去! 想偷听没门。

〔马精只得悻悻而下。

赵美玉　(转身面对单宝宝,突然大声)单宝宝!

单宝宝　哎!(马上否认)这里是老酒厂,又不是养殖场,没有蚕宝宝的。

赵美玉　单宝宝,你不要装了,你瞒得过别人眼睛,逃匆过我的眼睛,你的音容笑貌深深印在我脑海之中,你就是烧成灰我也认得认得出你。

单宝宝　(恢复上海话)我还没死呢,你准备把我撒到大海去?

赵美玉　你真是单宝宝! 我刚才是越看越像,心里也没有吃准,我是"铆铆"你的。

单宝宝　啊,你没吃准,蛮好我继续赖的。

赵美玉　宝宝,我真弄不懂你,那天花园会一别以后,自此音讯全无,人影不见。

单宝宝　我不是对你说过我有任务。

赵美玉　有任务,我去过你报社,他们说你请长假了! 你为什么说谎讲去外地出差? 你为什么要突然与我分手? 又为什么会出现在此地当农民工?

单宝宝 我有难言之隐。

赵美玉 你讲,你讲呀!

单宝宝 事到如今,我也不隐瞒了,有人举报这家酒厂制假造假,我就乔装改扮成农民工来暗访取证的。

赵美玉 这家酒厂是我爸爸的厂。

单宝宝 所以我为了避嫌疑提出与你分手。

赵美玉 那你查到了什么?

单宝宝 我已经查到了你爸制假贩假的黑窝点,就在这地下防空洞内。

赵美玉 不可能的。

单宝宝 我还找到了污点证人这里的老工头,他愿站出来作证。

赵美玉 不可能的

单宝宝 我还对欺骗老人的所谓营销手段作了录像,这又是一大证据。

赵美玉 不可能的。

单宝宝 现在唯一的就是要获取制假贩假的账目,极可能就在你老爸的电脑里。

赵美玉 那你可以来搜证嘛。

单宝宝 这超越了我们的权限。美玉,我希望你能在大是大非面前站稳立场。

赵美玉 他是我的老爸!

单宝宝 但他正在成为危害社会的罪人。

赵美玉 我老爸他从小教导我:要善良、要勤奋、要正直、要节俭。刚才还对我说他厂里产品都是"信得过产品"。

单宝宝 我理解你对父亲的情感,知道女儿是父亲的小棉袄。但假的总是假的,事实说明一切。

赵美玉 我,我不信,你说制假贩假的账目极可能就在我老爸的电脑里,我来打开它。

单宝宝 你知道你老爸电脑密码?

赵美玉 没有。但我是老爸的独养女儿,老爸是世上最疼爱我的人,你肯定会用我的生日作为密码,我来试一下。(按下生日密码)

单宝宝 电脑打开了!你看原料、进价、销售、利润——(赵美玉呆住了)铁证如山!

赵美玉 怎么办?我把它删掉。

单宝宝 不能删!美玉,你讲过爱我?

赵美玉　是的。

单宝宝　你爱我什么?

赵美玉　为人正直,有正义感。

单宝宝　我们应该把它交给有关部门。

赵美玉　这样不是要害了我爸爸?

单宝宝　不这样要害多少人?

赵美玉　(大声)你为什么要这样做?

单宝宝　我告诉你:因为我是个在贫困山区出来的孩子……

赵美玉　这个我知道,我没有嫌弃你。

单宝宝　我从小没有父母,是村支书和乡亲们把我养大。为了报答他们,我拼命学习,好不容易小山村出了我这个状元,我在大学里认真地勤工俭学,村里所有的乡亲都供着我读书,我拿到了第一笔的奖学金,我不舍得用,我就把这200块钱寄回老家。老支书高兴啊,拿着这200块钱到镇上买了好酒好菜招待我们村民,没想到买的是假酒,(悲情从中而来)喝完以后,不少人眼睛模糊,到后来什么也看不见了。老支书因为喝得多,结果他竟……所以我对这个假酒、假药、假保健品是恨之入骨。前不久,这个厂里有人写匿名举报信到我们报社,所以我就乔装改扮、深入虎穴,来查明真相,要把造假之人绳之以法!请你站在老百姓的立场上作出选择,是删除,还是拷贝?

赵美玉　这太难了!宝宝!(一咬牙,拿起U盘)爸爸! 这是你自找的!
〔办公室电话铃响。

单宝宝　(接电话)喂,找赵厂长。找你老爸的。

赵美玉　是宋伯伯,我是美玉,家里出什么事情! 什么,奶奶不行了!
〔马精返上。

马　精　美玉! 你们谈好了没有,我们还要给奶奶去送老鳖呢!(拿起地上的老鳖)

赵美玉　还送什么老鳖,奶奶不行了!

马　精　又不行了,真的还是假的?

单宝宝　什么真假去了再说。美玉,快走!

马　精　美玉,等等我,我是她干儿子! 阿唷,手指头被老鳖咬住了!
〔切光。

第六场

时　间　二天后
地　点　赵母家

〔王翠花半躺在床上,宋伯伯在照顾她。

宋伯伯　王妈妈,你好些了吗?

王翠花　好多了。

宋伯伯　那天你脸色苍白,神志不清,真把我吓死了!

王翠花　那你怎么没死啊?

宋伯伯　我要是死了,那天谁送你去医院? 谁给你儿子打电话?

王翠花　哎,我怎么没见我儿子啊?

宋伯伯　他去澳门了。是美玉和一个男青年赶来看你的。他们要陪夜,我硬是劝了他们回去。说你们都有工作,让我当这个护工吧,我来照顾你最合适。

王翠花　为什么你最合适?

宋伯伯　我说我是你下一任丈夫。

王翠花　我还没答应你了。

宋伯伯　老古话说得好:少年夫妻老来伴,相互照顾到永远。

王翠花　凭你对我一片真心,我就——

〔宋伯伯突然头晕,站不住脚。

王翠花　我还没说,你已经激动得不由自主站不稳了?

宋伯伯　不,不是,我突然感到头晕,天旋地转,我不行了。

王翠花　是不是血压高了,快躺下,你别吓人,别让我第二次再当寡妇了,躺下、躺下。

〔宋伯伯躺在王翠花旁边。赵九仁、朱莉推着拉杆箱上场。

赵九仁　(一路喊进来)老妈,你怎么啦? 你儿子来了! (往床上一看)要死了! 这只糟老头子,动作倒快的,已经睡到我老妈床上去了。

王翠花　冤枉! 我们俩还是第一次睡在一张床上。

朱　莉　哎,这个有啥大惊小怪,现在"行"的,老头老太婚不结的,住,住在一道,见得多了。

宋伯伯　(忙起床)搞什么,我是高血压发作,药,药,在我袋袋里。

王翠花　(给宋伯伯掏药)快点倒点温开水。

　　　　[赵九仁让朱莉倒水。给宋伯伯吃药。

赵九仁　我现在搞不懂了,到底是你生病,还是他生病?

王翠花　本来我生病,后来他生病,现在是两个人一起生病。

朱　莉　要好的,生病还一起生。你生病挑挑时间呀,真好我们去澳门你生病了。

赵九仁　飞机上手机不好开,等到了澳门,我开了手机才接到美玉发来的微信,说你生病进医院了。只好再买第二天飞机票飞回来。

朱　莉　飞机场里待了一夜天,马上回上海。家也没回,急匆匆赶到医院,医院说出院了,又赶到此地,算啥个名堂?

王翠花　儿子,她是谁啊?

赵九仁　我的生活秘书,你未来的媳妇。

王翠花　你有老婆的!

朱　莉　他答应我与黄脸婆离婚。

王翠花　儿子,你有了些钱就变心了。

赵九仁　我本想让她来照顾照顾你。

王翠花　年纪这么轻? 好做你女儿了。

朱　莉　这个现在"流行"的,老夫少妻,人家八十几岁的老教授还娶个孙女辈的女人了。

　　　　[马精手缠着绑带,提着两只老鳖上。

马　精　老妈,我来迟了! 我来迟了!

王翠花　唱《红楼梦》啊,你怎么啦?

马　精　不谈了,本来送两只老鳖给你老妈补一补,谁知道一不留意给老鳖狠狠咬了一口,还死不肯放。只好到医院做手术,缝了六针。

宋伯伯　你还在打亲情牌。

朱　莉　老宋伯伯,你亲情牌打得比他好,捷足先登上床了。

宋伯伯　我是高血压发作临时躺一下,现在药吃下去,好多了。

马　精　不是说老妈你生毛病吗?

王翠花　是我生病,前一段时间,我感觉精神不振、不太舒服。我想起了你买给我的龟鳖粉,酒我不会喝,粉我可以吃的,就吃龟鳖粉,结果前二天出现面色苍白,全身无力,脉搏微弱,幸亏宋伯伯发现送我去看急诊。

赵九仁　妈妈,你吃了龟鳖粉? (怒目对小马看)怎么回事?

马　精　老板,这个龟鳖粉吃不死人的,这不可能的!

王翠花　小马,你叫他啥?

马　精　老,老板。

王翠花　九仁,你是他的老板? 这个龟鳖酒、龟鳖粉是你厂里生产的?

宋伯伯　好极了,儿子生产的产品买给老娘吃。

马　精　大水冲了龙王庙,我又不知道她就是老板的娘,再讲我们这些保
　　　　健品是绝对吃不好,也吃不坏人的。

　　　　〔单宝宝、赵美玉和陈光明上。

单宝宝　但是也有个例,医院的化验报告已经出来了,王妈妈的病是蚕豆
　　　　粉过敏。

众　人　蚕豆粉!

陈光明　样品我们已经作了分析检验,所谓龟鳖酒根本就没有龟鳖成分,
　　　　掺入些壮阳的西地那非。至于龟鳖粉、龟鳖丸里面都是淀粉加
　　　　黄豆粉以及更便宜的蚕豆粉。

王翠花　你们为啥要掺这些粉?

陈光明　掺淀粉、黄豆粉、蚕豆粉为了降低成本,赚更多的不义之财。

王翠花　我有蚕豆过敏反应的。

单宝宝　医生讲,王妈妈是因吃了蚕豆粉引起感染溶血,一般发作为二至
　　　　九天,严重者会导致死亡。还好送得早……

王翠花　否则你们也看不见我了,儿子啊,你怎么在害你亲娘?

宋伯伯　也差点害了我啊,我原来患有"三高",本来正常吃药指标蛮正
　　　　常。你来推销这龟鳖粉,说降三高的,我正规药不吃了,出毛病
　　　　了,刚刚突发高血压,差点中风。

单宝宝　你儿子就是这家制假贩假厂的不法老板,(指马精)他就是这家
　　　　厂营销经理兼地下车间的主任。

赵、马　单宝宝,你是——

单宝宝　我是《商报》记者,到你们厂里来当"卧底"调查真相的。

赵九仁　马精啊马精啊,我提醒过你几次,这个单宝宝是真傻还是假傻,
　　　　你讲你识人头的,现在完蛋了。

马　精　你做功好的,演技比王宝强好,我上你的当了。

陈光明　宝宝把地下工厂的照片、样品,还有老工头揭发录音证据都已交
　　　　给我们了。

赵、马	老工头?
单宝宝	老工头反戈一击，现在立出来当证人。
赵九仁	想不到有一个"卧底"，还有一个"叛徒"。
单宝宝	老工头这叫弃暗投明。
赵九仁	这个事情都是他们下面人搞的，跟我没关系。
陈光明	你是一厂之长会没关系?
赵九仁	你们还有什么证据?
单宝宝	证据就在你电脑里。
赵美玉	爸爸，宝宝说有关制假贩假的账目极可能就在你的电脑里。为了证明你的清白，用我生日密码打开你的电脑，结果……
单宝宝	这就是拷贝U盘。（交给陈光明）
赵九仁	（指单）女儿，你和他是什么关系?
赵美玉	他是我的男朋友。
赵九仁	啊?! 你不是说你男朋友一会儿向你求婚，一会儿要和你分手，是个怪人神经病吗?
赵美玉	他是为了取得第一手证据、揭露真相不受干扰，而不顾儿女的私情提出暂时分手。
马　精	千万不要分手。老板，看来还有救! 他是你女婿，你是他丈人，大家都是自己人，好商量的。
赵九仁	对，女婿啊……
单宝宝	（用手制止）爸爸……不，我其实早就想和你成为自己人，成为你的女婿，可是你现在做出这样伤天害理的事……你知道吗，当美玉看到你电脑里的资料时，她有多少痛苦吗?
赵美玉	（伤心）爸爸，你在我心目中一直是个慈爱的父亲，一个正直的父亲。从小教导我：要善良、要正直，要遵纪守法……可你自己为什么要这样，要这样——（边说边捶赵九仁）
赵九仁	（悔恨、痛苦）美玉，是爸爸不好! 爸爸对不起你。我原本是个守法商人，但是在物欲横流、金钱至上的诱惑下，被贪欲蒙蔽了双眼，被金钱俘虏了良知，我愿意接受一切惩罚。美玉，我进班房，你们进洞房，祝你们早得贵子。你们结婚喜酒我肯定吃不到了，小人满月酒肯定也来不了。我努力改造，等小人十周岁我一定到。
王翠花	早知道我生你时马桶里就揿揿死算了。
宋伯伯	总归是自己儿子。

赵九仁	（对陈光明）我自首，我坦白！
陈光明	自首坦白是好事。你的地下工厂已经封存了，当务之急，就是尽快把卖出去的假酒假药假保健品赶紧召回，把对社会的危害降到最低。
赵九仁	对，为自己赎罪！
王翠花	还有他——马精！
马 精	他是首犯，我是胁从。老妈，看在我待你这样好的面上，说说情网开一面。
王翠花	你"教育"了我啊，大家眼睛张张开，这种人打亲情牌，待你好是为了骗钱。我不认你这个干儿子，我要认这个老头子。
宋伯伯	我终于好上岗了。
陈光明	马精，你助纣为虐，你也逃不了法律的制裁。
朱 莉	这和我没关系，我是出来混的。（欲溜）
陈光明	你与他们沆瀣一气，也要交代问题。走！去公安机关自首！
王翠花	（对赵九仁）儿子，老妈会来看你的！
朱 莉	（对马精）都是你，把假保健品给自己人吃，要是不给自己人吃，就没有事情了。
单宝宝	没有事情了？告诉你，如果农民种菜洒过农药，因为有毒，自己不吃卖给别人；食品加工者加添加剂，因为过量，自己不吃卖给别人；开发商造房子，因为以次充好，自己不住卖给别人……照这样发展，终将会进入一种相互伤害的模式，你觉得你占了便宜，我觉得我占了便宜，到最后谁也占不到便宜。谁都会成为别人眼中的"别人"，害人者最终必然会害己。
陈光明	（唱） 民以食为天，食以安为先，药是救命药，人命大于天，
单宝宝	（唱） 想发不义财，贪图昧心钱；好恶总有报，害人必害己。
陈光明	（唱） 有法必有依，执法必须严；保护消费者，责任挑在肩。
单宝宝	（唱） 劝君莫制假，伤天又害理；安以质为本，切切要牢记。
单、陈	（合） 让人民生活更康健，让百姓家园更美丽。
赵九仁	昧良心的铜钿不要捞。手莫伸——
众 合	伸手必被捉！

〔全剧终。

韩丹妮简介

毕业于上海大学法学院。2013年参加上海话剧艺术中土壤计划青苗班,跟随国家一级编剧喻荣军老师学习话剧编剧创作。上海话艺文化传播有限公司签约编剧,龙王戏剧工作室编剧。

主要作品有木偶剧《创世——补天》,上海市"开天辟地——中华创世神话"项目工程之一、上海文化发展基金会资助项目、上海市文联中青年文艺人才扶持项目,获塞尔维亚第20届"金火花"国际木偶艺术节"评委会特别奖"、"最佳剧作·戏剧奖"。

舞台剧《枕上无梦》,第十八届中国上海国际艺术节"扶持青年艺术家计划"委约创作项目、上海文化发展基金会资助项目。

青少年剧《假如我是霍金》《我的世界》,儿童剧《夏洛克·烦恼》《莎士比亚的箱子》《未来的三毛》。

《国乐剧场·临安桂雨》,获第十二届上海市大学生话剧节长剧组二等奖。

木偶剧

创世——补天

编剧　韩丹妮

人　物

女　娲　创世神，蛇身人面，大地之母。

小　永　人类，12 岁，顽童。

老神龟　女娲的朋友。

水　神　外形似女童。

火　神　外形似男童。

木　神　外形似老头，脑袋上长满了枝叶。

金　神　外形似老妪，凶悍，手持大斧，不能说话。

小　孩　现代的人类，10 岁左右。

男　人　女娲造出的最后一个人类。

序　幕

[光影——人。

[城市。孩子一边走路一边玩手机游戏。他撞到一个行人,行人正在做一件不环保的事。接着牵引着一个、一群城市人,做着很多不环保的事。城市变得越来越乌烟瘴气。孩子又进来,黑烟让他咳嗽了。孩子看着天空,发现天空有一个洞。然后他走向天空。

[远古时代。

[一片混沌。天地出现。树木,各类型动物出现。

[女娲用泥造人。造出最后一个男人,女娲精疲力竭。

男　　人　妈妈! 妈妈!

女　　娲　好孩子!

[人类围着歌舞。玩乐、争吵,女娲把两方分开,人又开始玩乐。淘气的人把老神龟翻了个四脚朝天,女娲解围。女娲把火种给了男人,男人把火传给所有人类。

人类合唱　《人之初》

天地分玄黄,宇宙出洪荒。

万物生发早,女娲造人忙。

山河连血脉,泥巴土色黄。

雕塑成你我,姿态万千张。

飞鸟门前过,花果遍地香。

金石守家园,树下可乘凉。

江河灌田野,烈火驱冰霜。

天人不相忘,来日好方长。

[然后继续工作,生活。

［布幕后面。

老神龟　没了,没了!

女　娲　什么没了?

老神龟　女娲,怎么能把火种交给那些人类啊!

　　　　　［女娲进入布幕前。

女　娲　神龟,只是火种而已啊。你也太小气了,孩子们只是跟你闹着
　　　　　玩儿!

老神龟　没了没了。真的没了!

女　娲　好啦! 有了火,孩子们就可以取暖,不用害怕黑夜,野兽也不敢
　　　　　伤害他们。

老神龟　人会善用火吗?

女　娲　当然! 他们可以学! 我的这些孩子呀,在大自然面前太弱小了,
　　　　　我总要留给他们一些东西,让他们自己进步。好了好了,别担心
　　　　　了,我叫火神也帮忙看着孩子们。

老神龟　那你的修行呢? 女娲,为了造人,你付出了太多,是时候该去修
　　　　　行了。

女　娲　是啊。可是,孩子们……

老神龟　不是有火神帮你看着他们……

女　娲　我再陪他们一会儿,就一小会儿。

　　　　　［在渐渐灯暗之时。

老神龟　女娲你看这些人类……

女　娲　好了好了,老神龟,他们还小……给他们一点时间,等他们长大
　　　　　了,会懂事的……

老神龟　没了没了……

　　　　　［女娲累了,睡了。

第一场

　　　　　［光影。
　　　　　［人类继续工作。伐木、火焰、敲打的声音慢慢越来越响亮。

298

〔人类影子越来越大，笼罩了整个屏幕。一切变得黑暗。

〔光影＋偶。

〔火神出现。木神被火燃烧。金神扑火。金神被融化、水神覆盖金神。金神沉底。

〔轰隆一声巨响。

〔洪水声。山林房屋倒塌声此起彼落。

〔黑暗声中，听到："不周山倒了！不周山倒了！"

〔天出现了裂痕。

〔哭声，惊恐。

〔女娲偶，乌龟偶。

女　娲　老神龟，出什么事了？

老神龟　完了，完了！不周山倒啦！

女　娲　不周山倒了？

老神龟　水神与火神相斗，水神输了，一怒之下便撞倒了撑天的不周山。天上的河水倒下来了。你看！

女　娲　糟了！我的孩子们！

　　　　〔女娲看到人类正遭遇危险。

老神龟　哼，洪水正在要他们的小命。他们这下可不敢淘气喽。

女　娲　什么？老神龟！你怎么不救他们？

老神龟　救他们？他们害得我四脚朝天，翻身不得！

女　娲　可他们跟你道过歉了呀！

老神龟　我又没有接受！

女　娲　所以你就任由火神和水神大战，既不救他们，也不把我叫醒——

老神龟　不是，不是！我可没那么坏心肠。我只是看你为了人类耗费太多心力，睡得又这么香，所以才没叫醒你。我哪知道水神会一怒之下把不周山给……

女　娲　好了，好了，别说了，还是先救我的孩子们！

　　　　〔女娲尾巴显现。

　　　　〔女娲偶＋尾巴影子。

　　　　〔尾巴从天下降，人们攀上尾巴获救。

　　　　〔天裂开的声音。

老神龟　女娲，你瞧瞧，天破了个大窟窿！

女　娲　那我的孩子就……不能让天塌下来！

老神龟　（不相信地）除非你能把那窟窿堵上！

[女娲陷入沉思。

女　娲　记得在神界修炼的时候,伏羲哥哥曾经说过,人间世界,无非四方上下、古往今来。如今天破了……我知道了! 只要把东西南北中五方神石融为一体,便可补天!

老神龟　五方神石?

女　娲　东西南北中,金木水火土。代表土的黄色神石在我这里,至于其他四方神石,自然是在金木水火四位神仙的手里。

老神龟　我知道! 可是,别忘了是谁闯下的这场灾祸!

女　娲　水神和火神?

老神龟　他们恐怕不会帮你。

女　娲　我总会有办法的。老神龟,我们走吧!

[女娲快速离场。

神　龟　女娲,我来了!!!

[神龟咬着女娲的蛇尾。

[沿途只见处处是火,一处被水熄灭,另一处又燃烧起来。

[女娲看到此景,非常伤心。

女　娲　老神龟,快告诉我,水火二神为什么会打起来? 老神龟?

[神龟要张口,却掉了下来。

神　龟　没了没了!!!

[女娲赶忙救了它。

[这时听到哭声。

女　娲　怎么还有哭声?

小　永　救命! 救……救命……

[女娲顺着声音四下寻找,终于在洪水里发现了什么,她将手伸进水里,拎出来一个男孩。男孩惊魂未定。

小　永　(看着女娲)咦? 你是谁?

老神龟　女娲,你看看这些人类,你救了他,连个谢字都没有! 还不知道你是谁! 天哪! 天哪!

小　永　天哪什么呀! 天又不会答应你! 我比那些天神都好呢! 那水神和火神突然就打起来,根本不管我们的死活,真是太过分了!

老神龟　大胆! 你这个小屁孩,你都不知道我们是谁,还敢在女娲面前说天神的不是!

小　永　女娲?

女　娲　孩子,我认识你。

小　永　你认识我?

老神龟　你不知道吗? 是女娲娘娘创造了你们这些人类!

小　永　造,造人? 女娲?

女　娲　孩子,是我不好,没有好好照顾你们。

小　永　(还没弄清情况)女娲……造人?

老神龟　女娲,不要难过,是他们没有良心。(对小永)你快走吧! 我们还
　　　　得赶路呢!

小　永　你们去哪儿?

老神龟　去补天! 去救你们这些人类!

　　　　⌈光影。

　　　　⌈天再裂开。

小　永　女娲娘娘! 你是神仙吗? 女娲娘娘,神仙娘娘,带我一起走吧!

老神龟　你跟着干嘛? 你又不认得我们!

小　永　怎么不认得? 我爷爷的爷爷的爷爷的爷爷是女娲娘娘造出的最
　　　　后一个人!

女　娲　(欣慰)好孩子,你记起了?

小　永　记得呀! 造人嘛! 用……

老神龟　嗯?

小　永　用水造人!

老神龟　用泥!

　　　　⌈女娲失落地叹息。

小　永　用水泥嘛!

老神龟　水和泥土!

小　永　对对对,水和泥土! 女娲娘娘,女神娘娘,就让我跟着你嘛! 女
　　　　娲娘娘,你既然创造了我们,又怎么忍心让我们遇险呢?

女　娲　罢了罢了。你叫什么名字?

小　永　小永,永远的永!

女　娲　你跟着来,可要乖乖的。

老神龟　不许闯祸!

小　永　我怎么会闯祸呢? 我只会帮你烧火取暖,烧火煮饭!

老神龟　还烧火???

小　永　怎么了?

老神龟　没了,没了。

小　永　什么没了?

老神龟　女娲……

女　娲　我们该走啦。

第二场

　　〔光影＋木神偶＋金神偶。

　　〔一片荒凉。木神虚弱地站着，树根被金神的碎片包围着，没有
　　　被水淹没。

　　〔很粗的树干浮沉在汪洋中，也有树枝散落在各处。远处还看到
　　　火光。木头在呼吸着，然后慢慢地树干的某一处长出了树枝，也
　　　出现了叶子。岸上有磷光。细看，磷光都有生命，都在动着。

　　〔老神龟、女娲先后上场。

　　〔神龟呼叫好友木神。

　　〔神龟爬上树干，眺望寻木神。

　　〔木神回应。散落四处的树枝也突然间活了，往树干游去，接连
　　　到树干去。树干也慢慢竖立起来。

　　〔神龟从树干上坠落，女娲救神龟回岸边。

　　〔接连树枝变成树干的脚和手，木神现身于树干中慢慢地走到了
　　　岸边。同时，嫩嫩的树叶慢慢在身上生长。

老神龟　木神，老龟我看你来啦！

木　神　老神龟？老神龟！咱们八百年没见啦！

老神龟　木神，你怎么弄成这样了？你的子子孙孙呢？

木　神　别提了别提了，就剩我苟延残喘了！

老神龟　别这么说，你头上这几枝正发芽呢！会长回来的！会长回来的！

木　神　天要塌了，你来我这儿干什么呀？你快逃命去啊！

老神龟　女娲娘娘也来了。

木　神　女娲？那个造了人的女娲？

女　娲　木神你好！水神撞断了不周山，只有集齐五方神石才能补天。
　　　　我来是想借你的青色神石一用。

木　神　这……

〔小永在后台呼唤。

小　永　喂——你们在这里吗？走这么快干嘛？

　　　　〔听到声音，木神开始颤抖。

小　永　我是人！你们是神！也不等等我！累死我了！

木　神　人来了！人来了！

　　　　〔小永上场。

小　永　你们在这儿！（看见木神）哇，好大一棵树啊！（看见地上的金属
　　　　片）欸！正好，借我一根树枝当拐杖吧！

　　　　〔小永走到木神跟前想要折下他的一根树枝。

木　神　老金！老金！女娲：小永，别！

　　　　〔木神头上残存的叶子不停地往下掉。

　　　　〔女娲、老神龟未及阻止，小永手上的金属片突然挣脱，地面随之
　　　　震动起来！地上的金属片纷纷飞起，把小永撞开，形成屏障护着
　　　　木神。

女　娲　小永!?　老神龟：金神?!

小　永　什么情况啊！

女　娲　（拉起小永）小永，别冒冒失失的！那是金神和木神！

小　永　啊？金神？木神？

　　　　〔金神冲着小永说话，声音粗鲁；转而又对木神问了一句，声音温
　　　　柔悦耳。但都没人听得懂。

木　神　（回应金神）我没事，还好你来得及时。（对女娲）女娲娘娘，麻烦
　　　　你让这个人离我们远一点！

女　娲　金神，木神，小永不是故意的，他不知道你们是谁。

小　永　（上前）对呀，我又不是故意的，而且你们也撞了我呀……

　　　　〔金神的手飞出去，与小永对峙。小永吓得躲到女娲身后。

　　　　〔金神怒气冲冲地说话，声音难听。

木　神　（附和金神）一来就砍我的胳膊！人真是可怕啊！

女　娲　小永不会再伤害你们了，我保证！

木　神　女娲娘娘，别怪我们神经紧张，现在是非常时期，万事都要小心！

女　娲　到底发生什么事了？

木　神　别提了！我的树都被烧光了！到处起火呀！幸好金神仗义，一
　　　　直守在我身边。可是火克金，火一烧，金会融化啊。后来水神来
　　　　了，她倒是好心，结果跟火神打输了，又把不周山撞了，哎哟哟，
　　　　我们又快被淹死了……

女　娲　为什么会到处起火呢?

木　神　因为……因为……

　　　　〔金神接过话头,很激动地说了很久,声泪俱下。但是大家都听
　　　　不懂。

　　　　〔金神终于说完。看着木神。

小　永　你们这些神,怎么这么麻烦呀!

　　　　〔金神又狂躁地说话。

女　娲　天快塌了。金神,木神,请你们把神石给我,待我补好了天,一切
　　　　都会恢复原样的。

木　神　你瞧瞧我们现在的样子,(一片叶子适时地掉下)我的叶子,又掉
　　　　了! 又掉了! 你看!

　　　　〔女娲飞去接住了那片叶子,施法让叶子又长了回去。

女　娲　好啦,它长回去了,比原来更绿了呢!

木　神　还真是呢! 多长几片可以吗?

女　娲　可以! 不过,你得把神石给我!

木　神　额……你再帮我长几片试试?

　　　　〔女娲施法,木神的叶子茂盛了一些。

女　娲　怎么样?

木　神　唔,还行吧……

女　娲　可以把神石给我了吗?

　　　　〔木神犹豫。

　　　　〔金神想把神石给女娲。

木　神　不行不行! 女娲娘娘,用神石换这几片叶子,我们也太亏了吧!

女　娲　我可以帮你恢复到以前的样子!

木　神　额……不行! 水神撞倒了不周山,要是咱们把神石给你补天,她
　　　　来找我们出气怎么办? 我们不想惹水神,更不敢惹火神。

女　娲　我也会找水火二神的,我还要找他们借神石呢!

木　神　那你还是先去找他们吧!

　　　　〔天上的洞又裂开一些,掉下几颗碎石。

小　永　(跳上前愤愤地)喂,你们两个老顽固,天都要塌了,还只顾着自
　　　　己! 你们还是神仙呢!

　　　　〔金神挡在木神面前,张牙舞爪,不让小永靠近。小永只好退后。

木　神　我们是神仙,天塌下来就当被盖,至于你们人类,我们可管不着。

小　永　那,那老神龟呢? 老神龟的命你们救不救! 你们不是朋友吗?

木　神　我们当然会救老神龟的！是吧，金神？

　　　　　〔金神点头。

老神龟　嘿嘿，谢谢啊——诶诶。

　　　　　〔小永突然一把抱起老神龟。

小　永　老神龟，待会儿再跟你道歉！

　　　　　〔小永把老神龟丢了出去。

木　神　哎唷！！

木神、女娲　老神龟！

　　　　　〔女娲、金神不约而同飞去，接住了老神龟。

　　　　　〔同时，小永冲到木神身边，折下他身上一根树枝。

　　　　　〔金神抱着老神龟回来。

小　永　金神，快交出神石！否则等我钻木取得了火，保证不把你烧化
　　　　　咯！（说着就要在木神身上钻）

女　娲　小永！快回来！

小　永　我要钻啦！（搓动树枝）

木　神　别别别！你要神石，给你就是！（取出青色神石）

　　　　　〔金神也同时惊恐地交出了白色神石。

　　　　　〔小永兴高采烈地抱住两块神石。

小　永　女娲娘娘，神石给你！

女　娲　胡闹！！快把神石还给人家！

小　永　啊？你不补天了吗？

女　娲　当然要补！但不能用这种手段！快还给人家！

小　永　他们说话不算话的！

女　娲　还给人家！

　　　　　〔小永委屈地抱着神石，女娲怒气冲冲地逼视他，终于还是极为
　　　　　不舍地把神石交还金神木神。

木　神　（余惊未了）女娲娘娘，你还是好好管教管教这帮人类吧！

　　　　　〔金神带着木神，离场。

女　娲　（怒）小永！你这个孩子，你怎么会想出这种办法，在木神身上取
　　　　　火，还要烧化金神，把老神龟丢出去！

小　永　我没想伤害他们！至于老神龟……金神会去救他的！

老神龟　哼！

小　永　我这都是为了快点拿到神石，补天啊！女娲娘娘，我们来不
　　　　　及啦！

［轰隆。天又裂开一些。

女　娲　小永,你在这儿待着,哪都不许去!

小　永　啊?

女　娲　老神龟你看着他,别让他胡闹! 我去找水神!

老神龟　不要啊! 我——

　　　　［女娲下场。

老神龟　(对着女娲离去的方向)别走! 别丢下我! 我又没做错,凭什么
　　　　丢下我?

小　永　(对老神龟做鬼脸)略略略!

老神龟　哼,你走开!

小　永　你怕我?

老神龟　我是神仙,我为什么怕你?

小　永　怕我吃了你!(肚子咕咕叫)说到吃,还真有点饿了呢。老神龟,
　　　　你知道哪儿有吃的吗?

老神龟　我哪知道? 我是神仙,不需要吃东西。

小　永　那怎么办,我要吃的……唉! 好想喝口热汤啊!

老神龟　喝汤? 你拿什么煮汤?

　　　　［小永假装要吃老神龟,老神龟惊吓。

小　永　逗你玩儿的!

　　　　［歌曲:《煮汤歌》

小　永　(唱)　拿什么煮? 煮什么汤? 能吃的早就被火烧光。
　　　　　　　树皮太硬,泥巴太渣,可怜的我饿得眼冒星光。
　　　　　　　洪水泛滥,大地荒凉,上哪里找吃的来煮汤?

　　　　［洪水里突然跃出一条小鱼。

小　永　哈! 就是你了!
　　　　(唱)　可爱的鱼,美味的鱼,谢谢老天我们此刻能相遇。
　　　　　　　不要害怕我,我来找你去,你是世上最最好心肠的鱼!

　　　　［小永抓住鱼。

老神龟　不行不行!
　　　　(唱)　可爱的鱼,路过这里,凭什么被你吃进肚里?
　　　　　　　它的爸妈,还有兄弟,已经被人类吃光殆尽。
　　　　　　　放过它吧,它在哭泣,它可能是这世上最后的鱼!

　　　　［老神龟一巴掌拍掉小永手上的鱼,鱼跃回水里。

小　永　(唱)　没有了鱼,煮什么汤? 能吃的早就被火烧光。

老神龟　（唱）　不要着急,仔细想想,土地里没准儿有幸存的粮?

　　　　　〔小永挖地,惊喜地挖出了土豆。

小　永　土豆!!

　　　　　〔小永收集地上的树枝,生火。

小　永　（唱）　树枝堆成山,钻木生起火。

　　　　　〔小永做土豆烧烤。

小　永　（唱）　妙手化腐朽为神奇,

　　　　　　　　我的胃你不要急,

　　　　　　　　最美味的土豆马上就属于你!

　　　　　〔火神进场。施法让烤土豆的火大了一点。

小　永　咦?

　　　　　〔火势恢复正常,小永感到很奇怪,继续烤土豆。

　　　　　〔突然烤土豆的火势又大了起来,小永不解。

　　　　　〔火神冒烟,突然一片大火。

小　永　发生什么事了?

老神龟　火神!

小　永　火神?

火　神　你们在干嘛?

小　永　我们在烤土豆。

火　神　你们的火也太小了!

小　永　不小了! 不小了!

火　神　让我来帮你们一把!

小　永　不用了不用了!

　　　　　〔火神对着火苗一吹,火一下蹿得好高,升腾起一蓬水蒸气,土豆
　　　　　变成了黑炭。

小　永　啊啊啊! 我的土豆!!

　　　　　〔老神龟偷笑。

火　神　这才是火! 老神龟,我们一起玩玩?

老神龟　额,不了吧……

　　　　　〔火神对着老神龟喷火。

　　　　　〔老神龟拔腿就跑。

老神龟　嘿嘿嘿,没烧着!

小　永　老神龟,你的尾巴!!

老神龟　啊?（回头一看,尾巴着火了)啊! 救命啊!!!

火　神　哈哈哈，痛快！痛快！

　　　　　［小永帮老神龟灭火。

老神龟　太过分了！太过分了！

小　永　火神，你跟水神打架，气得水神撞倒了不周山，害得我们倒大霉，
　　　　连木神都快被你烧死了！你你你，你好意思嘛！

火　神　(眉头一皱)嗯？你是在指责神吗？

　　　　　［火神蓄势。

老神龟　糟了糟了，火神要发怒了！

　　　　　［火神一下变得巨大，发出野兽般的低吼。

　　　　　［收光。

第三场

　　　　　［光影——水袖。

　　　　　［水底。

　　　　　［水神正委屈地哭泣。

女　娲　(场外呼唤)水神！水神！你躲到哪里去了？快现身啊！

　　　　　［水神一惊，钻进水草里。

　　　　　［女娲上场。

女　娲　水神，快出来！我是女娲，我知道你在这儿。

　　　　　［水神犹豫。

女　娲　怎么？做了错事就不敢出来了？

　　　　　［没有回应，只有水声。

女　娲　水神，我知道，金神和木神是你的朋友，对不对？

　　　　　［水神藏的水草动了动。

女　娲　我还知道，火神是你最好的朋友，对不对？

　　　　　［水草又动了动。

女　娲　朋友遭难了，你很着急。

　　　　　［水神探出半边身子。

女　娲　最好的朋友欺负金神和木神，还跟你发脾气，你一定很难过！

〔水神跳出来。

水　神　我叫他把火种收起来，他不听，还说我小心眼儿！

女　娲　所以你就把不周山给撞了？

水　神　我生气！我生气嘛！最好的朋友这样冤枉我，明明是他错了，他还不听我的劝！

女　娲　是我让火神把火种交给人类的！

水　神　那是你不好！火神也不好！

女　娲　我们再怎么不好，你也不能撞不周山呀！你可知现在天河之水倒灌，人间已成炼狱，多少生命都要被你害死了！

水　神　连你也指责我？你也觉得是我的错？

女　娲　火神是有不对，但不周山总是你撞的吧！

水　神　好，好，你们都不理解我，你们都不理解我！！！

〔水神突然发怒，甩起鱼尾，向女娲扇去。

〔女娲大怒，变身蛇尾，与水神相斗。

〔水神操纵水流，女娲用水底泥沙相抗。水神一时占据上风。

女　娲　水神，你也就是在水底能有些本事，一上岸就连火神也打不过了！

水　神　呸！你胡说！

女　娲　有胆量就跟我来呀！

〔女娲向上游去。水神紧跟其后。

〔女娲、水神先后破水而出。

〔水神制造滔天巨浪，女娲仍用泥沙相抗。泥沙的力量变大很多，很快便越聚越厚，无论水神如何施法，水流也无法冲破沙土。

〔最终巨浪消散于无形。

〔水神变成一滴小水滴，被女娲关进一只小葫芦。

〔黑色神石在水神变小时，从衣服里掉了出来，女娲捡起来收好。

水　神　放我出去！放我出去！还我黑色神石！！

女　娲　水神！我没有时间陪你胡闹！等用神石补好了天，你也算弥补了过错。

水　神　我没错！我没错！（哭了）

女　娲　别吵了！撞倒不周山，也该让你吃吃苦头！

〔远远传来小永和老神龟的呼救：女娲娘娘，救命啊！！！

〔女娲一惊，飞身离场。

〔收光。

第四场

　　〔一片焦土，到处都冒着烟。

　　〔天空一边是太阳，一边是倾泻天河之水的大洞。

　　〔火神四处喷火，老神龟和小永正使出浑身解数躲避火焰。

小　永　老神龟，你不是神嘛！除了缩头，你就没有别的本事了吗！

老神龟　我，我还会伸腿！

　　〔一道火焰喷来，老神龟把腿也缩进了壳里。

小　永　（绝望地边跑边喊）女娲娘娘，救命啊！

　　〔女娲的蛇尾进场，将小永卷走，正好避过火焰。同时撒出泥土，将火灭了。

　　〔老神龟探出头来，看见女娲，迅速跑到她身边。

火　神　喂，女娲，你凭什么熄灭我的火？

女　娲　火神，你果然在到处放火！

火　神　反正天都要塌了，不如痛快地放火玩。

女　娲　我不是让你帮我照看人类吗？

火　神　是啊，他们很好，人类很喜欢我，也很需要我。

女　娲　那好，快把你的赤色神石给我，我要补天！

火　神　那可不行，那是我的宝贝。

女　娲　嗯？

火　神　要神石也可以啊，抓到我就给你！

　　〔周围的光线突然变得特别明亮，火神变成一团火球，与环境融为一体，不见了。

　　〔火神发出一阵笑声，一会儿在左，一会儿在右。

　　〔小永顺着声音的方向扑来扑去，每次都扑空。

小　永　光太亮，眼睛都睁不开啦！

小　永　老神龟，你倒是想个办法呀？

老神龟　不能力敌，呃……只能智取？

女　娲　我有办法啦！

[老神龟、小永立即聚到女娲身边。

女　娲　别看火神这副冷酷的样子，其实他贪玩得很。（对两人一阵耳语，两人频频点头）

　　[小永将两个起火石给老神龟，两人各自躲起来。

　　[女娲飞身而起，变作一只大葫芦，葫芦里装满了沙土。

　　[葫芦在太阳上方倾斜，沙土倾泻下来，形成一片帘幕，将太阳遮住。

　　[光线暗了下来，最终漆黑一片。

　　[火神从树干后面跳了出来，四处窥探了一下，周围没有动静。

　　[这时，不时有打火石起火星，火神好奇，追上去看。但是火星无规则地四处生起，让火神晕头转向。

　　[葫芦从天而降，将火神收入。

女　娲　好玩吗？

火　神　谁！

女　娲　女娲。

火　神　你在哪儿？

女　娲　就在这儿呀！

　　[火神挣扎，赤色神石从衣服里掉了出来。

　　[小永兴奋地捡起赤色神石。

小　永　赤色神石！看你还怎么神气！

火　神　女娲！你使诈！

女　娲　我抓住了你，神石归我，你自己说的。

火　神　放我出去！放我出去！

　　[女娲怀里的水神葫芦也吵闹起来。

水　神　放我出去！放我出去！

　　[两个葫芦对峙。

火　神　水神，你也被困住了？哈哈哈哈！

水　神　你也好不到哪儿去！

火　神　我比你强，你打不过我！

水　神　呸！有本事跟我再打一回！

女　娲　不许吵架！不周山都倒了，你们还嫌不够乱吗？

老神龟　有话好好说，有话好好说。

水　神　（哭着）女娲娘娘，他和人类一起，到处点火……

火　神　不是我，是人类到处点火！

女　娲　人类怎么会到处点火？小永，到底怎么回事？

　　　　　　［小永不解。

水　神　女娲娘娘,在你修行的时候……
　　　　　　［舞台呈现出这样的画面:人类通过钻木取得了火,用火锻造了
　　　　　　兵器。人群举着火把和长戈,进入森林,肆意砍伐、烧荒、捕猎。
　　　　　　一片片树木消失,一群群动物倒下,山被夷为平地,沙暴肆虐,河
　　　　　　湖枯竭。人类毫无停下的意思,还在剩下不多的水域里,举着长
　　　　　　戈,疯狂地捕捉鱼虾……
　　　　　　［画面消失。
　　　　　　［女娲怒视小永。小永不敢直视女娲。

女　娲　小永,这是不是真的?
小　永　我们只是为了填饱肚子……
女　娲　那也不能这样毫无节制!
小　永　没,没有那么夸张……
水　神　你们只会比这更过分! 还有金神和木神,他们的矿山和森林,也
　　　　　都被你们害惨了!
女　娲　水神,我替孩子们向你道歉,还有金神和木神……
木　神　我们不要道歉!
　　　　　　［木神、金神上场。
木　神　我们并非不想补天,只是若天补好了,人类又开始胡作非为,可
　　　　　叫我们如何是好?
　　　　　　［金神表示同意。
女　娲　他们,他们不会的!
木　神　你如何保证? 靠他吗?(指着小永)
　　　　　　［众人看向小永。
小　永　我? 我一个人哪敢保证所有人……
木　神　喏,这就是你纵容的孩子了!
老神龟　木神啊,人类有的时候是很讨厌,不过——
小　永　(急得跳起来)你们神又好到哪里去了! 你们整天就知道斗来斗
　　　　　去,你们打架,我们人类也跟着遭殃。你们难道不自私? 我觉得
　　　　　你们也都很讨厌啊!
女　娲　小永别说了!
木　神　女娲娘娘,恕我们不能帮忙了。
女　娲　不! 木神,金神,我已经拿到了黑色和赤色神石,你们也该兑现
　　　　　承诺啊。

木　神　人类如此过分，你还要救他们吗？

女　娲　他们是我的孩子！

　　　　［木神、金神对视一眼。

木　神　好啊，可以给你，但是你还要把五色神石融合起来才能补天，你真的有能耐融合我们金木水火四神吗？

　　　　［水神、火神在葫芦里光芒大盛，一副水火不容的样子。

女　娲　让我试一试！

　　　　［金神、木神交出神石。

　　　　［女娲也拿出黄色神石，施法。五块神石互相碰撞，试图融合，却总是相互排斥。神石互相冲撞地碎屑纷落，最终全部掉落下来。

　　　　［女娲身心俱疲，跪倒在地。

木　神　女娲，我们已经不再是八百年前的金木水火，人类搅乱了这个世界，我们无法融合了！女娲，你跟我们一起走吧，等天塌下来，就能换一个世界啦。

女　娲　不，不……

　　　　［金神对老神龟说话。

木　神　老神龟，你呢？

　　　　［老神龟叹了口气，站到女娲一边。

　　　　［木神金神无奈地摇摇头。

　　　　［两只葫芦盖子打开，水神火神出来，和金神、木神一齐离开。

　　　　［木神的声音在天空中回荡。

木　神　女娲，你已经尽力了！不如再造一批人类，我们从头开始！

　　　　［声音消散。天又裂开一些。

小　永　（冲天大喊）不要！不要！（对女娲）女娲娘娘，你不要听木神的，你一定要想办法！你不能丢下我们不管啊！神不是应该很宽容的吗？管他谁对谁错，救人要紧啊！人不是你创造的吗？你一定要救我们呀！

女　娲　神石无法融合，我还能拿什么补天呢？是我纵容了你们，对吗？

　　　　［小永不知如何回答。

老神龟　你说的：他们还小……给他们一点时间吧……

女　娲　时间久了，就会懂事的……是我的错。真的没想到，我的孩子竟会犯下这样的罪恶，也难怪金木水火四神不愿帮我。可是我又怎能眼睁睁看着他们死呢！我宁愿那天河之水冲向的是我，也不愿孩子们受一丝一毫的苦！

老神龟　女娲,别忘了,你是神!

女　娲　我是神,却无法保护我的孩子……我创造了他们,却没有好好地
　　　　教导他们……

老神龟　谁都无法永远保护自己的孩子。自己犯下的过错,本该自己承
　　　　担责任。也许……木神说的,是个办法。

　　　　〔小永惊慌。

老神龟　再造的人类,该好好想想,要赐予他们什么样的品性。

女　娲　(自言自语)再造一批人类……

　　　　〔洪水像一面镜子,反射出女娲的身影。

女　娲　(唱)　《还有什么能给你?》

　　　　　　　　我听见孩子正在哭泣,山崩海啸末日降临,
　　　　　　　　如果能够重来一次,还有什么能给你?
　　　　　　　　他们说你吵闹顽皮,我却爱你聪明伶俐,
　　　　　　　　无穷智慧、勤劳双手,还有什么能给你?
　　　　　　　　黄色皮肤黑色的眼,我们生的如此相像,
　　　　　　　　只盼幸福伴你成长,
　　　　　　　　但一切变了,天塌地陷因你错了,
　　　　　　　　可恨烈火似豺狼,来日方长成梦一场。
　　　　　　　　孩子孩子你怎会这样? 快乐转眼变作悲伤,
　　　　　　　　难道智慧其实残忍? 难道勤劳为欲望?
　　　　　　　　为了胜利暗耍心计,为了得到可以放弃,
　　　　　　　　我们其实如此相像,还有什么能给你?
　　　　　　　　就算重来一次,问自己,骨肉相亲怎舍放弃?
　　　　　　　　我们生的如此相像,还有什么能给你?

　　　　〔女娲看着自己的倒影,捧起一抔土,捏出了一个小人儿。
　　　　〔女娲把小人放到地上,小人儿立即活了起来,张开双臂冲着女
　　　　娲喊:妈妈! 妈妈!
　　　　〔女娲想抱起小人儿,突然,一块碎石掉下来,正要砸到小人儿!

女　娲　(惊呼)孩子!

　　　　〔女娲扑上去,将小人儿死死护在身下。
　　　　〔天壳的一角开始下沉。
　　　　〔石头砸在女娲身上,女娲受伤。

老神龟　女娲,小心!

　　　　〔女娲抬手支撑天。

314

女　娲　快救这个孩子！

　　　　［小永冲过来，救起女娲刚造的人，跑开。

　　　　［女娲就要支撑不住。

　　　　［老神龟翻倒，四脚朝天，不断变高变大。天壳被渐渐撑起。

老神龟　我来帮你顶住！

女　娲　老神龟！

老神龟　女娲，还是救救天地吧……不然，全都没了……什么都没了……

　　　　［小永冲到女娲身旁，发现女娲受伤。

小　永　女娲娘娘，你的血！

　　　　［女娲的鲜血滴到一些神石碎片上，碎片融合一体。

女　娲　原来，这才是融合四方神石的办法！

小　永　女娲娘娘……

女　娲　孩子，我会让五方神石融合的，只是我再不能陪你们了，以后你
　　　　们千万千万别再犯这样的错了！

　　　　［天又裂开了。

　　　　［女娲抛出四块神石，飞身而起，来到四块神石中央。

　　　　［金木水火四神出现。

老神龟　女娲，你要用毕生的法力来融化神石吗？你会元神俱损的！

小　永　（哭）女娲娘娘！我们错了，我们错了，你别离开我们！！

女　娲　我创造了人类，人类有错，我又何尝无过？我是创世之神，万千
　　　　生灵，我愿给他们一次改正错误的机会；我也是人类的母亲，我
　　　　愿为他们付出所有！

　　　　［光影。

　　　　［女娲用身体将五块神石融合成一块五彩石。

　　　　［五彩石飞向大洞，天空恢复了平静。原来的大洞处，泛出五彩
　　　　光芒。

　　　　［四神默默散开。水神施展法力，恢复了河湖；金神施展法力，恢
　　　　复了高山；木神恢复了植被；火神变成一盏灯，落到小永的手里。

　　　　［小永小心地捧着灯，人类渐渐聚集起来，望着天边。

　　　　［晨曦初现。

　　　　［回到幕前，回到现在，小孩看到了那个洞和很多的烟雾。

　　　　［布幕升起，女娲在远处。小孩走向她。

　　　　［咔啦一声，天空又掉下一块碎石。

　　　　［剧终。

ALONG THE VALLEY OF GEMS

—— 2018 上海新剧作(下)

上海市剧本创作中心 编
Shanghai Creative Center of Arts & Culture

上海人民出版社

目录 (按剧名笔画排序)
CONTENTS

罗周简介

复旦大学文学博士,国家一级编剧,现任职于江苏省文化和旅游厅剧目工作室。主要上演作品有:昆剧《春江花月夜》《顾炎武》《醉心花》《我,哈姆雷特》,京剧《孔圣之母》《大舜》,锡剧《一盅缘》《独角兽之夜》,淮剧《李斯》《宝剑记》,扬剧《衣冠风流》《不破之城》,越剧《丁香》《乌衣巷》,音乐剧《鉴真东渡》《桃花笺》,秦腔《望鲁台》,楚剧《万里茶道》,话剧《张謇》等。作品六获田汉戏剧奖剧本奖、两获曹禺戏剧文学奖,另有《太白莲》等7部长篇小说出版发行。

昆　剧

我，哈姆雷特

（根据［英］莎士比亚剧作《哈姆雷特》改编）

编剧　罗　周

人　物

哈姆雷特(生)

亡　　灵(净)

奥菲利亚(旦)

掘　墓　人(丑)

哈姆雷特　What is he whose grief Bears such an emphasis? whose phrase of sorrow Conjures the wandering stars，and makes them stand Like wonder wounded hearers? This is I，Hamlet the Dane.

（何人心内，悲伤如斯？哪个哀吟，惊落流星？是我，是我！丹麦王子哈姆雷特！）

〔幕后，各种声音交织着。

国　　王　抛弃无益的悲伤，把我当做你父！

王　　后　抬起头，别总在泥土中寻亲！

波洛涅斯　这是恋爱不遂的疯癫！

奥菲利亚　天啦，救救他，让他清醒过来！

国　　王　我给你的恩宠，好似慈父之于他的亲子！

亡　　灵　血液凝结成冰，双眼似星辰飞堕，记住我，记住我！

王　　后　哈姆雷特，你大大忤悖了你的父王！

哈姆雷特　不，不——我之魂灵，洁似冰雪、贵如金玉，不肯屈就、休使玷污！

〔地狱业火，熊熊燃烧。

〔亡灵的咆哮、奥菲利亚的歌吟、掘墓人的嬉笑、哈姆雷特的叹息……种种声音交织着。

掘　墓　人　（念）　一把铁铲一柄锄，

　　　　　　　　　　殓过几多伟丈夫。

　　　　　　　　　　当时风月争夸耀，

　　　　　　　　　　刹那惟余白骨枯。

谁造的东西比泥水匠、船匠、木匠更坚固？是掘墓人！他造的房子，人人有份，牢不可破！看，这个骷髅，里面曾有一根舌头，也会唱歌，也会调笑，也曾发号施令，或者阿谀奉承，可是现在，谁在乎它说过什么？

亡　　灵　俺好恨也，好恨恨恨也！

　　　　　（唱）　【画眉序】

　　　　　　　　　　幽狱任沉沦，

　　　　　　　问谁个玉堂金马占得稳。

　　　　　　　慢说分两界，

　　　　　　　来往皆归人。

　　　　　　　老猿啼万声千声，

　　　　　　　旧骷髅浪滚云滚。

　　　　　　　汉唐宫阙今安在，

　　　　　　　无非兔窟狐径！

掘　墓　人　喏喏喏，这个骷髅，也曾明眸善睐，也曾笑脸如花，如今么，秋
　　　　　　水枯尽，花叶成泥，又有哪个怜惜？谁人记得？

奥菲利亚　怎般春色，好欢喜人也！

　　　（唱）【醉花阴】

　　　　　　　凝睇时摇漾花影，

　　　　　　　行来处鸳鸯交颈。

　　　　　　　拖曳紫罗裙，

　　　　　　　袅袅婷婷，

　　　　　　　休负了销魂景。

掘　墓　人　奥菲利亚，谁夺走了你的爱？先王亡灵，谁接过你的仇恨？在
　　　　　　这里，生死之间，无非一把泥土、几块石头。嘿，有个人，就站
　　　　　　在这石头中间，泥土之上——哈姆雷特！

哈姆雷特　（念）　开到荼蘼恨春去，

　　　　　　　　萧萧落叶恼秋来。

　　　　　　　　凭谁看破春秋事，

　　　　　　　　不过歌台与泉台！

　　　　　　　　To be, or not to be-that is the question.

　　　（唱）【北黄钟·喜迁莺】

　　　　　　　悄悄静静，

　　　　　　　一边厢九地玄冥。

　　　　　　　欢腾，载歌载吟，

　　　　　　　一边厢百味红尘。

　　　（夹白）那春秋荼毒、风刀霜剑呵！

　　　　　　　是低眉哑忍？

　　　　　　　是强项怒目？

　　　　　　　或屈或伸！

　　　　　　我是个勇士，还是个懦夫？那秋风扫荡黄叶，那冰雪覆盖万

里！我该逆风而行,还是缩首潜身？我该一往无前,还是三思而行？该闭口缄默,还是放声高歌？是进是退,何去何从！

[亡灵内声:儿啦！

[奥菲利亚内声:殿下！

[两个声音交织错落,互不相让。

哈姆雷特　先王！奥菲利亚！爹爹！卿卿！

掘　墓　人　瞧！那鬼魂招手,叫你跟他去,好似有话要对你说。

哈姆雷特　我跟他去！

掘　墓　人　别跟着他！

哈姆雷特　我要去！

掘　墓　人　万万不可！

哈姆雷特　何惧之有？我之生命,轻似尘埃;我之魂灵,重过山岳！喏喏喏,他在唤我,那无常运命,在唤着我哩！爹爹,爹爹！咦！他自无言,只管向前！走走走,我跟你走！

(唱)　【出队子】

　　　　跌撞涉苦境,

　　　　哀哀风啸凛。

　　　　近奈河双眸接乱昏,

　　　　蓦地峻崎如蜀岭,

　　　　笼雾烟重开旧坟茔！

父王,却为何你长眠的骸骨不安墓穴？却为何坟墓张开巨口,将你吐放？是这样阴森黑暗,恐怖莫名！唉,他默默不语,步履不停。走吧,我跟你走！

(唱)　【刮地风】

　　　　经行酆都十八层,

　　　　骨栗战兢兢。

　　　　磨捱椎捣阎罗令,

　　　　血池涛腥。(夹白)呀,不觉来至这十八层苦狱！

　　　　呼地衔恨,

　　　　叫天无应。

　　　　被欺凌,耐伶仃,

　　　　酸泪交迸！

　　　　不消愁,惑又侵,

　　　　溯本追因。

	我不愿再前行了！说,你待领我何往?
亡　灵	听我说。
哈姆雷特	我在听。
亡　灵	不,你还是不听的好!
哈姆雷特	快说,快讲!
亡　灵	我么! 乃是你父亡灵! 生时孽障未尽,死后地上行游,千捱万忍,烈焰焚身!
哈姆雷特	烈焰焚身!
亡　灵	只为大仇未报,不得安息!
哈姆雷特	什么仇儿?
亡　灵	你……你不听的好!
哈姆雷特	快说,快讲!
亡　灵	杀身之仇,冤死之恨!
哈姆雷特	杀身之仇,冤死之恨!?
亡　灵	岂不闻,杀父之仇,不共戴天;夺母之恨,不共履地!
哈姆雷特	告诉我,我那仇人何在? 仇人哪里?
亡　灵	你欲报仇,千难万险,自身难保!
哈姆雷特	父母之仇,焉得不报? 抛头沥血,九死无憾!
亡　灵	如此,你去吧,去吧,去!
哈姆雷特	我去,我去……

　　　　　　〔奥菲利亚内声:殿下、殿下!

哈姆雷特	奥菲利亚?(似见其人)我神仙般的姐姐、魂灵的鸳侣,最美丽的奥菲利亚!
奥菲利亚	殿下! 四处寻你不见,你却在这里。快来,快来!
哈姆雷特	哪里去?
奥菲利亚	这里来! 谄媚人的茴香、忠诚的漏斗花,花开正盛;悔恨的芸香,飘溢芬芳,还有那骗人的雏菊、忠贞的紫罗兰,都在花园欢聚,随风摇曳,以待嘉宾。
哈姆雷特	好好好,我的魂灵跟随你的裙摆,去赏那春光! 正是:不到园林,怎知春色如许!

　　　　　　(唱) 【四门子】

　　　　　　　　　杜鹃啼热山如镜,

　　　　　　　　　奈何天,正良辰。

　　　　　　　　　画廊迤逗调金粉,

俯池波,跃银鳞。

卷云霞,啭燕莺,

缭乱梅柳闹春情。

好姐姐呀!

我与你两偕行十二亭,

数春信何处不春心?

奥菲利亚,你是这园中最娇媚的花,百鸟欢鸣,怎及你轻细笑语。我只求在这花园之内,做你生生世世的夫婿。

奥菲利亚　好似贞洁伴着美丽?

哈姆雷特　不!美丽可使贞洁变为淫荡,贞洁却未必能感化美丽。我之爱你,摇凌红尘,恨不朝朝暮暮,相依相偎,陶然而醉,共此安眠!

奥菲利亚　岂不美哉?

哈姆雷特　当真快活!

　　　　　〔亡灵内声:醒一醒!

哈姆雷特　谁在唤我?

掘　墓　人　没人叫你。

　　　　　〔亡灵之声再起:醒一醒!

哈姆雷特　哪个呼叫?

掘　墓　人　是鬼,是鬼!

亡　　灵　被情蒙蔽的双眼,只见园中,姹紫嫣红;被仇恨牵引之心,却能发现那逆天害理、骇人听闻,亦在此中!

哈姆雷特　怎么,骇人听闻、逆天害理,也在这花园之内?

亡　　灵　不错!你若听闻此事无动于衷,那你比忘河之滨的蔓草更冥顽不灵!来呀,用血肉的凡耳,接受这魂飞魄散:乱伦的奸淫、无耻的背叛!随后,你可用你的法儿,去检证一切!

哈姆雷特　法儿?我的法儿!便在这氍毹之上、粉墨之间!在这荒腔走板、手眼身步!君不见,方寸戏台,大千世界!才子佳人,十分旖旎;帝王将相,万里开疆,离合悲欢,概莫能外!台上号啕,台下饮泣;台上高歌,台下低吟;台上言笑,台下抚掌;台上痴狂,台下迷醉,手以舞之,足以蹈之!谁人不在戏中,哪个不曾扮上?来来来,凭着一本戏,我将探视君王的魂灵、发掘他内心的隐秘!

　　　　　〔众伶人(布偶)表演戏剧。

伶　　王　我统驭无边的疆土,却拦不住衰老的脚步。

伶	后	我的主，你近来这样多病，叫我满心忧惧。
伶王之侄		他枯朽的身体，凭什么占据王位？
伶 王	（唱）	【双声子】
		垂垂老，垂垂老，
伶 后	（唱）	结发恩，百年好。
伶王之侄	（唱）	步悄悄，步悄悄，
伶 王	（唱）	树下鼾，花前觉。
伶王之侄	（唱）	提耳面，灌狂药。（将毒灌入伶王之耳，伶王毙命）
伶 后		啊呀主上！主上！
	（唱）	人君宾天，臣妾嚎啕！
		是谁！是谁杀了你，主上！
伶王之侄		美丽的王后，别为死者涕泣！你该高兴，我做了国王，将比你前夫更爱你。
伶 后		真的吗？更加爱我？
伶王之侄		以瓶中毒药起誓！
伶 后		啊……我的君王、我的主人、我的夫婿！
三 人	（唱）	提耳面，灌狂药。
		和鸣琴瑟，赞贺新朝！

　　〔业火熊熊，幕后，亡灵发出惨痛的咆哮。

哈姆雷特	天啦，泪水淹没了戏台！地啦，戏词震聋了双耳！无罪者惊骇，有罪者狂乱！看御座之上，贼子观戏，面色慌张、噤若寒蝉！我父身死非命，赫赫昭然！奸贼！奸贼！我的叔父，笑里藏刀，口蜜腹剑，弑君作乱，篡夺江山！我，哈姆雷特，怎能袖手？岂可默然！报仇，报仇——报仇！

　　（唱）　【水仙子】

　　　　放，放，放，放恣悲声，

　　　　洗，洗，洗，洗不脱沉冤泣先亲！

　　　　双，双，双，双双鸱枭结鸳盟，

　　　　篡，篡，篡，篡夺神器九鼎。

　　　　他，他，他，他传觞乐酩酊，

　　　　任，任，任，任荒芜坟草青青，

　　　　剑，剑，剑，剑在鞘中长自鸣！

　　（夹白）啊呀……为何秉剑之手，颤个不停？为何我汗衣透脊、步履如铅？分明决意，舍生报仇，何故反顾、迁延怎的？

（唱）　问，问，问，问何故乱绪理不尽，

是，是，是，是魂底笙歌劝人听！

〔奥菲利亚内声：殿下……

哈姆雷特　我听到了……心底之声！

〔奥菲利亚内声：殿下……

哈姆雷特　我看到了……眼中之人！

〔奥菲利亚内声：殿下……

哈姆雷特　奥菲利亚，你我的心……

奥菲利亚　我知道！

哈姆雷特　我……

奥菲利亚　你从前皎洁的诗句，仍留在我心中。

（念）　你可以疑心星星是火把，

你可以疑心太阳会转移。

你可以疑心真理是谎话，

可是我的爱永没有改变。

哈姆雷特　永无改变，永无改变……啊呀姐姐，卿卿！（似被牵引）你牵着我，哪里去呀？

奥菲利亚　宫中去呀。

哈姆雷特　宫中么！我也曾潜入宫中，将三尺龙泉，暗暗指住我叔父：那奸贼的后心！只消轻轻一送，便可取他性命！偏又撞上他忏罪之时！不，不！我要在他宴饮时杀他、在他淫乐时杀他、在他咒骂时杀他！断不放过他的魂灵，故此，我，我，我便放下利剑，放过了报仇的良机！叫那本该躺入坟茔的贼子，依然存活于世！

奥菲利亚　殿下，殿下！或共床第，或共坟茔！奴家真个盼着你哩！

哈姆雷特　呀！

（唱）　【上小楼】

铺绣叠锦，凤灯忻庆，

飞宇琼窗，雨况云情，

翠绽娇凝。

解霞襟，松扣领，

嘤嘤有兴，

弹染桃夭向双颊晕。

奥菲利亚　殿下，我来问你，你耳旁嘤咛的，是哪一个？

哈姆雷特　岂非卿卿！

奥菲利亚	你身畔偎依的,是哪一个?
哈姆雷特	正是卿卿!
奥菲利亚	你心中揣着的,又是哪一个?
哈姆雷特	唯独卿卿!
奥菲利亚	果然如此?
哈姆雷特	我……
奥菲利亚	真个如此?
哈姆雷特	呀!青锋叹息、心下哀鸣!我放过奸贼,却诛杀了无辜!想我假借伶人粉墨,试明真相,直入母后帷幄,质询原委。话过三巡,忽察帐后人影绰约,唯恐事泄,一剑刺去!怎知我所杀之人、那那那枉死之人,竟是……
奥菲利亚	是哪个?
哈姆雷特	是……
奥菲利亚	是何人?
哈姆雷特	是……
奥菲利亚	也罢。我不问你。只消殿下,真心相待!

    （唱）【朝天子】

        醉心,殷勤,

        这陶然如酒酯。

哈姆雷特	（唱）酣眠伴月共花吟,
	爱煞咱风流病。
奥菲利亚	（唱）冶袖传馨,
	至诚相印,
	与君绝除是山无棱。
哈姆雷特	（唱）夏雪纷,冬雷鸣,
	不改比目连枝并!
	姐姐!
奥菲利亚	殿下……
哈姆雷特	卿卿!我错杀之人、那枉死之人,便是姐姐你的爹爹、你的父亲!

    〔这时,亡灵咆哮惊动这一切,咆哮声中,夹杂着奥菲利亚的惊叫,仿佛在争夺哈姆雷特之灵魂。

亡　　灵	我儿!
哈姆雷特	爹爹!

奥菲利亚		殿下！
哈姆雷特		奥菲利亚！
亡　　灵		跟我走！
奥菲利亚		随我去！
亡　　灵		跟我走！
奥菲利亚		随我去！
哈姆雷特		呀！

     （唱）【耍孩儿】

       姐姐呀！怎则是蒲苇柔且韧，
       俺是陈王接了宓妃枕。
       爹爹呵！怎严威呼喝胜飙霆，
       俺蚁啮肝胆汗涔。
       两厢争抢两推引，
       俺好似颠沛舟船潮未平。

亡　　灵	（念）	孩儿啦，怕甚么黄泉近，陷九阴，
		渴饮仇血须发愤，须发愤！
奥菲利亚	（念）	殿下呀，青衫何不怜红粉，
		桃李春风可为邻，可为邻。
哈姆雷特	（唱）	进难进，退也股栗，
		痛哉步万钧！
亡　　灵	（内声）	报仇，报仇！
奥菲利亚	（内声）	惜身，惜身！
亡　　灵	（内声）	去去去，往死里去！
奥菲利亚	（内声）	来来来，向生处来！
哈姆雷特		这这这……

    〔幕后，亡灵之声与奥菲利亚之声激烈争执。
    〔忽然，传来"扑通"落水之声，涟漪泛开。

哈姆雷特	姐姐，姐姐……奥菲利亚？
奥菲利亚	殿下……奴家不怪你、奴家心疼你、舍不得你，却又、却又陪不
	得你、陪不得你了！死生永诀，从此诀矣！
哈姆雷特	奥菲利亚——！
掘墓人	真个可怜！她痴痴癫癫，跌入水里淹杀了！方才行过的土堆，
	栽花插柳，便是美人的安身之地！所谓：纵有千年铁门限，终
	须一个土馒头。世人龙争虎斗、孜孜不放，怎知到头来，不过

是个馒头馅儿！哈姆雷特啦！待我挥起锄头、刨开冻土，为你预留个坑儿在此！喏喏喏，你躺下东望，天气好时，还能看见你美人的闺房哩！

哈姆雷特　有劳、有劳、有劳了！此乃一夜之中，最阴森之时！那魑魅魍魉，皆出没坟冢！我心中兵燹遍燃，不得安寝！唉……红尘之内，纤微死生，皆由天定！若非今日，便是明朝，逃得今朝，奈何明日！人生百年，终归一空，看呵！看呵！那花园荒芜不治，莠草丛生！走吧，走入我的坟茔，向余生永诀！我今死矣，敢烦生者，将那来龙去脉、后果前因，昭告世人、传诸后世！

（唱）　【一煞】
　　　　遏云歌翻做碧粼粼，
　　　　小桃腮打破清溪镜！
　　　　损蕙摧兰天何咎，
　　　　将生劝死生先零！
　　　　俺呵！惟余悲仇恨，
　　　　飞缰入死，纵马捐生！
　　　　诀矣——诀矣！我，哈姆雷特，长辞红尘、长辞我生！

（唱）　【煞尾】
　　　　春来发，春去陨，
　　　　花开时醉花凋醒，
　　　　却原来血热五步千坟冷！

〔灯暗。
〔剧终。

沈颖简介

　　上海京剧院青年编剧，毕业于中国戏曲学院戏文系。创作剧目有京剧《百花公主》《真假美猴王》《驯悍记》（合作）、《上海·不可磨灭的记忆》（合作）、《青丝恨 2018》（合作），整理改编京剧剧目《红线盗盒》《秦香莲》《澶渊之盟》（合作），京剧小戏《惑》《补天》，花灯戏《征人行》（合作）等。

冯钢简介

　　国家一级编剧，上海京剧院院长助理，毕业于上海戏剧学院戏剧文学系，艺术硕士（MFA）。参与整理改编、创作的剧目有京剧《大名府》、新编京剧《王子复仇记》《情殇钟楼》、新编历史京剧《春秋二胥》《庄妃》等。创作剧目曾获上海新剧目评比展演"优秀剧目奖"、上海文艺创作新品称号、上海文艺创作优秀单项成果奖、爱丁堡国际艺术节"先驱天使奖"、中国京剧艺术节"剧目奖"。

京　剧

青丝恨 2018

（根据李玉茹京剧剧本《青丝恨》改编）

编剧　沈　颖　冯　钢

人　物

敫桂英　满春院红妓,二十岁左右。

王　魁　落第秀才,二十五岁左右。

金　兰　满春院老鸨,四十余岁。

韩如玉　韩丞相之女,十八岁左右。

王　福　王魁的老仆,五十余岁。

海　神　海神庙神灵。

第一场

　　　　　　　　［冬至，雪纷纷。

　　　　　　　　［海神庙内外，各色长明灯影影绰绰。

金　兰　（内喊）桂英——桂英——

　　　　　　　　［金兰提着灯笼上。

金　兰　留一口气点一盏灯……点一盏灯等一个人……我那可怜的桂英儿呀，她以为天天去点灯，那人就能等回来了？妈妈我做的是风月场的买卖，情情爱爱的事儿看了半辈子了。就这灯呀，它能照多远呀，能照到人心里去吗？这不，王魁这个小白脸，中了状元，还不是把桂英给蹬了。（呼喊）桂英啊！别想不开了，快回来吧，柴大官人等着你哪！下半辈子有你好日子过呢……桂英……（下）

敫桂英　（内）王魁呀！王魁！你这负心的冤家呀！

　　　　　　（内唱）天阴阴，地昏昏，身伴着影儿无处奔！

　　　　　　　　［敫桂英神情恍惚，捧妆匣上。

敫桂英　（接唱）一纸书，霹雳震，哭无泪，欲喊无声。

　　　　　　　　　　王魁他金榜题名恩断义尽，

　　　　　　　　　　弃结发赘相府攀附豪门。

　　　　　　　　　　找海神，我要亲口问一问，

　　　　　　　　　　王魁负桂英，该受什么刑？

　　　　　　　　［敫桂英冲入海神庙，怒将妆匣置于桌案上。

敫桂英　海神爷爷，想当初，我与王魁如何相识，如何相爱，如何相守，如何盟情，你是看得真，你是察得清。喏喏喏，我们的定情信物在此，你要与我做主！你要与我做主！（磕头）

　　　　　　　　［海神无反应。

敫桂英　海神爷爷，你可曾听见我与你讲话？你可曾看见我与你磕头？

335

你为何呆呆地不答话呢？你是个聋子？你是个哑巴？哦,你嫌我是个青楼女子,不屑与我答话？想这海神庙,本是慈悲之地,你不该枉分贵贱。（近前,殷勤地）你看,我为你赔着笑脸呢！我与你万福呢！

〔海神依然不语。

敫桂英　（不悦,接唱）
　　　　　　想当初海神庙内许诺信,
　　　　　　铮铮誓言犹耳闻。
　　　　　　到如今只求上天降公正,
　　　　　　我曲膝奉迎倍殷勤。
　　　　　　你高居宝龛眉目冷,
　　　　　　阴面沉沉紧双唇。
　　　　　　击坛拍案悲告紧,
　　　　　　天地唯有泣号声。
　　　　　　可怜我身陷绝境无人问,
　　　　　　旧情不可追,难惩负心郎。神明默似铁,敫桂英身颓魂消心难撑。

〔敫桂英身疲力竭,终于瘫倒在地。
〔恍惚中,海神若有所动。

海　神　（念）　木骨空心万人敬,
　　　　　　　　虚张声势貌狰狞。
　　　　　　　　道我有灵便有灵,
　　　　　　　　说我无灵便无灵。

（威严地）判官、小鬼,站班伺候！（见无人回音,无奈地）唉！破庙小寺,判官、小鬼都另攀高枝去了！（复振作,对敫桂英）这一女子,快快醒来！

敫桂英　（醒来,惊异）海神爷爷,你说话了？
海　神　你为何倒卧在我的庙堂？
敫桂英　我要告状。
海　神　哦,你要告状？
敫桂英　我要你明断是非。
海　神　神明在天,俯察人世,你告的是哪一个——
敫桂英　就是那王魁！
海　神　王魁?!

敫桂英	（唱）	满腹冤来满腹恨，
		当初盟誓你听得真。
		王魁金榜显名姓，
		夫妻成了陌路人。
		海神爷爷呀——
		显显威严显显圣，
		这背情负义你要勘清。

海　神　（接唱）书生落魄风尘困，
　　　　　　　　流年转竟作了蟾宫折桂人。

敫桂英　海神爷爷，你要与我做主！
　　　　（接唱）人间无公正，
　　　　　　　唯有求神灵。
　　　　　　　前因后果你明鉴，
　　　　　　　海神爷与我把冤伸。

海　神　你要我将他怎样？

敫桂英　（接唱）青楼女子人轻贱，
　　　　　　　怎撼权贵半毫分。
　　　　　　　求海神捉拿负心汉，
　　　　　　　面对王魁我要问分明。

海　神　（虚张声势地）我抓！抓！抓！

敫桂英　我问！问！问！

海　神　你慢！慢！慢！

敫桂英　（愕然）……

海　神　我来问你，你质问王魁之后，又将怎样？

敫桂英　（一时无语）……

海　神　你们还能破镜重圆，恩爱如初？

敫桂英　桂英不指望王魁回心，患难再共。

海　神　你既知王魁回不来，何苦执念若此，癫狂难抑？

敫桂英　桂英接信之时，也曾想寻他辩理，只是这千里迢迢，我病体缠身，纵然捱到京城，这侯门似海，谁肯信我青楼女子之言？谁愿听我辩理？谁敢为我申冤？我不甘哪，为什么王魁竟可无视当初患难，忘却了桂英一片真情相托……
　　　　（唱）　为什么好好的人儿变了心性？
　　　　　　　为什么无情无义龙门登？

为什么我会糊涂到这样?

为什么日复一日陷迷魂?

为什么轻言薄语偏深信?

到如今天地之大何处把身存?

海　　神　什么对天盟誓,一诺千金,都是双唇一碰,舌尖一动罢了。(对敫桂英,又似自我调侃)誓言——就是个屁!

〔敫桂英如雷击……

海　　神　(念)　人心趋利易轻变,

　　　　　　　　山盟海誓皆烟云。

　　　　　　哈……(隐去)

〔静场。长久,敫桂英木然起身,从桌案上取下妆匣,捧于手中,跪台前。

敫桂英　怎么誓言说变就变,山盟海誓皆为云烟……

　　　　(唱)　去者自去总难留,

　　　　　　　　冷庙寒灯照残心。

〔金兰呼喊上。

金　　兰　桂英——桂英!病了这么长时间,也没见你落下来这海神庙。哎哟,瞧这个可怜样儿啊。过去的事儿咱就让它过去了,人家柴大官人可是一往情深啊。快收拾收拾,下辈子的活路就有了……(见敫桂英不语)孩子,别再想不开了……

敫桂英　(打断)妈妈,不必说了,我已然明白了……

金　　兰　(喜出望外)这才是妈妈的好孩子。冬至夜,百鬼行,快随妈妈回去。

敫桂英　回去? 回不去了。(轻轻摇头)妈妈先行一步。

金　　兰　(略一沉吟)桂英,你真想明白了?

敫桂英　(放妆匣于地)此物我已丢弃,妈妈你且放心。

金　　兰　好咧!(欢喜下)我头里为你点灯,你快些跟上。

海　　神　(画外)桂英,灯灭了!

敫桂英　是啊,这盏灯灭了。

〔敫桂英默然起身,走近桌案,亲手将自己燃起的长明灯一一推倒。火烛引燃,将敫桂英与海神庙映得通红。

〔王福将留在台上的妆匣捡起,转身走向洞房。

〔内:"状元公、相府千金喜结连理。"

"一拜天地,二拜高堂,夫妻对拜,共入洞房。"

[灯启,宴乐声喧,花红灯明。

[王魁婚服加身,韩如玉红盖遮面,在仆从侍女簇引下缓缓而行。

仆从、侍女　老家院挡道!

王　魁　王福,你为何挡住去路?

王　福　老奴特来送信,敖大娘子她、她、她疯了,只留下妆匣一只。

王　魁　你不要胡言乱语,惊吓小姐。快快换了喜服,下去伺候。

王　福　老奴无有喜服,只有这件旧布衫。

王　魁　(对仆从)将他带了下去。

[众仆从推搡王福,妆匣摔至台口;王福挣扎脱下布衫,高擎在手。

王　福　相公,当年这只妆匣是你节衣缩食送与予娘子,这件帛衫伴你度过严冬。如今,你一朝富贵,不要忘了它曾伴你进京高中,为你挡风避雪,驱寒遮冷啊!

[王魁尴尬。韩如玉缓缓取下盖头。

[韩如玉盯着王魁。王魁注视着王福去拿那只妆匣。过程中收光。

第二场

[字幕:四个月之前的乞巧节。

[敖桂英在满春院内。

敖桂英　(唱)　夫君一去无音讯,

心乱不知晨与昏。

日夜思君苦受尽,

青楼岂无烈性人。

金　兰　我说桂英,你看看你成天不吃不睡不打扮,都瘦成什么样了! 依我看,王魁那小子早就变了心肠,他是回不来了——

敖桂英　(打断,生气)妈妈! 王郎绝不会负我,中与不中,他定会回来。

金　兰　(换了笑脸)桂英,你这孩子就是死心眼。上次园子里有几位爷要和你亲热亲热,你又打又抓,给人家惹急了。妈妈跟人家说了多少好话,这才遮了过去。

敷桂英　这段时间承蒙妈妈照顾,待王郎回来,定要好好答谢妈妈。

金　兰　别提王魁,一提我就来气。人一走,就像风筝断了线,连影儿都没了!妈妈是过来人,这两只眼睛看人最是毒辣,从没错过。他呀! 就是个负心的人。

敷桂英　妈妈——我与他已有誓约,这一生是断不会分开了的。

金　兰　(压下火,缓和着)傻孩子,别这么死心眼。人家是逢场作戏,人走茶凉;干咱们这行的,前门送旧,后门迎新,走了穿红的,还有挂绿的。你呀,可不能太认真!

敷桂英　(疑惑起来)妈妈,你到底要讲什么?

金　兰　(软硬兼施)实话和你说了吧,你现在吃我的喝我的,又不肯给客人陪个笑脸的,妈妈我实在是养不活你了。我已经把你许给了城里的钱大官人。

敷桂英　你待怎讲?

金　兰　人家答应明媒正娶,用花红轿子来抬你。

敷桂英　(大惊失色)你,你,你收下他家的银子了?

金　兰　银子二百两,彩缎十匹,金银首饰,都齐全了。干咱们这行的,有这么个收场,你也算得体体面面。

敷桂英　妈妈,恕桂英万难从命。

金　兰　这件事儿可由不得你,这是板上钉钉,就这么定了。

敷桂英　那就将儿的尸首抬去了吧。

金　兰　你这个忘恩负义的丫头。

敷桂英　妈妈,今日我要摘下那栀子灯,从今往后闭门谢客,只待王郎回来。

金　兰　你这是要告诉别人满春院再没有你这个头牌了?

敷桂英　正是。想我敷桂英,在你院中,挣下了多少金银,想是也够换一个清静。

金　兰　(生气)你想造反?

敷桂英　(哀求)妈妈,你就成全我们夫妻吧。

金　兰　你怎么就不听妈妈的劝,人家既然上了路哪有回头的道理,你一门心思苦等,就怕那人早就把你忘了。

　　　　〔王福上。

王　福　里面有人么? 我是王福,奉了相公之命,下书来了。

　　　　〔金兰上前,上下打量王福,盘算。

340

金　兰　（故作惊讶）哟！这不是王福吗？瞧你这身打扮，怎么阔起来啦？八成王魁……（连忙改口）哦，不，你家相公，我那个女婿，得中了吧？

王　福　中了！中了！我家相公，他中了头名状元了！（寻找）敧大娘子呢？
　　　　〔敧桂英蓦地破门快步走出，抑制不住内心的喜悦，不停地擦着眼泪。

敧桂英　王福！王福！
　　　　〔王福猛地听见敧桂英的声音，侧转身子，看见敧桂英，忽地跪倒在地，给敧桂英叩头。

王　福　哎呀！敧大娘子，老奴与你叩头问安了。

敧桂英　（悲喜交集，双手搀起王福）老哥哥，你好么？

王　福　（感激地）老奴好！老奴好！

金　兰　（献媚地）哎呀。好孩子，你可真是好眼力，好福气，好造化，你可大喜啦。

敧桂英　（愉悦地）我那王郎，真的得中了么？

王　福　中了！中了！我家相公真的中了头名状元。发榜那天，人声喧嚷，敲锣打鼓，喜气洋洋，哎呀呀，热闹得很哪！

敧桂英　王郎可有书信带来。

王　福　有有有，除了书信还有这二百两银子……

敧桂英　二百两银子。妈妈，你看这二百两纹银，能否回绝钱大官人的婚事？

金　兰　能，能，能。
　　　　〔金兰从王福手中接银子。

王　福　书信在此，大娘子请看！

敧桂英　（喜极，唱）
　　　　　　　见书信，喜得我，泪珠儿涔涔滚，
　　　　　　　见书信，喜得我，心儿里跳个不停。
　　　　〔敧桂英欢快地走着细碎的步子，不停地抚摸着书信。
　　　　〔金兰讨好地伺候着。

敧桂英　（接唱）日也思，梦也想，时时刻刻把你等，
　　　　　　　等啊等，终于等来你的好信音。
　　　　妈妈，你快多叫些人来，张灯结彩。让众人看上一看，我敧桂英等到了！等到了！从今往后，我就是状元夫人了。

金　兰　说得对说得对！（内白）我竟然也有看走眼的时候？
　　　　〔敧桂英欢喜不尽，拔下头簪，小心翼翼地拆开书信。

敫桂英　（念）　上书敫桂英，

　　　　　　　　金榜第一名。

　　　　　　　　感卿多照应，

　　　　　　　　没齿不忘恩。

　　　　　　王郎啊！你我夫妻，患难与共，何出此言哪！

金　兰　（奉承）夫妻们就是要相敬如宾嘛。

王　福　相公做了官，就得有点官样子嘛。

敫桂英　（接念）奉上二百银，

　　　　　　　　聊表打扰情。

　　　　　（一愣，接念）

　　　　　　　　丞相重才器，

　　　　　　　　相府……

　　　　〔敫桂英大惊呆住。

金　兰　相府怎么了？

　　　　　（接念）来往是豪贵，

　　　　　　　　青楼辱官声。

　　　　　　　　愿卿另择婿，

　　　　　　　　从此断恩情。

　　　　〔敫桂英感到天旋地转，一阵昏晕，堪堪支撑住。

金　兰　（冷笑）王福呀，你这封信，送来的可真是时候！桂英呀！这一下，你该死心了吧？

敫桂英　不！不是的！（夺过信，上上下下看）一定是哪里弄错了！王福，定是你与妈妈串通一气，假写休书，逼我改嫁！（对金兰）我怎能中了你们的诡计！

金　兰　这白纸黑字，还假得了吗？

敫桂英　（打落书信）这书信分明有假！

金　兰　（冷笑）真是活见了鬼啦，王福，你还不跟她说说去！

王　福　哎呀！大娘子啊！我家相公中了状元，相府老爷对他关照有加也是实情。我只道他命老奴前来下书，是为迎接大娘子一同进京。我实实不知他，他，他写的竟是休书！相公呀相公，你竟做了这负心的人！

敫桂英　老哥哥，求你带我进京，我要问一问他，我要亲自问一问他呀！（哭）

王　福　大娘子，莫要悲涕，待我即刻回转，问个究竟……

金　兰　得、得………得了吧！你还来骗我的孩子。你瞧瞧你，把她坑成什么样啦？你还不快给我走！

王　福　啊？……

金　兰　你给我滚！

王　福　大娘子,保重呀!

金　兰　你再不走,我可打了呀!

　　　　〔王福下。

金　兰　桂英呀,甭说他去劝,就是天王老子也劝他不回了。你仔细想想,他搁着个相府千金、黄花闺女不娶,能要你这青楼女子吗?孩子,想开点,他能再娶,你就不能再嫁吗?

敫桂英　(指着金兰,笑)是呀,如今你是状元老爷,我是青楼妓女,贵贱悬殊,你是应该休弃我的!你做得对,对!你做得对呀!

金　兰　孩子呀,你这是怎么了? 我是妈妈呀!

敫桂英　千里迢迢与我送来二百两银子,这二百两银子可算得情深义重!(突然笑起来,取出一锭银子)这锭银子,是你当初赶考落第,倒卧在狂风大雪之中,我将你救起,这就是你还我的救命纹银。(将手中银子掷地,又拿出一锭)这是我为你洗掉脂粉,用尽我数年卖笑的金银,甘受清贫的纹银!(掷地,再取银)这是我日夜陪伴助你成名的纹银。(掷地,又取银)这是自你走后,我为你受尽欺凌,受尽折磨,这是你还我遍体伤痕的纹银。这个……这个……还有这个……太多了,真的太多了。

王　福　(复回)大娘子! 我险些忘记了,相公还有一物要我交付于你。

　　　　〔王福取出妆盒。

金　兰　(对王福)一个破盒子,放地上赶紧走吧。(对桂英)这人都得往前看,你说是不是这个理吧? 咱们就高高兴兴,打扮打扮上了钱大官人的花轿,气死这个没良心的东西。

　　　　〔敫桂英见妆盒心如死灰。

第三场

　　　　〔字幕"一个月前,端午节"。

〔韩丞相家宴。

　　〔王魁酒醉,一人独上,捡起前场遗落的妆匣,宝贝地塞入怀中。

　　〔韩如玉急忙赶上,搀扶酒醉的王魁到偏厅醒酒。

韩如玉　状元公,你吃醉了。

王　魁　多谢小姐费心,将我带至偏厅免得下官出乖露丑,让人见笑。

韩如玉　哪里话来,状元公才高八斗,玉树临风,实乃翩翩佳公子,却不承
　　　　想状元公竟然如此不胜酒力。

王　魁　下官唐突——

韩如玉　状元公,你可知今日我父邀你入府所谓何来?

王　魁　端午佳节,驱邪逐疫,欢聚师生之谊。

韩如玉　真是个书呆,这一众门生都是陪你来的。

王　魁　这……王魁不知。

韩如玉　(念)　花落草齐生,莺飞蝶双戏,如今这飞蝶成双但凭于你。

王　魁　(大惊)啊呀! 我——

韩如玉　状元公,你在此处稍事歇息,奴家与你端碗醒酒汤来。(行又止)
　　　　望你莫辜负这锦绣前程!

　　　　〔韩如玉下。

王　魁　哦哦! 这锦绣的前程么——
　　　　(唱)　美佳人就在眼前,
　　　　　　　　没来由得往外推却;
　　　　　　　锦前程就在眼前,
　　　　　　　　没来由得不登天阶。

　　　　〔王魁兴奋得手舞足蹈,妆盒掉落。

　　　　〔王魁捡起妆盒,心惊,跌坐。

王　魁　(接唱)见妆匣美梦儿俱都抛却,
　　　　　　　思想起与他人早有盟约。

　　　　〔风起,稀拉拉的小雨散布在偏厅门外,一阵阴风吹过,王魁一个
　　　　不留神险些摔跤。

敫桂英　王郎……

王　魁　桂英?

敫桂英　王郎,是我,是桂英。

王　魁　桂英,可是桂英? 你怎么到这里来了?

敫桂英　王郎,温病有三,春温、夏温、秋温……你身在京城,无有为妻伴
　　　　在身侧,可吃得饱? 可穿得暖? 夜晚可还好眠?

王　魁	俱都安好。
敫桂英	为妻日日思念郎君！
王　魁	（悲从中来，哭）桂英，我……我也好想你呀！
	［二人抱头痛哭。
	［桂英看到王魁手中的妆盒。
敫桂英	你一直留在身边？
王　魁	留在身边。
敫桂英	贴身保存？
王　魁	贴身保存。
敫桂英	王郎当真无有辜负我桂英，看你这身装扮，可是高中了？
王　魁	（得意）是啊，得中了头名状元！
敫桂英	如此说来，你我夫妻便要出头了？
王　魁	出头了！
敫桂英	如此说来，你我夫妻便要风光了？
王　魁	风光了！
敫桂英	那你为何还不回还？
王　魁	（无言）我……
敫桂英	你可知我日日盼，夜夜想，在这海神庙中每日燃起长明灯，只等着你回来接我！
王　魁	（心虚）我不日就要回去的……
敫桂英	（质问）你何时回来？
王　魁	（心虚）不多时日我便回去……
敫桂英	（质问）你到底何日回来？
王　魁	我……我……你莫要催我……
敫桂英	这京城多好呀，我看你是不会回来了。
王　魁	（吞吐）我……我……
敫桂英	王郎，你还记得海神庙前的盟誓么？
王　魁	若是此生未有缘，待重结，来生愿。
敫桂英	你还记得。
王　魁	不曾忘怀。
敫桂英	那便和我回去。
	［敫桂英上前拉扯王魁。王魁挣脱。
王　魁	此乃丞相府邸，如此拉扯不休，传将出去我这状元的名声岂不断送你手！你还是快些出去吧！莫要让人瞧见了。

敫桂英	我乃状元夫人！怕者何来？
王　魁	桂英，此地不宜谈论你我之事。
	〔韩如玉端着醒酒汤上。
韩如玉	状元公，可好些了？
王　魁	你还是快些出去吧。
	〔王魁推敫桂英躲避。
韩如玉	状元公，方才爹爹还在寻你，快些喝下这碗醒酒汤，前去面见爹爹。
王　魁	多谢小姐费心。
	〔王魁紧张地看向敫桂英，生怕韩如玉看到桂英。
敫桂英	怎么？这位相府千金就是你看中的状元夫人么？
王　魁	（对韩如玉）休得胡言乱语。
韩如玉	状元公，你唤我何事？
王　魁	（醉酒状）
韩如玉	你慢着些。（轻笑）
	〔桂英凑到韩如玉面前端详。
敫桂英	这位相府小姐，比我美貌，比我年轻，比我更温存么？
王　魁	（脱口喊出）住口！
韩如玉	状元公？
王　魁	鬼……打鬼……（作酒醉状）
韩小姐	状元公实在好笑，莫不是把我看做鬼了不成？
王　魁	啊！下官醉得不轻，唐突了小姐，还望海涵。
韩如玉	状元公既然不会饮酒，下回切不可贪杯。
王　魁	多谢小姐关怀。待下官醒酒之后，亲自去向丞相、小姐谢罪。
韩如玉	那你歇歇，我去和爹爹言语一声。对了，一会儿爹爹若是问起你我之事，你可想好再答。
王　魁	（挡住桂英）送小姐！
	〔韩如玉下。
敫桂英	你怎么让她走了？
王　魁	你这是要做什么？
敫桂英	让她瞧瞧谁才是状元夫人！
王　魁	嘘！你轻声些！
敫桂英	你怕了？
王　魁	我怕什么？

敫桂英　你怕那韩丞相知晓你已有妻室！你怕那韩小姐知道你寡情薄
　　　　义！你怕人言道状元公忘恩负义停妻再娶！

王　魁　桂英！你——
　　　　（唱）你莫声张，轻声讲，
　　　　　　　这是相府高门墙。
　　　　　　　上京城登天梯我时时争上，
　　　　　　　状元及第不负那十年寒窗。
　　　　　　　非是王魁狠心肠，
　　　　　　　实则是人往高走水往低淌。
　　　　　　　王魁我不能回头把你想——

敫桂英　王郎，你是不要我了吗？

王　魁　（接唱）若回头流落市井大街上，
　　　　　　　若回头遭受严寒与飞霜；
　　　　　　　若回头离权势无依又无傍，
　　　　　　　我不愿遭谩骂受冷落听讥笑看白眼这世间艰辛再尝！
　　　　　　　桂英呀，我已是御笔钦点上金榜，
　　　　　　　只求你放宽海量将我来体谅，自珍重前路漫长。

敫桂英　你说什么？！

王　魁　桂英，纵然是花魁——怎配状元郎！

敫桂英　好你个王魁——
　　　　（接唱）你终于把那实话讲！
　　　　　　　青楼女怎配你状元郎！

王　魁　桂英，你对我的恩义王魁绝不相忘。我定帮你风风光光从良，去
　　　　过普通人家的日子。

敫桂英　去过普通人家的日子！哈哈哈——

王　魁　你快些离去吧。

敫桂英　我若不走呢？

王　魁　私闯府衙罪不轻。

敫桂英　停妻再娶又是什么罪？今日你若不跟我回去，我便要——

王　魁　你便要怎样？

敫桂英　我便要让全天下人知道，你如何负我敫桂英！

王　魁　（凶相毕露）你走是不走？！

敫桂英　不走！

王　魁　你不走！我就要……

　　　　　　〔王魁从墙上拔下宝剑。

敫桂英　你要怎样？

王　魁　你还是走的好！

敫桂英　要走一起走！

王　魁　你不走,我就要——

敫桂英　王魁！

　　　　　　〔王魁剑刺桂英。桂英倒地。

王　魁　桂英,桂英。

　　　　　　〔王魁扔掉宝剑。

王　魁　(无力呼喊)来人哪……快来人……

　　　　　　〔王福匆匆忙忙上。

王　福　少爷,何事？

王　魁　(惶恐地一把抓住王福)王福,我杀人了！

王　福　少爷杀了什么人？

王　魁　是桂英！桂英！(指桂英倒下的地方)

王　福　(环顾房间)少爷,您这回醉得可真是不轻！

王　魁　(复环顾房间)适才明明——(恍然大悟)哦,想是我真是糊涂！

王　福　少爷,你该是想敫大娘子了吧。你已高中状元,也该让大娘子知
　　　　道这好消息,你夫妻二人总要团聚。

　　　　　　〔王魁酒醒,似下定了决心。

王　魁　心魔不除永无宁日。王福,待我便修书一封,着你带二百两纹银
　　　　送于敫大娘子。

王　福　(满心欢喜)哎！早该如此！早该如此！

王　魁　还有这个妆匣一并送去！

　　　　　　〔王魁将妆匣交给王福后,注视着这个妆匣看了许久。王福直愣
　　　　愣地拿着不敢动弹。王魁随即又拿回。

第四场

　　　　　　〔上元节,满春院内。

金　兰　(内)桂英,你不能走!

　　　　〔灯启,敖桂英负一小包裹,欲出门。金兰拦阻。

金　兰　桂英,今儿是上元佳节,满春院里宾客如云,你怎么单挑这节骨
　　　　眼儿出门。

敖桂英　妈妈,院内姐妹甚多,少我桂英,也是无妨。

金　兰　我知道你是去会那小白脸。

敖桂英　既然妈妈知晓,何不放我前去。

金　兰　我说桂英,你放明白点,你可是满春院的花魁头牌。

敖桂英　什么花魁头牌,我不稀罕!

金　兰　实话告诉你,一入烟花门,这辈子也洗不干净了。你呀,就别动
　　　　什么歪念头了!

敖桂英　妈妈,你伤人太甚了。

金　兰　这一屋子的客人,你不帮忙伺候着,放着大把银子不赚,急着出
　　　　门倒贴啊!

　　　　〔内女声:"妈妈,宋老爷唤你呢!"

　　　　〔内男声:"金兰,酒呢?"

金　兰　哎,就来,就来!

　　　　〔内男声:"金兰,快叫馨月伺候着。"

金　兰　(慌乱支应着)哎哎哎……

　　　　〔内女声:"妈妈快来!"

金　兰　(对敖桂英)今儿敢出门,我打断你的脚踝骨。(匆匆下)

敖桂英　(毅然出门,唱)

　　　　　　　书生落魄异乡地,

　　　　　　　王魁桂英两相知。

　　　　　　　烟花女子心有寄,

　　　　　　　才郎寒庙待时机。

　　　　　　行色匆匆出门去——(往海神庙而行)

　　　　〔王福焦急上。

王　福　(接唱)迈步蹒跚心焦急。

敖桂英　王福!

王　福　哎呀大娘子啊!你与我家相公患难与共,万般周济。满春院鸨
　　　　儿心怀不满,累次三番,命人前去海神庙内威吓相公。相公再难
　　　　忍受,特命老奴相请大娘子,也好思个良策。

敖桂英　王福不必忧虑,我正要与王郎相会。

王　福	如此,大娘子我们快些走!

〔敫桂英挽扶王福行路,入庙。

敫桂英	王郎!
王　福	相公!
敫桂英	王郎哪里去了?
王　福	我出门之时,相公言道,就在庙内相等。
敫桂英、王福	(同)王郎、相公!

〔王魁萎萎缩缩,脸带血印上。

王　魁	是娘子么?
敫桂英	(发现王魁)王郎!
王　魁	(放声)娘子啊!
敫桂英	(安慰)王郎,你往哪里去了?
王　魁	王福走后,我远远望见满春院恶奴往庙门而来,我就这么一躲,就躲进了柴房之中了。
敫桂英	你看你的脸都破了。
王　魁	闻得娘子来了,我就迫不及待地出来了。
敫桂英	(嗔怪地)看你的样儿! 身上还簌簌发抖,想是余惊未消吧?
王　魁	(遮掩)呃,这这……
敫桂英	(突然发现)王郎,我与你缝制的布衫呢?
王　魁	啊,娘子,今日是什么日子么?
敫桂英	上元佳节。
王　魁	娘子请看。(从袖内取出一物)
敫桂英	(惊喜)妆匣……
王　魁	此乃我的小小心意。

〔敫桂英开匣内视。

王　魁	(尴尬地)匣内妆奁,我会慢慢添置。
敫桂英	王郎心意,桂英明白。桂英不但愿受王郎妆奁,更愿王郎带我离开这烟花之地。只是,你又哪里来的银两?
王　魁	我将娘子与我的布衫当了……
敫桂英	(爱怜)你呀!(从包裹中取出散银)王福,速将布衫赎了回来。

〔王福取银下。

敫桂英	(爱怜地替王魁整理衣衫、擦拭脸上污秽之物)你呀,见着恶奴就躲进了柴房,衣衫破了,脸也脏了,真是有辱斯文。
王　魁	(尴尬地)不妨事。

敫桂英	孟子曰：贫贱不能移，威武不能屈。我看你，哪些儿还有读书人的气魄。
王　魁	娘子还晓得圣人之言？
敫桂英	我虽身居风尘，平生最敬的却是读书明理之人。
王　魁	（泄气）娘子是责怪我了。
敫桂英	（疼爱地）我哪里是责怪于你，我是爱之深哪！王郎，还记得你我是如何相识的？
王　魁	唉，不提也罢。
敫桂英	那年大雪，我外出而归，见你倒卧雪中，手中尚握书卷。是我心生怜意，将你救下。
王　魁	那时我落第而归，盘缠用尽，主仆二人流落他乡。王福外出乞讨，我病饿交加，晕倒雪中。
敫桂英	是啊，那时你身处穷困之中，尚且手不释卷，何等地有志啊！
王　魁	此事你与我说过多次，说什么"书中自有黄金屋"，我却不信。这"书中自有颜如玉"，倒是却有其事。（偎依敫桂英）
敫桂英	哎！王郎，难道你就甘愿为人驱赶，见我永为下贱？
王　魁	娘子仁善温良，何以下贱？我只要娘子永生陪伴，再苦何妨？
敫桂英	我身居烟花，你破庙存身，如此寄人篱下，何年何月，才有出头之日？
王　魁	娘子，不若你也到这庙内，纵然粗茶淡饭，布衣蔽履，我也心甘情愿。
敫桂英	难道院内妈妈就能放过我们？
王　魁	（悲观地）这、这、这……
敫桂英	今当大比之年，相公进京赴试，倘若得中，你我就有出头之日了！
王　魁	不不不，我乃落第之人，想这赶考，既险且苦，再试无益。
敫桂英	（不满地）王郎，你乃七尺男儿，怎得如此怯懦？
王　魁	进京赶考，哪有说中就中的道理？啊，娘子，不如你我携此银两，寻个山清水秀的地方，学一个远避世俗，永守真情……
敫桂英	王郎，你就甘愿见我此生永背下贱之名？
王　魁	这……
敫桂英	桂英盼你将我堂堂正正带出花街柳巷！
	（唱）　敫桂英身入莺花阵，
	不料想天赐才郎托此身。
	怀抱天地无穷恨，

只道是深锁勾栏藏残生。

唯盼你,赴京都,男儿立志把才华显,

奴情愿散尽金银助你成名。

王　魁　(接唱)赴京都,路迢迢,

与卿相隔千里程。

往日温情终难放,

怎可期鲤跃龙门步青云?

敫桂英　(接唱)赴京都,笔走龙蛇力千钧,

展雄才,护真情,堪慰芳心。

王　魁　(接唱)怎堪孤芳遭霜刃,

敫桂英　(接唱)执念助我度晨昏。

王　魁　(接唱)赴京都,重发奋,

枯守无凭怎苦撑?

敫桂英　(接唱)古有结发鸳盟订,

拜天地,海神爷爷记下王魁、桂英夫妻名。

王　魁　(接唱)夫妻名,神明鉴,

王魁不负敫桂英。

敫桂英　(接唱)桂英此身属王魁,

生生死死不离分。

一缕青丝随君去——

王　魁　(接唱)一缕青丝永随身。

[音乐声中,敫桂英、王魁深情下。

[音乐绵延不断,王福上。

王　福　相公、大娘子,布衫取回来了。

[敫桂英、王魁身负小包裹复上。

敫桂英　(付上妆匣)王郎,你要收好了。

王　魁　(珍重接过)收好了!

敫桂英　王福,如今王郎要上京赶考,你要好生关照,(放心地)上路吧。

[王福递上布衫,敫桂英为王魁披上。

王　魁　若是此生未有缘,待重结,来生愿。

敫桂英　我等你回来。

王　福　(兴奋无比)大相公二次赴京,再考状元,定能高榜得中,衣锦
还乡!

[内人声嘈杂:"上元节放灯喽!"

352

〔敫桂英兴奋地拉起王魁的手，二人于海神庙内跪拜。

敫桂英　王郎，你看那孔明灯飞得极高。

王　魁　最高的那颗要不见咯……

敫桂英　你可对灯许愿。

王　魁　不曾。

敫桂英　天灯在上，保佑我王郎一举得中。

　　　　〔一盏盏孔明灯陆续升起……

　　　　〔剧终。

管燕草简介

国家一级编剧。上海淮剧团副团长。中国作家协会会员，中国戏剧家协会会员，上海作家协会理事。毕业于上海戏剧学院，艺术硕士（MFA）。

上演舞台剧《半纸春光》《大洪流》《纸间留仙》《画的画》《孔乙己》《婚姻开笑差》《忠烈门》等十余部；出版长篇小说《工人》《一个高三女生的日记》等十三部，中短篇小说集《靠近我》和《管燕草剧作选》，编著《淮剧小戏考》，部分作品被译为英语法语出版。作品荣获"中国戏剧奖"等全国及省部级奖项二十余次。

淮　剧

画的画

编剧　管燕草

时　间　某年某月

地　点　某朝某代

人　物

陈海峰（生）　男，三十岁左右。

刘文莺（青衣）　女，二十四岁左右。

陈海山（丑）　男，二十八岁左右，县令，陈海峰
之弟。

李进才（末）　男，四十余岁，陈海山的门客、谋臣。

张公公（净）　男，四十余岁，太监总管。

生、旦、净、末、丑。

注：剧中人物兼演群场中的生旦净末丑五个行当
以及道具、景片等。

〔幕后合唱：生 旦 净 末 丑，
　　　　　人生舞台尽风流。
　　　　　半是春色半是秋，
　　　　　且看谁人立潮头。

群　场

〔幕启。生旦净末丑五位演员站立于舞台不同方位、各自的演出
区，各具造型。

生　（京白）生。（从地上拿起扇子）

旦　（京白）旦。（从地上拿起手绢）

净　（京白）净。（从地上拿起云帚）

末　（京白）末。（从地上拿起髯口，戴上）

丑　（京白）丑。

〔灯光渐渐亮起。

生　（苏北话念白）生。

旦　（苏北话念白）旦。

净　（苏北话念白）净。

末　（苏北话念白）末。

丑　（苏北话念白）丑。

旦　听我那个做官的老公说，新登基的皇上在寻找一幅名叫《逐鹿中
原》的汉朝古画，说是古画里藏有汉朝的治世玄机，倘若谁能找
到可是重重有赏呢。

末　岂止是"重重有赏"，听他们说，还官升三级呢！

丑　乖乖不得了，三级跳远啊！我做了大半辈子的官，还只是一个芝
麻绿豆官！

净　皇上寻画，竟有此事？虽传得满城风雨，我却不信！

生　所谓：官者，民之仆也。岂可凭借一幅古画，投机取巧、寡廉鲜
耻呢?！

357

旦　　当务之急是——找画。

末　　当务之急是——寻画!

丑　　寻寻寻,找找找!

丑、末、旦　(齐声)寻找——画! 画! 画!

丑　　(唱)　皇上要寻一幅画,

末　　(唱)　忙煞天下做官人。

旦　　(唱)　携得宝画上金殿,

三　人　(合唱)遥想平步登青云。

〔三人开始在奔跑中寻找,并在形体动作中想说服净、生一同寻画。净、生嗤之以鼻、不为所动。众人的形体动作如老鼠嗅到油一般。

1

时间:夜。

地点:陈海峰府第,画室内外。

〔陈海山鬼鬼祟祟地上,手里拿着《逐鹿中原》的假画。划燃火褶子。往台下一看,大惊。

陈海山　乖乖,不得了,怎么这么多人呢?

〔陈海山连忙吹熄火褶子,在黑暗中摸索着往前走了两步,又点燃火褶子。

陈海山　人多就人多吧。我,陈海山,此地的县令,我哪里会怕你们看啊——

　　　　(唱)　陈海山面见圣上真荣耀,

　　　　　　　昨个儿还愁难把龙颜瞧。

　　　　　　　今个儿《逐鹿中原》鹊鸟报,

　　　　　　　名画竟是嫂嫂娘家传家宝,

　　　　　　　殊不料陪嫁多年春色娇,

　　　　　　　小县令咧开嘴巴笑弯腰。

　　　　　　　出重金一幅假画怀中抱,

请画师丹青作伪巧画描。

哥嫂画室悄来到，

以假换真在今朝。

蹑手蹑脚步轻摇，

换得真迹乐陶陶。

（白）我啊，不求哥嫂，不听唠叨，不看别人脸色。嘿嘿，自己动手，丰衣足食。哈哈，这正是：狸猫换得太子来，坐等升官又发财！（进屋）

〔陈海山在书架上寻找画，未果。

〔刘文莺上。

刘文莺　相公，你快些走啊。

〔陈海峰手提灯笼上。

刘文莺　（唱）　谯楼打罢鼓三更，

陈海峰　（唱）　草低露重映寒星。

　　　　　　　月光孤照风弄影，

刘文莺　（唱）　不知缘何神不宁。

陈海峰　（唱）　娘子夜半梦惊醒，

刘文莺　（唱）　满腹心事意纷纷。

陈海峰　娘子，这更深露重，为何执意来这画室查看呢？

刘文莺　坊间传言皇上寻找古画《逐鹿中原》，不知真假。这传家之宝现下放置画室，如此一想，怎能安然入睡，心中惶惶不安。

陈海峰　所谓：日有所思，夜有所梦，凡事但求心安。

刘文莺　走吧。

〔刘文莺手提罗裙，上楼。陈海峰跟上。

陈海山　以前曾听哥哥无心言道：这画放置在书案上第五格的暗格里。（摸索着，高兴）摸到了摸到了！（从书架暗格中抽出一锦盒，取出画，打开，看）

陈海山　哈哈，《逐鹿中原》果真在此——（屏息倾听）

　　　　（念）　忽闻楼梯响，

　　　　　　　心中暗慌张。

　　　　　　　来者会是谁？

　　　　　　　一时无主张。

（连忙将画卷起，放入盒中，抱入怀里，吹熄火褶子，躲在书架一旁）

［陈海峰、刘文莺进屋,环顾。

陈海峰　娘子,你看,这屋中未曾有人来过。(将灯笼放于一侧,环顾
　　　　四周)

刘文莺　确实未曾有人来过。(走向书架另一端)

　　　　［陈海山无声闪出,将灯笼吹熄,屋中一片漆黑。

刘文莺　啊呀,哪里来的风呀,把灯吹灭了,相公。

陈海峰　娘子。

　　　　［刘文莺摸索着朝陈海峰走去。陈海山连忙向刘文莺撞去。

刘文莺　啊呀。(倒地)

陈海峰　怎么了?

刘文莺　你撞着我了。

陈海峰　我好端端地站着,没撞着你啊。

　　　　［三人在黑暗中摸索。

陈海峰　娘子。

刘文莺　我在这里。

陈海峰　娘子。

　　　　［陈海峰和陈海山在黑暗中撞在一起。陈海峰把陈海山误以为
　　　　是刘文莺,一把抱住陈海山。陈海山一把将陈海峰推开,却又被
　　　　刘文莺拉住。

陈海峰　娘子你为何推开我呢?

刘文莺　我没有推开你啊。相公,适才是你撞到我了。

陈海峰　这……难道是前几日的那只老鼠?

刘文莺　老鼠还会撞人呢?

陈海峰　待我点灯看来。

　　　　［陈海山从两人中间一个翻身,溜走,模拟老鼠叫声。刘文莺吓
　　　　着,逃开。

　　　　［陈海山摸索着走向书架,欲将怀中两幅画放上书架,却分不清
　　　　怀中哪一幅是真画,哪一幅是假画。

刘文莺　相公。

陈海峰　娘子。

　　　　［陈海山开始回忆、重复刚才从书架上拿画的动作,结果更是混
　　　　乱,怀中的画坠地。陈海山连忙拾起,溜出房门。陈海峰点灯。

陈海峰　娘子。

刘文莺　相公。

〔刘文莺着急地走到书架前,从暗格中拿出锦盒,打开,查看画。

陈海峰　这《逐鹿中原》尚在,你可看清楚了?

刘文莺　家传宝画,岂能看错?

陈海峰　娘子,哪有人敢来盗画? 更何况我兄弟还是这边的县令!

陈海山　好险! 却不知到手的这幅画是真是假,但愿摸到一个大瓷宝!
　　　　苍天保佑,苍天保佑。(急下)
　　　　〔切光。

群　场

　　　　〔生旦净末丑如老鼠一般,十分灵活地在"奔跑"。

众　人　(念)　画画画,

　生　(念)　那幅画,

　旦　(念)　栽在心中发了芽。

　净　(念)　种在梦里开了花,

　丑　(念)　一不小心就结成瓜。

　末　(念)　谁有本事得到它,

　旦　(念)　美梦成真笑哈哈。

　　　　〔生、旦、净、末、丑呈造型,丑、净跳出,饰演剧中人。

陈海山　下官见过张公公,公公辛苦了。

张公公　陈大人,可别忘了你在圣上跟前立下的那张五日期限的生死
　　　　状啊。

陈海山　下官不敢,五日内必向圣上呈献《逐鹿中原》宝画。

张公公　可如今,一眨眼的功夫,已经两日过去了,陈大人啊——
　　　　(唱)　五日期限已约定,
　　　　　　　自愿立下生死盟。
　　　　　　　云梯易攀也摔得猛,
　　　　　　　做官事事赔小心。
　　　　　　　今日里龙颜大悦是功臣,
　　　　　　　明日里龙颜勃怒是罪人。

陈海山　(唱)　一番话　惊残梦,
　　　　　　　苦不堪言步难行。

张公公　陈大人,好自为之。

陈海山　多谢张公公提醒。
　　　　〔呈造型的生、旦、末"活跃了起来",将两位剧中人围绕在中间。

众　人　（指着陈海山）嘻嘻哈哈，他可是被活活地顶在杠头上了。

　　旦　他是被他自己顶在了杠头上。

　　生　这就叫"不作，不会死！"

　　末　有好戏看了，杠头要开——花——了！

　　　　［在众人的嬉笑声中，剧中人逐渐变为丑、净，合着众人"念白"的
　　　　节奏一起舞动起来。

　　旦　（念）　画画画——

众　人　（念）　那幅画！

　　末　（念）　栽在心中发了芽。

　　净　（念）　怎不让人牵挂它，

　　丑　（念）　想尽办法得到它。

　　旦　（念）　上天入地一句话，

　　丑　（念）　只为寻找——

众　人　（念）　画、画、画！

2

时间：次日清晨。

地点：陈海峰府第。

　　［陈海山上。李进才跟上，双手捧满礼品。

李进才　老爷，平日去大官人家里走动，不见你带这么些个东西，今日你
　　　　为何……

陈海山　嗳，今日非比寻常，情势所迫，我的升迁与否全系在哥嫂身上啰。

李进才　看来是为了要得到那幅宝画《逐鹿中原》。

陈海山　哈哈，知我者，就数你李进才了。我本想不去惊动我那个榆木脑
　　　　袋、迂腐不堪的大哥，神不知鬼不觉地把那真画换到手，谁知老天
　　　　爷偏偏捉弄，真假竟弄错！如今我总不能"二进宫"再偷第二次。

李进才　老爷，你在说什么？我好像有些听不懂。

陈海山　听不懂就对了。待会儿等见着大哥大嫂，你就看我的眼色，配合
　　　　我行事。

李进才　是,老爷。

陈海山　叫门去。

李进才　大官人、嫂夫人,我家老爷来了。

　　　　〔刘文莺、陈海峰上。

刘文莺　来也。(开门,迎入)是小弟来了,快快进屋。

陈海山　见过大哥,大嫂。(行礼)

陈海峰　自家人,无须多礼。

陈海山　大哥,小弟公务缠身,难得有暇拜望哥嫂,特备薄礼。

　　　　〔李进才呈上礼品。

陈海山　这是大哥喜欢的文房四宝,这是特地为大嫂置买的燕窝、雪梨,还有这些好看的布料。

刘文莺　小弟真是有心了。

陈海山　好说好说。

陈海峰　小弟对百姓也得有心啊,你我兄弟父母早逝,可是吃"百家饭"长大的,人不可忘本,你切不可忘了……

陈海山　切不可忘了老百姓。看看,又来了! 大哥,我晓得了,我耳朵里的老茧早就听出来了,翻来覆去就这几句话,真是"老三篇"啊。

陈海峰　哈哈哈,不说了,不说了。小弟近日可好?

陈海山　好好,也不好。唉!

陈海峰　好,却又为何叹息?

陈海山　不说也罢。

刘文莺　莫非有心事?

陈海山　(故意)我……(背身,向李进才使眼色)

李进才　(不解)老爷,你眼睛不舒服?

陈海山　(小声地)蠢材! 你眼睛才不舒服呢! 该你上了。(又使眼色)

李进才　(恍然)哦哦,是了。启禀大官人嫂夫人,我家老爷最近夜不能寐,食之无味。

陈海山　是啊,小弟我是——苦——啊。

刘文莺　小弟不妨说来听听,或许哥嫂能替你分担一二。

陈海山　(连忙)只要哥嫂想分担,定然是能分担的——岂止一二? 那肯定是全部。

　　　　〔陈海峰、刘文莺对视一眼。

陈海山　哥嫂啊,新皇登基,为紧缩开支,下旨自上而下实行裁员,县衙内一半人已经被我裁回家了,现在皇上又要搞什么县衙与县衙合

363

并,这两府合并么,我这个县令恐怕也要成了没得岗的官
了啊——

（唱）　我心里七上又八下,

　　　　脑子里乱麻缠乱麻。

　　　　怕的是两府合并没了乌纱,

　　　　在官场无根无靠逐出县衙。

刘文莺　（唱）　稍作镇定把心放下,

　　　　　　你怎知没岗就是你这家?

陈海山　（唱）　另一个县令来头大,

　　　　　　知府门生前程佳。

刘文莺　这可如何是好?

陈海山　嫂嫂,就在小弟走投无路之时,忽听闻皇上要找一幅汉王朝流传
　　　　至今的名画——《逐鹿中原》。

陈海山
刘文莺　《逐鹿中原》?!

陈海山　正是。嫂子祖上乃汉朝王室,小弟深知那《逐鹿中原》是你传家
　　　　之宝,更是你高贵身份的象征,小弟恳请嫂子伸手相助!

刘文莺　这……

陈海山　嫂子,只要我向皇上呈上此画,非但不会有下岗之忧,还能官升三级!

刘文莺　这……

陈海山　到那时,我陈海山便能光宗耀祖啊。

刘文莺　这这这……

陈海山　嫂嫂,大哥,我陈海山愿对天盟誓:长兄为父,长嫂为母,我定以
　　　　孝敬爹娘一般的顶级高规格来孝敬哥嫂,若违誓言,天打雷劈。

陈海峰　海山,不可胡乱立誓,大哥与你一母所生,血脉相连,焉能不信?

陈海山　（高兴地）如此,大哥应允了?

陈海峰　只是,这画乃你嫂嫂家传,还须你嫂嫂应允才是。

陈海山　嫂嫂,小弟求你了。

刘文莺　小弟,嫂嫂知道你的难处,可嫂嫂……也有难处啊。

陈海山　（假意抽泣）莫非嫂嫂不愿相助小弟么?

刘文莺　我,不是不愿,乃不能也。

陈海山　嫂嫂,求你搭救小弟啊。（跪下）

刘文莺　小弟快快请起。

陈海山　嫂嫂权当可怜可怜我,你若是不允啊,小弟我,呜呜呜……我就

长跪不起。

刘文莺　啊呀——

（唱）　　他声声哀求响耳旁，
　　　　　句句恳切撞心房。
　　　　　理应伸手去相帮，
　　　　　无奈苦衷藏胸腔。
　　　　　汉朝王室乃祖上，
　　　　　代代相传画一张。
　　　　　曾经名门春意盎，
　　　　　家道中落泪两行。
　　　　　世事艰辛见风浪，
　　　　　一腔委屈暗收藏。
　　　　　家族荣辱系宝画，
　　　　　身份贵贱更倚仗。
　　　　　嫁入陈家人敬仰，
　　　　　夫唱妇随度时光。
　　　　　我若开口说真相，
　　　　　怎堪世俗浅目光。
　　　　　若是有意瞒真相，
　　　　　相公待我情意长。
　　　　　左右为难心惆怅，
　　　　　事关家族口难张。

陈海峰　（背躬唱）娘子她面露难色暗思量，
　　　　　莫不是另有隐情才不搭腔。

　　　　（对刘）问文莺是否难舍传家宝？

刘文莺　（唱）　　求只求一家和美保安康，

陈海峰　（唱）　　是否担心愧对祖上？

刘文莺　（唱）　　我更是陈家媳妇你妻房。

陈海山　那嫂嫂是否未曾将海山当做自家兄弟？

刘文莺　不不不，小弟误会了。我自嫁入陈家，便视相公为天，视你为亲
　　　　弟弟。嫂嫂为你、为相公什么都愿意。

陈海山　可小弟不要嫂嫂做任何事情，只要这幅画。

刘文莺　这画么……我我我，不能给你，更不能呈于皇上啊。

陈海山　当真？

刘文莺　当真。

陈海山　（站起）哈哈，好一个视大哥为天，视我为亲弟弟的好嫂嫂！我求也求了，跪也跪了，发誓赌咒，连吃饭家什十八般兵器都用上了，嫂嫂你真是好狠的心肠！你这是要把我往绝路上逼啊。

刘文莺　小弟，你一定要谅解嫂子。

陈海峰　小弟，嫂子既然不愿，你何必苦苦相逼呢？左不过不呈献于皇上便是。

李进才　老爷，我看我们还是想想其他办法……

陈海山　住嘴！哪里还有什么其他办法？这普天之下，《逐鹿中原》就此一家，别无分店。罢了，多说无益！（对李进才）走。

刘文莺　小弟……

　　　　〔陈海山下。

李进才　大官人嫂夫人，你们不要着急，我这就去劝劝老爷。

陈海峰　有劳进才兄了。

　　　　〔李进才下。

陈海峰　娘子，我看小弟适才恼怒离去，怕是依着他的性子不会这么轻易放弃《逐鹿中原》。

刘文莺　相公，文莺不是因为祖上传世名画而不愿给小弟，实在是……

陈海峰　文莺，你我夫妻多年，你是怎样的人我还不知道吗？你不是一个看重身外之物的人。

刘文莺　多谢相公体恤。

陈海峰　就怕他不会善罢甘休。

　　　　〔李进才急上。

李进才　大官人嫂夫人，大事不好了，老爷回县衙召集兵马去了，看来他待会儿便要带人来个"霸王硬上弓"，硬逼你们交出《逐鹿中原》了。

陈海峰　什么?!

李进才　我看你们还是暂时外出躲避一阵子为好。

陈海峰　多谢进才兄前来报信。

李进才　大官人说哪里话啊——

　　　　（唱）　我当初科考落了榜，
　　　　　　　　四处飘零艰辛尝。
　　　　　　　　大官人收容恩情广，
　　　　　　　　举荐县衙记心房。
　　　　　　　　知遇之恩涌泉报，

陈海峰　（接唱）何须挂齿不敢当。

李进才　大官人，你们快走吧，此地不宜久留。

刘文莺　相公，关于这幅画我有两句话想与你私下里说说。

李进才　嫂夫人，老爷的马队即刻便到。

陈海峰　娘子，你拿上画先走，我随后与你在燕子湖畔十里亭会合，有什么话再说不迟。

刘文莺　不，相公，要走一起走。

李进才　你们先走，我来断后。

　　　　［幕后传来马蹄声。

李进才　不好，老爷带人来了。

陈海峰　进才兄不能连累了你，你赶紧和娘子一起从后门离开，我想办法拖住他。

刘文莺　可是……

李进才　大官人你呢？

陈海峰　我是他的兄长，他奈何不了我。你们再不走，就迟了。娘子记住，见不到我，你千万别回来！

刘文莺　（唱）　妹妹一步三回头，

陈海峰　（唱）　哥哥意乱心儿揪。

李进才　（唱）　却为何要把离别滋味儿受，

刘文莺、陈海峰　（合唱）偏留下两处煎熬一处愁。

　　　　［刘文莺被李进才拉下。陈海山带着一随从上。

陈海山　大哥，好啊。

陈海峰　小弟怎么去而复返呢？

陈海山　小弟我也不绕圈子了，我的人现在都在门外候着，大哥若是现在让大嫂交出《逐鹿中原》，你我依然是好兄弟。

陈海峰　若是不然呢？

陈海山　那我就只能命人进府搜出这幅画了。

陈海峰　一定要搜？

陈海山　搜！

陈海峰　哈哈，好你个小弟。可惜，你来迟了一步。

陈海山　怎么说？

陈海峰　你嫂子带着画外出游历了。

陈海山　什么？哼哼，好好，你们真是我的好哥嫂！既然你们待我无情，也就莫怪我无义了！（对幕侧）来人啊，给我搜。

[幕外:是。

陈海峰　且慢,小弟,为了一幅画,你当真要兄弟反目吗?

陈海山　我也是万般无奈啊。大哥,委屈你跟我走一趟了,到我县衙去小住两天,坐等嫂子游历回来。

陈海峰　你!

陈海山　(对随从)给我带走。

[陈海峰被随从带下。陈海山跟下。

群　场

[生旦净末丑如老鼠在"寻"油一般,在动作中上。

众　人　(念)　画画画,

生　(念)　那幅画,

旦　(念)　栽在心中发了芽。

净　(念)　种在梦里开了花,

丑　(念)　一不小心就结成瓜。

末　(念)　谁有本事得到它,

旦　(念)　美梦成真笑哈哈。

丑　(念)　怎不让人牵挂它,

旦　(念)　想尽办法得到它。

净　(念)　上天入地一句话,

丑　(念)　只为寻找——

众　人　(念)　画画画!

丑　听说陈海山为了宝画,闹得家里是鸡犬不宁、鸡飞狗跳啊。

净　难不成《逐鹿中原》在他家?

丑　这我就不晓得了。

生　好好的一个家,这又是何苦来着?

旦　闹得鸡犬不宁的也不是他一家。为了画,我跟我家的老张不知道吵过多少回架了。

净　难不成《逐鹿中原》在你家?

旦　我去! 在我家倒好了。你们给我评评理,我嫁给他这么多年,吃辛吃苦,他的那些个同窗好友早就高升了,可谁带他玩了? 这眼看就要退休了,还是在知府的位置上一动不动,我要他快点儿抓住青春最后的尾巴。

众　人　他怎么讲?

旦　他说我,靠边站,你不懂!好不容易这次机会来了,不就一幅画么,我一闹二哭三上吊,可他倒好,无动于衷、心如止水。

丑　毕竟这画也不是那么好找的。

旦　嘻嘻,我啊好像、貌似帮他找到了方向,他只要照我的办法去做啊,就准保能飞黄腾达。

丑　啊呀呀,好一个贤内助啊,请问你找到什么方向了?方便透露透露吗?

旦　这个怎么能告诉你呢?治世玄机,得自己动——脑——筋。(下)

丑　动脑筋?动脑筋!(恍然)哦,看来这八仙过海,得各显神通!有道理有道理!(奔下)

末　什么意思?你们也给我指点指点迷津啊。

净　难不成大家在为寻画而奔忙吗?我是不是也该⋯⋯

生　莫非仁兄也想加入寻画的行列?

净　非也,某乃正人君子,不干苟且之事。(转身,自语)只是内心禁不住有些小波澜在晃荡晃荡。(下)

生　看芸芸众生:熙熙攘攘皆为名而来,熙熙攘攘皆为利而去。真是:举世皆浊我独清,世人皆醉我独醒。

3

时间:次日。

地点:陈海山府第,内外。

[两个时空的对唱。刘文莺手执画卷。

刘文莺　(唱)　一弯冷月空中悬,

秋风阵阵刺骨钻。

燕子湖畔独心酸,

回回望眼又欲穿。

悔不该独自携画弃你去,

悔不该言听计从把心宽。

等人的时光怎消磨,

幸亏李进才将信传。

始知相公遭囚禁,

恐有不测忙回转。

陈海峰　（唱）　满腹悲愤对谁讲,

身陷囹圄关柴房。

再无兄弟手足样,

相煎太急狠心肠。

昔日光景眼前晃,

更鼓声中数悲凉。

刘文莺　（唱）　相公啊,踏上归途不回头,

陈海峰　（唱）　娘子啊,休回转离险境。

刘文莺　（唱）　墙里墙外苦伶仃,

陈海峰　（唱）　苦伶仃勾起无限夫妻情。

刘文莺　（唱）　不曾想为幅画兄弟缘尽,

陈海峰　（唱）　不曾想为幅画两下离分。

刘文莺　（唱）　相公暂且忍一忍,

绝不撇下你一人。

宝画终究身外物,

换取亲人自由身。（下）

［柴房。陈海山带着酒菜上。

陈海山　哥哥,柴房冷清,你我兄弟不如坐下来叙谈叙谈,小弟我特地带
些酒菜过来。

陈海峰　好一个在柴房把酒叙谈！哼哼,小弟可真是煞费苦心。

陈海山　哥哥休要责怪于我,我有不得已的苦衷。五日前我向皇上立下
了生死状,一定将《逐鹿中原》呈上去。这眼看期限马上就要到
了,我若是拿不出画,便是欺君之罪,此罪非轻啊。

陈海峰　生死状?! 你、你为何要立下生死状?! 若不是你官迷心窍,何来
这欺君之罪?

陈海山　要是没有那张生死状,恐怕我现在已经是一个没得岗的官了！
如今大官小官、大小官员都在寻找宝画,他们不都是为了做更大
的官么?

（念）　当小官只能用小权,

当大官可就发大财。

当官不为权与财,

不如回家抱小孩。

陈海峰　这就是你的为官之道？你不要忘了，我们从小是吃村里乡亲们的百家饭长大的……

陈海山　（打断）知道知道，我也曾是一个想为百姓做实事的官，可是我后来发现这做实事啊就是做杂事做琐事做乱七八糟事，不做没得事，一做就来事！

陈海峰　你！混账啊——

　　　　（唱）　想当年爹娘早逝愁万丈，

　　　　　　　　原以为寒冬漫漫沐冰霜。

　　　　　　　　兄弟们孤苦无靠少依傍，

　　　　　　　　却谁知乡邻乡亲送米粮。

　　　　　　　　伸援手嘘寒问暖自难忘，

　　　　　　　　驱黑夜冬尽春来透曙光。

　　　　　　　　我嘱你百姓情深放心上，

　　　　　　　　衣食父母胸中装。

　　　　　　　　兄卖画供你读文章，

　　　　　　　　又当哥来又做娘。

　　　　　　　　陪伴苦读到天亮，

　　　　　　　　指望科场桂枝香。

　　　　　　　　孰料今日这般样，

　　　　　　　　贤德忠良尽抛光！

陈海山　（唱）　兄长责骂耳边响，

　　　　　　　　且听小弟诉衷肠：

　　　　　　　　我一连三年落了榜，

　　　　　　　　万般愁苦胸中藏。

　　　　　　　　有何脸面见兄长？

　　　　　　　　更是无颜对爹娘！

　　　　　　　　光宗耀祖成空想，

　　　　　　　　一心要做状元郎。

　　　　　　　　考官嗜好暗探访，

　　　　　　　　他钟爱名画好收藏。

　　　　　　　　我无钱买画少银两，

　　　　　　　　灵机一动有主张。

陈海峰　怎么讲？

陈海山　（唱）　悄悄偷你画两帧，
　　　　　　　　空白的落款费尽心。
　　　　（念）　捏个泥巴刻个印，
　　　　　　　　铭上吴道子画圣名。
　　　　　　　　我携画送礼去登门，
　　　　　　　　考官看了笑吟吟。
　　　　（唱）　他辨不出伪与真，
　　　　　　　　原来是个假正经。
　　　　　　　　哈哈，我鱼跳龙门成县令，
　　　　　　　　假画换得真官封。
陈海峰　（唱）　为当官他耍尽鬼伎俩，
　　　　　　　　为当官他良心喂了狼，
　　　　　　　　说什么有何脸面见兄长，
　　　　　　　　说什么更是无颜对爹娘。
　　　　　　　　还不是一心要把权柄掌，
　　　　　　　　还不是一意醉倒富贵乡。
　　　　　　　　二十载　梦一场，
　　　　　　　　指望他能成栋梁；
　　　　　　　　二十载　梦一场，
　　　　　　　　一片心血付汪洋；
　　　　　　　　二十载　梦一场，
　　　　　　　　后悔已晚痛断肠。
　　　　　　　　心酸话儿对谁讲？
　　　　　　　　心酸泪儿溢大江。
　　　　　　　　我当的什么兄长？
　　　　　　　　教的什么文章？
　　　　　　　　作的什么书画？
　　　　　　　　度的什么时光？
　　　　到如今无言对上苍、满腹俱怅惘、怨恨积一腔、一切成空想、心头
　　　　沐冰霜、回首亦无望，终落得满目秋意尽凄凉！
陈海山　哥哥我知道错了，以后我每年在爹娘坟前多烧些纸钱就是了。
　　　　这一次只有你能帮我了。大嫂对大哥可是一往情深，我只要把
　　　　大哥留在此地，就不怕嫂嫂她不来。
陈海峰　我已关照了，见不到我，她是不会来的。

陈海山　大哥,生死状可开不得半点玩笑啊!

　　　　[李进才上,附在陈海山耳边小声说话。

李进才　老爷,嫂夫人来了。

陈海山　好好好,来得好,正好让她看看我演的这场戏。(对陈海峰)大哥,既然你不愿意相助小弟,那你就休怪我心狠手辣了。来人啊,用刑。

陈海峰　你!

　　　　[幕后:是。刘文莺匆匆上。

刘文莺　畜生。

刘文莺　相公!

陈海峰　娘子!

陈海山　(鼓掌)嫂嫂果然是重情重义之人,来得比我想象中要早了那么一点点。

刘文莺　是不是只要我把《逐鹿中原》给你,你便能放你大哥回家?

陈海山　那是自然,他是我唯一的兄长,我无有为难他的道理,我只求宝画。

陈海峰　文莺,不要给他。

刘文莺　(从包袱中拿出画)这是你日思夜想的《逐鹿中原》。(将画给陈海山)

陈海峰　娘子,你不该给他啊。

陈海山　(打开画卷,仔细查看)哈哈哈,不错不错,就是这一幅《逐鹿中原》! 如此多谢嫂嫂了。李进才,送哥嫂回府。

李进才　是。

刘文莺　等等。

陈海山　嫂嫂,如今宝画在手,可容不得你反悔。

刘文莺　我来,就不会反悔,就怕你后悔。

陈海山　我后悔? 笑话!

刘文莺　我本不想将实情告诉你,但又恐你向皇上呈献宝画后反落得一个欺君之罪,累及陈家。

陈海峰　此话怎讲?

刘文莺　为何我迟迟不愿交出宝画? 相公可否还记得他带人围府当日,我本有几句话想说,却迫于形势被逼离去?

陈海峰　记得,莫非与此画有关?

刘文莺　不错。此画是我刘家大汉王室之物,据说内藏治世玄机,但却有一个不足与外人道来的秘密。

陈海山　什么秘密?

刘文莺	此画在我太祖父的手里不慎遗失,他寻访多地,始终不得,无奈之下,只得出重金偷偷请名画师重新画了一幅。
陈海山 陈海峰	什么?
刘文莺	此画虽是古画,却是赝品。
陈海山	啊呀!
	(唱) 一声霹雳从天降, 　　　心急如焚愁断肠。
刘文莺	(唱) 若将赝品呈皇上, 　　　欺君之罪惹祸殃。
陈海峰	(唱) 你指望加官晋爵讨封赏, 　　　却落得牵连满门苦泪尝。
	(白)如此说来,这画实实地献不得啊。
陈海山	啊哈哈哈,好一个"欺君罔上"!明白了,嫂嫂你为了留下家族宝画,有意编出如此荒唐之言,我焉能相信?
陈海峰	我信。事关我陈家一族,又关乎刘家秘密,她怎会信口雌黄?
李进才	是啊,老爷,请三思而后行啊,嫂夫人不是撒谎之人。
陈海山	给我闭嘴。老爷我不是三岁小娃娃!漫不说我不信这是一幅假画,就算它真的是假的,也是一幅古画,我一定要献给皇上。
陈海峰	你,无可救药啊!
陈海山	我已向皇上立下了生死状,若不献画,那才是大大的"欺君之罪",若是献画,官升三级,坐上了直升飞机啦!
李进才	老爷啊……
陈海山	告诉你们,老爷我这一回啊,献画,是献定了!
	〔切光。

4

时间:多日后。

地点:陈海山府邸内外。

〔生旦净末上，形体动作让人联想到老鼠偷油。陈海山在中间穿梭。

众　人　（念）　画画画，

生　（念）　那幅画，

旦　（念）　栽在心中发了芽。

净　（念）　种在梦里开了花，

丑　（念）　一不小心就结成瓜。

末　（念）　谁有本事得到它，

旦　（念）　美梦成真笑哈哈。

〔由"念"逐渐变成 rap。

众　人　（念）　真假难辨不害怕，

　　　　　　　胆战心惊又算啥？

　　　　　　　魂牵梦萦的画，

　　　　　　　勾人魂魄的画，

　　　　　　　教人相思的画，

　　　　　　　灵魂出窍的画。

丑　（念）　怎不让人牵挂它，

旦　（念）　想尽办法得到它。

净　（念）　上天入地一句话，

丑　（念）　只为寻找——

众　人　（念）　画、画、画！

生　听说，有人偷偷向皇上献了宝画。

末　听说，还不止一个人。

净　可"听说"总归还是"听说"。

生　若那些"听说"不止是"听说"，这世间可就不是一幅《逐鹿中原》了。

末　可这世间又何来这许多幅的《逐鹿中原》呢？

净　（做噤声动作）嘘，其中定然有假。

〔陈海山闻言一惊。

陈海山　（嘀咕）对啊，定然有假！

旦　啊呀，如此说来是我做错了？我会不会害了我家老张啊？

众　人　你做了什么，害你家老张了？

旦　完了完了。

众　人　你倒是说呀！

375

旦　我我我……不能说，说不得啊！

净　幸好啊，我动作慢，反应更慢，还在"轧苗头"的过程中。

　　〔陈海山更是胆战心惊。

末　(看向远处)啊呀呀，快看快听，那边是不是又有一个人找到《逐
　　鹿中原》了？

众　人　去看看去看看。

　　〔生旦净末奔下。

陈海山　完了完了——

　　(唱)　冷汗嗞嗞往外冒，

　　　　　胸中又似炭火烧。

　　　　　我为鱼肉火中烤，

　　　　　忽冷忽热五内焦。

　　　　　传言有官又献宝，

　　　　　胆战心惊魂欲销。

　　　　　莫非嫂嫂没骗我，

　　　　　莫非我把假画来呈交。

　　　　　想将张公公去寻找，

　　　　　要回画卷第一条。

　　　　　思前想后胆儿小，

　　　　　轻举妄动事不妙。

　　(念)　吓得我心儿怦怦跳，

　　　　　吓得我脚下直打飘。

　　　　　吓得我夜里睡不着觉，

　　　　　吓得我连梦中都大声叫！

　　〔陈海山被吓得站立不稳。幻境中，陈海峰、刘文莺、李进才、张
　　公公上。

陈海峰　(唱)　你这个陈家子孙大不孝，

　　　　　　　做下了跑官枉法罪难饶。

陈海山　(唱)　我本想出人头地门庭光耀，

　　　　　　　假画之事不知晓。

刘文莺　(唱)　信口雌黄不打草稿，

　　　　　　　此画赝品如实告。

　　　　　　　装傻充愣不走正道，

　　　　　　　执意呈画为哪条？

376

陈海峰	（唱）	家人苦劝脑后抛，
		百姓更是丢云霄。
		圣贤德行早忘了，
		你把何事放心梢？

真正是心术不正、品行不端、弄虚作假、不念手足、不顾亲情、狼心狗肺、一门心思、官迷心窍陷泥沼，不务正业暮暮朝朝！

陈海山　不，不是的。

李进才　老爷，你已经忘记了自己还是一个读书人了。

陈海山　读书人？是啊，我也曾是一个读书人，可光是书读得好又有何用呢？

陈海峰　难道做官不读圣贤之书，尽是跑出来的？陈海山，我劝你找张公公找皇上去坦白，现在回头还来得及！

刘文莺　是啊，现在回头还来得及。
李进才

陈海山　回头？还来得及吗？

　　　　　［静场。张公公上前。

张公公　陈海山。

陈海山　张公公。

张公公　你有什么话要对我说吗？

陈海山　话？是啊，下官有话。

张公公　说。

陈海山　不不不，张公公，下官没有话。

张公公　当真没有？

陈海山　没……有。

张公公　到底是"有"还是"没有"？

陈海山　没有。

张公公　没有，好啊。

　　　　　［陈海峰、刘文莺、李进才、张公公下。

陈海山　（沉吟，突然醒悟）张公公，张公公。

　　　　　［李进才上。

李进才　老爷，张公公来了。

陈海山　什么？你说谁来了？

李进才　是张公公来了。

陈海山　啊呀！（发抖）真是怕什么偏偏来什么啊。怕出门，树叶掉下打破头；怕喝水，一口呛住难喘气；怕闹鬼，夜半三更鬼敲门……我怕怕怕……

［张公公上。

陈海山　（连忙行礼）下官不知张公公大驾光临，有失远迎！请公公见谅。

张公公　罢了。

陈海山　（害怕地）不知张公公前来是为了……？

张公公　皇上口谕。

陈海山　啊呀。（害怕得一跤摔倒在地）臣，接接接……旨。

张公公　宣县令陈海山即刻进宫，调查《逐鹿中原》献画一案，不得有误。钦此。

［陈海山浑身发抖，竟说不出话来。

张公公　陈大人，陈大人！

陈海山　吾吾吾皇皇皇……吾皇万岁万万岁！（瘫坐于地，不住颤抖）

张公公　陈大人，走吧。

陈海山　张公公，卑职不解，卑职所犯何事，为何牵涉献画案？

张公公　实话跟你说了吧，这次凡是牵涉到"献假画"一事的官，都被皇上请进宫里"喝茶"去了。

陈海山　可我、我、我，献上的可是真真真……画啊。

张公公　此言差矣，解甲归田的老丞相向皇上献上了《逐鹿中原》，那方是大汉盛世的真迹！老丞相不为做官，仅一腔忠心！

陈海山　啊呀，原来嫂嫂没有骗我。

张公公　（唱）　皇上顿悟好睿智，

　　　　　　　　名画何有治世玄机。

　　　　　　　　得民心者得天下，

　　　　　　　　唯才是举乃根基。

　　　　　　　　哪些官心术不正，

　　　　　　　　哪些官廉洁无私。

　　　　　　　　哪些官跑官腐败，

　　　　　　　　哪些官为民做事。

　　　　　　　　《逐鹿中原》试金石，

　　　　　　（白）这一试啊，嘿嘿——

　　　　　　（接唱）去伪辨真天下知！

张公公　如此一来，那些心怀鬼胎的官员便暴露在了阳光之下。

陈海山　哈哈哈，我真是作茧自缚，作茧自缚啊！嘿嘿嘿，哼哼哼，好好

好,好啊!(僵尸摔。咽气)

张公公　陈大人,陈大人。(伸手探陈海山鼻息)啊呀,他竟被活活吓死了。可皇上还有两句话我都没有来得及说,你怎么就死了呢?!
　　　　〔切光。

群　场

　　　　〔旦丑在逃,生净末在追逐,形体动作让人联想到"抱头鼠窜"。

众　人　(念)　画画画,
　　生　(念)　那幅画,
　　旦　(念)　栽在心中发了芽。
　　净　(念)　种在梦里开了花,
　　丑　(念)　一不小心就结成瓜。
　　末　(念)　谁有本事得到它,
　　旦　(念)　乐极生悲苦哈哈。
　　丑　(念)　怎不让人害怕它,
　　旦　(念)　想尽办法离开它。
　　净　(念)　上天入地一句话,
　　丑　(念)　千万莫要寻找——
众　人　(念)　画、画、画!
　　生　听说皇上得知《逐鹿中原》是刘家汉王室之物,便将宝画归还于刘家。
　　末　听说皇上要提拔没有找画、没有寻画、没有献画的官了。
　　旦　呜呜呜,没得命了,我家老张出事了!
众　人　(齐声)出什么事了?
　　旦　他他他……他被皇上请进宫里"喝茶"去了。
众　人　啊?!
　　丑　喂喂喂,我听说陈县令原本也是要被请去"喝茶"的,可还没等张公公把皇上最后的那两句话说完,他就被吓死了。
众　人　皇上那两句是什么话呢?
　　旦　是啊,什么话呢? 一定很重要。
　　生　依我看,什么话都不重要。重要的是,我们为了什么要去找画?
　　丑　不是皇上要找画吗?
　　生　可找画,究竟是为了皇上? 还是为了我们自己呢?
众　人　为皇上? 还是为自己?

丑　自然是为了自己,不然,又何来的这另辟蹊径、跑官制假、弄巧成拙呢?

旦　错了错了,是我没能管住自己的心。是我是我,全是我害了我家老张!

净　唉,这人啊……就怕管不住心。

　　〔一束光从舞台一侧照来,照在生旦净末丑五人前方。

　　〔光束越来越强,渐渐变成光柱。

　　〔幕后合唱　生 旦 净 末 丑,
　　　　　　　　人生舞台尽风流。
　　　　　　　　半是春色半是秋,
　　　　　　　　且看谁人立潮头。

　　〔剧终。

齐名简介

　　编剧,毕业于中央戏剧学院 2011 级戏剧文学系,上海戏剧学院 2015 级戏剧影视编剧硕士研究生。创作小剧场话剧《挣》,作为第 20 届上海国际艺术节青年创想周邀约剧目演出。创作影视剧《绝世千金》,于视频平台爱奇艺独播。

　　合作改编话剧《杏仁豆腐心》、原创话剧《他乡与故乡》,被搬上舞台。曾参与创作电视剧《逆光》、电影《旅行清单》、话剧《红桥》等。

　　另有原创作品 6 部,话剧《初雪》《毒药与蜜糖》《谁打翻了我的火锅》、电影《鲶鱼小姐》、微电影《追"星"》与广告片《人为什么要坚持》。

话　剧

挣

编剧　齐　名

人　物

王万山　男，王思慧的养父。

改　花　女，王万山恋人，刘宝儿母亲。

刘宝儿　女，改花的女儿。

王思慧　男，王万山的养子。

小　郑　男，刘宝儿的仰慕者。

六　子　男，王思慧儿时玩伴。

人物小传：

王万山，王思慧的养父。

1937 年生人。个高，黝黑，络腮胡。头戴狗皮帽，身着黑棉衣。农村娃出身，家里穷，养不起，爹娘把他给卖了还是送了也说不清。这倒还好，反正谁有吃的谁就是爹，他不需要归属感。自然灾害后他成了"盲流"，对他来说，四海就是家，躺在地上睡过去，第二天有得吃，心里就踏实了。后来他发现一个经常能吃上饭的地方：部队。

他不识字，当兵以后喜欢上了知识女青年改花。谁让文艺兵肚子里有他没有的东西呢。关键是改花也不嫌弃他，还会帮他缝衣补鞋，于是他俩就好了。只是他不知道，这种好是不是女菩萨的救济和施舍？虽然好过，但是王万山连人家手都没摸过一下，女青年就跟最好的战友老刘走了，他也认命，跟着自己的小狗都吃不饱，何况是个大美人。他不该有那种期待。

谁知道老天总要作弄人，在乡下当手艺师傅的时候，当年那个女青年的闺女居然派来学习锻炼，白白净净初长成，竟和她娘有几分相似。毕竟是老战友的女儿，这孩子他当成自己闺女来教。一来二去，机灵的小姑娘对老大爷产生了依恋，大概是老刘身上不曾有他护犊子的勇猛。

"我爹从来没这么疼过我，你怎么对我这么好呢？"刘宝儿问过。

"我爹也不疼我。我就想着，以后我有小孩，得好好对他们，可惜没有。"王万山也不觉得遗憾。

于是，王万山跟食堂打饭大娘关系搞好了，大娘总偷偷多给他塞饭，他都让给了刘宝儿，能给打两勺绝不打一勺。可刘宝儿不缺饭吃，她没饿过，但老王叔叔耿直却粗里粗气的表达，刘宝儿有点喜欢。

王万山脚盘儿大，脚上毛也多，最喜欢的动作就是踩水花子。夏天河里打个猛子，像落水狗一样在岸边踩水花，啥不得劲都丢水里头去了；直到有天,小姑娘刘宝儿突然看着自己,眼神不大对,王万山慌了,那天他没去河里鲤鱼打挺;主要是那个眼神和当年改花看自己的眼神太像了,尤其是最后离别的时候。他不敢多想。

"像,太像了。"第二天他心理嘟囔了一天,教东西都没教好。然后他就发现和刘宝儿同乡的小青年小郑在纠缠她。往常这种打情骂俏王万山都自动过滤,对他来说,情情爱爱跟他没关系。可这小青年的手段太像老刘了,他有点害怕"老刘"把"改花"抢走。可他凭啥害怕? 他害怕的不是"老刘",是"改花"。

刘宝儿勇敢质问王万山的时候,他往后缩了一下。小郑追求愈发热烈了,王万山却还是躲着刘宝儿。刘宝儿指着他的鼻子骂他是个畏畏缩缩的蜥蜴,"跑得快、眼无情"。王万山都认了,回到自己的地方,把藏起来很多年的地址条给翻了出来,可惜上面的字早都模糊了。

后来小姑娘怀孕失踪了,王万山第一次这么担心一个人,他说不上来具体的理由。小孩肯定是小郑的。他气得差不多要把小郑撕碎,可气的原因不是小郑,是自己,自己这是咋回事?

他带着刘宝儿的孩子躲了起来,毕竟刘宝儿要返回大城市的。他只有一个想法:以后决不让这个孩子喜欢不该喜欢的人,他不能叫小孩再走自己的路,把她娘给他赐的名字"悔"字改成了"慧"。王万山没养过小孩,他第一次除了自己吃饱之外有了新的人生难题:让小孩吃饱。在潮湿的屋子里,他回家第一件事就是"喂奶",屋漏偏逢连夜雨,面黄肌瘦的小孩吃着糊糊嗯着手,最后那点糊糊不小心打翻了,他和哇哇大哭的孩子抱在一起哭。

后来小孩长大成人,村里头六子家的妹妹甜妞儿生得水灵,又是小孩青梅竹马,俩人能一块成了家,过上好日子,他一辈子的凤愿就完成了。要再说点什么遗憾的,可能就是自己当不了男菩萨。改花守寡后,他想了想,自己别给人带来更多的麻烦,现在就挺好的。可这最终的凤愿也没完成了,王思慧并不想安稳地待在乡下,他要寻找的东西,远在天边外。

他知道拦不住,放他走了。水是他最后的葬礼,风大浪大,王万山像一条鱼一样回到了河里。

改花,王万山的恋人,刘宝儿母亲。
1939 年生人。知识家庭出身,静娴温良腹有诗书,这样的知识女青年,偏偏被一个大字不识的粗野汉子吸引了。王万山粗,可是粗得细腻,王万山豪放,可也豪放得温情。她是细腻流淌的大提琴,却在遇到王万山这个大鼓时变成了泉水叮咚。

王万山不识字却好学，最愿意听她讲哪个成语怎么用哪个字怎么写，然后胡乱用一通，逗得改花哈哈大笑，笑到咳嗽。改花常年咳嗽，喜欢戴围巾，王万山却从不觉得围巾这东西有什么用，直到遇见改花，他这大老粗变细了，虽然总是帮改花围成大粽子。对王万山来说，最不实用的可能是她送的围巾了，"大老爷们谁围围巾？"

改花违抗不了父母之命，一段不受祝福的婚姻显然是不合适的。所以当部队征调提干时，王万山最好的战友老刘和改花两家人很快凑到了一起，成为了"家门当户"，改花家就这么让改花随迁到大城市去。改花找到王万山，想让他帮自己做最后的选择。二人磨磨唧唧半天，改花把"你带我走"说出口，王万山还是不能抛下一切让改花和家里决裂。她交给王万山一张纸，告诉他在上面写什么，自己就怎么做。她没有忘，王万山是大字不识，但她教王万山写过"浪迹天涯"，可王万山什么都没写。她自己提笔留下了一个地址，跟着父亲去大城市了。那天晚上，王万山在河边坐了一夜。

经过长途奔波，改花来到了大城市，她没能等到王万山，嫁人生孩子，只记得他教给自己那些肮脏不堪的骂人的话。生活中不开心地时候，她就把气撒在老刘或是女儿身上，戾气日复一日加重。女儿刘宝儿从小便想从母亲身边逃脱。老刘天性懦弱没有主见，女强男弱的家庭让改花觉得失去了重心。直到老刘前线牺牲，女儿不干净的"往事"抖出，改花彻底变了，她不再是原来的大提琴，她把女儿当做救命稻草死死抓住，成为了一个惹人厌的老太婆。

如果什么能让改花变回温柔变回娴静，那便是她曾经最美好的那段记忆。

改花的记忆已经模糊残缺，她常常坐在弄堂口望着人群出神，嘴中总是叨念着过去的故事，而被人叫做"疯婆子"。她回到了当初相约分别的地方，那是她一生最后悔的地方，后悔自己决绝不回头。假如，心软一下，可能就不会是这样的结局了。她和王万山，两个人都太克制，又太果决，本来一把提琴，一面大鼓，可能奏出最雄壮也最婉约的协奏曲。

刘宝儿，改花的女儿。
刘宝儿继承了母亲果敢的性格，她是热烈的一抹红。
身材娇小，面目清秀，但她从不瘦弱；梳一对麻花辫，笑起来脸红扑扑的，古灵精怪，调皮可爱；一张巧嘴，讨人喜欢，遇到不平，挺身而出，敢爱敢恨，吸引异性的目光。在大多数小伙子的眼中，刘宝儿就像一团火，温暖光明令人向往。

没有这抹热烈的红，她母亲的光芒恐怕要将她压入深渊。生在一个女强男弱的家庭，她常年感受到低气压，自从她学会调节她父母之间的矛盾后，她长大了，她清楚知道，自己渴望一个强有力的男性角色，填补他对壮汉父亲的需求。

直到王万山出现，她找到了这个人。她发现，指导自己技能的王师傅，居然拥有如此深重令人安心的踏实，那种踏实是骨子里的坚韧和稳重，还有对生活的不妥协。她对这位无微不至照顾自己的大叔产生了依恋，从敬重到忐忑，再从忐忑到渴望，她决定追求。

刘宝儿是火，想要燃烧。但王万山是水，力量无穷，温润无声。虽可力挽狂澜，却也吞噬所有。当火遭遇了水，激情被浇灭。刘宝儿进攻时，王万山退却了。刘宝儿发现王万山时刻都在防御，明明心有眷念却一直克制，明明这样明快热烈的情感，没什么见不得天地的，刘宝儿起初搞不懂他为何压抑，后来明白过来，自己不过是母亲改花的代替品，王万山对她的爱不过是爱屋及乌罢了。

既然青涩而纯洁的喜欢不被接受，刘宝儿在家道中落消息传来时，涉世未深的她选择相信恋慕自己的小郑，可谁知二人孕育了生命，而这个孩子，成为后来一生的冤孽。王万山仍旧选择了"对她好"，这种选择被刘宝儿视为怯懦。她看错了王万山，他身上还是有父亲身上的那种怯懦，从一开始她就喜欢错了。

刘宝儿给孩子起了个名字"悔"，想以此纪念两个人都做出的后悔的行为。返城后，她在母亲的压制下，随意找寻另一半，却再没寻得真心人。她变得内敛而犹豫，中年后，刘宝儿选择独自承受复杂的身世压力，选择性地淡忘过去。在外人眼里，她似乎是平静地度过了一生，在她自己眼里，孩子是难以磨灭的伤痛，王万山再也无法回归，也无法成为她们家庭中缺失的那个顶梁柱。

王思慧，王万山的养子。

王思慧体格健壮，剃个干净清爽的小平头，浓眉大眼，个头出众，乡亲们都爱管他叫"大牛"。如果不讲起他幼年的经历，没人知道，这是一个由男子独立养大的孩子。

他说话直接豪爽，从不隐瞒任何心中所想，快意直抒。他爹王万山闷言闷语，因此从小他就是爹的传声筒，爹有什么想说的，他第一时间就会说出来。王万山指头一伸,他就知道递上水缸子,手掌向上,他就懂得送上烟杆子。王思慧在山中长大了,每每想起爹背着他蹲在旮旯里扒拉碗里剩饭的时候,他就想去外面的世界闯一闯。对爹的感情,他是存在心里的,他知道王万山这辈子为他付出了多少。王思慧想的是什么时候能过上好日子,不让爹饿着。可因为这样的生长环境,王思慧心底最灰色的状态是自卑。他以为走出大山便可改变现状,就能找到童年中一直缺失的母亲的角色,可他想得太美了。

爹从来不讲起关于母亲的事,每每提及,就会被告知他的娘是嫦娥,是仙女,飞到月亮上去了,再问就会被告知母亲死了。长大以后,思慧也不便再问,他知道,他仙女一样的娘是爹心中解不开的症结。来到大城市打拼的他住在逼仄的弄堂里,像蝼蚁一样生活着,聊以慰藉的是每天和改花姨对话,偶尔还帮她一起对抗不孝闺女刘宝儿。王思慧下定决心走出农村,可他发现王万山想把他拴在身边。"你怎么就不明白呢,不能糊涂一辈子吧?"可他爹脑袋清楚得很。他说服不了爹出去就能改变现状,爹的想法保守陈旧。一边是想出去改变爹艰苦的儿子,一边是想阻止儿子出去受苦的爹,两个人在天平两端据守着,谁也压不过谁。急了,王万山丢下一句"你爹我就是从外面闯回来的,我还能害你么?"。王思慧嘴上赞同了,从本质上不赞同。

当老爹用假病危消息把自己叫回家的时候,他知道留住他是爹最后的夙愿,可他暂时不能完成,因为除了把父亲接到城里以外,他还有一个未完成的任务,寻找母亲。到外面找了一圈也没发现,自己一直生活在母亲身边。刘宝儿将这个秘密永远地隐藏在心中了。所有挣扎的痕迹,都不过是想找到自己,所有在找到自己之前,无论如何挣扎地如何惨烈,他们都不后悔。刘宝儿给王思慧起的名字,被改了,"悔"成了"慧"。

第一场

[蝉鸣。1995 年夏日午后,上海弄堂。
[苏州评弹或戏曲如《游园惊梦》的收音机唱段婉转入耳,慵懒散漫。

〔灯启。改花搬着小折叠凳坐在弄堂口，缓慢织着毛衣，放着小收音机，毛线球掉了滚远一地。

〔收音机突然没了声响。改花敲打着收音机。

宝　儿　（内声）再敲敲坏了！

〔改花继续大力敲打收音机。

〔中年刘宝儿从厨房出来，雷厉风行顺线缠起毛线球，夺过改花手中的毛衣放进竹篓里，瞪了她一眼，又回到厨房。

〔三轮车轧马路声音起。改花的眼睛默默随着远处人力三轮车走过，不紧不慢。

〔自行车铃响。改花慢慢朝路过人方向笑呵呵地点头。

〔王思慧着工装上场，拎一袋点心。改花的目光跟随，她认不得这个年轻人。

思　慧　西三姨！

〔老太太改花只是随着悠扬的收音机声音点着头。

〔王思慧掏出一大串钥匙，开自己的出租屋。

改　花　你叫什么呀？

〔王思慧突然停下手中的动作，走到改花身旁，执其手仔细看着。

思　慧　您不认得我啦？

〔改花仔细辨认，突然恍然大悟，手指点着。

改　花　记得，你是——你是——

思　慧　您不记得我，总记得这个吧？

〔王思慧把手中点心拆开递给改花。

改　花　我记得这个，好吃，（吃）脆脆的。

思　慧　我叫思慧。

改　花　你尝尝。

思　慧　你吃你吃。

〔王思慧进自己的房间。

〔刘宝儿从厨房走出。

宝　儿　（夺过零食）这谁给你的？（看了一眼王思慧屋门）谁让你吃的？别人给什么就接什么，吃人家嘴短，拿人家手软，知不知道这种东西硬，你那胃行么？以后不准乱吃。（零食被改花从手中抠出）还要拿，听不进去了是吗？（瞟到改花委屈的表情，将零食塞给她）拿着拿着。

改　花　（抱着零食袋）好吃，不硬。别人给我什么都接，就你没人接。

宝　儿　你说什么，你再说一次？我天天这么辛苦忙里忙外的，你倒好，学人家嚼舌根子是不是？好的不学，不三不四倒是学得挺快的。（朝旁边邻居）看什么看，没见过吵架啊？一天天地伸着耳朵听别人家热闹，该回家干嘛干嘛去。

改　花　（撇嘴）啧啧啧，啧啧啧。

　　　　〔王思慧本来探着头，被发现后走出来，尴尬地掩饰自己没偷听。

宝　儿　现在一句话也听不进去了。（高声）思慧，今儿这么早就回来了？

思　慧　我……今天请假了。对了姐，上次我托你问的我娘的事情，有眉目了吗？

宝　儿　（背身）回乡的人多，难找，难找……（回过身）哟，你看你这衣服后头，破了那么大一个洞，快脱下来，我给你缝缝。

思　慧　姐，不用。

宝　儿　脱下来，客气什么？你还没成家，这种活儿你们男人干不来。

思　慧　是……

改　花　（嘟囔）自己不嫁，还说别人。

宝　儿　你！你起劲了是吧？

　　　　〔改花丝毫不让地瞪着。

　　　　〔刘宝儿气不过，转而缝补王思慧的衣服。

宝　儿　思慧，你平时太不注意了。听说你们东方明珠塔快盖完了吧？

思　慧　快完工了。

宝　儿　一天旷工得不少钱呐，以后别给我妈乱买东西。记性不好使，街坊邻居记不得几个，就算你天天陪她说话她都记不住你，你给她个石头她都敢吃。

改　花　谁要吃石头？我脑子好使着呢，嫁不出的闺女，管不住的嘴。

　　　　〔刘宝儿拉下脸，直视改花。

改　花　不孝闺女。

宝　儿　吃你的饭，不准说。

改　花　我就说！我闺女早就嫁人了！你是谁家的？我不认识你！

宝　儿　（对思慧）你——你看她，我这是什么命！

思　慧　别跟阿姨置气，我劝她好好喝稀饭。

　　　　〔刘宝儿把衣服丢给王思慧，收起碗筷，回厨房。

　　　　〔改花伸出手来，王思慧愣了一秒，跟她击了个掌。改花嘎嘎笑了。

改　花　打倒反动派！

思　慧　改花姨，您刚刚说得太重了。

改　花　我闺女，牛脾气，不说她，她记不住。

［王思慧穿起衣服，准备走。

改　花　哎，不许动，你陪我玩这个。（比划你拍一我拍一击掌游戏）

思　慧　阿姨，今天怕是不行了，我爹病了，我得回去看看，一会还要赶火车。

［改花噘嘴。

改　花　（指手表）那，这个，你不是一直想要这个，咱俩换换？

思　慧　（眼睛亮）好啊。

改　花　那你得听我讲个故事。

思　慧　（抻衣服的衣角）行。

改　花　真的？

思　慧　嗯。

改　花　来来来，坐坐坐。

［改花让出地方。王思慧坐在改花边上。

改　花　以前，有个小兵蛋子，天天跟在我屁股后头，从部队驻到那以后，十里八乡都夸他——

思　慧　俊。

改　花　你怎么知道的？

思　慧　我猜的。

改　花　这个人还会吹口琴，你知道吧？

思　慧　（拟音）呜呜呜的那个。

改　花　他每回一有空，就藏在我回去路上，假装自己刚好在那吹，一边吹一边看我瞧见他没。（笑）傻样，我当然瞧见了。后来，我俩好了，他反倒腼腆了，连手都没敢摸，再后来，我就把我织的围巾送给他，你猜怎么着，他三下五除二藏进衣服里掖起来，那儿鼓得跟小姑娘一样，我就跟他说——

思　慧　要这么系。

改　花　哎，他倒好，瓮声瓮气地。

思　慧　（同时）"大老爷们，谁戴围巾。"

改　花　（同时）"大老爷们，谁戴围巾。"不过那天，（严肃）我到现在也忘不了……

［一首不熟练的口琴曲《喀秋莎》传入。年轻王万山上场。思慧改花光渐收。

〔王万山坐在河边学吹口琴。身后梳麻花辫的年轻改花慢慢接
　近,丢给王万山一条手织围巾。王万山喜,放下口琴,摩挲着围
　巾,围一圈塞进衣服内,胸口的军装被撑起一个大鼓包。改花将
　围巾扯出来,给他戴正。

改　花　要这么系。

万　山　(羞涩)大老爷们,谁戴围巾。

　　　　〔改花戳他脑袋。王万山依旧塞进了衣服里。

万　山　还是贴心里暖和,弄不脏。

改　花　(笑)你这粗人,倒是粗中有细。

　　　　〔王万山从地上捡起一根树枝,递到改花手中。

万　山　教我写字吧,我想学……"毛主席好"。

改　花　不好。

万　山　好,这咋能不好呢。

改　花　我不是那个意思。我教你写"浪迹天涯"吧。

万　山　嗯。

　　　　〔改花一笑,拿起树枝,拉起万山手,突然停住,在他手上比画了
　　　　两个字。

万　山　这不还两个字没写呢。

改　花　上海。

万　山　上海? 你教我这个干啥啊,不是"浪迹天涯"吗? 我要学"毛主席
　　　　好",还有"改花好"。

　　　　〔改花看着他滑稽的样子,认真看着王万山。

改　花　万山,我要去上海了。

万　山　别跟我闹了,在这待得好好的,去啥上海啊。

改　花　跟我爹随迁了,要去上海警备区了。

万　山　部队里没说他要走啊,是不是弄错了?

改　花　是真的,我们家一家都过去。

万　山　(眼神空洞)哦。这样啊,上海,挺远的。

改　花　你看见这条河了吗? 快流到海里的时候,就到上海了。

　　　　〔停顿,一段沉默。

　　　　〔船号在远远的薄雾中响起。

万　山　那,是挺远的。

改　花　那我就先走了。

万　山　改花。

〔改花停住,回头看着万山。

万　山　(欲言又止)路上,小心。

　　　　〔改花回身紧紧抱住万山。王万山怔住。改花松开,准备走下。

万　山　(急言)上海嘛,大城市,挺好的……

改　花　(转身,塞给万山纸条)这是我上海的地址,你以后要是来上海
　　　　了,就来这找我。

　　　　〔王万山闭上眼。改花跑下场。王万山猛地睁眼,想要拥抱改
　　　　花,身旁却空空如也。

万　山　(对远方)你等我一年!

　　　　〔王万山拿起口琴在河边吹了一夜,吹着吹着,王万山灯熄;改花
　　　　从回忆中醒来,光启,改花唱着歌谣。

　　　　〔光收。火车音效起。慢慢的绿皮车,咕咚咚咕咚咚。

第二场

　　　　〔1995 年,南方山峡峭壁,落月坡。音效起,崖底浪大风急。

　　　　〔灯启。王万山脸上痕迹沧桑,在落月坡上伫立的身躯,依稀有
　　　　年轻时高大的模样。他手臂在空中挥舞,引导航船的方向,后拿
　　　　起腰间号角吹响。远处船号声穿透薄暮与号角回应。

　　　　〔王思慧衬衫长裤,提着点心,背着行囊上。看到父亲在崖顶上
　　　　的身躯,停了下来注目着,仿佛又看到小时候背着自己的巨人。
　　　　直到王万山停下手中号角,思慧迈步上。

思　慧　爹!(放下行囊)

万　山　大牛回来了。

思　慧　你哪儿不得劲? 别站着,快坐。到底咋了? 六子跟我说你病得
　　　　可严重了,咱俩去城里看看。

万　山　我不那么跟你说,你能回来么?

思　慧　爹,你这不是闹着玩么,怎么能拿自己身体开玩笑呢? 领导刚答
　　　　应给我发一大笔工钱。我回来一趟,车票多少钱,我得少挣多少
　　　　工钱啊! 你都生病了还抽烟! 这两年是我不好,没时间回来陪

你,你等过两年,我没事就回来。

万　山　在上海,过得还好啊?

思　慧　还行。

万　山　有女娃子了吗?

思　慧　啥?

万　山　女娃娃,有没有?

思　慧　没有。

万　山　我给你从马道姑那儿看了八字,甜妞儿和你挺般配。

思　慧　那都是封建迷信,骗娃子的! 你怎么还信这些。

万　山　你这年岁该找个女娃了。甜妞儿长得俊,他爹人不错,六子跟你
　　　　又是好兄弟。怎么,你不稀罕她? 相不中?

思　慧　相不相中没关系,终身大事我要自己做主。我不想像你一样一
　　　　辈子留在村里。爹,我是要进城的。

万　山　翅膀硬了总想着飞,外面苦日子过得舒服?

思　慧　爹,时代变了,村子里装起信号塔了,不要你站在崖壁上指挥大
　　　　船了。我们在上海盖的那个东方明珠塔,比你指挥那些大船气
　　　　派多了。那摩天大楼,大电车,你往商店里头,都能给你看花眼。
　　　　你给我两年,接你到上海。

万　山　我不去。

思　慧　你咋这么犟呢?

六　子　(声音)哟,大牛回来了!

　　　　〔六子上,弹了王思慧一个脑瓜崩。王思慧恼,反踹一脚。二人
　　　　逗弄之后以见面礼抱了抱。

六　子　王叔,你的腿咋样?

万　山　没事。

六　子　没事就行。(拿下王思慧眼镜)我了个乖乖,金丝边眼镜! 大金
　　　　表! 村口桑塔纳也是你的?

思　慧　啊……

六　子　我就知道是你的! 思慧真有出息,开大汽车。

思　慧　(咳嗽两声,递上名片)

六　子　哎哟(不识字)王……

思　慧　思慧。

六　子　王思慧! 思慧,你这次回来是不是接我们家甜妞的!

思　慧　甜妞儿,我接不了了。

六　子　没事。叔,现在思慧是大忙人,甜妞儿也不差这两天。咱们都说好了是不是?

思　慧　(询问地看着万山)你怎么不跟我说一声呢?

万　山　你还要跑啊?

思　慧　(对六子)哥,甜妞我娶不了。

万　山　说什么呢你。

六　子　你这什么意思?

思　慧　(低声)叫甜妞儿别等我了,你叫她找个好人家嫁了吧。

六　子　这话你也说得出来?这十里八乡,谁不知道,甜妞是你没过门的媳妇,说不要就不要了?

思　慧　我跟你说实话,我根本就不是啥大领导。那桑塔纳,也不是我的。我就没啥本事,现在只想怎么改善我和我爹的生活。

六　子　我叫你知道什么叫改善!

　　　　〔六子欲大打出手。王万山手一扯,人就被拽过来了,万山身形不稳,咳了几声,颓坐下来。

六　子　王叔,你没事吧!

万　山　甜妞儿是好闺女,我到家里给她道歉。你,先回去吧……

六　子　叔!

万　山　你回去!

六　子　(对王思慧)我告诉你,你走出这山头,以后再也别想找着像我妹这么好的姑娘!

　　　　〔六子下。

思　慧　(喊)等我有了本事,我会回来娶她!

　　　　〔王万山叹气,一脚踹在王思慧腿弯子上,他一个跟跄。

万　山　你那手表,管谁借的?看看你这衣服,肩膀头能架起来么?装那么大老虎皮,怕人家看不起你?城里有个什么好?要我看,那就是吸引人的地方,去了就回不来了。

思　慧　你这么说,都是因为我娘!

万　山　放屁!

思　慧　我都知道,我娘去上海了,生完我就回去了!

万　山　我再跟你说一次,你娘,生完你就死了!

思　慧　我不是小娃娃了,你就别哄我了行不行?我知道你一直念着她,你一辈子为了我活,什么时候为了自己活一回啊?人要不是跟命较劲,命就跟人较劲!反正这次我找不到我娘,我就不回来了!

万　山　你！

〔王思慧拿起行囊，毅然离去。

万　山　时代变了，老了，这天顶不住了。

〔远方有船声。王万山凝视号角，欲吹，气息再也提不上去。

〔王万山看着王思慧的背影，突然身子垮塌颤抖，收光。

第三场

〔时光倒回到刘宝儿年轻的时候。

〔上海牌小轿车鸣笛声。

知青声　领导来了！领导来视察了！

知青声　你看，是上海来的领导，轿车也是我们上海牌的！

小　郑　同志们好！同志们辛苦！

〔刘宝儿抬眼瞧着开过去的汽车，又匆匆开始收衣服。

〔小郑大摇大摆上，官气横秋地左右视察。

小　郑　住得怎么样，可还习惯？都挺好哈。

〔小郑注意到刘宝儿在收晾晒的衣服。

小　郑　哎，刘宝儿！

宝　儿　小郑？你怎么又来了。

小　郑　还叫小郑啊？

宝　儿　郑指导员！

小　郑　哎，这就对了。先不要着急，我有一件很重要的事情跟你说，先坐，坐。实不相瞒，宝儿同志，我对你的敬佩之情，犹如滔滔江水连绵不绝。你说像你这样，主动要求下乡改造的进步青年，先进分子，着实是不多见，我呀，真的应该向你好好学习。

宝　儿　不要了，您修表都能修成指导员，哪用向我学习啊。

小　郑　此言差矣。现在倡导什么呀？倡导领导和群众打成一片，我们俩关系这么好，你就不要跟我客气了。我来帮你。

宝　儿　不用。

小　郑　没事！

宝　儿　不用!

小　郑　(得意)你说说看,这叫什么? 这叫风水轮流转。想当年,老团长
　　　　对我,照顾有加,说到这个事情,你看,咱们两个是同乡,你在这
　　　　的生活又这么辛苦,有什么困难,一定要跟我说。

　　　　[小郑手搭上了刘宝儿的肩,想趁机搂抱一番。

　　　　[刘宝儿尴尬后退。

小　郑　不要那么生分嘛。

　　　　[王万山端着一袋谷子,冲开小郑和刘宝儿。

万　山　让让道。

小　郑　哎呀,真是巧了,什么人都能碰到,别来无恙啊老王,哦不,王叔。

　　　　[小郑示意来根烟,王万山当做没看见,小郑把烟收起来。

小　郑　王叔,你怎么说也是工作第一线的老干部,这些事情还要你亲自
　　　　动手?

万　山　哪能跟郑指导比,您呢视察工作多忙,我们任务重,就不耽误了。
　　　　小刘,走。

宝　儿　哎。

　　　　[刘宝儿端起衣服盆子跟着王万山下。

小　郑　我找小刘是……哼!

　　　　[小郑气下。另一边刘宝儿看着小郑离去,噘起嘴。

宝　儿　哼!

　　　　[王万山带刘宝儿来到河边,清水沥沥,阳光大盛,水波粼粼。

　　　　[王万山在河边打水漂。刘宝儿在一旁洗衣。

宝　儿　你认识他? 我这是第一次听你主动讲话,以前我还以为我们的
　　　　手艺师傅是个哑巴呢。

　　　　[王万山不吱声。

宝　儿　王师傅,刚刚,谢谢你啊。

　　　　[王万山哼了一声表示他听到了。

宝　儿　我知道,这个小郑就是个大尾巴狼,以前在我们家楼下大光明修
　　　　表的,有回领导视察,群众把裤链子扯开了,他给人家解了围,溜
　　　　须拍马混了小官,三天两头跟着下乡视察工作,手艺不精,吹牛
　　　　倒是一绝。

　　　　[王万山观察没小郑身影后,准备动身离开。

宝　儿　还是我们王师傅手艺好,教我们的都是有用的东西。

万　山　没啥事我先走了。

宝　儿　（急）你教我编的那个，我现在还没学会，我不服气，明天，我早点
　　　　上工，你早点来教我，好不好？
　　　　〔王万山看了她一眼，直接下。
宝　儿　（气）木头！
　　　　〔快节奏音乐展现恋爱过度。
　　　　〔刘宝儿夜里偷吃烤红薯，给王万山吃，结果惊动了夜里拿着手
　　　　电筒巡视的小郑。二人一同躲开小郑的检查。
　　　　〔小郑叼着一株花向刘宝儿展开追求。刘宝儿躲开小郑的追逐，
　　　　但天公不作美被淋了一身雨。王万山偷偷将斗笠丢给刘宝儿叫
　　　　她躲雨。
　　　　〔王万山手把手教刘宝儿用猎枪。刘宝儿瞄准击中，拍拍王万山
　　　　肩膀邀功。王万山表示鼓励。二人相视一笑。
　　　　〔欢快音乐渐缓，叠柔情温和音乐。

第四场

　　　　〔1995 年秋，上海弄堂，有轨电车当当而过声。
小　贩　（吆喝声）削刀磨剪刀！削刀磨剪刀！
　　　　〔灯启。
小　贩　（吆喝声）瓦（坏）个（皮鞋）套啊（套鞋）修哇……修阳塞（阳伞）！
　　　　〔王思慧手里拿着人民币票子上，朝弄堂里的邻居点头示意。他
　　　　刚把自行车卖了。
思　慧　吴大叔，打气筒一会儿我给您拿过去。不不不，气筒送您的。链
　　　　子记着个把月上上油，不然骑着费劲。
　　　　〔王思慧走到家门口，刘宝儿在准备洗衣服。
小　贩　（吆喝声）大饼油条，麻油馓子！
宝　儿　思慧，回来了。
思　慧　姐。
　　　　〔刘宝儿从王思慧衣服中掏出一沓钱。
宝　儿　思慧，这钱拿好。（递过一沓钱）。

思　慧　姐，你给我这么多钱干啥？

宝　儿　你自己的，从衣服里拿出来的。你说你，从上回回去，没换过衣服吧？这领口多脏啊。

〔王思慧展开皱巴巴的钱，仔细凝视。

宝　儿　怎么，这钱不是你的？是不是家里人给塞的？

思　慧　可能是我爹给我的。

宝　儿　哦……家里人都还好哇？

思　慧　好。我爹身体好着呢。

宝　儿　好，好。

〔从兜里掏出变卖自行车的钱，一同返给刘宝儿。

思　慧　姐，上个月的房钱，还有上上个月的。

宝　儿　你拿回去，我又没问你要房钱。我知道你最近过得紧。

思　慧　没有。

宝　儿　没有？我刚可是瞧见了，你把上工的自行车都给卖了。你卖了自行车，怎么去上班啊？房钱我不着急。

思　慧　吴叔女儿结婚，我那自行车正好就——（看到刘宝儿凌厉的眼神）年根了，我钱让兄弟借走了。

宝　儿　借？什么时候还，你这孩子，自己的钱藏藏好。

思　慧　钱你拿着吧，你跟改花姨不容易，我大不了，回家么。

宝　儿　你——缩头乌龟。你这钱被人拐跑了，你上哪找去？几次了你数数，不长点脑子啊？（戳思慧脑袋）

改　花　你，又凶他。

〔改花从屋里冲出来，护在王思慧身前，朝刘宝儿示威，然后把手里的麻花塞给王思慧。王思慧把麻花含嘴里。

宝　儿　你干嘛护着他？上次给他买的小牛皮鞋，就是让所谓的"兄弟"给拐跑了，现在倒好，直接把辛苦挣的钱都给人了。这孩子，脑子里缺根筋，缺心眼。

改　花　你不许说他，（看着思慧）只能我说他。

思　慧　钱没了，还会来的。

宝　儿　钱那么好挣啊？

小　贩　（上海声）小姑娘，没钞票啦，来来来，到哥哥这来啊！

宝　儿　册那，你是哪的小赤佬，侬寻西啊。

小　贩　（上海声）噢哟，你不要啊，我还不稀罕你这破鞋呢。

宝　儿　你再讲一遍？

改　花　（护刘宝儿到身后，大声）滚！

　　　　　[小贩不做声了。

　　　　　[改花和刘宝儿相视一笑。

宝　儿　思慧，帮我看着点，天黑了，我去烧锅炉。

思　慧　哎。

　　　　　[刘宝儿下。改花坐在板凳前，又想和思慧玩。

思　慧　改花姨，他要是再来欺负你们，我替你们揍他。

改　花　好。

　　　　　[刘宝儿拎着一桶很重的水上，思慧连忙过去。

思　慧　我来帮你。

宝　儿　不用不用，起开。

　　　　　[刘宝儿挡过王思慧，直接拎桶下。

思　慧　谁在上海都不容易。改花姨，我不想回家了。

改　花　那就不回。

思　慧　我本来想来上海找我娘的，可是谁知道上海这么大，我骑着自行车满大街找不着她，我都想往电线杆上贴那个寻人启事了，可是我连她长啥样叫啥都不知道，我上哪找啊？我爹我是一定要接到城里来的，可是他的念想，我怕是实现不了了。

改　花　（悠然）你说什么呢？

思　慧　我说，你们对我真好。

　　　　　[改花笑着，人有点迷糊，靠在了思慧肩膀上打盹。

　　　　　[刘宝儿再上，看到了依偎的二人。

第五场

　　　　　[乡下河边，时光重新倒回到刘宝儿年轻的时候。

　　　　　[芦苇荡摇曳，刘宝儿在河边独坐，环顾四周，掏出泛黄的日记本。

　　　　　[河的另一头，王万山在吹口琴。

宝　儿　（记录）九月十七日，天气晴。他夸我辫子好看。（自语）要夸干嘛不明着夸,非说什么辫子好看。

　　[王万山停止吹琴,捡了块石头丢到水中。

宝　儿　(记录)今天我终于学会了编筐子,他教了我好久。

　　[王万山来到水边洗脸。

宝　儿　没想到平日里那么粗的一个人,编起筐子来倒是粗中有细。(记录)今天风好大,天要凉了。

　　[王万山擦干脸。

宝　儿　过冬怎么能冻着呢。

　　[刘宝儿把一条新织的围巾拿出来,放在手上端详着,脸上洋溢着羞喜。

　　[王万山从衣服中掏出了一条围巾,仔细看着。

　　[王万山看着远方,凝视,把围巾藏进衣服里,下。

　　[刘宝儿整理编好的麻花辫,拿着围巾揣在怀里准备送给王万山。

　　[小郑上发现了忸怩的刘宝儿,在刘宝儿右耳边打了个响指,站在了她身子左侧。刘宝儿转过身来。

小　郑　哟,这不是我送你那块表嘛,你还留着啊。要去哪啊?

宝　儿　(围巾藏身后)不去哪。

小　郑　(油腔)不老实。坦白从宽,抗拒从严。

　　[围巾被小郑抽了去。

宝　儿　(着急)你还我!

小　郑　围巾哦? 给我的? 真好。

宝　儿　你还给我。

　　[小郑系在脖子上,被刘宝儿抽回来,跌了个趔趄。

小　郑　哎,害羞什么,你不送给我,送给谁啊?

宝　儿　不告诉你。

小　郑　你不要跑,我有很重要的事跟你讲!

　　[小郑追下。刘宝儿闪身出来,观察小郑不在了,来到王万山身边。

　　[王万山正在擦自己的猎枪。

宝　儿　王师傅,擦枪呢? 这个,给你。

万　山　这?

宝　儿　我自己织的。

万　山　我不要。

宝　儿　你别多想，我就是专程为了感谢你，平日里都是你帮我多打饭，还给我留了鱼汤，我尝了，特别好喝。天要凉了，系上吧，暖和。

　　　　〔王万山看着刘宝儿递过来的围巾，神情复杂，并未动作。

　　　　〔小郑上，气喘吁吁。

小　郑　你们，我说，你们鬼鬼祟祟干什么，原来在干这种事情。刘宝儿啊刘宝儿，你真是太让我失望了，你知道这叫什么吗？你挖社会主义墙脚，薅社会主义羊毛。我身为一个领导，我眼睛里容不得沙子，我分分钟给你们捅到——

　　　　〔王万山的枪瞄准了小郑。小郑吓得停住了动作，举起了双手。

小　郑　你干什么？你知不知道你指的是谁……不要乱来啊，这么多人看着呢，哎哎哎。

　　　　〔王万山枪口向小郑太阳穴一指，小郑吓得噗通跪下。

万　山　别拿鸡毛当令箭，官不大，官僚做派不小。告诉你，这套我不吃。听见没！

　　　　〔王万山放下枪，小郑顺势瘫软坐在地上。

小　郑　算、算你识相！告诉你，我正直，心胸宽广，你拿枪顶我这件事情，我可以算了，但是，你们收受贿赂这个事情，我照样给你们捅上去！

万　山　刘同志的围巾，我没收。你向上头汇报吧。

宝　儿　你干嘛不收，我们不要怕他。

小　郑　宝儿同志，此言差矣。你不怕我没有关系，但有些事情咱们得理清楚，我帮你啊。你看，你身为老团长家的外孙女，主动要求下乡改造，进步青年，先进分子，这种事情，他王万山也不一定敢收。

万　山　你说什么？

小　郑　我的意思是，你好歹是做过老团长勤务兵的人。老团长的女儿你还记得吧，她当年，也不知道怎么想的，就把你推荐给老团长了，已经攀了一个高枝了，人要懂得知足。

万　山　你再说一遍，她是谁？

小　郑　老团长的女儿的女儿，怎么？

　　　　〔王万山怔在原地。

　　　　〔小郑得意走到刘宝儿一旁。

小　郑　哼，他被我镇住了。宝儿同志，我真的是有很重要的事情跟你讲。

［小郑示意刘宝儿走到一边。

小　郑　这个事情呢,本来我是不应该告诉你,但是老团长对我那么好,我不跟你说我觉得过不去……老团长他现在被——（打自己嘴巴）

宝　儿　什么？我外公他怎么了？

小　郑　没有,没有,好得很。

宝　儿　你快说啊！

小　郑　他被领导……请去喝茶,喝茶。

宝　儿　喝茶？

小　郑　就是,（双手伸出示意镣铐）接受审查。不过你放心,我不会因为这个事情对你戴上有色眼镜的。

宝　儿　那,我们家现在怎么样？我妈呢？

小　郑　还好还好,我从上海来的时候,还不错,现在就……

宝　儿　你能不能帮我带封信给她？

小　郑　哎哟,这……

　　　　［小郑双手搂住刘宝儿的肩部。王万山再次拿枪指住小郑。

万　山　别动她。

小　郑　求人是这个态度？有点头疼。

宝　儿　（拦住王万山）郑指导员,请你帮帮我。

小　郑　放心,这个事情只要有我在,就一定有转机。

宝　儿　太好了,谢谢您。

小　郑　千万不要跟我客气。那,跟我去趟团部？

　　　　［小郑得意地迈着步子下场。刘宝儿跟着小郑下。

　　　　［王万山恍惚,收光。

　　　　［歌曲传入,女知青开始练舞。在前排跳舞的刘宝儿被新领舞推开。

女知青　你走开,我们继续。咱们从第一个八拍开始。

宝　儿　阿美,你干什么？

女知青　什么我干什么,我干什么你还不知道吗？

宝　儿　你别闹了,今天晚上我们还要汇报呢。

女知青　你演什么出？今晚领舞是我。

宝　儿　为什么？

女知青　你还好意思问？

男知青　你外公是走资派,走在人民群众后面。

宝　儿　（急）他不是……

女知青 你这样怎么代表我们优秀青年。我们应该跟你划清界限。

男知青 对,你这个社会的渣滓!

女知青 你这个社会的渣滓!

宝 儿 我不是!

男知青 (划出了一道界限,对着刘宝儿啐)呸!

　　　　[王万山上,看到刘宝儿被当众刁难。

万 山 村长叫你们去团部。

女知青 走,去团部。

　　　　[知青们下。王万山也欲离开。

宝 儿 王师傅——王万山! 你也要和我划清界限吗?

万 山 小郑这人,他另有所图,你别被骗了。

宝 儿 他才没有骗我,倒是你,我家里出了事情,你的界限倒是划得清。

万 山 我那是——

宝 儿 我真的不知道怎么办了。如果有一天,我妈和外公都出了事情,就我一个人,我该怎么办? 以前我根本不在乎我是团长家的外孙女,我只想着离开家,求进步,可现在,我连家都没有了,王万山,我真不知道该怎么办了!

　　　　[刘宝儿在原地急哭。王万山心乱如麻,终于别过头,离开了。

　　　　[小郑大摇大摆上,得意地坐在凳子上。

小 郑 宝儿同志!

宝 儿 有我妈的消息么?

小 郑 有。

宝 儿 你快说呀。

　　　　[小郑腾出空,拍拍凳子的一边,示意刘宝儿坐在身边。

小 郑 坐。事情是这样子的,你家里人希望我把你带回去。

宝 儿 真的,你有什么办法吗?

小 郑 办法当然是有的。

宝 儿 太好了,我都不知道怎么感谢你。

小 郑 千万不要,太客气了。只不过,你们家现在这个情况,你也是清楚的,很复杂。上面的情况呢,也不是那么好搞的。给你走动这个事情,怕是要花点时间,费点心血,你是不是应该表示一下?

宝 儿 怎么表示?

小 郑 是这样,我们家那边的厂子,正在招工,我就想名正言顺——

　　　　[小郑拉住刘宝儿手,放在自己手掌上摩挲。

宝　儿　（抽回）你干什么？

小　郑　你不要误会，我脑子笨，想不出什么好办法，正好厂子正在招工，他们招的又是要有亲戚关系的，我就想，机会就这么一个。

宝　儿　如果机会是这样来的，那我宁可不要。

小　郑　你这话可不敢乱讲的，你知道你们家是什么情况。我这么帮你，我完全是拿自己的前途在开玩笑。再说了，跟你一起来的这么一大批人，大家都想回去，人家问起来说，你刘宝儿，凭什么跟着我，大摇大摆从他们面前走回去啊，你和我什么关系？

宝　儿　我们是邻居。

小　郑　你这是在开国际玩笑。我就有点搞不明白了，我在这里费尽九牛二虎之力，帮你想怎么回去，你倒好，犹犹豫豫吞吞吐吐。我不着急，你也不用着急，但是，你妈妈着急，你现在不跟我走，你之后怎么回去？再说了，我对你的真情实意，你难道一点点都感受不到吗？我怎么着也是领导，不说玉树临风，也算是风流倜傥，你嫁给我，不亏。好，我知道，你不是这么愿意想要嫁给我，那你说，怎么办？

［小郑坐下。刘宝儿复杂思索，靠近，重新坐下。

小　郑　刘宝儿同志，我郑重地告诉你，我正直，不是一个落井下石的人。这个事情，我真的希望你考虑清楚。我给你时间，你考虑清楚了，再来找我。

［小郑得意下。

第六场

［蝉鸣声已不见，隐隐入秋，弄堂小院一如往常，萧瑟但不乏喧闹，刘宝儿匆匆上。

宝　儿　妈！妈！

思　慧　怎么了姐？

宝　儿　思慧！

思　慧　改花姨又走丢了？

宝　儿　对,她常去的几个地方,我都找过了,找不到人。

思　慧　姐,你别着急,我们分头找。

宝　儿　好。

　　　　〔刘宝儿匆匆下。

　　　　〔改花唱着歌谣登上了天台,抱着围巾,向月亮看去。

思　慧　改花姨! 改花姨!

改　花　(向下望)哎,我在这呢。

思　慧　改花姨! 你上那么高干啥呢?

改　花　你是谁家的?

思　慧　我,是思慧!

改　花　你回吧,我还在这等人呢。

思　慧　这是天台,你在等谁啊? 你别动,我就上来。

　　　　〔改花唱着歌谣,那似乎是自己童年时听王万山哼唱的那首。

　　　　〔王思慧登上了天台,停在她身边蹲下,拉住她的手。

思　慧　你怎么会唱这首歌的? 是从哪儿学的?

改　花　我喜欢这首曲子。那个时候,他在上边指挥大船,我就坐在这等
　　　　他。一直等,一直等,等到太阳都落山了。那个时候的团部开联
　　　　欢会,他吹口琴,我就在旁边跳舞,他吹的也是这首曲子。

思　慧　你的团部在哪?

改　花　团部? 在——在——

思　慧　你说的那个人叫什么,叫什么你总知道吧?

改　花　叫——叫——(努力回忆)

思　慧　王万山,王万山。

改　花　王万山——对,想起来了,"二五八万的万,大山的山。"王万山。

思　慧　那是我爹。

改　花　他跟你一般大,是我爹手下的新兵蛋子。

思　慧　你好好想想,在河村,落月坡,指挥大船的那个!

　　　　〔刘宝儿上,看到了正在认亲的二人。刘宝儿停下脚步,在远处
　　　　看着,欲上前,却又止步。

思　慧　王万山。

改　花　你认得他?

思　慧　认得,认得!

改　花　那你快点帮我告诉他,我一直在这等着他呢。

思　慧　爹知道,他也一直在等你。(激动)我知道,我早该知道的,(试图

拉起)我这就带你去找他。

改　花　他不在了,他走了,到月亮上去了。

思　慧　你说的这是什么话,他就在河村,他在等着你。

　　　　[改花拿出一封信。王思慧急拿过,不敢相信。

思　慧　这是哪儿来的?

改　花　弄堂口的一个老阿伯给的。

　　　　[王思慧胸口一窒,喘了几口气,抬腿急忙奔下,看到了直立的刘
　　　　宝儿。

　　　　[顺着刘宝儿呆滞惊恐的目光,他回头看向天台。

　　　　[改花站在天台高处,望着天边之月,突然神情温柔了,她纵身
　　　　跃下。

思　慧　娘!

宝　儿　妈!

　　　　[暗场。

第七场

　　　　[王万山疯狂跑上场,在河边发疯似地寻找,看到涟漪,跳入
　　　　水中。

　　　　[王万山将投河的刘宝儿从水中捞出,抱到落月坡上。

　　　　[湿淋的刘宝儿跪坐在河边,王万山脱下外套罩在她身上。

　　　　[刘宝儿又挣扎着要去跳崖,王万山一把按住她。

万　山　你过来!

　　　　[王万山怒气未消,喘着粗气看着刘宝儿。

宝　儿　放开我,让我死!

万　山　别闹了。是小郑这个王八蛋犯的错。你要死?要有这寻思的能
　　　　耐,怎么不去上海把那个负心汉揪回来,就这么把自己交代了?

宝　儿　上海?我连家都回不去了,我上哪去找这个骗子……

　　　　[王万山将兜中的条子递给刘宝儿。

万　山　给你,条子。

宝　儿　哪儿来的?

万　山　你娘给你弄的。听说,为了给你弄这个,没少费工夫。

宝　儿　我要这个还有什么用?!

　　　　［刘宝儿撕纸条,王万山拦住。

万　山　你干什么? 你疯了!

宝　儿　王万山,我肚子里有个娃娃,有个娃娃啊。

万　山　我知道。

宝　儿　我想死。

万　山　我知道。

宝　儿　我想回家。

万　山　我知道。回去吧,回了家,你和你娘,能有个照应。

宝　儿　回不去了。

万　山　能回去,把孩子生下来,回得去。

宝　儿　我回得去,孩子回得去么?

万　山　孩子生下来,留给我,你走。

宝　儿　我不能。

万　山　你能。

宝　儿　我不能!

　　　　［停顿。

万　山　你别犯倔了,你留在这怎么活? 你得回去,回到上海你才有新的
　　　　开始。

宝　儿　王万山,我的命,跟你有什么关系? 你为什么对我好。为什么让
　　　　我误会你! 王万山,你到底知不知道我心意!

万　山　以前,我们村来过一个小姑娘,跟你一样,好看,扎两个小麻花
　　　　辫,指导员说,城市里的姑娘,跟我们村里的不一样,人家不喜欢
　　　　麻花辫,喜欢剪齐肩的头发,洋气。(停顿)我这条围巾,就是她
　　　　送的。

宝　儿　所以你不能收我的……?

万　山　我喜欢你。

宝　儿　那她现在在哪?

万　山　走了,顺着这条河,去上海了。

宝　儿　上海,是个吸引人的地方,去了就回不来了。

万　山　回去吧,为了自己,为了孩子,也为了你娘。

　　　　［收光。

第八场

[1996年,中年刘宝儿回到了落月坡。

[月光堕入了黑暗。无形的绳索像是蜿蜒的丝带,随着声音一步一步缠绕过来,将刘宝儿紧紧缠绕。刘宝儿在无数声音中奔走,挣扎,愈想挣脱,越发不能挣脱。

[孩童的哭声,刘宝儿看到自己的孩子在襁褓中哭泣,却看得到摸不得。

[改花:你们放开我女儿。

[男声:你女儿打着下乡知青的旗号污染地方,是旧社会的破鞋。

[改花:我求求你们,你们放开她,打我关我怎么我都行!

[刘宝儿无法保护自己的母亲,她消失在空中。

[王万山:我王万山对天发誓,孩子是我的,是我从山里捡来的。

[女声:我都看见了,这是刘宝儿的私生子。

[王万山:你放屁! 这是我儿子!

[孩童声音:有爹生,没娘养,有爹生,没娘养!

[王思慧声音:姐,我叫王思慧,听说你们家有房子借?

[刘宝儿:就叫她思悔吧。

[王万山:叫他思悔? 关孩子什么事,我看叫思慧。

[孩童的哭声。

[改花跪地不起,苦苦哀求。

[王万山抱着襁褓的身形站立。

[王思慧伸出手,想要握住借住房子的主人,手停留在空中。

[刘宝儿觉得胃里涌出了连带着委屈、耻辱、忏悔和想要大哭一顿的冲动。

[嘈杂的人声混做一团。刘宝儿在声音中慌乱地行走,舞动,想捕捉,却谁也捕捉不到,最终颓坐在地上。

[王思慧登上了落月坡。

[军号远远响起,穿透薄雾。

［刘宝儿远远望见一个雄壮的身影站在落月坡上。巨人身影缓缓转过身,是王思慧,长大的王思慧。他的胸膛宛如当年的王万山一样挺立,怀中捧着一个小罐子。

［波涛拍岸,气势雄辽。月光在大江的波涛声中流连。

［刘宝儿仿如魔怔,跟随着登上了落月坡,与定立的王思慧并肩而站。

思　慧　爹,我带改花来见您了。

宝　儿　妈,我带您来见他了。

思　慧　我好像知道自己是谁了,可是我现在好像又不知道了。

宝　儿　这世上,有多少事,谁说得清。以后啊,有我呢。

思　慧　谢谢你,姐。

宝　儿　(欲言又止)哎。

［刘宝儿将改花的骨灰撒向山崖,波涛惊动浪翻涌,改花追随着王万山回到了大江中。

第九场

［河水声响起。

［黑暗中又有一束光起,王万山坐在河边吹起了口琴,是改花唱的那首歌谣。

［老年改花慢慢上,抚摸自己已经苍老的白发,王万山站起身,走向改花,二人相视一笑。

［天亮了,改花和王万山消失在幻境中。

［剧终。

王丽鹤简介

出生于1981年，中国民主同盟盟员，上海市虹口区文联会员，上海市虹口区新阶层。2003年毕业于上海戏剧学院导演系，自2005年开始从事戏剧创作工作，2007年及2012年曾获中国剧协中国戏剧奖最佳导演奖，编创作品自2005年至今连年获得上海文广上海之春戏剧类作品"新人新作"金奖，并被中央电视台收录于戏剧类栏目。政府主旋律大戏有闵行留学生创业园创建二十周年大戏《创业时代》（编剧兼导演），改革开放四十周年献礼大戏《星期日工程师》（编剧兼导演）。

话　剧

星期日工程师

编剧　王丽鹤

人　物（按出场序）

韩　琨　　市郊南汇人,在"文革"期间,作为"黑六类"的后代,他遭到了冲击。抗美援朝期间,读中学的韩琨参了军,入伍后被分配到华东三野后勤干校学习,毕业后在三野军部当统计员。后来,他被调到军需生产管理局。1955 年转到局所属的一家工厂任见习技术员,从此开始了他的技术工作生涯,直到 60 年代橡研所成立,他便成为所里专攻橡胶密封技术的助理工程师,几十年来致力于橡胶技术的开发,多次获得了化工部和全国科技大会的奖励,曾受到了当时主管科技的方毅副总理的接见。

刘 正 贤　　土生土长的钱桥人,1963 年因家境贫困,未读完初中就回乡务农了,后自修完成了初中课程。1965 年 4 月被调入公社农业技术推广站工作。1972 年他成了公社党委班子成员,初定为担任分管农副业生产的副书记。后在"一打三反"的运动中无辜受牵连,被撤销了公社党委委员和副书记的职务。1974 年该不白之冤得到纠正,并恢复职务。

陈 红 哲　　韩琨妻子,南汇人,一直没有固定工作,在"文革"中受到过惊吓,患有神经官能症,本分老实,容易消极。

谢　军　　《光明日报》记者,一个有良知,有使命感的新闻工作者,为人正直、果敢。

杜 经 奉　　长宁区法院经济庭庭长,为人细致、正直、思路清晰,敢于发现真相,仗义执言。

姚 华 千　　钱桥橡胶厂外联部主任。

黄 云 清　　钱桥橡胶厂厂长。

李 所 长　　橡研所所长,为人保守,思想偏"左"。

陆工程师　　韩琨橡研所的同事,一直为韩琨打抱不平,为人正直。

马 春 生　　钱桥当地农民,后转型为技术工人,家境贫困。

陈 炳 根　　钱桥当地农民,后转型为技术工人,家境贫困。

刘 秀 兰　　钱桥当地农民,后转型为前桥橡胶厂工人,负责后勤,脱贫致富后与马春生结婚,生了女儿婷婷。

婷　婷　　刘秀兰的女儿,归国留学生,在钱桥橡胶厂原址建立工作室,是响应留学生归国创业号召的年轻人。

马 福 来　　韩琨外甥女婿,钱桥村人,也是韩琨来钱桥橡胶厂的推荐人。

施检察官　　负责韩琨案件的检察官,为人古板,办事守旧。

序　幕

<pre>
场　　　　景　2018年秋,老厂房。
人　　　　物　老年韩琨、老年刘正贤、老年秀兰。
</pre>

老年刘正贤独白:

　　潮来一片白茫茫,潮去一片黄泥汤;十年总有九年荒,一日三餐薄粥汤。这就是解放前我们上海奉贤钱桥镇农民生活的真实的写照,在杭州湾畔一片海滩上建立起来的钱桥镇,自共和国建立至七十年代末的近三十年里,为了实现逐步富裕起来的梦想,几起几落办企业,可终究没能摆脱几乎被全面砍光的厄运。1978年这个撼动中华的年份,一股改革的春风吹开了神州大地的复兴之门,也驱散了笼罩在钱桥工业之路的重重迷雾。我们的故事就要从这家奉贤县钱桥镇的橡胶厂说起。

<pre>
　　　　　　［2018年,深秋的老厂房在朝阳里斑斑驳驳,满地橡皮圈交
　　　　　　　杂着落叶,稀稀落落。
　　　　　　［老年刘正贤来到厂房内,深情环顾厂房,捡起地上的橡皮
　　　　　　　圈。一个退休工人慢慢地扫着地。
婷　　　婷　刘叔叔,你怎么在这儿?
老年刘正贤　你不是秀兰的女儿婷婷吗? 你不是出国了吗?
婷　　　婷　我回来了。
老年刘正贤　不走了?
婷　　　婷　不走了! 刘叔叔,你知道吗? 日后啊,这里要建一个新的创
　　　　　　业园,给我们留学生创造一个更好的创业基地。
老年刘正贤　好! 以后的发展就靠你们了。你妈妈现在怎么样了?
婷　　　婷　挺好的! 这不,他知道这个老厂房要拆了,让我过来收拾点
</pre>

旧东西,给她留个念想。

老年刘正贤　是呀,这里有太多回忆了,是该好好看一眼。

婷　　婷　可刘叔叔,我找来找去也找不到旧东西,这里全是这种小圈圈。

老年刘正贤　你别小看这个小圈圈,它能给你妈带来太多回忆,你就把它拿回去给你妈妈。韩琨叔叔就是靠着这个小圈圈救活了这个厂子!

婷　　婷　韩坤叔叔他……他说走就走了。下午的追悼会能来的老工友们都会来,我妈也会去,你也会去的吧?

老年刘正贤　当然啦,老哥哥辛苦了一辈子,走了我得送送。

婷　　婷　刘叔叔,我不打扰您了,我去后面再收拾收拾。

　　　　　〔老年韩琨走来,看着婷婷大姐下场。

老年刘正贤　韩琨! 你……怎么在这儿。

韩　　琨　正贤,你怎么这样看着我?

老年刘正贤　你不是已经……

韩　　琨　是啊,正贤,大概是你太想我了,想着要再见见我,是吧?

老年刘正贤　想啊,怎么不想,老哥哥,可是你怎么一点儿没变呢,就跟 40 年前似的。

韩　　琨　也许,最让你难忘的是 40 年前,咱们一块儿在这厂子流过汗,洒过泪的日子吧。

老年刘正贤　可不嘛,没有你,哪有这家厂子? 你为这家厂吃的苦头,付出过的东西,我们哪一个能比?

韩　　琨　正贤,言重了,我得感谢你,当初要不是你的坚持,我这后半辈子就白活了!

老年刘正贤　对啊,这一晃 40 年了,老哥哥,来了就陪我喝两口,你不在的时候,想你啊!

韩　　琨　你还是好这口,这么多年了,一点没变?

老年刘正贤　来,喝两口,就像当年一样。

韩　　琨　行,就像当年一样,我记得一开始这个厂子就像这样,空空的,什么也没有……

第一幕　临危受命　喜获成果

第一场

场　景　1978 年、初春、当年的钱桥橡胶厂。

人　物　黄云清、姚华千、刘正贤、陈炳根、马春生、刘秀兰、铁柱、工人（甲乙丙丁）、马福来。

　　　　〔初春，冰雪尚未完全消融。

　　　　〔简陋的工厂车间里，工人们闲散沮丧地坐在各个角落。

　　　　〔墙上写着巨大的红标语：若要富，发展农工副。

　　　　〔陈炳根、马春生和其他工人正在打扑牌下棋。

　　　　〔刘秀兰上场，故意借扫地制止下棋的人，并呵斥关上收音机。

马春生　你干嘛！有病吧你？

刘秀兰　你干嘛！上班时间，打什么牌啊，一会儿厂长来了要不高兴了。

马春生　不打牌干什么？产品样品送出去两天了，一点回应都没有，又不让生产又不让放假，只好打牌呀！三个 8！

铁　柱　三个 Q!

刘秀兰　你们收起来！（开始扫地）

马春生　炳根出牌！

陈炳根　春生哥，你说咱们这个产品已经被退回来两次了，这次能合格吗？

马春生　当然咯，没听过吗？事不过三，为了加工这个破圈圈加班加点……

刘秀兰　什么破圈圈，人家那个叫 SW 微型橡胶密封圈。

马春生　还用你说啊，谁还不知道那叫 SW 橡胶密封圈。刘秀兰，我就叫它破圈圈，怎么了?! 为了加工这个破圈圈，老子加班加点，能有什么问题？

　　　　〔陈炳根拿走黑板。

刘秀兰　厂子两个月发不出工资了。我看，前面两次被退回来，就是因为你偷工减料！这个破圈圈卖不出去，就怪你！

马春生	放屁。
马春生	以前干农活我都从来没偷过懒,就这么个破圈圈还偷什么工减什么料?(冲炳根)放回来,一会儿姚主任把合格证拿回来,看你还有什么话说。别管她,出牌!
	〔陈炳根要把黑板放回来。
刘秀兰	你敢。
	〔炳根把牌放下来。
马春生	放下,刘秀兰,你有病吧!
刘秀兰	你有病!
	〔刘秀兰掀了牌桌。马春生怒气冲天。
刘秀兰	那要是这次还不合格呢?
马春生	那你就是我奶奶!
刘秀兰	好,姑奶奶我今天就受点委屈,收下你这个大孙子,来,给奶奶磕两个大头。
众 人	哦,叫奶奶,磕大头。
马春生	刘秀兰,你占我便宜,当心嫁不出去,你个老菜皮。
刘秀兰	你说什么! 你再说一遍。
马春生	老菜皮!
刘秀兰	你,你个老光棍!
马春生	老光棍,我也不娶你!
	〔刘秀兰追着马春生到处跑,追不上索性脱下鞋子扔马春生,结果打到了黄云清。
黄云清	谁的鞋?
	〔刘秀兰瘸着走上前把鞋穿上。
刘秀兰	报告厂长,他们上班时间打牌。
马春生	谁打牌了,刘秀兰,就你会打小报告,你还打了我姐夫的脸呢!
黄云清	马春生!
马春生	黄厂长,咱们那个破圈圈验收合格了吗?
黄云清	那叫 SW 微型橡胶密封圈。
马春生	我知道那叫 SW 微型橡胶密封圈,如果检验通过了,劳模、先进什么的我不稀罕,奖金多发一点倒是真的!
黄云清	刚才姚主任已经回来了,这会儿和刘书记开会呢。
陈炳根	我们的产品通过了?
刘秀兰	微型轴承厂同意和我们签约啦?

马春生	要是签约了,我请大家吃饭!
众 人	好!
黄云清	闹什么闹,请什么客,产品根本不合格。
马春生	啊?
黄云清	啊什么啊,对方已经要换供应商了。
马春生	怎么可能?
黄云清	怎么不可能? 人家一早就说了,这个产品不仅要耐高温,最重要是要薄,这是要准备出口的产品。
陈炳根	薄了怎么耐高温啊,耐高温怎么薄啊?!
马春生	什么薄不薄的,干到现在挣不到钱,还受一肚子冤枉气,还不如回家种地呢!
黄云清	马春生,现在这种时候摆什么挑子啊?
陈炳根	厂长,我们是不是命不好啊,好不容易盼到粉碎"四人帮",这工业厂子又可以开起来了,我就是想不明白为什么接个单子这么难,不是说要致富,发展农工副吗? 这样一直亏损下去,都要喝西北风了。
刘秀兰	好了,少说两句了,咱们厂现在这个情况谁不急啊? 马厂长也急呀!
黄云清	我比你们谁都急,咱这厂子开起来多不容易啊?! 当初是谁表决心,发毒誓说要脱贫致富的?(环视工人)马春生,当初就是你叫得最欢。
马春生	姐夫!
黄云清	嗯?
马春生	黄厂长! 当初是当初,现在是现在! 这一而再,再而三的不合格,这不是浪费时间吗!
众 人	就是!
马春生	我看还是给我们发点遣散费,让我们回家种地吧。我们不干了!
众 人	对! 我们走!
黄云清	站住,小兔崽子,你有种再说一遍。
马春生	老子不干了!
黄云清	好。
	〔黄云清打马春生。众人拦。
马春生	黄云清,你敢打我,我要告诉我姐!
黄云清	就算告诉你姐,我今天也要干死你!
姚华千	干嘛?

刘正贤　放下！

黄云清　姚主任、刘书记你们来得正好。小兔崽子，你有种把刚才的话当着我们管委会主任和党委书记的面再说一遍！

马春生　说就说。刘书记你看这产品一而再再而三的不合格，我们还不如回家种地去！我们，散了吧！

众　人　对啊对啊，刘书记。

姚华千　你们想干什么，书记今天又是买酒又是买肉的不就是……

刘正贤　就是想跟大伙儿吃个散伙饭！大家既然想散伙当然要吃个散伙饭啦。

黄云清　刘书记，怎么就吃散伙饭了呢，什么意思啊？

刘正贤　大家要散伙当然要吃散伙饭啦！我给大家把酒满上，来啊，刚才那么热闹，现在怎么都怂了！

马春生　喝就喝，谁怕谁啊！

刘正贤　放下，放下！这杯酒我要先敬一个人。

众　人　谁啊？

刘正贤　宝德！宝德兄弟记得吧，他可是和你们一起玩到大的，也为咱们这个厂平过地，添过瓦，他还是咱们这个村唯一一个考上大学的状元，是咱们全村的希望，可是没等到入学的那天就走了！我刘正贤敬你一杯！大伙知道他怎么死的？

马春生　他病死的！

刘正贤　他穷死的！我刘正贤不为难大家，想散伙的干了这杯酒，拿钱走人，不想散伙的现在表个态！

众　人　我干，我干，我也干，我们都干！

黄云清　马春生你给我想好了！

马春生　刘书记我敬你，也敬宝德兄弟，这个厂谁撂挑子我马春生也绝不撂挑子！

刘正贤　好样的！

马春生　可是刘书记，咱们厂现在这个情况，咱们以后还咋办啊，我都三十好几的人了，连个媳妇都娶不上。

〔众人笑。

黄云清　你这兔崽子刚不是挺横的吗，怎么现在怂了？刘书记，刚才真的把我吓死了。

刘正贤　党的十一届三中全会，确定了实事求是、解放思想、改革开放的政策，把全党的工作重心转移到了经济建设上来。咱们钱桥人盼星星盼月亮,终于迎来了一个千载难逢的好机会,让我们发展工业,脱贫致富的愿望有了盼头,目前不过是碰到了点困难,怎么这么容易打退堂鼓呢?!

陈炳根　刘书记,真不是我们要打退堂鼓,你看看,你看咱们厂子里要技术没技术,要设备没设备,我们拿什么去脱贫致富?

众　人　就是!

马春生　对啊,您也说现在要讲实事求是,蚂蚁啃骨头,茶壶煮大牛的时代已经过去了,没有机器还造什么火车头啊! 书记,您要是再不管,我们真的要退到解放前了。

众　人　是啊,要退到解放前了!

刘正贤　谁说我不管啦! 同志们,面包会有,牛奶也会有!

　　　　〔马福来上场。

马福来　刘书记,刘书记!

刘正贤　福来,这回谈得如何?

马福来　有戏!

刘正贤　好快坐快坐!

马福来　已经和我舅妈说好了,她答应和舅舅好好谈谈,一定让咱们见一见,当面商量。

刘正贤　太好了!

姚华千　第一次打电话,没说两句就挂了;第二次去想见面,门都没让进。这一回可以当面商量了,看来……

刘正贤　现在就去!

马福来　(一口茶喷了出来)刘书记,我知道你着急,但也不能这么急吧! 我都约好了,我们明天见面。

刘正贤　那就明天!

黄云清　刘书记,你们要急着见的那个人到底是谁啊?

刘正贤　家里人。

黄云清　家里人? 刘书记,见个家里人这么难啊,是有仇啊?

马福来　是我家里人! 厂长我跟您说,这个人是我老婆的舅舅是上海橡胶研究所的工程师! 国家科研人员,技术绝对过硬,他们单位好多个大型疑难项目都是他攻破的,就是家庭成分有点问题,一直没让他转正式工程师,像咱们这个小厂子想要扭亏为盈,还就得找他这样的人。

刘秀兰　小马,看不出来啊,你还真深藏不露啊! 怎么不早说?

马 福 来　这有什么好说的,运动的时候,他是"臭老九",家里亲戚躲还
　　　　　来不及呢,要不是刘书记挖空心思要我帮他找技术人才,我怎
　　　　　么会想到他呢?

马 春 生　刘书记,这就是您说的面包牛奶啊!

刘 正 贤　对!

众　　人　哦!

陈 炳 根　这国家单位的科研人才能看得上咱们这种社办工厂?

刘 秀 兰　就是啊,咱们能请得动这位家里人吗?

　　　　　〔众人议论。

刘 正 贤　能!一定能。刘备能三顾茅庐请得动诸葛亮,咱们也一定能
　　　　　请来这位韩工!

马 春 生　韩工?你说的那个韩工他叫啥?

刘 正 贤　他叫韩琨!

　　　　　〔收光。

老年刘正贤独白:

　　韩琨的确是扭转钱桥橡胶厂命运的关键性人物。我记得当年群众们
一票一票把我选为钱桥公社党委书记,那时我才31岁,才过而立之年的
我尽管憋着一股子干劲,但面对钱桥那么多社办工厂的百废待兴,面对那
么多渴望着脱贫致富的乡亲,我想着,抓住这次机会请韩琨这样的高级知
识分子出马,可算是背水一战。因为我知道,不借着三中全会的春风大干
一番,钱桥的经济别想上得去,落后了也别想再爬起来。

第二场

场　　景　1978年春。韩琨家。

人　　物　韩琨、刘正贤、陈红哲、黄云清、陆工程师、马福来、姚华千。

　　　　　〔轮船音效。

　　　　　〔陆工程师坐在韩琨家的客厅里。韩琨表情凝重。陈红哲默
　　　　　然不语。

陆工程师　韩工,这次单位的决定太不公平了,毕竟这个军需项目一开始
　　　　　攻坚克难的人就是你,为了这个项目你也没有少加班,现在眼
　　　　　看成果要出来了,这个时候把你调到别的项目组,这实在是太
　　　　　过分了。

韩　　琨　一切服从组织安排。

陆　　工	咱们也是老同事老朋友了,现在都什么时候了,怎么还有人拿你的家庭成分说事儿呢?你这小鞋要穿到哪一年哪一月啊?
韩　　琨	陆工,你小声一点,隔墙有耳。
陈 红 哲	对,你小声点。(关窗户看风声)
陆工程师	韩工,我知道,你是一朝被蛇咬十年怕井绳,但这次国家下决心是动真格的,一个国家一个民族不尊重知识不尊重科学怎么发展?
韩　　琨	小陆,心意领了,这件事在单位不要再提,不管哪个工程,最后成果的功劳归谁都不重要,我都会专心工作,一切听从组织安排。
陆工程师	你这样,太委屈了。
韩　　琨	其实这么多年了,我也看穿了,平平安安就好,一切听从组织安排。
陆工程师	(起身)韩工啊,你……
	〔陆工起身。陈红哲叫住陆工。
陈 红 哲	陆工,茶凉了(走上前)我给你加点热水。(暖瓶空)哟,我再去烧点水。
陆工程师	谢谢嫂子。
	〔陈红哲抖着手拿着暖瓶下场。
陆工程师	最可怜是嫂子,这"文革"落下的神经官能症能看好吗?
韩　　琨	心病,吃着药,能不能好说不好。
陆工程师	我有亲戚在大医院上班,有空带嫂子去看看,说不定能看好。
韩　　琨	谢谢,会不会太麻烦了?
陆工程师	不会,不会!
	〔陈红哲与邻居搭话的画外音:
邻居画外音	韩师母啊,家里来客人啦?
陈 红 哲	没没没,家里没来什么人。
韩　　琨	还是早点回去吧!这种时候,别往我这里跑,有人会说闲话的。
陆工程师	我不怕,心里有事儿别瞒我,一定要告诉我.
韩　　琨	好了,还是早点回去吧。
陆工程师	好,那我就走了。
韩　　琨	等等,帽子戴上。
陆工程师	不带了,热,我不怕。
	〔陆工程师拿着帽子下。

陈红哲　陆工走啦!

陈红哲　小陆是好人。

韩　琨　好人容易吃亏,为了我的事儿,没少牵连他。

陈红哲　我看他不在乎。

韩　琨　我得在乎,他毕竟比我年轻,不能耽误人家的前途。

陈红哲　希望好人有好报。

韩　琨　大宝、二宝呢?

陈红哲　在邻居家写作业呢。下个礼拜又要回一次乡下了,米快没了。

韩　琨　又到月中了,挺快的。

陈红哲　没事儿。都是我这个农村户口连累你。

韩　琨　你又来了,老这样还像夫妻吗?

陈红哲　户口上不来,粮票不能用,你还要每个月回乡下背粮食。

韩　琨　就当锻炼身体,我老是坐在办公室都坐烦了。

陈红哲　大宝的球鞋该买新的了,底都快磨穿了。我跟他说了,别在煤渣地上跑,就是不听。

韩　琨　那学校操场就是煤渣碎石地,你不让他跑,怎么上体育课呢,回头我给大宝买双新的回力。

陈红哲　不用买那么好的,我看菜场小张那个杂货店也有白跑鞋。

韩　琨　孩子大了,也要面子,还是买回力,别委屈了孩子。

陈红哲　这个月单位的 16 元津贴发了?

韩　琨　还没,我忘了去工会问了,明天去问津贴的事。

　　　　〔陈红哲打开钱盒子数钱。

陈红哲　其实我知道,当初凭你的学历可以找个更好的。

韩　琨　你越说越不像话了,你是嫌弃我这个"臭老九",要跟我划清界限啊?

陈红哲　我是嫌弃我自己,家里开销就靠你一个人的工资,还要你厚着脸皮向单位申请困难补助金……我这身体……一点都帮不上忙。(合上盒子)

韩　琨　你照顾好自己就是帮我帮孩子,药吃了吗? 又忘记了吧? 我帮你倒杯水。

陈红哲　今天马福来给我打了电话,说他们钱桥橡胶厂的领导今晚上要来。

韩　琨　马福来? 就是上次你说的那个事儿?

陈红哲　是呀! 还能有什么事儿呢? 他们厂子难,你看能帮忙吗? 还有件事儿我……我没有跟你商量,就是他们厂里刚好要招一批退休工人,我可以当作退休工人被招进去,还给我发工资的。

韩　琨　你这个身体怎么上班?

陈红哲　他们说了工作不累的。我可以的。这样我可以补贴一下家用。

韩　琨　哎呀,钱的事,不需要你担心的,先保证保证孩子的需要,大人的开销可以再省一点。

陈红哲　反正,他们要来,我也拦不住,要么,他来了你自己跟他们说吧。

韩　琨　这事儿要我怎么说呢……

　　　　　〔敲门声1遍。

韩　琨　谁啊?

马福来　舅舅,是我,福来。

　　　　　〔敲门声2遍。

韩　琨　(看陈红哲一眼)有事儿吗?

　　　　　〔刘正贤一行人在门口。

马福来　我和舅妈说好了,对吧舅妈?

　　　　　〔韩琨把马福来让进来。马福来顺势把刘正贤等人叫了进来。

　　　　　〔黄云清给陈红哲送鸡蛋。大家推推搡搡。

黄云清　嫂子,这是给你带来的鸡蛋,你就收下吧。

陈红哲　老韩!

韩　琨　福来! 这几位是……

马福来　我来介绍一下,这位是我们钱桥公社党委书记刘正贤。

韩　琨　你好,刘书记。(鞠躬)

刘正贤　久仰韩工的大名啊! 我给你介绍一下,这位是钱桥橡胶厂的管委会副主任姚华千。

韩　琨　你好,姚主任。

刘正贤　这位是我们橡胶厂的厂长。

黄云清　我来说,我叫黄云清,炎黄子孙的黄,云淡风轻的云,云淡风清的清。

韩　琨　实在不好意思,家里有点小,请见谅。

黄云清　我看韩工还没有吃饭吧,都这个时间了,楼下的几个小馆子不错,要不我们请韩工和阿嫂到楼下吃个便饭怎么样?

韩　琨　不了,我不喜欢下馆子。

马福来　娘舅,刘书记他们很有诚意的。要不我们就去吧?

陈红哲　老韩?

韩　琨　我真的不喜欢下馆子(走到床边拿起书)。

刘正贤	就在家里吧！小馆子太吵，还是家里安静。
陈红哲	快请坐，我给你们倒茶。
刘正贤	我们都是农民，喜欢直来直去。我们有什么话就直说了，不知道福来之前跟你们提过吗？
韩　琨	提了一下提了一下。
刘正贤	正好今天我们厂长来了，让他再给你详细介绍一下。
黄云清	咱们厂是个社办工厂，刚刚起步，各方面条件不太成熟，工人都是农民转型的，技术上还在学习中，不知道我们是不是有幸可以请韩工当那个……
刘正贤	技术顾问，在技术上给予指导和帮助。
黄云清	对对对，技术顾问。
韩　琨	这不合适的不合适……
	［陈红哲招呼客人，缓解尴尬气氛。
陈红哲	福来，请领导喝茶呀。
姚华千	我们知道，您单位里很忙，我们保证不会占用您的工作时间，你只要用业余时间给我们指导指导就行了。
黄云清	对对对，就星期天，您来我们这儿指导指导。
韩　琨	……
马福来	娘舅，中央号召要大力发展社队办企业，你无论如何帮帮忙吧。
韩　琨	……
	［福来看看陈红哲。陈红哲看看大家。红哲走到韩琨身边，推了韩一下。
刘正贤	韩工，前两次您一直不肯见我们，您可能对我们那个地方还不太了解。我们奉贤因自古信奉贤人才得名的，您就是我们需要的贤人。我们这个地方钱桥人祖祖辈辈，抓鱼、晒盐、种地，人均年收入不到200元，所以中央的政策一出，要致富，协调发展农工副，说要大力发展社队企业；所以很多农民扔下锄头自愿走进工厂当工人，但是他们没有技术也没什么文化，生产出的产品一而再再而三地不合格，刚燃起的热情马上就被磨灭了，工厂也面临着倒闭。我们这些做领导的只能干着急没办法。因为穷怕了呀！去年，我们村有个年轻人得了急性阑尾炎，我们几个把他送到县医院，手术费要80块钱，我们几个凑来凑去也凑不够，只好打了个止疼针就回去了，当我们大家终于把钱凑齐的时候，人就没了。他可是我们村唯一个考上了大学的状元，是我们全村的

希望。我们不想让这种事情再发生，所以我们今天找到您，向你求知识求技术。帮帮我们奉贤，帮帮我们钱桥人。谢谢。（鞠躬）

韩　琨　刘书记！可……厂子情况我都不清楚。

黄云清　对对对，这个好办，我们诚心诚意地邀请韩工来工厂看一看，明天就来吧。

姚华千　不对，明天上班时间，后天吧，后天星期天！

黄云清　就这个星期天吧，我在厂里等您。

马福来　舅舅，星期天过来看看吧。

韩　琨　……

陈红哲　福来啊，你娘舅今天有点累了。要不……

马福来　书记，要不我们让娘舅考虑考虑！

刘正贤　那今天我们就不多打扰了。韩工，期待您来我们钱桥看看，到时候再决定也不迟啊。我们等着您！

马福来　我们等着您！

黄云清　嫂子，土鸡蛋蛮好吃的！

马福来　那我们先走了！

陈红哲　慢走啊！

　　　　〔陈红哲送刘正贤一行人下场。韩琨看窗外。

陈红哲　我觉得刘书记他们挺诚恳的，你说呢？

韩　琨　这样的事情我没有做过，也不知道怎么做。

陈红哲　你不是专门搞这方面技术的吗？

韩　琨　我不是说技术方面，去这样的工厂当顾问，会不会有问题？

陈红哲　有什么问题。人家书记亲自上门请你，不是代表组织吗？再说，最起码人家没有过问你的什么成分，背景，恭恭敬敬的，我真没有看到过哪个领导这么诚心诚意地请你。你还端架子？

韩　琨　我没有说不去。

陈红哲　这么说你答应去帮忙啦？

韩　琨　人家不是说了吗，让我去看看，看了再说吧。

陈红哲　好，那你这个礼拜天就去。

韩　琨　知道了。好，该吃饭了吧！

陈红哲　哎呀，米还没下锅呢！

韩　琨　要不，就给孩子下个鸡蛋面吧！

陈红哲　好，那我把大宝二宝叫回来。

　　　　〔收光。

老年刘正贤独白：

　　我记得那是 8 月中旬的一个星期天，韩琨早早出门，先乘车到徐家汇，再乘车到闵行，摆渡过江后换乘西渡到星火农场的西星线，在钱桥下车。这一路上紧赶慢赶，韩琨要花上两个多小时，才能赶到咱们的钱桥橡胶厂。

第三场

场　景　钱桥橡胶厂食堂。

人　物　韩琨、刘正贤、黄云清、姚华千、陈炳根、马春生、刘秀兰、铁柱、工人（甲乙丙丁戊）。

　　　　〔橡胶厂拉起了横幅：欢迎技术专家韩琨同志亲临指导。

　　　　〔锣鼓声鞭炮声起。

马春生　真没想到，刘书记真的把那个韩琨工程师给请来了。

刘秀兰　来是来了，可就是不知道这个韩工肯留下来帮忙吗？

马春生　就是啊，人家是工程师，高级知识分子，看了我们这里的条件说不定头也不回就走了。

陈炳根　我们这里有啥条件？光看这里的工人就够人家受的了。

刘秀兰　（站上椅子）一会儿可不要跟人家说我们只会种地什么的，要说我们都是技工，只等着他韩工一声令下，我们保证能完成生产。听见没有！

马春生　没看出来啊，你这吹牛也不打草稿。

　　　　〔刘秀兰、马春生又要互掐，陈炳根发现韩琨他们来了。

陈炳根　你俩别吵了，韩琨他们来了。

　　　　〔刘正贤带着韩琨、姚华千、黄云清一行人上。

黄云清　哈哈哈，韩工这边请、这边请。

刘正贤　韩工，厂房就是这个情况，请您一定要多多批评指正。

韩　琨　不敢，不敢。

黄云清　韩工，您说嘛，看了这一大圈，您就给点意见吧。

韩　琨　恕我直言，手扳式压机不稳定，"密封圈"是微型轴承中一个重要的配件，不仅要有高度的密封性能，还要有效防尘、油污入侵轴承……目前这里不能称为一个工厂……

众　人　啊？

韩　琨　几位领导借一步说话。不是我不愿意，只是目前的条件我实在……说实话，我在我们单位也不是什么很重要的专业人士，真的,我想你们还是……

刘正贤　韩工,转了一上午,你也辛苦了,这不,都到饭点了,我们边吃边聊!同志们,让我们欢迎韩琨工程师亲临钱桥指导工作!

［工人们热烈鼓掌。

［韩琨、刘正贤、姚华千、黄云清等纷纷入席。众人寒暄。

姚华千　韩工,这是我从家里带的好酒。

黄云清　这是我们的土特产,白切羊肉!羊都是我们家自己养的!

刘正贤　韩工,您刚才说的真是句句都在点子上。我们这里,初办工厂,还有太多需要改进的地方了,把您吓着了。但是我们有一批干劲十足的工人,他们家里祖祖辈辈都是农民,这脱贫致富的梦可都盼了好几代了。

刘秀兰　韩工,我叫刘秀兰,是这个厂的技工。您尝尝,这都是我们自己家种的菜!咱们这个村以前被人叫做苦命讨饭村,开门望海浪,出门踏柴荡……我们祖辈打过鱼,晒过盐,种过地,可还是只能勉强糊口,修不了路,盖不了新房;现在终于盼到开厂子,刘书记又把你请来了,真的让我们有了盼头。是不是啊!

众　人　是啊!

马春生　韩工,我叫马春生,是个粗人,客套话不会说,只要你愿意帮咱们,你说东,我不往西,你让我打狗,我绝不撵鸡。我们铁了心跟你干,这个厂子里谁要是敢不听你韩工的,我马春生第一个不答应。

铁　柱　对啊,韩工,我们跟着你干!

众　人　是啊,我们跟着你干!

张　杰　韩工,留下来帮帮我们吧!

众　人　对啊,韩工,留下帮帮我们吧。

韩　琨　我……不知道该说什么。

［众人鼓掌。

姚华千　韩工,厂子里的情况让您为难了,但只要能改变,我们就算砸锅卖铁也要把厂子撑起来。

众　人　是呀!

黄云清　也是为了要把大伙儿过好日子的梦撑起来。

众　人　对呀,韩工留下来吧!

刘正贤　韩工,您别为难,如果您真的觉得没办法帮这个忙,咱们也不勉强,钱桥人还是感谢你跑这一趟,感谢你愿意来看一看的这份心。有样东西也没有经过您同意就贸贸然地备下了,如果您真的觉得不合适,也没关系,就当留个纪念。

　　〔姚华千隆重地拿出一份聘书。

刘正贤　这是我们钱桥橡胶厂给您准备的聘书,想正式聘请您作为我们星期日工程师。

　　〔韩琨手颤抖地接过聘书。

　　〔众人鼓掌。

　　〔音乐起。

韩　琨　各位领导,各位工友,我韩琨何德何能,让你们这么看重。我在单位因为家庭成分关系在厂子里一直被人看不起,当了十几年的助理工程师都不能转正,怎么到了你们这儿我就成了专家……

刘正贤　韩工,你在我们钱桥人眼里就是专家。

　　〔韩琨哽咽。

　　〔工友鼓掌。

姚华千　韩工,我们钱桥人不讲虚的,咱们认准的是你这个人,你的技术,你的才能和你愿意屈就来我们厂子的心。

马春生　对,韩工,你就带着我们干吧。

黄云清　您说,有什么要改进的,我们说干就干,绝不含糊。

众　人　对!

韩　琨　好! 我就谈谈我初步的想法……

刘正贤　韩工,我们边吃边聊。

　　〔几个领导纷纷为韩琨夹菜。

韩　琨　好,要想完成你们对产品的既定目标,咱们必须添置橡胶生产必备的蒸汽锅炉、练胶机、蒸缸等设备。

姚华千　那咱们现在用的机器改造一下呢?

韩　琨　不可以! 不可以改造,必须全部换掉,要用平板蒸气压机取代现在温控不稳定的手扳式压机。还有,这厂房需要改建,目前会有很多安全隐患,再有……

姚华千　韩工,就按照您说的,机器、厂房一共大概需要多少钱?

刘正贤　差不多四十万吧。

黄云清　四十万? 四十万!

众　人　这么多。

　　〔众人看刘正贤。

430

刘正贤	行,钱的问题我来解决!
韩　琨	刘书记,这四十万……
刘正贤	韩工,(给聘书)你就大胆地说吧,一切都按你说的来!
韩　琨	谢谢你,刘书记,(看刘书记,看厂长和主任)我一定得起你们 给我的这一纸聘书。

　　〔众人围住韩琨。

刘正贤	这与您提供给我们的帮助来说,太微不足道了。(指本子)
韩　琨	不,他在我心里,它抵过千金。
刘正贤	就冲您这句话,我刘正贤敬你一杯。
韩　琨	刘书记,韩某生平滴酒不沾。我以茶代酒,敬各位领导,敬咱们 厂的各位工人兄弟姐妹。
刘正贤	好! 等等,你刚才说,咱们厂? 大伙都听见了没有,他说咱们厂。 为了咱们厂! 干杯!

　　〔刘正贤与韩琨干杯,随后紧紧握手。
　　〔韩琨在更换的区域光中对工人进行指导。

老年刘正贤独白:

　　这看似微小密封圈却成了钱桥橡胶厂的救生圈。它的研制成功,不仅能决定这家社办工厂的存亡,还能填补国产密封圈出口国际市场的空白。面对我们奉贤人的求贤若渴,韩琨他像一个喝惯了苦水的人,突然尝到了蜂蜜的甜美那样欣喜若狂,又像一个喝惯了苦水的人那样,不敢声张,生怕那蜜的滋味是不真实的。不管如何,韩琨为了我们这家社办工厂竭尽所能地付出着。

第四场

场　景	钱桥橡胶厂。
人　物	韩琨、刘正贤、黄云清、姚华千、刘秀兰、陈炳根、马春生、铁柱。

　　〔工人们焦急地等候在工厂车间的一部电话机旁。
　　〔黄厂长走来走去。

铁　柱	有声音吗?
陈炳根	有啊! 怎么还没有消息啊?

　　〔陈炳根摆弄电话线。

黄云清	别乱动,万一姚主任来电话了,不就接不通了!(坐下)

马春生 姐夫,电话线是不是有问题啊?

黄云清 怎么可能有问题啊!

［黄云清自己忍不住去拿听筒听了听。

黄云清 (试听电话)是好的呀! 真的没问题!

［众人面面相觑。

马春生 厂长,这次不会又没通过吧?

黄云清 呸呸呸! 乌鸦嘴! 韩工的技术肯定是没问题的,除非又是你操作的时候有什么失误。

马春生 姐夫!

黄云清 嗯?

马春生 (放杯子)黄厂长,饭可以乱吃,话不能乱讲的! 这些设备是你在韩工的指导下亲自买进来的,我们也是韩工每个星期天牺牲休息时间手把手培训的。韩工还夸我悟性高,记性好呢! 我怎么能失误呢!

黄云清 那怎么到现在还没消息啊?

马春生 等电话啊!

［死死盯着电话。

黄云清 你们把这次产品的配方比例再核对一遍,我们自己排查排查。我这心啊,七上八下。

陈炳根 厂长,这韩工是你和刘书记亲自请的专家,人家为了这个产品还动用了橡研所的实验室给我们做了产品测试,放心! 绝对没问题的。

黄云清 嗯,你这口气怎么说得跟厂长似的!

马春生 炳根,你要造反啊。

陈炳根 等电话,等电话。

黄云清 话是这么说,可这个产品连韩工都说他没有十足的把握。毕竟这是将来要出口的精密零配件,我们厂子还那么不成熟。这次进机器,改建厂房,花了 40 万,40 万啊,那是刘书记求爷爷告奶奶凑的四十万啊! 我们还拿了人家微型轴承厂的试制费,万一又不合格,这,我这个一厂之长方方面面怎么交代?

［电话铃响。黄云清站起来,所有人凑过来,没人敢接。

马春生 姐夫,来电话了。

黄云清 来电话了!

马春生 来了!

黄云清　那你们接啊！接啊，接电话，干嘛不接电话！

刘秀兰　喂！哦！（对黄云清）找你！

黄云清　老姚，老姚，是你吗？啊？刘书记，对，我是黄云清。没有，还没有消息。对，我也知道，这都快到下班时间了，大伙儿都等着呢。好，一有消息，我马上通知您。

马春生　刘书记也坐不住了。（看刘秀兰，而后拍桌子）要我说咱们现在就找过去，找他们经销科的问一下！

黄云清　站住，过去多远啊，打个电话不就行了，笨死了！

　　　　　〔姚华千和韩琨上场。

姚华千　别打了，我们回来了。

刘秀兰　主任，韩工，你们……你们怎么回来了？

黄云清　是不是不顺利啊？是不是……咱们的产品又……

　　　　　〔姚华千把一份文件放在桌上。

韩　琨　我们的产品啊……

姚华千　（打断韩琨）让他自己看。（走过去对黄云清）自己看吧。

黄云清　韩工，真没通过啊？

韩工姚　主任说让你自己看。

黄云清　我不看，韩工，我只相信你。你告诉我，我们的产品到底还有什么问题？

韩　工　问题是有的！

　　　　　〔众人泄气。

韩　工　我们的机器数量还不够，工人的数量也远远不够……姚主任你来说吧，这些问题我在路上都说过了！

黄云清　我就知道问题出在工人啊机器啊，不够？

姚华千　对啊，这么点人，这么几台机器怎么接得了这么大的订单啊？

黄云清　什么？

姚华千　刚才让你看你不看，这是产品检验合格报告，这是订单合同，这是定金支票！！！

黄云清　这么说，我们的产品合格了！

韩　琨　合格了！

黄云清　我们的产品真的合格了？真的合格啦！！！

　　　　　〔众人欢呼，举着椅子跑，给韩工坐。

黄云清　韩工！你刚才，好啊！你们……卖什么关子！你们吓死我了！
　　　　　（拥抱）

韩　工　姚主任冲我眨眼睛,他不让我说啊。

黄云清　你们太坏了,你们差点吓死我!差点忘了,快打电话给刘书记!

　　　　〔刘书记上。

刘正贤　还打什么电话?我在家把酒都开好了!

韩　琨　刘书记!

　　　　〔刘正贤快步上前握住韩琨。

　　　　〔韩琨坐下。

黄云清　刘书记,您看!这是合同、这是定金支票。

　　　　〔刘正贤看合同。

　　　　〔刘正贤一裤腿泥巴,双脚都是泥。

姚华千　刘书记,怎么一脚的泥?

刘正贤　昨晚上下过雨,我跑过来的。这一路坑坑洼洼的,有待咱们建设
　　　　的东西还很多。这改革之路还真不是那么好走的。

韩　琨　可是,您刚才说把酒都开好了。您是怎么知道我们的产品一定
　　　　能通过?

刘正贤　我见你的第一次就知道,就凭你韩工连续好几个月,你把所有的
　　　　节假日都给了我们;就凭你韩工事无巨细,亲力亲为的精神;就
　　　　凭你韩工是我刘正贤看准了选准了的专业人才,我就是相信不
　　　　管现在还是将来,什么样的难关咱们都能一块儿闯过去!

刘正贤　老样子,今天还是去我家,为韩工好好庆祝一下!

众　人　好!(黄云清、马春生拉韩工下场)

　　　　〔众人把韩工举起欢呼。

姚华千　老刘,又去你家,弟妹没意见?

刘正贤　有什么意见,你知道,她最喜欢给大伙儿露两手了。

姚华千　(从兜里掏出了几块钱)拿着。

刘正贤　干嘛?

姚华千　我还不知道你,这每次要招待韩工都上你家,你一个月多少工资
　　　　我不知道?46块,经得起这么一大群人吃吃喝喝吗?

刘正贤　今天厂子有救了,大伙儿高兴。

姚华千　我知道你是为了工作,但你也得对弟妹有个交代。这老这样,你
　　　　不得跪搓衣板啊!拿着!

刘正贤　说好啦,那算我借的!谢谢!

姚华千　咱们得赶紧把这公款报销制度定下来。

刘正贤　嗯!从没有到有,从不完善到完善,万事开头难。

姚华千　憋屈了这么多年，今天可算让你心满意足了吧！

刘正贤　说实话，多亏韩工，你说这韩工不仅是我们厂的总工程师，还是我们产品的总设计师，下了班还跟着你跑销售。你说他这么拼命是为什么啊？他又跟我们计较过什么？我就是佩服他那股子钻研劲！

姚华千　你看，我们是不是可以给韩工发一点报酬？

刘正贤　当然要，这事我早就想跟你说了！

要钱花　那你看给发多少？

老年刘正贤独白

　　受到韩琨的启发，当年的我针对发展社队办企业缺资金、缺技术、更缺人才的问题，我们党组织集体研究决定，大胆儿果断地提出了公社专门成立一个"技术顾问团"的设想。这些顾问团的成员来自各个企业、学校的高级知识分子和技术人员，每周利用休息天到钱桥一次，解决生产中的问题。这就是当年红极一时的"星期日工程师"的雏形。然而，正如我匆匆赶来时的那一脚泥泞，改革之路又岂会平坦易行。刚沉浸在突破技术难关、创收不菲之喜悦中的我们，哪会料到，一场暴风雨正席卷而来，凛冽之势，让人心里乍暖还寒。

第二幕　韩琨受冤

第一场

场　景　一个多月后。钱桥橡胶厂。

人　物　杜经奉及助理、刘正贤、黄云清、姚华千、工人若干。

　　　　［一行人在厂房临时会议桌前表情凝重。

姚华千　杜法官，这3 300元是我们厂里完成橡胶圈研制，一批人的奖励。我们是参照国务院颁发的有关科学技术创造发明奖励条例，并报请公社工业组、财经组核准，党委批准的。

黄云清　这笔奖金，是由韩琨签名领取后分发的，他个人得1 200元。我不明白，韩琨这怎么就成了贪污受贿了？那我们不就是行贿的吗？

杜经奉　我们是根据举报材料来调查的，举报的是韩琨贪污受贿的问题。况且，在这个过程中，他作为国家科研单位的正式职工，从你们这里再收受薪资，确实让情况有些复杂。

刘正贤　那举报材料说的什么啊？

杜经奉　根据举报材料上说，韩琨的爱人陈红哲有"挂名支薪"的问题。

姚华千　当时，我们那厂子决定招聘一部分退休工人。韩工爱人陈红哲没有固定工作，家庭经济负担较重，先是提出让陈红哲到厂子里来工作，享受聘用的退休工人待遇。后来考虑到她家中孩子没人照料，于是厂长和我决定安排陈红哲担任橡胶厂驻市区办事处的外勤人员，工资每月 70 元，外加补贴每月 18 元。这是我准备的材料。

杜经奉　所以，这才有了韩琨以爱人陈红哲的名义领取 1 848 元工资的事情？

刘正贤　付出了劳动，获得一定的报酬，这是天经地义的事情。社会主义的分配原则，不也是各尽所能，按劳分配吗？陈红哲付出了劳动，韩琨更是付出劳动，韩琨同志利用的都是业余时间帮我们研制橡胶密封圈，付出了大量的心血，填补了国家的空白，拿了一点报酬，为什么就成了受贿了呢？！对受贿行贿，我们没有做过专门研究，但有一条还是清楚的，那就是什么叫犯罪，（走到台前）犯罪就是使党、国家和人民的利益遭到侵害，给社会造成危害。韩琨拿了 1 200 元奖金，给社会造成什么危害？使党、国家和人民的利益受得了什么损坏？！

杜经奉　刘书记，您不要激动，我们也对检察院的指控保留意见，所以，我们才来调查清楚。

刘正贤　不好意思，杜法官，我是个粗人，对于韩琨这件事情，我们一定积极配合你调查，绝对知无不言、言无不尽。

杜经奉　（助理递材料）那么，这里反应的"巧立名目报销领取现金"指的是……

黄云清　370 是不是？您说的是不是 370 元现金的事？这是韩琨来回的车马费，以及厂子里的人员在韩工家里商议技术问题，韩工招待用餐的补贴，这里都有凭证的，不能白吃啊。

杜经奉　（挪椅子）恕我直言，这次的举报并非空穴来风，举报单位也拿出了详尽的材料和证据。如果正如你们几位领导所说,那么韩琨的单位为何要如此针对他大做文章呢?是不是在聘用过程中有隐瞒或者不妥的地方呢?

黄云清　(挪椅子放本子)这也是我们百思不得其解的地方。当然,一开始我们聘用韩工那阵子,他所在单位橡研所是不知道的,说实在的,当时我们也不敢直接找橡研所。因为在他们眼里,一个农村公社,怎么能与国家科研单位相提并论呢。但是后来,密封圈项目的各项筹建工作全面展开,韩工还为此介绍了四个橡研所退休工人到钱桥,橡研所理所应当知道情况,更何况,我们一开始就没想要隐瞒什么。

姚华千　第二年,我们还组织了15人的参观团到橡研所,接待我们是姓李的所长。怎么能说不知道呢?

杜经奉　这么说,橡研所早就知道韩工受聘的事情?

黄云清　何止知道,8月份的时候,韩工便以钱桥橡胶厂的名义直接邀请李所长来厂子里,共同探讨我们厂和橡研所联营的问题。

杜经奉　那么对于韩琨收受……报酬的事情李所长清楚吗?

刘正贤　哈哈哈,太可笑了,橡研所纪委的同志来询问过相关情况。当时我还以党委书记的身份给他们李所长写过信,提出韩琨同志领取的奖金、工资问题如有不妥,双方组织可以协商。他怎么可能不知道呢?睁着眼说瞎话!

　　　　〔法官起立,微笑。

杜经奉　(对助理)都记下来了吗?

助　理　记下来了。

黄云清　我们还乐呵呵的等待他们的回应呢,怎么韩琨就被告了?对了,检察院来调查的时候,除了拿走了一部分财务记录,还派人没收了我们的两台新买的进口设备,工厂的生产也受到了影响。我不明白,这种时候,怎么还能有这样的事情!

刘正贤　黄厂长,机器重要人重要?

黄云清　人重要!

刘正贤　说重点,坐下。

黄云清　是是是!

刘正贤　杜法官,韩琨的事件不是他一个人的问题。像韩琨这样利用业余时间帮助我们的所谓星期日工程师,在我们钱桥有近百个。如果判韩琨同志有罪,其他人会怎么想?全国像韩琨这样的星期日工程师他们怎么想?

杜经奉　现在的情况比我想象的复杂。不过你们放心,我们还会做进一步调查了解。

〔鞭炮声大作,焰火连天,火光映在几个人的脸上。

刘正贤　哎哟,今天大年初四,杜法官,你们特地从长宁区跑过来奉贤了解情况,太辛苦了。又过了饭点,要不,你们留下来吃个便饭?

黄云清　对啊,我们这里的白切羊肉很好吃的。

杜经奉　不了,心意领了,我们还要回去继续工作。

刘正贤　杜法官,韩琨这个案子,到底是……

杜经奉　为了这个案子我已经向我的恩师,我们政法学院的老院长徐盼秋同志做了汇报和请示。

刘正贤　他是?

杜经奉　他是法律界的权威!

黄云清　他说什么?

杜经奉　徐老说,我们国家对于推进知识分子政策的落实,任务还很艰巨! 作为法院的一员,我向大家保证,韩琨的案子我们一定秉公办理,请大家相信我们。那我们先走了。

黄云清　我去送你们。

姚华千　刘书记,你听见了没有,刚才那位杜法官说很复杂很艰巨,什么意思?

黄云清　我觉得,刚才这个叫杜经奉的法官绝对是在世包青天啊。

刘正贤　什么意思?

黄云清　刚才他走的时候冲着我笑了。这个笑你知道什么意思吗? 这就是暗示,我觉得韩琨的案子肯定没问题了。

姚华千　说得跟真的一样。

黄云清　而且他还主动跟我握手。那个手很温暖,就像把韩琨的冤情融化了一样。

姚华千　人家冲你笑能代表什么? 跟你握个手你就觉得韩琨有救了,拉倒吧!

黄云清　他刚才是双手合十跟我握的,我觉得肯定没问题。

姚华千　书记你说呢!

刘正贤　我觉得黄厂长说得很有道理。我觉得没问题,能有什么问题? 咱们这是干嘛呀? 咱别自己吓自己。

姚华千　那就没问题,对没问题!

刘正贤　都饿了吧,走,吃饭去!

　　　　［刘秀兰慌慌张张上场。

刘秀兰　书记,韩工家被抄了!

刘正贤　你说什么?!

　　　　［收光。

第二场

场　景　韩琨家。

人　物　韩琨、刘正贤、陈红哲、姚华千、工人若干。

韩　琨　红哲!这算什么!你为什么要这么做?你就这样丢下我跟孩子
　　　　们?要不是我及时赶到黄浦江,你就……

　　　　［刘正贤敲门。

刘正贤　韩工,韩工,你在吗?

韩　琨　谁啊?

刘正贤　是我,刘正贤。

韩　琨　刘书记,你们怎么来了?

　　　　［韩琨开门。刘正贤进门看到韩琨家乱成一片。

　　　　［刘正贤看着满地狼藉的屋子和瑟瑟发抖的陈红哲,一时语塞,
　　　　坐下,用力捶桌子。

　　　　［韩琨也哽咽。刘正贤一行人个个泪如雨下。刘正贤看到遗书。

黄云清　遗书!

刘正贤　嫂子呢!

刘秀兰　嫂子,别怕,我是秀兰。(抱住陈红哲)不怕,不怕!你这是干嘛呀?

刘正贤　嫂子你为什么要做这种傻事呢?

　　　　［陈红哲痛哭。

陈红哲　刘书记,是我拖累了韩琨,以前是,现在也是。过去动乱的时候,
　　　　我太胆小,怕事,家里全靠他一个人照顾,我也帮不上什么忙。
　　　　现在,我又自作主张,劝他去钱桥工厂帮忙,没想到让他惹上了
　　　　官司,是我对不起他!我真的太无能了。是不是刘书记?我知
　　　　道,老韩这次官司吃定了!是不是?

刘正贤　嫂子,我们已经见过杜法官了,也如实汇报了情况。我相信,他
　　　　们一定会秉公办案的!

陈红哲　你们不要再安慰我了,不要再骗我了。其实我心里知道。你们
　　　　为了照顾我,给我发的工资都成了他的罪状!

刘秀兰　嫂子你快起来，药吃了吗？

韩　琨　没有。

刘正贤　韩工，嫂子！你们家的事就是我们的事，家里上上下下厂子来照顾，经贴一分不少。

姚华千　不管怎样，韩工永远就是我们钱桥橡胶厂的总工程师。我们需要韩工！

刘正贤　我们还是要继续为你讨回公道，不仅仅是因为你这些日子对我们的付出，也是为了这世道的公义、人心争一口气。

陈红哲　秀兰，刘书记，你们快去吧。

韩　琨　对，快走，万一检察院的人回来，你们就说不清楚了。我不能再连累任何人了。

刘正贤　是我们连累的你们，我刘正贤就算不要这顶乌纱帽也要为你讨回公道。

　　　　〔收光。

第三场

场　景　检察院。

人　物　施检察官、黄云清、刘正贤、姚华千。

　　　　〔姚华千、黄云清与刘正贤在会议室等待，黄云清走来走去。

黄云清　这检察院怎么回事，先来个毛头小子，我把情况说了半天，他来一句我去叫检察官。好吗，白说了。这半天，检察官来了还得再说一遍。

姚华千　黄厂长，你少安勿躁。

黄云清　能不急吗？韩工这事儿像块石头压在我心里，我晚上连觉都睡不着。工人们都没心思生产了。

刘正贤　黄厂长，坐下安静会！今天既然来了，不管等多久，不管说几遍，我们都要把韩琨这件事情实事求是地说清楚！

　　　　〔一位检察官板着脸进来。

姚华千　您是施检察官吧？您好。

　　　　〔姚华千伸出手想握，施检察官毫不接茬，自顾自走进会议桌的另一端坐下。

施检察官　你们是钱桥橡胶厂的？

姚华千　是的，我是橡胶厂外联部主任姚华千。这是我们的党委书记刘正贤。这是我们的黄厂长。

黄 云 清　黄云清!

施检察官　(打开报纸)要是还是来为韩琨辩护的话,就请回吧。

刘 正 贤　施检察官,施检察官!您作为这个案件的承办人,除了听原告
　　　　　和被告的意见,再听听和此案有直接关系的第三方的意见,对
　　　　　办案应该没什么坏处吧?(拿过报纸)这是今天的报纸吧?借
　　　　　我看一下。我们要向施检察官学习,多学习多看报。

　　　　　［刘正贤使眼色让黄云清姚华千看报纸。

　　　　　［施检察官看了一眼刘正贤坚定的眼神。

施检察官　那你讲吧。

刘 正 贤　谢谢。其他我们先不讲,就说韩琨同志利用业余时间试制橡
　　　　　胶密封圈的事,橡研所明明是知道的。

黄 云 清　是的,我作为橡胶厂的厂长几次亲自到橡研所汇报过情况,而
　　　　　且橡研所的领导也到过钱桥。我们还一起讨论过联营的问
　　　　　题。怎么一下子橡研所就把韩琨给告了?!

　　　　　［施检察官自顾自抿了一口茶。

施检察官　韩琨收钱是事实吧?

姚 华 千　刘书记,这个我来说。韩琨同志的奖金工资都是经公社工业
　　　　　组呈报公社党委集体讨论决定的,是韩工个人付出辛勤劳动
　　　　　后应得的报酬,怎么能算受贿呢?

黄 云 清　并且韩琨在密封圈的研制上,对这个领域有很大贡献的,毕竟
　　　　　他研制的产品被客户高度接受,为我们国家出口创汇了。(姚
　　　　　华千拉黄云清两次)

施检察官　你们不说这个我还真没打算提,不过既然你们非要拿这个产
　　　　　品说事,那么我首先告诉你们,你们的这个产品是给微型轴承
　　　　　厂做的吧?

黄 云 清　是啊,怎么了,我们都是签署正规合同的。

施检察官　凭什么?实话告诉你们,你们和微型轴承厂签的合同本身就
　　　　　是非法的。

黄 云 清　非法的?怎么非法了?

刘 正 贤　施检察官,我们长期工作在农村,对法律不太熟悉。您有责任
　　　　　和义务告诉我们这份合同怎么就成非法的了。

施检察官　你们一无设备,二无技术,凭什么跟人家签合同?

黄 云 清　这份合同是微型厂到我们厂实地考察后才签订的,事实也证
　　　　　明我们的产品是符合他们规定的,怎么就非法了呢?

施检察官	你们硬要强词夺理的话，我就实话实说了。按规定，你们收受的产品试制费15 000元是要没收的，考虑到你们社队企业搞这个产品不容易，所以才决定不没收。
刘 正 贤	关于这15 000元试制费目前仍在账上，只要施检察官告诉我们违了哪一条法，该没收就没收。
黄 云 清	对，我们那公社不会因为多了这15 000富起来，也不会因为少了这15 000穷到哪里去！
施检察官	我还有个会，我失陪了。
刘 正 贤	施检察官，我们在这等了你整整一上午了！
施检察官	你们到底还有什么要求，你们说啊！
刘 正 贤	要求就一点，对于韩琨同志所谓受贿问题的认定，一定要做到实事求是！
	［施检察官旁若无人地离开会议室。刘正贤点上一支烟。
施检察官	好，我们一定会实事求是！
	［施检察官收报纸，下场。
姚 华 千	这检察院里面的人思想很僵、很旧、很"左"！
黄 云 清	你还说我躁吗，你看，你比我还躁！
刘 正 贤	姚主任，"文革"中公检法三家都被砸烂了，后来公安局和法院都恢复了，唯独检察院彻底关了门，粉碎"四人帮"后才重新建立的，旧观念、旧思想不在这儿扎堆在哪儿啊！
黄 云 清	我差点忘了，找姓施的把机器要回来啊。
姚 华 千	别去要了，你没见他根本不待见我们吗？
刘 正 贤	去，干嘛不去啊！不仅要把机器要回来，还要把韩琨的清白要回来！
	［黄云清下场。画外音：施检察官，不要开会了，赶快把我们的机器还回来，我们还等着开工呢！
姚 华 千	刘书记啊，都到这时候了，你做事怎么还那么张扬？
刘 正 贤	就是在这地步才要张扬！我现在不大胆说话，还要等什么时候？姚主任！
	［刘正贤头晕。
姚 华 千	为了韩琨的事，你都好几天没休息了，书记你要注意身体，你倒下了韩琨怎么办？
刘 正 贤	其他我都不怕，我就是怕一点……
姚 华 千	还有什么让你怕的？

刘正贤　我是怕他们单位的那些"文革"的小尾巴又会用什么办法挤兑他。姚主任,我们这几天要多去关心韩琨和他家里人。这样,派秀兰去照顾一下。

老年刘正贤旁白:

　　我当时的担心并不是没有道理的,尽管我们已经尽了最大努力为韩琨洗刷冤情,但转型中的社会,一切都百废待兴,人心何尝不是如此。本就性格保守的韩琨在"文革"中已然受到过极不公正的对待,除了肩负着家庭经济上的重担,还要时刻呵护着如惊弓之鸟的爱人心理上和生理上的疾病。我怕,怕这样一个克己少言,心思单纯的知识分子会不会就此垮掉,尤其是他内心深处,那份对组织的信任,对改革的信心会不会也垮掉了……

第四场

场　景　黄浦江边。

人　物　韩琨、刘正贤、陈红哲、黄云清、姚华千、工人若干。

　　　〔韩琨独自在黄浦江边失魂落魄地走着,耳边响起了单位里领导的各种话语。

画外音　被告韩琨为社办企业仿制国外产品,收受贿赂,其行为危害了科研秩序和败坏了国家工作人员的信誉。鉴于被告在案发后能积极退赃,请酌情惩处。

画外音背后议论1　你说韩工也真是的,已经是国家单位的工程师了,还利用职务在外面赚外快。

画外音背后议论2　那不叫外快,没听人家检察院的说吗,那叫贪污受贿。

画外音背后议论1　人就怕贪心不足,看他平时老老实实的原来是这么唯利是图的人。

画外音保卫科　韩琨,从今天起你调离原岗位,实行隔离审查。

画外音科长　韩工,这件事你要好好反省了,该交代的问题要好好交代,争取宽大处理!

画外音所长(李所长)　你好好想想,你的这件事情给单位造成的不良影响!

画外音保卫科(花老师)　从今天起你不用来上班了,检察院要你去那里报到。

　　　〔韩琨看着黄浦江发呆。

刘正贤　韩工。

　　　　　　〔韩琨鞠躬走。

刘正贤　你站住,我知道他们天天让你去检察院报到,天天让你写交代材料。(拿行李)从今天起,你去哪我去哪。他们要你写交代材料,我替你写;如果判你有罪,我替你蹲班房。

韩　琨　刘书记你要干什么? 刘书记,你不能去。

刘正贤　怕什么,走!

韩　琨　刘正贤,你要干什么?

　　　　　　〔停顿。

韩　琨　关你什么事,你为什么什么都要往身上揽? 从头到尾都与你无关。

刘正贤　你身上的事就是我的事。

韩　琨　怎么可能我的事是你的事,咱们两不一样。

刘正贤　怎么不一样?

韩　琨　我是臭知识分子,臭老九,还有可能成为一个扰乱了社会主义经济秩序的罪犯。而你,你是一个党的干部。你应该肃清社会风气,你应该揭发我,批判我,你应该跟我划清界限。你跟着我凑什么热闹? 你这是干什么啊,刘书记!

刘正贤　韩琨你给我闭嘴,从现在开始你就叫我刘正贤。跟我有什么关系? 我告诉你,是我把你请到钱桥,是我聘请的你,是我亲自给你定的工资标准,是我亲自把钱交到你手里让你签的字。要是你是罪犯,那我就是幕后指使的。你现在就揭发我,这一切都是因为我。

韩　琨　我这次最庆幸的就是没有连累你。你要知道钱桥还有那么多的技术人员等着你,那么多的厂子等着你带着他们接着干。

刘正贤　是啊,厂子是救活了,可凭什么让你成为众矢之的啊?

韩　琨　我已经习惯了! 他们不就是想要杀鸡儆猴吗? 你为什么就不让他们杀个够!

刘正贤　如果现在这个时候还要杀鸡儆猴,那么非要看到树倒猢狲散才皆大欢喜了吗?

韩　琨　树倒不倒,猢狲散不散我不想管,也管不了。这么多年了,我不想这么过日子了,我想做一回我自己。我今天去不去检察院,写不写交代材料又怎么样了? 就算我今天从这里跳下去也是我韩

444

琨的自由。

刘正贤 是,是你的自由。但是,我告诉你,今天你从这里跳下去,带走的不仅是一个韩琨,还有我刘正贤相信改革之路的心。我们钱桥办工厂有多不容易你是知道的。从四清运动开始,我们一办工厂就给我们扣帽子。我记得 67 年那会我的一个老领导还被当作反面典型当众做检讨。韩工你别看我刘正贤大大咧咧,干脆利落,其实我心虚,几代人没办来的工厂,我能办成吗? 直到你接聘书的那一刻……我才知道,这厂子能办成,我们能把它办成!

韩　琨 你相信知识能改变命运吗?

刘正贤 当然,我是个土生土长的农民。当年家里穷,我初中没毕业就辍学了。要不是我坚信知识能改变命运,我就不会坚持自学完成了初中课程,当上了这个书记,带着大家脱贫致富。

韩　琨 可笑的是,我就是个知识分子,而知识没有改变我的命运,反而……

刘正贤 我知道。我更知道,黎明前会有黑暗,生产前会有阵痛,春暖花开前会有酷寒。

韩　琨 这些黑暗、阵痛和酷寒会有尽头吗? 什么时候是尽头?

刘正贤 我也问过我自己,同样,我也问自己你到底为什么要忍耐这些? 我还问过自己,作为一个基层的党员干部我内心深处是不是真的爱人民,爱我们的党,爱这个国家? 如果你真爱,那么有什么不能忍耐的呢?

韩　琨 爱之深,才会恨之切……

刘正贤 我懂,韩大哥,你见过永远湛蓝的天吗? 你见过永远平静的海吗? 你见过一直平坦的路吗? 我们党的创建尚且历经坎坷,新中国的建立又同样历经千难万险。那么,新中国的富强之路又怎么会是平坦的呢? 我能和你做个约定吗?

韩　琨 约定?

刘正贤 这最难熬的日子,你得陪着我,就像那时候你来钱桥,留在钱桥,陪着我们熬过那段最艰难的日子一样。如果我们都愿意相信终有美好的一天,那么就为那一天的到来持守到底吧。

韩　琨 我愿意和你立这个约,正贤。不,刘书记。

刘正贤 和你立约的就是正贤。韩大哥!

韩　琨 正贤!

刘正贤　韩大哥,你看,太阳出来了,今天又是一个好天!

　　　　〔两人激动相拥。

　　　　〔熄光。

老年刘正贤独白:

　　那个时候,一些人的固执己见并没有使对改革开放深信不疑的我们退缩。我们开始为韩琨一案寻找一切可寻找的援助。新闻媒体成了我们绝不会放过的有力武器,而《光明日报》的驻沪记者谢军就成了韩琨一案扭转颓局的关键战将。

第三幕　一石激起千层浪

第一场

场　景　橡研所。

人　物　李所长、韩琨、谢军、陆工程师。

　　　　〔谢军一路小跑追着几度回避的所长。

谢　军　李所长,我们还没聊完呢。

李所长　我上午还有个会,非常重要!

谢　军　那我们快一点!(打开本子)早在半年前检察院已经对韩琨同志作了免于起诉的决定,可是你们为什么还没有恢复韩琨同志的职务和待遇呢?

李所长　记者同志,不做定罪不代表没有问题。(谢军停笔)我们橡研所在帮助他查清楚问题啊。韩琨背着组织,私下将业务转移到社办企业,虽然取得了成绩,作出了所谓的贡献,但他拿了外单位的钞票。

谢　军　可那是他业余时间的劳动所得。

李所长　这个跟业不业余没关系,拿不拿钞票才是问题的关键,拿了钞票性质就变了,当然要由法律予以制裁。这是我们单位内部的事情,不太方便说太多。我还有个会,失陪了。

谢　军　李所长,(合本子)我是代表《光明日报》来的。人民有权知道事

实真相,你说呢?(开本子)

李所长　记者同志!我说的就是事实真相。不是都讲实事求是吗?检察院总不会随便冤枉谁吧。

谢　军　法院已经对韩琨同志做了不予起诉的决定,为什么你们单位还要对他继续隔离审查?这到底是为什么呢?

李所长　这位小同志你说活注意一点哦,不要同志同志地叫他。他是谁的同志?韩琨身上的问题还没有解决清楚呢。法院只是不予起诉,那是政府的宽大处理,并没有认定他无罪哦。记者同志你也替我想一下,我们橡研所是国家单位,如果我们橡研所的所有员工都像他那样,业余时间在外面赚外快,我们还怎么管理。剩下的员工还有谁愿意在我这里一门心思工作啊?我们领导也不好当。最近全国范围内都在严打经济类犯罪案件,(指着本子)你作为媒体不抓住这样的反面典型警醒社会,怎么反而包庇姑息呢?

谢　军　这是两码事,不能混为一谈!

李所长　我真的要去开会了。

谢　军　李所长我们还没谈完呢!

李所长　你这个同志怎么这样!要不是看在你是记者的份上,我早就叫保卫科了!不要在这里扰乱我们的劳动生产,请回吧。

　　　　[李所长仓促下场。陆工程师谦恭地上来,草草和所长打了个照面。

陆　工　你是记者同志吗?我姓陆,是韩琨的同事。

谢　军　你好,陆工。

陆　工　(看了一看四周)你能来采访太好了。我想不通,为什么韩工的事情法院和检察院都给了说法了,单位里的领导还要这样对待他?

谢　军　看来情况不是我想的那么简单。陆工,您能带我去见一见韩琨同志吗?

陆　工　当然,跟我来。

　　　　[两人来到闷热的锅炉房,韩琨正满头大汗地工作。

陆　工　韩工,这位是记者同志,你有什么心里话要说出来。

谢　军　韩琨同志,我是光明日报驻上海记者站的记者,我叫谢军。您受委屈了!对于您现在的处境有什么想对大家说的吗?

陆　工　你快说啊!

韩　琨　我好像又遭遇了一次"运动"……

谢　军　"运动"？

韩　琨　我还要干活(边唱歌边工作)小陆,你上次问我那个公式我给你
　　　　算出来了!

陆　工　韩工! 记者同志,你看韩工一个堂堂的工程师,到现在还被排挤
　　　　在这个锅炉房里填煤,这不是在践踏党对知识分子的政策吗?
　　　　他并没有被判罪,单位……单位凭什么这么对待他?

韩　琨　陆工,别说了,我没事。

陆　工　韩工,我要说。我知道有些人看不得你的劳动所得,看不得社会
　　　　的进步,心里不平自然要兴风作浪。这算什么? 还以为是以前
　　　　吗? 记者同志,您一定要为韩工主持公道。

谢　军　放心,我一定尽我的努力让大家看到事情的真相!
　　　　〔收光。

老年刘正贤独白:

　　　　走出橡研所的大门,谢军就做出了尽快将此事披露出去的决定。傍
晚时分,一千余字的报道便以电报的方式发往了北京报社编辑部。令他
始料未及的是,三天后,报道竟在头版头条的显著位置出现,而且报社还
特地为这篇报道加了一个醒目的标题:"救活工厂有功,接受报酬无罪"。
我记得,在那时,这个标题显得那么旗帜鲜明,令人叫绝。

场　景　黄云清办公桌前。

人　物　黄云清、刘正贤、姚华千等。
　　　　〔众人等秀兰从传达室拿报纸来。

马春生　阿毛,报纸应该来了吧?

阿　毛　应该来了!
　　　　〔刘秀兰上。

刘秀兰　报纸来了。
　　　　〔众人传报纸。

黄云清　给我! 我来念! 主任,还是你来念吧!

姚华千　救活工厂有功,接受报酬无罪!
　　　　〔刘正贤上。

刘正贤　真的登出来了?

姚华千　登出来了!

刘正贤　念。

姚华千　救活工厂有功,接受报酬无罪!

刘正贤　真的这么写的?

姚华千　头版头条!

刘正贤　接着念!

姚华千　市委领导同志对该案做了批示,明确指出把韩琨同志作为罪人对待是完全错误的。

姚华千　应该尽快恢复他从事技术工作的权利,晋升为正式工程师。

黄云清　太好了! 越来越好,越来越好!

刘正贤　还有吗!

姚华千　除挂名工资外,一千二百元成果奖归还本人所有! 还有呢! 刘书记,还有呢! 还宣布是之前免予起诉的决定改为无罪!

众　人　太好了!

姚华千　谢军同志真的敢写。虽然,十一届三中全会胜利召开,但有多少人敢真正站在改革的立场上大声说话呢? 谢军同志真的是了不起。

刘正贤　大伙儿没有看出来吗? 不是谢军同志了不起,是改革的号角吹响了,(坐到桌前)更多的人开始迫不及待地要站在改革的前沿,冲破条条框框,去寻找、探索、实践改革之路。这改革大军将越来越浩大,一定会给咱们的国家带来翻天覆地的变化!

老年刘正贤独白:

　　光明日报的这篇报道所引发的社会大讨论可谓一石激起千层浪。韩琨事件已经不仅仅在上海引起极大的轰动,更在全国范围内发酵着。1983 年 1 月 21 日,中央政法委书记陈丕显同志召开中央政法委员会会议,专门就"韩琨事件"做出以下决定:"韩琨的行为不构成犯罪;类似韩琨的人一律释放;公检法机关今后不再受理韩琨这类案子;关于业余应聘接受报酬等政策上的问题,由中央另行研究;不要把罪与非罪问题,与知识分子问题混在一起……"从此,知识分子八小时以外从事第二职业成为合法。"星期日工程师"正式登上了历史的舞台。中国的知识分子迎来了真正的春天。

第二场

场　　景　钱桥橡胶厂。

人　　物　韩琨、刘正贤、黄云清、姚华千、陈红哲、工人们。

[厂子里摆上了好几个圆桌。工人们簇拥着韩琨、刘正贤等人吃着饭。一台黑白电视机被几个工人摆弄着。

黄 云 清　你们别摆弄电视机了，今天我们特地请韩工一家吃庆功宴的，你们跟这个电视机较什么劲啊！

陈 炳 根　今天有联欢晚会，放出来有气氛呀。李谷一要唱《乡恋》的。

陈 红 哲　就是春节联欢晚会那首歌？

女工小涵　对对对，从今年开始，以后每年都有春节联欢晚会了！

刘 正 贤　好了，今天的主角不是李谷一，是历尽万难终于回到我们中间的韩琨工程师！

[众人鼓掌。

刘 正 贤　韩工，嫂子，你们受苦了。过去的风风雨雨都过去了，好日子要开始了，我刘正贤敬二位一杯。

韩　　琨　不，正贤，这第一杯酒，让我来敬你。

刘 正 贤　好，老规矩，以茶代酒！

[韩琨拿过刘正贤手上的白酒瓶，给自己的杯子满上。众人反应。

黄 云 清　韩工，你今天怎么喝酒啦？

韩　　琨　这是我平生喝的第一杯酒。正贤，敬你，敬大伙儿！是你们造就了我，支撑了我，让我真的知道了什么是不离不弃，什么是团结奋进！（一饮而尽）

[韩琨又把酒杯倒满。众人叫好。

韩　　琨　第二杯酒，我敬我的爱人红哲，人生短暂，风里来雨里去，不管是好是坏，还好有你陪伴。（喝干第二杯）

[韩琨接着倒第三杯。

黄 云 清　韩工，可以了。

刘 正 贤　让他喝。

韩　　琨　第三杯，是告别酒。

[众人反应。

刘 正 贤　告别？韩工，喝醉了？这唱的是哪一出？

韩　　琨　我正式向橡研所提交了辞职报告。

黄 云 清　辞职？韩工，你辞职啦？这不像你的性格啊……

姚华千　韩工,你是认真的吗?你终于肯到我们厂子里来了!

黄云清　韩工,从今天起,你就不是我们的星期日工程师,你就是我们星期一到星期六的工程师了。

〔众人开心。

韩　琨　大家误会了,我要离开上海了。

〔众人反应。

韩　琨　我已经接受中国科技大学的邀请,前去任教!

黄云清　韩工,离开上海可是大事情,你再考虑考虑!

姚华千　你再想想,嫂子,你劝劝。

马春生　师傅,你可不能走,我这还没出师呢,还有很多问题想向你请教呢。

黄云清　这叫什么事啊!

〔众人议论。

刘正贤　好事。树挪死,人挪活!韩大哥,我就欣赏你的魄力。你变了,跟以前不一样了。

韩　琨　这个社会不都在变吗。大家坐,我记得你跟我说过,没有一直蓝的天,没有永远静的海,路也不可能总是平坦的,那我为什么要甘于平庸懦弱,为什么不珍惜国家给的大好环境,为什么不抓住时代给的大好机缘,为了我们心里所爱的这片土地去尽情尽兴地发光发热。(一饮而尽)

马春生　师傅,没想到你说走就走。你们快坐下来,我有事求你们。

刘正贤　什么事!

马春生　刘书记,我想请你开个介绍信!

刘正贤　干什么呀!

黄云清　小兔崽子怎么了,你要跑到哪里去?

马春生　这不,日子好过了,有钱了,我想娶媳妇儿!

黄云清　你这个老光棍,谁愿意嫁给你啊!

〔众人起哄。

马春生　秀兰,你说!

刘秀兰　吵什么吵什么!姐夫!

黄云清　他的事情,干嘛让秀兰说!你叫我什么!

刘秀兰　姐夫!我请大家吃喜糖。

马春生　师傅,我们没想到你这么快就要走,不过在你走之前你一定得当我们的证婚人。

韩　　琨	好!
刘　正　贤	还不敬你师傅!
陈　炳　根	李谷一,李谷一!
韩　　琨	正贤,想什么呢?
刘　正　贤	韩大哥,还会回来吗?

[众人干杯。

韩　　琨　　当然,我这一生,钱桥给了我很多很多,一生都不会忘记,总
　　　　　　有一天要回来。这里就是我的第二故乡!

[举杯。时间定格。众人在韩琨面前撤走了桌椅、电视。老
年刘正贤走来。

老年刘正贤　那天你喝醉了。

韩　　琨　　你也喝醉了。

老年刘正贤　我那是不舍得你走嘛。

韩　　琨　　是啊,我又何尝舍得?

老年刘正贤　后来我才知道,你那五年真没闲着,你不光在学校任教,还
　　　　　　担任了多家工厂的技术顾问,把多少企业扭亏为盈,你简直
　　　　　　成了这些亏损企业的活财神。

韩　　琨　　是我们国家、我们的党坚定而强劲的改革步伐造就的,而我
　　　　　　个人,我只不过是一块这改革大道上的铺路石。

老年刘正贤　你们这代知识分子真的如同千千万万的铺路石,为了我们
　　　　　　国家的改革铺平了路,夯实了根基,更付出了无法估量的
　　　　　　代价。

老　年　韩　琨　就像你说的,一个人的遭遇如果能见证历史的进步,这个人
　　　　　　是幸运的!

老年刘正贤　你知道吧,这厂子也要拆了。

老　年　韩　琨　拆了是为了建更好的。

老年刘正贤　还有什么没说完,没做完的吗?

老　年　韩　琨　留给年轻人来做,留给他们来说吧。咱们的青春赶上了改
　　　　　　革的快车,挥洒得无怨无悔。他们的青春还要为这方热土
　　　　　　的美好再接再厉呢。他们一定会比我们做得更好!

老年刘正贤　比我们做得更好!

老　年　韩　琨　咱们干了这杯,就像当年送我那样。

老年刘正贤　好,干了,我送你。就像……当年一样。

[老年韩琨在灯光中走远。

老年刘正贤　老哥哥！你说得对，咱们这代人还没说完的，还没做完的，让年轻人去说，让年轻人去做。这个改革之路，他们一定能比我们走得更好。走好……

〔一群九零后的年轻人上来规划着他们用旧厂房改建的创业园。

〔在历数改革开放 40 年里钱桥的变化中，渐渐落幕。

俞志清简介

一级编剧,中国剧协上海小戏小品创作基地主任,海派小品工作室艺术总监。

徐频莉简介

上海人,曾任云南省话剧团编剧,上海戏剧学院戏文系教师,现为上海红象文化传播有限公司董事长。

代表作:话剧《芸香》(获89年上海文化艺术节优秀成果奖,同年被收入德国"kARAGA"戏剧年鉴,1992年在美国上演)《老林》《昨天的桂圆树》《白色幽灵》《血亲》;滑稽戏《谢谢一家门》;3D全息剧《上海往事——阮玲玉》。

电视连续剧12集《爱情女侦探》、16集《爱是一个美丽的错》、16集《血亲》、20集《做人》。

话　剧

都市胎记

编剧　俞志清　徐频莉

人　物（人物年龄按首次出场年龄表示）

爷　叔　男 40 多岁。

根　发　男 40 多岁,烟纸店老板。

塑料头　男 22 岁,爷叔儿子。

船　娘　女 23 岁,塑料头的老婆。

吕艳萍　女,28 岁,大明的老婆。

小　明　男,20 岁,大明的弟弟。

涂阿姨　女,40 多岁。

戆　大　男,15 岁,涂阿姨的儿子。

大　明　男,38 岁。

萍　花　女,20 岁,戆大妻子。

千　爱　女,19 岁,大明的女儿。

老　外　男,四十多岁。

杨　秀　女,五十多岁,根发的女儿。

过路群众甲乙丙丁(也可以由角色戴面具扮演)。

〔人们在舞台上匆匆地走着,每人手上都拿着手机,看着,读着。

甲　胎记的位置与命运有着紧密的联系,传说胎记是老天给的印章。

乙　人生三大桌:出生时摆一桌,这一桌不会吃;结婚时摆一桌,这第二桌没空吃;走的时候摆一桌,第三桌没命吃。

丙　上海拥有的摩天大楼总数,已经超过纽约,跃居世界第一。

丁　四十年来,变性的中文词:同志,从亲切到敏感;粉丝,从食品到人类;美女,从惊艳到性别;老板,从稀有到遍地……

甲　胎记是皮肤组织异常增生的发展,异常的形状和颜色出现在皮肤的表面。

乙　世界上10大最快的火车,第一来自中国,时速高达605公里。

丙　世界上最遥远的距离,就是面对面玩手机。

甲　胎记主要是因为人体血清中的锌、铜、钙、镁等微量元素及苯丙氨酸、酪氨酸的严重缺乏,影响了色素合成的生化过程,导致色素细胞异常增多,通过神经传导致表皮而逐渐蔓延,就形成胎记。

丁　没有回忆的人是残缺的人,人类和个人从本质上说,都是历史的。

甲　但边缘整齐的胎记,蔓延速度较慢。

〔70年代末。

〔舞台上出现一爿烟纸店,店后背景是虹镇老街的"滚地龙"一角和棚户区危楼,危楼的一扇窗户上有个喜字。

〔烟纸店老板根发在整理货物。

根　发　(整理着、清点着)洋火、蛤蜊油、痧药水、邮票、哎,寄信的邮票呢……哦,在这里……小人用的橡皮……

〔忽然,幕内似乎传出摔东西声。

〔根发往喜字处望去,摇摇头。

根　发　……小人用的橡皮、刀片、蜡笔、练习簿,一样也不能少……

〔爷叔上。

爷　叔　根发,飞马牌香烟。

根　发　爷叔,吃飞马啦? 两角八分一包。

爷　叔　5根。

根　发　5根? 要不要还是来生产牌,8分好买一包咪。

爷　叔　还是飞马,儿子结婚了,我也不要太克扣自己了。

根　发　那我拆开来……喏,5根,7角钱。

爷　叔　记账,还是记账噢,儿子结婚,还有点礼金没有收齐,收了就来结账噢。

根　发　(记着账)飞马牌香烟,5根,7角。

　　　　〔喜字处似乎出现了打架声。

根　发　像是你儿子家……

爷　叔　(听听)嗨,新娘子才来,总归水土不服的,打打就好了。

　　　　〔小明上。

根　发　小明,回来探亲啦?

小　明　是的。根发伯伯,一张邮票,帮我把信寄了。

根　发　好嘞(拿邮票,欲为他贴信,看信封)又是云南省耿马县勐撒卫生院的? 小明啊,你别寄了,都退回来了,喏,这里退了好几封,都是查无此人,我正要给你呢。

小　明　这回应该可以了,这回的名字好像对了。

　　　　〔涂阿姨上。

涂阿姨　根发,吃碗馄饨喏,我一早包的,荠菜肉馄饨。哎呀,小明也在啊? 你家馄饨我已经端过去了噢。

小　明　谢谢涂阿姨。

根　发　噢,谢谢,谢谢。

　　　　〔幕内激烈的打斗声,和一个女人的叫声。

　　　　〔船娘披头散发哭着跑上。

船　娘　根发伯伯,阿姨,救救我,救救我。(见爷叔,躲在爷叔身后)

　　　　〔塑料头追上。

塑料头　我塑料头被你骗了结婚,我也太没名气了(想抓船娘)。

爷　叔　做啥做啥? 小赤佬,侬要做啥? 结婚没几天就打新娘子啊?

塑料头　阿爸,她骗我,她是骗婚!

爷　叔　你住在滚地龙,没有好好交的工作,头还是塑料的,她有啥好骗侬?

塑料头　谈朋友的时候,她讲啥?

爷　叔　讲啥？

塑料头　在外滩情人墙，一对对肩膀贴着肩膀。

爷　叔　不是蛮亲热啊？

塑料头　是我们与别人贴着，谈朋友的人太多了，这个不讲了。她指着黄浦江的江面说，她是在船上工作的，一辈子与水打交道，我想，我这记"台型"的，谈个船上做的女朋友，结果她骗我。

涂阿姨　阿唷，新娘子啊，做啥工作不好骗人的呀。你骗了，结好婚，嗒，后果就来了呀。

船　娘　我没骗，没骗呀。（对爷叔）爸爸，我没骗他，我真的是在船上工作。

塑料头　你那什么船？昨天我到你单位上去，我才晓得，你那是粪船！每天，南市区的大粪就是靠你们运出上海。你们船上的小姐妹说，你们一辈子都不能有休息天，也不能穿皮鞋……

船　娘　不是一辈子，退休后我可以的……

塑料头　难怪那天，我看你胸脯上，人家两只豆沙馒头，你三只，上面一只邦邦硬，我当你是长肿瘤了，原来是船离岸时，顶撑篙顶出来的。你骗我！你问问街坊邻居，我是谁？我是你骗的吗？

船　娘　知道你是谁，谈朋友的时候你就告诉我了，你是打架有名的。

涂阿姨　不是一点点有名啊，打得上海滩有名了。人家别的地方的流氓到我们虹镇老街来，我们一批小伙子，赤着膊，手里拿着角铁，一条弄堂口站一个……

根　发　依我说，这不叫打架，我们这里不出凭空闹事的流氓。这是一群有血性的护家好汉……

涂阿姨　先不管是护家还是打架，终归是吓人到怪的。人家也拿着铁棍呢，一棍下来，他满头是血，竟然没有倒下，还追着人家打，那些流氓吓跑了。

船　娘　阿姨，我都知道的，后来，他的头装了一个塑料的脑壳。

塑料头　知道你还来骗我？

船　娘　我们船上姐妹们的老公都是骗来的呀，不骗我们怎么嫁得掉？

塑料头　你嫁得掉嫁不掉关我啥事？你来骗我，我就对你不客气。（又要打）

　　　　〔众人拉开。

船　娘　（从爷叔身后走出）你打吧，打死我算了。死了也结过婚，做过你老婆了……那天，知道你的头是塑料的，我想，你做人也真不容

459

易,你需要一个肯真心照顾你的老婆呀。我这辈子要好好照顾你……我是骗了你,可不骗你,轮得到我照顾你吗?现在,骗也骗了,你要是实在不喜欢我,要不,我下班后,帮你晚饭烧好,衣服洗掉,然后回娘家住……

爷　叔　小赤佬,这样好的老婆打灯笼也找不到啊,你还作啥死啊?

　　〔吕艳萍拎着一只用草绳扎着的马桶,骂骂咧咧上。

吕艳萍　(对幕内)不要面孔,真的不要面孔,谁偷了我的马桶箍,不得好死。

涂阿姨　哦哟,艳萍啊,一大早你骂谁啊? 我给你家馄饨……

吕艳萍　谁偷我马桶箍我骂谁,偷我马桶上这点铜,他不死啦? 不死也咒他没好日子过,上班路上被车压死,下班回来被饭噎死,晚上睡被口水呛死……

爷　叔　艳萍啊,你的马桶箍也太好了,谁让你的马桶箍是铜的?

吕艳萍　铜的就要偷啊? 那我还有金戒指味,他也来偷? 来剁我手指头?

爷　叔　小明啊,快陪你嫂子回去,别金戒指金戒指乱叫,当心睡梦中真被剁了手指头。

小　明　阿嫂。

　　〔小明欲为吕艳萍拎马桶。吕艳萍扭了下身子表示不需要。

吕艳萍　还不是你哥哥没用,要是塑料头家的马桶箍,别说是铜的,就是金的、钻石的,也没人敢偷啊。(下)

　　〔小明跟下。

爷　叔　(对塑料头)看看,看看,被偷掉个马桶箍就骂到自己的男人,她家男人对这件事还根本不知道呢。这就是高攀的结果。

涂阿姨　阿哨,高攀啥啦? 不就是石库门嫁过来的么。

根　发　我们这里是棚户区哎。

涂阿姨　不就高攀了那么一点点么。

爷　叔　就这一点点,结婚时,人家新房不肯做在这里,说这里是滚地龙,亲朋好友来了掉档次,大明只好把新房做在宾馆。

涂阿姨　再作,还不是要住进滚地龙来。

爷　叔　来了大明日子不好过啊。人家早上要喝咖啡,女儿要学小提琴,整天数落大明没出息。

涂阿姨　你怎么知道的?

爷　叔　我住她家隔壁呀。这种房子么,早上咖啡味道飘过来,我闻闻香味;下午她家千爱拉提琴,我跟着哼哼;晚上那女的骂大明,我也顺便受受教育。我蛮为大明难过的。

根　发　吕艳萍要嫁的不是这样的地方,也不是大明这样的人。其实她也很难过的,你们想想,是哦?

塑料头　(对船娘)走吧。

船　娘　去哪里?

塑料头　回去烧早饭呀。

船　娘　(如梦初醒)啊?哦哦……

　　　　[船娘跟塑料头下。

　　　　[颧大拿着锅喊上。

颧　大　姆妈……姆妈……(看见涂阿姨)姆妈……侬在这里啊?

涂阿姨　哦哟,儿子啊。

颧　大　姆妈,我起来不看见侬,倒看见满桌子馄饨,就自己下馄饨了,聪明吗?

涂阿姨　儿子啊,吃这么一大锅馄饨,要吃伤掉的呀。

颧　大　本来我是吃得掉的,可是它不好吃……

涂阿姨　怎么不好吃啦?让姆妈尝尝,烧熟了吗……(尝)哎哟喂,儿子啊,你馄饨汤里放糖啦?

颧　大　我放的是盐呀。

涂阿姨　是糖,肯定是糖,走,回去妈妈给你加工加工,把它变好吃。

颧　大　(跟着涂阿姨)这糖为什么要跟盐长得一模一样?

　　　　[颧大跟涂阿姨下。

爷　叔　根发,你这爿烟纸店,开了被冲掉,文化大革命结束后,你又开,你还在等她?

根　发　是啊,我知道不可能,但还是会等啊。记得那天,她扎着两根小辫子,穿了件红棉袄,叫着爸爸爸爸,我还给她一粒粽子糖咪;我每天都会给她吃一粒粽子糖,可那天,就这么一转身,人没了,怎么也找不到了。她那样子,一直印在我的脑子里,我记得清清楚楚的。

爷　叔　算算她现在,也该20岁的人了,要是记得,也该回来了。

根　发　总觉得她会回来。反正我闲着也是闲着,店开着,等着。

　　　　[电话铃响。

根　发　喂……噢,小六子啊?你等等噢,我去喊!小六子电话(喊下)。

　　　　[爷叔下。

〔人们在舞台上匆匆走着,每人都拿着手机,看着、读着。

甲　胎记的病因是遗传因素、环境因素、营养因素……

乙　人们为了活命吃东西,为了保命又不敢吃东西。

丙　中国式婚姻,不爱才是天经地义。

丁　世界上没有悲剧喜剧之分,如果你能从悲剧中走出来,就是喜剧;如果你沉湎于喜剧之中,那就是悲剧。

甲　随着年龄的增长,胎记的颜色会越来越深,面积也会越来越大。

〔20 世纪 80 年代末。

〔舞台上是大明、小明家筒子楼的解剖面(楼上楼下),楼下小明家有一只抽水马桶。隔壁是爷叔家和塑料头家的解剖面(楼上楼下),还有涂阿姨家的一角。

〔千爱在舞台一角拉小提琴声。

〔吕艳萍与大明整理着行李。

〔小明在缝着一大堆胸罩扣子,写着诗。

吕艳萍　(对楼下喊着)千爱,我说,这琴你就别拉了,最近都别拉了,先放一放,你要考大学了呀,赶快背英语。

　　　　〔幕后声音:"知道了,等我拉完这一曲。"提琴声又响起。

小　明　(自语)每天,你骑着那辆红色的自行车从我眼前划过/我的目光立刻被你牵引/我不知道你是谁/叫什么……(被针扎了一下)……现在我终于懂了/你就是我的诗和远方。

　　　　〔大明与吕艳萍说着什么。

吕艳萍　到了日本,赚到了钱,先带个功放回来,碟片通过功放放出来,一级了,左邻右舍听得耳朵都要竖起来的。

大　明　你就那么希望我走? 不想我?

吕艳萍　(哆哆地抱住大明)想的,不仅想,我还吃醋呢;人家讲日本有妓院,你万一屏不牢怎么办?

大　明　是啊,屏是一定屏不牢的,那我不去了好哦?

吕艳萍　开什么国际玩笑? 出国读书的钱交了,飞机票买了,你不去了?

大　明　你记住噢,是你硬要叫我去的噢,我屏不牢的噢。

吕艳萍　如果屏不牢,就拼命去工作,打两份工,三份工,一吃力,就没有想法了。早点赚够钱,早点把我和千爱接出去。

大　明　所有的钱都用在出去的事情上了,我身上一点零花钱都没有,怎么办? 飞机上下来,吃什么? 住哪里?

吕艳萍	车到山前必有路。你一个大男人，总有办法的。
大　明	现在就是山前呀。还有三个钟头，飞机就要起飞了……能不能再跟塑料头去借点呢？看上去，他生意做得蛮好的。
吕艳萍	哦哟，你帮帮忙好哦？我们跟塑料头去借钱？我要脸皮的。她们家跟我们家根本就不是一个档次的。我是石库门嫁过来的，这里也只有我们家装了抽水马桶。我们是一时经济紧张，这怎么能让外面人知道呢？

〔涂阿姨上。

涂阿姨	(对大明家)吕艳萍，吕艳萍！
吕艳萍	(探出身子)哎，涂阿姨，什么事啊？
涂阿姨	(神秘地)一会儿，我家新娘子接回来，不方便的时候，在你家用用抽水马桶噢。那时候我家人太多。
吕艳萍	(犹豫了一下)那好呀……(转身)不识相，真不识相。
涂阿姨	多谢多谢！(下)
吕艳萍	(对大明)钱钱钱，命相连，怎么办呢？我找小明去。
大　明	哎哎哎。

〔大明家收光。

〔吕艳萍下楼。

〔塑料头家灯亮起。塑料头穿着西装，在系领带，桌上放着一只砖块样的大哥大。

〔船娘上前，欲帮塑料头整理衣服。

塑料头	哎哎哎，你别碰，一碰我倒闻不到味道，但别人都说有味道。
船　娘	你今天又要半夜回来了？还是早晨回来？
塑料头	不知道，谈生意么，要谈起来看的。你问那么多干什么？
船　娘	我是想，你半夜回来，我就给你烧好粥，你早上回来，我也可以起来了，要去上班的，我就给你下面，让你热乎乎地吃一口。
塑料头	别弄，都别弄，现在做生意什么吃不到啊？
船　娘	这……做生意，都在晚上吗？
塑料头	晚上泡泡澡啊，洗洗脚呀，谈着谈着生意就做成了，白天是用来睡觉的，懂吗？(换鞋)哎哟，这皮鞋那么脏……
船　娘	(连忙)我来擦，我来擦。你昨晚脱那里我没看到。

〔暗转。

吕艳萍	(下楼来)，小明啊，一会涂阿姨家要借用马桶噢。
小　明	噢。(把诗藏起)

吕艳萍　这胸罩扣还没钉完啊？

小　明　嗯嗯，今天我在加工厂任务没完成，只能带回来。

吕艳萍　今天我没空帮你钉了哦。你哥哥马上就要飞日本了，我在帮他理箱子。

小　明　没事，我可以。

吕艳萍　嗨，知青回城，顶替来的工作，又没有选择的。你这工作算是好的，轻松的，前弄堂毛毛顶替到港务局，扛大包，累也累死了；情愿你这钉胸罩扣子，白天在加工组钉，男人女人都有，大家脚碰脚都一样，下班后，躲在家里钉，又没人看见。

小　明　阿嫂，你坐，哥哥出发的时候叫我一声，我送送他。

吕艳萍　还在楼上打包呢，光方便面就买了一个月的，还有榨菜，听说，在日本吃东西好贵。

小　明　阿嫂，你找我有事？

吕艳萍　(不好意思地)是啊，我叫你哥哥自己跟你商量，他不肯，说你已经把到上海来的工作积蓄都借给我们了。可是，我算来算去还是不够点，他到那里总要住房吧……你知道，我们爸爸走得早，妈妈跟那姓李的去过日子了，那边还有三个孩子，妈能让你顶替她进加工组，自己退下来，已经不错了。

小　明　我只有今天刚发的工资……

吕艳萍　我知道你今天发工资，所以……其实，你哥哥到了那里，也不会忘记亲弟弟的。他要是混好了，说不定把你也弄到日本去呢。

小　明　我哪里也不想去了。其实我原来在云南挺好的，那里四季如春，有工作，是教书；有房子住，那里的房子好大，不像这里，螺蛳壳里还放个马桶。

吕艳萍　小明啊，你可不要误会啊，不是故意把马桶装你房间。原先也不知道你能顶替回来，我们是装在千爱的房间的，让小姑娘方便点。你回来么，就把房间让给你了。我们也很挤呀，那么大的姑娘跟我们睡。

小　明　阿嫂，我不是真的说马桶，我知道我外地来上海，你们能让我有个地方住已经很好了。我是觉得云南也很好。

吕艳萍　(笑着)你是被那红色的自行车勾住魂了，天天看她，看出念头，看出相思病来了。当然上海好，外地怎么能跟上海比？(发现小明不高兴)小明啊，你不要不高兴噢，我是把你当自己人才说的；要不然，你不回来好了，我房子也好大点了。

小　明　　（小明掏工资给吕艳萍）喏，这个月工资，都在这里了。

吕艳萍　　你自己留点，你也要活命的呀。（吕艳萍给他留了几张）

　　　　　〔热烈的鞭炮声。

爷　叔　　（跑上）看新娘子啰，新娘子来啰……

　　　　　〔各房间的人跑出。

　　　　　〔涂阿姨上。

涂阿姨　　来来来，吃糖吃糖，吃喜糖了……

众　人　　恭喜恭喜啊……

　　　　　早生贵子啊……

　　　　　〔大明、小明把箱子拿到了门口，与大家一起看热闹。

　　　　　〔戆大兴奋地牵着萍花上。

戆　大　　我结婚啦，来看我呀……

爷　叔　　你有什么好看的？我们要看新娘子……

戆　大　　新娘子是我的，不许看，要看只能看我。（护着萍花）

塑料头　　（闹着，把戆大拉到身后）看见了，看见了，喏，看见新娘子啰……

根　发　　闹起来，闹起来，新结婚要闹的，越闹越发。

塑料头　　（突然与新娘子四目相对）怎么是你？

　　　　　〔周围的人都呈慢动作，只有塑料头与萍花为正常动作。

萍　花　　你又不娶我。

　　　　　〔众人恢复正常的动作。众人："新娘子好漂亮。""新娘子唱支歌"。

塑料头　　（闹着，一转身，再次与萍花四目以对）不是给你钱了？

　　　　　〔众人又呈现慢动作。

萍　花　　户口，我要户口，我要做上海人！

戆　大　　不要看我新娘子，不要看我新娘子，再看我要翻脸了！

爷　叔　　哎，戆戆，新娘子今天就是给人看的，知道吗？

吕艳萍　　戆戆，你的新娘子是麻子啊还是瞎子啊？你不给我们看？

众　人　　对，一定是新娘子不好看。

戆　大　　瞎讲，她好看得不得了，不信你们看！你们看看清楚（把萍花推到众人面前）

　　　　　〔众人哄笑。

萍　花　　各位长辈，各位兄弟姐妹，我叫萍花，贵州人，今天嫁到虹镇老街来，就是为了做上海人，生个上海的娃。（对塑料头）我要和大哥这样的人做邻居，（对众人）和你们这样的人生活在一起。别看这不远处的高楼冷冷的，好像很高傲的样子，可我一到这里，就像来到我们那里的一个部落,一个村庄,我一点也不陌生。今后大家多多关照。

众人一　新娘子不仅长得漂亮,口才也好。

众人二　当着这么多人叽里哇啦说了这么一大串,一点也不陌生。

众人三　哪里找来的?

众人四　问问涂阿姨。

根　发　(突然)哎呀,不好啦,好像发大水了。

爷　叔　刚刚我是看到一点点,怎么一下子那么厉害?

涂阿姨　怎么这么倒霉? 新结婚碰到发大水?

爷　叔　塑料头,你大哥大借我用一用,我向应急中心打电话(拨着电话,不熟练,塑料头帮忙,爷叔打着)。

根　发　哦哟,我的货呀。(跑下)

众人一　上次发大水,我家米呀、面呀全部浸坏。

众人二　是啊,发到我膝盖这里,我们家东西平时都放得高,就防它发大水。

　　　　〔船娘急急跑下。

爷　叔　喂,我们虹镇老街又发大水啦……什么? 闻闻水臭不臭? (对众人)闻闻水臭不臭? 有没有草纸?

　　　　〔众人闻着,寻找着。

涂阿姨　有草纸,喏喏喏,臭还用说? 都已经臭气熏天啦!

爷　叔　有草纸……啊,是我们这里有人装了抽水马桶? 通阴沟要我们自己出钱? 多少钱……

涂阿姨　是吕艳萍家装了抽水马桶! (对吕艳萍)吕艳萍,你家臭气只管往外排,弄得我们家家发大水。这钱应该你一家出。

吕艳萍　我一只马桶也不会发那么大的水呀。

涂阿姨　堵住了,你知道吗? 我要把你屁眼堵住,你看看你嘴巴这上水道往不往外面翻水。

戆　大　对!

　　　　〔根发上。

刘艳萍　你讲话怎么这么难听?!

爷　叔　(挂断电话)我看,大家出点钱,叫他们来把阴沟通了……

涂阿姨　她家装的马桶,为什么要我们出钱? 我们应该是让她赔钱。我家今天大喜日子,被搞得臭气熏天,我要叫她加倍赔钱!

戆　大　对! 姆妈说得对!

众人一　这钱不该我们出啊。

众人二　这钱出得有点冤枉。

大　明　各位爷叔阿姨，阿哥阿弟，阿姐阿妹，抽水马桶我们装了，要说责任也不是一点没有。通阴沟的钱我来承担好了，只是我今晚要飞日本了，通阴沟的钱还没赚回来，能不能请大家先出一出，就算借给我的。我出去打工，赚的第一笔钱，就寄回来还大家。请大家帮帮忙。

爷　叔　好，可以可以，大家先出一出。

涂阿姨　我刚办了喜事，哪里来钱？

根　发　不够的我先垫一垫好了。我看大明也实在困难。

涂阿姨　问题是抽水马桶引起的呀！人也嫁到这里来了，滚地龙就是滚地龙，装什么"上只角"？谁装了马桶谁出钱！

千　爱　（拨开人群）干什么？干什么？为什么这钱要我爸爸妈妈出？
　　　　　〔众人惊讶。

戆　大　千爱，我们小孩子不要管大人的事，要乖，要听话！

千　爱　我妈妈装抽水马桶有错吗？有罪吗？上海除了我们虹镇老街这样的地方，哪里没有抽水马桶？你们谁不想过好日子？刚才涂阿姨还到我们家，让我们的抽水马桶借给新娘子用用，怎么一下子翻脸比翻书还要快，变成不该装抽水马桶了？你们看看，我们周围开始有高楼大厦了，造大厦时，打起桩来像地震一样，阴沟不沉降、开裂吗？人家日本有巨型的排水系统，人家的下水道是地下宫殿，人家的蓄水池都有几十根大柱子撑着。

涂阿姨　什么人家日本，人家日本的？不是你要要去日本么。日本的下水道好，跟我们有什么关系？（喊）打倒日本帝国主义！

戆　大　（与新娘子同喊）打倒日本帝国主义！

爷　叔　不要吵，不要吵，我听听千爱这小姑娘的话蛮有道理的。你们让她说，她从小到大，还从来没有跟我们大人正正经经说过话呢。你们让她说！

千　爱　不说日本好了，就说德国慕尼黑。慕尼黑市政排水系统的历史从1811年就开始了，有十多个地下储存水库呢。
　　　　　〔众人震惊。

戆　大　妈妈，小孩子可以管大人的事吗？

根　发　小孩子长大了。

爷　叔　千爱说的对啊。我们想过好日子，没错啊，不就装了个抽水马桶么。我明天到区里去，找交通委去咨询咨询，上海开始搞城市建设了,我们虹镇老街又不是后妈生的,前年造旁边那幢高楼时,我们的自来水管就豁开过,这次难道下水道就不会豁开吗?

小　明　哎,水好像退了哎。

众人一　真的嗟,刚刚都快到我脚面了。

众人二　是退了。再涨我想要回家般米缸了,别又进水。

众人三　我家的早搬好了,经常发大水,我们是早有防备。

小　明　真的是退了,好奇怪,难道应急中心的人来了? 我们钱还没有凑齐呢。

　　　　［船娘拖了根长长的竹片上。

根　发　哦,是船娘把阴沟通了。

船　娘　上次发大水,我在上班,等我回来,水都到这里了(指膝盖)。我一直想用这个办法试试,就事先备了根长竹片。

众　　　船娘,你真是雷锋式的船娘啊。

船　娘　我这只是应应急,光这样捅解决不了根本问题,还是要把里面的东西掏出来。我掏是掏了点,手太短,这竹片又不会打弯,还是要让他们专业的来弄。

涂阿姨　那还是要付钱。

大　明　我到日本挣钱去。叔叔阿姨,各位邻居,再见了(欲下)。

吕艳萍　大明! (哭着抱住他)

　　　　［大明一家下。

众　人　大明,走好噢,一路当心。

爷　叔　我明天到区里去。

涂阿姨　你跟他们讲,我们是虹镇老街的,上海在发展,我们也想过好日子,跟我们要钱没有,要命有一条。

　　　　［人们在舞台上匆匆走着。每人都拿着手机,看着、读着。

甲　胎记可以治疗吗?

乙　这是一个伟大的时代,中国发生着巨变;同时,也充满着太多的矛盾和问题,太多的困惑和焦虑。

丙　有人住高楼,有人一身臭;每一个生命都有自己打开的方式。

丁　婚姻是爱情的坟墓,可悲的是,小三还要来盗墓。

乙　如果你喜欢等待,那么发生的事情就是你变老。

丁　难过这个词,为什么一个难字,一个过字? 就是再难也会过。

甲　根据胎记的类型、位置、引起不同的问题,选择不同的治疗方法。

〔90 年代初。

〔舞台上是大明、小明家的筒子楼解剖面(楼上楼下),隔壁是爷叔和塑料头家的解剖面(楼上楼下),还有涂阿姨家一角。

〔爷叔戴着红袖章摇着铃铛。涂阿姨在门口剥豆。

爷　叔　各家各户听好了,台风快要来了。今天有台风,大家衣服收进去,窗口的花盆当心点。

涂阿姨　爷叔,我们这滚地龙不怕台风的,房子挤着房子,风吹不进来的。

爷　叔　街道里布置的任务,我喊终归要喊的。各家各户听好了,台风快要来了……(喊下)

〔涂阿姨下。

〔船娘穿着高帮雨鞋,从楼上下来匆匆上班去。

〔吕艳萍在楼上看着她。

吕艳萍　(小声地)船娘,船娘!(从楼上下来)

船　娘　艳萍姐姐,(本能地保持距离)你当心我身上有味道。

吕艳萍　我能跟你说会儿话吗?

船　娘　我要上班去,说几句可以的。

吕艳萍　是这样的……大明到日本去四年了,一次也没有回来,最近两个月,电话也没有了。我特意为了他,新装了一部电话,结果月月白付基本费……

船　娘　艳萍姐姐,等我回来,我洗好澡,洗得干干净净的,到你家去听你说好吗? 反正塑料头不会回来吃晚饭……

艳　萍　不行,来不及了。

船　娘　哦哦,那你快说。

艳　萍　听说大明在日本黑掉了……我……我……千爱大学刚毕业,在找工作,小明每月都给我们娘俩生活费。

船　娘　(心不在焉地)嗯嗯,小明叔叔多好,我们都看在眼里。

艳　萍　可是,这个月他到云南去了,加工厂效益不好,他下岗了,我……我……想向你借点钱。

船　娘　噢,借钱啊? 我们家,我不管钱的呀。我的工资每月都交给塑料头的呀,要买菜什么的,再跟他拿。

艳　萍　(失望地)噢,是这样啊?(下)

船　娘　对不起噢,那我上班去了。(奔下)

〔萍花上。她望着船娘的背景,蹑手蹑脚地溜进塑料头家,一头钻进了他被窝。

469

［塑料头从床上坐起。

塑料头　你干嘛？冰冰冷,透心凉！

萍　花　装什么正经？不是你说的？有了我,你对哪个女的都不感兴趣了。你和她是同床异梦！这回她走了,我们能同床同梦了！(骑在塑料头腿上,为他解睡衣扣子)

塑料头　今天不来,我烦得很。

萍　花　你昨晚来过了？

塑料头　没有。

萍　花　那你……噢,我知道了,你想甩掉我。玩厌了吧？玩够了吧？昨天我妹妹来,你看她那眼神……你当我没看见？

塑料头　瞎讲,我是生意上的事烦心。(把萍花搂在怀里)哎,你妹妹房子租好了吗？是烟纸店过去第五家吗？她有两个孩子在老家,为什么一定要来上海？

萍　花　你先告诉我,生意上什么烦心？我看看你有没有编故事,然后我再告诉你妹妹的事。

塑料头　我们跟人家签的合同都是假合同。

萍　花　啊？什么叫假合同？

塑料头　你听着啊,我们的样品是一只瓶子盖。这只瓶子盖呢,看起来很简单,但是中国的民营企业、乡镇企业一般是做不出来的,这是国外进口的瓶盖。但是我们就跟他们签合同,让他们做。我们跟他们说要好多好多。这样可以多卖材料给他们。等他们做不出,要退材料,我们把他们定金拗掉了,材料费最多退一半给他们。怎么样？是真的吗？

萍　花　听起来像是真的。那,这么好挣的钱,你有什么烦心的呢？

塑料头　……昨天,就在昨天,有一家企业做出来了,他们做成功了。中国的民营企业不得了了,要飞了。这下我要赔钱了,陪大钱了。

萍　花　为什么啊？

塑料头　他们做出来,我就要全吃进。没有哪里需要这瓶盖呀。我这生意完全是拗他们定金的！妈的！(用拳头砸了下桌子)

萍　花　你轻点,我婆婆刚刚还在门口剥豆。

塑料头　你也真是的,嫁过来干什么？

萍　花　又没嫁给你！

塑料头　不嫁给我也不能嫁个傻子呀。

萍　花　嫁傻子不是挺好的？第一嘛,可以天天和你在一起,第二嘛,我当时肚子里有了你的孩子,我不能让孩子没爸。

塑料头 嗨,可惜了,那孩子要是生出来,也该四岁了。

萍　花 都怪那死老太婆,我要她把我户口迁到上海来,她偏要我生好孩子再迁。我哪敢生了再迁啊? 现在科学那么发达,可以验的,我要是把孩子生下来,她拿去一验,不是他傻儿子的,她哪会再给我迁户口啊? 我要是抱着个孩子来找你,你又离不掉婚……怪了,这个世界上,每天都有那么多人离婚,怎么偏偏你的婚就离不掉呢?

塑料头 不是离不掉婚,我要是硬离,她会去死的。

萍　花 你还不是心痛她。我这里又嫁颣大,又打胎的,你哪里心痛过我?

〔萍花的 BB 机响起。萍花看 BB 机。

萍　花 啊,有人泡我妹不付钱。

塑料头 有人泡你妹? 他不是昨天才来上海么?

萍　花 昨天才来今天就不能有人泡啦? 她老公判刑了,判了 10 年,她一人带两个孩子在山区,你让她日子怎么过? 快去快去!

塑料头 (拿起电话)喂,兄弟啊,喊两个人,烟纸店过去第五家……喊东北人? 不需要,就我们兄弟几个去好了。对,现在。

〔塑料头与萍花急急跑下。

〔涂阿姨上,望着塑料头和萍花的背影。

涂阿姨 (对幕内)颣颣,颣颣,你来。

〔颣大上。

颣　大 姆妈!

涂阿姨 你看你老婆,跟这塑料头奔出奔进做啥去啊?

颣　大 (看)哪里啊? 没人呀。

涂阿姨 等你看见,天也亮了。

颣　大 天本来就亮着呀,姆妈你颣伐? 也是颣颣!

涂阿姨 哎,儿子啊,姆妈问你呀,你老婆打掉的小人是你的吗?

颣　大 打小人? 她没打过小人呀。

涂阿姨 不是打小人,是打胎,打肚皮里的小人。

颣　大 肚皮里的小人? 没有看见过,从来也没有看见过。在肚皮里怎么看得见? 姆妈你又颣颣了。

涂阿姨 你……你结婚到现在,和她好过吗?

颣　大 好过,天天好。

涂阿姨 怎么好法？

戆　大 她跟我玩剪刀、石头、布，谁输了谁睡床底下。

［吕艳萍上。

涂阿姨 走，回家说去。

［涂阿姨、戆大下。

［吕艳萍神情恍惚地上。突然，她听到家里电话铃响。她飞奔过去。

吕艳萍 喂，喂，是大明吗？喂，你终于来电话啦？喂，你怎么不说话？大明……听说你黑掉了，是吗？什么？她要跟我说，她是谁……我听不懂你的日本话，你让大明跟我说……大明……刚刚这个女人是谁啊？你老婆……我们算了？你不回来了？好你个大明，你是畜生！怪不得有人说，你在那里傍了个富婆；我不相信，我根本就不相信，家里还欠了那么多债呢……你你你，你到底还是屏不牢啊！（挂电话）

吕艳萍 （自语）……没有想到，我从石库门嫁到滚地龙，是越活越戆了……活得连饭也没有吃了……

［吕艳萍摸出药瓶。

吕艳萍 没有饭吃吃药，睡觉。我要睡觉，好好睡一觉，什么也不想……（吃了好多药，躺下）

［根发上。

根　发 （对爷叔家）爷叔，爷叔！

［摇铃回来的爷叔在他背后。

爷　叔 在这里呢，老阿哥。

根　发 听说，我们这里要拆迁啦？

爷　叔 不叫拆迁，叫动迁。你哪里听说的？怎么我这居民区组长不知道？不过，动迁倒是好事情啊，咸黄鱼要翻身了。

根　发 老阿哥啊，动迁，我这爿烟纸店怎么办？这是我们一家的根啊。女儿活蹦乱跳的，转眼没了，老婆想女儿也想得病死了。我守在这里，就是守着这个家啊，万一女儿回来呢？

爷　叔 根发，人要现实点啊，你女儿要是还活着，几岁啦？

根　发 快40岁了。

爷　叔 好味，没有希望了。

根　发 话不能这样讲啊，爷叔。人家失散多年的找到的多味。一对兄妹，失散60年，通过电视台，找到了；一个失散了13年的女孩，

18 岁变成高才生了,从美国漂洋过海来认亲呢。我这里的例子
多唻……

爷　叔　好吧,希望终归是希望。

　　　　〔一阵锣鼓声,打扮异常美丽的船娘,胸前戴着大红花,被同事送
　　　　上。同事手中捧着"光荣退休"的镜框。

　　　　〔涂阿姨等人上。

同　事　哪家,是哪家。

船　娘　就到这里好了。(对幕内)车开不进来的,你们也不要来了。

爷　叔　你这是……退休啦?

船　娘　我也稀里糊涂的,还去上班呢,他们就等在门口,给我一个惊喜。
　　　　(对同事)这是我爸爸,这都是邻居:根发伯伯、涂阿姨。

同　事　李映秀同志,工作积极,吃苦耐劳,多次被评为我局的先进工作
　　　　者。今天,光荣退休。自来到我局后,她担任第 15 船的副船长、
　　　　船长,工作期间,她没有节假日,没有星期天,甚至,她从来没有
　　　　穿过皮鞋,今天,我们给她买好了新衣服、新皮鞋,给她化了妆,
　　　　像嫁新娘一样把她嫁上岸。

　　　　〔众人鼓掌。

　　　　〔又一阵锣鼓声。

同　事　(拿出一只信封)这是她的党组织关系,你们这里党组织……

根　发　我们有党员服务中心,我也是党员,居民区组长;明天我领她到
　　　　居民区党组织报到。

船　娘　(对同事)家里小,要不我们在这里坐一会。

涂阿姨　我到我家搬凳子去哦。我是一楼,方便。

根　发　那我去泡茶。

同　事　不啦,明天我们还要嫁一个"姑娘"呢,跟你一起进局的。再见
　　　　啊,我们走了。

涂阿姨　船上做蛮好的,算重体力劳动,退休早。年纪轻轻的,就拿退休
　　　　工资了。

根　发　哎,塑料头呢? 那么风光一幕戏,他没看到。

爷　叔　(对楼上)儿子! 儿子! 爷叔喇儿子!

　　　　〔众人笑。

涂阿姨　你不要喊了。你的儿子和我的儿媳妇弄堂里奔出去了。

爷　叔　大概有啥事情去了。

　　　　〔众人散。

船　娘　（想起什么，对吕艳萍家）艳萍阿姐，艳萍阿姐……（上楼，推开门）……艳萍阿姐……（推推她，又看看她）艳萍阿姐，你别生我气。我知道你轻易不会跟我开口，早上我是真的没有，可是刚刚我退休了，单位里发了点退休金，我还没有交给塑料头……（发现艳萍还是不动，大声疾呼）艳萍阿姐，艳萍阿姐！（对楼下）快来人啊，艳萍阿姐昏过去了。

　　　　〔众人上。

爷　叔　怎么啦？

涂阿姨　出什么事啦？

船　娘　艳萍阿姐……好像……昏过去了。

涂阿姨　快快快，掐人中。

船　娘　哪里是人中啊？

　　　　〔涂阿姨掐艳萍的人中。

吕艳萍　（醒来）我怎么啦……怎么惊动你们这么多人……（欲呕吐）

根　发　不行不行，到底是吃坏了，还是什么原因，要检查的，快送医院。

涂阿姨　（热心地）我来送她去。

　　　　〔众人扶着吕艳萍下，

　　　　〔萍花匆匆跑上，悄悄拉住船娘。

萍　花　（对船娘）船娘姐姐，你不能走。

船　娘　怎么啦？

萍　花　他……塑料头被人打了……正好打在头上。

船　娘　他头是塑料的，打头上不知道疼的，没关系。

萍　花　那塑料脑壳打开了……

船　娘　啊？他人在哪里？

萍　花　医院里，医生要家属签字……

船　娘　那么严重？你带我去。

　　　　〔人们在舞台上匆匆走着。每人都拿着手机，看着、读着。

甲　　红色胎记容易去除，而青色的相对来说要难一些。比较小的胎记，一般不用植皮，可以用激光去除。

乙　　这个时代不辜负人，它只是磨炼我们，磨炼每一个试图改变命运的人。

丙　　世界上只有一种英雄主义，那就是认清了生活真相后，还仍然热爱生活。

丁　　别和往事过不去，因为它已经过去；别和未来过不去，因为你还

474

要过去。

甲　交手机费的时候,才发现,自己的废话那么值钱。

〔新世纪初。

〔舞台上是涂阿姨家及门口,后方带出船娘家和小明大明家。

〔萍花靠在门口吃瓜子。船娘从涂阿姨家门口走过,塑料头跟在她后面。

塑料头　(喊船娘)姆妈,姆妈!

船　娘　(回头)我不是你姆妈,我是你老婆!(继续往前走)

萍　花　哎哎,塑料头,我是谁?

塑料头　(停下,仔细端详萍花,笑)嘿嘿嘿……小姐,包房里唱歌的小姐。

萍　花　(半开玩笑地)滚!

〔涂阿姨从里间出来。

船　娘　(返回)你别胡说八道了,她是萍花呀,戆戆的老婆呀。(对萍花)对不起,噢,他以前做生意,那种地方去多了,什么都忘了,包房啦,小姐啦忘不了。

萍　花　(吐着瓜子皮)没事,谁会跟一个脑子坏了的人计较?

涂阿姨　哎,船娘啊,塑料头以前做生意的,留给你不少钱吧?

船　娘　钱这东西啊,是一个人命里摊的,我命里正好不摊。他出事的头一天,签了一个合同,输得一塌糊涂。

塑料头　(对船娘)姆妈,快走呀,托儿所是啥样子的?

船　娘　不是托儿所,是托老所。街道里办的托老所。

涂阿姨　要把塑料头送托老所啦?

船　娘　去那里看看,他要是待得住,我想送半天,那里有医生,有饭吃,他送去半天,我再找份工作,补贴补贴家用。

涂阿姨　是啊,你一个人的退休工资两个人用,开销蛮大的。

塑料头　姆妈快点呀,我要去幼儿园了。

船　娘　(对塑料头)好的好的,我们走。

〔两人下。

涂阿姨　(对萍花)这下好了,我们戆戆有亲阿哥了。

萍　花　(对涂阿姨)妈妈,我要离婚。

涂阿姨　为啥?你结婚五年多了,从来也没有提出过要离婚。

萍　花　你五年来,从来也没有把我的户口迁进来。

涂阿姨　不是说好了,你生好宝宝就迁。

萍　花　你迁好,我就生宝宝。

涂阿姨　我迁好,你要是离婚呢?

萍　花　你不迁,我不是一样要离婚。

涂阿姨　你要离婚可以,光屁股出门。

萍　花　我光屁股出门? 你想得美! 我当了你家5年媳妇,光屁股出门? 告诉你,这婚我不离了,我也不回来了!(收拾行李)我让你儿子一辈子打光棍! 他假如想再结婚,我就告他重婚,让他坐牢! 到时候,你们来求我离婚,就不是这个价咯。

涂阿姨　你让他坐牢? 太阳西边出,他是憨大,做随便啥事情不坐牢的,哼! 求你离婚? 开价钱? 谈也不要谈。他憨大,没劳动能力,哪来的钞票? 你又不是跟我离婚!

　　　　〔萍花被气哭。

　　　　〔憨大冲上。

憨　大　(一把抱着萍花)不要离婚,新娘子不要离婚。

　　　　〔萍花想挣开憨大。

憨　大　要不这样,我们还是来剪刀、石头、布,谁赢了听谁的,好哦?

　　　　〔萍花擦着泪,不情愿地作好了手势。

憨　大　预备……起。

　　　　〔憨大先出,萍花后出,萍花赢了。

憨　大　不算不算,这次不算,再来一遍……预备……起。

　　　　〔又是憨大先出,萍花后出。萍花当然又要赢了。

　　　　〔涂阿姨看不过去,背转身来。

憨　大　姆妈,我输了怎么办? 我又输了……我总归输,来不过新娘子。(一把抱住母亲,哭了起来)

涂阿姨　(也在抹泪)……萍花啊,我儿子憨,好骗,但他善良,也喜欢你……好在我们也做了几年亲人。(对儿子)你先到里面去,妈妈跟你媳妇讲讲话。

　　　　〔憨大顺从地下。

涂阿姨　萍花啊,你实在要走就走吧,我不拉你了,拉也拉不住的。你一年半年的来看憨憨一次,我就对他说,你到远处工作去了。我看得出来,你跟憨憨结婚,是想要个上海户口,我成全你。户口我跟你去办,我们对外面谁也不要说。办好户口后,你再悄悄地跟憨憨办离婚。

萍　花　妈妈!(跪在涂阿姨面前)

涂阿姨　起来吧,我帮你收拾东西。

476

[千爱和她妈妈在聊天。由于是从涂阿姨家透视过去,所以仿佛坐在天边。

千　爱　妈妈,我要跟你讲个事,你肯定不同意。

吕艳萍　你讲也没讲,怎么知道我不同意?

千　爱　一个有关 Man 的事……你一定会说,男人没有一个是好东西。

吕艳萍　那你就别跟我讲了。

千　爱　……可是,我还是要跟你讲啊,因为对我来说,他很重要。

吕艳萍　……你当心噢,男人没有一个是好东西。

千　爱　你看,我讲也没讲呢,你就这样说。这对他来说,不公平。

吕艳萍　你讲也没讲呢,就这样护着他……讲吧,也许妈妈观念变了呢……有时,活着活着,这双看世界的眼睛就变了……女人有时也不是好东西。

千　爱　那我讲啰……他很有事业心,他是研究动车的。他说,我们国家现在的动车牵引控制系统整系统从国外引进,太落后了;他们这个团队建议,从外国精选最优的芯片,引进、消化、吸收和不断地再创新,做成板集、模块集,组合筹建成系统,实现从设计采购一直到芯片的实验、组建、结构设计全部自主完成。

吕艳萍　谈恋爱是为了找将来的老公,不是单位领导招聘好员工。

千　爱　一个好老公,首先在单位应该是一个好员工呀。他的理想是他们研究的车有完全自主的知识产权,达到世界先进水平。

吕艳萍　万一他失败呢?

千　爱　失败他只要奋斗过,那奋斗的过程令我着迷。在我眼里,他简直就是个英雄。

吕艳萍　万一他单位倒闭,丢了工作呢?

千　爱　有我呢。妈,我这复旦高才生,就不信找不到工作。

[婴儿的哭声。吕艳萍从床上抱起婴儿,哄着、拍着。

千　爱　一个小毛头? 妈,哪来的?

吕艳萍　一个朋友的孙子。

千　爱　哎哟,好好玩,给我抱抱。(抱孩子)

吕艳萍　我当然希望你恋爱,再有这么个宝宝……女儿,你记住,爱他可以,但不要轻易去依赖一个人。他会成为你的习惯。当分别到来的时候,你失去的就不是一个人,而是天塌了,你会没有活下去的勇气。

千　爱　我记住了。

吕艳萍　如果一个女人,在重要的几年中,心里只想着一个男人,把自己和他紧紧地捆绑在一起,那么,在以后的几十年里,你将不断求这个男人不要离开你。

千　爱　妈,我们还没正式开始呢,你就说这种话。

吕艳萍　我是让你在爱的时候,不要忘记自己才是生活的主角。

千　爱　妈,你怎么会有这样的高度?(琢磨着孩子)妈,你在做月嫂?

吕艳萍　你见过把孩子抱回家的月嫂吗?

千　爱　这倒是。

吕艳萍　我一没去过保姆介绍所,二没带熟人的孩子。

千　爱　他们给你钱?

吕艳萍　钱比月嫂高多了,月嫂里几乎没有上海人。我是上海人,又培养了你这么个名牌大学的高才生。

千　爱　那还不是在带孩子?

吕艳萍　带孩子和月嫂是有区别的好哦?月嫂是辛苦一个月,东家结账,月嫂走人,两清的事情。我这是一个朋友的孙子,我和你爸爸的事,他们也知道。他们鼓励我走出来,自食其力。从表面上看,我在帮他们,其实,他们在帮我。我心里清楚。

千　爱　那以后这孩子就跟我们生活了?

吕艳萍　哪能啊?我是早上 8 点到他们家,晚上 6 点回来给你烧晚饭。这几天他们家老人病了,家里、医院里忙进忙出,所以让我把孩子抱回来了。

　　　　〔一阵喧哗声。

　　　　〔记者、摄像师拥着塑料头和船娘上。

　　　　〔众人上。

　　　　〔根发上。

记　者　(把话筒对着塑料头)请你说说,当你扶起那倒地的老人时,你心里在想什么?

塑料头　我就想快点把她扶起来。

记　者　观众朋友们,这几年,出现了一些"碰瓷"的行为,把别人的善良当作肆意讹诈的资本。我们布置了一个老人倒地的现场,有 18 个路人经过,却视而不见,这是一件让我们重新思考和定义人性的事件。可是,当第 19 个人走过来,也就是这位先生走来时,他迅速地把老人扶了起来。

记　者　先生，当你扶老人起来时，你有没有过害怕？

塑料头　我是塑料头，我怕谁啊？

船　娘　请你们不要采访了，他身体不好。对不起！（领塑料头回家）

记　者　（对镜头）面对别人有难，他们挺身而出；面对镜头，他们选择的是回避。见义勇为是中华民族的传统美德，他们的行为正是我们这个社会所需要的品质。"人之初，性本善"，这位先生的一双手，不单单扶起了一位老人，更是扶起了一股社会正气。

根　发　你们是电视台记者是吗？你们帮我找找我失散多年的女儿好吗？我女儿当时穿着红棉袄，扎着两根小辫子，嘴里应该还含着粽子糖……

〔根发与记者边说边下。

〔人们在舞台上匆匆走着。每人都拿着手机，看着、读着。船娘与千爱也在匆匆人流中。

甲　如胎记面积较大者，可用皮瓣法，但术后会留瘢痕。

乙　对历史最好的纪念，就是创造新的历史。

船　娘　（边走边发微信）千爱，不好意思，我一辈子羡慕在大楼里上班的人，羡慕别人穿皮鞋上班。你是白领，我羡慕你。

千　爱　（边走边发微信）船娘阿姨，那是你没赶上我们的时代。你们年轻时没有这么多的大楼。

丙　有的人叹息青春散场，历史已经结束，要写回忆录了。

丁　更多的人开始吟唱这个世界如此之新，一切尚未命名。

船　娘　能不能帮我介绍个工作，在你们大楼里？

千　爱　不好意思，我们这里要学历、英文，还要年轻……

乙　从改革开放到现在，中国从无到逆袭从发达国家手里拿下多少产业？白色家电、通信设备、安防、光伏、高铁、核电、面板。西方媒体称中国为"发达国家粉碎机"不是没有原因的。

船　娘　你弄错了，千爱，我到大楼里工作，我是想为你们这些穿皮鞋的人扫地、擦灰。

甲　胎记，难以磨灭的胎记。我们这一代人或多或少从这里走出？

〔当代。

〔舞台上出现一爿烟纸店，店后背景是虹镇老街的"滚地龙"一角和棚户区危楼。一排建筑工地的临时房已逼近烟纸店。

〔烟纸店老板根发在擦拭烟纸店。

爷　叔　根发啊，别擦了，这回真的要拆迁了。工程队开进来了。嗨动迁动迁,喊了十多年。今年虹口区的动迁指标还是 5 000 户,年年 5 000 户,棚户区体量大啊,政府也吃力的。

根　发　你们人人盼拆迁,就我不同意。

爷　叔　根发,你不能拖大家后腿的噢。现在不像十几年前,钉子户还能闹出点名堂,现在是签约率不到 85%,政府要停止征收的。这个动迁指标就让给下一个地块了。

根　发　我那电视节目一上,你知道有多少人来认亲吗? 每个星期都有,都说是我女儿。

爷　叔　可他们都不是呀。

　　　　〔老外上。

老　外　请问,这是烟纸店? 这里有没有个叫根发的?

爷　叔　你不会也是看了电视节目找来的?

老　外　我是看了电视节目找来的。

爷　叔　你有他女儿的信息?

老　外　我是看了节目,得到了我要找的信息。

根　发　(急切地)什么信息?

老　外　你们这里是棚户区啊! 都市胎记! 马桶,你们这里还有马桶吗? 我要购买,我要收藏,最好是铜箍的。

爷　叔　啊,吕艳萍那只马桶是铜箍的,可惜那年铜箍被偷了。

老　外　铜箍的? 那铜箍被偷了,马桶还在吗? 铜箍在哪里被偷的?

爷　叔　(对老外)你真要收购?

老　外　真要。

爷　叔　你能出高价?

老　外　如果马桶和铜箍都找到,价格好商量。

爷　叔　走,我带你去问问。

　　　　〔爷叔与老外下。

　　　　〔涂阿姨上。

涂阿姨　根发老阿哥,餐巾纸,我要餐巾纸。

根　发　要多少?

涂阿姨　你有多少啊? 我全部要了。

根　发　你全部要了? 我有 30 条,一条 10 卷,一共 300 卷。

涂阿姨　都卖给我好了。

根　发　派啥用场啊? 你够吗? 不够我再去进。

涂阿姨　再去进啊? 那不需要了。

根　发　那么多,你不好拿,一会儿我用三轮车帮你推过去。

涂阿姨　不用了,你年纪大了,我去叫颧颧来推。(下)

　　　　〔杨秀上。

杨　秀　请问,这就是上海的烟纸店吗?

根　发　是的。

杨　秀　这里有没有一个叫根发的老伯伯?

根　发　我就是。

杨　秀　爸爸,我可找到你了!

根　发　你等等,你等等,你是我的小英子吗?

杨　秀　我叫杨秀。

根　发　对,他们不会叫你原来的名字,也不知道你原来叫什么。

杨　秀　我妈妈一直不让我来找你。去年,她去世了,我又在电视节目里
　　　　看到你找你丢失的女儿心切,想到你年纪大了,我就来了。

根　发　你妈妈抚养你长大,当然不会把你放回来。孩子,你过得好吗?
　　　　吃苦了吗?

杨　秀　我过得很好。

根　发　英子啊。

杨　秀　我叫杨秀,爸爸。

根　发　哦哦……杨秀,还记得这爿烟纸店吗?爸爸一直为你开着这回
　　　　家的门。

杨　秀　爸爸,你年纪大了,咱不开这烟纸店了,跟我回家吧。

根　发　你还记得你小时候,爸爸每天要给你吃一粒糖,那是什么糖吗?

杨　秀　糖?大白兔奶糖?

根　发　不,是粽子糖。你还记得那件红棉袄吗?

杨　秀　红棉袄?我的,还是谁的?

根　发　不好意思,你能不能抬起头,让我看看你的脖子。

　　　　〔杨秀抬起头。

根　发　(失望地)不是,你不是,英子脖子上有一块胎记。

杨　秀　爸爸,我是你女儿!为什么一定要粽子糖?为什么一定要红棉
　　　　袄?还要看胎记?还记得翻毛皮鞋换苞谷馕的事吗?还记得地
　　　　窝子里好多盏小油灯在闪烁吗?还记得这支歌吗?(唱)深夜花
　　　　园里,四周静悄悄……

根　发　(激动不已,跟唱)……我想对你讲,但又难为情,多么迷人的晚
　　　　上……

根　发　你是谁?

杨　秀　我叫杨秀。

根　发　你住在哪里?

杨　秀　天山脚下。

根　发　你是杨红的女儿?

杨　秀　也是你的女儿?

根　发　我和杨红有女儿?

杨　秀　你办病退回城的时候,妈妈已经怀上了我,可是,她决定不告诉你。我长大后,她跟我说,你们支边的社会青年要回上海,是比登天还难的事,她想成全你。后来,她听说你成家了,就决定把这秘密一直守到底。去年,她走了,我又在电视上看到你寻女心切,就决定来养你老了。我想,要是妈妈在世,知道你现在孤身一人,也会同意我这样做的。这是妈妈的遗物,里面有她和你的照片,还有你们的情书,嘻嘻。

根　发　(泣不成声)女儿啊……命运还是给了我一个女儿,没叫我白等。

　　　　〔大明提着行李上。

　　　　〔吕艳萍从另一方向上。

吕艳萍　我想,我们还是找个地方,或者到咖啡店去坐坐,不必进家了。

大　明　……好的。我不是一定要进家……我是……(掏出钥匙)其实我买了房子,我是想请你一起去看看。

吕艳萍　不必了。这里马上要拆迁了,我有房子住。

大　明　听说你,也不容易,带过好几个孩子……

吕艳萍　最不容易是等你的时候,心死了,一切就容易了,死都不难,还有什么难的?

大　明　你能给我一个解释的机会吗? 其实我也不容易……

吕艳萍　不用解释,完全理解,只是没有必要回到从前了。

大　明　那,这把钥匙,我能给女儿吗?

吕艳萍　那是你们的事,她已经是成年人了。

　　　　〔船娘上。

大　明　有人来了,那我先回避一下。(下)

船　娘　根发叔叔,你肥皂有多少啊?

根　发　肥皂有多少? 你也全要?

船　娘　是的,我工作的地方,一层楼面就有8间厕所。

根　发　可是,那些白领用洗手液,不用肥皂的呀。

〔千爱与众人上。

吕艳萍　哎，别挤别挤，大家排队，一个一个来。我要买毛巾，全要……

根　发　你们，你们今天哪里是来买东西的？一人要一样，要起来还都要光，你们是要我关门打烊吧？

千　爱　根发爷爷，你看，穿过这一条弄堂，斜对角就是24小时便利店，穿过这边这条弄堂，新装的E栈，这街坊四邻滴答滴答的，全在E栈面前扫码取货。全民网购的时代已经到来啦。

根　发　可是，我在等……虽然我有了一个女儿。

众　人　你有了一个女儿？

根　发　不过，她不是英子。

众　人　不是英子？

千　爱　根发爷爷，不要光是几十年不变的等待了，和我们一起去发现你要的，发现世界，拥抱世界吧。

根　发　发现我要的？发现世界，拥抱世界？

千　爱　2017年6月25日，中国标准动车组被正式命名为"复兴号"，于26日在京沪高铁正式双向首发。我国再次成为世界上高铁商业运营速度最高的国家。这动车是我男朋友参与制造的。"复兴号"中国标准动车组最具特色的亮点是它的互联互通性能。它能把两个不同生产厂家，按不同技术规范和图纸生产的动车组，进行重联运行，并且能够进行完全一致的控制操作，例如能够控制同时开关门，控制空调等等。我和他请大家免费体验，这是请柬。（发请柬）

爷　叔　动车上的婚礼？

涂阿姨　好浪漫啊！

吕艳萍　恭请大家光临。

〔小明拿着行李上。

小　明　千爱，嫂子！千爱的婚礼我参加不了了。我去我原来插队的地方支教，后天是我的报到日。但是，千爱婚礼上的鲜花我包了，我一到，就寄九万九千九百九十九朵鲜花过来。你们把彩云之南的鲜花插在动车上，带我一起奔跑吧。

千　爱　根发爷爷，告别烟纸店，和我们一起再出发吧！

众　　对，我们一起再出发。

〔全剧终。

高源简介

上海市剧本创作中心编剧，上海戏剧家协会会员。

2007 年、2016 年毕业于上海戏剧学院戏剧影视文学系，分获文学学士、艺术硕士学位。

主要作品有：电视剧《那时花开》《佳期如梦》《逆光》等；京剧《朝闻道》《十两金》《如梅在雪》等。

作品曾获上海市"中国梦"小戏小品创作征集活动一等奖、第六届湖南省艺术节"田汉大奖"等。

京　剧

梅花簪

编剧　高　源

人　物

能丹宜尔哈（意为梅花）　18 岁,清朝和硕梅花公
　　　　　主,德亲王嫡长女。

李良川（字凌寒）　20 岁,明朝重臣李国栋将军
　　　　　之子。

多　罗　22 岁,蒙族孤儿,德亲王义子,王府亲卫
　　　　　统领。

德亲王　48 岁,清朝和硕亲王。

虹　儿　17 岁,梅花公主贴身丫鬟。

钱自蹊　60 岁,明廷重臣,降清后得德亲王重用。

张子文　24 岁,李良川固守粤北良川时的副将。

哈七、胡八　八旗子弟。

其　他　公子甲乙、清军报子、清廷军民、明廷军
　　　　　民等。

史籍实录

大清顺治五年(1648 年),摄政王多尔衮谕令:

"方今天下一家,满汉官民皆朕臣子,欲其各相亲睦,莫若使之缔结婚姻,自后满汉官民有欲联姻好者,听之。"——《世祖实录》第四十卷。

第一场　逢梅

[字幕:清顺治二年,公元 1645 年。

[京郊梅林,断壁残亭,梅花初绽。

[多罗率一队侍卫上,警惕地查看四周。

多　罗　来呀,梅林各处要彻查,闲杂人等要回避。梅花格格若有半点闪失,小心你们的脑袋!

侍　卫　喳!

[多罗、侍卫们隐去。

[梅花上。

梅　花　(唱)　黛风吹碧空净北飞南雁,

[虹儿引梅花上。

梅　花　(唱)　寒梅绽新绿染春满梅园。

主仆们赏美景谈笑晏晏,

我大清稳坐这锦绣江山。

[李良川自舞台一侧上,背着一个裹着青锋剑的布包。

李良川　(唱)　千里路潜回京我身藏宝剑,

为的是访旧部再起狂澜。

国破碎山河在把肝肠望断,

为复国甘闯这虎穴龙潭。

[起游园曲。游园百姓纷纷赏梅。

虹　儿　格格,您看这梅园,好一派美景啊!

梅　花　虹儿,咱们今儿个,咱们可以是汉家姑娘打扮,要叫——小姐。

虹　儿　是,小姐。

梅　花　这北京城可真热闹,比咱们盛京好玩多了,怪不得我阿玛来了就不想回去了。

虹　儿　小姐,我去把酒菜摆好。

　　　〔旁边一片断壁旁,公子甲、乙靠坐休息。

公子甲　王兄,这个月初八是李国栋将军的祭日,你我同去祭奠啊。

公子乙　那是自然!一年前,李将军死守北关,苦战数日,无力抵挡,破关之时,携全家殉国,真乃国之栋梁。

公子甲　可怜李将军,一家殉国。德亲王命人在城北墓园将他厚葬,这才让我们有了个凭吊的地方……唉……李将军呐……(抹泪)

　　　〔李良川动容。

哈　七　哎,天下初定,四海升平。你们哭哭啼啼的成什么样子。

胡　八　就是,这李国栋虽然让我们八旗军损兵折将,德亲王却将其厚葬。如此厚待,他也该瞑目了。

哈　七　不过是一前朝余孽,手下败将,还厚葬,依我看,德亲王未免太仁厚了。

公子甲　哼,果然是番邦异族,目无礼法!

胡　八　(怒而起)你竟敢口出狂言,揍他!

哈　七　我看你小子是找揍!

　　　〔哈七、胡八持刀向公子甲、乙这边扑过来。四人混战。公子甲、乙左支右绌,无力反击。

李良川　(拔剑正欲还击,突又犹豫,李良川将宝剑归鞘)

　　　〔哈七在打斗过程中靠近残亭。李良川看似躲闪,实则暗地将哈七、胡八撞在了一起,把他们戏耍了一番。

胡　八　好小子,揍他!

虹　儿　好哇好哇。

哈　七　好什么好啊!揍你!

　　　〔哈七、胡八向虹儿扑去,将虹儿按住。

　　　〔公子甲与公子乙趁乱下。

　　　〔李良川和梅花一左一右抓住哈七、胡八。

　　　〔二人挣脱,反扑向李良川和梅花。

　　　〔李良川拔出宝剑与哈七、胡八对打。持剑造型。

梅　花　(唱)　好一柄青锋剑傲雪欺霜,

　　　〔胡八向梅花扑去。梅花一挡,暗地里翻出令牌。

　　　〔胡八一看,吃惊。

488

虹　儿　（挣脱）快滚！

胡　八　（一惊）是！（拉着旗人甲下）

李良川　（唱）　好一个美娇娘举世无双。

梅　花　（唱）　学一个侠客女暗熄风浪，

李良川　（唱）　学一个江湖客救护红妆。

　　　　　　〔李良川、梅花对望。

梅　花　多谢公子相助！

李良川　承蒙小姐相帮！

梅　花　敢问公子尊姓大名？

李良川　在下……

虹　儿　怎么，连个名姓也没有么？

李良川　在下姓李，字表凌寒……

梅　花　凌寒，巧了，凌寒者，梅也，我叫梅花。

李良川　小姐真乃冰雪聪明、文武双全……适才仗义相助，在下当面谢过。

虹　儿　你拿什么谢呀？

李良川　在下身旁若有小姐中意之物，我自当奉送。

梅　花　这中意之物么……我要你、你这柄青峰剑我颇为中意。

李良川　这青锋剑么……

虹　儿　哟哟哟……一到真格的，你就舍不得了吧？

李良川　非是在下不舍，想这青锋剑乃是先父遗物，剑在人在……

虹　儿　既然剑在人在，那正好你带了这把破剑，到我们小姐府上做个家
　　　　院吧。

李良川　这个……小姐取笑了，在下身无长物，只好借小姐美酒敬之，聊
　　　　表谢意。（执酒欲饮）

梅　花　且慢！既要饮酒，那得行个酒令如何？

李良川　此地无有酒筹。

梅　花　那就来个藏钩。（拔下头插梅花簪）咱们猜簪为令。谁输了，就
　　　　行一句与梅有关的酒令，又不可带有梅一字，你看如何？

李良川　小姐既有雅兴，在下自当奉陪。

梅　花　（唱）　梅花簪儿藏手中，

　　　　　　　　绿蚁红泥白玉觥，

　　　　　　　　且共猖狂清歌纵，

　　　　　　　　不负春日岁月匆。

李良川　（唱）　离家三载江山怆，

489

烽火连天音信凶。

难得一回开怀饮，

且放仇怨执酒盅。

梅　花　（藏好簪子）公子请猜。

李良川　左手？

梅　花　错！（摊开双手，梅花钗在右手中）请公子行令。

李良川　待我行令。（举杯行令）疏影横斜水清浅，暗香浮动月黄昏。（一
　　　　饮而尽）

梅　花　是和靖先生的好句！公子，请！

李良川　（接过梅花簪握紧）小姐请猜。

梅　花　在……右手？

李良川　小姐也猜错了！（摊开双手，梅花簪在左手中）请小姐行令。

梅　花　（举杯行令）遥知不是雪，为有暗香来。（一饮而尽）

李良川　此乃半山先生的佳句。

　　　　〔李良川去拿梅花手中簪子。两人的手碰到了一起。

　　　　〔霎时安静，两人对视，不觉痴然。

梅　花　（唱）　一十八年心初曳，

　　　　　　　　枝上梅开待采撷！

李良川　　　　　百转千回情难却，

　　　　　　　　千言万语向谁说。

梅　花　　　　　万丈红尘何所悦，

李良川　　　　　对酒当歌思上邪。

虹　儿　小姐，天不早了，咱们该回府了。

　　合　　　　　去也去也该去也，

　　　　　　　　脉脉相望不忍别。

虹　儿　小姐，天不早了，该走了。

梅　花　（羞涩地点点头）。

　　　　〔梅花与虹儿急下。

　　　　〔李良川目送佳人离开，蓦然回首，见手中梅花簪，急下。

　　　　〔舞台一角，多罗上。哈七、胡八被侍卫们押解，跪在一边。

　　　　〔多罗抽出腰间的鞭子抽向两人。

　　　　〔画外音，皮鞭声。

哈　七　大人饶命！借小人一百个胆儿，小人也不敢冲撞梅花格格啊。

胡　八　饶命啊大人！谁知道梅花格格竟然穿着汉人的衣裙，不怪小人

眼拙啊。

多　罗　还敢狡辩！你们给我好好地盯着,如有半点疏漏,小心你们的脑袋!

哈　七　是盯着格格还是跟着那个汉人?

多　罗　(怒气冲天,又一鞭子抽过去)全都给我盯着!

胡　八　是!

　　　　〔收光。

第二场　折梅

　　　　〔李良川栖身客栈房间,一桌二椅,桌上一支红烛。

　　　　〔李良川手持梅花钗思忖片刻,边唱边挥毫题诗。

李良川　(唱)　无波止水二十载,

　　　　　　　　一道惊鸿照影来。

　　　　　　　　造化无常谁人解,

　　　　　　　　视物思人独徘徊。

　　　　〔李良川写完,捧纸长叹。

　　　　〔李良川突然瞥到一旁的宝剑。

李良川　(唱)　复仇重任响耳边,

　　　　　　　　儿女情长岂可贪。

　　　　　　　　来日墓园去祭奠,

　　　　　　　　整顿旧部报仇冤。

　　　　〔李良川吹熄蜡烛,依桌而眠。

　　　　〔虹儿潜衣夜行而入。

　　　　〔李良川猛然惊醒,持剑站起。

　　　　〔李良川与虹儿交手,在黑暗中对打。

李良川　看剑!

　　　　〔李良川发力,虹儿吃痛。

虹　儿　(惊叫)李公子好身手!

李良川　(一惊,急忙住手,燃起蜡烛)原来是虹儿姑娘。

虹　儿　(并不介意)你果然身手不凡。

李良川　姑娘黄夜来访,所为何事?

虹　儿　别装糊涂,我们小姐的梅花簪,可在你手中?

李良川　这梅花簪么……若要物归原主,需请梅花小姐亲自来取。

虹　儿　哼,我们小姐乃是千金之体,是你想见就能见的么?

梅　花　虹儿,休得无礼。

虹　儿　小姐,公子他……

　　　　［梅花向虹儿使眼色,虹儿下。

李良川　梅花小姐……

梅　花　虹儿言语冒犯,公子莫怪。

李良川　不怪、不怪……

梅　花　我已亲自前来,请公子快将梅花簪还我。

李良川　怎么,小姐黄夜至此,只为这小小的梅花簪么?

梅　花　公子是明知故问。

　　　　［梅花欲夺簪,李良川躲闪。梅花追至桌后,恰恰看到了李良川
　　　　的手书。

梅　花　(念)有一美人兮,见之不忘。

李良川　(念)一日不见兮,思之如狂。

梅　花　(念)无奈佳人兮,不在东墙。

李良川　(念)不得于飞兮,使我沦亡。

　　　　［两人眼神交缠。

梅　花　(羞涩不已)呀……

　　　　(唱)　春娇羞颜吐芳蕊,
　　　　　　　心怀稚鹿如鼓擂。
　　　　　　　花期月夜春心醉,
　　　　　　　何处凭栏期妁媒。
　　　　　　　也曾掩卷思良配,
　　　　　　　人道骑竹马、嗅青梅、琴和瑟、举案齐眉!
　　　　　　　呀,闺阁怎可思婚配,
　　　　　　　相见难掩红云飞。

　　　　［梅花欲夺。

　　　　［李良川躲。

　　　　［两人周旋,边唱边舞。

李良川　(唱)　望晴空冰轮乍涌,
　　　　　　　叹神女下落凡中。

佳期如梦，

佳人满怀拥。

明知身是客，

不敢诉情衷！

梅　花　（唱）　风月天边有，

人间两关情。

皓首藤缠树……

［梅花眼神痴缠。李良川猛然惊醒，躲避开来。

李良川　梅花小姐，就让我将这簪子……物归原主罢。

［李良川珍重地为梅花插上簪子。两人对望。

李良川　（唱）　梅花簪儿粉颊映，

浮萍恐难载情深。

梅　花　（唱）　梅花簪儿青丝枕，

胶漆如何两离分。

李良川　（唱）　难分难舍心相印，

怎敢轻慢掩银屏。

梅　花　（唱）　花开堪折直须折，

莫待无花空断魂！

［渐暗，两人身影合二为一，成为一幅剪影。

李良川　这梅花簪真真好看。

梅　花　就只有这梅花簪好看么？我娘临去前，将这梅花簪给了我，她
说，有朝一日，我若有了心心相印的夫婿郎君，就把簪子送给他。
这簪子，我一生只给一个人，你可敢要？

李良川　梅花，我……生死相携，永世珍藏。

［舞台边缘，一束光线。多罗在远远地看着。

多　罗　（强压怒火，犹如困兽）

（唱）　牙咬碎肝肠断血往心淌！

许终生话衷肠我嫉恨欲狂！

多罗我原本是蒙古豪强。

遇王爷认义子统领一方。

初见她笑盈盈面若海棠，

求只求终日里相伴在她身旁。

谁料想旦夕间她青丝荡漾，

忍一时敛心伤来日方长！

［哈七、胡八满头大汗上。

哈　七　大人,昨晚我们哥俩在王府墙根儿底下趴了半宿,格格她一点动
　　　　静都没有啊。

胡　八　是啊,一个人影子都没见着。

多　罗　你们两个废物! 给我滚到城北墓园守陵去!

哈　七
　　　　　喳!
胡　八

第三场　祭梅

［墓园,山石嶙峋。

［李国栋将军的墓碑矗立正中。

［哈七、胡八上。

哈　七　人生在世实难料,
　　　　不知在哪迷了道儿。

胡　八　格格不在王府坐,
　　　　跟个小鲜肉她腻腻歪歪度良宵。

哈　七　度良宵啊度良宵,
　　　　坑了咱们哥俩把罪遭。

胡　八　荒郊野岭来守陵,
　　　　没人管来没人瞧。

哈　七　眼看着出气儿多来进气儿少,
　　　　只能是弄个酒局把愁消,把愁消。

胡　八　老兄,咱俩喝酒去?

哈　七　喝酒去?

胡　八　走着!

　　　　［哈七、胡八下。

　　　　［李良川上,行至李国栋墓前。

李良川　(唱)　一路行来把先父悼,

李良川　爹爹呀! 不孝子来迟了哇!

（唱）　爹爹墓前哭号啕。

　　　　三年前赴北疆难全忠孝，

　　　　转眼间山河碎阴阳两抛。

　　　　可叹我阖家殉国把忠尽了了，

　　　　只剩我天涯孤客血洒征袍。

　　　　我本欲战死沙场把家国报，

　　　　不料想遇佳人，

　　　　我魂牵梦绕把情劫来遭。

　　　　我若是携美眷云逸遁杳，

　　　　又怎能为私情儿女情长大义不顾把忠孝两抛！

　　　　爹爹啊，

　　　　家国恨天赐缘把儿缠绕，

　　　　何去何从苦灼焦。

　　〔(幕内)闲人避让！德亲王到！

　　〔李良川一惊，藏身墓碑之后。

　　〔德亲王、多罗、钱自蹊及众侍卫上。

钱先生　启禀王爷，来此已是墓园。

德亲王　好，待本王祭扫。

多　罗　义父，一年前，这李国栋率三千残兵固守北关，咱们带着两万精
　　　　兵耗费半月方才攻破；破关之日，他全家被咱们尽数杀灭，您还
　　　　祭奠他干什么呀。

德亲王　多罗孩儿啊！

　　（唱）　自入关八旗兵东征西战，

　　　　　狼烟起云飞扬逐鹿中原。

　　　　　满是满汉是汉干戈不断，

　　　　　靠杀戮难止这世代仇冤。

　　　　　告天下设祭奠盛装厚敛，

　　　　　为的是收民心广纳群贤。

　　　　　弘儒学纳汉臣以汉治汉，

　　　　　我大清方能够长治久安。

多　罗　义父英明！

钱自蹊　王爷英明！这李国栋冥顽不灵，真真地不识抬举！

　　〔墓碑之后的李良川浑身颤抖，怒火滔天。

　　〔李良川自墓碑后跃出，拔剑刺向钱自蹊。

495

李良川　钱自蹊！你这叛国的奸贼！

德亲王　什么人？

李良川　俺就是李国栋之子李良川！奸贼，拿命来！

多　罗　保护王爷！

　　　　〔多罗挡下李良川剑锋。多罗带众侍卫与李良川缠斗。李良川被擒。

多　罗　（押解李良川）见了王爷还不跪下！

众军兵　跪下！

李良川　（不跪）哼！

德亲王　这小子脾气还挺大。我告诉你，这墓碑乃是本王为你父所立。
　　　　你看到恩人还不下跪么？

李良川　狼做羊冢，为谋群羊，其心可诛！

德亲王　当初你父若愿归降，本王定会以礼相待……

李良川　谋我江山，欺我黎民，其意昭彰！

德亲王　这越说还越来劲儿了。本王谅你年少！你若归降，本王必委以重任！

李良川　士可杀、不可辱！只知死、不知降！

德亲王　（怒）你小子这是找死啊！

钱自蹊　王爷息怒！李良川曾是臣的门生，容臣劝来。

德亲王　好。多罗，咱们那边歇会。

多　罗　义父请。

　　　　〔德亲王、多罗下。

　　　　〔钱自蹊走近。

钱自蹊　凌寒，明室已亡，江山易主，良禽择木而栖，识时务者方为俊杰；
　　　　与其忠于昏庸旧主，不如投奔新朝再展宏图。

李良川　钱自蹊！大明养士三百余年，竟出了你这等奸贼败类！

钱自蹊　侄儿啊！

　　　　（唱）　三百年国祚谁人葬，
　　　　　　　　今日与你说端详。
　　　　　　　　你的父本是东南将，
　　　　　　　　拥兵十万保家邦。
　　　　　　　　权奸参奏在朝堂上，
　　　　　　　　贬至京郊守校场。
　　　　　　　　死守北关无依傍，
　　　　　　　　全家百口殉国殇。
　　　　　　　　我的儿他率兵八千把闯贼挡，

监军太监把贼降，害我儿一命亡。

都道苏武拒封赏，

可见李陵断肝肠。

李良川　……国仇不可恕，私怨亦难消。内不能锄奸，外不能杀敌，我李良川唯有以死报国！

　　　　〔德亲王、多罗上。

德亲王　（怒急反笑）好，要死容易，我成全你。多罗！杀了他！把头颅挂在城门之上！让全天下的硬骨头看看不降的下场！

多　罗　喳！来人，将李良川绑缚刑场。

众军兵　啊！

梅　花　（幕内）住手！

　　　　〔梅花上。

梅　花　阿玛，您不是答应我不再杀人了么？

德亲王　女儿，这是一头狼崽子，喂不熟的。

梅　花　阿玛！汉人也是人，也有父母兄弟啊！这些年您杀了那么多人，他们的父母兄弟，该有多伤心啊。

德亲王　儿啊，阿玛也不愿意杀人，但是咱们满洲既然得了中原，以异国之君主中国之事，有时候，不得不杀呀！

李良川　无耻清贼！

　　　　〔梅花一看，震惊。

梅　花　啊？

多　罗　梅花格格！他是李国栋之子李良川！意欲行刺王爷，被奴才们拿下了！

梅　花　你是李国栋之子李良川？

李良川　好一个大清梅花格格！

多　罗　格格，这小子宁死不降，王爷已下令诛杀，将头颅悬挂城门！

梅　花　阿玛，不能杀他！

德亲王　儿啊，此人不除，恐留后患。咱们还是老办法，头照杀、陵照建！

多　罗　请王爷下令，将这小子就地斩首！

梅　花　阿玛，女儿求你，放了他吧！

　　　　〔梅花痛苦跪下。

德亲王　（震惊）慢！钱先生，将他暂押死牢！

钱自蹊　老臣遵命！带走！

　　　　〔钱自蹊与侍卫押李良川下。

〔李良川由始至终都没有看梅花,只在最后满怀恨意地一瞥!

〔梅花心痛欲碎!

〔德亲王将梅花扶起。

德亲王　儿啊,你说说,为何要为他求情啊?

梅　花　他不能死!

德亲王　不能死?

多　罗　他必须死!

德亲王　必须死?

多　罗　(重重跪下)奴才该死!

德亲王　这到底是怎么回事?

多　罗　格格她……

梅　花　多罗! 你敢说!

德亲王　快说!

多　罗　格格她、她与这汉人小子私订终身了!

德亲王　(震惊)什么?……好! 我堂堂大清和硕公主,竟与一个汉人私
　　　　订终身! 明日我就奏请摄政王,将你褫夺封号,逐回原籍!

梅　花　阿玛! 只要您饶他不死! 女儿甘愿受罚!

德亲王　明日阿玛就杀了这小子,你就断了这个念头吧。

梅　花　(跪在德亲王脚边)阿玛! 您今天要是不饶他一命,女儿就跪死
　　　　在这墓园!

德亲王　来人,把她给我抬回去! 多罗! 从今往后,没有本王允许,格格
　　　　不可擅离王府半步!

多　罗　是!

梅　花　阿玛!

　　　　〔梅花格格被抬下。

德亲王　唉! 我怎么养了这么一个好女儿啊。

第四场　忘梅

〔死牢,阴森。

[李良川被囚牢中。

李良川　(唱)　旦夕间是与非天翻地覆！

　　　　　　　一霎时情变仇日月皆无！

　　　　　　　我险些把血海的深仇误！

　　　　　　　我恨清贼无耻把中原图。

　　　　　　　李良川昂首怒向黄泉赴！

　　　　　　　做个顶天立地的大丈夫！

[梅花上。

[多罗跟随。

梅　花　多罗，你别跟着我！

多　罗　奴才说好了要一辈子跟着格格。

梅　花　那好，你带我去见他。

多　罗　这小子宁死不降，明儿个他这脑袋是保不住了，你还见他干什么呀。

梅　花　……把他的剑给我，我要去跟他做个了断。

多　罗　这……

梅　花　给我！

[多罗把剑递给梅花。

[梅花、多罗走进死牢。

多　罗　开门！

狱　卒　喳！

[狱卒开门。梅花、多罗走进。

梅　花　都出去。

多　罗　……最多半个时辰。

[多罗、狱卒下。

梅　花　李……李公子，你受苦了。

李良川　梅花格格到此何事？

梅　花　来求一个所终。

李良川　呵，明日我身首异处，还不算所终么？

梅　花　我来问你，你可是为了报仇有意接近于我？

李良川　我若早知你是清廷的公主，岂能与你这仇人之女私订终身？

梅　花　好！我再来问你，如今，江山已定，你可愿降？

李良川　哦！你隐瞒身份，接近于我，就是要我归降？难道这就是你求的所终么？

梅　花　今夜我来，不为什么国仇家恨、江山社稷，我只问你，对我可是真情？

李良川　（大笑）哈哈，梅花格格，你我之间，有仇、有恨……独独不能有情！

梅　花　不能有情，就说明有情！李郎，我们走吧，去一处没人寻得到的地方，沂水弦歌，男耕女织，再也不问这世间之事，可好？

李良川　你父王杀我全家，大仇未报已是不忠不孝，怎会娶你为妻，苟活于世上？

梅　花　（执起宝剑）好！既然如此，你看这是何物？

李良川　我的青锋宝剑。

梅　花　前日摄政王颁布了剃发令。

李良川　剃发令？

梅　花　留头不留发，留发不留头！

李良川　尔等的狼子野心，昭然若揭。

梅　花　你若不降，就留下你的脑袋，我亲手杀了你！

李良川　好，死在你的剑下，也算了却我一桩心事。想我一生，匆匆而过，思想起来，却有三不足。

梅　花　这一？

李良川　堂堂七尺男儿，国破家亡之时，未曾战死沙场，于国有愧。

梅　花　其二？

李良川　身为人子，父母双亡，血海深仇未报，有违孝道。

梅　花　这三呢？

李良川　你我偶然相遇，身份未明，便私订终身……是我误你负你……你来看……（李良川取出梅花簪）这梅花簪乃是你我定情之物，今日，物归原主，你的一片痴心，我只有来生再报！

〔梅花接过簪子，边唱边插在发上。

梅　花　（唱）　梅花生为贵胄后，
　　　　　　　　金枝玉叶无所忧。
　　　　　　　　谁知一朝开情窦，
　　　　　　　　人去簪留恨幽幽。
　　　　　　　　君为家国慷慨就，
　　　　　　　　断肠人儿无尽愁。
　　　　　　　　执子之手难白首，
　　　　　　　　杜鹃啼血一世休。

好,既然你想死,我就成全你!

[李良川慨然而立。

[梅花举起剑,用力向下斩去,斩断李良川身缚枷锁。

李良川　这?

[梅花把剑扔下,捧起梅花簪按在胸口,面若冰霜。

梅　花　你走!

李良川　啊?

梅　花　你走,你走得越远越好! 你要远遁荒野、归隐山林、今生今世,不
　　　　问世事!(扔下宝剑)从今往后,你是你,我是我! 如若再见,就
　　　　是仇敌!

李良川　梅花!

[李良川持剑欲走。

梅　花　李良川,你给我滚!

第五场　寻梅

[字幕:半年后。

[伴唱:秋风起兮,忧思难忘。

　　　　山川萧瑟,遍地青霜。

　　　　翻云覆雨,谁人执掌。

　　　　白云苍狗,世事无常。

[北京城,德亲王府。

[德亲王端坐府中。

德亲王　(唱)　李良川守粤北负隅顽抗,

　　　　　　　　多罗儿率子弟奔赴沙场,

　　　　　　　　数日来八旗军损兵折将,

　　　　　　　　今日里战报至震惊朝堂。

[公公上。

李公公　圣旨到! 德亲王接旨!

德亲王　接旨!

李公公　跪听宣读。亡明李氏后人李良川,挟粤北良川十万百姓负隅顽抗,着德亲王即日出征,如若不降,全城坑杀!

德亲王　万万岁!

　　　　〔德亲王接过圣旨放在桌上。

公　公　王爷,兹事体大,摄政王请您速速过府议事。

德亲王　有劳公公带路!

公　公　王爷请。

　　　　〔两人下。

　　　　〔梅花上,手中端一碗参汤。

梅　花　(唱)　天空远,黄叶落,南飞孤雁,

　　　　　　　秋风起,如哀啼,萧瑟山川,

　　　　　　　半年来锦江山烽火不断,

　　　　　　　老阿玛披战甲亲跨雕鞍。

　　　　　　　为分忧熬参汤亲手进献,

　　　　(白)阿玛……

　　　　　　　何时能休干戈解甲归田放马归山。

　　　　〔梅花进门,将参汤放在桌上,看见明黄色的圣旨,拿起。

梅　花　(念圣旨,字字惊心)亡明李氏后人李良川,挟粤北良川十万百姓负隅顽抗;着德亲王即日出征,如若不降,全城坑杀! 天啊! 天!

　　　　(唱)　一字字惊得我魂飞魄散!

　　　　　　　一句句掀起了巨浪滔天!

　　　　　　　怎忍见百姓们无辜蒙难,

　　　　　　　怎忍见李郎他命丧黄泉。

　　　　　　　怎忍见阿玛双手血染,

　　　　　　　怎忍见多罗他杀孽又添!

　　　　〔梅花伫立在桌前,挥笔留书。

　　　　　　　挥狼毫留书寄简,

　　　　　　　奔粤北力挽狂澜。

　　　　　　　不管他千难与万险,

　　　　　　　要把这兵戈阻拦。

　　　　　　　救苍生天地明鉴,

　　　　　　　闯一闯虎穴龙潭。

　　　　　　虹儿!

虹　儿　(虹儿上)格格!

梅　花　这里有书信一封，替我交与阿玛！

虹　儿　格格你？

梅　花　速速与我备马更衣！

　　　　　〔梅花拿圣旨急下。虹儿追下。

第六场　殉梅

　　　　　〔粤北良川城下。

　　　　　〔李良川上。

张子文　报！将军！多罗率兵来犯！

李良川　清贼围城半月，今日必有一场鏖战。

张子文　将军！良川十万百姓誓与良川共存亡！

李良川　迎敌者。

　　　　　〔多罗带清兵上。

　　　　　〔两军会阵、开打。

　　　　　〔（曲牌）断壁残垣，家家俱丧。

　　　　　　　　天翻地覆，人人凄惶。

　　　　　　　　死守孤城，援军无望。

　　　　　　　　仓皇四顾，谁悼国殇。

　　　　　〔梅花打马疾驰而上。

梅　花　（唱）水迢迢路遥遥风霜染面，

　　　　　　　　穿溪涧，越高山，心急如焚，快马加鞭。

　　　　　　　　一路行来一路看，

　　　　　　　　山河破碎泪湿衫。

　　　　　　　　田园荒芜炊烟断，

　　　　　　　　十室九空是中原。

　　　　　　　　焦土遍地人不见，

　　　　　　　　生灵涂炭在江南。

　　　　　　　　无辜百姓恐遭难，

　　　　　　　　顷刻之间战火燃。

这时节顾不得刀剑无眼,

挥鞭纵马至阵前!

[梅花伫立阵前。

[李良川上。

李良川　梅花格格,两军交战、凶险万分,你到此地作甚?

梅　花　李将军,我来劝降。

李良川　我当日不降,今日焉得能降! 我李良川誓与良川百姓共存亡!

梅　花　正是为了良川十万百姓的性命,你必须早作决断!

李良川　何出此言!

梅　花　你来看!(梅花拿出圣旨)

李良川　(接圣旨,念)亡明朱氏后人李良川,挟粤北良川十万百姓负隅顽
　　　　抗;着德亲王即日出征,如若不降,全城坑杀!

　　　　[李良川抛圣旨。

李良川　(唱)　北虏不把忠义顾,

　　　　　　　黎民百姓有何辜。

梅　花　(唱)　十万生灵性命付,

　　　　　　　伤妇孺累无辜怎称丈夫。

李良川　(唱)　秉忠义赴国难生死不顾,

　　　　　　　尔等不读那圣贤书。

梅　花　(唱)　好男儿本该把黎民护,

　　　　　　　你读的是哪本圣贤书。

李良川　(唱)　百姓们尊的是大明恩主,

　　　　　　　同仇敌忾把贼诛。

梅　花　(唱)　死守孤城援军何处?

　　　　　　　八旗铁骑你可能阻?

李良川　(唱)　说什么铁骑不能阻!

　　　　　　　江山本是碧血涂。

梅　花　(唱)　你纵然殉社稷名彪千古,

　　　　　　　陪葬了全城百姓你可能瞑目?

李良川　(唱)　鞑虏侵我的家和土,

　　　　　　　岂与贼寇共合污。

　　　　　　　拔剑怒向刀丛赴!

　　　　　　　李良川誓守孤城把贼来锄!

梅　花　李良川! 我阿玛亲率大军即刻就到,你若负隅顽抗,大军就要屠

504

城！这良川城乃是弹丸之地，纵使你军民勠力同心，浴血奋战，终将是螳臂当车，难以保全。破城之日，玉石俱焚，愁云如墨、暴骨成堆！你今负隅顽抗，不过是一腔仇恨，一派尊严，一番私利，一点愚忠！你口口声声骂我国贼寇鞑虏，道大明忠义圣贤，殊不知，你大明的忠义圣贤还在，我大清焉能入主中原？你的忠义究竟是在昏庸明主，还是在天下苍生？

李良川　梅花，你不要说了。

　　　　〔多罗率清兵上。

多　罗　李良川，王爷大军即刻就到，你等着受死吧！

李良川　李良川一死不要紧，如何能保城内百姓平安？

多　罗　想保百姓平安？好啊，我要你，一步一跪，从良川城门，跪到我的军帐前！

李良川　怎么？你要我，一步一跪，从良川城门，跪到你的军账前？

梅　花　多罗！倘若，李将军他，一步一跪！从良川城门，跪到我军帐前，你可能保城内百姓平安？

多　罗　大丈夫一言既出，驷马难追！

　　　　〔李良川面朝清军帐营，几次欲跪，却无论如何跪不下去。

梅　花　（跪地）李将军！想想中原大地，生灵涂炭；江南沃地，一片焦土！

李良川　（扶起梅花）梅花格格，多谢了！多罗，请将梅花格格扶至营帐。

　　　　〔多罗扶梅花下。

　　　　〔李良川痛苦纠结，终于跪下。

李良川　（唱）　这一跪，跪我李家世代忠烈贤，

　　　　　　　　不孝儿含恨忍辱跪城边！

　　　　　　　　这二跪，跪我大明万里锦江山，

　　　　　　　　不忠臣未能战死沙场保国安！

　　　　　　　　这三跪，与城中十万百姓言，

　　　　　　　　李良川无力把天地翻，

　　　　　　　　未能战死沙场报仇冤，

　　　　　　　　只把大汉的薪火来保全，

　　　　　　　　不使生灵遭涂炭，

　　　　　　　　去留肝胆天地间。

　　　　〔李良川一路唱、一路跪至清军帐前。

　　　　〔梅花、多罗上。

　　　　〔梅花扶住李良川，两人抱头痛哭。

梅　花　多罗，李将军已跪至大营，你要言而有信。

多　罗　好！我多罗言出必行！传令撤回大营！

清　军　喳！

多　罗　哼！不自量力。

　　　　〔多罗下。

梅　花　李将军，你吃苦了。

李良川　（李良川擦去梅花眼泪，端详着她）梅花，你来得不巧，良川城内
　　　　有一种野梅花，每年夏秋，俱都开得如火如荼，可惜，已经谢了。

梅　花　咱们日后再来。

李良川　（端详梅花头插梅花簪）日后？……梅花，这梅花簪真真好看！

梅　花　你可还敢要？

李良川　要！我要生死相携，永世珍藏！

　　　　〔李良川突然拔下梅花簪，狠狠刺向胸口！

梅　花　（悲痛）天啊，天！

　　　　〔李良川气绝身亡，隐入冢中。

　　　　〔梅花痛到深处，没有眼泪，呆呆地、幽幽地，孤身伫立在冢前。

梅　花　（唱）　人生若如初相见，
　　　　　　　　把酒言欢在梅园。
　　　　　　　　他是孤身江湖客，
　　　　　　　　我是年少美婵娟。
　　　　　　　　梅花簪儿牵情线，
　　　　　　　　凤求凰来心如磐。
　　　　　　　　比翼双飞光阴短，
　　　　　　　　晴天霹雳坠深渊。
　　　　　　　　他是那失群雁怒火滔天，
　　　　　　　　我好比金丝鸟有口难言。
　　　　　　　　我知他有傲骨刚正贞坚，
　　　　　　　　怎能够一步一头跪在帐前。
　　　　　　　　我爱他美公子风度翩翩，
　　　　　　　　我怜他失家国形只影单。
　　　　　　　　我怨他负隅顽抗累累血战，
　　　　　　　　我恨他慷慨就义独留我在人世间。
　　　　　　　　铁骨铮铮青锋剑，
　　　　　　　　宁折不弯梅花簪。

生不同寝死同眠，

上穷碧落下黄泉。

临去唯有深深拜、拜我的祖先族人、故土家园

在那白山黑水凌河畔！

罪孽深重难赦免，

叛女情痴前世缘。

求仁得仁亦复何怨，

如梅在雪又何戚焉。

[梅花抽出李良川所挂宝剑，自刎而亡。

[梅花隐入冢中。

[点点梅花坠落，渐渐飞舞成为一片花海。

[伴唱：天地豪杰如梅在雪。

　　　　百川东逝不舍昼夜。

　　　　大风起兮思无邪，

　　　　长歌一曲朝天阙。

[剧终。

卢乙莹简介

　　90后青年编剧,浙江传媒学院青年教师,上海戏剧学院戏剧影视编剧方向全日制艺术硕士(MFA),有舞台剧作品《姐姐的守护者》《解忧杂货店》,在上海市大学生文创作品展示季获一等奖、优秀奖,有戏曲作品《厨房》获国家文化部戏曲孵化项目扶持演出并获省级一等奖,并在《中国戏剧》《上海戏剧》发表文章若干。

新编戏曲

盘　莲

编剧　卢乙莹

时　间　明初

地　点　滇南，一处闭塞的少数民族村寨，名为巴甸

人　物

阿　依　巴甸少数民族女子，出场时 15 岁。

韩　宜　京城人士，朝廷贬官，出场时 25 岁。

茹　玉　韩宜的原配夫人，与韩宜同岁。

货　郎　往来于滇南和昆明府的货商，潇洒的云游商人。

小土司　土司儿子，与阿依同岁。

土　司　巴甸寨头领。

若干演员多重扮演盘莲舞队、乡亲们、阿依的好友、韩宜的学生等角。

题注:盘莲,即向日葵,又称望日莲,向阳花,于明朝初期传入中国,最早记载文献为明朝人所著《群芳谱》(1621年),称"迎阳花"。

(序)

[幕启。青峰绵延,层峦叠嶂,巴甸寨部落掩映在绿水深山之中。

[幕内唱:月亮下去了,

太阳出来了。

阿哥阿哥天上走,

阿妹阿妹望白头……

[土司内声:"沙拉洛"!

[众人内呼:"沙拉洛!"音乐忽转隆重热闹地,众人舞上。

众　女　(唱)　单辫子改成双辫子,

众　男　(唱)　白坠子变成银坠子。

众　女　(唱)　玩场上阿哥莫着急——

众　男　(唱)　换完裙子就成年喽!

[一队女子簇拥着阿依上。

众　女　(唱)　裙子换,换裙子,

头顶戴上花帕子。

腰间长裙一落地——

女娃娃,变女子!

[巴甸寨土司及儿子在旁。

土　司　巴甸女娃、果吉阿依! 年方十五,换裙礼成!

[音乐骤停,阿依缓缓转身亮相。

村民甲　(惊)好一个嫩生的女娇娃!

村民乙　(叹)水灵灵像朵山茶花!

小土司　(兴奋)阿爹,我明天就去玩场上把她娶回家!

土　司　(抚须点头)

[阿依裙舞飞扬,稚气未脱的脸上神采奕奕。

阿　依　（唱）　银面牌我要亲手串，

　　　　　　　　珍珠链我要亲手编。

　　　　　　　　知心人我要亲自选，

　　　　　　　　阿依我今天已成年！

　　　　　　　　玩场上阿哥看花眼，

　　　　　　　　想找个喜欢的难上难。

　　　　　　　　阿依我一点也不着急，

　　　　　　　　今天我才刚成年！

　　　　　〔货郎在众人不觉中走上。

货　郎　（拍手朗声道）好！有主见！

村民甲　诶？货郎！

村民乙　是货郎来啦！

　　　　　〔众围上。

村民甲　货郎，这次有没有昆明的丝绸？

货　郎　（笑）没有。

村民丙　货郎，这回带没带昆明的香料？

货　郎　（捋须）也没有。

村民丁　货郎货郎，那这一路上又发生了什么好听好玩的事，讲给我们听

　　　　　听嘛！

货　郎　（笑）看那——

　　　　　〔众循望去。

　　　　　〔韩宜上。只见他一身正气、仪神隽秀，如太阳般熠熠生辉而来。

韩　宜　（唱）　自古仕途皆多舛，

　　　　　　　　伴君伴虎一命牵。

　　　　　　　　弹劾奸佞遭诬陷，

　　　　　　　　领旨服贬到滇南。

　　　　　　　　大丈夫，尺蠖盘，

　　　　　　　　既来之，则为安——

　　　　　　　　料定无需久多耽！

　　　　　〔他径直走到阿依面前。

韩　宜　（作礼）方才听货郎说，外人不可参观贵寨女子成人礼。在下初

　　　　　到贵地，不知礼俗，多有冒犯，请姑娘见谅。

　　　　　〔阿依呆呆望他，怔愣在原地。

　　　　　〔众女子也为这气度不凡之人所震慑，悄悄议论。

512

舞女甲　他是谁?

舞女乙　他从哪来?

舞女丙　他好像天上的太阳。

舞女丁　晃得我睁不开眼……

　　　　〔土司和众人也有些发蒙。

小土司　(不满)货郎! 你也是我们巴甸寨人,为哪样带陌生人擅闯本寨,
　　　　还偷看我们女娃娃的沙拉洛典礼?

货　郎　(向土司大人禀报)王爷,他乃京师监察御史韩宜,因事安置滇
　　　　南,谪为巴甸教谕——我贩货碰到,顺便给他带个路。

　　　　〔众惊奇,交头接耳。韩宜向土司递上谪调令。

村民戊　(扯长者衣袖)阿妈,他是京师来的!

小土司　哼,京师来的就稀奇了? 不也跟以前来的那些流放犯人一样?

土　司　罢,料也待不过三个月。货郎,你打发他住远些。

货　郎　是。

　　　　〔土司拂袖而去。小土司恋恋不舍地看看阿依,跟下。

货　郎　韩大人,这边请?

韩　宜　有劳仁兄。

舞女甲　嗳! 你! 外人看了沙拉洛,都要送礼物的,你送什么?

韩　宜　(停步)这……

舞女乙　送两个银牌。

韩　宜　在下没有。

舞女丙　送一对花帕。

韩　宜　在下……也没有。

舞女丁　什么都没有,那两筐鸡蛋你总有吧? (众人笑)

韩　宜　在下……送姑娘一首诗吧。

众　女　(面面相觑)"诗"? 是哪样?

韩　宜　豆蔻滇南女,娉婷十五余。春风无意过,何奈扰芳居。

　　　　〔阿依痴傻地看着韩宜。

阿　依　先生……说的是我?

货　郎　(朗声大笑)听懂了,听懂了! 说的呀,就是你!

　　　　〔春雷滚滚。春雨落下。内声:春耕开始喽!

第一场　种莲

〔巴甸人民愉快耕忙。

村民们 （唱）　蜜蜂不知晚，

采蜜是它的活。

云雀不知晚，

找虫是它的活。

庄稼人不知晚，

种地是他的活。

春天不播种，

冬天肚子饿。

〔阿依和一队女子跳劳作舞，边歌边上。

阿　依　天上的云哎——

二　女　像纱不能织！

阿　依　山间的雾哎——

二　女　像棉不能弹！

阿　依　河边的沙哎——

众　女　像盐不能食！

〔阿依突然停止不前——她看见了韩宜的屋子。

舞女甲　阿依，咋个不唱也不走啦？

阿　依　我有事，你们先走。

〔舞女们奇怪，遂离去。阿依小心翼翼地来到韩宜窗外，向内张望。

〔耕忙歌声渐远。韩宜在躺椅中辗转反侧，惊坐而起。

韩　宜　茹玉……茹玉！

〔韩宜他以手拭汗，发现只是梦魇。他拿出床头的小包袱，捧出盘莲籽。

韩　宜 （唱）　蜗居滇南三月满，

谪贬噩梦日日缠。

514

爱妻耳旁声声唤，

辗转反侧汗涟涟。

"心如磐，生死连，

终向日，苦尽甜。"

手植盘莲在滇南，

贤妻之言伴身边。

——我要将盘莲种在这里，让它开放！

〔韩宜推门而出，与正慌张离去的阿依撞个满怀。盘莲籽洒落一地。

阿　依　啊、我、我不是故意……（忙捡）

韩　宜　（大度）不要紧，我来。哦，我没有撞伤你吧？

〔阿依蓦地脸红。她把捡起的盘莲籽还给韩宜。

韩　宜　姑娘有事来访？

阿　依　没有！我路过。

韩　宜　你来得巧，韩宜正想请教当地人，可有地方允许在下种植几株花卉？

阿　依　（看着他一本正经的脸，忍俊不禁）

韩　宜　（摸摸自己的脸，以为有异样）你、你笑什么？

阿　依　我笑你呀——巴甸到处是红土，种棵花么，哪点不可以嘛！

韩　宜　（也被逗乐）吾乃初来乍到，唯恐又触犯什么礼俗。

阿　依　初来……？（摇头）你都来了三个月零四天啦！

韩　宜　你怎么记得如此清楚？

阿　依　（脸红）我……（转移话题）你要不要我带你去个土肥、水足的地方种你的花？

韩　宜　如此甚好，有劳姑娘！

〔二人行。踏过小桥，躲过灌木，阿依活泼如小鸟般熟练带路；韩宜拱手礼貌跟随，道路不熟，差点掉到河里。阿依悄悄观察韩宜；韩宜昂首阔步，毫无察觉。

阿　依　（唱）　跟近一点心狂跳，

　　　　　　　　不敢往他眼睛瞧。

　　　　　　　　偷偷把他瞄一瞄，

　　　　　　　　老天都要放晴了。

韩　宜　姑娘，快到了么？

阿　依　喏！就在前面！（看向他手里）这个是哪样花？

韩　宜　名曰——盘莲。

阿　依　（摇头）没听过。

韩　宜　盘莲又名向阳花,乃番邦进贡京师之物,尚未大批栽种。

阿　依　开出来好看吗?

韩　宜　秆粗如竹、花大如盘,终日向阳、华美无比。（看阿依有点懵）我
　　　　意思是,花朵很大,很好看。

阿　依　花朵很大……能当粮食吃吗?

韩　宜　（没想到她会这样问）不能。

阿　依　那能织成布衣来穿吗?

韩　宜　也不能。

阿　依　那种来干什么用?

韩　宜　无用之用,胜于有用之用。世间之事,若都以"有用"来衡量其
　　　　价,那么社稷不远计,文风不复存,国家之末路也。

阿　依　（似懂非懂点头）我来帮你一起种!

韩　宜　多谢姑娘。

　　　　［两人播种盘莲。

阿　依　你刚刚说,盘莲一开,就会朝太阳开?

韩　宜　对。盘莲自发芽之日便能感知太阳方位,朝向东,夕向西,日日
　　　　望向太阳,直至花枯叶落。

阿　依　（兴趣地）每天都看着太阳?

韩　宜　对,每天。

阿　依　好神奇的花!

韩　宜　（点头）心中有太阳,就有希望。

阿　依　太阳出来人不愁,翻翻谷子下地头。（笑）那你……心中有没有
　　　　太阳?

韩　宜　有。

阿　依　是什么?

韩　宜　京师。京师有我的功业、有我的家——总有一天,我要回去的。
　　　　［一股说不清的忧愁泛起在阿依心中,她点点头,倏尔又开心
　　　　起来。

阿　依　看,种好了! 等盘莲开花,说不定你就可以回家了!

韩　宜　（笑）多谢姑娘!

阿　依　（学他拱手）阿哥你客气啦!

　　　　［两人对视。

韩　宜　（唱）笑意荡漾心尖上，

　　　　　　　　明眸粉面似海棠。

　　　　　　　　她定定不动将我望，

　　　　　　　　似曾见过这脸庞——

　　　　　　（记起）你——是沙拉洛上那位姑娘？

阿　依　（嗔）你才想起来呀！你还送了我一个"诗"呢！什么豆蔻，春
　　　　　风……

韩　宜　（笑）你叫什么名字？

阿　依　阿依！

韩　宜　阿依，哪个依？依山傍水的依，还是伊人何在的伊？

阿　依　（羞赧）我、我不识字，认不得你说的……

韩　宜　（教她写字）我猜，你是依山傍水的阿依——似山水清秀，似山水
　　　　　明亮——阿、依。

阿　依　（学写）阿、依。

　　　　　〔村民在不觉中上。

村民甲　韩先生，教我们识字吧！

村民乙　对对对，不识字太吃亏了！

村民丙　我们汉话倒是都会讲，但识字的人，就那么几个！

韩　宜　巴甸没有学堂么？

村民丁　有是有，可是我们巴甸在大山里头，昆明派来的教谕都嫌苦，待
　　　　　几天就都走咯。

众村民　韩先生，教我们识字、读书吧！

韩　宜　（看着众村民）好。待我与土司商量，重开学堂！

　　　　　〔幕间舞：盘莲发芽抽苗，悄悄生长。

第二场　颂莲

　　　　　〔字幕：一年后。

　　　　　〔琅琅书声不绝于耳——"曰江河，曰淮济。此四渎，水之纪。曰
　　　　　岱华，嵩恒衡，此五岳，山之名……"学生有男有女，有壮有少，正

在摇头晃脑地学习。

韩　宜　天色已晚,今天就到这里吧。

村民甲　(一拍脑门)呀,太阳好下山了,我的猪还没喂!

村民乙　我的牛也还在地头拴的!

村民丙　哎呀呀呀,我的菜摊子也还没收呢……快走嘛!

数　人　先生,明天见!

〔众下。内传来货郎爽朗的笑声。货郎上。

货　郎　韩大人,别来无恙啊!

韩　宜　啊!货郎兄,好久不见!

货　郎　看来韩大人很适应自己的新职务?

韩　宜　(摆手)教谕而已,何言大人。仁兄许久未见,请去往寒舍小酌!

货　郎　请!

〔二人下。

〔韩宜屋前。阿依挎篾萝悄上。她跟一年前几乎没有什么改变,依旧天真活泼,只是脸上少了几分羞怯。她观察四下无人,便将鸡蛋、点心等食物放在屋前,又开始打扫院落、浇花修草。

阿　依　(天真烂漫地唱)天上不有女人在着么,

　　　　　　　天就要黑了。

　　　　　　地下不有女人在着么,

　　　　　　地就要荒了。

　　　　　　山里不有女人在着么,

　　　　　　就不会有人了。

　　　　　　男人不有女人陪着么,

　　　　　　就要生病了。

　　　　(看窗内)都一年了,他还是老样子。一张床,一张桌,一把椅,一盏灯……

　　　　〔内传来韩宜和货郎的对话声。阿依急躲下。

韩　宜　仁兄,这边请!

货　郎　(看屋前的扫帚和食物)这院子好像有人刚刚打扫过?还有点心?(恍然大悟)莫非老弟已娶妻房?

韩　宜　(坦荡地笑)无有。定是附近哪位淳朴村民,见韩宜孤身潦倒,顺手帮扶是也。

货　郎　(意味深长地)有趣。

韩　宜　(拿本书放置窗台)韩宜无以为报,每次置书卷一本在窗台,那村民看完，又原样还回。如此已一年也。

货　郎　（点头称赞）君子之交，不过如此。

韩　宜　仁兄，屋里请！

货　郎　请！

　　　　〔二人进屋饮酒。阿依悄上。她偷看一眼里面，抿嘴而笑，将窗
　　　　台上的书揣进篾萝，准备离开。

韩　宜　有朋自远方来，韩宜先干为敬！

货　郎　好！我也干了！

韩　宜　（殷切地）去年请仁兄帮忙打听的事……可有消息？

　　　　〔阿依听到这句，又悄悄回到屋前，侧耳倾听。

货　郎　（放下酒杯）没有。听上京的朋友说，你那桩案子惊动京师朝野，
　　　　都知是冤案，但人人自危唯求自保，一年了，朝廷仍只字不提。

韩　宜　那……有没有找到我家？

货　郎　京师太大，未曾找到。

韩　宜　那我的妻……（改口）吏部侍郎之女茹玉，现在如何？有无受我
　　　　牵连？

货　郎　无有消息。

韩　宜　（颓然）

货　郎　我只是一介布衣，探听消息有限，还请先生莫怪。

韩　宜　哪里，仁兄为我辗转打听，韩宜感激不尽！

货　郎　滇南少数民族众多，官府历来重视兴学倡文，你在这里开学堂、
　　　　教学生，不也很好吗？

韩　宜　巴甸民风淳朴，百姓勤劳好学，的确是个好地方。

货　郎　古人云，生作长安草，胜为边地花。我看倒未必——胸怀天下，
　　　　身在何处不是为国为君效力？

韩　宜　仁兄所言在理。（自饮一杯）

　　　　〔二人觥筹交错。

货　郎　（微醺）对酒……当歌，人、人生……几何？

韩　宜　譬如朝露，去日苦多。

货　郎　下……下面是什么？记不、记不清了……（伏桌）

韩　宜　慨当以慷，忧思难忘。何以解忧，唯有杜康……唯有杜康！（扶
　　　　货郎入室，独坐独饮）

　　　　〔阿依倚在窗外，有些踟蹰。

阿　依　（唱）　想跟他来讲讲话，

不讲也难讲也难。

水浸油麻难开口，

船到滩头难转弯。

——唉！

〔阿依落寞地准备离去。

〔二三舞女在去玩场的路上，发现韩宜窗外的阿依，已躲在旁观

　察多时。她们此刻围上来。

舞女甲　阿依！你在这里整哪样？

阿　依　(欲逃避)你们、你们咋个来了？

舞女丙　我们要去玩场，路过见你躲在这里……

舞女乙　(故意地)哦，你来找韩先生！

阿　依　(压制)嘘！

舞女丙　怕什么，喜欢他就告诉他嘛！

阿　依　哎呀你们不要添乱！回去了。

舞女丁　你跟我们去玩场玩哈嘛。

阿　依　不去，我要回家睡觉了。(兀自走开)

舞女甲　叫上韩先生一起！

舞女乙　对对对，叫上韩先生一起！

阿　依　(留步)叫上他？

众舞女　(笑)咦……叫上他你就去了嘛？

阿　依　(又转身)哪个说的。

舞女甲　姐妹们，走，去请韩先生跟我们一起玩。

　　　　〔阿依还想试图劝阻，几个小姐妹已经冲到韩宜家门口，敲门。

韩　宜　这么晚了，谁人来访？

舞女乙　韩先生，是我们，开开门嘛。

　　　　〔韩宜开门。

韩　宜　几位姑娘……

舞女丁　先生，我们要去玩场，想叫你一起来。

韩　宜　什么是玩场？

　　　　〔姑娘们笑出声。

舞女乙　你都来巴甸那么久了，竟然认不得玩场？

舞女丙　玩场就是跳舞唱歌、好玩的地方！

韩　宜　(摆手谢绝)在下愚钝，不会唱歌。

舞女甲　不用你唱，你看我们唱就行啦！

舞女乙　玩场上都是你的学生，大家都很期待你去！

舞女乙　你一个人住在这里，再闷下去都要生病啦！

韩　宜　（还想推辞）这……

舞女丙　去玩玩嘛，又不少根头发！

众舞女　去玩玩嘛，又不少根头发！

　　　　〔歌舞队出，音乐入。几个姑娘直接拉上半推半就的韩宜。阿依和
　　　　一小姊妹开心地跟上。大家旋即来到玩场。这里热闹非凡，二十
　　　　来人组成舞圈，大家聚在一起，弹月琴、击皮鼓、拍烟盒、吹口弦。

　　　　〔小土司见韩宜和阿依一起来，很不高兴。几个学生招呼他们加
　　　　入。姐妹们把阿依推到韩宜身边。二人欠身作礼。韩宜饶有兴
　　　　趣地观看。

　　　　〔众男女开始对歌子。

女　队　（唱）　叫声对面么我的哥，

　　　　　　　　我来问你么你来猜。

　　　　　　　　世上不放盐直接吃的是哪样？

　　　　　　　　山上不栽种捡来吃的是哪样？

　　　　　　　　家里不喂养能吃肉的是哪样？

　　　　　　　　地里不撒籽能结果的是哪样？

男　队　（唱）　叫声对面我的妹，

　　　　　　　　我来猜么你听好——

　　　　　　　　世上不放盐能吃的是果子，

　　　　　　　　山上不栽种能吃的是菌子，

　　　　　　　　家里不喂养吃肉的是鱼虾，

　　　　　　　　地里不撒籽结果的是地瓜。

村民男　到我们了！

男　人　（唱）　一蓬竹子直苗苗，

　　　　　　　　一只白鹤落树梢。

　　　　　　　　白鹤心想吃口水，

　　　　　　　　问声竹子格弯腰？

女　人　（唱）　高山柴火堆倒堆，

　　　　　　　　半夜落火风来吹。

　　　　　　　　哥是柴火妹是灰，

　　　　　　　　吹死吹活在一堆。

　　　　　　　〔对上歌的二人在大家祝福的眼光中结伴离开。玩场继续。

众　男　（唱）　太阳出来照高岩，
　　　　　　　　金花银花开满台。
　　　　　　　　金花银花哥不爱，
　　　　　　　　哥爱阿妹好人才。
众　女　（唱）　哥是天上一条龙，
　　　　　　　　妹是地上花一蓬。
　　　　　　　　龙不翻身不下雨，
　　　　　　　　雨不洒花花不红。
　　　　　［气氛热烈，韩宜渐渐融入其中。阿侬来到中间，对着韩宜的地
　　　　　方唱。
阿　侬　（唱）　对面看见花一蓬，
　　　　　　　　青枝绿叶花正红。
　　　　　　　　问声阿哥采不采，
　　　　　　　　不采花儿心不乐。
　　　　　［韩宜不知怎么回答，四小伙抢上。
男　甲　（唱）　阿哥采花阿妹戴。
男　乙　（唱）　只要阿妹乐开怀。
男　丙　（唱）　阿妹阿妹你真美，
男　丁　（唱）　阿哥我来将你爱。
阿　侬　（唱）　牛甘白白正当摘，
　　　　　　　　阿妹白白正当恋。
　　　　　　　　要吃牛甘等十月，
　　　　　　　　要恋阿妹你等来年。
　　　　　［四小伙识趣回到队伍。阿侬继续。
阿　侬　（唱）　哥在西来妹在东，
　　　　　　　　日夜想哥在心中。
　　　　　　　　竹筒拎来作枕垫，
　　　　　　　　左思右想两头空。
　　　　　［小土司来者不善地上。
小土司　（唱）　变鸟我俩共一山，
　　　　　　　　变鱼我俩共一湾，
　　　　　　　　妹变弦线哥变木，
　　　　　　　　变成三弦日夜弹。
　　　　　——阿侬，跟我走！

阿　依　我不喜欢你,你找别的阿妹。

小土司　你从来都没正眼瞧过我,咋个认得不喜欢我。

阿　依　（欲离开）

小土司　（抓住她手腕）

阿　依　你要干什么?

小土司　我从沙拉洛那天就看上你了,就等着你来玩场,跟你结伴!

阿　依　你放手。

小土司　（不放）我们再对一支歌。

阿　依　你放手!

小土司　（不放,招呼大家）伙子姑娘们,三弦弹起来,我们再唱!

　　　　［几个人犹豫着开始弹琴。阿依想要挣脱无果。

阿　依　你干什么! 我要叫人了!

小土司　叫人? 整个巴甸寨都是我阿爹的! 你能叫得着哪个?

韩　宜　慢!

　　　　［众人望向韩宜。

韩　宜　古人云,君子不强人所难,少王爷何必强求一位姑娘。

小土司　（打量）哦……这不就是那个犯了事被流放的外地人吗? 我们巴甸没有你说话的份。

韩　宜　在下刚刚看到,玩场乃自由恋爱之地,男女结伴皆你情我愿,少王爷又怎能破坏本地玩场规矩?

小土司　（蛮横）阿依是我们本地的女娃娃,本地什么规矩,我说了算!

韩　宜　少王爷是未来的巴甸头领,如此任性,恐怕土司王爷和巴甸民众也不会同意。

舞女甲　韩先生说得对! 我们女娃娃想跟哪个阿哥,就跟哪个阿哥!

舞女乙　对! 阿依不想跟你走!

小土司　（气恼,不得已放开阿依）你明说,是不是你自己喜欢阿依,想跟她结伴!

韩　宜　（一愣）阿依是我的学生,我只是保护她。

小土司　（鄙夷）这里是玩场,又不是学堂,只讲喜欢不喜欢。你站开一边。

阿　依　我喜欢韩先生,我想跟他结伴!

　　　　［众愣。韩宜也吃了一惊。

小土司　你喜欢人家,人家又不喜欢你。

阿　依　（羞恼）你……

韩　宜　（站出来）我也喜欢阿依，想跟阿依结伴。

　　　　〔韩宜走过去牵起阿依。众拍手叫好。

小土司　你！你们……

男　甲　少王爷，我们走吧！

小土司　我们走着瞧！

　　　　〔小土司带着几个喽啰下。玩场散。

韩　宜　（放下阿依的手）阿依，刚刚多有冒犯，请你莫要见怪。

　　　　〔音乐入。舞女们扮作流动的景。

众舞女　（唱）　月亮出来亮汪汪，

　　　　　　　悠悠照在竹楼上。

　　　　　　　妹妹等哥哥不来，

　　　　　　　哥哥来呀妹开怀。

阿　依　（终于说出话来）多谢先生。

韩　宜　我送你回家。

　　　　〔阿依拿起自己的篾箩。二人行。

　　　　〔月光皎洁，银辉铺地，二人走在巴甸的美景中——大树小溪，灌
　　　　木竹林，小桥石坎，田埂绿地，蛙声不绝于耳，虫鸣此起彼伏。

阿　依　先生，你喜欢巴甸么？

韩　宜　喜欢。巴甸山清水秀，远离世俗，实乃一处桃源仙境。

阿　依　（故意地）巴甸只有梨园、苹果园，没有桃园！

韩　宜　此桃源非彼桃园……

阿　依　（笑）我知道，你说的是陶渊明的《桃花源记》！我逗你玩的！

韩　宜　（笑）你那么聪明，以后可以走出巴甸，到昆明或者别的地方继续
　　　　读书。

阿　依　我们女娃娃嘛，跟着阿哥走！等我嫁了人，他去哪，我就去哪。

韩　宜　（笑）想得倒远。

阿　依　先生……你刚刚说喜欢我，是真的吗？

韩　宜　（望着她清澈的双瞳，回避）这……

阿　依　这什么？

韩　宜　此乃权宜之计，不必挂心。

阿　依　（非常失望）

韩　宜　阿依，你是我见过最善良、最美丽的姑娘，你……

阿　依　（打断）那你喜欢巴甸，会留下来吗？

韩　宜　我？我不知道。

阿　依　你曾说,京师有你的功业,你的家,总有一天,你会回去的。

韩　宜　(叹气)功业没了,家也没了——那一天,是哪一天呢?

阿　依　家没了……你的夫人为什么不跟你一起来滇南?

韩　宜　她不知道我在这里。当初我身陷囹圄,怕连累家人,便写下休书,与她断绝关系。后来我服贬入滇,便托人告诉她,我已经死了。

阿　依　(被超越自己经历的磨难惊得说不出话)先生……

　　　　〔两人默默前行一段。

韩　宜　(停了半天,叹气)去年种下的盘莲,想必都已凋零了。

阿　依　(讶)先生……你一次也没去看过?

韩　宜　一次也没有。

阿　依　那我们去看看!

韩　宜　罢了。盘莲一年一败,早已过花期了。

阿　依　(坚持)我带你去看!

　　　　〔阿依不等韩宜回答,拉起他快速越过小溪,钻过灌木,一路来到盘莲地里。

　　　　〔鸡鸣。

阿　依　先生你看!

　　　　〔只见那太阳升起,一排排盘莲舒展筋骨,精神抖擞,全部昂首向日。

韩　宜　(喜出望外)这……怎么会这样?

阿　依　谷雨发芽,处暑开花,新的盘莲籽采下、又种下……滇南没有冬天,花期一直持续!

韩　宜　(明白过来)是你,一直在照料盘莲?

阿　依　(点头)嗯!

　　　　〔旭日通红似火,盘莲金黄灿烂,两人穿梭其中。

韩　宜　(唱)　日出山,天地现,
　　　　　　　忽如京师在眼前。
　　　　　　　盘莲开,心高远,
　　　　　　　向阳而行滋味甜。

阿　依　(唱)　花挨花,一大片,
　　　　　　　绿叶青枝长两边。
　　　　　　　盘莲抬头像笑脸,
　　　　　　　痴痴随着太阳转。

韩　宜　（唱）　终向日，

　　　　　　　　苦尽甜！

阿　依　（唱）　望太阳，

　　　　　　　　心喜欢！

二　人　（合）　我似这盘莲在巴甸，

　　　　　　　　心有太阳不孤单！

　　　　　〔阿依的篾箩突然打翻在地。书掉了出来。阿依想捡，却被韩宜先捡了去。

韩　宜　默默照料我的……也是你？

　　　　　〔阿依只好点头。韩宜看着眼前这位巴甸姑娘，终究没再多言半句。

　　　　　〔幕间舞：盘莲苗壮成长，一片花海妖娆。

第三场　护莲

　　　　　〔字幕：三年后。

　　　　　〔土司捋须踱步上。小土司和若干村民跟后。

小土司　阿爹，再这样不下雨，地里的作物就都干死了。

村民甲　播下去的种子，连苗苗都发不出来。

村民乙　怪，秋旱连着春旱，巴甸从来没有这样干过。

村民丙　不如试试祭天、祈雨？

几　人　对对对，杀几只猪祭祭老天爷，过几天就下雨了。

土　司　好。召集大家，设坛祈雨！

　　　　　〔小土司招呼众村民上，设坛抓猪，一片鸡飞狗跳。

　　　　　〔几个年轻人怀抱书本放学归来。

学生甲　阿伯，你们在整哪样？

村民甲　王爷召集大家祈雨。

　　　　　〔几个学生你看看我，我看看你，大笑。

学生甲　你们快不要乱了，祭祀根本就没有用。

学生乙　是啊，韩先生说了，连年干旱有自然原因，跟人为破坏也有很大关系。

学生丙　因为我们这么多年一直在砍山上的树，雨水就越来越少。

学生丁　韩先生还说，我们现在应该赶快修水渠，引水浇灌！

小土司　闭嘴！一帮毛娃娃，懂哪样！

学生甲　是真的！我看过书里面也是这样写的。从秦汉到隋唐，人们已经发明了取水的机械，好多地方都修了水渠！

学生乙　是啊，我们得想真正有用的办法，杀猪求雨太可笑了。

　　　　［村民们被说得一愣一愣。小土司见状，更是吹胡子瞪眼。

小土司　哇呀呀呀，韩宜，又是韩宜！

　　　　（唱）　那年在玩场放过他，

　　　　　　　　如今还要来找茬！

　　　　　　　　他跟阿依早结伴，

　　　　　　　　迟迟不肯来娶她。

　　　　　　　　找人去探阿依的话，

　　　　　　　　阿依一直在等他！

　　　　　　　　不就是会读几本书，

　　　　　　　　我到底哪里不如他！

　　　　（忽然看见那一片怒放的盘莲花海）那片野花，是不是那个韩宜种的？

村民甲　少王爷，那叫——盘、莲。

小土司　盘你的头！地里的庄稼都干死了，只有那些花还直苗苗的，越开越旺！你们说，怪不怪？

众村民　（面面相觑）怪、怪、怪！

小土司　一定是这些妖花，吸干了地底下的水，所以我们的庄稼都死了！来人，把这些妖花都给我拔了！（见没人动）还站、站着干什么？上！

　　　　［四五个壮汉，上来就要拔盘莲。可无论他们怎么用劲，盘莲依旧笔直地傲然挺立，扭不弯、折不断。

小土司　砍！用刀砍！一定要把这些妖花都除掉！一棵不剩！

　　　　［几个人提刀上，准备砍莲。

　　　　［阿依冲上。她已经脱去当初的稚气，是一位正值青春的美丽女子。

阿　依　等等！你们在干什么？

小土司　阿依！我们为巴甸除祸害，你不要挡道。

阿　依　挡了又怎样？

小土司　你……你身为巴甸人,居然帮外人来对付我们!

阿　依　我帮了又怎样?

小土司　你!巴甸以前从来没有这些花,一直就风调雨顺,还说这花不是
　　　　妖邪之物?来人,上去砍了!

阿　依　慢着!

　　　　(唱)　少王爷此话从何讲?

　　　　　　　　气话也应多思量。

　　　　　　　　盘莲耐旱是本性,

　　　　　　　　最爱少雨晒太阳。

　　　　　　　　旱情持续非我想,

　　　　　　　　找办法好过撒气狂。

　　　　(阿依以身挡前)看谁敢动我的盘莲!

小土司　(懵)你的盘莲?不是那个韩、韩宜种的?

阿　依　我们一起种的。

小土司　一起……!你,你你你!

　　　　[韩宜冲上,挡在阿依前面。

韩　宜　花是我种的,不要为难阿依。

小土司　来人,把花砍了!

众　人　砍!砍!砍!

　　　　[二人与砍莲者对峙。

二　人　(合)　怎能让他们毁盘莲!

韩　宜　(唱)　难沟通,懒争辩!

阿　依　(唱)　手牵手,身挡前!

韩　宜　(唱)　心中起执念,

阿　依　(唱)　一意护盘莲。

韩　宜　(唱)　它知我回京愿,

阿　依　(唱)　它引我情丝牵。

韩　宜　(唱)　它是我前世证,

阿　依　(唱)　它是我今生缘。

韩　宜　(唱)　太多信与念,

阿　依　(唱)　太多喜与甜——

二　人　(唱)　怎能让他们毁盘莲!

　　　　[一声咳嗽,土司上。

土　司　好好祈个雨,哪来这么大动静?

小土司　阿爹！外来教谕韩宜种下妖邪之花，惹恼了神灵，所以巴甸才不
　　　　下雨！

土　司　哦？

韩　宜　并非如此，土司大人。巴甸地处高原，四季温暖，加上连年刀耕
　　　　火种、毁林伐木，此时若恰逢雨少，很容易出现旱灾。

小土司　住嘴！我们巴甸的娃娃和年轻人，一天不种地不干活，就是被你
　　　　这些无用的长篇大论搞晕了！

土　司　（示意韩宜）说下去。

韩　宜　十年之计，莫如树木。若一味砍伐林木，水旱之灾必将频发，后
　　　　世之灾也。

土　司　那依你之见？

韩　宜　很简单。当务之急，应立刻修堤梁、通沟渠，引水灌溉，缓解眼前
　　　　旱情；同时，停止开山辟田，以保后世。
　　　　〔土司捋须。
　　　　〔一村民冲上。

村民甲　王爷！王爷快看，昆明府派人送东西来了！

村民乙　大米！

村民丙　苞谷！

村民丁　还有——好几十桶水！

村民甲　这些都是府上送来的赈灾物资，还有这个——（拿出几卷图纸）

众村民　这是什么？

韩　宜　（展开细看）这是灌溉机械"水转筒车"的制造图纸。太好了！我
　　　　们马上可以造几架出来，汲水抗旱！

小土司　说得容易，咋个造嘛！

土　司　图纸……？看不懂吧？

学生甲　（抢过）我看得懂！

学生乙　我也看得懂！

学生丙　韩先生给我们讲过制造原理！

学生丁　有图纸，我们就可以照葫芦画瓢——造出来！

土　司　好！哈哈哈哈！就让韩宜带领大家，造车抗旱！

小土司　阿爹……

土　司　（不理他）明天开始，你也去学堂学点知识吧！
　　　　〔土司下。众开心地放弃祈雨准备，下。盘莲花海完好无损，摇
　　　　曳生姿。韩宜和阿依情不自禁相拥。

阿　依　先生！

韩　宜　阿依！

　　　　〔突然，韩宜却推开阿依。

阿　依　先生？

韩　宜　对、对不起。

阿　依　你忘不了她。

韩　宜　不仅仅是茹玉，我……

阿　依　你忘不了过去的一切，还是想回京。

韩　宜　（承认）想回。

　　　　〔沉默。

阿　依　京师，长什么样？

韩　宜　（唱）　东望京师回忆长，

　　　　　　　　马踏飞燕过城墙。

　　　　　　　　过城墙，上朝堂，

　　　　　　　　上朝堂，意张狂。

　　　　　　　　朝为臣子暮唤郎，

　　　　　　　　盘莲亭内泼茶香。

　　　　　　　　临风一阵前尘惘，

　　　　　　　　无名清泪湿衣裳。

　　　　〔韩宜背身慨叹。阿依心痛。

阿　依　先生，我有一事不明。

韩　宜　请讲。

阿　依　京师的盘莲，比这里开得更茂盛吗？

韩　宜　盘莲喜阳，京师多阴，不比。

阿　依　花期更长？

韩　宜　盘莲耐旱，京师多雨，不比。

阿　依　那为何盘莲不愿意留在巴甸，留在滇南？

韩　宜　（沉吟良久）三国曹植曾上书言："葵藿之倾叶太阳，虽不为之回
　　　　光，然终向之者，诚也。臣窃自比葵藿。"杜子美也曾有诗云："葵
　　　　藿倾太阳，物性固难夺。"阿依，你知我为何钟爱盘莲？正因为盘
　　　　莲也和葵藿的习性一样——终生向日，乃本性也，永不改变。太
　　　　阳在哪，盘莲的心就在哪！

阿　依　（痛心）太阳在哪，盘莲的心就在哪——可是，太阳却从不肯为盘
　　　　莲早升一刻、晚落半时！太阳可曾想过盘莲的心？

韩　宜　（无言以对）

阿　依　阿依心中的太阳尚且如此，先生心中的太阳，又何尝不是如此？

　　　　　〔韩宜惊。

　　　　　〔淅淅沥沥的小雨落下。

　　　　　〔隆隆雨声中，经冬复历春。

　　　　　〔幕间舞：盘莲开得比以前更多、更旺了……

第四场　收莲

　　　　　〔字幕：又三年后。

　　　　　〔内传来婴儿哭声。

　　　　　〔内声——"王爷，孩子叫什么名字？""还没想好。""还没想好啊？""等我去问问韩先生，叫什么名字、不土气！"

　　　　　〔小土司、韩宜、货郎，三人饮酒。小土司成熟多了。

小土司　货郎大哥，韩先生，满上，满上！

二　人　恭贺王爷喜添贵子！

货　郎　我上次离开的时候，你还是少王爷呢！如今当爹了，更要稳重点！

小土司　货郎大哥，我是你看着长大的，敬你！你这几年回来得少了。

货　郎　是啊，巴甸出去的人越来越多，带回来的好东西也越来越多，我生意不好做喽！

小土司　这得感谢韩先生，他在巴甸兴学倡文七年，培养了许多人才，功不可没。

韩　宜　王爷言重，在下不敢当。

小土司　你不要谦虚了！现在我在昆明府那帮人眼里，是土司里面地位最高、最有文化的，年年都受表扬。你也是我的先生。先生，我敬你！

韩　宜　谢王爷。

　　　　　〔内传来婴儿哭声。

小土司　哎哟我的心头肉，阿爹抱，阿爹抱……（冲下）

[二人相视而笑,畅快对饮。

韩　宜　仁兄,好久未见!

货　郎　好久未见!

韩　宜　(终于还是问出了口)京师那边……可有消息?

货　郎　(讶,叹)我料你也是不死心。实话告诉你吧,的确有新消息。

韩　宜　(推开酒杯站起来)什么?

货　郎　吏部侍郎,你的岳父,一年前去世了。

韩　宜　(惊)那……茹玉?

货　郎　(摇头)没打听到。不过上京的朋友,终于找到了你家。

韩　宜　(惊喜)如何?

货　郎　那里只剩些死去的盘莲茎秆,房子院子,早都荒芜了。

韩　宜　什么都没有了?

货　郎　什么都没有了。

韩　宜　(跌坐)

货　郎　老弟,新帝即位,你不会不知道吧?

韩　宜　听闻了。

货　郎　新帝即位,历史翻篇,朝廷要是有为你平反的意思,早就下诏
　　　　了——你为什么就是不死心呢?

韩　宜　我……

货　郎　七年来,你兴学有功,巴甸人民对你敬爱有加,留下来有何不好?
　　　　开化边地,照样能青史留名!我还听说,七年了,少王爷当初喜
　　　　欢的那位阿依姑娘迟迟不嫁,都是因为在等你!

韩　宜　我……阿依是位好姑娘,我对不起她!

货　郎　老弟,万事万物都在变化,历史在变,国家在变,巴甸也在变,为
　　　　何就是你不肯变,连带人家姑娘也不肯变呢?

韩　宜　(痛心)仁兄所言,句句在理!

货　郎　(叹)夜深了,回吧,回吧……

[货郎怅叹下。

[韩宜背身,静默而立。

[隆隆雷声在酝酿,突然一记闷雷,春雨倾盆而至。

韩　宜　(唱)　好雨也知时节到,
　　　　　　　当春发生自逍遥。
　　　　　　　天若有情天亦老,
　　　　　　　不独人间白头搔。

我也曾，勇谏劝，求正道，不惧贬，最桀骜。

却落得，衣褴褛，身潦倒，志空抱，苦煎熬。

庙堂夙愿曾未了，

七年一日弹指消！

前路望断，又惊春晓——

只落得，任雨随风打芭蕉。

〔大雨如注，韩宜冲进盘莲花丛，疯狂地扶起盘莲的头，可无论韩宜如何托举花盘，一棵棵盘莲都没精打采地垂着头，无法昂首向日。

（绝望地）心向日，苦尽甜？可是太阳在哪里呢？（大笑）……盘莲啊盘莲，太阳没了，你们就不抬起头来了吗？快，抬起你们的头来！快啊！

〔盘莲垂头不动。韩宜一路狂奔，来到阿依家，叩门。

〔阿依点灯开门上。褪去所有青涩的她，已不再是当初懵懂的少女。

阿　依　先生，你怎么喝了这许多酒！（疼惜，帮他拭雨）

韩　宜　阿依、阿依——

（唱）　韩宜我到滇南整有七年，

　　　　志儿颓心儿累却遇红颜。

　　　　承蒙你相陪伴在我心间，

　　　　弱书生常相拒怕你艰难。

　　　　到如今，

　　　　旧梦前尘皆了断，

　　　　决心扎根在滇南。

　　　　微言恳请望收留、

　　　　这半生漂泊形影单！

阿　依　（呆住）先生，你说的是真的吗？你要娶我？

韩　宜　我想娶你，我要娶你！我不知还有没有机会，来不来得及娶你！

〔大雨如注。

阿　依　（用力点头）嗯！

〔两人紧紧相拥。

韩　宜　让我从现在开始，好好照顾你，一辈子！

〔雨停。欢快的音乐进，幕内伴唱：

（唱）　置新地，盖新房，

533

婚前筹备穿梭忙。

新房新婚新气象，

相依相伴到天长。

[韩宜指挥三五人盖新房、刷红漆、贴喜字；盘莲化作阿依的姊妹们，为她拉红绸，作嫁衣，剪喜字——舞台一片喜庆的红。

[阿依把玩着姊妹给她做的红盖头，脸上泛起当年少女般的红晕。她自己试戴盖头，舍不得放下。

阿　依　（唱）　等呀等，盼呀盼，

终于盼来这一天。

霞帔加身戴凤冠，

他要亲手将我盖头掀！

心愿马上要实现，

白首不离度余年。

[幕间舞女合唱：剪喜字，梳红妆，

阿依明天做新娘。

嫁给教书的韩先生，

明天就要进洞房！

[内声——"韩先生说了，再预留二十坛陈酒！"

第五场　赠莲

[一个陌生女人出现在巴甸。她穿着素雅，大气端庄，一看就是大家闺秀。她亦步亦趋，打量着周遭的一切。

茹　玉　这里与想象中，好不一样——

（唱）　在梦中，滇南处处皆草莽，

不曾想，绿水清幽锦绣藏。

行人懂礼让，

农家耕作忙。

时闻书声朗，

遍野有花香。

黄发垂髫怡然乐，

好一个世外桃源乡。

——他真的会在这里么？

[突然，她看见了那片盘莲花海。

茹　玉　（激动）盘莲，好大一片盘莲花海！没错，是他！……（喜极而泣）是这里，他一定在这里！

[内声——"看谁先采到那支新娘花！"阿依和几个姊妹嬉笑上。

姊妹甲　挑最大的！

姊妹乙　不，要开得最好的！

姊妹丙　对！要最艳最美的那一朵！

姊妹丁　跟新娘子长得一样！对不对嘛！

阿　依　（笑）再不采天都要黑了！

[茹玉采下一支娇美的盘莲，送给阿依。

茹　玉　这支如何？

姊妹甲　哎？这朵好！

姊妹乙　花色鲜艳。

姊妹丙　不大不小。

姊妹丁　正合适！

阿　依　（从茹玉手中接过花）多谢！（看茹玉的穿扮）你……不是巴甸人。

茹　玉　不是。

阿　依　从昆明来？

茹　玉　不，从京师来。

阿　依　（敏感地）京师……（重新打量茹玉）你……

茹　玉　说来我与姑娘也算有缘——当年我成婚之日，也是用盘莲作为新娘花。

阿　依　盘莲……？

茹　玉　我与我夫君都极爱此花，家中也曾处处种植；后夫妻遭难离散，唯以盘莲作为信物。我一路寻夫，见此盘莲，料他定离此不远。

阿　依　你是……（不敢相信地试探）茹玉？

茹　玉　（惊）姑娘怎知我姓名？

[阿依一阵晕眩，脚下不稳。姊妹们觉得狐疑。

姊妹甲　阿依，你咋个啦？

姊妹乙　我们快回去，等下新郎官要着急了。

姊妹丙　对呀,韩先生还在新房等你回去挑喜糖呢!

　　　　　〔茹玉向后一退。

茹　玉　韩先生……韩宜?

姊妹甲　你咋个知道新郎官的名字?

　　　　　〔二人互退一步,急收光。转场,布满喜字的新房内。

　　　　　〔一更声响。

　　　　　〔阿依与茹玉一人一边,坐于正厅。

阿　依　（唱）　一更鼓,一更响。

茹　玉　（唱）　一更响,一更长。

阿　依　（唱）　怎料她跋山涉水到远疆,

茹　玉　（唱）　未曾想他安居一隅在他乡。

阿　依　（唱）　他可会守妻房?

茹　玉　（唱）　他可要娶红妆?

阿　依　（唱）　她多端庄,

茹　玉　（唱）　她青春样。

阿　依　（唱）　苦思量。

茹　玉　（唱）　意彷徨。

阿　依　（唱）　手抚盘莲慰慌张,
　　　　　　　　像他就在我身旁。

茹　玉　（唱）　盘莲像要对我讲,
　　　　　　　　海誓山盟他未曾忘。

　　　　　〔二更声响。

　　　　　〔韩宜风尘仆仆,破门而入。

韩　宜　茹、茹玉?

茹　玉　夫君!

　　　　　〔两人几欲立刻相拥,碍于阿依而止步不前。

　　　　　〔阿依缓缓站起。

阿　依　我去厨房,给你们泡壶热茶。（下）

　　　　　〔韩宜与茹玉,热泪含目。

茹　玉　（唱）　一声郎,步步唤。

韩　宜　（唱）　手儿挽,泪无端。

茹　玉　（唱）　问郎君,饮食起居可习惯?

韩　宜　（唱）　问娘子,旧病顽疾可扰安?

茹　玉　（唱）　七年来我夜夜将你梦里唤。

韩	宜	（唱）　七年来我日日把家挂心间。
茹	玉	我就知道你没有死，我就知道，你没有死！
韩	宜	你如何找到这里的？
茹	玉	我只身来滇，到昆明府查询甲历，由郡到县，由乡到寨，一步一步，走到了这里！
韩	宜	（心疼）唉！
茹	玉	年前父亲去世，临终前才将真相告我——当初你没有死，只是流放远走。你，你为何如此骗我！
韩	宜	（痛心）远窜遐荒不知归期，怎可要你跟我一起受苦！当年我写下休书杜撰死讯，为的就是要你改嫁！你怎么……不听话！
茹	玉	妾如磐，生死连。你忘了我请父亲送去的盘莲花籽了么？
韩	宜	没忘，没忘！我在滇南，也种下了一片盘莲。你来的时候，可曾看到？
茹	玉	看到，我看到了！夫君——我终于找到你了！

　　〔夫妻二人相视而笑，却突然泛起苦涩。韩宜放开茹玉的手。

茹	玉	你，明天要与那位阿依姑娘成亲？
韩	宜	是。
茹	玉	你想回京吗？
韩	宜	回不去了。新帝即位，历史翻篇，没人会再为我平反。我这一生都要待在这里了。

　　〔茹玉拿出一封布告。

茹	玉	夫君你看，这是当今圣上广纳贤才的招贤贴，无论过往，但凡有才，皆可起用！新君乃一代明君，即位不久，亟缺谋士，求贤若渴。
韩	宜	（兴奋过后的灰心）可是当年的弹劾案尚未平反，我的历史不清，我……

　　〔茹玉又拿出一封信。

茹	玉	父亲临终前召集旧部，亲手写下举荐信一封，昔日同僚联名签字，为你申冤！父亲说，你手持这封联名信回到京师，面呈圣上，定可重被起用！

　　〔停顿。

韩	宜	这么说，我可以回去了？
茹	玉	可以回去了。
韩	宜	回到京师，回到朝堂之中？

茹　玉　回到京师、回到朝堂之中！

韩　宜　我可以回去了……我可以回去了！哈哈哈哈！我要回去了！

　　　　[三更声敲响。

　　　　[幕内突传来茶盘掉落、破碎一地之声。阿侬缓缓而出。茹玉和韩宜这才意识到，阿侬一直在后厅一旁。

　　　　[灯光变化，三人分立三处，一夜无眠。

韩　宜　（唱）　东厢妻，西厢爱，

　　　　　　　　滇南京师两头难。

阿　侬　（唱）　她与他夫妻情深共患难。

茹　玉　（唱）　她与他七年相伴结凤鸾。

韩　宜　（唱）　两头皆是我梦里盼。

阿　侬　（唱）　她为他守得云开见月明，

茹　玉　（唱）　她为他青丝空耗韶华耽，

韩　宜　（唱）　可叹年月不回返。

阿　侬　（唱）　他沉冤昭雪终得盼。

茹　玉　（唱）　他返京重起在眼前。

韩　宜　（唱）　七年等得京师还。

阿　侬　（唱）　他会不会断舍离把那京师还？

茹　玉　（唱）　他会不会放不下娇美好滇南？

韩　宜　（唱）　我莫非要做那悔婚负心汉？

三人合　（唱）　月落窗前夜无眠！

　　　　[四更声清冷地响起。只有阿侬的灯还亮着。她独自一人背立窗前。

　　　　[幕后清婉的女声伴唱：月亮出来亮汪汪，

　　　　　　　　　　　　　　　悠悠照在竹楼上。

　　　　　　　　　　　　　　　阿妹等哥哥不来，

　　　　　　　　　　　　　　　阿妹等哥哎，

　　　　　　　　　　　　　　　哥不来……

　　　　[月光朦胧中，阿侬一人来到盘莲花海间。她抚摸花儿，想让垂着头的花盘抬起头来，动作越来越快，越来越疯狂，直至筋疲力尽。

阿　侬　盘莲呀盘莲，你转过头来看看我吧！哪怕只有一次、一次也好呀……你眼里只有你的太阳，太阳出来，你的心就跟着去了……我，我也有我的太阳。我的太阳，他

（唱）　照我心房暖又暖，

　　　　给我多少乐与欢。

　　　　来去匆匆天上走，

　　　　早知他终有一刻还。

　　　　从不曾为我早出现，

　　　　从不曾为我晚落山。

　　　　他是太阳我是莲——

　　　　可惜此生终无缘！

　　若天亮前，他寻我而来，那定是与我告别来了。天啊天，快亮起来吧！

　　［五更声响。

　　［韩宜上。他见阿依枯坐花丛里，一阵心疼袭来。

韩　宜　阿依。

阿　依　（半晌，平静地）先生，你还是来了。

韩　宜　来了。

　　　　［两人一时无语，盘莲妖娆舞动。

阿　依　先生，你记不记得，当年，我们一起种盘莲时的情景？

韩　宜　记得。

阿　依　那时的我，刚刚成年。

韩　宜　那时的巴甸，还没有盘莲——

　　　　（唱）　犹记当年播种时，

　　　　　　　豆蔻女儿二月梢。

阿　依　（唱）　君似骄阳天上来，

　　　　　　　使我思君暮与朝。

韩　宜　（唱）　你为我栽种盘莲籽，

　　　　　　　我教你诗书与笙箫。

阿　依　（唱）　你地理天文无不知，

　　　　　　　诗书文史无不晓。

韩　宜　（唱）　你天资聪颖心如发，

　　　　　　　琴瑟和鸣有话聊。

阿　依　（唱）　盘莲向日见天长。

韩　宜　（唱）　你我相交日渐好。

阿　依　（唱）　七年春回春又去。

韩　宜　（唱）　七年盘莲根蒂牢。

阿　依　（唱）　如今盘莲花成海，
　　　　　　　　你我分别在今朝。
　　　　　——先生，你走吧。
韩　宜　（痛心）我与茹玉七年前休书已下，已无夫妻之名，你若肯与我一
　　　　同回京，我们……
阿　依　（摇头）我不会跟你走的。
韩　宜　为何？
阿　依　先生呀，我的先生！
　　　　（唱）　七年前巴甸初邂逅，
　　　　　　　　你说你是京师来客不久留。
　　　　　　　　七年间未置房与产，
　　　　　　　　一个人居住在竹楼。
　　　　　　　　话少不合众，
　　　　　　　　婉拒谢应酬。
　　　　　　　　独自喝闷酒，
　　　　　　　　举杯对月愁。
　　　　　　　　格格不入非本性，
　　　　　　　　谁都说你待不久。
　　　　　　　　从不敢向你明心迹，
　　　　　　　　总担心捅破盆底水难收。
　　　　　　　　直到你，
　　　　　　　　开设学堂把课授，
　　　　　　　　督办人马把路修。
　　　　　　　　置地建宅交朋友，
　　　　　　　　雨中问我愿不愿将你半生漂泊来收留。
　　　　　　　　先生呀先生，
　　　　　　　　我怎不愿、怎不想、怎不渴、怎不求，
　　　　　　　　与你定居滇南隅，
　　　　　　　　红河边上泛轻舟。
　　　　　　　　却怎不料、怎不知、怎不晓、怎不忧，
　　　　　　　　七年将就，七年绸缪。
　　　　　　　　旧梦不朽，万事皆休！
　　　　　　　　新婚前夜话分手，
　　　　　　　　鸿鹄远去不回头！

韩　宜　（痛极）阿依，阿依——

　　　　（唱）　巴甸千种好，

　　　　　　　　山水乐迢迢。

　　　　　　　　我也曾诚心与你共修好，

　　　　　　　　我也曾誓将京师梦全抛。

　　　　　　　　我也曾谋划扎根在滇南，

　　　　　　　　我也曾憧憬儿孙好逍遥。

　　　　　　　　信一到，魂被搅，

　　　　　　　　几回煎，几回熬。

　　　　　　　　惊觉返京心不死，

　　　　　　　　重登庙堂才能把梦了。

　　　　　　　　此一走不知何时还，

　　　　　　　　只怕是一生滇南只一遭！

　　　　　　　　不忍愧对芳华女，

　　　　　　　　一生亏欠女儿娇！

　　　　　　［鸡鸣。

　　　　　　［茹玉静静在旁。

茹　玉　（唱）　巴甸女至善至纯惹人怜，

　　　　　　　　叫我感愧又汗颜！

　　　　　　　　她深明大义气量显，

　　　　　　　　她不计得失性至贤。

　　　　　　　　我夫客居整七载，

　　　　　　　　得遇知己苦也甜。

　　　　茹玉小看了滇南女子！（上前）阿依姑娘，我此番前来，送信事
　　　　大，寻夫事小。我独居多年，回京后定不打扰你二人生活！你乃
　　　　韩宜知己，恳请你与他返京！

　　　　　　［阿依摇头。

阿　依　我与先生，都是盘莲，只不过各有各的太阳，此生无缘。

　　　　　　［阿依剥下一把盘莲籽，赠予二人。

阿　依　先生，你来时带一包种子，走时带一包果实。种子与果实皆为一
　　　　物——在滇南见盘莲，如见京师；在京师见盘莲，如见滇南。自
　　　　此，滇南与京师皆有盘莲，愿两地皆为你心中故土。天亮了，二
　　　　位，请上路吧。

　　　　　　［二人感喟，郑重收下盘莲籽。

〔旭日东升,盘莲全部苏醒,昂头向日。

阿 依 (唱) 滇南有古语,
　　　　　　　花开天地香。
　　　　　　　谢先生,
　　　　　　　启蒙我心智与理想,
　　　　　　　为巴甸打开一扇窗。
　　　　　　　愿先生,
　　　　　　　鸿鹄志高向阳去,
　　　　　　　海阔天空任翱翔。
　　　　　　　阿依永记你德与好,
　　　　　　　滇南不忘你慨与慷。
　　　　　　　阳光普照永明亮,
　　　　　　　盘莲不悔向太阳。

〔韩宜与茹玉在村民们的目送下远去。

〔村民们散去,只见盘莲花海里,一位女子背影,她独自一人翩跹
起舞。

〔幕内伴唱:"太阳出来了,
　　　　　　月亮下去了。
　　　　　　阿哥阿哥天上走,
　　　　　　阿妹阿妹望白头……"

〔幕徐落。

瞿建国简介

　　上海市文学艺术界联合会委员,奉贤区文学艺术界联合会主席。

　　曾当过农民,教过书,做过记者,担任过奉贤区广播电视台电视编辑部主任、节目中心主任、广告部主任;曾任奉贤区文化馆馆长、奉贤区互联网新闻信息服务中心主任、奉贤区广播电视台党总支部书记等职。

　　曾参与拍摄过《赵三宝》《票友包畹蓉》《灶花王》等多部纪录片;创作过《白雪的记忆》《红丝带》《桃花红　梨花白》《蓝色的声音》《天字出头》《兄弟　站起来》《遥遥娘家路》等多部舞台作品。

　　其创作的舞台作品曾获全国"四进社区"金奖、上海市"上海之春"新人新作优秀作品奖;创作的纪录片曾获中国广播电视协会彩桥奖,上海广播电视新闻奖。

沪　剧

遥遥娘家路

编剧　瞿建国

人　物

马丽勤　女,壮族,生于1957年。一个从广西远嫁到上海奉贤的苦命女子,为了照顾婆婆、老公、孩子,30多年来把自己的青春,全部奉献给了这个多灾多难的家庭;30多年来,连自己的娘家,都没回去过一次;60岁那年,成为"中国好人"。

姚伟东　男,马丽勤的丈夫,生于1957年。自幼身体虚弱,有梦想,但命运不济,想奋斗,但到处碰壁。

杨莲珍　女,马丽勤的婆婆,生于1933年。一个丈夫死得早,后改嫁,第二任丈夫又去世,后来又回到马丽勤(儿子)家,是个疾病缠身,心地善良,受尽苦难的女人。

惠　民　男,生于1956年,马丽勤所在村的党支部书记。

阿　泛　女,生于1955年,一个"泛东泛西",靠嘴皮子吃饭的女人。后来成了马丽勤的亲家,渐渐变成了一个喜欢做好事的人。

姚小宝　男,马丽勤的儿子,生于1980年,性格开朗很活络。

芬　芬　女,生于1982年,阿泛的女儿。姚小宝的女友、妻子。

吴记者　女,35岁,是个敬业的记者。

阿　龙　男,年龄与姚伟东相仿,是个吊儿郎当的混混,后来转变。

母　亲　马丽勤的母亲。

护　士　二人。

群　演　十二人。5男7女。

序 幕

时　间　1979 年 4 月。

场　景　景色秀丽的广西南宁,凤凰山下,桃花盛开,朝霞漫天,层层白雾
　　　　在林中萦绕……

　　　　(音乐中大幕徐徐拉开。舞台上一组平台,起伏跌宕,一条通向
　　　　远方的山路)

　　　　(合唱)凤凰山呀红水河,

　　　　　　　　蜜蜂采蜜桃花头;

　　　　　　　　妹妹牵着哥哥的手,

　　　　　　　　紧跟阿哥不回头。

　　　　[一声喜庆的唢呐声响起。出嫁的马丽勤身着壮族嫁衣在妹妹
　　　　们的伴随下走上山路。母亲随后跟上。

母　亲　女儿啊,到了要写信啊……

马丽勤　知道了。

母　亲　要记得勤劳善良,做个好人……

马丽勤　记住了。

母　亲　要常回家看看啊……

马丽勤　阿妈,我会回来的,我会回——来——的——(声音在幽谷中回荡)

　　　　[马丽勤奔向母亲,紧紧依偎在母亲的怀抱。母亲从手上取下手
　　　　镯给女儿戴上。

　　　　(山歌起)年年有个三月三,

　　　　　　　　远嫁的姑娘回来哉;

　　　　　　　　母女抱头哭一场,

　　　　　　　　哭声传到凤凰山。

　　　　[山歌声渐渐远去……灯光渐收。

第一幕　债到年关

时　间　1983年，除夕。

场　景　上海奉贤农村，万家灯火，时而传来鞭炮声。马丽勤家：破旧的老平房，一辆自行车，小方桌，椅子，小摇床上睡着一个一岁左右的孩子，角落里几只蜜蜂箱。

〔马丽勤坐在桌边绣披肩。

马丽勤　（唱）　想当初凤凰山下桃花开，

　　　　　　　　红水河边蜜蜂舞；

　　　　　　　　蜂逗花蕊花儿笑，

　　　　　　　　丽勤爱上姚哥哥。

　　　　　　　　嫁到奉贤做媳妇，

　　　　　　　　结婚生子娘来做。

　　　　　　　　今朝是大年三十年关到，

　　　　　　　　一桌饭菜由我做；

　　　　　　　　炒青菜，焖萝卜，

　　　　　　　　红烧豆腐捏落苏；

　　　　　　　　咸菜粉丝一砂锅，

　　　　　　　　还有荤菜一盆小田螺。

　　　　　　　　开开心心等开桌，

　　　　　　　　全家团聚把新年过，新年过。

（听到孩子在小床上哭）宝宝不哭，不哭，等过了年我们就回广西看外婆。（轻声哼唱）

　　　　　　　　凤凰山呀红水河，

　　　　　　　　蜜蜂采蜜桃花头；

〔婆婆杨莲珍和丈夫姚伟东上，手上一瓶酒，一盒点心。姚伟东接唱。

　　　　　　　　妹妹牵着哥哥的手，

　　　　　　　　紧跟阿哥不回头。

马丽勤　妈,伟东回来了。

杨莲珍　(看见披肩)丽勤,大年三十你还在绣啊!

马丽勤　妈,我想过了年初三,就拿到镇上去卖掉!

杨莲珍　委屈你了!

马丽勤　妈,伟东,晚饭准备好了。

姚伟东　年三十,都有些啥菜?

马丽勤　都是素菜,只有六只田螺算是荤菜。

杨莲珍　真是难为你了。

姚伟东　还好有一分自留地。

杨莲珍　应该讲,还好有丽勤,自留地种来相当好!

姚伟东　阿妈讲得对,我就是闲话讲不到点子上。

杨莲珍　你就是抓不住重点,你看你这些年养的蜜蜂……

姚伟东　停停停,吃年夜饭,要开心,不要弄来不开心。

马丽勤　妈,伟东,吃饭吧。(三人欲进内准备吃年夜饭。)
　　　　[阿龙上。

阿　龙　伟东,伟东

姚伟东　是阿龙

阿　龙　伟东,弟媳妇,还有阿姨。

杨莲珍　阿龙,来,一起吃晚饭。

阿　龙　阿姨,我没有时间。

杨莲珍　连吃饭也没时间?

阿　龙　呶——

　　　　(唱)　伟东最受我钦佩,
　　　　　　　　当年养蜂先河开。
　　　　　　　　借我铜钿八十块,
　　　　　　　　我为兄弟撑足台。
　　　　　　　　去年应该还清爽,
　　　　　　　　伟东要求缓一缓,
　　　　　　　　一晃又是一年过,
　　　　　　　　本息合计翻一番、翻一番。

杨莲珍　翻一番是啥意思?

阿　龙　(唱)　一百块变成两百块,
　　　　　　　　两百块变成四百块。

马丽勤　八十元变成一百六?

小弟兄　对对对，还是弟媳妇拎得清，快点，钱拿出来。

姚伟东　阿龙，家里真的没钱，我求你宽限几个月，有了钱一定先还给你。

阿　龙　今天是大年夜，债要清空！（到处寻看）

姚伟东　真的没有。你不相信，自己找！

　　　　（阿龙发现一辆自行车，要推走。姚伟东拼命争夺被推倒。阿龙推着自行车就走，临出门抛下一句："告诉你，初七必须还清！"扬长而去。孩子在小床上惊哭。马丽勤速抱起孩子）

马丽勤　（哄孩子）宝宝，不哭，不哭……

杨莲珍　伟东，你怎么交这种朋友？

姚伟东　当初养蜂缺本钱，我问阿龙借。哪晓得养蜂会失败，阿龙就乘势竹杠敲。

杨莲珍　伟东，你真是不争气。当初叫你不要养蜜蜂，你偏要养蜜蜂；亏了那么多，还欠了高利贷！我看，还是应该好好地种地。

姚伟东　妈——

　　（唱）　一共两亩责任田，

　　　　　　种啥都不会有钞票；

　　　　　　面朝黄土背朝天，

　　　　　　今生今世发不了！

杨莲珍　（唱）　农民自古靠种田，

　　　　　　　　田是农民传家宝；

　　　　　　　　要是没有一分田，

　　　　　　　　吃穿不着难温饱！

姚伟东　两亩田，能自家吃饱饭已经谢天谢地了。现在是改革开放，只有做生意才能赚钱。以后，小宝长大了问我，阿爸，改革开放了，你怎么还在种田？你叫我怎么回答？

杨莲珍　农民不种田，工人吃啥去？

马丽勤　妈，伟东，吃饭去吧。

　　　　〔三男二女五个债主上。

债主甲　阿姨，吃年夜饭啦？

杨莲珍　哦，三弟，小妹，全来了？

债主甲　我也不兜圈子了，你老公去世半年了，住院治疗的时候，借了不少钞票。唉，借我80元，借光辉50元，借阿东40元，还借"小眼睛"60元。

债主乙　借我30块，年关到了，总要还一点吧？你要过年，我们也要过年呀。

众债主　借我 100 元，到现在也没有还。

姚伟东　妈，你借了这么多钱啊？

杨莲珍　（唱）　你父亲躺在医院里，

　　　　　　　　不借铜钿哪能医？

　　　　　　　　两亩农田收成少，

　　　　　　　　拿啥去付医药费？

马丽勤　（唱）　既然借了必须还，

　　　　　　　　未知借了有几钿？

姚伟东　（唱）　难道侬还有私房钱？

　　　　　　　　看侬口气大来西。

债主甲　（唱）　你先要还我八十块，

　　　　　　　　儿要读书交学费！

债主乙　（唱）　我的老娘住医院，

　　　　　　　　先要缴好住院费。

债主丙　（唱）　我的老婆刚引产，

　　　　　　　　营养必须跟上去。

杨莲珍　（唱）　丽勤哪有私房钱，

　　　　　　　　绣个披肩要七天，

　　　　　　　　三角四角贴家用，

　　　　　　　　还有啥格闲铜钿？

马丽勤　妈，邻居都来讨债，我们怎么办呢？

杨莲珍　三弟，小妹，谢谢你们在我最困难的时候借钱给我，再缓缓，等过
　　　　了年我再想想办法……

债主甲　不行！开春我儿子读书就等着交学费！

债主乙　我老娘住院了，医院催着缴住院费！

债主丙　今天必须还钱，否则我们就不走了！

马丽勤　（见状）我来还！

众　人　你有钱啊？

马丽勤　我有一箱嫁妆！

众　人　嫁妆！

杨莲珍　不行！这是万万不行的！

姚伟东　我欠的债，我来还！

马丽勤　妈，这箱嫁妆，可以抵债。（马丽勤进里屋）

杨莲珍　媳妇，这个万万动不得啊！

（债主们又是一阵七嘴八舌。马丽勤取出一个首饰箱。）

马丽勤　这就是我的全部嫁妆，今天抵押给大家。（慢慢打开首饰箱）

（唱）　远嫁上海路遥遥，

　　　　一箱嫁妆娘备好：

　　　　饭碗茶杯汤婆子，

　　　　希望衣食无忧能温饱；

　　　　牛角木梳做工巧，

　　　　平安如意儿孙抱；

　　　　黄杨算盘传家宝，

　　　　精打细算活到老；

　　　　小小镜子明又亮，

　　　　言行举止常对照；

　　　　针线盒子寓意好，

　　　　缝缝补补要勤劳；

　　　　还有这只玉镯头，

　　　　这上面留有妈妈的记忆和味道。

　　　　丽勤嫁妆就这些，

　　　　权当押债休嫌少；

　　　　深深鞠躬谢各位，

　　　　到时登门还钞票。

（马丽勤手捧首饰箱递给大家。众债主不知所措）

债主甲　算了，这些东西还是放在你这里吧。我相信你马丽勤。（众债主窃窃私语："少数民族的嫁妆倒是蛮讲究的。""马丽勤这个小媳妇待人可以的。""是啊，走吧。""回去？先回去！"）

债主乙　等你有了钱再还吧！大家相信你，我们走了……

马丽勤　请等一等！我这里绣了一些壮族的七彩披肩，送给大家！表示我们的一份谢意……对不起了！

众　人　（各自一条）太好看了！谢谢！谢谢！

〔众债主下。

杨莲珍　丽勤，我们姚家欠你的……

马丽勤　妈，不要再说了。过了春节，我就把首饰卖了，能还多少债就先还掉多少。

杨莲珍　不可以，丽勤。

姚伟东　丽勤,我娶到你这样的老婆,真是前世修来的好福气。
　　　　（一阵鞭炮声）

杨莲珍　听听,人家都在放鞭炮了,还是吃年夜饭吧。（杨莲珍抱起孩子,
　　　　和伟东一起下。）

马丽勤　（手捧首饰箱)阿妈！我今年不回去了！
　　　　（渐收光）

第二幕　婆媳情深

时　间　1993 年 6 月（10 年后）

场　景　医院病房。
　　　　（幕后合唱）

　　　　　　　　时光匆匆十年整,

　　　　　　　　农村面貌日异新,

　　　　　　　　家家户户多变化,

　　　　　　　　丽勤十年未翻身。

　　　　（杨莲珍半躺在病床上不停地咳嗽）

杨莲珍　（唱）　自从上月咳不停,

　　　　　　　　住进医院查病因,

　　　　　　　　上周儿子也发热,

　　　　　　　　也送医院看毛病;

　　　　　　　　两个病人医院躺,

　　　　　　　　上下服侍靠丽勤;

　　　　　　　　还有孙子要上学校,

　　　　　　　　接送也要靠丽勤;

　　　　　　　　真是世事多变难预料,

　　　　　　　　我暗自流泪叹艰辛。

杨莲珍　丽勤啊！婆婆真的是不想再拖累你！
　　　　〔马丽勤背着一个背包上。

马丽勤　妈,昨天挂了盐水,今天感觉好一点吗?

杨莲珍	好像好一点了。丽勤,你去问问医生,我什么时候才能出院?
马丽勤	好的,我等一会就去问。
杨莲珍	伟东高烧退了吗?
马丽勤	好像好一点了。(从包里拿出一个搪瓷杯,打开)妈,饿了吧?快,趁热喝,鸡汤补气!
杨莲珍	鸡汤? 你哪来的钱买鸡?
马丽勤	我一早起来就卖了几捆绳,现在还剩最后一捆。
杨莲珍	(抚摸着丽勤双手)你昨晚搓绳又是一宿没睡!
马丽勤	妈,我想过两天弄几只小鸡来养养。快,趁热喝吧。
杨莲珍	丽勤,我可以出院的话,你就赶快回娘家去,看看你阿妈! 你看,都十几年了。
马丽勤	过段时间再说吧。
	〔护士甲上。
护士甲	杨莲珍,前几天拍的 X 光片清晰度不够,现在再去拍一张。
马丽勤	有什么问题吗?
护士甲	现在还不清楚,马上就去吧。(护士乙扶杨莲珍上轮椅车,推下。护士甲把马丽勤拉到一边。)
护士甲	(悄悄地)你丈夫的检查报告出来了。
马丽勤	他情况怎样?
护士甲	他是白血病。
马丽勤	(震惊)啊?!
护士甲	你不要太紧张,现在是早期,病情还能稳住。
马丽勤	我去看看他。
护士甲	马丽勤,医生正在做检查,你等会儿再去吧。(下)
马丽勤	伟东,我……我怎么办啊……
	〔阿泛上。
阿 泛	丽勤,你的脸色这么难看? 你怎么啦?
马丽勤	我,我……
阿 泛	丽勤,你看看,这些年你这过的是什么日子! 婆婆住院,丈夫又住院,连嫁妆都抵债了。唉! 你嫁到奉贤十几年,娘家一次也没回去过!
马丽勤	阿泛,你怎么来了?
阿 泛	我在找你啊,找了三个圈子,总算找到了。
马丽勤	找我什么事?

阿　泛　我有个办法可以帮你。

　　　　（唱）　塘外有个老头子，

　　　　　　　　六年前头死娘子；

　　　　　　　　老来无伴苦恼子，

　　　　　　　　一心再想讨娘子；

　　　　　　　　托人托到三胖子，

　　　　　　　　三胖托伊大嫂子；

　　　　　　　　嫂子前天打菜籽，

　　　　　　　　菜籽打得……

马丽勤　阿泛，你这是什么意思？

阿　泛　把你婆婆改嫁出去！

马丽勤　阿泛，你怎么可以做这种事情？

　　　　（唱）　不要乱点鸳鸯谱，

　　　　　　　　我再苦不会嫁婆婆。

阿　泛　（唱）　我是帮侬解忧愁，

　　　　　　　　红娘只把好事做。

马丽勤　（唱）　这种好事做下来，

　　　　　　　　左右邻居闲话多。

阿　泛　（唱）　实话必须告诉侬，

　　　　　　　　是你婆婆一再托我把媒人做！

马丽勤　啊？！

　　　　〔护士甲推杨莲珍上。护士下。

阿　泛　婶婶，你好点了吧？

杨莲珍　阿泛，你来了？我托你办的事情怎么样啊？

阿　泛　办好了！婶婶，那个老爷叔晓得你家的情况，还愿意帮你还掉剩
　　　　下的债务！

马丽勤　阿泛！你，你不要再说了！

阿　泛　好好，我不讲，我不讲了。不过丽勤，告诉你，我阿泛这次一点都
　　　　不烦！我先走了！

　　　　〔阿泛气鼓鼓下。

马丽勤　妈，这是真的吗？

杨莲珍　是真的。

马丽勤　我不同意！

杨莲珍　我已经决定了。

马丽勤　　妈——

　　　　（唱）　是不是无情病魔使得你难受？
　　　　　　　　是不是债务重重使得你担忧？
　　　　　　　　是不是孙子淘气使你心烦透？
　　　　　　　　是不是我照顾不周你要走？

杨莲珍　（唱）　债务总会还清爽，
　　　　　　　　病魔总会被赶走，
　　　　　　　　孙子活泼人人爱，
　　　　　　　　媳妇勤劳又淳厚。

马丽勤　（唱）　婆婆她是啥心思猜不透，
　　　　　　　　丽勤我急在心里眉头皱。

杨莲珍　（唱）　她是孝顺媳妇要留我，
　　　　　　　　我是拿定主意朝外走。

马丽勤　（唱）　她到底为啥要改嫁？

杨莲珍　（唱）　拖累她我实在不忍心，
　　　　　　　　改嫁是为你减负分忧愁。

　　　　（婆婆急咳嗽。丽勤连忙端水）

马丽勤　　妈！喝点水！

杨莲珍　　丽勤，我不能再拖累你了，你就让我走吧！

马丽勤　（唱）　婆婆啊——丽勤情深婆婆叫，
　　　　　　　　请你千万莫要走，
　　　　　　　　当我孤独寂寞时，
　　　　　　　　你会拉起我的手，
　　　　　　　　相依相靠话相劝，
　　　　　　　　排解心头忧和愁。
　　　　　　　　丽勤双手婆婆拉，
　　　　　　　　请你千万莫要走，
　　　　　　　　当我犹豫迷茫时，
　　　　　　　　你会拉起我的手，
　　　　　　　　为我引领方向指，
　　　　　　　　走准每个岔路口。

杨莲珍　　你就让我走吧！

马丽勤　（唱）　丽勤含泪婆婆求，
　　　　　　　　请你千万莫要走，

当我无助无望时，

你会拉起我的手，

一步一步朝前走，

暖流永在我心头。

婆婆就像一本书，

值得媳妇读读透，

天天翻它二三页，

夜夜放在床横头。

我要日夜陪伴你，

同甘共苦牵着手，

让你身体恢复好，

定让你苦尽甘来有盼头。

杨莲珍　媳妇啊，婆婆真的不想再拖累你呀！

马丽勤　妈，根本不是你拖累我，是我离不开你啊！

杨莲珍　好媳妇！

马丽勤　妈，你身体不好，还是好好休息吧。

　　　　〔丽勤紧紧依偎在婆婆身边。护士上。

护士甲　（悄悄告诉马丽勤）你婆婆的肺上有一个磨玻璃结节，不排除肿瘤的可能性，明天要再拍一个CT，手术是必须要做的。

马丽勤　啊？！

护士甲　赶快准备好手术费。

马丽勤　好，好的。

　　　　（马丽勤摸摸口袋，身无分文，不知如何是好；突然摸索到手腕上的玉镯，捋下，想起了母亲。）

马丽勤　阿妈，对不起，我要救婆婆……

　　　　（渐收光）

第三幕　离婚风波

时　间　2004年8月（11年后）

场景一 青村老街一隅,远处桃林一片,黄桃挂满枝头。

（幕后合唱）

> 光阴如箭月如梭,
>
> 二十五年多困苦。
>
> 几次梦回娘家路,
>
> 无奈好梦难圆都错过。

[姚小宝坐着看书。芬芬边找边上。

芬　芬　小宝,小宝,这个姚小宝,讲好等在这里的,人又不知道跑到哪里去了? 真是的。

姚小宝　芬芬。

芬　芬　小宝。

姚小宝　芬芬,你看,我们村今年的黄桃又是一个丰收年。

芬　芬　嗯,又是一个丰收年。

（唱）走到姚家村口头,

锦绣黄桃已熟透。

芬　芬　（唱）丰满香甜惹人爱,

引得路人不肯走。

姚小宝　（唱）走过桃林慢悠悠,

黄桃甘甜又润喉。

芬　芬　（唱）天上仙果人间有,

桃园姑娘更温柔。

姚小宝　（唱）满园金果枝头挂,

一看今年又丰收,

芬　芬　（唱）丰收洒有姑娘汗,

辛勤耕耘心血留。

姚小宝　（唱）黄桃香飘十里远,

小宝早已醉心头。

芬　芬　（唱）有心摘桃莫犹豫,

错过今年要等明年后。

姚小宝　我会抓紧的。

芬　芬　说话一定要算数。

姚小宝　芬芬——

（唱）青村老街要开发,

我有信心搞旅游;

多年以后我和你，

青村港边看龙舟。

芬　芬　（唱）　看龙舟，手牵手，

紧跟阿哥不回头。

姚小宝　（唱）　龙舟划到青村港，

两岸黄桃迎风抖；

宝芬合　（唱）　只要等到那时候，

我和你相依相伴到白头。

芬　芬　（兴奋）一言为定！

姚小宝　一言为定！

芬　芬　你想在老街上做什么？

姚小宝　我想建一个"蜜蜂展示馆"。

芬　芬　你建成"蜜蜂展示馆"，我就在你隔壁建一个"黄桃展示馆"。

姚小宝　（深情地拉着芬芬双手）好，芬芬，我们一起努力吧，为建成我们的蜜蜂展示馆、黄桃展示馆奋斗！（二人击掌，手牵手漫步在田野上。阿泛路上行走，发现芬芬和姚小宝，轻手轻脚的躲在一边）

芬　芬　小宝，你妈妈真好，我就是喜欢你妈妈，我要向你妈妈学习！做一个姚家的……

姚小宝　啥？

芬　芬　做一个姚家的好媳妇。（声音回荡在田野上空。姚小宝追下）

阿　泛　（气冲冲的叫声）芬芬，芬芬，这小姑娘昏头了！怎能跟姚小宝交朋友？这家人家实在太穷了！这下完了！对！赶快去找书记评理去。（急下几步又转回，大声地）姚小宝，你想和我们芬芬交朋友，你是痴心妄想！你是白日做梦！

　　　　〔阿泛急下。

场景二　村委会书记办公室。

　　　　〔远处一阵闷雷声

惠　民　（打电话）喂，小王，刚刚接到防汛指挥部的通知，下午有特大暴雨。你抓紧去落实村里的防汛防台工作。

　　　　〔阿泛上。

阿　泛　书记，书记在吗？

惠　民　阿泛，什么事这么急？

阿　泛　书记，你要帮我评评理呀！

惠　民　啥事情？好好地讲。

阿　泛　我女儿芬芬同马丽勤的儿子小宝谈朋友啦。

惠　民　好事情啊，有喜酒吃啦。

阿　泛　好啥！我不同意。你看马丽勤，好运总归碰不到她。

　　　　（唱）　高速公路已修成，

　　　　　　　　横穿半个姚家村。

　　　　　　　　村民宅基遇动迁，

　　　　　　　　偏偏绕开她家门。

惠　民　是啊，相差一公尺，拆迁挨不着。

阿　泛　还有她的婆婆杨莲珍——

　　　　（唱）　婆婆向来多毛病，

　　　　　　　　改嫁塘外不断根。

　　　　　　　　嫁个老公寿不长，

　　　　　　　　去年"吧嗒"又"驾崩"。

惠　民　也是一个苦命人。

阿　泛　嫁两趟，死两个。后来，我又去做介绍，没一个男人要了。再看
　　　　丽勤的老公姚伟东——

　　　　（唱）　伟东确实很勤奋，

　　　　　　　　但是做事少分寸，

　　　　　　　　做一样来输一样，

　　　　　　　　一样事体未做成。

惠　民　看来没选对行当。

阿　泛　还有他们的儿子姚小宝——

　　　　（唱）　小宝今年廿四整，

　　　　　　　　恋爱应该好好能，

　　　　　　　　门当户对老古话，

　　　　　　　　偏偏找侬装芬芬。

阿　泛　真是踏碎皮球一包气！书记，我晓得，思想工作还是你会做。

惠　民　婚姻自主，我不能干涉。（惠民朝窗外一看，发现马丽勤和姚伟
　　　　东来了）呦，马丽勤和姚伟东来了……

阿　泛　书记，你帮帮忙，这个事情就交给你了，帮我去做做思想工作。
　　　　我先走了，我先走了。（下）

　　　　[姚伟东拉着马丽勤打了一把雨伞上。

马丽勤　你干啥？

姚伟东　走啊！

马丽勤　难看吗？

姚伟东　书记，书记你来评评道理。

惠　民　评道理？你们不是讲好下周一起去广西吗？你们看，小礼品我
　　　　都帮你们准备好了！（取出一个藤篮）

马丽勤　谢谢书记！你总是想得这样地周到。

姚伟东　书记——

马丽勤　书记，他要去山东，收赛鸠（蟋蟀）！

姚伟东　家里欠了"一屁股"的债，如果再不出去闯一闯，怎么办？

惠　民　伟东，我俩从小一起长大，我能理解。

　　　　（唱）　伟东你生在五七年，

　　　　　　　　注定一生不容易；

　　　　　　　　童年盼着长身体，

　　　　　　　　遇到灾害饿三年。

　　　　　　　　渴求知识上学校，

　　　　　　　　遇到文革六六年；

　　　　　　　　中学毕业回家乡，

　　　　　　　　摸爬滚打浑身泥。

　　　　　　　　盼望保送上大学，

　　　　　　　　田里劳动抢在前；

　　　　　　　　四年一晃就过去，

　　　　　　　　转眼到了七七年；

　　　　　　　　恢复高考凭实力，

　　　　　　　　连忙补课来不及；

　　　　　　　　只能种地当农民，

　　　　　　　　不晓得啥辰光是出头年。

惠　民　哈哈，我们这一代人，都一样。

姚伟东　虽然我们是被耽误的一代，但也不能自暴自弃！

　　　　（唱）　伟东思想不落后，

　　　　　　　　迎合开放有勇气，

　　　　　　　　先养蜜蜂后养蛙，

　　　　　　　　到过广东和广西；

　　　　　　　　捉过蛤蟆刮过浆，

　　　　　　　　钓过龙虾养过鸡；

为啥不赚赔铜钿，

因为跟风不超前；

今年我已四十七，

再不抓牢要作废；

大众生意发不了，

出奇制胜搏一记。

惠　民　搏一记？想搏啥？

姚伟东　我要去山东收赛鸠。

惠　民　赛鸠？

姚伟东　我告诉你们，到了八月份，全国各地开始斗赛鸠了，要是手头有一只强壮的赛鸠，斗遍天下无敌手，你晓得要赚多少钱？山东好几个县的农民，晚上抓赛鸠，老房子全部翻成了新楼房。前天阿龙告诉我，他有一个圈子，一百多人，赌球，赌车牌，斗鸡，斗赛鸠……

惠　民　这个圈子，公安机关已经密切关注了，昨天夜里，阿龙已经被请进拘留所了。

马丽勤　看到吗？赌博这条路是走不通的！

姚伟东　我不赌呀。书记一直教导我们，不能赌博，不能吸毒，我连麻将都不碰的。

惠　民　你不赌，生意怎么做？

姚伟东　书记啊——

　　　　（唱）　自古到今玩赛鸠，

　　　　　　　　就为一斗押铜钿；

　　　　　　　　如此商机抓不住，

　　　　　　　　哪能对得起改革开放的好时机？！

马丽勤　书记，伟东的身体刚刚恢复稳定下来，现在去山东身体哪能吃得消？

姚伟东　我去山东是为了减轻你负担。

马丽勤　你呀，是想一夜翻身、一夜发财！

姚伟东　我一夜发财？你办织锦坊就能发财吗？

惠　民　织锦坊？这是怎么回事？

马丽勤　书记，村里有两三个姐妹家庭条件都不大好，我们想联合起来，办个小小的家庭作坊。

惠　民　哎，这个主意不错，用你的一技之长，帮助大家增加收入，我举双手同意!

马丽勤　我还想增加点产品,比如:具有我们民族特色的壮锦布包,还有坐垫、抱枕……

姚伟东　停停停,老实说只有我出去做才能赚钱。

马丽勤　可这是害人的生意,我不同意!

姚伟东　你要成立织锦坊,我也不同意!

马丽勤　伟东,这些年你身上的教训还少吗?

姚伟东　(冒火)马丽勤,告诉你,这次我一定要出去! 你如果不同意,(气急)我要跟你离婚!

惠　民　伟东!

姚伟东　离婚!

马丽勤　(浑身颤抖)离婚,离婚。(冲出办公室)

惠　民　姚伟东! 你还愣在这里,还不赶快追呀!
　　　　[姚伟东醒过神来跑下。惠民紧跟着下。

场景三　同场景一。雨。
　　　　[马丽勤奔跑而上,无情打击下的天旋地转,寸断肝肠。

马丽勤　(唱)　一声离婚万念空,
　　　　　　　两眼金星泪水涌,
　　　　　　　四肢乏力独彷徨,
　　　　　　　六神无主心伤痛,
　　　　　　　思绪万千乱如麻,
　　　　　　　酸甜苦辣百味涌。
　　　　　　　回想采花小蜜蜂,
　　　　　　　当年引我往外冲,
　　　　　　　千里远嫁只为爱,
　　　　　　　一心跟随姚伟东。
　　　　　　　二十五年多磨难,
　　　　　　　二十五年多苦衷;
　　　　　　　你病痛折磨有人陪,
　　　　　　　你艰难创业有人懂;
　　　　　　　柴米油盐细调配,
　　　　　　　苦茶当酒甜心中。
　　　　　　　我不在乎贫困生活多拮据,

我只在意真情真义真感动。
风雨同程陪你走,
谁知老天偏捉弄,
离婚两字似钢针,
满腔热忱终成空。

马丽勤　阿妈,我要回家。

(音乐声,再现家乡美景。马丽勤似是看见了弟弟妹妹,看见了母亲,听到了母亲的山歌声——

年年有个三月三,
远嫁姑娘回来哉……

(渐渐的众人离去。舞台上只有马丽勤孤独一人。马丽勤寻找着……)

马丽勤　阿妈,阿妈……

(山歌起)

年年有个三月三,
远嫁的姑娘回来哉;
母女抱头哭一场,
哭声传到凤凰山。

(天空小雨淅沥,姚伟东急上,为马丽勤撑起雨伞)

姚伟东　我们回去吧。

马丽勤　嗯。

(马丽勤默默地走在前面,姚伟东看着马丽勤的背影,忍不住哭了。)

马丽勤　伟东,你怎么了?

姚伟东　丽勤,自从你嫁给我姚伟东,这些年,你为了这个家经历了多少辛酸和磨难,你把这些深深埋藏在心底,我是看在眼里痛在心里。记得那年我得了白血病,是你倾家荡产把我从死亡线上救了回来。

马丽勤　伟东,不要讲了,有你在,有我在,我们这个家就不会散。

(唱)　伟东你可还记得,
凤凰山下两相逢,
哥哥养蜂前面走,
妹妹身后满脸红。

姚伟东　(唱)　春花秋月结伴行,
互诉衷肠两相拥。

564

马丽勤	（唱）	伟东你可还记得，
		同放风筝上云天空，
姚伟东	（唱）	我牵风筝你唱歌，
		欢声笑语随风送。
马丽勤	（唱）	伟东你可还记得，
		凤凰山下娘相送，
姚伟东	（唱）	娘说夫妻要体谅，
		相敬如宾情义重。
姚伟东	（唱）	一提凤凰山，
		想起蜜蜂飞，
		日日花中舞，
		夜夜篝火边。
马丽勤	（唱）	红水河边桃花红，
		春江水暖鱼水戏，
		心心相印多甜蜜，
		笑声回荡山河边。

姚伟东　丽勤，我们计划不变，下周一起回广西看阿妈！

马丽勤　阿妈看见我们该有多高兴啊，还有弟弟妹妹们，真是想念他
　　　　们……

　　　　［远处雷声隆隆。

姚伟东　丽勤，下雨了，我们快回家吧。

　　　　［姚小宝和芬芬撑着雨伞急匆匆上。

姚小宝　阿妈，不好了，我们家里的房子坍塌了！（一声惊雷）

马丽勤　啊?!

芬　芬　主要是房子在高速公路旁边，汽车来回震动，墙壁早已开裂，今
　　　　天一场暴雨，房子就坍塌了……

　　　　［惠民赶到。

惠　民　伟东，丽勤，村里已经派人赶去了，快，你们跟我走。

　　　　（雷声大作）

　　　　（幕后合唱）

　　　　　　　　暴雨无情灌头顶，

　　　　　　　　政府关爱老百姓，

　　　　　　　　组织动员共抢险，

　　　　　　　　村民相助动真情，动真情。

第四幕　婆婆回家

时　间　2006年,中秋(2年后)

场景一　马丽勤新家,楼房。整洁明亮,简朴大方,有简单的家具。屋外
　　　　有桃树林。

　　　　〔阿泛拎了一盒月饼上。

阿　泛　(唱)　芬芬和小宝恋爱谈,

　　　　　　　我是用尽力气也拆不开,

　　　　　　　我三句闲话未讲完,

　　　　　　　伊就一通脾气冲上来!

阿　泛　没办法,我只好放软挡。哎,刚才路过村口,好像是马丽勤的婆
　　　　婆杨莲珍回来了。

阿　泛　(唱)　假使老太要回来,

　　　　　　　丽勤肯定认真待。

　　　　　　　这个老太毛病多,

　　　　　　　终有一日床上瘫。

　　　　　　　丽勤媳妇逃勿脱,

　　　　　　　只能屏牢日夜班。

　　　　　　　苦了我家小芬芬,

　　　　　　　以后服侍要分摊。

阿　泛　丽勤,丽勤。

马丽勤　阿泛来啦?

阿　泛　丽勤,中秋节,送盒月饼给你。

马丽勤　这怎么好意思。

阿　泛　小意思。

马丽勤　阿泛,今天我不陪你了,婆婆的身体不好,现在塘外的老伴去世
　　　　了没人照顾,中秋快到了,我要去看婆婆。

阿　泛　是呀,你婆婆现在是走投无路,活不下去了。丽勤,我和你讲,你
　　　　婆婆是命里生的八败命,到东到西扫帚星,克夫命扫帚星! 我是

走过三关六码头,吃过奉化芋艿头的人,看得多了……你千万不要让她回来住!否则,你要苦到头发白!

马丽勤　阿泛,我告诉你,今天我要去劝劝婆婆,请她回来。

阿　泛　丽勤,你不要去了!我刚才在村口好像看见你婆婆回来了。

马丽勤　你怎么不早说!(急下)

阿　泛　马丽勤呀!你这不是自找苦吃!(收光)

　　　　(紧接后演区灯光渐进)

场景二　村边路口。

　　　　[杨莲珍拄着拐杖上,衣衫破旧,咳嗽不止,徘徊在小路上,秋风萧瑟,落叶纷飞。

杨莲珍　唉,苦啊!

　　　　(唱)　我本是个老实人,

　　　　　　　一生劳碌苦命人。

　　　　　　　当初为债再嫁人,

　　　　　　　结果又成守寡人。

　　　　　　　生病床边无亲人,

　　　　　　　走来走去陌生人。

　　　　　　　邻里当我扫帚星,

　　　　　　　寡妇还背克夫命。

　　　　　　　听说小宝要结婚,

　　　　　　　带病也要串串门。

　　　　(杨莲珍不小心摔倒在地,挣扎爬起来又倒下。马丽勤一路奔跑至村口,发现婆婆。)

马丽勤　妈——

杨莲珍　(欣喜)丽勤——

马丽勤　(唱)　婆婆啊那天匆匆分别后,

　　　　　　　已有多时未通讯。

　　　　　　　婆婆身体可康健?

　　　　　　　婆婆日子可安稳?

杨莲珍　(唱)　春天河边散散步,

　　　　　　　夏天树下风凉乘,

　　　　　　　秋天赏月星星数,

　　　　　　　冬天太阳晒晒身。

日子过得蛮舒心，

无忧无虑度光阴。

马丽勤　（唱）　婆婆年迈身有病，

好似浮萍漂漂不扎根。

面容憔悴多消瘦，

万般牵挂揪我心。

婆婆啊既然春夏秋冬多舒心，

为啥你紧锁双眉留泪痕？

杨莲珍　（唱）　当年改嫁我力争，

无奈是命运安排不由人。

甜酸苦辣肚中咽，

面对丽勤三思忖。

媳妇啊，婆婆眉目从小锁，

无忧无虑无怨恨。

马丽勤　（唱）　妈妈啊你的苦恼我知情，

残酷的命运对你不公平

你买米买菜无人帮，

生病住院无有陪夜人。

夜里常被梦惊醒，

醒来时常泪满襟。

是我媳妇未做好，

是我媳妇未曾尽责任。

今天向你来赔罪，

还请婆婆回家门。

杨莲珍　回家，我不想拖累你，我只是想来看看你们。

马丽勤　妈，我们回家吧。

杨莲珍　（目视丽勤，一个劲地哭泣）回家……

马丽勤　（坚定的）回家！

　　　　〔远处传来小宝、芬芬、伟东呼喊声。

小　宝　奶奶——

芬　芬　奶奶——

伟　东　妈——

马丽勤　你们怎么找到这里来啦？

芬　芬　是我妈告诉我们的！

杨莲珍　这小姑娘是谁呀？

姚小宝　奶奶，是我的女朋友，芬芬。

杨莲珍　芬芬，好！好！

姚伟东　妈，小宝和芬芬马上要结婚了，您就有孙媳妇啦！

杨莲珍　我孙子马上结婚啦！太好了。（杨莲珍看看小宝又看看芬芬）丽
　　　　勤，我还是回那边去吧，等小宝结婚时再来！（欲走）

马丽勤　妈！

伟　东　妈！

小　宝　奶奶！

杨莲珍　我住在这里会拖累你们的。

芬　芬　（上前拉住奶奶）奶奶——
　　　　（唱）　奶奶身体并不好，
　　　　　　　　今后有我来照料。
　　　　　　　　衣裳我来汰，
　　　　　　　　中药我来熬，
　　　　　　　　一日三餐由我烧。
　　　　　　　　我妈妈呀如若她敢泛一泛，
　　　　　　　　芬芬我呀定然与她天天闹。

姚伟东　这可不行！她是小宝的丈母娘！

芬　芬　我是吓吓她的。

姚小宝　奶奶——
　　　　（唱）　小宝拉住奶奶手，
　　　　　　　　奶奶千万勿要走。
　　　　　　　　二层新房已造好，
　　　　　　　　中间大房给你留。
　　　　　　　　孝老爱亲我们懂，
　　　　　　　　天伦之乐尽孝道。
　　　　　　　　家人陪伴乐悠悠。
　　　　（合唱）天伦之乐尽孝道，
　　　　　　　　家人陪伴乐悠悠。

马丽勤　妈！我们回去吧！

姚伟东　对！我们回去！

姚小宝、芬芬　奶奶，回去！

杨莲珍　好，回去！

姚小宝　奶奶！我背着你回家！

［姚小宝背着奶奶一步一步朝着前方走去！芬芬陪伴着！

（马丽勤眼睛里闪着幸福的泪花。姚伟东紧紧握住马丽勤的手，感慨万千⋯⋯）

（渐收光）

第五幕　从头再来

时　间　2006年,10月（一个月后）

场　景　同上场。墙上多了个囍字

（合唱）凤凰山红水河,

　　　　　蜜蜂采蜜桃花头。

　　　　　妹妹牵着哥哥的手,

　　　　　紧跟哥哥不回头。

（舞台上中演区,蜜蜂箱堆放。合唱声中姚伟东、马丽勤共同拉锯。伟东将毛巾递给丽勤,丽勤擦汗。幸福的笑脸。灯光渐收。二人隐去）

（前演区,灯亮。喜鹊枝头⋯⋯鸟语花香⋯⋯温馨和睦⋯⋯）

杨莲珍　（翻影集）小宝,芬芬,结婚了⋯⋯奶奶就等着抱重孙子啦！（咳嗽不止）

马丽勤　（从屋内端着药碗上）妈！药已经凉了,快喝吧！

杨莲珍　你看芬芬。丽勤,你当初嫁过来的时候,也是那么年轻漂亮,现在白发都有啦。

马丽勤　是遗传,我阿妈也是满头白发⋯⋯

杨莲珍　丽勤,今年一定要回广西看看你阿妈,还有弟弟妹妹,已经二十三年了！

马丽勤　昨天弟弟又来信啦,报了平安,讲家里一切都好,就是阿妈⋯⋯总是念叨着我⋯⋯

杨莲珍　唉⋯⋯我们姚家对不起她呀！这二十几年她还不晓得你受了这么多苦⋯⋯丽勤啊！今年不管再发生什么事,你和伟东,还有小宝、芬芬一定要回去。

马丽勤　对,一定要回去。这两年,这个小作坊倒也赚了一点,现在新房子造好,债务总算全部还清。妈,告诉你,我已经存了六千元,我去拿给你看。

杨莲珍　真是个好媳妇。

　　　　〔惠民书记上。

惠　民　丽勤,阿姨。

马丽勤　书记来啦! 快请坐,我去泡茶。伟东,书记来啦!(下)

惠　民　阿姨,身体好点了哇?

杨莲珍　书记啊谢谢你,如果没有你,这个新房子哪能可能造起来呀!

惠　民　不是我一个人帮的,是大家一起帮的。

姚伟东　(手中一本书)书记来啦!

惠　民　伟东,最近在忙什么? 看什么书?(书记拿过书)《从零开始创业》
　　　　〔此时只听见马丽勤一声喊叫——哎哟! 马丽勤摔倒在地。姚伟东冲下,扶着疼痛的马丽勤上。

惠　民　丽勤! 去医院吧?

杨莲珍　怎么摔倒了! 要紧吗?

马丽勤　哎哟……不小心摔了一跤!

姚伟东　(发现马丽勤穿着一双破烂鞋,脚已经浮肿,急忙脱下烂鞋,心疼地……)你看看! 这鞋还能穿吗? 我给你买的新鞋,你为啥不穿? 你呀——

三　人　(合唱)眼望这破烂鞋一双,
　　　　　　　　想起丽勤事桩桩。

姚伟东　(唱)　工厂学校和医院,
　　　　　　　一双胶鞋泥路闯。

杨莲珍　(唱)　两块车钿也要省,
　　　　　　　顶着寒风和雪霜。

惠　民　(唱)　鞋厂同事见你苦,
　　　　　　　为你弄了鞋两双。
　　　　　　　你说道做人要坦荡,
　　　　　　　两双新鞋全退光。
　　　　　　　伟东你要认真想细思量,
　　　　　　　丽勤她所受苦难不能忘。
　　　　　　　创业只有激情难成功,

　　　　　　需要坚定信心不轻放。

　　　　　　遭遇失败不放弃，

　　　　　　敢于面对挫折与创伤。

　　　　　　坚持不懈终会有成果，

　　　　　　风雨过后见阳光。

姚伟东　丽勤日夜操劳，我真是没用，帮不上她的忙！唉——

　（唱）当年年轻闯天下，

　　　　　赶到广西去采花。

　　　　　蜜蜂诀窍没掌握，

　　　　　盲目冲杀才失败。

　　　　　如今是青村桃林千万亩，

　　　　　门前处处开桃花；

　　　　　蜂箱就摆屋檐下，

　　　　　依托资源再上马。

　（白）我要重新开始，我不会让你们失望了。

惠　民　你是想……

姚伟东　（坚定的）养蜜蜂！

惠　民　养蜜蜂?!

马丽勤　对，书记，我们要依托青村万亩桃林的资源，让伟东重新创业！
　　　　养蜜蜂！

姚伟东　现在先小弄弄，以后再联合奉贤八十家养蜂专业户，规模化经营。

惠　民　你们真的摸到路子了？

姚伟东　弄清爽了。养蜂首先是饲养管理，避免群蜂逃跑和死亡；第二是
　　　　品种要选好。黑蜂适合高寒地区，中蜂适合亚热带地区，意蜂适
　　　　合浅山地区。我们这里适合中意杂交品种，它体格强壮。第三
　　　　是防疫，蜂虱是首要害虫。

惠　民　桃花也只是开几天时间，重要的是没有桃花的辰光，那蜜蜂吃什
　　　　么呢？

姚伟东　蜜蜂吃白糖呀！质量一定要保证；还有越冬问题，上海湿冷，我
　　　　有办法了……

惠　民　伟东啊，几日不见，刮目相看呀！哈哈哈……

杨莲珍　我反对！养蜜蜂，啥叫好马不吃回头草？

马丽勤　妈！这一次我想支持伟东。伟东，这两年我存了六千元，你先拿
　　　　去用。

杨莲珍　丽勤！那是你回娘家的路费啊！

马丽勤　二十三年啦！这二十三年我做梦都想着回家！想着我的阿妈！我晓得每年三月三,我的阿妈都会在那条山路上等着我。可是……阿妈！等伟东的创业有了眉目,我们马上回家。阿妈,你等着我……

姚伟东　(紧紧握住丽勤双手热泪盈眶)丽勤——

　　　　(唱)　这些年,改革开放绿灯开,

　　　　　　　农村变化万千多;

　　　　　　　生意做过不算少,

　　　　　　　没有一样成功过。

　　　　　　　所有人都看扁我,

　　　　　　　但我没打退堂鼓。

　　　　　　　我相信,只要丽勤支持我,

　　　　　　　成功就在门对过。

马丽勤　(唱)　伟东永远不服输,

　　　　　　　这就是可贵真财富。

　　　　　　　只要路径走得对,

　　　　　　　成功对你多眷顾。

姚伟东　(唱)　我要站,站起来,

马丽勤　(唱)　我会扶你再上路。

姚马合　(唱)　跌倒爬起从头来,

　　　　　　　夫妻同心勤致富。

　　　　(姚小宝、芬芬上,在旁边听着)

姚伟东　我总结了一下,当初去广西养蜜蜂,都说我亏大了,其实,我是赚大了,我赚到了一个好老婆!

惠　民　对,常说妇女能顶半边天,你们家丽勤……

杨莲珍　丽勤就是我们这个家的天。

　　　　(姚小宝、芬芬鼓掌喝彩)

芬　芬　奶奶,天气凉了,我给你买了帽子!妈,我帮你买来双北京老布鞋。

姚小宝　爸,我也有一个礼物送给你!

姚伟东　《高效养蜂技术宝典》小宝,好儿子!谢谢你!

惠　民　科学养蜂!伟东,下一步就看你了!我帮你再去搞一点小额贷款。

众　人　太好了！谢谢书记！（大家开心地交谈着）

惠　民　来……大家围着奶奶……准备……耶！

　　　　　［手机咔嚓，定格一张全家福。

第六幕　圆梦时刻

时　间　2016年4月（又过了10年）

场　景　马丽勤新家，屋外桃花盛开。

　　　　　［阿泛和吴记者上。

阿　泛　小吴同志，快来，马丽勤的家就在前面。

吴记者　谢谢你。

阿　泛　小吴同志，马丽勤是我亲家呀，这个姚小宝是我的女婿。

吴记者　亲家？这么巧。

阿　泛　不瞒你说，我以前是不同意的。

吴记者　那后来怎么又同意了？

阿　泛　后来么，嘿嘿，后来的事情就不谈了，不谈了。我们走吧。（阿泛
　　　　　和吴记者下。）

　　　　　［舞台后演区一群女人在静静地绣花。

　　　　　（合唱）遥遥娘家路，

　　　　　　　　　浓浓思乡情，

　　　　　　　　　漫漫三十年，

　　　　　　　　　梦圆泪湿襟。

马丽勤　（唱）　多少次梦中离开了童年的村庄，

　　　　　　　　多少次醒来还记得妈妈的脸庞；

　　　　　　　　多少个梦想悬挂在蓝色的天空，

　　　　　　　　多少次圆梦感动得热泪在流淌。

阿　泛　记者同志，到了。丽勤，有个记者找你。

马丽勤　找我？

吴记者　你是马丽勤？阿姨好！我是奉贤电视台的记者小吴。

马丽勤　小吴同志您好！快请坐。

吴记者　阿姨,你是不是三十多年没回娘家啦?

马丽勤　是啊。

吴记者　那就对了,有人帮你送机票来了,你可以回广西娘家啦。

马丽勤　我可以回广西娘家了?

吴记者　(掏出本子)是这样,区委一个月之前发起了一个"圆梦行动"。阿姨——

　　　　(唱)　崇德向善正能量,

　　　　　　　　"圆梦行动"帮你忙。

　　　　　　　　弱势群体要多关心,

　　　　　　　　推动社会好风尚。

　　　　　　　　阿姨你三十多年未曾回娘家,

　　　　　　　　有难相助理应当。

　　　　　　　　好心人送上来回飞机票,

　　　　　　　　你可以回到广西见亲娘。

　　　　　　　　终于等到这一天,

　　　　　　　　母女团圆天伦享。

吴记者　你的孙子豆豆递交了一个梦想,希望有好心人能帮她奶奶马丽勤回一趟广西的娘家,看看阔别三十多年的老娘。

马丽勤　记者同志,真不好意思。小孙子不懂事,添麻烦了,其实,我们现在也有点钱了,你看,越来越多的姐妹加入我们的织锦坊,还有我的爱人姚伟东,现在也是小有名气的养蜂专业户了。记者同志,你一定要帮我谢谢这个好心人! 不过,这两张机票钱是一定要还的!

阿　泛　她欠了人家的情,晚上会得睡不着的。

马丽勤　记者同志,你请坐。

吴记者　哦,阿姨,机票是今天傍晚的。

马丽勤　今天傍晚? 那等我爱人回来商量一下。

吴记者　阿姨,叔叔人呢?

马丽勤　在医院里看我的婆婆,马上就要回来的。

芬　芬　妈,我现在就给小宝发个信息。

吴记者　阿姨,我现在想采访采访您!

马丽勤　采访我? 小吴同志,我没啥好采访的,我真的没有什么好说的!

吴记者　你当年是怎么从广西嫁到奉贤来的?

芬　芬　记者同志,我知道,我们都知道——

(合唱)凤凰山红水河,

蜜蜂采蜜桃花头,

妹妹牵着哥哥的手,

紧跟阿哥不回头。

（众人围绕马丽勤快乐得手舞足蹈）

吴记者　（不停地拍照）太好了！太好了！阿姨,我们就像拉家常一样聊
　　　　聊天！

阿　泛　丽勤,你们聊！我去帮你整理东西去……

马丽勤　阿泛,不用整理,今朝是三月初三,是我们壮族的节日。我只要
　　　　换上壮族的衣裳就可以了。

吴记者　是当年的嫁衣?

吴记者　一定很漂亮。阿姨能现在换上吗?

众　人　好！（拍手）

　　　　〔阿泛搀着马丽勤进里屋。

吴记者　（吴记者摸出手机,打电话）喂,是广西南宁电视台的顾主编吗?
　　　　我是奉贤电视台的小吴。

顾主编　（电话音）小吴,马丽勤的母亲听说女儿要回家,非要和我们一起
　　　　去南宁机场。你看,老太太八十多岁了,我们怎么放心呢?

吴记者　老太太也去机场? 好极了！顾老师,这次我们两家电视台合拍
　　　　一条新闻,一定要配合好。顾老师,马丽勤乘坐的航班,18:55 到
　　　　达南宁机场,记住哦,18:55 到。（挂）

　　　　〔阿泛搀着穿上壮族服装的马丽勤上。马丽勤看着身上的嫁衣,
　　　　思绪飘向远方的家乡,抑制不住热泪盈眶。

马丽勤　阿妈,我要回家了。（哼唱）唱山歌哎,这边唱来那边和;山歌好
　　　　比春江水哎,不怕滩险湾又多,湾又多。

　　　　〔惠民上。

众　人　书记来啦！

惠　民　今天马丽勤终于要回到阔别三十多年的娘家。这是一个大喜
　　　　讯！我还给大家带来一个特大喜讯！马丽勤评上中国好人啦！
　　　　（大家惊喜）

吴记者　“中国好人榜”,中央文明办！喜事连连啊。

马丽勤　我对社会没有啥贡献,只是做了点家务事,难为情啊……

惠　民　丽勤,这三十多年你是多么的不容易。你经历了公公的病逝,婆
　　　　婆的风烛残年,丈夫的创业缕次失败,债务缠身。面对重重困

难,你没有放弃,没有逃避,一次次用你的贤惠、坚强和宽容撑起了这个历经磨难的家。只有家好! 社会才好!

吴记者　好,这句话,请再讲一遍(忙端起摄像机,对准惠民。)

（惠民拉着马丽勤,阿泛,众人,一齐喊:"家好,社会才好!"）

[阿龙急步到来。

众　人　阿龙来了!

马丽勤　阿龙!

阿　龙　丽勤,过去的事,不提它啦!(从包里取出一个红包)这些年生意好了,日子也好过了! 丽勤阿妹真的不容易,三十多年,这次终于要回家! 拿着吧,回家用得上。

马丽勤　这个怎么可以!

阿　龙　收下吧! 这是我的一点心意!(放桌上,众人鼓掌。)

[姚小宝急上。

姚小宝　阿妈,阿妈。

马丽勤　小宝,怎么啦?

姚小宝　奶奶,奶奶中风了。

马丽勤　啊?(一阵晕眩,众扶住)小宝,快,去医院!

吴记者　阿姨,您母亲在机场等着您呢!

姚小宝　妈妈,奶奶我来照顾,你和爸爸还是去广西吧。

惠　民　丽勤,你去广西吧,家里我们可以帮忙照顾的。

众　人　对,有我们大家呢!

马丽勤　（唱）　婆婆她,脑中风,重症监护,

　　　　　　　　感觉到,老人家,来日无多;

　　　　　　　　我若是,去广西,迈开步伐,

　　　　　　　　那愧疚,将永远,无法弥补;

　　　　　　　　婆婆她,为了我,吃尽了苦,

　　　　　　　　她待我,似亲娘,细心呵护;

　　　　　　　　婆婆像,一本书,精彩无数,

　　　　　　　　绝不能,看一半,一半错过;

　　　　　　　　这个家,精神在,因有婆婆,

　　　　　　　　我应该,陪伴她,用力搀扶。

马丽勤　我不能回广西!

众　人　（惊讶)啊?

吴记者　你不走了?(吴记者的手机响)

顾主编　(电话音)小吴吗? 你们到南宁机场后,看牌子,有马丽勤三个
　　　　字……

吴记者　对不起,她来不了了。

顾主编　(电话音)来不了,为啥? 我们都已经跟中央电视台《新闻联播》
　　　　联系好,新闻标题都做好了,《阔别30年　回家看娘亲》……

惠　民　(拿过手机)同志,马丽勤的婆婆中风了……

顾主编　(电话音)啊?! 完了完了……

阿　泛　同志,同志,你们想想办法呀?
　　　　(所有的人都沉默了。)

吴记者　(突然想到)微信,对,开通微信视频聊天(取出手机。)

吴记者　喂,顾老师,有一个办法,开通微信视频聊天,让马丽勤与她母亲
　　　　在微信里见一个面。

顾主编　好办法!
　　　　(大家围在一起看视频。马丽勤捧起手机好像与母亲面对面。)

马丽勤　(颤抖的双手抚摸着视频)阿妈,我是丽勤,您的女儿!

母亲的声音　丽勤,阿妈看见了,我的女儿还是那么漂亮!

马丽勤　阿妈,您的头发全白啦!(马丽勤突然发现母亲的眼睛)
　　　　阿妈,您的眼睛怎么啦?

母亲的声音　我的眼睛……

马丽勤　(急促的,要确认)阿妈,你看看这身衣裳,是我出嫁时,你亲手缝
　　　　制的……

母亲的声音　丽勤啊,我! 我……

马丽勤　阿妈,你的眼睛到底怎么啦?

吴记者　三十年来,每年三月三你妈妈都在那一条山路上等啊,盼啊,一
　　　　等就是三十年,她的眼睛看不见了。

马丽勤　不会的,阿妈,阿妈,女儿想你啊——
　　　　(唱)　山里人家多清贫,
　　　　　　　子女一多口粮紧,
　　　　　　　麦糊草头高粱粥,
　　　　　　　粗茶淡饭多操心。
　　　　　　　姐弟七人身上衣,
　　　　　　　四季衣衫付艰辛,
　　　　　　　慈母针线密密缝,
　　　　　　　一针一线寸草心。

学步拉着你衣襟，
生怕摔倒跌乌青，
难忘当年好时光，
难忘儿时家乡景。
你总是，轻声轻气教导我，
长女好比小母亲，
以身作则做榜样，
领头大雁最吃劲。
衣食冷暖要费心思，
爱护谦让有亲情。
姐弟之间有争吵，
你做姐姐来调停，
再苦再难双肩担，
要学会担当负责任。
妈妈啊　我远嫁他乡能挺住，
从小磨炼是原因。
苦水吐吐一石缸，
苦经叹叹一庭心；
好事还有一箩筐，
好人多如满天星。
三十多年多磨难，
三十多年锤炼人。
妈妈啊女儿虽穷心却高贵，
妈妈你可尽管放心。
劳动致富美好前景，
走对路径才会拼赢；
人之根本不能忘记，
爱心孝道流淌真情；
丽勤我要脚踏实地奔小康，
做个榜样给后来人。

马丽勤　（声泪俱下）阿妈，婆婆突然中风，正在医院抢救，等婆婆身体好转后，女儿一定回家。阿妈，女儿给您跪下了！（马丽勤双膝跪地）

（幕后合唱）

这一跪,黄浦江啊起波澜,

这一跪,凤凰山啊挽大海;

这一跪,女儿忏悔千千万,

这一跪,亲情流淌在血脉。

（切光）

尾　声

时　间　2016 年 7 月。

场　景　（同序幕）景色秀丽的广西南宁。三月三,春意盎然,凤凰山下,
百里桃林……

[一声激烈喜庆的唢呐声,热烈欢快的音乐响起。舞台上壮族男
女舞动着。此时,头发花白的马丽勤穿着出嫁时的嫁衣从山路
那边缓缓走来。山路这边,马丽勤的母亲在妹妹们的陪伴下缓
缓走去。

马丽勤　唱山歌哎,这边唱来那边和,那边和——

母　亲　（听见了女儿的声音）女儿——

[三十年前的音效声响起。

母　亲　女儿啊,到了要写信!

马丽勤　知道了!

母　亲　要记得勤劳善良,做个好人!

马丽勤　记住了!

母　亲　要常回家看看!

马丽勤　阿妈! 我回来!（母女二人紧紧依偎）

[姚伟东、姚小宝、芬芬上。

马丽勤　（母亲扶起马丽勤）阿妈,我们回家!

（合唱）年年有个三月三,

远嫁的姑娘回来哉,

母女抱头哭一场,

哭声传到凤凰山。

〔大幕缓缓拉拢，全剧终。

字　幕

2014 年　马丽勤被评为全国孝亲敬老模范。

2015 年　马丽勤被评为奉贤区"十大感动人物"。

2016 年　马丽勤登上"中国好人榜"。

2017 年　马丽勤被评为"全国道德模范"提名奖。

魏睿简介

上海戏剧学院戏剧影视编剧硕士研究生毕业，现为上海歌舞团编剧。代表作品有：淮剧《父归》《补天》；京剧《孙尚香》《青春祭》；话剧《自梳女》（合作）《企孙先生》；舞剧《芦花女》；昆剧《浣纱记传奇》；戏曲《广陵绝唱》《程婴之死》等。

作品曾获第三届老舍青年戏剧文学奖、"戏文杯"全国首届校园戏剧剧本征稿比赛三等奖、上海小戏节优秀剧目奖、国家艺术基金 2015 年青年创作人才项目资助、文化部 2016 年度剧本扶持工程、上海文化发展基金会 2018 年度青年编剧项目资助等。

剧本与论文曾发表于《写作》《戏剧丛刊》《中国京剧》《剧本》《当代戏剧》《上海戏剧》《艺海·剧本创作》《大众文艺》等期刊。

剧本曾被收录于《上戏新剧本》《读步》《海风》等剧本集。

淮　剧

补　天

改编自神话传说和鲁迅小说《补天》

编剧　魏　睿

时　间　上古时代

人　物

女娲

[宇宙间一轮金球般的太阳和一轮白银似的月亮发出奇异的光辉。

[苍茫茫群山之巅。

[女娲修长的身躯舒展在众山峰间,以芳草为裙,以百花为冠,披七彩长练,浓发从山巅直垂到山底,她在悠然酣睡。

[石墨色的浓云,不祥地吞噬了日月。

伴　唱　　　女娲高卧巨岭巅,

　　　　　　　悠悠一梦数百年。

["轰"地一声巨响,女娲猛然惊醒。

伴　唱　　　人世遽然风云撼,

　　　　　　　沧海倒流没桑田。

[娲女站立不稳,急忙用手扶住山峰。

女　娲　(唱)　为什么天地摇狂沙漫漫?

　　　　　　　为什么光曜敛疾风连连?

　　　　　　　为什么蓬莱沉、方丈裂、瀛洲散,群山惮惮?

　　　　　　　为什么繁星陨江海喧喧?

[一道天缝闪现,又长又阔。

[滂沱大雨声。

[女娲远望。

女　娲　呀!

　　　　(唱)　原来不周天柱断,

　　　　　　　赫然巨堑横宇寰。

　　　　　　　瀑布天降,洪水争喧,

　　　　　　　波涛万丈,涌满人间!

　　　　　　　群山松软,苍天壁碎,

　　　　　　　草木凋散,百兽争迁。

　　　　　　　人们哪,人们哪——

　　　　　　　泥土而诞,我哺养爱怜,天真烂漫,白胖俊美的人儿在哪边?

想我女娲自天庭至此,养育婴孩,尽享欢愉,欣喜之极,舒畅睡去,竟不知百年千年已过!

　　〔传来一阵阵"救命"的惨呼声。

女　娲　望东方,洪涛卷惊澜;望西方,昆仑大火燃;望水中,众生号啕惨!蹚洪水,移巨岭,挽救生灵旦夕间。

　　〔"救命"声渐近。

女　娲　我的孩子啊,不要怕,速到母亲掌中来!

　　〔女娲急切将人捧到掌中近观,不禁一惊。

　　〔人类发出惊恐而微弱的呼叫。

女　娲　人本是水水嫩嫩,却怎生瘦弱黝黑? 人本是笑声清脆,却怎生苦泪纷飞? 可怜你们世世代代历尽劫难,已将女娲忘怀。莫惊慌,莫奔忙,随我安歇避风港。呀——

　　(唱)　这边厢人流滚滚葬汪洋,

　　　　　那边厢罡风流石袭身亡。

　　　　　风愈疾,雨愈狂,

　　　　　天壑绵延万里长。

　　　　　银汉之水匆匆下,

　　　　　鲸鲵之口赫赫张!

　　　　　怎么办,快思量,

　　　　　我要炼石补天唤朝阳!

　　孩子们,待我九州寻觅,昆仑取火,芦荻为薪,熬炼青石,重塑天地。我速去速回!

　　〔女娲健美的身影在天地间走动,散射着玫瑰色的光辉。

伴　唱　　攀缘过,一座座雪峰,

　　　　　跋涉过,一道道水城。

　　　　　滚跌过,一叠叠林木,

　　　　　递行过,一旋旋寒风。

女　娲　(激动地)将要齐备了!

　　(唱)　搬运起一块块青石,

　　　　　收集起一棵棵芦荻。

　　　　　堆积成一幢幢高宇,

　　　　　不顾那一汩汩汗滴。

　　　　　没来由一阵阵心悸,

　　　　　怎忍听一声声悲啼。

向昆仑,火山觅,

烈焰炽,岩浆激。

〔女娲艰难移动火山。滚烫热流高高地吹扬起她的黑发。

哪顾得,体力难支,一路逶迤,

我也要,洋洋洒洒,轰轰烈烈,

点燃芦荻,熔化青石!

怎奈是,骨痛如炙,步履难移,

如踩荆棘,如登天梯,

放火山低头惊见鲜血沥,

是何物刺我双足行走迟?

〔女娲一把将两个小东西拎起,置于掌中。

女　娲　这铁衣铁盔之物——呀,原来也是人! 为何手持铁器? 为何凶狠攻击? 这人趾高气扬,那人血透战衣。哎,如今山崩地裂,洪水漫境,二人竟有闲心争斗,实实可恼。罢,(放下二人)将尔等相隔千里之远,互不相见!

〔厮杀之声与哀号之声四起。

女　娲　天哪! 平原之上,黎民或跟从这人,或跟从那人,振臂高呼,摇旗呐喊,阵势浩大,彼此相杀;可怜妇孺,不亡于洪水,便亡于利刃,你们所为何来?

〔幕后众人声:颛顼不道,共工替天诛之,败于郊野! 共工怒触不周,折天柱,绝地维。

女　娲　我明白了!

(唱)　颛顼共工起血战,

　　　　一怒撞断不周山。

　　　　天翻地覆沧海啸,

　　　　同室操戈战愈酣。

　　　　我纵然补得天衣无缝红日暖,

　　　　哪补得世道混乱,杀伐不断,人心冷酷赛冰寒。

　　　　我纵然救得天下苍生绝凶险,

　　　　哪救得神州血浪,伏尸百万,绵绵旷野无人烟!

孩子们哪,二人争执,何苦天下百姓皆受熬煎? 什么?(对一方)争天下,论英雄,开疆拓土?(对另一方)防侵吞,誓死守,寸土河山?(苦笑,继而泪下)我女娲纵有千年寿命,尚且弹指挥间,尔等不过百年,譬如蜉蝣,朝生暮亡,还不乐享天伦? 孰来帮我御洪？孰来助我补天？（失望）无人理会，无人停戈，征战之徒，越来越多！

（唱）　刹那间洪水如雹重如磐，
　　　　身似刀割心似煎。
　　　　早知道众生狂狷拼刀剑，
　　　　恨如天浪卷平川。
　　　　我冒的什么艰险，
　　　　觅的什么火山，
　　　　流的什么血汗，
　　　　生的什么悲怜，
　　　　燃的什么赤焰，
　　　　平的什么波澜，
　　　　护的什么人类，
　　　　补的什么苍天！
　　　　我本是上帝之女居琼宇，
　　　　又何必愁洒鲛珠枉颠连。
　　　　倒不如，闭眼帘，
　　　　弃剩水，抛残山，
　　　　归天庭，享永年。
　　　　且随他，积仇怨，
　　　　鲜血染，厮杀残，
　　　　老与少，丧荒原，
　　　　熊黑踏，波涛淹。
　　　　生于泥土归泥土，
　　　　始自荒蛮终荒蛮。
　　　　呦呦亡魂随风散，
　　　　茫茫大地何安然！

〔女娲攀上山峰，向天缝走去。

〔女人们的哀哭声大作，"救命"声又起。女娲长练被扯住。

女　娲　（狠下心来）放手，不要阻拦……

〔女娲仍向上攀缘。

〔哀哭声不断。女娲忍不住回头。

女　娲　看那些妇人怀抱婴孩，苦苦哀求，忆当年，我也曾初抱人儿，喜泪长流。孩童何罪，赤子何辜？即便生如扬尘，命如草芥，皆是我女娲心头骨肉……走走走,岂忍无情走;丢丢丢,岂忍放手丢;罢罢罢,舍我谁可补苍天? 莫使遗恨留! (对人们)不要担忧,母亲不走,火山重燃,覆水堪收。只是,这火焰如豆……

〔女娲返回火山旁,小心翼翼地吹着将熄火焰。

〔洪波涌起之声。女娲焦急地在火中投入芦荻。芦荻太湿,浓烟四起,呛得她一阵咳嗽。

〔终于,微微火苗跳跃出红光。

女　娲　燃起来了!
　　　　(唱)　浓烟湿气将散尽,
　　　　　　　幽幽新苗添温馨。
　　　　　　　阵阵疾风分外凛,
　　　　　　　火花升作满天星。
　　　　　　　添一把芦荻扬尘飒飒,
　　　　　　　加一块青石热浪蒸蒸。
　　　　　　　熔岩鼎沸甘怡美,
　　　　　　　火柱腾空压昆仑!
　　　　　　　烈烈飞舌心振奋,
　　　　　　　丛丛汗水天雨淋。
　　　　　　　红浆争流如赤练,
　　　　　　　不灭雷电万古音。
　　　　　　　手之舞之泼天缝,
　　　　　　　足之蹈之大荒吟。
　　　　　　　一团团石绿氤氲冲宇宙,
　　　　　　　一簇簇亮红烟花射流星。
　　　　　　　累累青山俱融解,
　　　　　　　耿耿长薮石浆凝。
　　　　　　　洪水止,洋海静,
　　　　　　　众黎民,驻足听。
　　　　　　　天堑补,四维正,
　　　　　　　浓云淡,烁繁星。
　　　　　　　不见渺渺哀鸿影,
　　　　　　　但闻淙淙退潮声。
　　　　　　　陡然之间,体力耗尽,
　　　　　　　天旋地转,目眦瞑瞑,

余波未定,造化怎停?

芦灰填海,重塑大陆平!

[女娲筋疲力尽,艰难地捧起芦灰重造桑田,终于轰然倒地。

[金球般的太阳与白银般的月亮复升起。

伴　唱　　啊,冷月骋天轨,

骄阳洒金辉。

补天造地九死犹不悔,

女娲一缕孤魂何处归?

女　娲　苍天一色碧,瀚海柔波轻,新陆亘万里,日月当空行。我却身体
如山重,难挪半毫分。莫非……千年寿命尽,再难返天庭?

[女娲几番试图站起,却无力倒下。

女　娲　人儿何在? 扶我一程。哦,你们难得睡得这般甜蜜,这样平静,
(用手托起一人)颛顼,你入梦了;(又托起一人)共工,你安眠了。
睡去,睡去,惊洪恶战,且化作一场大梦。(将他们轻轻放下)你
们的母亲,却要远行。

(唱)　月光光,映水塘,

小儿郎,入梦乡。

尤难忘将泥土人儿蜜汁来哺养,

无忧无虑笑语盈盈自在又安详。

那时节垂髫总角无猜想,

那时节人间焕然如天堂。

纵是相残多孟浪,

母爱亘古在身旁。

愿你们卸下铁衣童歌唱,

其乐融融万年长。

不忍去,牵心肠,

迷离处,似仙乡。

身儿轻,心儿恍,

重站起,魂轻扬。

化为擎天柱一幢,

风磨霜砺更沧桑!

[女娲屹立在天地之间,化作顶天巨岭。

[幕后众人合唱:

是谁,退去滔天浊浪?

是谁,细语呢喃梦乡?

问大地,此生何处寄放?

问苍天,我们将去何方?

〔群山踊跃,似女娲柔美的魂魄,无言地诉说。

〔剧终。

朱蓓蕾简介

博士,毕业于上海戏剧学院。现就职于上海淮剧团,二级编剧。

主要作品:

舞台剧:淮剧《家有长子》,2011 年上海淮剧团演出。获得 2012 年上海市新剧目展演优秀剧目奖。柳琴戏《鸭鸣湖畔》,2011 年江苏省柳琴剧院演出。获第六届江苏省戏剧节优秀编剧奖、优秀剧目奖。戏曲音乐剧《百年中国梦》,上海淮剧团演出。2014 年赴美国常春藤联盟高校巡演。戏曲音乐剧《大吴老师》,上海淮剧团演出。2015 年首演 13 场,巡演 120 场。

电视剧:《血未冷》《天经地义》。

淮　剧

息壤悲歌

编剧　朱蓓蕾

时　间　上古

地　点　人间大地、昆仑之丘、委羽之山（以演员形体和灯光转变）

人　物

鲧　黄帝的孙子，年轻的河神。

祝　融　火神，击杀鲧者。

［伴唱：轩辕一怒兮海陆混沌，

　　　　遍野哀鸿兮猛兽逐人。

　　　　万物刍狗兮天地无心，

　　　　何处神明兮垂怜苍生？

［字幕：上古洪荒，帝尧掌管昆仑之丘时，大地上再发洪水，暴雨昼夜不绝，人间一片泽国。

［人间大地，洪水滔滔。

鲧　（内唱）不周山幽冥界领了天命——

　　　　［鲧踏浪而来。

鲧　（接唱）治水患到人间日夜兼程。

　　　　只见那平陆成河山成渚，

　　　　巨浸连天浪不平。

　　　　草木尽毁人迹杳，

　　　　鸟兽惊惶作悲鸣。

　　　　摇身化作玄黄兽，

　　　　欲挽狂澜救苍生。

　　　　俯汲水，还入云，

　　　　削山仞，做壅城。

　　　　搬来巨石填深壑，

　　　　不舍昼夜追星辰。

　　　　要让那千里大地再重见，

　　　　还一个乾坤朗朗清浊分明。

　　　　［鲧在浪涛之中，以巨石阻挡洪水，洪水暂时退去；然而，未及喘息，洪水漫天而来，鲧逐渐力不能支。

鲧　这……平原广阔，大水漫漫而来，山石已是不够阻挡，即使我回到不周山搬石而来，也是无济于事；况冰河初解，海水倒灌，鲧只是河神，又如何治得了海水？

　　　　［鲧勉力支撑，终被大水淹没。

595

［几声鸟鸣，将鲧唤醒。

鲧　（唱）　昏沉沉半梦半醒，
　　　　　　　听鹈鹕鸣叫声声。
　　　　　　　如诉如唤如叮咛，
　　　　　　　鸥龟曳衔指迷津。
　　　　　　　有息壤藏在昆仑境，
　　　　　　　天造物相克又相生。
　　　　　　　灵光一现又振奋，
　　　　　　　重整旗鼓抖精神。
　　　　　　　水患可平指日待，
　　　　　　　昆仑路遥且趱行。

［鲧即刻向昆仑之丘出发。

［昆仑之丘。祝融在熊熊火光中上，拦住鲧的去路。

鲧　　祝融，为何拦我？

祝　融　（一副板正不带情绪的模样）奉帝尧之命在此候你。

鲧　　帝尧可知我因何而来？

祝　融　帝尧让我转告你，人间水患未平，你不该擅离职守。

鲧　　我来此正是为取一件克水之物。

祝　融　什么克水之物？

鲧　　克水之物，名曰息壤。

祝　融　息壤？

鲧　　状如抔土，遇水则长，有它可平治天下大水。

祝　融　帝尧还让我告诉你，息壤乃天神之物，不可为人所用。

鲧　　天神命我为人间治水，此物可拯救世人。

祝　融　帝尧还说，世人不敬，天神震怒，才有这天降洪水。

鲧　　现时人间生灵涂炭，这惩罚何时是个头？

祝　融　大水已降，不能回收，你是河神，领受世人祭祀，治水是你的职责。

鲧　　若无息壤，我又如何治水，如何拯救世人？

祝　融　这个帝尧没说。你既受天命，遵守天规便是。

鲧　　这是什么天规？为何要定下这样的天规？

祝　融　天地不仁，你又何必追问。

鲧　　天地不仁，不必追问？不，我要问！

　　（唱）　一声问，直问上遥遥九重天，
　　　　　　　问帝尧、问诸神、问轩辕。

你上居灵山几多载?

你贵为至尊多少年?

你可知,戴日田上荷锄苦?

你可知,围炉窗下浊酒甜?

你可知,白发缘何悲落泪?

无悲无喜神坛上,

可知晓人间欢乐与辛酸?

祝　融　（唱）　所谓生老病死苦,

所谓喜怒哀乐欢,

人间纵有百样情,

不过徒增烦恼与祸端。

鲧　（唱）　女娲溪边捏黄土,

寂寞世上人语添。

众人本是神来造,

又为何屡降天灾紧摧残?

祝　融　（唱）　你争我夺刀兵见,

建木做梯欲登天。

天灾虽降不知悔,

自作罪孽不堪怜。

鲧　（唱）　人有恶,亦有善;

人有悲,亦有欢;

人有七情和六欲,

人有爱恨有缠绵。

黑白不分天威逞几遍,

岂不是神亦有错积罪愆?

祝　融　（唱）　伯鲧岂敢神威犯?

按令行事休多言。

鲧　（唱）　摧桑田,毁家园;

熊罴出,疫病缠;

闾阎漂,城堞断;

亲离散,泪不干。

丛丛篝火山中点,

凄惶生民夜不眠。

人若有罪天来谴,

神若有罪谁裁断?

祝　融　（唱）从来只有神为尊,
　　　　　　　　岂有人类敢罪天?

鲧　　　（唱）伯鲧生为神子孙,
　　　　　　　　受取供养在人间。
　　　　　　　　箪食瓢饮作祭祀,
　　　　　　　　点点滴滴浇心田。
　　　　　　　　浇出个叛逆斗胆,
　　　　　　　　浇出个无法无天。
　　　　　　　　盗息壤,上玉山,
　　　　　　　　救生民,一肩担。
　　　　　　　　哪管你天路险,
　　　　　　　　哪管你天规严。
　　　　　　　　哪管你神兽恶,
　　　　　　　　哪管你重重关。
　　　　　　　　宁舍这一身筋断骨残,
　　　　　　　　不平那大水绝不心甘。

〔鲧欲闯昆仑之丘,祝融阻拦。鲧与祝融打斗,祝融不敌。

祝　融　鲧,你一意孤行,将要犯下大错!
鲧　　　待我治平大水,自去委羽之山领罪!

〔鲧盗取息壤。

鲧　　　(高举息壤)我,伯鲧,既是天神的子孙,也是人的神祇;不惧天神
　　　　震怒,我要为人治水!

〔东海之滨,鲧洒下息壤。
〔伴唱:息壤从天降,
　　　　　神土逐风飐。
　　　　　潮退桑田换,
　　　　　海平升朝阳。

鲧　　　看,这神奇的息壤,生不息,长不停,将那滔滔洪流逼向大海,将
　　　　那汹汹大水困于地下;人们终于能重新回到这千里大地,生息繁
　　　　衍! 看,风也停了,雨也住了,这才是一个美好的人间啊! (伸个
　　　　懒腰)我要在这新长出来的泥土上好好睡上一觉!

〔鲧躺下,突然觉察到什么,复站起。

鲧　　　哎,那是什么? 鱼虾怎么在泥土上挣扎? 那又是什么? 青蛙和

鳄鱼怎么闯入了树林？这树木怎么都干枯了？这原本就有的河流怎么突然不见了？

［泥土增长，超乎了鲧的想象。

鲧 啊，这泥土怎么越长越多，越长越快？是息壤！待我将息壤收回。

［鲧四处奔走，试图收回息壤，却无能为力，直到筋疲力尽。

鲧 这……这息壤竟是无处不在，我……我收不回了！

［四周传来各种人的声音：河流和湖泊都被填平了，我去哪里捕鱼？树木都干枯了，我到哪里采集果实？是谁弄来的这些泥土？可恨！

鲧 可恨？恨我吗？我不惜违逆天神，盗取息壤，驱退洪水，人们不该恨我啊！……可洪水刚退，又天下大旱，这一切都是因为我拿来的息壤，人们确实应该恨我啊！……可是，为什么？为什么我明明是为了拯救人类，却带来了一场灾祸，为什么?!

［祝融的声音：让你治水，并未让你拯救有罪之人。

鲧 原来……原来我踏遍山川，搬石吸水，不过是一场徒劳……这是神对我施加的惩罚吗？可苍生万民，难道都是有罪的吗？息壤是鲧所盗，为什么要让无辜的人去承受苦难?!你这高高在上的天神，为什么没有一丝怜悯之心?!

［委羽之山。

［鲧疾行而来。红色火光将鲧笼罩。祝融立在高处。

鲧 祝融，你又来了？

祝融 你知我因何而来。

鲧 天帝要降我何罪？

祝融 天帝有命，伯鲧盗取息壤，犯下大罪，又不得其法，徒增新的灾祸，罪在不赦！

鲧 是天神降下洪水，为惩罚不敬的世人；是息壤吞噬了江河，让人世的苦难绵延不绝。若鲧有罪，那天神之罪十倍于我！

［祝融收起一直板正的姿态，缓缓走下，来到鲧的身边。

祝融 鲧，你来看，此刻的人间，息壤蔓延，赤地千里，干旱而死的人又岂止洪水中丧身的十倍？你为治水，推倒高山，又填平大海，多少山魈水族无家可归。你还觉得罪不在你吗？

［鲧如遭雷击。

鲧 鲧……有罪！

（唱）　羽山郊，金乌不度彻骨冷，
　　　　北极阴，烛龙懵暗灯不明。
　　　　凭空中，祝融一语耳中震，
　　　　苍穹下，赤地千里腾烟尘。
　　　　息壤治水渴饮鸩，
　　　　待要收回却不能。
　　　　茫茫然手足无措身不稳，
　　　　慌慌然莫名惊恐失了魂。
　　　　伯鲧何曾有惧怕？
　　　　曾凭孤胆闯昆仑。
　　　　击杀神兽有几只，
　　　　打破天关复几层。
　　　　盗得息壤双手捧，
　　　　捧向人间一颗心。
　　　　揉碎丹心遍地洒，
　　　　却洒下大祸错铸成！
　　　　看人间，江枯河竭留荒村，
　　　　看人间，白骨侧旁垒新坟。
　　　　看人间，颠沛流离悲不止，
　　　　看人间，奄奄一息怨声声。
　　　　声声怨，声声恨，
　　　　痛将伯鲧罪状陈。
　　　　鲧之罪，罪在意气逞，
　　　　鲧之罪，罪在独断行。
　　　　鲧之罪，罪在祸生民，
　　　　鲧大罪，罪在悔不成。
　　　　淥淥冷汗往下滚，
　　　　凉了热血湿衣襟。
　　　　（跪）
　　　　屈膝跪天将罪领，
　　　　折腰谢罪向众人。

　　　　祝融，我愿领罪。只是，我想知道，如何才能让息壤停止蔓延？

祝　融　唯有以有罪之神的血作为祭祀，这息壤方能收回。这便是我来
　　　此的目的。

鲧　我明白了。

　　　（接唱）因果相连，早有注定；

　　　　　　豁然开朗，终得分明；

　　　　　　舍却此身，无怨无忿；

　　　　　　束手就戮，等待极刑。

祝　融　事到如今，你可后悔？

鲧　（接唱）悔只悔，大业未曾竟，

　　　　　　恨只恨，须臾一命殒，

　　　　　　愧只愧，民怨耳边闻，

　　　　　　憾只憾，歉疚似海深。

　　　　　　纵有满腔不舍满腹疑问，

　　　　　　未捷身死天机无处寻。

祝　融　世人懵懂，谁知你的牺牲？

鲧　为生民立命，万死不辞。

祝　融　万死不辞？

鲧　万死不辞！

　　　〔祝融受到震动。

祝　融　伯鲧，你问过我天帝为何降下这滔天大水。帝尧让我告诉你，天帝降水并非为了毁灭人类。你又曾问过天帝为何让你治这难以抵御的洪水，此事帝尧亦不知天帝深意。我留你一缕精魂，去到轩辕之丘，将你的疑惑向天帝亲自问个明白。

鲧　你愿助我？

祝　融　我愿助你一颗为民的心。你精魂西去，我在此守候等你归来。

　　　〔鲧与祝融相对抱拳行礼。

　　　〔鲧被击杀，鲜血喷洒而出，染红天际。

　　　〔伴唱：壮士命断，

　　　　　　血荐轩辕。

　　　　　　精魂不灭，

　　　　　　但待三年！

　　　〔剧终。

邢元杰简介

上海淮剧团专职编剧。著有《板儿与巧儿》(1998 年)，《小萝卜头的故事》(2003 年)，《李三娘》(2013 年)，《社区仁医》(京剧，2016 年)，《女审》(改编，2017 年)，及其他影视剧作，小戏小品等，多次获市级和国家级奖项。

淮　剧

望夫石

编剧　邢元杰

〔内唱:天地洪荒兮,

　　　　水漫四方。

　　　　众生流离兮,

　　　　困苦未央。

　　　　夏氏大禹兮,

　　　　斫山疏江。

　　　　生我万民兮,

　　　　万古颂扬。

　　　　伟也哉我王!

　　　　伟也哉我王!

〔幕启。

〔洪流奔涌,苍天呜咽,民众哀号挣扎。

〔内唱:大洪水,奔泻肆虐势难驯,

　　　　哀众生,洪水之中在呻吟。

〔大禹上。

〔皋陶(yáo),伯益,夔龙随上。

大　禹　(接唱)这呻吟,铺天盖地,哀哀切切痛难忍,

　　　　　　　这呻吟,日日夜夜扯我心。

　　　　　　　众生困厄心怜悯,

　　　　　　　不惜以身铸乾坤。

　　　　　　　皋陶兄,堵济水,筑土围屯,

　　　　　　　伯益弟,大野泽,你去忙奔。

　　　　　　　夔龙啊,龙门之巅,你锁住要冲,传音报讯,

　　　　　　　众兄弟,不可懈怠勿畏艰辛。

众　人　大王,你呢?

大　禹　(唱)　淮水再泛又起潮汛,

　　　　　　　惊涛骇浪灾发频频。

　　　　　　　我要到淮水之畔把灾情问——

尔等去吧！

众　人　大王，我们去了！（众下）

大　禹　（接唱）忽然间，脚上阵阵痛似扎针——

　　　　　　〔白狐上。

白　狐　（唱）　禹分禹分，

　　　　　　　　伟哉我王。

　　　　　　　　再造之恩，

　　　　　　　　浩浩汤汤。

大　禹　小白狐，淮水又泛，你快逃命去吧！

白　狐　（接唱）大王有伤，

　　　　　　　　万物牵肠。

　　　　　　　　成家成室，

　　　　　　　　天人永昌。

　　　　大王，你这是累了。你该歇一歇，成个家，休整身心。

大　禹　洪水未退，何以家为。

白　狐　大王，妻子和家可以赋予你无穷的力量！

大　禹　当真？

白　狐　当真！

大　禹　果然？

白　狐　果然！

大　禹　然则夏禹终年劳累，四处奔波，又有哪个女人愿嫁我为妻？

白　狐　大王，你看——

　　　　　　〔天际，女娇的倩影，如朝霞，如晨露。

女　娇　（唱）　越过高山，越过大海，

　　　　　　　　我爱的人终于到来。

　　　　　　　　星移斗转，千秋万载，

　　　　　　　　我在一直为你等待。

　　　　　　　　天地谐鸣，日月流彩，

　　　　　　　　山上花儿终于盛开。

大　禹　她——

白　狐　她是涂山氏女娇，方圆百里最美的女子。大王你走上前去，吃她
　　　　的饭，喝她的水，然后娶她为妻！

大　禹　好！

　　　　　　〔大禹走上前。

606

〔二人慢慢走近。

大　禹　女娇。

女　娇　大王！

大　禹　你看我皮糙肉粗，貌相苍老，你——

女　娇　大王，你是女娇心中最伟岸最俊美的男子！

大　禹　水患未消，我要长年在外，四处奔波。你若嫁我，要受离别之苦！

女　娇　女娇不怕。

大　禹　洪水难平，或许我竭尽心力，也未功成，最后反受天谴！

女　娇　既为夫妻，便为一体，若有天谴，为妻也要担上一份！

大　禹　女娇！
　　　　（唱）　你似那，造物的赐予自天而降，

女　娇　（唱）　只愿你，从今而后无有忧伤。

大　禹　（唱）　一时间，胸中一股暖流淌，

女　娇　（唱）　两颗心，从此再不孤单彷徨。

白　狐　你们两个卿卿我我到什么时候，大家还等着闹洞房呢！

女　娇　大王！
　　　　（唱）　我为你备了一张床，

　　　　　　　让你躺一躺，疗一疗伤。

　　　　　　　我为你煮了一碗汤，

　　　　　　　暖一暖你的心房。

　　　　　　　让我为你生一个儿郎，

　　　　　　　继承你的事业，你的荣光。

大　禹　女娇，请你做我的妻！

女　娇　好！
　　　　〔鼓乐齐鸣，百鸟欢唱。

　　　　〔众欢呼：三山五岳，

　　　　　　　　　恭贺我王。

　　　　　　　　　成家成室，

　　　　　　　　　天人永昌。

白　狐　拜乡亲，拜天地，入洞房！
　　　　〔女娇娇羞。

　　　　〔突然，闪电，惊雷。

　　　　〔大禹惊醒。

大　禹　父王，父王！

女　娇　大王,你做梦了。

大　禹　我梦见了我的父王伯鲧,他和我说——

女　娇　说什么?

大　禹　他说,他以前治水治错了!

女　娇　如何错了?

大　禹　他说,如果改堵为疏,凿开龙门,汇济水淮水入海,便能永绝水患!

女　娇　是么! 如有一日,洪水平息,这世间万千生灵便能生生不息!

大　禹　为夫正是这样想的。

女　娇　如此,大王你这就要去了么?

大　禹　是。

女　娇　让为妻与你同去!

大　禹　不必。女娇,你在这里,每天为我唱起歌谣,我便有力量凿山治水,完成治水大业!

女　娇　大王你能听见?

大　禹　隔着千山万水我也能听见!

女　娇　好!

　　　　〔二人分别。

　　　　〔骤然间,洪水又泛,众人奔逃。

　　　　〔皋陶等急上。

众　人　大王,怎么办?

大　禹　皋陶,你打通济水!

皋　陶　是!

大　禹　伯益,你想办法平息大野泽的洪涛!

伯　益　是!

大　禹　夔龙,你率人马准备开凿龙门!

夔　龙　是!

　　　　〔锣鼓咚咚,号子声声。

　　　　〔另一边,女娇的身影,还有她的歌声。

女　娇　(唱)　月亮升起又落下,

　　　　　　　山坡开遍几多花。

　　　　　　　我爱的人,

　　　　　　　什么时候能回家?

　　　　〔内唱:侯人兮猗——

608

女　娇　（唱）　春天去了又到夏，

大雪飘飘风又刮。

我爱的人，

什么时候能回家？

　　　　〔内唱：侯人兮猗——

女　娇　（唱）　千里万里来牵挂，

望穿秋水望断天涯。

我爱的人，

什么时候能回家？

　　　　〔内唱：侯人兮猗——

　　　　〔众人在大禹的率领下开山劈岭，挥汗奋战。

　　　　〔内唱：斫石疏波兮，

日月穿梭。

决塞导厄兮，

改换山河。

沧桑变幻兮，

可泣可歌。

　　　　〔白狐上。

白　狐　大王什么时候来呢，大王什么时候来呢？

　　　　〔大禹率众上。

大　禹　济水越涨越高，形势危急，大家快点！

众　人　是！

白　狐　大王，大王，你可终于来了，我可等到你了！

大　禹　小白狐，你有什么事吗？

白　狐　大王，这次你一定要回家！

大　禹　可我没空啊！

白　狐　前年你经过，没进家门；去年你又经过，也没进家门。今年，你一

定要去看一看，无论如何要去看一看！

大　禹　女娇她，她怎么了？

白　狐　女娇要生了！

大　禹　要生了？ 这么说，我要有儿子了！

白　狐　你去看一眼吧！

大　禹　（犹豫）我——

　　　　〔天际，皋陶：大王，济水已决！

大　禹　（声嘶力竭）你先顶住！夔龙，赶紧凿开龙门，快呀！

　　　　　［另一边，夔龙：大王，龙门开凿不利，诸水难泄呀！

大　禹　我马上就来！

白　狐　大王！

大　禹　我！

　　　　　［婴儿啼哭。大禹脚步迟疑。

　　　　　［他终于下定决心。

大　禹　走！（率众下）

　　　　　［内唱：我爱的人，

　　　　　　　　　　什么时候能回家？

白　狐　大王！（哭下）

　　　　　［涛声隆隆，电闪雷鸣，大雨滂沱。

皋　陶　大王，济水难以平息！

伯　益　大王，大野泽一溃千里！

夔　龙　大王，龙门山崩，伤人无数！

大　禹　（奔向天际）天帝啊，你到底要如何，要如何才能放万千生灵一条
　　　　生路？你若要我的命，你就拿去吧！正如拿去我父王的命。即
　　　　便是我最宝贵的东西，如果你要拿去，你就拿去吧，拿去吧！

　　　　　［涛声渐渐平息，大雨渐歇。

皋　陶　大王，济水退了。

伯　益　大王，大野泽也退了！

大　禹　太好了！夔龙，立即开凿龙门！

夔　龙　是！

　　　　　［山崩地裂，潮声轰鸣。然后逐渐化为欢快的潮流，流水潺潺。

众　人　龙门已开，诸水会合了！

　　　　　［阳光普照，万物生长，繁花似锦，一片生机勃发。

众　人　我们成功了。我们成功了！

　　　　（唱）　伟也哉我王，

　　　　　　　　伟也哉我王。

　　　　大王，请上来受我们膜拜！

伯　益　咦，大王人呢？

夔　龙　让我找找看！大王奔涂山而去。

皋　陶　他去找他的妻儿。我们也该成个家了！

　　　　　［众下。

　　　　　　［大禹急上。

大　禹　女娇，我回来了，我回来了！
　　　　　　［白狐上。

大　禹　小白狐，我听你的话，回来了。你，你怎么哭了？

白　狐　我——

大　禹　女娇怎么样？还有我的儿子，他长大没有？对了，这些日子我怎
　　　　么没听到女娇的歌声？

白　狐　大王！

大　禹　她到底怎么样？你说话呀！

白　狐　大王，你回来得太迟了！

大　禹　太迟了？什么意思？

白　狐　女娇，你的妻子，在那里！
　　　　　　［山巅之上，伫立着女娇，那是一座石像。

大　禹　女娇！
　　　　　　［内唱：谁铸就天错地差，
　　　　　　　　　　千万年犹自嗟呀。
　　　　　　［白狐哭下。

大　禹　天帝，你，你，你！你果然把我最宝贵的东西拿去了！

　（唱）　见女娇，伫立山巅，极目眺望，
　　　　　却不知，你的爱人，已到身旁。
　　　　　女娇啊，你回头，回头望一望，望一望，
　　　　　你牵肠挂肚，日思夜想的夫郎。
　　　　　为什么，你一声也不响，
　　　　　为什么，你只是默默望远方？
　　　　　为什么，再不闻你笑语欢畅，
　　　　　为什么，你的眼中浮现泪光？
　　　　　恨天帝，将我诓，
　　　　　生生夺走我妻房。
　　　　　问一声，为什么不把道理讲，
　　　　　叫我心头疼痛难当！
　　　　　那几多温存，良善心肠，痴情话语，山巅烛光，娇美脸庞，
　　　　　歌声悠扬，深情万丈，
　　　　　上天入地再难寻访！
　　　　　女娇啊，

白日里可嫌寂寞，
黑夜中可觉风凉？
你独自默默地守望，
可曾嫌日月漫长？
女娇啊，
莫心酸，莫惆怅，
请你靠在我胸膛。
你可感到我的体温流淌，
让我陪你到地老天荒。
让我的心为我们一起跳响，
天与地是我们衣裳。
看眼前山河锦绣，百花齐放，
你与我共享这荣耀时光！

［随着一声启的哭声——
［落幕。
［剧终。

徐雯怡简介

1994年生，浙江宁波人，祖籍嵊州。上海戏剧学院2016级戏剧影视编剧方向艺术硕士（MFA），上海戏剧学院2012级戏剧影视文学专业本科。作品有戏曲小剧场甬剧《小城之春》、淮剧《精卫》，论文《论浙东非遗濒危剧种生态中的"一树两花"现象》，获上海戏剧学院优秀毕业论文，另有多篇剧评在《上海戏剧》杂志发表。

淮　剧

精　卫

编剧　徐雯怡

时　间　远古时代
地　点　东海之上

人　物

女娃

〔蔚蓝东海,一望无际。

〔海水击打礁石之声。

伴　唱　　　　小女娃留恋红尘葬东海,

　　　　　　　老炎帝呼唤女儿泪满腮。

　　　　　　　海风无情掀狂浪,

　　　　　　　孤魂一缕却徘徊。

炎　帝　(幕后)女娃,我的女儿——

　　　　〔女娃的灵魂从海中昏昏沉沉飘来。

女　娃　是谁在唤我啊?

　　　　(唱)　意朦朦似一场大梦婆娑,

　　　　　　　两茫茫全不知是死是活。

　　　　　　　风瑟瑟忽忆起昨日遭祸——

　　　　　　　泪涟涟遍寻我子民哥哥。

　　　　〔一阵雷鸣。

女　娃　(唱)　隐约间又听得父君唤我——

　　　　　　　应一声老爹爹,我泪珠添多。

　　　　〔女娃垂头抹泪。

　　　　〔一阵雷鸣。

女　娃　爹爹,女儿一日不寻着他,便一日不回天庭。

　　　　〔一阵雷鸣。

女　娃　女儿怎会不知凡人身死,灵魂难存。只是我这心中……怎么?

　　　　日落之前不回到天上,我便再也回不了天了么?

　　　　〔一阵雷鸣。

女　娃　怎么?日落之前不回到天上,我便要永世化作凡间的小小冤禽了么?

　　　　〔一阵雷鸣。

女　娃　罢罢罢,待我穿上云衣。

　　　　〔天空幻化出斑斓色彩,一件华丽的五彩云衣从天而降。

　　　　〔女娃披上云衣,变得光彩夺目。

617

女　娃　人间哪人间,女娃拜别了。

（唱）　收敛了失魂落魄伤心样,

　　　　收拾起前尘旧事一担装。

　　　　拉扯下五彩云霞披身上,

　　　　狠抛却万千山河逐昏黄。

　　　　振长风再把那人间眺望——

　　　　猛然间阳关曲荡漾耳旁。

　　　　敛神翅降海边无言静想,

　　　　礁石上还有我往昔时光。

　　〔女娃回忆中,她与子民打闹的欢声笑语传来。

女　娃　想当年,我偷来人间游玩,也是身披这件五彩云衣从天而降;不想
　　　　在东海边遇见个奇怪男子,我问他一句,他笑;我骂他一句,他还
　　　　笑。我环顾左右,方知晓凡人还不会讲话,更莫论提笔写字。

女　娃　（唱）　小神仙传授语言做师长,

　　　　　　　同相伴几度黎明与夕阳。

　　　　（如师长般正襟危坐起来）"人",（侧耳倾听回答,似乎是得到了
　　　　不对的答案,摇头）,你是"人",（有些不耐烦）你怎么学不明白
　　　　呢?"人"、"人"……欸对了,就是人,再这样写它下来,这一撇要
　　　　这样来……（手与男子的手碰到了,缩了回来）呀!

　　　　（唱）　触手温与热,

　　　　　　　避他暖和光。

　　　　　　　偷观瞧英俊模样,

　　　　　　　对面对又是心慌。

　　　　　　　不知他心中怎样想,

　　　　　　　是否与我心相印两情长?

　　　　我给他取了名字唤作子民。天之子,地之民,真与他般配!（羞
　　　　涩自述）自从我心中属意了他,便想把好东西都与他分享:花儿、
　　　　鱼儿、果儿,样样给他,可他呢……（有些怨怼）把我给他的都让
　　　　了别人。

　　　　（唱）　他说是身为族长怜弱小,

　　　　　　　看部落茹毛饮血我心焦。

　　　　　　　我只有向爹爹求讨五谷,

　　　　　　　返天庭跪在那九丈云霄。

　　　　〔女娃跪了下来。

618

女　娃　女儿求爹爹舍五谷予人间！女儿求爹爹降火种予人间！（有些失望）爹爹既断定凡民不过是尘世泥土,受不得五谷这样大的天恩,女儿便三问爹爹:这第一问,问的是同根相生。凡民与你我面容相仿,怎有冷眼旁观之理？这第二问,问的是同情弱小。凡民没有五谷,只得与野兽相争,饿殍遍地,怎有不助之理？这第三问,问的是有理有凭。爹爹你未曾亲近凡民,怎知他们不会栽种五谷呢？

〔女娃立起。

女　娃　我问得爹爹闷声不语,我问得爹爹无话可讲。第二日,爹爹下了旨意,要施五谷给凡民,降火种到人间,要亲自下凡游历,教人使犁耕土。那日,我与父君降临人间,再见到子民。他清瘦了,也更有担当了。父君看到他指挥族人从高山迁到平原,依傍东海,十分满意。他向父君求教耕种,族人欢喜。呀,他真是越发的好了。

（唱）　迁高山到平原他来胜任,

　　　　稻入土汗入土他来担承。

　　　　子民是从来好学心诚恳,

　　　　爹爹是满心授学显认真。

　　　　话语投机多和睦,

　　　　好像翁婿情意深。

　　　　放大了胆子来询问——

女　娃　爹爹,你看子民他……好不好呀？

（唱）　爹爹说神人有别难通婚。

　　　　速速要我回家去,

　　　　生生拆碎女儿心！

　　　　相思染泪痕,

　　　　执手两离分。

　　　　子民,你来与我送别,到底想要讲些什么？为什么欲言又止？又是为什么不敢看我的眼睛？你约我半年之后来共庆丰收,来尝尝你家的米饭？我……我答应你！

〔女娃回忆着她与子民依依不舍的场景。

女　娃　爹爹不许我与子民相爱,可他怎知相思之苦？半年之后,我瞒过了爹爹,披上了五彩云衣,第三次来到人间。这一次呀,我定要对子民表白真情,伴他一生！

〔女娲喜气洋洋地飞翔。

〔狂风呼啸,海浪凶猛,宛如人间炼狱,女娲大惊。

女　娃　呀,只见海浪翻涌,吞没良田,好可怖的天啊。子民啊,你在哪
里啊?

〔女娲寻找。

女　娃　子民,你怎么独自站在这海滩之上? 你怎么孤身应对这狂风巨
浪? 你怎会受了重伤? 族人们又为何不曾前来帮忙? 哦,你在
指挥部落迁徙远方! 他们已经平安了,你也快些走吧!

(唱)　狂风阵阵骷髅泣,

浊浪层层路途迷。

涉水水不止,

白浪盖过膝。

东海千重浪,

凡人怎阻止?

子民啊,

为百姓,你受劳苦,抛生死,阻风雨,

我怎能,怕劳苦,畏生死,把风雨屈?

你若要成英雄顶天立地,

我定会永相随生死不离。

怎奈何,

一朝惨别人间去,

望断天涯无归期。

〔女娲回忆自己与子民落水而亡。

〔回忆退去,天色阴暗,异常平静。

女　娃　(落魄地)我与子民海中而亡。我尚有魂魄归天,他却无踪无迹。
子民,子民,初见时你怎样看我? 那日教你写字,我是否少了耐
心? 我带爹爹来人间,你可还开心? 那日与我送别,你到底是要
说些什么呢?

〔一阵雷鸣。

女　娃　子民,爹爹又在催促我动身了。你想我走吗? 如今我,感知次次
风吹是你在留我,次次草动是你在留我,次次浪来也是你在留
我。子民,若是我走了,那东海的浪再来侵袭,有何人可来助你
族人免遭灾祸啊?

〔一阵雷鸣。

　　　　　　　〔天色接近昏溟，霞光收敛。

女　娃　　爹爹，女儿不走了，女儿愿留在人间做一只小小禽儿！（深深一
　　　　　　拜）女儿就此拜别爹亲了！

炎　帝　　（幕后）女娃，我的女儿啊——
　　　　　　〔五彩云衣化为羽毛。女娃化作精卫鸟。

女　娃　　（唱）　眼含泪，
　　　　　　　　　心带悲。
　　　　　　　　　早明白此生与他难相会，
　　　　　　　　　我怎敢痴心再把魂儿追？
　　　　　　　　　只是那凡民还有千千万，
　　　　　　　　　不忍见全全丧于东海危。
　　　　　　　　　不忍见，
　　　　　　　　　滔滔巨浪从天坠，
　　　　　　　　　累累白骨无处堆。
　　　　　　　　　往日凡尘生鬼魅，
　　　　　　　　　冥界修罗地下窥。
　　　　　　　　　到那时子民的遗志遭摧毁，
　　　　　　　　　到那时女娃的誓愿也成灰。
　　　　　　　　　罢罢罢，
　　　　　　　　　脱了五彩羽，
　　　　　　　　　不走再生途。
　　　　　　　　　从此后，
　　　　　　　　　我是那不孝的冤禽鬼祟，
　　　　　　　　　相伴在子民的东海墓碑。
　　　　　　　　　为凡间衔石投海灾祸退，
　　　　　　　　　为凡民日夜预警守春晖。
　　　　　　　　　从此后抛弃了曾经名讳，
　　　　　　　　　做一只精卫鸟海上翱飞。
　　　　　　　〔精卫鸟勇敢地向海上飞去。

伴　唱　　　　　世上传说精卫鸟，
　　　　　　　　　万年衔石阻波涛。
　　　　　　　　　沧海已老她不老，
　　　　　　　　　引颈高鸣誓水谣。

　　　　　　　〔剧终。

621

图书在版编目(CIP)数据

读步:2018上海新剧作/上海市剧本创作中心编
.—上海:上海人民出版社,2019
ISBN 978 - 7 - 208 - 15887 - 0

Ⅰ.①读… Ⅱ.①上… Ⅲ.①剧本-作品综合集-中国-当代 Ⅳ.①I230

中国版本图书馆 CIP 数据核字(2019)第 102541 号

责任编辑 赵蔚华
封面设计 陈 楠

读步
——2018上海新剧作(上、下)
上海市剧本创作中心 编

出　版	上海人民出版社	
	(200001　上海福建中路 193 号)	
发　行	上海人民出版社发行中心	
印　刷	常熟市新骅印刷有限公司	
开　本	720×1000　1/16	
印　张	39.25	
插　页	4	
字　数	653,000	
版　次	2019 年 7 月第 1 版	
印　次	2019 年 7 月第 1 次印刷	

ISBN 978 - 7 - 208 - 15887 - 0/I · 1826
定　价　138.00 元